MICHAEL M. THURNER

Der unrechte Wanderer

Buch

Von der Treibgierde hält man sich besser fern, denn hier kämpfen abgeschottet vom Rest der Welt Hexen und Magicae gegeneinander. Der junge Eldar wurde mit seiner geliebten Harana in diesem Gebiet eingeschlossen. Nun, Jahrhunderte später, konnte Eldar entkommen. Doch er ist nicht frei, denn alles, was aus der Treibgierde kommt, gilt als Besitz desjenigen, der es gefunden hat. Eldar wird versklavt und misshandelt. Doch er hat ein Ziel, und das wird er niemals aufgeben. Er wird alles daransetzen, seine große Liebe Harana aus der Treibgierde zu befreien. Dafür lässt er sich sogar auf einen Pakt mit der Hexe Terca ein. Dabei ahnt er nicht, dass der Magier Pirmen nun erst recht alles tun wird, um ihn aufzuhalten.

Eldar riskiert alles für seine große Liebe – sogar das Schicksal der gesamten Welt.

Autor

Michael Marcus Thurner, geboren 1963, veröffentlichte erste Romane im Rahmen der PERRY RHODAN-Fan-Edition, bevor er im Jahr 2002 als Stammautor in die ATLAN-Serie einstieg. Seit Anfang 2005 schreibt Thurner als festes Mitglied im PERRY RHODAN-Team. Der Autor lebt und arbeitet in Wien.
Besuchen Sie den Autor unter: www.mmthurner.at

Von Michael Marcus Thurner im Blanvalet Verlag erschienen:
Der Gottbettler (26942)
Der unrechte Wanderer (26404)

Michael M. Thurner

Der unrechte Wanderer

Roman

Originalausgabe

blanvalet

MIX
Papier aus verantwortungsvollen Quellen
FSC® C014496

Verlagsgruppe Random House FSC® N001967
Das für dieses Buch verwendete FSC®-zertifizierte Papier
Super Snowbright liefert Hellefoss AS, Hokksund, Norwegen.

1. Auflage
Originalausgabe April 2015 bei Blanvalet,
einem Unternehmen der Verlagsgruppe Random House GmbH, München

Dieses Werk wurde vermittelt durch die Literaturagentur Schmidt & Abrahams
www.schrift-art.net
Illustration und Gestaltung: Melanie Miklitza, Inkcraft
Karte: © Jürgen Speh
Lektorat: Simone Heller
HK · Herstellung: sam
Satz: Mediengestaltung Vornehm GmbH, München
Druck und Einband: GGP Media GmbH, Pößneck
Printed in Germany
ISBN: 978-3-442-26404-9

www.blanvalet.de

Personarium:

Eldar
Amelia Dusong
Terca
Pirmen Courtix
Bliya
Gafelay
Loisie
Nerbo Falthaut

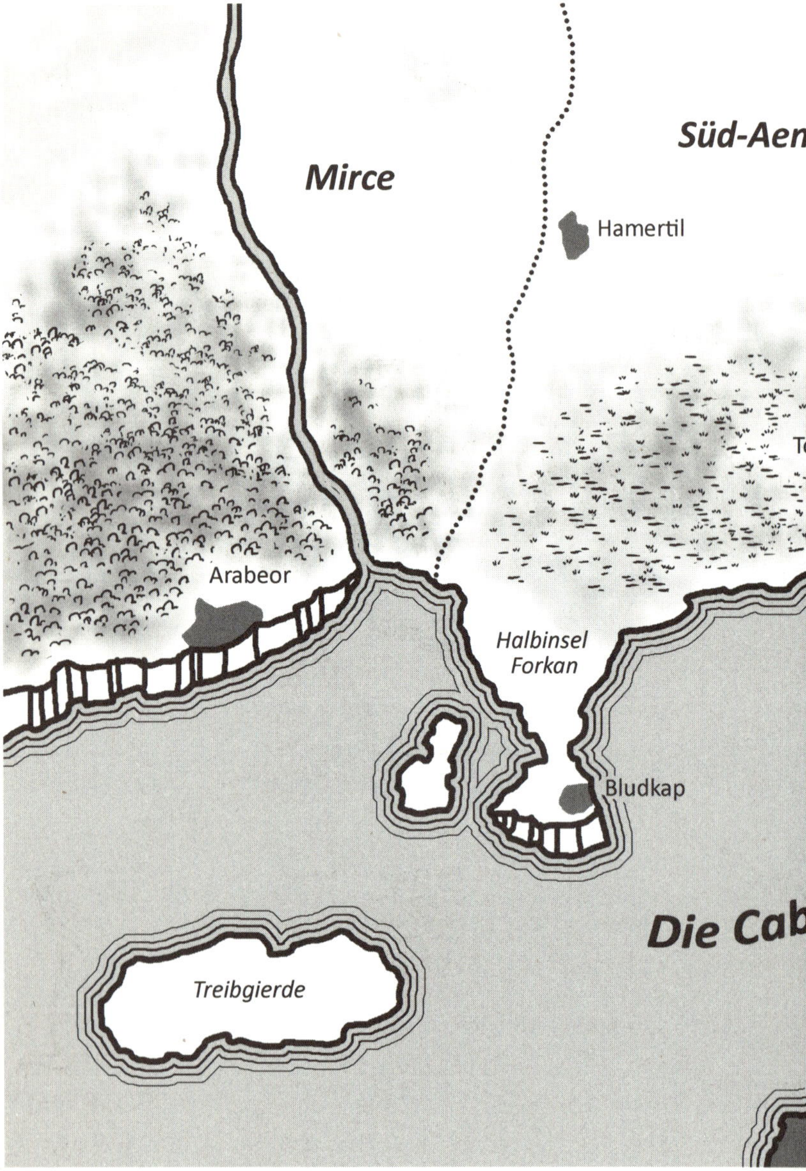
Mirce
Süd-Aen
Hamertil
Arabeor
Halbinsel
Forkan
Bludkap
Die Cab
Treibgierde

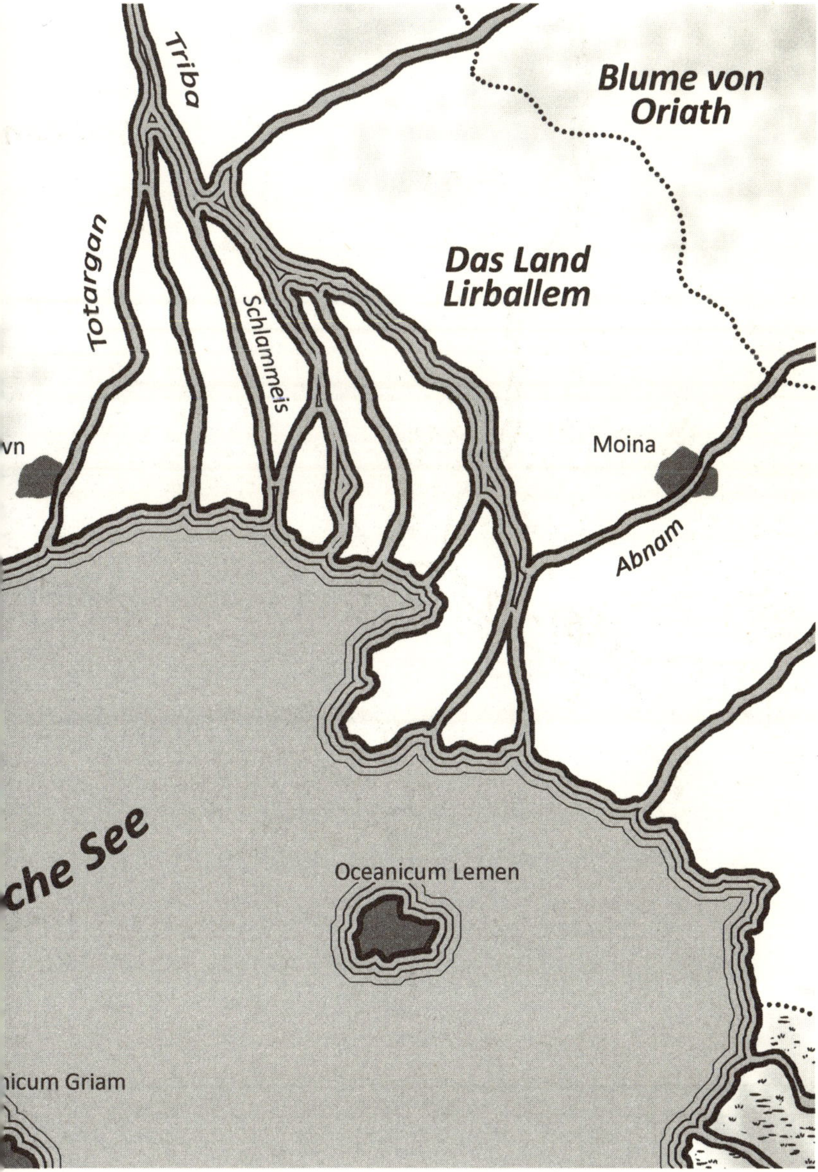

Triba
Blume von Oriath
Totargan
Das Land Lirballem
Schlammeis
vn
Moina
Abnam
che See
Oceanicum Lemen
nicum Griam

I. Terca

Und so begann es …

Sie schreckte hoch. Ihre Gedanken, eben noch verloren in den Nebeln einer unendlich lange zurückliegenden Vergangenheit, fanden in die Wirklichkeit zurück. Jemand schrie, und es war sie selbst, die nicht aufhören konnte zu brüllen, und damit alle anderen Wicca der wandernden Hexenburg aus dem Schlaf riss.

Sie fühlte ein Durcheinander, das immer weiter um sich griff. Ihre Freundinnen, Helferinnen und Kolleginnen wurden von demselben Schrecken erfüllt wie sie selbst. Sie wusste es, denn sie teilten sich ihr mit, auf eine Art und Weise, die nur Frauen beherrschten und die nur Frauen verstanden.

Bliya kam in das Schlafgemach gestürzt, mit wehendem Nachtkleid, mit offenen Haaren, mit als Hiebwaffe erhobenem Stock. »Ist dir was geschehen?«, fragte die Freundfeindin und blickte sich nach allen Seiten um. Der dünne Stoff ihrer Wäsche flatterte im Wind, der auch während der dunklen Stunden durch die Hexenburg fegte. Der Mond warf lange Streifen von Licht durch die Bretterspalten. Unmittelbar vor dem Bett blieb Bliya stehen. Breitbeinig, in Verteidigungshaltung.

»Mir geht es gut«, sagte Terca und konnte dabei nicht verhindern, dass ihre Stimme zitterte.

Bliya entspannte sich ein wenig, blieb aber dennoch wachsam. »Hast du schlecht geträumt?«

»So könnte man sagen.« Terca fröstelte. Sie zog die Daunendecken über die Schultern. Winzige schwarze Federn wurden aus einem Loch im fadenscheinigen Stoff ihres Polsters gepresst. Sie flogen hoch und trieben dahin im Lichterschein, bevor sie sacht wieder zu Boden sanken und dort seltsame Muster zeichneten.

»War es ein Wissenstraum?«

»Ja.« Terca griff nach der Hand der Frau, die Freundin und Feindin gleichermaßen war. »Es hat begonnen.«

»*Was* hat begonnen?«

»Der Kampf um die Herrschaft. Der Kampf zwischen unserem Geschlecht und dem der Magicae.«

»Ich dachte, der wäre ohnedies seit Jahrtausenden im Gang.«

»Du redest von Gefechten und von Scharmützeln. Ich spreche von großen Entscheidungen, die bald fallen werden.«

Bliya setzte sich zu ihr an den Rand des Bettes und ergriff ihre Hand. Sie war heiß und feucht. »Kannst du fühlen, wer diese letzte Schlacht für sich entscheiden wird?«

»Natürlich nicht, Dummerchen.«

»Aber du bist dir sicher, dass …«

»Es tut sich Entscheidendes. An den Außengrenzen der Treibgierde. Es dauert nicht mehr lange, dann wird etwas Altes, Neues auf den Plan treten. Wir Wicca müssen uns so gut wie möglich vorbereiten, wollen wir die nächsten Monate überleben.«

»Du machst mir Angst, Terca …«

Die Freundfeindin roch schlecht. Nach nächtlichen Spielereien, die mit Exkrementen, Blut und Fleisch zu tun hatten. Sie verbreitete ein Odeur von Untergang, sodass sich Tercas Übelkeit noch steigerte. »Wir müssen uns in Acht nehmen, Bliya«, sagte sie.

»Ich mache mir keine Sorgen, solange du an unserer Seite bleibst.« Bliya küsste sie auf die Wange.

»Du bist zu freundlich«, sagte Terca steif und bemühte sich, möglichst flach durch den Mund zu atmen. »Aber nun geh und sorg dafür, dass in der Burg so rasch wie möglich wieder Ruhe einkehrt. Und schick mir den Malekuften.«

»Was willst du denn von unserem Riesenkalb?« Bliya schnaufte verächtlich.

»Er hat einen Auftrag für mich zu erfüllen«, sagte Terca. »Und nein, ich werde dir nicht sagen, worum es dabei geht.«

Terca ignorierte die zornigen Blicke der Freundfeindin und wartete, bis diese den Raum verlassen hatte. Dann erst stand sie auf, zog den Morgenmantel über, entzündete einige Kerzen und setzte sich an den Schreibtisch. Mit klammen Fingern schrieb sie einige Gedanken nieder, faltete die Gammerblätter und versiegelte sie.

Der Malekufte kam hereingestapft. Terca musste sich nicht umdrehen, um zu wissen, dass er es war. Er war überraschend schnell gekommen.

»Mhm?«, stieß das tierähnliche Wesen hervor und beugte sich zu ihr herab.

»Du bringst diese Nachricht so rasch wie möglich zu *diesem da.*« Sie deutete auf eines der vielen mit schwarzer Kreide gezeichneten Bilder, die ihren Arbeitsplatz einrahmten. »Du beantwortest keine seiner Fragen. Du gibst dich nicht mit seinen Untergebenen ab. Du sagst niemandem, wer und was du bist. Danach kehrst du auf direktem Wege zurück, ohne irgendwo Rast zu machen, und erstattest mir Bericht. Verstanden?«

»Darf ich zwischendurch ein wenig grasen, Hohe Frau?«

»Du bekommst Heu, so viel du willst, sobald du zurückgekehrt bist. Das bestduftende Heu, das du dir vorstellen kannst, vermengt mit Kleie.«

»Auch Panschwasser, Hohe Frau?«

»Ja. Einen Krug für dich, wenn du bereits übermorgen dein Ziel erreichst und die Botschaft übergibst.«

Der Malekufte stank penetrant, doch es haftete ihm auch eine ganz besondere Duftnote an, die Terca eben erst wahrgenommen hatte. An ihrem Bett. Im Beisein Bliyas.

Sie zählte zwei und zwei zusammen, und das Ergebnis überraschte sie keineswegs. Die Freundfeindin hatte Bedürfnisse, die weit über die anderer Wicca hinausgingen. *Kein Wunder, dass unser freundlicher Riese so rasch hierhergefunden hat. Er war mit Bliya zugange, als ich aus meinem Traum erwachte und die Burg in Unruhe versetzte.*

»Mhm, Hohe Frau. Ich mache, was du sagst.«

»Ich weiß, mein Freund. Das tust du doch immer. Und bei jeder von uns, nicht wahr?« Terca knuffte dem Malekuften gegen den Oberschenkel und wies ihn dann aus dem Raum. Er tapste schwerfällig davon, verschloss die Tür von außen, und Terca war wieder allein.

Sie blies die Kerzen aus und blieb für eine Weile in der Dunkelheit sitzen. Der Mond war nun von kleinen Wölkchen überzuckert. Weit voraus, am Horizont der endlos wirkenden Ebene des Baderlandes mit seinen vielen sanften Hügeln, erahnte Terca durch eine der Bretterspalten einen Schimmer von Gelbrot. Der Morgen war nicht mehr weit. Das Rot wurde rasch stärker. Es gewann an Feuer und Kraft. Bald schon würde sich der glühende Ball der Sonne über das Grün des Landes erheben und den Bodennebel auflösen. Doch die Tage wurden kürzer, und es dauerte nicht mehr lange, da würde Morgenfrost die Gräser zum Klirren bringen. Der Herbst würde Einzug halten, gefolgt von einem eisigen Winter, wie Terca wusste.

Doch was die Wicca nicht zu sagen vermochten, war, ob sie und alle, die an ihrer Seite standen, das nächste Frühjahr erleben würden.

2. Hackfresse

Scheiße!«, schimpfte Mano die Latte. »Verfaulte Fische und einige Stoffreste! Stinkende, wurmzerfressene Fische! Das ist alles, was wir in den letzten Wochen gefangen haben. Scheißleben! Scheißsauterei!«

»Halt's Maul und zerleg das Ding! Vielleicht hat's etwas verschluckt, das wir essen können.«

»Was du für einen Unsinn daherlaberst, Hackfresse! In totem, zerteiltem Fisch findet sich niemals irgendetwas.«

»Fangaro hat erzählt …«

»Ja, ja, Fangaro hat erzählt«, äffte Mano die Worte seines Partners nach. »Einen Scheiß geb ich auf das, was dein Weibsbruder daherredet. Er lügt, sobald er nur das Scheißmaul aufmacht.«

Hackfresse erhob sich, das kleine Boot geriet ins Wanken, doch der Sauter tarierte die Schwankungen mit der Erfahrung mehrerer Jahrzehnte auf See aus. »Du vergisst, wen du vor dir hast, Latte! Du hast mir nicht ins Wort zu fallen. Du wirst weder meine Anverwandten noch mich beleidigen! Oder hast du vergessen, wo dein Platz ist?«

Mano die Latte zuckte zusammen. Er rutschte Richtung Bug, so weit er nur konnte, und zog den Kopf zwischen die Schultern. »'s tut mir scheißleid, Hackfresse«, flüsterte er. »Du bist der Häuptling, ganz klar, und du bezahlst mich.

Ich muss halt dauernd an die beiden Weiber denken, die an Land auf mich warten. Eines allein könnte ich mit dem ernähren, was ich aus Mutter Cabri fische. Aber das andere, das will dauernd schöne Dinge von mir haben. Sonst verrät mich Tonya an mein Eheweib und sucht sich einen anderen Stecher.«

»Wie wäre es, wenn du zu Hause bleiben und nicht in der Gegend herumhuren würdest?«

»Sag das dem da.« Mano deutete auf seine Leibesmitte. »Ich möchte ja brav und treu und so sein. Aber wenn ich dieses dralle, junge Ding ansehe und es mit dem Arsch wackelt, dann weiß ich nicht mehr, was ich tue, Scheiße noch mal.«

»Das weißt du auch sonst nicht.« Hackfresse zuckte mit den Achseln. Es ging ihn nichts an, was Mano die Latte anstellte. Er war ein guter Seemann und verstand etwas von den in diesen Breitengraden vorherrschenden Winden. Das allein war entscheidend.

Hackfresse nahm seinem Begleiter die Fischreste aus der Hand, pflückte sie auseinander und warf die Pampe dann enttäuscht über Bord. »Komm, lass es uns weiter westwärts versuchen.«

»Bei den Scheiß-Karam-Felsen? Dort haben wir noch nie einen guten Fang gemacht.« Mano rappelte sich hoch, starrte argwöhnisch auf einige rasch aufziehende Wolkenbänke und nahm ein Tau in die Hand, als fände er Sicherheit in der Berührung des grob gedrehten Seilwerks.

»Schlechter als hier kann's nicht werden.« Hackfresse rieb sich über die wie immer stark entzündete Wangenhaut. Er hielt die Nase in den Wind und schnüffelte. »Krimen und Matty Arschlöffel haben's für diese Woche bereits bleiben lassen, Fangaro versucht sein Glück im Osten. Wann hat man schon die Chance, einen derart langen Streifen entlang der Treibgierde absuchen zu können, ohne mit den netten Kumpels um die Pfründe streiten zu müssen?«

»Na schön. Wenn du's sagst, Hackfresse.« Mano runzelte die Stirn, als hätte er etwas vergessen. Doch nach einigen Augenblicken hellte sich sein Gesicht auf. Er erinnerte sich und sagte: »Scheiße. Scheiße noch mal.« Er nickte Hackfresse zu, griff nach dem schmutzigen Tuch und setzte das Dreikant. Ihr Boot nahm Fahrt auf.

»Scheiße, das gibt's doch gar nicht!«

Mano zuckte zusammen. »So ein böses Wort hab ich von dir noch nie gehört, Hackfresse.«

»Das wirst du auch niemals mehr wieder hören, Latte. Aber schau doch mal! Siehst du das Ding? Es fällt gleich aus der Treibgierde raus, und dann gehört es uns!«

»Ich seh's ja. Ist toll, wirklich, Scheiße. Es ist groß, es bewegt sich, es wird bald in die Cabri kippen. Aber ich versteh trotzdem nicht, warum du so aufgeregt bist.«

»Das ist kein totes Ding, Latte! Das ist etwas Lebendes. Sieh doch nur, es zappelt wie ein Fisch an Land, es will sich mit aller Macht aus der Treibgierde befreien.« Ehrfürchtig wiederholte Hackfresse seine Worte: »Etwas Lebendes.«

»Na, dann helfen wir ihm, damit es auch so bleibt. Lebendig, mein ich.«

Hackfresse starrte seinen Partner überrascht an. Er sagte doch tatsächlich etwas Vernünftiges, und das, obwohl noch nicht mal die Hälfte des Tages vorüber war und Mano keinen einzigen Schluck vom Panschwasser genommen hatte.

»Yey. Recht hast du.« Hackfresse holte die Riemen aus dem Verschlag, steckte sie in die Dollen und begann zu rudern. Sein Kumpan unterstützte ihn. Was Mano an Verstand fehlte, machte er mit Kraft und Ausdauer wett; sein Ruderschlag ließ sie rasch durch das unruhige Wasser pflügen, auf das Ding zu, das sich verzweifelt schüttelte, während es aus der Treibgierde zu gelangen versuchte.

Ein Gewitter zog auf. Hackfresse konnte es riechen und schmecken. Sie hatten nicht viel Zeit, das lebende Ding zu befreien. Ihr Boot war viel zu klein, viel zu fragil und viel zu alt, um einen Sturm nahe der Treibgierde zu überstehen. Die Karam-Felsen waren bloß ein paar hundert Ruderschläge entfernt. Zwischen den bis zu fünfzehn Meter aus dem Wasser ragenden Klippen würden sie Zuflucht finden. Wenn sie es denn rechtzeitig dorthin schafften.

»Mach schon, mach!«, trieb Hackfresse Mano an. Er beobachtete das Ding. Es schüttelte und beutelte sich, bewegte sich ungewöhnlich rasch und rotierte, arbeitete verzweifelt. Hackfresse konnte nach wie vor nicht erkennen, was es eigentlich war. Es war mit der Treibgierde verwachsen und somit in einer anderen Zeit gefangen.

Vor langer Zeit hatte einer der Dorfälteren ihm davon erzählt. Biwun hatte er geheißen; ein zahnloser Bastard war er gewesen und alles andere als weise. Er hatte tagtäglich im Morgengrauen, wenn sich die Frauen am Fluss gewaschen hatten, im Gebüsch gestanden und hatte sich einen runtergeholt, und irgendwann einmal war er daran gestorben. Man hatte ihn verheddert im Busch gefunden, mit offenem Hosenstall, mit einem glücklichen und zahnlosen Lächeln im Gesicht.

Wenige Monate zuvor hatte Biwun Hackfresse erzählt, wie das mit der Treibgierde denn so war. Als ältester Sohn war Hackfresse auserkoren gewesen, einmal als Fischer und Sauter für den Familienunterhalt zu sorgen.

Der Greis hatte Begriffe verwendet, die Hackfresse nicht verstanden hatte. Von unterschiedlichen Zeitläufen und Anpassungsproblemen und so. Von einer Schlacht, die im

Inneren stattfand, eine Auseinandersetzung zwischen Wicca und Magicae, die seit vielen hundert Jahren liefe.

Es hatte Hackfresse nicht sonderlich interessiert, was Biwun erzählte. Ein Mädchen hatte am Felsstrand auf ihn gewartet, mit rot glühenden Wangen und neugierig auf das, was er in der Hose hatte. Da war in seinem Kopf kein Platz für irgendwelche Geschichten über die Treibgierde gewesen.

Hackfresse fluchte. Hätte er doch bloß besser aufgepasst und sich weniger auf das Mädchen konzentriert! Sie war wenig später in Anders Beißwuts Hütte gezogen und hatte inzwischen eine vage Ähnlichkeit mit einem Seeross. *Wobei ich allerdings schon hübschere Seerösser gesehen habe …*

Einerlei. Fette Beute wartete auf sie. Womöglich der Fund ihres Lebens. Etwas, das sich um viel, viel Geld an die reichen Pfeffersäcke in den Steilstädten verkaufen ließ.

Womöglich kann ich mir ein neues Boot kaufen. Oder gar ein zweites, in das ich Fangaro setzen und für mich auslaufen lassen kann. Dann wird er endlich das Maul halten, dieser aufgeblasene Arsch von einem Schwager, wenn ich ihn wie einen Fußabtreter behandle!

Sie waren bis auf zehn Mannslängen an den Rand der Treibgierde heran. Donner grollte. Im Westen streiften erste Regenfäden übers Wasser. Es frischte auf. Wellen gischteten am Horizont hoch und brachen, so als würden sie auf Land treffen.

»Beidrehen!«, befahl Hackfresse. Er zog seine Ruder aus den Dollen und stand auf, während Latte weiterhin mit aller Kraft gegen Mutter Cabri ankämpfte.

Fünf Mannslängen noch. Das Aussehen des Geschöpfs, das in der Treibgierde steckte, war noch immer nicht auszumachen. Es gab seltsam hohe Töne von sich. Vielleicht hatte es Schmerzen, vielleicht hörten sie seine Todesschreie.

»Scheiße!«, rief Mano über den stärker werdenden Sturmwind hinweg. »Das is'n Mensch!«

Hackfresse betrachtete das sich bewegende Bündel und versuchte zu erkennen, was Mano sah. Unmöglich! Noch nie hatte ein Bewohner seines Dorfs einen lebenden Menschen aus der Treibgierde ins Freie gebracht! Ein Kerl aus Byastnuch hatte mal behauptet, dass sein Großvater ein Kind herausgezogen hätte, aber die Byastnucher logen bekannterweise, sobald sie's Maul aufmachten.

Hackfresses Vater hatte vor vielen Jahren einen weißen, ganzen Knochen mit nach Hause gebracht, der womöglich mal im Oberschenkel eines Mannes gesteckt hatte. Der Alte hatte ihn gereinigt und vor die Tür gehängt, sodass er bei starkem Wind gegen einen kleinen Kupferkessel geklappert und seltsame Töne erzeugt hatte. Irgendwann war er verschwunden, wohl von einem der Dorfhunde geklaut und verbuddelt.

Aber ein ganzer Mensch, der aus der Treibgierde ins Freie quoll? Einer, der noch lebte?

Und doch … Je länger Hackfresse das Ding betrachtete, desto mehr schien ihm, als hätte Mano recht.

»Noch näher ran!«, wies er seinen Gefährten an. Der gehorchte; mit zusammengebissenen Zähnen kämpfte Latte gegen die immer stärker werdende Strömung an und legte das Boot längs zur Außenwand der Treibgierde. Sie waren nun so nahe, dass Hackfresse sich bloß von der Reling hätte abstoßen müssen, um diese unheimliche Wand zu berühren.

Er griff nach dem bereitgelegten Seil und formte eine Schlinge. Drei Würfe benötigte er, um den Körper des Dings zu erwischen und das Tau eng darum zu legen.

Der Boden schwankte mehr, als es Hackfresse recht war. Er zog und zerrte, immer heftiger, immer aufgeregter. Sein Herz raste. Er hatte Angst. Angst vor der Berührung mit der Treibgierde. Das Zeug würde ihn verschlingen und niemals mehr wieder freigeben. Und er hatte Angst vor dem, was er da befreite. Vielleicht hatten sie einen Magicus erwischt, eines jener Wesen, die Schuld daran trugen, dass ein derart großer Teil der Cabrischen See von der Außenwelt abgeschnitten war, dass es selbst mit dem schnellsten Segler drei Tage dauerte, um ihn zu umrunden.

Hackfresse konzentrierte sich auf seine Arbeit. Tinte hatte ihm gesagt, dass zu viel Nachdenken schädlich war. Es bereitete bloß Kopfschmerzen und brächte ihn auf dumme Ideen. Ein Mann sollte arbeiten und dafür sorgen, dass täglich Essen auf den Tisch kam. Das Denken sollte er getrost ihr überlassen, seinem Weib.

»Zieh!«, feuerte sich Hackfresse selbst an. Und wieder: »Zieh!«

Die Treibgierde gab das Ding ruckweise und höchst ungern frei. Der Körper ähnelte dem eines überdimensionierten Wurms. Da waren keine Arme, keine Beine. Bloß eine von weißem Schleim umhüllte Masse, deren vorderster Teil Ähnlichkeit mit einem Schädel hatte.

Hackfresse schrie und ächzte und zog und zerrte – und endlich gab die Treibgierde ihr Opfer frei. Der weiße Wurm fiel mit einem lauten Platschen ins Wasser. Mano drehte augenblicklich das Boot quer und ruderte, was er konnte. Er tat das einzig Richtige: Er sah zu, dass sie so rasch wie möglich von der Hülle wegkamen.

Erste heftige Brecher des Sturms waren heran. Sie schlugen schwer gegen die Seite, brachten das Schiff noch mehr zum Schaukeln.

»Mach schon, hilf mir!«, rief Latte.

Hackfresse antwortete nicht. Erst musste er die wertvolle Fracht einholen. Er zerrte am Seil, Griff über Griff, und hievte die Beute mit einem kräftigen Ruck über die Reling, wälzte sie in den Bug, schöpfte einen Teil des darin angesammelten

Wassers und setzte sich dann hinter seinen Begleiter, um nun selbst zu den Rudern zu greifen.

Gemeinsam arbeiteten sie gegen den Sturm. Er pfiff über sie hinweg, brachte Graupelschauer, feinste Eisklumpen, die gewiss die Götter geschickt hatten, weil sie es gewagt hatten, der Treibgierde ein Ding zu entreißen und Mutter Cabri zu trotzen.

Hundert Ruderschläge brachten sie nur wenige Mannslängen vorwärts, die Strömung arbeitete gegen sie. Die Karam-Felsen wirkten wie ein fernes, unerreichbares Zauberreich, in dem Frieden und Ruhe herrschte und das sie niemals erreichen würden. Ihr Boot schaukelte hoch und nieder wie ein Korken, der Boden füllte sich immer mehr mit Wasser. In Hackfresses Mund war Salz, in seinen Augen und Ohren war Salz. Algenschlangen, die einzelne Brecher mit sich brachten, legten sich quer über seine Arme, immer wieder musste er sich von dem Zeug befreien und dafür seinen Ruderschlag unterbrechen.

Das Ding im Bug stöhnte. Aus dem Wurmkokon schälte sich eine menschliche Gestalt. Die weiße Umhüllung schmolz dahin wie das Eis auf dem Felsland der Norde in den kurzen Sommermonaten. Etwas, das klein und zart und zerbrechlich wirkte, kam daraus hervor.

»Weiter!«, rief Mano, als wollte er sich erneut selbst anfeuern. Er wiederholte das Wort ein ums andere Mal, und mit jeder Wiederholung spannten sich seine gewaltigen Muskelpakete wieder an, nimmermüde, in einem Rhythmus, den Hackfresse kaum mitgehen konnte.

Das Wasser wurde allmählich ruhiger, die Karam-Felsen gelangten in greifbare Nähe. Hackfresse schaufelte wiederum Wasser aus dem Boot und drehte dann den japsenden, ächzenden Weißwurm so, dass er nicht ertrinken würde.

Warum kam er nicht zu sich? Warum half er ihnen nicht? Was war das bloß für ein Fang?

»Weiter!«, rief Mano die Latte. Die Riemen ächzten in den Dollen und bogen sich. Das kleine Boot schaukelte kaum kontrollierbar von einem Wellenberg zum nächsten. Für Sekunden kam es quer zu den herabstürzenden Wassermassen zu liegen, und nur unter größten Mühen konnte Hackfresse es wieder drehen.

Da waren die Felsen. Spitz und scharfkantig, von schäumendem Wasser umtost. Das Gestein ragte aus Gründen, die bloß die Götter kannten, aus Mutter Cabri empor wie im Kreis angeordnete spitze Titten. Der Meeresgrund war hier bei ruhiger See gut zu erkennen, das Wasser fast grün. Jetzt aber drohten Dunkelheit und jene Räuber, die die Gunst der Stunde nutzen wollten.

Streifenkomare pflügten durch das Nass, lauernd, auf der Suche nach Nahrung, die aus den Tiefen bei Sturm und veränderten Strömungen hochgedrückt wurde. Die warzenübersäten Köpfe der Komare lugten immer wieder aus dem Wasser. Kleine Augen funkelten bösartig, in den Mäulern zeigten sich zwei Reihen spitzer Zähne.

»Pass auf! Achtern!«, schrie Mano. Und dann: »Luv!«

Es brauchte nicht mehr Worte. Latte und er verstanden sich prächtig, insbesondere in Augenblicken wie diesen. Sie wichen zwei Streifenkomaren aus, einem dritten hieb Hackfresse mit dem Riemen über den silberweiß gestreiften Schädel. Das Tier zischelte, warf sich auf den Bauch und ließ den langen Schwanz über das Deck des Bootes gleiten. Dann verschwand es, wie auch seine Artgenossen. Sie würden wiederkommen. In einem Schwimmrudel von zehn oder noch mehr Exemplaren. Mano und ihm blieb nicht mehr viel Zeit, um in Sicherheit zu gelangen.

Riesenquallen, alte und schwache Seerösser sowie achtarmige Schwarzkleckser waren die bevorzugte Beute der Streifenkomare. Menschenfleisch mochten sie nicht besonders; doch wenn sie hungrig waren und in Raserei verfielen, nahmen sie auch damit vorlieb.

»Zwischen den beiden Felsen hindurch!«, rief Mano über das Getöse hinweg und deutete auf zwei der größeren Steintitten.

»Das schaffen wir nicht!«, antwortete Hackfresse, ebenfalls schreiend.

»Und ob! Ich hab die Scheißwellen gezählt. Es kommen drei starke, dann zwei mittelstarke, dann eine Handvoll schwache. Die müssen wir ausnutzen.«

Eine Handvoll ... Mano die Latte hatte niemals verstanden, dass es Zahlenbegriffe gab, die über die Zahl der Finger an einer seiner Hände hinausgingen. Als seine Frau nach dem vierten Balg mit Zwillingen aufgewartet und das halbe Dutzend vollgemacht hatte, hatte er nächtelang durchgesoffen. Er würde seine Kinder niemals durchzählen können, und dieser Gedanke hatte ihm gehörige Kopfschmerzen bereitet.

O ja, er war ein Schwachkopf mit dem Verstand eines Regenwurms – und der beste Gefährte auf See, den man sich nur vorstellen konnte.

Mano zählte, während Hackfresse den Mast drehte und das Dreikantsegel so gut es ging in den Wind stellte. Es flatterte im Sturm und drohte, jeden Moment zu reißen. »Jetzt!«, schrie Latte.

Hackfresse setzte sich, packte die Riemen und folgte dem Takt seines Kumpans. Sie flogen dahin, auf die Felsen zu, viel zu weit leewärts, wurden von einer Welle ausgehoben, fanden sich auf einmal wieder um drei Ruderschläge zurückversetzt. Noch war Zeit, noch konnten sie es schaffen!

Hackfresses Muskeln schwollen an. Sie schmerzten ebenso wie seine Beine, sein Hals, sein Bauch. Selbst die Zähne taten weh. Er legte alles in die rasch geführten Ruderschläge.

»Ja!«, brüllte Mano. »Wir haben's gleich!«

Eine gewaltige Woge gischtete über den Fels leewärts. Ihr Boot stand mit einem Mal halb unter Wasser, drohte zu kentern. Latte scherte sich nicht darum. Wie ein Verrückter drosch er mit seinen Rudern auf das Wasser ein, noch rascher und mit noch mehr Kraft. Er wuchs über sich hinaus, und Hackfresse wusste seinem Rhythmus nicht mehr zu folgen. Das Dreikant riss, das Tuch, mit Wasser vollgesogen und schwer, schlug über sein Gesicht. Es fühlte sich an, als hätte ihm Matty Arschlöffel mehrmals mit seinen bratpfannengroßen Fäusten eines übergezogen. *Weiterrudern!*, dachte er betäubt. *Einfach weiterrudern!*

Er starrte in klare hellblaue Augen. Das kleine Menschending kam zu sich. Es richtete den Oberkörper auf und sah sich um. Interessiert und wachsam, ohne einen Funken von Angst zu zeigen.

»Schöpf Wasser!«, rief Hackfresse dem Ding zu. »Los, mach schon!«

Es ignorierte ihn. Es legte den Kopf gegen die Reling und grinste blöd vor sich hin wie ein verträumter und verliebter Junge. Es war verrückt, keine Frage. Von dieser Seite konnte er sich keinerlei Hilfe erwarten.

Die Felsen! Sie waren gleich in Sicherheit! Zwei weitere Ruderschläge, und sie hatten es ins Innere der seltsamen Formation geschafft. Nur noch einen und …

Etwas schlug heftig gegen den Bug des Bootes. Das Geräusch übertönte sogar das Toben des Wassers. Ein weiterer Aufprall steuerbords brachte es beinahe zum Kentern. Die darauffolgenden Schläge beschädigten das Holz. Es zerbarst, unterarmlange Splitter flogen umher. Einer traf Hackfresse im Bereich seines Magens und blieb dort stecken.

Seltsam. Es tut gar nicht weh …

Rings um sie waren riesige Aale, Streifenkomare, deren silberne Rücken ein verwirrendes Bild zeichneten.

»Das sind mehr als … als … das sind scheißviele!«, rief Mano. »Das schaffen wir nie!« Er stand auf und hieb mit einem Ruder auf die Viecher ein. Sie wanden sich, drehten sich, brachten das Wasser zum Schäumen, während das Unwetter seinem Höhepunkt zusteuerte. Da war kalter Wind, der Eiskörnchen mit sich brachte. Sand, der über die Haut rieb, von irgendwo hergeweht. Salz, das in blutende und entzündete Hautstellen biss. Wasserberge, Wassertäler, ein Auf und Ab, ein Hoch und Nieder. Streifenkomare, die sich im Holz verbissen und es stückweise ausbrachen. Die mit ihren Schädeln gegen Bug und Heck prallten, während die rettenden Felsen zum Greifen nahe waren …

»Das Muttervieh!« Hackfresse deutete auf einen abnorm langen Streifenkomaren, der sich abseits hielt. Sein Körper wand sich wie in Ekstase hin und her. Das Gebiss klapperte laut und unregelmäßig, als würde das Tier sprechen und seiner Brut Anweisungen geben.

Mano zog das Messer. Er wog es sorgfältig in der Hand und schleuderte es dann mit selten gesehener Präzision. Er traf, genau zwischen die Augen des Muttertiers. »Da hast du's, du Scheißvieh!«, brüllte Latte.

Blut spritzte, und für wenige Augenblicke kehrte Stille ein. Da war kein tosendes und schäumendes Wasser mehr, kein Donner, kein Platschen, kein Zischen und Schnappen und Fauchen der Komare. Mutter Cabri hielt den Atem an.

Das Muttertier lag ruhig im Wasser, Blut blubberte aus der Wunde. Die Köpfe der Brut wandten sich ihm zu, langsam und behäbig. Kiefer, die eben noch gierig in Richtung des Bootes geschnappt haben, klappten nun zusammen. Die Streifenkomare lauerten. Sie warteten auf den Tod des riesigen Geschöpfs.

Das Muttertier klackerte mit den Zähnen, als würde es seine Brut auslachen. Es schüttelte sich, anfangs behäbig, dann immer wilder. Sein mächtiger Körper schoss hoch in die Luft und platschte schwer ins Wasser zurück, und als wäre das ein Zeichen dafür, dass das Leben weiterging, kehrten auch die Wellen und all die hässlichen Geräusche zurück.

Hackfresse hockte sich nieder. Er umklammerte mit einer Hand die Reling, mit der anderen die Fetzen des Dreikants. Das gab ihm Halt in dieser grausamen Welt, in der es bloß Fressen oder Gefressenwerden hieß. Er beobachtete den riesigen Streifenkomaren, wie er um sein Leben und die Vorherrschaft in seinem Rudel kämpfte. Er streifte mit seinem Körper die Felsen entlang und warf sich dagegen, schüttelte den Leib. So lange, bis das Messer aus der Wunde fiel und in den Tiefen des Meeres verschwand.

Die Brut trieb ruhig durch die aufgewühlten Gewässer. So, als rührte sie das Unwetter nicht. Sie warteten auf ein Zeichen der Schwäche des Muttertiers. Doch es kam nicht, ganz im Gegenteil: Es klackerte nun wieder mit den Zähnen und drehte den Aalleib durchs schäumende Wasser.

Das Boot drohte zu kentern, von neuen Brechern quer gelegt. Hackfresse hatte alle Hände voll zu tun, um die Schaluppe wieder unter Kontrolle zu bekommen. Mano war keine große Hilfe. Er stand bloß da, mit dem sicheren Tritt eines erfahrenen Sauters, und ärgerte sich über den Verlust seines Messers.

Endlich fand Hackfresse Zeit, sich der unmittelbaren Gefahr zu widmen. Den Streifenkomaren und dem Muttertier, das mit Zischlauten und Zähneklappern seiner Brut Anweisungen gab. Die Räuber wandten sich von der blutüberströmten Mutter ab und dem Boot zu. Wie Pfeile kamen sie angeschossen und fielen darüber her. Zwei Planken brachen weg, das Ruder knackste vernehmlich, von unten her drangen hässliche Geräusche an Hackfresses Ohren. Wasser sprudelte an mehreren Stellen ins Innere. Kalte Augen glitzerten ihn an. Weit aufgerissene Mäuler ließen ihn erkennen, welch grausamen Tod Mutter Cabri für ihn vorgesehen hatte. Mano und er starben, weil sie zu gierig gewesen waren. Hackfresse hatte geglaubt, den Fang seines Lebens zu machen – und würde dafür mit seinem Leben bezahlen. *Alles wegen dieses Dings!*

Und als hätte der zarte, schmale Mann seine Gedanken vernommen, stand er auf. Nach wie vor tat er so, als ginge ihn der Kampf um ihr Leben nichts an.

Er lächelte und sagte leise, aber dennoch gut hörbar: »Du weißt, was du zu tun hast.«

Hackfresse erahnte das Gesagte mehr, als dass er es verstand. Der Mann redete in einer Sprache, die kaum Ähnlichkeit mit seiner eigenen hatte, aber die Worte ergaben einen Sinn. Hackfresse wusste, was das Wesen aus der Treibgierde ihm riet.

Es war so wenig Zeit, um kluge Entscheidungen zu treffen. Hackfresse musste handeln, jetzt gleich, wollte er den Tag überleben und am Lagerfeuer von seinem Abenteuer als Sauter erzählen.

»Na dann«, sagte er, packte ein Ruder – und hieb das Blatt seinem Kumpel Mano über den Schädel.

Der drehte sich um. Er wirkte mehr überrascht denn verletzt. Er öffnete den Mund, um eine Frage zu stellen, die ganz gewiss mit einem »Scheiße« begann. Doch Hackfresse ließ ihn nicht mehr zu Wort kommen. Er schlug wieder zu, diesmal direkt ins Gesicht seines Freundes. Zähne splitterten, Blut spritzte, der Kiefer brach.

Noch immer stand Mano die Latte aufrecht. Er war *wirklich* langsam von Begriff. Womöglich wusste der Freund noch nicht, dass er umzufallen hatte.

»Jetzt mach schon!«, rief Hackfresse. »Tu mir den Gefallen.« Er stach Mano das Ruderblatt zwischen die Rippen und trieb ihn hin zum Heck des Bootes, dorthin, wo die meisten Streifenkomare lauerten.

Latte stolperte über ein Seil, verlor das Gleichgewicht. Griff um sich und versuchte, sich festzuhalten. An ihm, an Hackfresses regendurchnässtem Wams. Er wehrte die Hand ab. Er sah zu, wie sein Freund ins Wasser stürzte und mit einem satten Platschen unterging. Nach einigen Sekunden kam eine Hand hoch, dann ein Kopf, der wie eine zermatschte Tomate wirkte. Mano die Latte wollte etwas sagen, etwas rufen. Die Streifenkomare waren heran. Sie umringten ihn, bloß eine Körperlänge vom Boot entfernt. Ihre langen Körper zuckten aufgeregt hin und her, die Silberstreifen ihrer Rücken zeichneten ein verwirrendes Muster ins stürmische Nass.

Das Muttertier zischte einen Befehl, die Brut fiel über Mano her. Der ausgestreckte Arm verschwand zwischen zwei Zahnreihen, während der Rest des Körpers samt Kopf unter Wasser gedrückt wurde. In das Dunkel aufgewühlter Fluten mischte sich ein roter Farbton, der sich rasch verteilte und bald weite Kreise zog, die immer mehr ausdünnten.

Ein Komare blieb in der Nähe des Bootes, während die anderen Mitglieder der Brut um die Beute stritten. Der Komare hielt Manos Arm im Maul, schupfte ihn spielerisch hoch und fing ihn wieder auf. Es sah so aus, als wollte das Vieh Hackfresse verhöhnen.

Der kümmerte sich nicht weiter um das Schauspiel. Er packte die Ruder und schob das Boot vorwärts, zwischen die Karam-Felsen.

Seltsam. Was Mano und ihm gemeinsam so schwergefallen war, ging ihm allein nun leicht von der Hand. Er benötigte bloß wenige Herzschläge, um ins ruhige Gewässer zwischen die Felsnadeln zu gelangen und dort hinter einem der höchsten Steinbrocken Schutz zu finden. Die Streifenkomare blieben zurück, sie misstrauten dem flachen Wasser.

Hier herrschte ohrenbetäubende Stille. Der Wind war nicht zu hören, von den Sturmwellen nichts zu sehen. Handtellergroße Krabben wanderten im hüfttiefen Wasser von einem Korallenstock zum nächsten, gut erkennbar, in völliger Ruhe und ohne sich um das Geschehen ringsum zu scheren. Ein dünnes, rotes Rinnsal verlief steuerbords und entlang des Bootes. Doch es verschwand rasch wieder und hinterließ bloß einen etwas dunkleren Schatten im Türkisblau des ruhigen Wassers, bis auch dieser sich auflöste.

Hackfresse sprang über die Reling und ins Wasser. Er fluchte über mehrere Seeigel, auf die er beinahe getreten wäre, und begutachtete die Schäden am Rumpf des Bootes. »Lässt sich alles wieder in Ordnung bringen«, sagte er. Er starrte das Menschending an. »Wenn du den Preis nicht wert bist, den ich für dich bezahlt habe, Kleiner, dann stirbst du den schlimmsten Tod, den du dir nur vorstellen kannst. Für dich habe ich meinen besten Freund geopfert.«

Der Fremde starrte ihn an. Ahnungslos, interesselos. »Geopfert?«, echote er leise. »Wovon redest du?« Er verdrehte die Augen und fiel mit dem Gesicht nach unten ins Wasser wie ein Sack Kohle.

3. Amelia Dusong

Amelia erwachte von ihrem eigenen Schrei. Sie richtete sich auf, wischte einige wirre Haarsträhnen aus dem Gesicht und sah sich um. Nach links, nach rechts. Die Waffenhand am Messer, das sie stets bei sich trug.

Da war nichts. Bloß das glosende Feuer, das der nächtlichen Dunkelheit ein klein wenig ihres Schreckens nahm.

Sie atmete tief durch und löste die Hand vom Messergriff. Was hätte sie jetzt gegeben für ein winziges Stück vom Glücksbrei! Wie lange war es her, dass sie sich das letzte Mal einen Batzen des Zeugs unter die Nase geschmiert hatte?

Sie warf einige Äste ins Feuer, pustete darauf und wartete geduldig, bis die Flammen aufloderten. Sie schenkten nur bescheidene Wärme. Doch in Zeiten wie diesen musste man sich mit dem kleinsten Glück zufriedengeben. Amelia lehnte sich zurück und rückte den zerschlissenen Mantel zurecht. Er war klamm und steif und feucht und dreckig. Doch sie hätte ihn niemals zurückgelassen und gegen ein besseres Exemplar eingetauscht. Er war ihre letzte Erinnerung an frühere, an bessere Tage.

Ein besseres Exemplar? Amelia kicherte. *Wie sollte ich mir jemals einen Stoff leisten können, der nicht kratzt und nicht stinkt?*

Sie starrte in den Himmel. Die Wolken hingen tief. Irgendwo in der Ferne blitzte es, dort ging ein gehöriges Unwetter nieder. Es war an ihr vorbeigezogen, hatte sie verschont. *Was bin ich doch für ein Glückskind …*

Amelia erinnerte sich an ihren Albtraum. Er hatte sich wie immer um ihre beiden Kinder gedreht. Um zwei Knaben, die umgeben von Luxus und Bediensteten aufgewachsen waren, um dann, nach dem Untergang der Stadt Moina, in den Dienst eines Heerführers des Gottbettlers gezwungen zu werden.

Was war mit Manvin und Golvin geschehen? Lebten sie noch, oder waren sie bei einer der Rückzugsschlachten niedergemetzelt worden, so wie sie es immer wieder in ihren Träumen sah?

Amelia wischte sich die Tränen aus den Augenwinkeln. Seltsam, dass sie nach all den Monaten und Jahren immer noch welche hervorbringen konnte. Sie hatte so oft und so lange geweint, dass man damit ganze Weinfässer hätte füllen können.

»Und was hat es mir gebracht?«, murmelte Amelia und gab sich gleich selbst die Antwort: »Gar nichts. Die Kinder sind nach wie vor weg, ich lebe immer noch wie der letzte Abschaum.«

Das hätte nicht sein müssen, flüsterte Menetekel. *Du hättest meine Ratschläge befolgen sollen. Dann würde es dir heute gut gehen. Du würdest in einem richtigen Bett liegen, von Daunendecken bedeckt, hättest einen dir treu ergebenen Mann und hättest keine größeren Probleme als die Suche nach dem passenden Kleid für die nächste Abendgesellschaft.*

Amelia ignorierte die Stimme tunlichst. Sie drang aus dem Nirgendwo an ihr Ohr und stammte von einem Wesen, das es bloß in ihrer Einbildung gab. Menetekel log, wann auch immer er sich bemerkbar machte.

Wir beide könnten wieder gute Freunde sein. So wie früher, damals in Moina. Weißt du noch? Das gute Essen, der Luxus, die Lust, all die Annehmlichkeiten im Haus des Krämers.

O ja. Amelia hätte diese Gedanken gern für alle Zeit aus ihrem Kopf gebannt, doch es wollte ihr nicht gelingen. Menetekel sorgte dafür, dass die Erinnerungen frisch und farbig blieben.

Du zahlst die Zeche dafür, Weib, dass du meinen Anregungen nicht folgst. Aber so warst du schon immer. Stets mit dem Kopf durch die Wand und nur ja nicht auf jene hören, die dir Gutes wollen.

»Lass mich in Ruhe!«, schrie Amelia, so laut sie konnte – und hielt sich gleich darauf die Hände erschrocken vor den Mund. Es war niemals gut, die nächtliche Ruhe zu stören. Vater Wald war unbarmherzig gegenüber Störenfrieden, wie ihr einer ihrer Liebhaber einmal erzählt hatte.

Wie kann man bloß so dumm sein?, höhnte Menetekel. *Mich wirst du niemals wieder los. Wir sind aneinander gefesselt, bis ans Ende aller Tage. Und jetzt bereite dich auf ein paar unangenehme Momente vor. Wir sind nicht mehr allein.*

Amelia sprang hoch und drehte sich langsam im Kreis. Menetekel war ein Quälgeist, und er hasste sie. Doch er hatte ein Gespür für das, was in der Zukunft lag.

Hinter ihr war Fels, der sie vor Wind und möglichen Gefahren schützte. Rechts eine Böschung, einige verkrüppelte Tannengewächse und eine Grube, in der sich brackiges Wasser gesammelt hatte. Links der Weg, den sie gekommen war. Geradeaus, hinter dem Feuer, begann jenes Stück des Waldes, das sie mit den ersten Sonnenstrahlen begehen würde. Amelia kniff die Augen zusammen, immer wieder. Das Zucken der Flammen schränkte ihre Sicht ein. Dahinter mochte sich etwas vor ihr verbergen, etwas Schreckliches.

»Das Böse kommt in dieser Gegend stets aus dem Licht«, hatte ihr eine zahnlose Alte hinterhergerufen, als Amelia sie nach dem Weg Richtung Arabeor gefragt hatte. Und noch einmal: »Achte auf das Licht!«

Amelia verfluchte ihre Unvorsichtigkeit. Sie hatte, aus ihrem Traum gerissen, das Feuer viel zu stark angefacht. Weil die Kälte in ihren Leib gekrochen war und sie nicht nachgedacht hatte. Es brannte nun lichterloh und verwehrte ihr den Blick auf das offene Land.

Amelia schnappte zwei glosende Holzstücke und steckte sie in feuchte Erde, sodass sie leise zischend erloschen, und verteilte dann weitere Äste mit Fußtritten in alle Himmelsrichtungen. Dabei achtete sie auf Geräusche, die nicht hierher gehörten. Ihre Ohren waren in den letzten Tagen im Tann geschärft worden. Sie wusste, was hierher gehörte und was nicht.

Ein Luftzug. Etwas, das auf sie zusprang. Amelia brachte die Rechte mit dem Messer gerade noch hoch – doch die Waffe wurde ihr aus der Hand geprellt, und sie selbst stürzte zu Boden, ausgehebelt durch einen Fußtritt und eine blitzschnelle Armbewegung.

Amelia landete schwer und blieb atemlos liegen.

Ich hab's dir doch gesagt!, meldete sich Menetekel zu Wort und ließ ein hässliches Lachen folgen.

Sie krabbelte bäuchlings nach hinten und drehte sich, schnappte nach Luft, trat wie wild um sich, ohne auf Widerstand zu treffen. Ihr Gegner war flink wie der Wind. Eine kleine Gestalt mit einem viel zu großen Mantel hüpfte wie ein Ball umher, war mal hinter, war mal vor ihr. Und jedes Mal, wenn sie nicht damit rechnete, bekam sie einen Tritt oder einen Schlag. Gegen den Kopf, gegen die Knie, in den Magen. Der andere kämpfte auf allen Linien unfair, und er hatte jede Menge Spaß daran.

»Bist ein Wildtäubchen, nicht wahr?«, hörte Amelia eine hohe Stimme. »Möchtest mit mir spielen. Ich mag Spiele. Ich mag Wildtäubchen.«

Ein weiterer Schlag, gegen ihr Kinn geführt. Haut platzte, der Schmerz war kaum zu ertragen.

»Hab immer Spaß, bin ein gar lustiger Gesell«, fuhr der Unbekannte fort, während er sie umtanzte. Es klang wie ein Singsang. Wie ein Lied, das eine Mutter ihrem Kind vorsang, immer wieder. »Mag das Land, mag die Leut, komm viel herum – und fick dich heut!«

Er packte Amelia an einem Bein und hob sie hoch. Sie schwang kopfüber, trat und schlug um sich, ohne ihren unbekannten Gegner zu treffen.

Irgendwann ließ der Mann sie fallen und warf sich über sie. Er umfasste ihre Armgelenke, die Beine pressten sich um ihren Leib. Das Gesicht des Unbekannten wurde großteils vom Stoff einer Kapuze verdeckt. Einzig der Mund und ein fliehendes Kinn waren zu sehen. Und ein Lächeln, das abgrundtief böse wirkte.

»Wie wär's mit uns beiden, holde Maid?«, flüsterte der Mann. Er stank nach Zwiebeln und nach billigem Fusel. »Ich kann dich auch bezahlen.«

Amelia schloss die Augen und hörte auf, sich zu wehren. Es war eine Entscheidung der Vernunft, wie so viele, die sie während der letzten Monate getroffen hatte. Sie war dem Kerl hoffnungslos unterlegen. Je mehr sie sich wehrte, desto mehr würde er sich an ihrem Leid aufgeilen und ihr weiteren Schmerz zufügen. Sie kannte diese abwärts führende Spirale, war oft genug darin gefangen gewesen.

Also entspannte sie die Muskeln und legte sich flach hin. Sie starrte am Kapuzengesicht vorbei, hoch zu den wenigen Sternen, die zwischen dem Geäst rings um sie zu sehen waren.

Der Mann zog seine Hose runter, griff mit beiden Händen zwischen ihre Beine und spreizte sie. »Das war's schon, Weib? Mehr Kampfgeist steckt nicht in dir?«

Sie sagte kein Wort. Auch nicht, als er sie im Rhythmus seiner Stöße zu schlagen begann. Einmal links, einmal rechts. Ins Gesicht. Immer wieder, immer rascher. Sie ging mit den Schlägen mit, um die Wucht zu verringern. Ihre Wangen waren feucht und klebrig, ihre Nase verstopft vom Blut.

Es war einerlei. Es war, wie es war. Sie führte das Leben einer Vogelfreien. Einer Frau, die von einem Ort zum nächsten wanderte und dabei keinerlei Schutz genoss.

Der Mann kam mit einem lauten Grunzen, sein Leib zitterte. Dann ließ er sich schwer auf sie fallen, um sich schon wenige Augenblicke später von ihr zu lösen und aufzustehen. »Das war nicht sonderlich überzeugend«, sagte er. »Du bräuchtest einen Lehrmeister wie mich, der dir zeigt, wie man einen Mann glücklich macht.«

Er zog die Hose hoch, ohne sie aus den Augen zu lassen. Er wusste ganz genau, dass sie ihm ihr Messer in den Rücken rammen würde, sobald er ihr auch nur die geringste Chance dazu ließ. Sie war ganz gewiss nicht die erste Frau, an der er sich vergangen hatte.

»Ich kenne dich«, sagte er zu ihrer Überraschung. »Du bist eines dieser Luxusweibchen, das Heerführer Metcairn Nife in Moina in seinen Dienst gezwungen hat. Ihr habt den Tross begleitet. Ganz hinten. Dort, wo einfache Leute wie ich niemals rangekommen sind. Ihr wart den Offizieren und verdienstvollen Kämpfern vorbehalten.« Er spuckte neben ihr aus. »Hunderte Male habe ich zugesehen, wie du sie angelächelt hast, die Goldfasane. Für einen wie mich hattest du niemals einen Blick über.«

Sollte sie ihm sagen, wie es in den Wagenburgen *wirklich* gewesen war? Eingehüllt in schwere Decken und Parfumwolken, die sie und alle ihre Kolleginnen benötigt hatten, um den Geruch von Schweiß und Sperma zu überdecken? Ein Dutzend

Mal im Laufe des Tages benutzt wie ein Abtritt, um dann in den Abendstunden, wenn das Lager errichtet wurde, manchmal zwei oder drei Männern gleichzeitig gefügig zu sein. Dieses Lächeln war ihre einzige Waffe gewesen. Eine Maske, hinter der sie sich verborgen hatte, und ein Weg, den Schmerz zu verbergen.

Amelia blieb stumm. Es würde nichts nützen. Dieser Mann war nicht besser – und auch nicht schlechter – als all die anderen, die sich über sie gewälzt hatten.

»Na schön«, brummelte er. »Nichts für ungut.« Er warf ihr ein Stück Tuch zu. »Wisch dir das Blut ab und sieh zu, dass du rasch von hier wegkommst. Der Wald ist gefährlich. Man munkelt von dunklen, unheimlichen Gestalten.«

Empfand er tatsächlich so etwas wie ein schlechtes Gewissen?

»Dein Lohn.«

Zwei Münzen klimperten über Fels, sie rollten irgendwohin. Amelia merkte sich, wo sie landeten. Sie empfand schon lange keinen Stolz mehr. Geld bedeutete Essen, und Essen bedeutete Leben.

Der Mann schlurfte davon, so als würde er ein Bein nachziehen. Amelia schloss die Augen und versuchte sich in allen Einzelheiten zu merken, was eben geschehen war, welche Eigenheiten der Mann hatte, wie er sich bewegte, wie er aussah. Es war nicht viel. Doch sie würde sich an den Mund erinnern. Daran, dass er narbige, lederhäutige Hände hatte. Daran, dass er im Heer des Gottbettlers gedient hatte und in der Nachhut marschiert war. Andernfalls hätte er sie niemals zu Gesicht bekommen.

Amelia beendete diesen schmerzvollen, aber wichtigen Akt, hakte die Erlebnisse des heutigen Tages ab und versperrte die Erinnerungen in einem Kämmerchen ihres Gedächtnisses. Vielleicht würde sie sie eines Tages wieder hervorholen.

Sie erhob sich bei Morgendämmerung und schleppte sich zum mit Wasser gefüllten Erdloch, um sich gründlich zu waschen. Rotkehlchen und Nasenveigelchen zwitscherten. Einer Mär nach, die sie in ihrer Kindheit von der Mutter erzählt bekommen hatte, gehörten Nasenveigelchen zu den stolzesten Vögeln des Weltenrunds. Sie waren der Meinung, dass die Sonne nur ihretwegen aufging. Würden sie einmal ihren Morgenruf vergessen, würde jedwedes Geschöpf in Schlaf und ewiger Dämmerung verharren.

Das Zwitschern klang freundlich und wohlgemut. Mit ein wenig Fett, das sie in einem Holztiegel mit sich führte, versorgte Amelia sorgfältig die Abschürfungen, die offenen Wunden und ihre Füße. Das Schuhwerk war schlecht, die Riemen scheuerten. Immerhin hatte sie noch etwas, das sie vor Dornengewächsen, Nesseln und anderen Unannehmlichkeiten schützte.

Ich hab dich gewarnt!, meldete sich Menetekel zu Wort.

»Ja, du hast mich gewarnt«, sagte sie leise und beendete ihre Körperpflege.

Glaubst du wirklich, dass du all jene erwischen wirst, die sich je an dir vergangen haben? Warum vergisst du sie nicht einfach und blickst vorwärts?

»Ich vergesse nicht, aber ich schiebe diese Dinge beiseite. So, dass sie mich nicht behindern.«

Du belügst dich selbst, Amelia. Ich lebe in deinem Geist, ich nähre mich von ihm.

»Lass mich in Ruhe.« Sie kümmerte sich nicht weiter um das Geplapper, das in ihr tönte, und nahm ihre wenigen Habseligkeiten an sich, zog den zerschlissenen Mantel enger um sich und steckte die Münzen ein, die ihr Schänder ihr hingeworfen hatte. Dann machte sie sich auf den Weg.

4. Eldar

Er verstand die Welt ringsum nicht. Sie bestand aus sich rasch bewegenden Schatten. Aus Tönen und Gerüchen, die, kaum dass er sie wahrnahm, auch schon wieder weg waren.

Er fühlte Schmerz. Pfeile durchbohrten ihn, seine Haut fühlte sich an, als würde man sie mit einem Nagelbrett bearbeiten.

Wo war er, was tat er hier? Was geschah mit ihm? Eldar versuchte sich zu erinnern. An das, was er früher einmal gewesen war und was er vorgehabt hatte. Doch da war nichts, er konnte keinen Gedanken länger als einige Augenblicke halten.

Jemand zerrte an ihm. Irgendwo in seinem Körper knackste etwas, doch der andere scherte sich nicht darum, schleuderte ihn mit großer Wucht zu Boden. Dann war eine Weile Ruhe.

Eldar versuchte zu atmen. Es gelang ihm kaum. Er lag mit dem Gesicht nach unten und schluckte Wasser. Salzwasser. Er würde ersticken, wenn er nicht rasch wieder hochkam.

Der Boden unter ihm schwankte heftig, und Eldar begriff: Er lag in einem Boot, das sich allmählich mit Wasser füllte.

Die Treibgierde ...

Das Wort erinnerte ihn an etwas. Daran, dass er den Versuch unternommen hatte zu fliehen. Um Hilfe zu holen für ... für ...

Weiter reichte sein träger Verstand nicht. Eldar musste sich damit zufriedengeben, etwas mit dieser Treibgierde zu tun zu haben. Es gab andere, wichtigere Dinge, um die er sich kümmern musste. Es galt zu überleben. Er musste verstehen lernen, warum alles ringsum so rasend schnell geschah und warum er diese schreckliche Müdigkeit in seinen Knochen fühlte.

Er wurde erneut gepackt und auf den Rücken gedreht. Das Schaukeln des Bootes erzeugte Übelkeit in ihm. Holz splitterte, Teile davon durchbohrten ihn, er starrte einem Monster ins zahnbewehrte Maul, über ihm wechselten immer wieder Licht und Schatten. Die Nadelstiche, die er fühlte, stammten vom Regen. Tropfen prallten hart auf seine nackten Haut. Es gab nichts, mit dem er sich dagegen schützen konnte. Jede seiner Bewegungen nahm unendlich viel Zeit in Anspruch.

Das Schaukeln ließ nach. Ein Schrei ertönte, brach aber gleich wieder ab. Flüssigkeit klatschte gegen seinen Oberkörper. Erstaunt stellte Eldar fest, dass sie rot war, rot wie Blut, und noch während er zusah, verwässerte der Regen die Farbe zu einem Blassrosa.

Felslandschaften zogen an ihm vorbei, das Hoch und Nieder endete. Der Schatten neben ihm wurde zu einer Gestalt und von einer Gestalt zu einem Mann mit furchterregendem Gesicht.

»... Kleiner, dann stirbst du den schlimmsten Tod, den du dir nur vorstellen kannst. Für dich habe ich meinen besten Freund geopfert«, hörte er den anderen mit tiefer, schleppender Stimme sagen, in einer Sprache, die er zwar verstand, die sich aber dennoch gehörig von seiner eigenen unterschied.

»Geopfert?« Eldar versuchte den Sinn dieser Worte zu erraten. Er versuchte aufzustehen, und es gelang ihm. Irgendwie. »Wovon redest du?«

Mehr brachte er nicht hervor. Schwindel befiel ihn, und mit einem Mal fror ihn. So sehr, dass er meinte, zu Eis zu erstarren. Er fiel vornüber, ohne etwas dagegen unternehmen zu können. Den Aufprall im Bug des Bootes fühlte er noch, diese Explosion neuer Schmerzen. Dann umgab ihn Schwärze.

»... verträgst wohl gar nichts«, waren die ersten Worte, die Eldar hörte, als er wieder zu sich kam. »Wachst auf und fällst gleich wieder um wie ein Stein.«

Er wagte nicht hochzusehen, aus Angst, erneut mit diesen Schattengestalten konfrontiert zu werden, die sich so rasend schnell bewegt hatten. Er fühlte Hitze auf seinem Gesicht, die wärmenden Strahlen der Sonne. Seine Haut juckte, er verspürte grässlichen Durst. Ein Segel knatterte gut hörbar im Wind. Lastwechsel und Windzug verrieten ihm, dass das Boot, in dem er lag, mit großer Geschwindigkeit durchs Wasser pflügte.

»Kannst ruhig die Augen aufmachen, Kleiner. Ich weiß, dass du wach bist.«

Eldar blinzelte und hielt die Hände vors Gesicht. Das Licht der Sonne schmerzte, so als sei er ihm seit Jahren nicht mehr ausgesetzt gewesen. Langsam stemmte er den Oberkörper hoch. Die Brust schmerzte, und am liebsten wäre er wieder zurückgesunken. Doch der Mann vor ihm musterte ihn argwöhnisch. Es war nicht gut, Schwäche zu zeigen. Nicht in der Situation, in der er sich befand.

»Wo bin ich?«, krächzte Eldar. Sein Hals schmerzte, und dankbar griff er nach der Fellflasche, die ihm sein Gegenüber reichte, nahm einige Schlucke. Das Wasser war lauwarm und schmeckte abgestanden, und doch fühlte er sich gleich darauf besser.

»Etwa drei Seemeilen von Bludkap entfernt«, antwortete der Mann. Er spuckte braunen Sud über die Reling. Mit einem Arm umschlang er ein Ruder so, als wäre es sein wertvollster Besitz.

»Du kennst doch Bludkap, oder? Weithin bekannt als Heimat der hässlichsten Weiber und der geschicktesten Sauter.«

Sauter? Eldar hatte dieses Wort noch nie gehört. Wahrscheinlich entstammte es diesem grässlichen Dialekt des Mannes. »Leider nein, ich kenne Bludkap nicht. Ist das eine Offene Stadt des Altmabischen Reichs?«

»Was redest du für einen Unsinn daher! Steh auf, du kannst dich nützlich machen.«

Eldar gehorchte. Es war nicht gut, den Mann mit dem verunstalteten Gesicht zu reizen. Er hievte seinen Körper hoch und hielt sich am Mast fest. Das Holz zeigte Biss- und Kratzspuren. Es war mit Tau umwickelt, und der Mast wirkte, als könnte er jederzeit auseinanderbrechen. Eldar legte den Kopf in den Nacken und besah sich das Segel. Jemand hatte es mit ungelenker Hand geflickt, und an mehreren Stellen lösten sich die Stiche bereits wieder auf.

»Wie heißt'n du eigentlich?«, fragte sein Gesprächspartner. »Ich bin Hackfresse. Vierter Mann in Bludkap. Ein Wertvoller.« Er klopfte sich stolz auf die Brust. »Ohne mich würde im Dorf kaum was laufen.«

»Ich bin Eldar«, antwortete er knapp. Er blickte an sich hinab. Er trug schäbige Kleidung, die seinen Körper umschlotterte und ihm ganz gewiss nicht gehörte.

»Mehr hast du nicht zu bieten, Eldar? Hast du keinen Ehrennamen?«

»Dort, wo ich herkomme, gibt es so etwas nicht.«

»Tatsächlich? Wie schade.« Hackfresse schüttelte den Kopf. »Wie ist's denn eigentlich in der Treibgierde? Bring mir mal das Seil rüber.« Er deutete in Richtung eines kleinen Verschlags, der kaum groß genug war, um zwei Personen als beschatteter Sitzplatz zu dienen. Er war mit allerlei Krempel angefüllt, darunter hauptsächlich Seemannszeug und fingerdickes Tau.

»Ich kann mich nicht erinnern.« *Treibgierde* ... Das war ein Begriff, den er kannte. Sein Herz begann heftig zu pochen. Da war ein kleiner Erinnerungsflecken inmitten eines großen grauen Feldes.

Er stammte aus der Treibgierde!

»Was? Du weißt nicht, wie's im Inneren so zugeht?«

»Das Wissen steckt da drin.« Eldar deutete mit dem Zeigefinger auf seine Schläfen. »Aber es will nicht raus.«

»Dann streng dich mal an, kleiner Mann.«

»Das dauert höchstens ein paar Tage oder Wochen.« Eldar legte sich seine Worte sorgfältig zurecht. »Ich möchte mich übrigens bedanken, dass du mich aus der Treibgierde befreit hast.«

»Es war nicht viel zu tun, Kleiner. Du warst mit einem Mal da. Wir ... ich hab bloß ein wenig nachgeholfen. Das war ja wohl selbstverständlich.«

»Dennoch hätte ich es ohne dich nicht geschafft.«

Hackfresse entblößte sein Pferdegebiss. »Du wirst in nächster Zeit ausreichend Gelegenheit bekommen, mir deine Dankbarkeit zu beweisen. Um mich gleich ein wenig aufzuheitern, möchte ich, dass du dir eine gute Geschichte ausdenkst, wie es denn in der Treibgierde so aussieht.«

»Ich verstehe nicht ...«

»Das ist ganz einfach, Kleiner. Ich habe dich befreit, also bist du nun mein Eigentum. Ich bestimme, was du zu tun hast. Leute werden von nah und fern kommen, um dich zu bewundern. Bewohner der Steilstädte werden von deiner Flucht aus der Treibgierde erfahren und anreisen, um dich mir abzukaufen. Du bist allerdings nur etwas wert, wenn du weißt, was da drin so vor sich geht.«

»Du möchtest mich *verkaufen*?« Eldar schüttelte den Kopf. »Ich bin kein Sklave, ich gehöre niemandem!«

»Dort, wo du herkommst, mag das ja stimmen. Aber hier bin ich Gesetz. Ich bin Sauter. Ein Jäger, dem alles gehört, was er aus der Treibgierde befreien kann. Und du bist bloß ein Ding. Ein Gegenstand mit hohem Wert – aber ohne jedes Recht.«

Hackfresse band kurzerhand das Ruder fest, stand auf, blickte nachdenklich auf Eldar hinab und versetzte ihm einen Hieb quer übers Gesicht, der den anderen beinahe über Bord schleuderte. Der Mann führte den Schlag gleichgültig, so wie man eine alltägliche Arbeit verrichtete, und setzte sich gleich wieder.

»So, das wäre dann wohl geklärt, Ding Eldar. Und jetzt noch mal von vorn: Wie war es denn so in der Treibgierde? Was kannst du mir darüber erzählen? Und denk dran: Die Leute in Bludkap mögen spannende Geschichten.«

Bludkap entpuppte sich als Dorf mit etwa drei Dutzend windschiefen Hütten, vier größeren Gebäuden, einigen Viehweiden und einem Hafen, der angesichts der wenigen Bewohner viel zu groß wirkte. Unzählige Netze waren zum Trocknen aufgehängt worden, mehrere Fischerboote lagen innerhalb sicherer Kaimauern festgemacht. Manche von ihnen zeugten von bescheidenem Wohlstand, andere wirkten schäbig.

»Dort ist Tinte«, sagte Hackfresse und deutete in Richtung eines Geschöpfs, das weit vornübergebeugt Richtung Hafen hastete. »Tinte ist mein Weib. Wenn du sie von dir überzeugen kannst, wird es dir auch bei allen anderen Bewohnern Bludkaps gelingen.«

Eldar hatte noch immer nicht zur Gänze begriffen, was Hackfresse eigentlich von ihm wollte. Er galt offenbar als rares Beutestück. Als etwas, das die Wände der Treibgierde überwunden hatte und darum besonders wertvoll war. Eldar würde in den nächsten Tagen herumgereicht werden und sollte die Bewohner des kleinen Nests davon überzeugen, dass er tatsächlich aus dem merkwürdigen Gebilde inmitten der Canubrischen See gekommen war. Und danach, wenn sich die Aufregung gelegt hatte? Was würde dann geschehen?

Hackfresse schien seine Gedanken zu erraten. »Du bist'n Schaustück, Eldar. Es gibt in den Steilstädten vertrocknete alte Greise, die sich für Dinge, wie du eines bist, interessieren. Sie faseln von alten Kulturen, von besseren Zeiten. Du wirst ihnen Rede und Antwort stehen, und die alten Zausel werden mich fürstlich dafür entlohnen.« Hackfresse grinste. »Noch niemals hat ein Sauter aus Bludkap ein derart gutes Geschäft gemacht. Du machst mich reich, mein Junge, so richtig reich!«

»Das freut mich zu hören. Aber was geschieht, wenn mich die Historiker nicht mehr benötigen?«

»An deiner Stelle würde ich versuchen, möglichst lange interessant für diese Sauertöpfe zu bleiben. Wenn du mir kein Geld mehr einbringst, sehe ich wenig Grund, dich durchzufüttern. Entweder verkaufe ich dich als Sklaven an Wanderhändler, oder aber ich frage einen der hiesigen Schweinehirten. Die sind stets an abwechslungsreicher Kost für ihre lieben Tierchen interessiert.«

»Ich verstehe«, sagte Eldar und schluckte schwer.

Hackfresse zog die Segel ein, vertäute das Boot und zog sich dann zum Pier hoch. »Tinte!«, rief er. »Ich dachte schon, ich würde dich niemals wiedersehen!«

»Das hätte dir so gepasst!«, hörte Eldar eine heisere Stimme. »Du verschwindest mal für ein paar Wochen, und ich kümmer mich indes um deine Brut. Aber nicht mit mir, Freundchen! Sei froh, dass du heute zurückgekehrt bist. Andernfalls hätte ich meine Brüder ausgeschickt, um dich zu holen. Wo warst du? Hast du die letzten drei Nächte in Arabeor durchgesoffen?

Hast du wieder mal alles Geld bei den Nutten verprasst? Na warte, du kannst was erleben!«

Eldar hielt es für eine gute Idee, sich Zeit zu lassen. Er hatte keine Lust, in einen Ehestreit hineingezogen zu werden.

Und wenn er versuchte, mit dem Boot zu entwischen? Er war ein Gefangener. Er würde wie ein Stück Ware weitergereicht und benutzt werden, und wenn er nicht aufpasste, endete er binnen Jahresfrist in einem Saumagen. Doch Eldar entschied sich gegen die Flucht. Er fühlte sich unwohl an Bord des kleinen Schiffleins. Offenbar hatte er wenig bis gar keine Erfahrung auf hoher See gemacht. Die wettergegerbten Fischer, die sich im Hafen um den Fang, Netze und Ausbesserungsarbeiten an ihren Schaluppen kümmerten, hätten ihn rasch eingeholt. Wie die Strafe für einen Fluchtversuch aussah, wollte er sich lieber nicht vorstellen.

Hätte er sich bloß erinnern können, was mit ihm geschehen war und was er mit dieser Treibgierde zu tun gehabt hatte! Die Antworten auf all seine Fragen steckten in ihm drin. Doch die Erinnerungen an ein früheres Leben blieben verschüttet, sosehr er sich auch anstrengte.

»Aber nicht doch, Tinte! … Hör endlich auf! … Au! Die anderen Sauter sehen zu, Weib! Was machst du da, was … Au! Verdammt noch mal, lass das! … Nicht da schlagen, nein! Das wagst du nicht! Au! Na warte …«

Erst als Hackfresse verstummte und die dumpfen Geräusche endeten, die auf gut gezielte Schläge hindeuteten, wagte es Eldar, über algenverklebte Holzsprossen hoch zum Pier zu steigen.

Hackfresse und Tinte standen da, eng umschlungen. Ein hässlicher großer Mann und eine untersetzte Frau mit dem Hintern eines gut genährten Seerosses. Nichts war mehr von jener Auseinandersetzung zu bemerken, die sie eben geführt hatten. Die Eheleute küssten und befummelten sich mit unerwarteter Leidenschaft, und Eldar hätte es nicht gewundert, wenn sie sich auf die Holzplanken niedergelassen hätten, um zu kopulieren.

Kopulieren ist ein Wort, das keiner der Fischer hier in den Mund nehmen würde, sagte sich Eldar. *Ich verfüge über einen anderen, feineren Wortschatz als diese Leute. Womöglich stamme ich aus vornehmem Haus.*

Hackfresse löste sich sacht von seiner Frau. Ein letztes lautes Schmatzgeräusch ertönte, dann sagte er laut vernehmlich: »Vergiss alle Sorgen, Weib! Von nun an werden wir auf Daunenbetten schlafen, das fetteste Fleisch der fettesten Säue essen und Ingomme den Schlauen dafür bezahlen, dass er unseren Kindern das Zählen mit allen zehn Fingern beibringt.«

»Was redest du da für einen Unsinn? Wer ist dein Freund? Etwa einer deiner Saufkumpane, den ich nun auch noch durchfüttern soll?« Tinte puffte ihren Mann zwischen die Rippen.

Hackfresse winkte Eldar näher. Er gehorchte, auch wenn er sich vor der so robust wirkenden Frau fürchtete.

»Dieses Ding ist alles Gold des Dorfes wert«, sagte Hackfresse andachtsvoll. »Ich habe es gefunden, und es gehört mir ganz allein.« Er machte eine weitere Pause und steigerte die Spannung. Fischer, die sich bislang nicht weiter um das Pärchen gekümmert hatten, spitzten nun die Ohren. Mit lauter Stimme verkündete der Sauter: »Ich habe es befreit. Es steckte in der Treibgierde fest, und ich habe es daraus hervorgezogen!«

Einem Fischer fiel die Reuse aus der Hand, ein Bauernlümmel biss seine dünne Pfeife entzwei. Das junge Mädchen, das eben mit seinem Einkauf entlang des Piers nach Hause hatte laufen wollen, blieb so abrupt stehen, dass mehrere Äpfel aus dem Weidenkorb kullerten und ins Wasser fielen. Es war, als würde die Welt stillstehen.

»Wenn das eine verfluchte Lüge ist«, sagte Tinte leise,

»dann bekommst du zu Hause den Arsch so richtig voll. Wie kannst du uns bloß so blamieren, du …?«

»Es ist die Wahrheit«, unterbrach Hackfresse sie, um dann, wieder an die Menschen ringsum gerichtet, fortzufahren: »Es dauerte fast einen halben Tag, bis Mano und ich das Ding befreit und in unser Boot gehievt hatten. Es war ein Kampf, der uns all unsere Kräfte abverlangte. Ein Sturm kam auf. Es war, als wollten die Götter unsere Standfestigkeit prüfen. Wir widerstanden. Wir unternahmen alles, um dieses Ding auf unsere Seite zu holen. Ich gewann.« Hackfresse senkte den Kopf. »Mano hingegen verlor. Er büßte sein Leben ein. Mein Freund ist tot.«

Der Verlust eines Menschenlebens schien die Bewohner Bludkaps nicht weiter zu kümmern. Einer nach dem anderen betraten sie den Pier, rückten Hackfresse und Tinte immer näher, wollten sich an den beiden vorbeidrängen, auf ihn, auf Eldar zu.

»Bleibt weg!« Hackfresse stellte sich der Menge breitbeinig in den Weg. »Es ist noch nicht so weit. Das Ding verwendet eine seltsame, kaum verständliche Sprache, und es ist noch schwach. Wir müssen es erst vorbereiten, damit es imstande ist, eure und meine Fragen zu beantworten.«

Die Kinder, Frauen und Männer scherten sich nicht weiter um Hackfresse. Sie drückten sich an ihm vorbei, waren bloß noch zehn oder zwölf Schritte von Eldar entfernt. In ihren Augen sah er Angst. Gier. Sehnsucht. Eifersucht. Sie neideten Hackfresse den Fang.

»Was fällt euch ein! Schert euch gefälligst nach Hause! Wer das Ding angreift, bekommt es mit mir zu tun! Ihr wisst, was das bedeutet.« Tinte schaffte, was ihrem Mann nicht gelang, nämlich dass die mehr als zwanzig Versammelten zurückwichen. Das Weib blieb ruhig stehen, die Hände in die Hüften gestemmt. Sie war einen Kopf kleiner als Eldar und ganz gewiss nicht dazu in der Lage, den Männern Bludkaps beizukommen. Doch die Leute zogen sich zurück, wohl aus Furcht vor Tintes lautem Mundwerk. Sie gingen ihres Weges und warfen immer wieder ängstliche Blicke über die Schultern zurück, hin zu der feisten Frau.

Erst als sich die Menge zerstreut hatte, entspannte sie sich. »Dein Kopf ist wirklich so hohl, wie er hässlich ist!«, keifte sie Hackfresse an. »Was meinst du, was in den nächsten Tagen los sein wird? Jedermann wird das Ding aus der Treibgierde sehen wollen. Nicht nur unsere freundlichen Nachbarn, sondern auch Tagediebe, Marodeure und Mörder. Es wird sich rasch herumsprechen, welchen Schatz wir unter unserem Dach beherbergen. Man wird alles unternehmen, um ihn uns wegzunehmen.«

»Darf ich bitte schön …«

»Du hältst gefälligst das Maul!«, unterbrach Tinte Eldar. Sie wandte sich ihm zu. »Du redest nur, wenn du gefragt wirst. Hast du verstanden, Ding?«

Eldar sah ihr erstmals ins Gesicht. Er verstand nun, warum sie jedermann *Tinte* nannte. Das feine Puppengesicht wirkte alterslos und auf seine Art hübsch. Doch Kinn, Mund und Wangen waren von einem dunkelroten, fast blauen Wundmal bedeckt, dessen gezackte Ausläufer bis zu den Ohren und den Augen reichten.

»Ich habe verstanden«, sagte Eldar und starrte wieder zu Boden.

Tinte wandte sich neuerlich ihrem Mann zu. »Wie war das nun *wirklich* mit Mano?«

»Ich weiß nicht, was du meinst.«

»Diese Dorftölpel kannst du vielleicht täuschen, aber mich nicht. Ich rieche deine Lügen zwei Meilen gegen den Wind.

Also? Hast du ihn beiseitegeschafft, weil du die Beute nicht durch zwei teilen wolltest?«

»So war das nicht, Tinte.«

»Aber du hast dafür gesorgt, dass er nicht nach Bludkap zurückkehrte. Du hast deinen besten Freund getötet.«

»Na ja …« Hackfresse stand da und wagte es nicht, seiner Frau in die Augen zu blicken. Das schlechte Gewissen nagte an ihm, keine Frage, und am liebsten hätte Eldar ihm beigestanden, angesichts dieses schrecklichen Weibes, das sich einen Spaß draus machte, ihn zu demütigen.

»Gut hast du's gemacht!« Tinte grinste. »Es war wirklich an der Zeit, dass du Latte entsorgt hast. Er war dümmer noch als du, war ein Taugenichts und hat für böses Blut gesorgt, indem er jedem Rock in Bludkap hinterhergehechelt ist.«

»Etwa auch dir?«, fragte Hackfresse argwöhnisch.

»Es gibt Dinge, die gehen dich nichts an.« Tinte klatschte in die Hände. »Willst du hier Wurzeln schlagen? Wir gehen nach Hause und verbergen das Ding vor neugierigen Blicken. Mave, Kendra, Sbin und die anderen Weiber zerreißen sich sicherlich schon das Maul über uns und unseren Fang. Oh, wie ich diese Tratscherei hasse!«

Hackfresse packte Eldar am Oberarm und schob ihn vor sich her. Der Sauter hatte Kräfte, denen der andere nichts entgegenzusetzen hatte. Er wurde geknufft, gezogen und geschoben, fort vom Hafen und auf den Ortsrand zu. Eldar keuchte, sein Herz raste. Er konnte sich kaum noch auf den Beinen halten. Ihm war, als hätte er sich wochenlang nicht bewegt und hätte bloß auf der faulen Haut gelegen. Er beugte sich nach vorn, stützte die Hände auf die Knie und atmete kräftig durch. Er war so schrecklich müde …

»Mach mir jetzt bloß nicht schlapp!«, sagte Hackfresse hinter ihm und rempelte Eldar energisch vorwärts. »Wir haben's gleich geschafft. Tinte ist eine ausgezeichnete Köchin. Sie wird dich rasch wieder aufpäppeln.«

Ihr Ziel war eine Hütte am Ende des Ortes, schon ein wenig außerhalb von Bludkap; dahinter gab es nur noch Wildnis. Sie schmiegte sich gegen einen Fels und war an zwei Seiten vor Wind und Regen geschützt. Doch je näher sie der Behausung kamen, desto geringer wurde die Vorfreude auf die Wärme eines Feuers sowie eine sättigende Mahlzeit. Die Hütte war nicht viel mehr als ein verrottender Verschlag, dem man mehrere Kammern angepfropft hatte. Hölzer unterschiedlicher Länge und unterschiedlicher Stärke waren mithilfe schiefer Querbalken aneinandergenagelt worden. Ein Fenster entpuppte sich als Loch, das kurzerhand in die Hölzer geschnitten worden war. Die Tür hing windschief in rostigen Angeln, ein Teil der Dachschindeln war schlecht befestigt.

»Schön habt ihr es hier«, sagte Eldar, als er vorsichtig die drei Stufen hoch zur Veranda nahm. »Ein wirklich lauschiges Plätzchen.«

»Hör auf mit deinen Schmeicheleien.« Hackfresse drückte ihn gegen die Hauswand und sah sich misstrauisch um, als suchte er nach unsichtbaren Gegnern. »Ich bin ein Seemann und ein Sauter. Ich liebe Sonne und Wasser, ich mag den Wind, und ich habe mich mit den Meeresgöttern arrangiert. Dies hier ist bloß ein Ort, an dem meine Sehnsucht nach Mutter Cabri von Stunde zu Stunde wächst.«

»Ein Platz, den du viel zu selten besuchst!«, keifte Tinte hinter ihm. »Ein Platz, an dem ich deine Bälger großziehe.«

»Du machst das wirklich großartig«, sagte Hackfresse ohne große Überzeugung. »Was würde ich bloß ohne dich anstellen?« Er verdrehte die Augen so, dass nur Eldar es sehen konnte.

Tinte öffnete die Tür. Miefiger Geruch schlug ihnen entgegen. Durch das einzige Fenster drang kaum Licht, und Eldar war froh darüber. Überall sah er Bewegung. Kleine und große Käfer krabbelten umher, Kellerasseln, Spinnengetier und Wanzen. Löchrige Bekleidung lag wahllos durcheinandergeworfen umher, der Rand des Kessels, der über dem offenen Feuer hing, war von einer grünstichigen Schicht bedeckt.

Hackfresse griff nach einer Kante schimmligen Brotes, entfernte mit seinem Messer die verdorbene Rinde und begann dann genüsslich zu kauen. Er setzte sich auf einen ächzenden Stuhl und legte die Beine überkreuzt auf den Küchentisch. Tinte nutzte einen staubigen Blasebalg, um das glosende Feuer zum Auflodern zu bringen. Hackfresse warf den Rest des Brotes zum Fenster hinaus und wandte sich wieder Eldar zu. Er grinste. »Wir sollten gleich einige Dinge klarstellen, kleiner Mann.«

»Das würde mich freuen. Ich weiß immer noch nicht, was du und deine Frau eigentlich von mir wollen.«

»Die anderen Menschen sehen dich als ein Wunder an. Ich aber weiß, dass du blutest und dass du Schmerzen empfindest wie wir. Das ist eine beschissene Situation für uns beide.«

Worauf wollte Hackfresse hinaus? Und warum lachte er?

»Stellen wir die Hausregeln mal klar: Du bist ein Ding. Wenn ich sage, dass du weinen sollst, dann öffnest du die Schleusen. Wenn ich dir befehle, Spaß zu machen, erwarte ich, dass du der fröhlichste Mensch des Weltenrunds bist und Possen reißt. Wenn ich möchte, dass du auf den Tisch scheißt, wirst du so lange drücken, bis du alles aus deinem dünnen Körper herausgepresst hast. Verstehst du, wie ich's meine?«

»Ich soll für dich eine Rolle spielen.«

»Nein.« Hackfresse sprang auf, war blitzschnell heran, schlug ansatzlos zu, traf Eldar in den Magen und schickte ihn zu Boden. »Du spielst keine Rolle. Du *bist* ein Ding. Ein Nichts, das keine eigene Meinung mehr hat. Verstehst du?«

Eldar japste verzweifelt nach Luft. Er lag zusammengekrümmt auf dem Boden, versuchte sich vor den Tritten Hackfresses zu schützen und gleichzeitig zu verstehen, was der Mann ihm sagte. Eldar ahnte, dass es wichtig war. Lebenswichtig – und *über*lebenswichtig.

Sein Retter war ein Wesen, niedriger als ein Tier. Er kannte keinen Anstand – und er wurde von einem Weib angetrieben, das noch schlimmer war als er. Denn Tinte hüpfte im Kreis umher, schrie und kreischte vor Freude. Ihre langen grauen Haare peitschten durch die Luft. Sie geilte sich an Eldars Leid auf, klatschte mit den Händen über seinen Körper, überall, berührte ihn, verschmierte sein Blut.

Eldar dämmerte langsam weg. Er war wehrlos und geschwächt, er hatte dem kräftigen Fischer nichts entgegenzusetzen. Alles an ihm war Schmerz. Widerstandskraft und Körperspannung ließen immer mehr nach. Er hörte jemanden wimmern, und dieser Jemand war er selbst.

Eldar fühlte, wie sich etwas auf ihn warf. Es roch übel. Nach Schweiß, Urin und Kuhscheiße. Es war Tinte, die ihn zu zerquetschen drohte und ihm lustvoll ins Ohr stöhnte. »Hat dir das gefallen, Kleiner? Ja? Davon gibt's in nächster Zeit noch viel, viel mehr.«

Tinte verschmierte Blut – sein Blut! – in Eldars Gesicht, stöhnte lustvoll, rieb sich wie eine läufige Hündin an seinem Bein.

Es war ihm egal. Sollte sie doch tun, was sie wollte. Er fühlte nichts mehr. Seine Gedanken rannen zäh und zäher, und irgendwann hörten sie auf, wie die letzten Tropfen, die aus einem Wassersack quollen.

Harana!, dachte er und verlor das Bewusstsein.

5. Pirmen Courtix

Er schrie seinen Schmerz und Hass in die Welt hinaus. Er tat es mit aller Inbrunst. Füllte die rauchgeschädigte Lunge mit Luft, ließ das vom ständigen Erbrechen gereizte Gaumenzäpfchen tremolieren, schloss den Mund und blähte die Wangen auf, deren Innenseiten erst gestern mit glühenden Nadeln behandelt worden waren.

Sein Schrei schmerzte, und das war gut so. Es stärkte Pirmen.

Seine Welt – das waren zehn Schritte nach vorn und zehn Schritte zur Seite. Mehr Raum umfasste sein kleines Reich nicht. Er wäre auch nicht in der Lage gewesen, es abzuschreiten, denn ihm fehlten beide Beine.

Die Pein seines Daseins ließ ein wenig nach, als Labidana seinen Bauch zu massieren begann. Die kreisenden Bewegungen wärmten sein Inneres und machten, dass sich Pirmen seines Menschseins wieder bewusst wurde.

»Ox!«, stöhnte er. »Ox, wo bleibt der Honigbrei?«

»Kommt schon, kleiner Mann.« Der Reitmensch betrat die Wohnhöhle. Er balancierte Tasse, Schüssel, Löffel, Spreizer und sonstige Werkzeuge auf dem Futterbrett mit einer Grazie, die ganz und gar nicht zu seiner kolossalen Gestalt passte. »Es ist noch reichlich früh für das Abendmahl. Möchtest du nicht ein wenig warten und …«

»Bring mir den Honigbrei, bring ihn! Füttere mich! Ich

habe dir schon tausend Mal gesagt, dass du mir keine Vorschriften zu machen hast!« Pirmen geiferte vor Zorn über das freche Mundwerk seines Reitmenschen. Er murmelte einige Beschwörungen, wie immer. Sie prallten an Ox ab, wie immer.

»Spar dir deine Kraft, kleiner Mann. Die Nacht ist lang, und du möchtest dich ja in deine Schriften vertiefen.« Ox ließ sich vor Pirmen im Schneidersitz nieder.

Der Magicus öffnete den Mund so weit wie möglich und ließ zu, dass der Reitmensch die Spreizer an den Mundwinkeln ansetzte. Langsam und mit seltsam anmutender Sorgfalt zog Ox das Fleisch zurück.

»Tut weh!«, lallte Pirmen. »…schluch!«

»Es tut immer weh, kleiner Mann. Soll ich etwa Mitleid mit dir haben? Soll ich dich bedauern, weil du deinen Körper immer weiter beschneidest, folterst, zerstückelst, zerstörst? Wer hat dich auf die hanebüchene Idee gebracht, Nerven und Muskeln rings um deinen Mund zu lähmen? Du solltest froh sein, dass du dich noch einigermaßen deutlich verständigen kannst.«

Du mit deinem erbsengroßen Gehirn wirst niemals erfassen, warum ich das tue und wozu ich dank meiner Selbstfolter mittlerweile imstande bin! Ein jedes Stück Körperlichkeit, das ich mir nehme, verstärkt meinen Schmerz, meinen Hass – und damit auch meine Begabung als Magicus.

»Deine Haut ist brüchig geworden, Pirmen. All der Talg, den ich dir ums Maul schmiere, nützt nichts mehr. In den nächsten Tagen werden die Mundwinkel einreißen. Ich kann sie nähen, gewiss. Doch das wäre, als würde ich Papier nähen.«

»…ach schon!«, lallte Pirmen. »…unger!«

Ox nahm eine Bürste und ließ die Finger langsam über die Rosshaare gleiten, sodass Pirmen es sehen konnte. Der Magicus nickte. Die Borsten wirkten fest und lang. Sie würden sein Zahnfleisch massieren und die Entzündungsherde ein wenig zurückdrängen. Die Zähne waren ein wertvoller Besitz, der gepflegt werden musste. Irgendwann würde er darauf zurückgreifen. Sie salzen und zuckern und ungepflegt verrotten lassen, bis das Zahnfleisch zu verwesen begann und die Kiefer aufgebrochen werden mussten, um eine völlige Vergiftung seines Körpers zu verhindern.

Pirmen hatte Angst vor diesen Tagen – und er freute sich darauf. Es war dieses Wechselbad der Gefühle, das ihm seit Jahr und Tag ein treuer Begleiter war und ihn eines Tages ganz nach oben bringen würde. Denn er verstand es besser als alle anderen Magicae, Nutzen aus seinem körperlichen Verfall zu ziehen.

Ox beendete die Putzarbeit und ließ ihn mit einem scharfen Spülmittel gurgeln, bevor er Pirmen einen Bausch aus Baumwolle und darauf geträufeltem Kamillensaft an eine offene Wunde im Mundraum legte. Es dauerte nicht lange, bis das Heilmittel Wirkung zeigte und der Magicus erleichtert durchatmen konnte.

»War eine leichte Übung heute, kleiner Mann.« Ox entfernte die Mundspreizer. »Du hast dich gar nicht gewehrt, hast mich nicht angespuckt und kaum verflucht. Hast du etwa gute Laune?« Er band ihm den Latz um, beschmierte die Lippen mit Fett und begann dann, ihn zu füttern.

»Honigbrei, immer wieder Honigbrei.« Pirmen sog gierig am Löffel. »Fällt dir kein anderes Rezept ein?«

»Du bist es, der immer wieder das süße Zeug fordert. Ich könnte dir auch eine Rindssuppe kredenzen. Oder Kartoffelbrei. Oder …«

»Schon gut. Langweile mich nicht mit sinnlosen Aufzählungen.« Pirmen rülpste und würgte ein wenig Brei aus dem Magen hoch, Ox wischte das Zeug mit dem Latztuch ab.

»Labidana?«

Die junge Frau, die sich immer noch um seinen Magen kümmerte, blickte erschrocken hoch. »Ja, Herr?«

»Hast du eine Schwester?«

»Ja, Herr.«

»Ist sie jünger als du?«

»Ja, Herr. Sie feiert bald das Fest des sechzehnten Frühlings.«

»Dann schaff sie her und kümmere dich gemeinsam mit ihr um mein Wohlbefinden. Du weißt schon, was und wie ich's meine.«

»J... ja Herr.«

»Das wird sie nicht tun, Kleiner Herr!«, mischte sich Ox ein. »Sie ist einer der Turmwachen versprochen er und wird sie unberührt zur Frau nehmen. So ist es ihr Wunsch.«

»So ist es ihr Wunsch?«, äffte Pirmen den Reitmenschen nach. Er schüttelte den Kopf und spuckte Brei in alle Richtungen. »Dies ist *mein* Reich, und hier ist *mein* Wort Gesetz! Wenn ich befehle, dass sie mir einen bläst, dann wird sie es gefälligst tun. Und es wäre mir neu, dass man bei einem Mundgewitter seine Jungfräulichkeit verliert.«

»Labidana, du musst dem kleinen bösen Mann nicht länger zuhören. Du hast ohnedies genug für heute getan.« Ox nahm die junge Frau bei der Hand und führte sie aus dem Raum, bevor er sich wieder Pirmen zuwandte: »Ich weiß, was und wer du bist, Pirmen. Ich habe mich freiwillig in deine Dienste begeben und werde an deiner Seite bleiben. Aber ich werde nicht dulden, dass du unschuldiges Leben verdirbst. Und das, was du Schwanz nennst, ist bloß ein hölzernes Gestell, das du dir bei Bedarf umschnallst, um in manchen Momenten davon träumen zu können, dass du einstmals so etwas besessen hast.«

»Lass diese Spitzfindigkeiten, Ox! Ich könnte den beiden Mädchen dank meiner magischen Fähigkeiten die Freude ihres

Lebens bereiten und sie bis in ihre hohen Tage von mir träumen lassen.«

Der Reitmensch verschränkte seine Arme vor der Brust und sagte kein Wort mehr, bewegte sich nicht mehr, tat nichts mehr. Wie ein Monolith stand er da, ein Felsen, der Pirmen behinderte – und ihm andererseits Halt gab in einer Welt, die immer verwirrender für ihn wurde.

»Wir befinden uns im Krieg gegen die Wicca«, sagte er, nachdem er eingesehen hatte, dass er den Reitmenschen nicht würde umstimmen können. »Du hast dich auf die Seite der Magicae geschlagen und musst nun die Konsequenzen deiner Entscheidung akzeptieren.«

»Ich habe zwischen zwei Übeln das kleinere gewählt. Sobald diese Angelegenheit erledigt ist, werde ich meinen Dienst bei dir beenden und wieder meiner Wege gehen.«

»Keinesfalls! Du hast einen Schwur geleistet, der dich für alle Zeiten an mich bindet.«

»Bist du dir sicher, Pirmen Courtix? Deine Zauberkunststücke verfangen bei mir nicht. Ich bin immun gegen die Kräfte eines Magicus oder einer Wicca. Ich kann jederzeit gehen, wohin ich möchte.«

»Du bist so leicht zu durchschauen, Dummerchen! Mag sein, dass ein Magicus nichts gegen dich ausrichten kann. Aber du hast den schlimmsten Feind zu bekämpfen, den man sich nur vorstellen kann. Da ist dieses Ehrgefühl in dir, nicht wahr? Es brennt und brennt und brennt. Es sagt dir, was gut und was richtig ist. Was ein Schwur für eine Bedeutung hat. Was ein aufrechter Mann zu tun hat.« Pirmen kicherte, die Bewegung des Gaumenzäpfchens war eine angenehme, sogar lustvolle Qual. »Diese Flamme der Redlichkeit lässt sich einfach nicht löschen, sosehr du dich auch bemühst.«

Ox setzte zu einer weiteren Entgegnung an, ließ es dann

aber bleiben. Es dauerte einige Zeit, bis er wieder den Mund aufbrachte. »Sei dir dessen nicht zu sicher, kleiner Mann. Vielleicht ist schon morgen alles anders.«

»Nein, ist es nicht. Und nun wechsle gefälligst meine Windel.«

Ox streifte mit dem haarlosen Kopf beinahe die Decke, als er seinen mächtigen Körper durchstreckte. Er atmete tief und flach, die Oberarmmuskeln blähten sich auf wie von einem Blasebalg aufgepumpt.

»Geht's nicht schneller? Ekelt dir vor mir?«

Der Reitmensch gehorchte zögernd. Er beugte sich zu ihm hinab, löste den Hosenbund sowie das Stützkorsett und zog ihm die stinkende Stoffwindel vom Rumpf.

Pirmen kicherte. »Ist es so, wie du es dir vorgestellt hast, als du in meinen Dienst treten wolltest? Entspricht das Leben als mein Diener deinen Vorstellungen?«

»Ich wusste, dass es nicht leicht werden würde, Kleiner Herr. Aber immer, wenn es unerträglich zu werden beginnt, erfreue ich mich an der Vorstellung, einem Riesenarschloch auf seinem Weg in den baldigen Tod Geleitschutz zu geben.«

»Ich bin ganz und gar nicht der Meinung, dass mein Ende schon bevorsteht. Je stärker meine Kräfte werden, desto unwahrscheinlicher erscheint mir der Gedanke an ein Ableben. Apropos Riesenarschloch …« Pirmen drückte, so fest er nur konnte. Dünnschiss quoll aus seinem Darm und platschte auf den Stuhl unter ihm, verteilte sich, spritzte in alle Richtungen, auch über Oxens Leib.

Pirmen lachte seinem Reitmenschen ins Gesicht und genoss das Gefühl der Macht, die er über ihn hatte.

Pirmen las ein wenig, memorierte nutzvolle und mitunter nutzlose Sprüche, experimentierte mit Medicinae sowie Giften, döste ein und schreckte bald wieder hoch. An Schlaf war angesichts seiner Wunden und Narben kaum mehr zu denken. Eine zu tief gehende Ruhe wäre für das Wachstum seiner Kräfte ohnedies kontraproduktiv gewesen.

Die Unterhaltungen mit seinem Reitmenschen bereiteten ihm Tag für Tag große Freude. Sie unterschieden sich stets voneinander, führten aber immer wieder zur selben Erkenntnis, nämlich dass er, Pirmen, am längeren Hebel saß. Und sie machten, dass er seine menschliche Seele doch nicht ganz vergaß. Dieser Reitmensch, der eines Tages bei ihm aufgetaucht war, seinen bisherigen Favoriten mit einem Hieb seiner mächtigen Rechten von den Beinen gefegt und Pirmen dann kniend Treue geschworen hatte, spiegelte Emotionen wider, an die sich Pirmen fast nicht mehr erinnern konnte. Ox war ein Abbild seines früheren Selbst: hilfsbereit, freundlich, verständnisvoll, manchmal auch schüchtern, den Frauen in Ehrfurcht zugetan. Nur im Kampf zeigte der Reitmensch Möglichkeiten, die er, Pirmen, niemals gehabt hatte.

Er fühlte etwas in seinen Beinen, in seinen nicht mehr vorhandenen Geisterbeinen. Ein Ziehen und Zupfen, das ihn an etwas erinnerte und ihm sagte, dass etwas geschehen war.

Pirmen stöhnte. Er kannte diese mindere Form von Schmerzen. Sie vermittelten auf magische Weise eine Aufforderung – und er konnte, er durfte dem Wunsch des anderen unter keinen Umständen widersprechen.

»Ox!«, rief er. »Steh auf, faules Reitvieh! Wir machen einen Ausflug!«

Es dauerte nur wenige Augenblicke, bis der Reitmensch seinen Schlaf abgeschüttelt hatte und aus seiner Ruhenische getorkelt kam.

»Warum jetzt, Herr?«, sagte Ox und gähnte. Sein Maul war so groß, dass man glauben konnte, es würde einen ganzen Kohlkopf verschlingen können. »Es ist lange nach Mitternacht und …«

»Was schert es dich, wann und warum ich hoch ans Licht möchte? Jetzt mach schon! Wo ist das schöne Gewand, wo das Reisegeschirr? Meine Zeit ist kostbar, und du hast heute noch einen weiten Weg vor dir.«

Ox blieb schweigsam, während er ihn in Tuch und Leder hüllte, den Helm anlegte, Nahrung und Reservebekleidung einpackte und ihn dann ins Reisegestell zwängte. Er zurrte das Holzgeschirr mit Lederschnüren fest um Pirmens Schultern und sorgte dafür, dass er an Oxens Schädel vorbei nach vorn blicken konnte. Er saß nun fest im Sattel, hatte aber noch ein wenig Bewegungsfreiheit, um seinen Rumpfleib hin und her pendeln zu lassen.

»Pass auf die Decke auf, du Tölpel! Bück dich! Geh rascher! Und hüpf nicht so die Stufen hoch, sonst wird mir übel. Du willst doch nicht, dass ich dir in den Nacken speibe, oder?« Pirmen packte mit den beiden letzten verbliebenen Fingern seiner Linken, Daumen und Zeigefinger, die Reitgerte und ließ sie über die vernarbte Glatze des Reitmenschen zischen. Ox gab durch nichts zu erkennen, dass er sich daran störte. Der Hüne hatte noch nie so etwas wie Schmerz gezeigt.

Sie erreichten das sechste Zwischengeschoss des verkehrt in den Boden gebauten Konterturms. Ox hielt inne und beseitigte die Sicherheitsvorkehrungen, die das Erdgebäude vor Angriffen der Wicca schützen sollte, um dann weiterzugehen, Schritt für Schritt, wie ein Unlebender, der keine Ruhe kannte. Die Muskulatur seiner Oberschenkel spannte und entspannte sich, Ritualnarben zeichneten seltsame Muster auf seinem Fleisch. *Was für einen bewundernswerten Körper er doch besitzt …*

Das vierte Stockwerk. Das zweite. Bald war die Erdoberfläche erreicht. Durch eine schräg nach oben weisende Scharte erhaschte Pirmen einen Blick nach draußen, aufs Freie.

Wie lange war er nicht mehr an der frischen Luft gewesen? Drei Monate, gar vier? Er hatte es längst vergessen.

Sie erreichten das Außentor, Ox öffnete es ruckartig. Zwei Gobelias standen Wache. Wie hießen sie noch mal? Ach ja: Berst und Spreng. Beine und Rümpfe waren versteinert und fest im Boden verankert, die jeweils drei Gesichter in auf Kugelgelenken ruhenden Köpfen drehten sich langsam. Die Gobelias suchten mit Blicken die Umgebung des Turms ab, aufmerksam wie immer.

»Herr, welche Ehre!«, sagte einer der Gobelias.

»Ich sterbe für euch den tausendfachen Tod, Herr!«, der andere.

Rituelle Worte, wie sie die beiden unsterblichen Geschöpfe schon seit Jahrhunderten zu sagen pflegten. Pirmen hatte sie vom Vorbesitzer des Turms übernommen und seinen eigenen Wünschen gemäß umgeformt. Sie waren nun schlanker und beweglicher als früher.

»Wir reisen zur Furche«, sagte er. »Ihr beide und zwei der Musen begleiten mich. Wir brechen so rasch wie möglich auf.«

»Ja, Herr.«

»Ich erwarte euch mit dem Wagen auf dem Hügel.«

»Selbstverständlich, Herr.«

Pirmen hieb Ox erneut über den Schädel. »Wann waren wir das letzte Mal dort oben?«

»Vor etwa drei Jahren. Damals, als ich meinen Dienst bei dir antrat. Du hattest noch einige Glieder mehr und konntest sogar noch aus eigener Kraft stehen.«

»Ach ja. Ich hatte ein Bein und einen Arm. Ich erinnere mich jetzt wieder. Und daran, dass meine Kräfte die eines blutigen Anfängers waren.« Pirmen richtete seine Konzentration auf den Mond. Er war zu einer dünnen, mickrigen Sichel verkommen und würde erst übermorgen wieder anzuschwellen beginnen, um dann mit seinem grässlichen fahlen Licht die Wicca dieser Welt zu stärken.

Oh, wie sehr er diese Geschöpfe hasste! Allen voran Terca, die alte Vettel, die ihn für ihre Zwecke vereinnahmen und ihn zum Sklaven ihrer Gelüste hatte machen wollen. Terca, die heute als die Erzfeindin aller Magicae galt und nichts unversucht ließ, dieses Land hier zu erobern.

Ox stieg mit sicherem Tritt den Berg hoch, vorbei an knorrigen Bäumen, die älter waren als alles, das sonst auf der Welt Wurzeln geschlagen hatte. Vorbei an bruchigen und moosbesetzten Felsen, deren Formen ganz und gar nicht zufällig denen von Menschenköpfen ähnelten. Durch die Silberfäden eines Wasserfalls, der bloß Illusion war, und vorbei an Erdhaufen, in deren Innerem die Beherrscher des Berges fleischliche Nahrung verdauten. Ox kümmerte sich nicht um Gestrüpp und Ranken, die wie verlangend auf sie beide ausgerichtet waren. Er scherte sich auch nicht um laute, verlockende Rufe aus Erdspalten. Er missachtete die Schlangen, die Skorpione, die magischen Mahnmale. Nichts konnte den Reitmenschen beirren.

Einige letzte Schritte, dann hatten sie den Gipfel erreicht. Von hier oben bot sich ein ausgezeichneter Rundblick über das Land, das ausschließlich von Magicae bewohnt und gepflegt wurde. Seit Jahrhunderten hatten keine Wicca ihre stinkenden Füße auf diesen Boden gesetzt oder ihn auch nur gesehen. Dieser Flecken Erde war der Wahrnehmung der Hexen entzogen. Er bot Schutz und Sicherheit, er vermittelte das Gefühl von Heimat – und er war Zentrum all dessen, was die Magicae in ihrer jahrtausendealten Geschichte geschaffen hatten.

»Dreh dich!«, befahl Pirmen, der Reitmensch gehorchte, und der Magicus nahm seinen eigenen Konterturm in Augenschein, dann die anderen, die von Meistern gleich ihm in Beschlag genommen worden waren. Allesamt boten sie den Anblick von quadratischen Gemüsegärten, die zwischen Mauerwerk angelegt worden waren und im Zentrum Falltüren aufwiesen.

»Was siehst du?«, fragte er Ox.

»Das weißt du ganz genau, Kleiner Herr. Ich kann die Kontertürme nicht wahrnehmen. So wie ich immun gegen Magie bin, kann ich sie auch nicht nutzen.«

»Aber ich sehe sie. Ihre Umrisse, ihre Formen, ihre magischen Unter- und Obertöne. All das Blut und all die Qual, die zu ihrer Errichtung führten.« Pirmen badete in Bildern und Gefühlen. In den grünen und gelben Magielinien, die den Boden durchzogen wie die fein verästelten Wurzeln einer Eiche und sich im Stein des Turms zusammenfanden. »Sie sind schön, so unglaublich schön …«

Was tat er bloß im Freien? Warum zog er sich nicht wieder zurück in seinen Wohnkokon, um sich von der Magie zu nähren und sie durch weitere Selbstverstümmelungen zu stärken? Er hatte hier nichts zu suchen! Diese grässliche frische Luft, der Geruch nach ordinärem Leben, die Bewegung entlang einer stets geradeaus führenden Zeitlinie – dies war nicht seine Welt, schon lange nicht mehr.

Und doch war er zur Furche bestellt worden. Er musste diesem Ruf folgen, ob er nun wollte oder nicht.

Pirmen lächelte, trotz seiner Schmerzen. Er erkannte und fühlte andere magische Linien in all ihrer Pracht. Sie durchzogen den Boden wie Efeuranken und würden irgendwann einmal zusammenwachsen, um ein Bollwerk zu bilden, das jedermann Widerstand leisten würde, selbst den stärksten der Wicca.

Dem Ende der Zeit würden die Magicae trotzen, geschützt in ihren Kontertürmen, verwachsen mit einer Umgebung, die sie mit Hass tränkten.

Dies war die *Große Vision*: eine Unsterblichkeit zu erschaffen und unüberwindbar für jedermann zu sein. Es war nicht mehr weit hin bis zur Erfüllung dieses Traums, bestenfalls noch fünf Jahrhunderte …

»Herr? Wir haben den Wagen angespannt. Herr.«

Ein Gobelia trat nahe an Pirmen heran. Dank Ox befand er sich auf Augenhöhe mit dem steinernen Geschöpf. Der grob behauene Körper des Steinmenschen zeigte Kratzer, die vom Kampf mit einer oder mehreren der Musen kündeten.

»Dann lass uns aufbrechen. Ich möchte diese Angelegenheit so rasch wie möglich hinter mich bringen.«

»Wer hat dich gerufen, Kleiner Herr?« Ox drehte den Kopf nach hinten, so gut es ging. Der Rücken seiner Nase hatte das Aussehen einer Messerklinge, scharfkantig und mehrfach eingekerbt. Die Augen waren von einem beunruhigend tiefen Blau.

»Es gibt nur einen, der es wagen würde, mich bei der Arbeit zu stören und mir Befehle zu erteilen.«

»Ah. Gafelay, dein Erzfeind. «

»Mein Erz*freund*«, verbesserte Pirmen. »Er muss mir Wichtiges mitzuteilen haben, dass er mich während der Nachtstunden in die Furche ruft. Und jetzt setz mich gefälligst im Wagen ab!«

Ox gehorchte ohne Widerspruch. Er öffnete das Reitgestell und zog Pirmen schwungvoll daraus hervor. Es tat weh, natürlich. Doch es bereitete Pirmen auch Freude, diesen Koloss, dessen Kräften nichts und niemand beikommen konnte, wie ein kleines Kind herumzukommandieren.

Ox hielt ihn fest und trug ihn wie ein wertvolles Stück Porzellan vor sich her. Hin zu dem kleinen Wagen, der fein ziseliert und mit Gold überzogen worden war und der von zwei leise winselnden Hundewesen gezogen wurde, von Musen, die, wenn sie gereizt wurden, in eine Raserei verfielen, der sich kaum jemand erwehren konnte.

Ox drückte Pirmen ins Innere des Gefährts und sorgte dafür, dass sein Leib weich gepolstert lag, eingequetscht zwischen Daunenpolstern und einer wärmenden Decke. Er schnallte ihn zudem mit mehreren Ledergurten fest. Pirmens Kopf lag so, dass er durch ein Fensterchen nach draußen blicken konnte, sehr zu seinem Unbehagen. Die Mondsichel hing wie das Symbol einer allgegenwärtigen Bedrohung am Firmament. Wolken, die sich links und rechts des Gestirns auftürmten, scheuten sich scheinbar, es zu überdecken.

»Du steigst nicht bei mir ein, sondern läufst nebenher«, befahl Pirmen.

»Ich könnte ein wenig Schlaf gut brauchen ...«

»Keine Widerrede! Du setzt bereits Fett an. Und jetzt lass mich gefälligst allein. Ich muss nachdenken.«

Ox gehorchte und wuchtete seinen massigen Körper aus dem Wagen, der sich augenblicklich um eine Handbreit oder mehr hob. Der Reitmensch schloss die Tür und verriegelte sie von außen. Pirmen hörte ihn einige Worte mit den beiden Gobelias wechseln, dann setzte sich das Gefährt ruckelnd in Bewegung.

6. Amelia Dusong

Dünnbier«, flüsterte sie und rückte, so nahe es ging, hin zum Ofen.

»Das kostet zwei Kupferne.« Der Wirt wischte achtlos über den Tisch vor ihr, Speisereste fielen zu Boden.

»Hier.« Zögernd legte sie eine Münze auf den Tisch, und als der Dicke sie böse musterte, eine weitere.

»Sonst noch was, bevor du weiterreist?« Er nahm die abgegriffenen Geldstücke an sich.

»Hast du einen Platz zum Schlafen? Im Stall oder ...«

»Nein. Ist alles vergeben.« Er drehte sich um und stapfte zur Schank. Die Holzbohlen ächzten unter seinem Gewicht.

Amelia machte sich so klein wie möglich. Das struppige, fette Haar hatte sie zu einem Zopf geflochten, den Kopf zwischen die Schultern gezogen. Sie saß vornübergebeugt und verbarg ihre Ausrüstung unter dem Tisch.

»Da.« Der Wirt stellte einen Humpen Dünnbier so heftig vor ihr ab, dass die Flüssigkeit überschwappte.

»Danke.«

Höflichkeit schadete nie. Sie unterschied sie von anderen Frauen ihres Standes. Ihre Schönheit war längst verblasst. Falten, die jedes Mal tiefer und breiter wirkten, wenn sie die Gelegenheit hatte, in einen Spiegel zu blicken, umgaben ihren Mund. Die Wangen waren eingefallen, die Augen zwinkerten nervös. Amelia hasste es, dieser Frau ins Antlitz zu blicken. Das war nicht sie, das war ein völlig fremder Mensch!

Sie nahm einen ersten Schluck. Das Dünnbier schmeckte schal und abgestanden. Wahrscheinlich hatte der Wirt vor Stunden diesen einen Humpen zu viel eingeschenkt. Der Mann wusste, dass sie es niemals wagen würde, sich zu beschweren.

»Nate ist'n Arsch«, brummelte jemand neben ihr.

Amelia zuckte zusammen. Sie sah sich um. Da war niemand. Bloß ein Häuflein Stoff, das jemand neben dem Ofen abgelegt hatte, wohl um es von der Feuchtigkeit der Abenddämmerung zu trocknen.

»Siehst mich nicht, hm?« Der Stoffballen bewegte sich. Dünne Beinchen schoben sich darunter hervor, dann ein Paar Hände, ein tonnenförmiger Oberkörper und ein viel zu großer Kopf. »Bin klein, aber wichtig. Unendlich wichtig für dich und dein erbärmliches Leben. Gib mir was vom Bier!«

Amelia zögerte. Sie umklammerte den Krug. Jeder Schluck kräftigte sie, jeder Tropfen vertrieb Kummer und Ängste.

Andererseits … Der winzige Kerl sah so aus, als könnte er jeden Moment tot umfallen, wenn er nicht etwas in den Magen bekam. Sie hielt ihm den Humpen an den Mund und achtete darauf, dass er ihr nicht zu viel davon wegtrank.

»Bist nicht von hier, hm?« Der Kleine rülpste. »Hast Mitleid. Ist eine Tugend, die man in Hamertil nicht kennt, die man aus den Dorfschriften und aus den Erinnerungen gestrichen hat.«

»Aber du weißt noch, was das ist?«

»Ist bloß'n Wort. Das ganze Leben besteht aus Worten. Man verwendet sie. Man gibt sie aus wie Falschgeld, weil man weiß, dass es nichts kostet, sie zu verwenden.« Der Kleine lachte. »Hab mal dem Dorfobersten vorgeschlagen, eine Wortsteuer einzuheben. Für tausend Worte ein Kupferstück, für zweitausend einen Nickel. Er wäre einverstanden gewesen, und ich hätte eine Provision kassiert, die es mir erlaubt hätte, ein Jahr lang durchzusaufen. Aber dann ist sein Weib aufgetreten. Die hat ihn was geheißen, kannst es dir nicht vorstellen! Was sie an dem Abend geplappert hat, hätte sie zwanzig Goldstücke gekostet.«

Amelia konnte nicht anders, sie musste grinsen. Der Kleine alberte und verrenkte dabei seinen missgestalteten Körper, als bestünde er aus schlecht gewalktem Teig.

»Noch'n Schluck!«, verlangte er. »Gib mir!«

Sie tat ihm den Gefallen, und um weiteren Diskussionen vorzubeugen, trank sie dann den Rest des Biers in einem Zug. Im selben Augenblick bereute Amelia ihre Tat. Sie hatte vorgehabt, sich so lange wie möglich an das Bier zu klammern, womöglich ein wenig vor sich hin zu dösen und erst dann zu gehen, wenn der Wirt sie dazu aufforderte.

»Hast Sorgen, nicht wahr?« Der Kleine setzte sich ungefragt neben ihr auf die Bank. Er schob ihren Rock schwuppdiwupp hoch und betatschte ihre nackten Schenkel. »Ah, verstehe«, sagte er versonnen. »Wenig Arbeit. Viel Leid. Das Problem mit dem Älterwerden. Die Kinder, die Schande, die Angst ...«

»Woher weißt du ...?« Amelia brach ab und hielt sich die Hände erschrocken vor den Mund. Sie hatte laut geredet, viel zu laut! Die Gespräche ringsum verstummten, man starrte sie misstrauisch an.

»Was'n los, Leute?«, rief der Kleine und legte die freie Hand auf Amelias Brust. »Noch nie'n Mann gesehen, der sein Glück bei einer liebreizenden Dirne versucht?«

»Ach, halt's Maul, Polpertin«, meinte ein Mann, dessen Kreuz wie ein mittelgroßes Gebirge wirkte. »Sorg dafür, dass das Weib ruhig bleibt. Andernfalls könnt ihr euer Techtelmechtel im Regen fortführen.«

»Schon gut, schon gut. Wir entschuldigen uns. Die Anspannung. Das Kribbeln. Ihr wisst schon, wie das ist, wenn's einem mächtig in die Hose schießt. Wisst ihr noch, damals, haha, als die dralle Chemuy …«

Die Bauern und Handwerker ringsum verloren rasch wieder das Interesse an Polpertin und seinem Geplapper. Sie kannten dessen Lügengeschichten offenbar zur Genüge.

»Red in Zukunft leiser«, flüsterte der Kleine, »wenn du länger meine Gegenwart und die des Ofens genießen möchtest. Der fette Nate verliert rasch die Geduld, und hast du nicht gesehen, liegst du draußen im Schlamm.«

Amelia nickte. Sie schob Polpertins Hände energisch weg und begab sich dann wieder in die gewohnte Pose der Demut. »Jetzt sag mir, woher du das alles über mich weißt?«

»Bin ein Wunder der Natur.« Polpertin grinste. »Andre lesen das Schicksal der Menschen aus der Hand, ich mach's mit Schenkelauflegen. Und wenn du mich noch ein klein wenig höher wandern lässt, erzähl ich dir was über Glückseligkeit und über die Zukunft. Ich sag dir, was du heute Nacht alles erlebst …«

»Lass den Unsinn!« Abermals schob Amelia seine Hand beiseite. »Ich hab dir schon vom Dünnbier gegeben und dir mehr Höflichkeit erwiesen als all deine Freunde hier.«

»Höflichkeit erwiesen, Höflichkeit erwiesen!«, äffte Polpertin sie nach. »Wo haste das gelernt? Warst eine vornehme Dame, wohl?«

»Ich hab in meinem Leben schon viele Rollen gespielt.«

»Aber die als Hure ist wohl deine beste, nicht wahr?«

»Zumindest jene, die am besten beim Publikum ankommt.«

»Trinkt ihr zwei Hübschen noch was?«, fragte Nate.

Amelia zuckte zusammen. Das Dünnbier tat bereits seine Wirkung. Es schwächte ihre Instinkte. Sie hatte den Wirt nicht kommen hören. »Nein danke, ich …«

»'türlich!« Polpertin umarmte sie und zog mit flinken Fingern den dünnen Geldbeutel aus seinem Versteck. Er klimperte mit den wenigen Münzen. »Noch'n Dünnbier. Aber richtiges! Nicht die Pisse, die du meinem zukünftigen Eheweib vorher auf den Tisch gestellt hast. Sie ist eine vornehme Dame, musst du wissen, und sie will gut bedient werden.«

»Vornehme Dame!« Nate schnaufte verächtlich.

»Hör zu, Nate.« Polpertin stellte sich auf die Bank und stemmte die Fäustchen in die Seiten. »Sie is'n Gast, und sie zahlt anständig. Behandle sie gefälligst so wie Damagh, Libude, Penhole und all die anderen. Du weißt, dass ich Freunde hab, die Betrug nicht sonderlich mogen.«

»Freunde, ha! Halsabschneider sind das und gemeine Betrüger!«

»Auch Halsabschneider können gute Freunde sein. Und man nennt sie so, weil sie's gut können, das Halsabschneiden.« Polpertin fingerte eine Kupfermünze aus dem Beutel und schnippte sie dem Wirt zu. »Das ist der Preis für einen Humpen, nicht wahr?«

»J… ja.«

»Dann ein wenig hurtig, Herr Wirt! Uns dürstet!« Leise fügte er hinzu: »Und weil ich noch immer enttäuscht bin von deinem Versuch, dieses liebreizende Mädel zu hintergehen, wirst du dich bei ihr entschuldigen.«

»Ich denk ja gar nicht dran …«

»Du bringst ihr Wurst. Brot. Käse. Reibwurzen. So viel, dass sie davon satt wird und nochmals so viel in ihrem Wanderranzen mit auf die Weiterreise nehmen kann. Und sollte dir einfallen, aufs Essen zu spucken, dann wiederhol ich: Sie ist eine vornehme Dame. Sie würde es merken. Darfst gehen, Nate!«

Das Gesicht des Wirts lief rot an, so rot, dass Amelia befürchtete, es würde jeden Moment platzen wie eine gut gekochte Blutwurst. Doch es geschah etwas, womit sie niemals gerechnet hätte: Nate schluckte all seinen Zorn hinunter, murmelte eine Zustimmung und kehrte dann zum Tresen zurück, um schon bald darauf mit einem gehörig gefüllten Holzteller zurückzukommen.

Amelia griff zu. Zuerst zögerlich, dann immer schneller und gieriger. »Isch schwör dir, Polpertin«, sagte Amelia zwischen zwei Bissen, »isch bin kurtsch davor, dich wirklisch zu heiraten.«

Das Lokal leerte sich. Betrunkene torkelten in die Dunkelheit hinaus. Der Regen hatte aufgehört, die Kühle einer frischen, sternenlosen Nacht vertrieb die Rauchschwaden im Wirtshaus. Amelia lehnte sich entspannt zurück. So gut hatte sie schon nicht mehr gegessen seit … seit …

Vielleicht war es ihr in Torhauvn besser ergangen, an zwei oder drei Tagen während ihres monatelangen Aufenthalts in den Bordellen der Baumstadt. Sie wusste es nicht mehr. Die Zeiten des Überflusses waren so weit weg, dass sie die Erinnerung daran verloren hatte. Und noch immer war der Teller halbvoll; so, wie Polpertin es gefordert hatte. Da lag ein Stück gelber, kaum geschimmelter Käse, eine fette Bratwurst, so lang wie ihr Unterarm. Schnittwurst. In Gelee eingelegte Fleischbrocken. Zwei reife Tomaten – wann hatte sie das letzte Mal Tomaten zu Gesicht bekommen? Gewürztes und gestaubtes Brot; eine Kante, von der sie sich allein drei Tage lang ernähren konnte.

»Zufrieden?« Polpertin rülpste. Er hatte sich nur mäßig bedient, wirkte aber trotzdem satt.

»Die letzten Monate waren nicht sonderlich gut zu mir gewesen«, gestand Amelia. »Ich wusste gar nicht mehr, dass es so etwas wie *das hier* gibt.«

»Man muss die Tiefen erlebt haben, um die Höhen schätzen zu können.«

»Einige Tiefen weniger hätten's auch getan.«

»Wir können uns unser Schicksal nicht aussuchen. Wir müssen's nehmen, wie's kommt.«

Amelia versuchte, sich das Gesicht des Kleinen einzuprägen. So gut es ihr bei anderen Gelegenheiten gelungen war, so sehr versagte sie bei ihm. Polpertin entzog sich ihrer Wahrnehmung. Sie sah ihn an, musterte das vernarbte und seltsam deformierte Antlitz, doch sobald sie sich wegdrehte, hatte sie wieder vergessen, wie er aussah.

»Wer bist du? Warum weißt du so viel über mich?«

»Bin kein Magicus, wenn du das meinst.« Polpertin gähnte. »Was ich über dich gesagt habe, trifft auf fast alle Weiber zu, denen man so begegnet. Wenn ich eine Verheiratete so einsam und allein im Wirtshaus sitzen sehe, fallen mir andere, weitaus traurigere Dinge ein. Denen geht's noch schlechter. Werden geschlagen und misshandelt. Gehören ihrem Mann. Arbeiten rund um die Uhr, kennen keine Vergnügungen. Können niemals ausbrechen, sehen ihren Lebtag lang bloß das Gehöft oder den Laden. Sind Besitztum wie Tiere. Wie *schlecht gehaltene* Tiere.«

»Du verstehst es, einem Hoffnung zu machen, Polpertin.«

»Ich sag, wie's ist. Gibt ein Sprichwort hier in der Gegend: Wahrheiten haben kurze Beine.« Er deutete auf seine sichelförmig nach außen gebogenen unteren Gliedmaßen. »Sie meinen mich, die ehrbaren Bürger von Hamertil und Umgebung. Bin ihr Gewissen. Weil sie selbst keins mehr haben.« Er stand auf und ließ sich vom Stuhl zu Boden plumpsen. »Hab einen Platz für uns beide zum Schlafen. Schön weich, schön warm. Er wird dir gefallen.«

»Und was möchtest du von mir als Gegenleistung haben?«

»Das, was du zu geben bereit bist.«

Amelia zögerte. Er wäre nicht der erste Gnom, dem sie sich hingab. Manche von ihnen verdienten gut als Volksbelustiger und waren in der Lage, sie zu bezahlen. Aber Menetekel, der unruhige Geist, warnte sie vor ihm.

»Es ist besser, wenn ich jetzt weiterziehe«, wies sie den Gnom zurück. »Es hat zu regnen aufgehört, und irgendwo finde ich sicherlich einen halbwegs trockenen Unterschlupf.«

»Kommt gar nicht infrage!« Polpertin zog sie vorbei an den letzten Gästen und hin zur Tür. »Ich verlange ohnedies nicht viel. Vor allem nicht das, was du meinst, das ich haben möchte.«

»Sondern?«

»Etwas Persönliches. Etwas, das mich an die Frau aus Moina erinnert, die ihr Dünnbier mit mir geteilt hat.«

»Woher weißt du, dass ich aus Moina bin?« Amelia blieb stehen. Das Misstrauen steckte in ihr als flüchtiger Geist, der sich mal weit in den Hintergrund ihrer Gedanken zurückzog, dann wieder laut und drängend in ihr rumorte. Dieser Geist würde sie niemals mehr wieder verlassen, und sein Name war Menetekel.

»Bin weit herumgekommen, als ich noch jünger war. War viel im Osten und im Süden. Sah, wie es in den Städten war, lange Zeit, bevor der Gottbettler seine Heerscharen aufmarschieren ließ.«

Er änderte die Stimmlage. Polpertin nutzte nun einen Dialekt, den Amelia nur zu gut aus den Gärten und Verweilplätzen Moinas kannte, eine nasalierende und abgesetzt klingende Sprechweise, die den Untergebenen gegenüber angewandt worden war.

»Moinas Händler sorgten für den Reichtum des Landes Lirballem. Sie kauften und verkauften, sie ließen Paläste errichten, sie hielten die Macht über die Stadt in ihren Händen, und sie herrschten über mehr als zwanzigtausend Seelen. Doch dann kamen die Krieger des Gottbettlers. Sie brachen jedweden Widerstand, sie legten Moina in Schutt und Asche. Nur wenige Händler entgingen den Verwüstungen …«

»So mag es gewesen sein«, murmelte Amelia. »Ich lebte außerhalb. Am Fluss Abnam. Mein Mann war Fischhändler, wir hatten es zu bescheidenem Wohlstand gebracht.«

»Wenn du meinst.« Polpertin zuckte mit den Achseln. »Mich geht es nichts an, ob du nun eine Fischersfrau oder das Schönchen eines Händlers warst. 's zählt, dass du dich heute spendabel gezeigt hast. Mehr will ich gar nicht wissen.« Er verbeugte sich, seine Nasenspitze berührte kurz den Fußboden, dann stand er wieder aufrecht. »Also: Kannst du mir etwas anbieten?«

Amelia lachte. Sie griff in die Tasche ihres Mantels und zog ein Stück Stoff hervor. »Das da ist mein wertvollster Besitz. Ein Tuch, fast sauber, das ich zu jeder Gelegenheit nutze, um mich zu reinigen. Wenn du es haben möchtest …?«

»Einverstanden.« Polpertin griff zu ihrer Überraschung zu, hielt sich den Fetzen unter die Nase, schloss die Augen, schnüffelte und gab einen Laut der Verzückung von sich. »Herrlich!«, seufzte er. »Hab schon lange nichts Besseres mehr gerochen.«

Er öffnete die Tür, sie traten ins Freie. Die frische Luft ließ Amelia torkeln und die Büsche ringsum doppelt sehen. Eine dröge vor sich hin starrende Fuchsstute peitschte im Halbschlaf mit dem Schweif über die Wassertränke. Sie erinnerte Amelia an einen ganz besonderen Kunden, der an dem Tier seine wahre Freude gehabt hätte.

Ihr war übel. Das Bier war gar nicht so leicht gewesen, wie sie geglaubt hatte.

»Nate besitzt fast fünfzig Hühner«, sagte Polpertin und deutete nach rechts. »Dahinter befindet sich das Futterlager für Hennen, Schweine und Esstauben.« Er nahm sie bei der Hand und führte Amelia in die angegebene Richtung. »Manche Leute sind dumm. Suchen jede Nacht im Hühnerstall Zuflucht. Wenn der Fette frühmorgens aus dem Bett steigt, sieht er zuallererst dort nach. Mit 'ner Harke bewaffnet. Erwischt er dich, hast du Löcher im Arsch oder an Stellen, wo's richtig wehtut.«

»Und du meinst, ich würde das riskieren?«

»Hör besser zu, Dirne. Wir schlafen im Futterlager. Ist warm und trocken. Immer. Nate sieht im Hühnerstall nach und weiß, dass er ein Opfer findet. Sticht zu, hat seinen Spaß mit irgendeinem Penner. Während er den Kerl hin und her jagt, haben wir alle Zeit der Welt, um unsere Sachen zu packen und zu verschwinden. Das Geschrei eines Aufgespießten weckt zuverlässiger als das Gekrächze des ersten Hahns.«

Es stank. Der Geruch von Hühnerscheiße war Amelia stets zuwider gewesen. Doch als Polpertin den Lagerraum mit seinen kleinen, geschickten Fingern öffnete, überdeckte der Duft nach Kleie und frischem Hafer alles andere.

»Hab ich zu viel versprochen?«

»N… nein.«

»Misstraust mir noch immer, stimmt's?«

»Du bist ein merkwürdiger Kerl, Polpertin. Hierzulande wird einem selten bis gar nicht geholfen. Und schon gar nicht einer … einer wie mir.«

»Mir noch weniger, Amelia.« Der Kleine schnüffelte in beinahe vollkommener Dunkelheit umher, bis er etwas gefunden hatte, das er ihr reichte. Es war ein Sack, groß genug, um sich damit zuzudecken.

Sie kroch über loses Futter und machte es sich in einer Ecke bequem. Der Boden war angenehm warm. Sie fühlte sich wohl wie schon lange nicht mehr.

»Hinter dir ist ’ne Klappe«, sagte Polpertin. »Groß genug, dass du rauskriechen kannst, sobald das Morgentheater losgeht. Du läufst nach links und bist bald auf dem Weg durch den Wald. Nach tausend Schritten kommst du zur Weggabelung, die du heute hierher genommen hast.«

»Woher weißt du, aus welcher Richtung ich gekommen bin?« Menetekel machte sich wieder bemerkbar, mit all seinen hässlichen Gedanken und mit seinem Misstrauen.

»Gibt keinen anderen Weg hierher«, murmelte Polpertin schläfrig. »Ist ’ne verfluchte Sackgasse. Für einen wie mich gibt’s von hier kein Entkommen.«

»Du könntest mit mir gehen.« Amelias Herz klopfte laut und schnell. *Du redest, ohne nachzudenken, du dumme Pute!*, schalt sie sich.

»Damit du dich in mich verliebst, ich dir sechs bis zehn Kinder mache, ich mein Selbstmitleid im Suff ertränke und in einigen Jahren in einer Kaschemme wie der von Nate draufgehe? Nein danke. Ich nehme stets den direkten und unkomplizierten Weg. Ich saufe, ohne einen Grund dafür zu haben.«

»Das glaube ich nicht.«

»Hältst du jetzt endlich den Mund, Amelia? Ich hab morgen viel zu tun. Und du auch. ’s ist noch ein weiter Weg bis zur Küste.«

Wieder überraschte er sie. Polpertin kannte die Richtung, die sie einschlagen würde. Aber sie war zu müde, um nachzufragen. Die ungewohnte Wärme, die Sicherheit eines geschlossenen Raums, der volle Bauch, das Dünnbier …

»Wonach suchst du eigentlich?«, hörte sie Polpertins schläfrige Stimme. »’s gehört viel Mut dazu, als Frau und allein durch Aenas zu reisen.«

»Ich suche nach dem Sinn meines Daseins«, antwortete Amelia geradheraus. »Und nach meinen beiden Söhnen.«

7. Pirmen Courtix

Es benötigte keinen Lenker. Die Hundeweiber wurden von den Gobelias, die links und rechts dahintrabten, auf Kurs gehalten und von Ox mit lautem Zuruf gesteuert.

Es ging den Hügel hinab, den holprigen und wenig befahrenen Weg entlang. Oxens schwerer Tritt erklang gleichmäßig neben dem Wagen. Das Geratter und Geklapper der hölzernen Räder wirkte einschläfernd. Pirmen hatte Mühe, die Augen offen zu halten. Er döste vor sich hin, bis ihr Gefährt auf einmal anhielt, der Verschlag geöffnet wurde und Ox ihn ohne Kommentar zurück in das Tragegestell packte.

»Die Furche«, ächzte Pirmen und blickte auf das breite Tor am Ende des Weges. »Wie sehr ich mich doch darauf freue, alte Freunde wiederzusehen.«

»Sie werden dich schon nicht auffressen.«

»An einem anderen, schlechter geschützten Ort könnte das passieren. Manche meiner viel geschätzten Kollegen entwickeln durchaus Appetit auf Menschenfleisch.«

Die Gobelias und die Musen blieben zurück. Ox hingegen überschritt eine vor der Furche magisch gezogene Linie. Sie war bittergelb und roch nach einer Mischung aus Koriander und Bitterwurz. Kein Feind, der mithilfe von Magie gesteuert oder erzeugt wurde, konnte hierher vordringen.

Gobelias und Musen versanken im Nichtstun. Sie würden

warten, bis Pirmen zurückkehrte, und währenddessen die Kutsche bewachen. Steif und starr, ohne auch nur einmal zu blinzeln oder sich zu bewegen.

Ox marschierte in seinem Wiegeschritt aufs Tor zu. Grimmige Gestalten warteten dort. Solche, denen man nichts und niemanden anvertrauen würde. Söldner, Krieger und Barbaren waren sie; die Bösesten der Bösen, die Gemeinsten der Gemeinen. Diebe, Mörder und Vergewaltiger, manche von ihnen alles in einer Person. Sie hatten sich vor dem Verschwinden des Gottbettlers in dessen Heereszug verdingt, hatten zwischendurch gern mal die Seiten gewechselt, um die besseren Angebote belagerter Städter anzunehmen und dann, nachdem sie ihre Brötchengeber ausreichend gerupft hatten, in den Heerestross zurückzukehren.

Ox nickte einem bärtigen Mann zu, dessen Kopf wie in zwei Teile gespalten wirkte. Ein mächtiger Schwerthieb hatte von der Stirn über die zerklüftete Nase bis zum Kinn eine rot schimmernde Narbe hinterlassen. Er sah aus wie ein runzliger Arsch mit Ohren. *Wie ein* hässlicher *runzliger Arsch mit Ohren,* dachte Pirmen. Er war bloß einen halben Fuß kleiner als Ox, aber gewiss um fünfzig Pfund schwerer.

»Lange nicht gesehen, Margat«, sagte sein Reitmensch und blieb vor dem anderen stehen.

»Hat seinen Grund, Ox.« Margat stierte Pirmen an, und das auf eine Weise, die nach Bestrafung schrie. »War untergetaucht nach der Angelegenheit in Arabeor.«

»Ach ja. Das war eine unschöne Sache.«

Pirmen fühlte, wie sich Oxens Körper versteifte. Der Hüne wirkte höchst alarmiert, auch seine monotone und etwas zu hohe Stimmlage deutete auf mögliche Komplikationen hin.

»Die Menschen reagieren seltsam, wenn kleine Kinder und alte Weiber mit im Spiel sind.« Margat lachte kurz und abgehackt, ohne auch nur im Geringsten amüsiert zu wirken. »Dabei ist ein Mensch wie der andere. Fleisch ist Fleisch, Tod ist Tod.«

»Ja, die Menschen sind seltsam.«

»Wir sollten mal auf einen Krug Sauren gehen.«

»Das sollten wir.«

»Und uns gegenseitig Lügengeschichten über die guten alten Zeiten erzählen.«

»Eine hervorragende Idee. Über die guten alten Zeiten. Aber nicht jetzt, nicht heute.«

»Ich vergaß, du musst ja auch auf einen dieser Krüppel achtgeben. Heb dir nur mal keinen Bruch, Ox.«

»Keine Sorge. Du bist zuständig für die Bewachung des Furchentors?«

»Ich und die Fellena-Drillinge.« Margat deutete hinter sich auf drei Männer, die keinerlei Ähnlichkeit miteinander hatten. Zwei füllige Kerle unterhielten sich mit einem schlanken, der wie eine dünne Lage Wurst zwischen zwei dick geschnittenen Brotscheiben wirkte. Die Söldner tuschelten mit zusammengesteckten Köpfen. Der Dürrhaken fischte eben Tabak aus einem Gemeinschaftsbeutel. Allesamt hatten sie verklärte Blicke. Sie ähnelten Süchtigen, die zu viel vom Glücksbrei erwischt hatten. Doch das war es ganz gewiss nicht. Ihre Betäubtheit musste einen anderen Grund haben.

»Tolle Freunde hast du«, sagte Ox.

Margat grinste und entblößte Zahnreihen, die ebenfalls in der Mitte geteilt waren. »Es lässt sich aushalten. Sie reden angenehm wenig.«

Pirmen schnippte mit dem Zeigefinger, so fest es ging, gegen Oxens fleischige Halswülste. »Geh endlich weiter!«, flüsterte er ihm ins Ohr.

»Mein Kleiner Herr hat eine Verabredung in der Furche«, sagte der Reitmensch zu seinem alten Kumpan.

»Dann machen wir's kurz: Trägst du Waffen bei dir?«

»Ein Messer, das bestenfalls zum Brotschneiden taugt.« Ox zog es aus dem Gürtel und reichte es seinem Gegenüber.

»Oho. Sind die Brotlaibe bei dir zu Hause derart groß und dick, dass man dieses Werkzeug dafür benötigt?«

»Bei mir zu Hause ist alles groß und dick.«

Einer der Fellena-Drillinge kicherte, blickte aber gleich beiseite, als Ox ihn ins Auge fasste.

»Na schön. Du kannst es behalten.« Margat reichte ihm die unterarmlange Klinge zurück. »Wolltest du den Krüppeln was antun, bräuchtest du andere Spielsachen. Ihr könnt passieren.«

»Danke. Wir sehen uns.«

»Ja. Wir sehen uns. Hoffentlich auf derselben Seite.« Wiederum lachte Margat, wiederum lag keinerlei Spur von Belustigung in seiner Stimme.

Ox trat durch das Tor der Furche, ohne sich noch einmal umzudrehen. Stille umgab sie plötzlich, völlige, alles verschluckende Stille. Und eine Dunkelheit, die Pirmens Sehnsucht nach seinem Konterturm aufs Neue weckte. Da war ein winziger, kaum wahrnehmbarer Lichtfleck in weiter Ferne. »Das Licht war letztes Mal woanders«, sagte er leise. »Das ist kein gutes Zeichen.«

»Ich habe mir sagen lassen, dass die Furche eine Menge Geheimnisse birgt.«

»Darüber solltest du dir dein haarloses Köpfchen nicht zerbrechen, Ox. Mach schon, wir haben's eilig!«

»Ja, Kleiner Herr.«

Der Reitmensch setzte sich in Bewegung und ging in einen leichten Trab über, der dem eines Pferdes ähnelte. Der Lichtschein wurde allmählich heller. Stimmengetuschel drang von allen Seiten an Pirmens Ohren. Die Wände waren nah, die Decke spannte sich weit über ihm. Die Form der Furche war ihm und den anderen Magicae unbekannt. Einzig Gafelay, ihr Oberster, war zum Teil in die Geheimnisse des Gebäudes eingeweiht.

»Stimmt es, dass die Furche nach dem Geschlechtsteil der Frauen geformt wurde?«, fragte Ox mit ruhiger, kaum angestrengter Stimme. »Das Gerücht geht, dass sie derart gestaltet wurde, weil sich Magicae instinktiv vor der Lustgrotte einer Frau fürchten und es eurem Obersten dadurch leichter fällt, die Herde seiner Schafe im Inneren der Furche beisammenzuhalten.«

»Das ist ein Gerücht von vielen«, sagte Pirmen. »Und ich muss dich enttäuschen, Ox: Ich fürchte mich nicht vor einer Vagina.«

O doch, das tat er. Hatte er schon immer. Und dann war da die Zeit seiner Sklaverei gewesen, als er Terca zu Diensten gewesen war und Dinge hatte tun müssen, die bei ihm immer noch Brechreiz auslösten und einen widerlichen Geschmack auf seiner Zunge hervorriefen.

Eine Kerze, so hoch wie der Reitmensch und mit einem Durchmesser so dick wie sein Leib, entpuppte sich als Quelle des Lichtscheins. Davor und dahinter huschten Schemen umher. Geisterwesen, über die man ebenfalls nichts Genaues wusste, die für die Magicae aber manchmal Botendienste verrichteten. Sie hatten ausschließlich im Inneren der Furche so etwas wie Konsistenz – und das auch nur in der Nähe der ersten Kerze. Dort spielte sich ihr Leben ab. Dort waren sie noch nicht vergessen und konnten daran glauben, dass sie noch existierten.

»Pirmen«, säuselte eines der Geisterwesen, »der junge Träumer, der meint, zu Höherem berufen zu sein.«

»Und der dafür seine Freunde verraten hat«, äußerte das nächste Schattengeschöpf.

»Der keine Liebe kennt, der jeglichen Skrupel abgeschüttelt hat.«

»Der mit einer Wicca das Lager teilte und dem Gottbettler in die Augen blickte.«

»Der seinen Lehrherrn verriet. Der trotz seiner Abscheulichkeit insgeheim hofft, sich noch irgendwo tief in seinem Inneren einen Funken Menschlichkeit erhalten zu haben.«

»Aus jetzt!«, schrie Pirmen. »Bringt mich so rasch wie möglich in die Knospe zu den anderen.«

»Du bist der Letzte, auf den Gafelay wartet«, sagte ein Geist, der kräftiger als seine Begleiter wirkte. »Kommst zu spät, wie immer. Weil du dir Zeit gelassen hast. Weil du dich in Szene setzen möchtest und einen großen Auftritt brauchst. Weil du dich selbst einfachsten Anweisungen widersetzt.«

Pirmen hörte nicht weiter auf das Geplapper. Er gab Ox Befehle, wohin der sich zu wenden hatte. Sein Reitmensch hatte von dieser Unterhaltung nichts mitbekommen. Er konnte die Geister nicht sehen. Selbst hier, im Zentrum männlicher Magie, blieb er unempfänglich für all das, was ihn umgab und die Furche ausmachte.

Ox stapfte einen Gang entlang. Pirmen fühlte einen Geisterschemen, der sie trotz der wieder zunehmenden Dunkelheit verfolgte. Es dauerte nicht lange, da standen sie vor einem mit Eisenbeschlägen versehenen Tor. Der Geist machte kehrt, ohne sich weiter um sie zu kümmern.

»Herein mit dir, Pirmen!«, rief jemand mit heiserer Stimme. »Es wird Zeit, dass du dich blicken lässt.« Die Tür öffnete sich von selbst. »Dein Reitmensch soll dich hier am Tisch abladen und den Raum dann wieder verlassen.«

Ox trat ein. Pirmen fühlte seine Anspannung. Er kam sich vor wie ein wildes Tier, das sich an diesem Ort der Gefahr instinktiv unwohl fühlte.

»Ich hole dich später ab, Kleiner Herr.« Ox steckte ihn in ein Tischgestell, das seinen Bedürfnissen entsprach. Pirmen saß weich, für die Bein- und Armstummel standen Gefäße mit schmerzlindernden Kräuterbädern bereit. Der Reitmensch band ihn fest, verbeugte sich vor den insgesamt dreizehn Versammelten am Tisch und trat dann zurück. Das Tor schloss sich mit einem lauten Poltern hinter ihm.

Der Tisch vor Pirmen war alt und mit unzähligen Inschriften verziert. Er beherrschte den Raum und ließ kaum Platz für andere Möbelstücke. Er war der Länge nach wie von einer groben Axt gespalten. Der Zweck dieser handwerklich schlecht ausgeführten Arbeit wäre einem unbeteiligten Beobachter nicht klar geworden. Pirmen jedoch kannte den Grund dafür.

Hohe Fenster ringsum waren mit schwarzen Tüchern verhängt, und selbst wenn man die Stoffbahnen abgenommen hätte, wäre kein Sonnenstrahl ins Innere der Knospe gedrungen. Sie befanden sich tief unter der Erde. Die Erinnerung an den Zweck dieser Fenster war vor lange Zeit verloren gegangen. Womöglich hatten sie einstmals dazu gedient, fremden und weit entfernt lebenden Magicae in den Geist zu blicken oder aber, um Fürsten, Herrscher und Könige zu lenken.

Es roch nach Ausscheidungen. Nach verfaulenden Blumen. Nach Tod. Diese seltsame Mischung an Gerüchen war in der Furche allgegenwärtig, wie auch die Ahnung, am falschen Ort zu sein. Dieses Gefühl ließ niemals nach, sooft man sich auch hierherbegab.

Pirmen wandte sich dem Obersten zu. Es schmerzte ihn, den Hals so weit nach oben zu drehen und dessen Flug zu verfolgen. Gafelay steckte in einem Korb, der von der Decke hing und in Schaukelbewegungen versetzt worden war. Das Behältnis hatte auf der Unterseite einen Kiel und wirkte auf den ersten Blick wie eine pendelnde Waffe, die über dem Versammlungstisch schwebte.

Er hat tatsächlich noch ein Bein!, dachte Pirmen und hatte Mühe, seiner Verachtung nicht gleich hier, gleich jetzt lautstark Ausdruck zu verleihen. *Warum hat er es sich nicht längst nehmen lassen? Er ist schwach, er legt viel zu viel Wert auf seine Körperlichkeit.*

»Nachdem Herr Pirmen Courtix es endlich für wert befunden hat, auf meinen Wunsch hin zu erscheinen, können wir nun beginnen«, sagte der Oberste. Er schaukelte vor, schaukelte zurück. Er lag bäuchlings und blickte auf sie hinab. Der untere Teil seines Gesichts war von einem Lederstreifen verdeckt, seine Stimme war kaum zu verstehen. »Ihr könnt euch vorstellen, dass es triftige Gründe dafür gibt, euch nächtens aus den Kontertürmen hierherzu... bitten.«

»Die da wären, Oberster?«, fragte Pirmen.

»Es hat sich Entscheidendes an der Treibgierde getan, lieber Freund.«

»In regelmäßigen Abständen erhalten wir Berichte, dass sich in dieser von unserer Welt abgetrennten Zeitblase Neuigkeiten ergeben«, gab sich Pirmen gelangweilt. »Einmal wurde uns das Auftauchen eines halben Menschen gemeldet, dann die Manifestation eines Riesenkraken. Letzte Woche war, wenn ich mich recht erinnere, von einer sprechenden Spinne die Rede, die über das Meer lief und einen Fischer erschreckte.«

»Findest du das etwa lustig, Pirmen Courtix?«

Die Stimme des Obersten hallte von den Wänden wider. Sie wurde zu Rauch, gewann weiter an Körperlichkeit, wurde zu festem Stoff, der gegen Felsgestein prasselte, sich weiter verstärkte, hin und her geworfen wurde und letztlich als Hagelsturm endete, dessen Körner hinter Pirmen den Boden spickten. Klatsch. Klatsch. Klatsch.

Die *Stimmengewalt* war ein bekanntes, aber nicht oft genutztes

Markenzeichen des Obersten Magicus. Es stellte klar, dass der alte Mann keine weitere Unterbrechung duldete.

»Verzeihung, Herr«, murmelte Pirmen. Er zog den Kopf zwischen die Schultern und versuchte, sich aus der Aufmerksamkeit des anderen zu denken. Er scheiterte. Diese Zauber verfingen nicht beim Obersten.

»Mir wurde zugetragen, dass ein Wesen lebend aus der Treibgierde entkommen konnte. Und nicht irgendeines. Es handelt sich um einen Mann, der gemäß meinen Informationen sehr viel über die Vorgänge im Inneren zu berichten weiß.«

Einige Magicae begannen angeregt miteinander zu diskutieren, andere ließen ihrer Freude Beweise ihrer Begabungen folgen. Aus dem Holz des Tisches quoll dunkelrotes Blut nach oben, aus einem Wurm, der sich an einem schrumpligen Apfel gütlich tat, wurde eine meterlange Schlange, die durch den Schock der Vergrößerung rasch verstarb und literweise Magenflüssigkeit verspritzte. Merkwürdige Musik erklang, einem schaurigen Rasseln folgte ein Stöhnen, das aus weiter Ferne an ihre Ohren drang. Die Kräfte der Magicae wirkten sich auf das Gemüt der Menschen aus, die im Inneren der Furche dienten.

Pirmen ließ sich von der guten Stimmung nicht anstecken. Er empfand es als banal, Kunststückchen wie auf dem Jahrmarkt vorzuführen. Es gab niemanden hier, der sich davon beeindrucken ließ.

»Allerdings«, sagte der Oberste und hatte augenblicklich wieder die Aufmerksamkeit aller, »allerdings ist das Erscheinen des Mannes auch unseren Feinden nicht verborgen geblieben.«

»Die Wicca wissen davon?«, fragte Urbim, einer der dienstältesten Magicae.

»So ist es. Unglücklicherweise tauchte das Wesen aus vergangener Zeit in der Nähe eines kleinen Ortes namens Bludkap auf, der von der Hexe Liven kontrolliert wird. Sie hat das Erscheinen dieses Mannes augenblicklich weitergemeldet.«

»Die Erzfeindin ist also bereits informiert.« Pirmen holte tief Luft. »Und sie besitzt einen Vorsprung.«

»Stimmt. Ihr werdet meine Eile bei der Einberufung dieser Versammlung verstehen.«

Die ausgelassene Stimmung schlug um und wich einer Stille der Betroffenheit. Einzig und allein das Ächzen der in Metallringen befestigten Seile, die den Korb des Obersten trugen, war noch zu hören.

»Was hat man bislang über dieses Mann-Wesen in Erfahrung gebracht?« Pirmen riskierte viel, indem er weiterhin Fragen stellte, statt Gafelay einfach weitersprechen zu lassen, denn dieser konnte sich davon herausgefordert fühlen. Doch das scherte Pirmen nicht. Die Suche nach diesem Zeitzeugen aus der Vergangenheit war wichtiger als alle Querelen.

»Er ist desorientiert und lässt sich gewiss leicht beeinflussen. Die Wicca tun alles, um ihn für ihre Pläne zu gewinnen. Aber sie werden es nicht so leicht mit ihm haben, wie sie vielleicht glauben. Ein Wesen, das aus der Alten Zeit stammt, verfügt über besonderes, womöglich längst vergessenes Wissen.«

»Das bedeutet?«

»Die Wicca sind der Meinung, es für ihre Zwecke einspannen zu können. Ich hingegen verlange, dass das Geschöpf gefoltert, seiner Kenntnisse beraubt und dann sofort getötet wird.«

»Wie bitte?«, entfuhr es Pirmen.

Die versammelten Magicae schrien wild durcheinander. Urbim hob sein Wägelchen mittels magischer Kräfte auf den Tisch und zeterte dort wild vor sich hin, Nebel breitete sich aus.

Der Oberste blieb still. Er schaukelte vor und zurück, vor und zurück, und Pirmen hätte es nicht gewundert, wenn er unter der Maske den lippenlosen Mund zu einem Grinsen verzogen hätte.

»Genug!«, rief Gafelay nach einer Weile, und rasch kehrte wieder Ruhe ein. »Wir beobachten die Treibgierde nun bereits seit einigen Jahrhunderten und haben in dieser Zeit viele wertvolle Informationen gesammelt. Dennoch geriet Wissen über die eigentlichen Hintergründe dieser Auseinandersetzung in Vergessenheit. Was den Wesen innerhalb der Zeitblase wichtig ist, hat bei uns keinerlei Bedeutung.« Der Oberste holte gut hörbar Atem, seine Stimme klang nun verächtlich. »Habt ihr denn jemals darüber nachgedacht, was die alten Magicae und Wicca tun würden, sobald sie aus der Treibgierde nach außen dringen?«

»Die einen würden sich gegen uns wenden, die anderen sich uns anschließen«, mutmaßte Urbim.

»Völlig falsch! Wir müssen die Mitglieder beider Parteien als Feinde betrachten.«

Pirmen ahnte, worauf der Oberste hinauswollte, und sosehr es ihm auch widerstrebte – er bewunderte Gafelays Weitsicht.

»Die magischen Kräfte unserer Welt sind im Laufe der Zeit schwächer geworden. Andernfalls hätte es ein Geschöpf wie der Gottbettler niemals geschafft, derart viel Macht an sich zu raffen und die Menschenvölker beinahe unter einem Banner zu vereinen.«

Ein anderer Grund dafür, dass der Gottbettler beinahe gesiegt hätte, war, dass er Wicca und Magicae geschickt gegeneinander ausgespielt hat, dachte Pirmen. *Und dass er die Sibyllen an seiner Seite hatte, jene Wesen, über die wir bis heute so gut wie nichts wissen. Sie haben sich in die Norde zurückgezogen und warten, womöglich auf die Wiedergeburt des Gottbettlers. Und dass dieser seltsame Mensch eines Tages zurückkehrt, daran glauben nicht wenige Wesen.*

Pirmen war bei der vermeintlichen Vernichtung des Gottbettlers mit dabei gewesen. Und er hätte nicht zu sagen vermocht, ob dies sein endgültiger Tod gewesen war oder ob er bloß eine Ruhepause einlegte, im dunklen Reich, um irgendwann wiederzukehren. Gestärkt und noch besser vorbereitet, mit neuen und alten Verbündeten.

»Die Gründe für das allmähliche Nachlassen magischer Einflüsse kennen wir nicht«, fuhr der Oberste fort. »Doch wir spüren, dass sich die Welt ringsum im Umbruch befindet. Wir sind nicht mehr eins mit ihr, so wie auch die Wicca immer größere Probleme haben, sich im Hier und Jetzt zurechtzufinden.«

»Wir werden siegen!«, krächzte Urbim.

»Vielleicht, vielleicht auch nicht. Aber wir dürfen uns keinesfalls auf ein Bündnis mit unseren Vorfahren einlassen. Diese verfügen über stärkere Kräfte. Sie sind machtbesessen, kampferprobt und schrecken vor nichts zurück. Seht uns doch an: Wir werden ihnen kaum etwas entgegenzusetzen haben!«

Die Worte des Obersten taten weh, und wenn er es gekonnt hätte, hätte sich Pirmen auf seinem Platz gekrümmt wie ein Wurm. Gafelay hatte recht. Sie waren schwach und hinfällig geworden. Sie mussten sich den extremsten Reizen aussetzen, um Wirkung zu erzielen und ihre magischen Fähigkeiten zu verbessern.

Warum erging es den Wicca nicht ebenso? Warum schafften es die Hexen, gesund an Körper und Geist zu bleiben? Und warum hatten sie den Kampf gegen diese verdammten Weiber nicht schon längst verloren?

Weil sich viele von ihnen nicht um die Macht scheren, gab sich Pirmen selbst die Antwort, *weil sie desinteressiert und sich meist uneins sind, noch viel mehr als wir Magicae. Gibt es denn Übleres als Frauen, die einander im Hass verbunden sind?*

»Ruhe!«, rief der Oberste, und sofort wurde es wieder still. Er drehte seinen Leib hin und her. Das übrig gebliebene Bein, verdorrt und einem Ast ähnelnd, bewegte sich haltlos in den Gelenken. »Wir können und dürfen es nicht auf eine Kraftprobe mit den Magicae aus der Treibgierde ankommen lassen! Schon einer von ihnen wäre womöglich in der Lage, uns allesamt, wie wir hier sitzen oder schaukeln, vom Erdboden zu tilgen. Ist es das, was ihr wünscht?«

»Nein!«, antwortete Pirmen für sie alle. »Aber wie sollen wir verhindern, dass die Treibgierde eines nicht allzu fernen Tages aufbricht?«

»Das kann uns womöglich dieser Flüchtling sagen.« Die Wiege des Obersten hielt abrupt an. Er hing nun unmittelbar über Pirmen. »Ich möchte, dass *du* ihn für uns jagst, ihn vernimmst und dann tötest.«

»Ich?«

»Erscheint dir diese Aufgabe zu schwer? Möchtest du, dass ich ein anderes Mitglied aus unserer Runde damit betraue?«

»Natürlich nicht. Aber …« Pirmen brach ab und unterdrückte ein Grinsen. Der Alte wurde also doch allmählich senil. Das spielte ihm durchaus in die Karten.

»Wir beide werden uns über deinen Auftrag anschließend unter vier Augen unterhalten, Pirmen. Doch jetzt lasst uns weitere Angelegenheiten besprechen. Es gibt viel zu tun, wollen wir in den nächsten Jahren den Einfluss der Wicca zurückdrängen …«

8. Eldar

Das Erwachen ging unerträglich langsam vonstatten. Noch bevor Eldar verstand, dass er aus einem traumlosen Schlaf in die Wirklichkeit zurückkehrte, fühlte er ein Stechen in den Zehen, monotonen Schmerz in den Oberschenkeln, ein Ziehen in der Leiste. Er kam Stück für Stück zu sich. So, als wollte ihm sein Geist zeigen, wo es denn überall wehtat.

Jeder Atemzug schmerzte, und seine Hände brannten, als wären sie in Gerbsäure getaucht worden. Als er den Kopf zu drehen versuchte, knirschte es im Nackenbereich. Eldar unterdrückte den Schrei, und das war gut so. Denn in seinem Mund steckte ein schmutziges Tuch, das ihn zwang, ausschließlich durch die Nase zu atmen.

Seine Arme ... Sie waren mit grobem Seil an einen Pflock gefesselt, der mit Kot beschmiert war. Eldar befand sich in einem Stall. Wenn ihn sein Geruchssinn nicht täuschte, in einem Ziegenstall.

Er erinnerte sich mit einem Mal, wo er war und was Hackfresse mit ihm angestellt hatte. Er zwang sich ruhig zu bleiben und zu verstehen, was hier vor sich ging. Seine Situation erschien ihm absurd. Er war wichtig für Tinte und Hackfresse. Er bedeutete Ansehen und die Aussicht auf Wohlstand für die beiden – und dennoch hatten sie ihn halbtot geprügelt.

»Bist wach, nicht wahr?«, sagte jemand mit glockenheller Stimme. »Dann lass mal sehen, wie's dir geht.«

Eldar sah entblößte Unterschenkel und zerkratzte Knie. Sie gehörten einer jungen Frau, besser gesagt einem Mädchen. Das Gör kniete neben ihm nieder und zog ihm den Knebel behutsam aus dem Mund. »Keine Zähne eingeschlagen«, sagte sie, »und die Zunge ist auch noch da. Junge, junge, hast Glück gehabt!«

»Glwück?!«, krächzte Eldar.

»Ja. Wenn mein Vater mal in Fahrt kommt, kennt er keine Grenzen.« Ein kurviger Körper und ein freundlich wirkendes Gesicht gehörten zu den Beinen. Das Mädchen beugte sich weit zu ihm hinab. »Ich bin Loisie. Die Tochter von Bertol.«

»Bertwol?«

»Alle Leute nennen ihn Hackfresse. Aber ich nenne Vater lieber bei seinem richtigen Namen.«

Finger berührten ihn ganz sacht im Gesicht, wanderten dann den Hals entlang, über die entblößte Brust, strichen über den Rumpf und glitten hinab zu den Beinen. Er fühlte Schmerz in all seinen Abarten. Hier ein Stechen, dort ein Ziehen, Brennen, Drücken ... So vorsichtig Loisie auch war, sie tat ihm weh.

»Du hältst nicht viel aus, wie? Deine Haut ist zart, dein Fleisch weich, die Muskeln schlaff. Deine Hände sind die eines Mannes, der noch nie etwas Schwereres als Schreibkreide gehoben hat. Doch jetzt komm hoch. Wir haben nicht viel Zeit. Es wäre gut für dich, wenn du auf eigenen Beinen stündest, wenn meine braven Eltern zurückkehren. Sonst bekommst du gleich noch mal von ihrer liebsten Medizin, und das nicht zu knapp.«

War Loisie so freundlich, oder tat sie nur so? Eldar blieb misstrauisch. Auch Hackfresse hatte anfänglich nicht unsympathisch gewirkt.

Sie löste die Seilknoten an seinen Armgelenken und ließ ihn kreisende Bewegungen mit den Händen machen. Die Finger waren dunkelrot verfärbt und angeschwollen wie kleine Würste, deren Fleisch aus den Häuten zu platzen drohte.

»Du mwachscht das nischt zum erschten Mwal«, brachte Eldar mühsam hervor.

»Gut erkannt, kleiner Mann. Ich bin dem Schicksal dankbar, dass du aufgetaucht bist. Andernfalls würde sich Bertol um mich kümmern. Er hat seltsame Ansichten von einem glücklichen Familienleben.«

Eldar fühlte sich von zwei kräftigen Händen hochgehoben und auf die Beine gestellt. Er stieß einen lauten Schrei aus, der weniger der Überraschung geschuldet war als der Tatsache, dass er Körperstellen spürte, von denen er nicht einmal gewusst hatte, dass sie existierten.

»Jetzt hab dich nicht so!«, fuhr Loisie ihn an. »Ich nehme die Hände weg, und ich schwöre dir bei Gamanal, dass ich dich nicht auffange, solltest du umfallen. Verstanden?«

»J… ja.« Eldar war schwindelig, er sah Sterne vor den Augen. Loisie erschien ihm wie die einzige Stütze, die er noch hatte. Wenn sie ihn losließ, war er ganz auf sich gestellt.

Sie zog ihre Hände sacht zurück. Eldar konzentrierte sich auf seine Füße. Sie waren gefühllos und wirkten wie Klumpen, die vielleicht zu seinem Körper gehörten, vielleicht aber auch nicht. Sie mussten sein Gewicht halten. *Es kann doch nicht so schwer sein, aufrecht zu stehen!*

Es gelang, irgendwie. Eldar tat winzige Schritte vorwärts und schleifte dabei mit den Zehen über feuchten, dreckigen Boden. Er umrundete das Holz, an das er gefesselt gewesen war, und passierte eine Reihe weiterer Pflöcke. Sie tauchten vor ihm auf wie Bäume inmitten eines Nebelfelds und waren alles, was er zur Orientierung hatte. Er schaffte es nicht, den Kopf weit genug zu heben, dass er sich hätte umsehen können. In seinem Nacken befand sich etwas, das ihn daran hinderte.

»Keine Sorge«, hörte er Loisies Stimme, als hätte sie seine Gedanken erraten. »Da ist bloß eine Schwellung am Hinterkopf. Sie wird bald wieder verschwinden. Wäre es was Schlimmeres, könntest du deine Beine nicht mehr gebrauchen.«

»Woher weischt du das allesch?«

»Ich weiß es nun mal. Und an deiner Stelle würde ich rasch damit beginnen, mir die *richtigen* Fragen zu stellen. Wenn Bertol und Mutter zurückkehren, solltest du wissen, was sie von dir erwarten.«

»Gehorscham ...«

»Unter anderem, Eldar. Das ist aber nur ein Teil dessen, was du ihnen liefern musst. Du bist schließlich die Melkkuh der Familie. Bald werden sich alle Leute um dich reißen und wissen wollen, wie es im Inneren der Treibgierde aussieht. Was dort vor sich geht. Ob es stimmt, dass Magicae und Wicca gegeneinander kämpfen und sie die Zeit haben einfrieren lassen. Du wirst mit Gerüchten konfrontiert werden, die du ausräumen oder bestätigen solltest. Gelehrte werden dir präzise Fragen zu den Umständen deiner Flucht stellen. Sensationslüsterne Geschöpfe werden von weither kommen, um dich zu bewundern und dich zu berühren, um von dir Heilung ihrer Wehwehchen zu erlangen. Bertol wird für all das Geld fordern, und Mutter wird dafür sorgen, dass er es nicht gleich wieder im nächsten Wirtshaus versäuft.«

»Wer bischt du, Loisie? Du redest so ganz andersch alsch deine Eltern. Du kannscht unmöglich die Tochter diescher unmöglichen Menschen schein ...«

»Du stellst schon wieder die falschen Fragen.«

Eldar hörte Loisies Schritte näher kommen. Er fühlte mit einem Mal Furcht und zog die Schultern ein. Sie trug gewiss einen Teil des Erbes ihrer Eltern in sich. Würde ihn verhöhnen, ihn demütigen, auf ihn eindreschen.

Sie hängte sich mit einem Arm bei ihm ein und half ihm, weitere Schritte zu tun. »Du und ich, wir werden die besten Freunde werden, das habe ich bei Manos geschworen.«

Eldar hatte es also mit einer religiösen Eiferin zu tun. Sofort meldete sich Misstrauen bei ihm. In einem früheren Leben hatte er offenbar nichts von Göttern gehalten. Andererseits … Ließ sich dieses Wissen irgendwie nutzen?

»Geht's besser?«, fragte sie.

»Ja. Ich spüre meine Zehen allmählich wieder.«

»Gut. Dann machen wir weiter.« Sie ließ ihn los und kam rasch mit einem Becher zurück, der mit Wasser gefüllt war. Eldar trank gierig und tat dann weitere Schritte.

»Was weißt du über die Treibgierde?«, fragte Loisie unvermutet.

Konnte er ihr vertrauen, oder wollte sie ihm im Auftrag von Hackfresse wertvolles Wissen entreißen?

»Nichts.« Eldar räusperte sich, denn er hatte ein Kratzen im Hals. »Ich erinnere mich daran, durch eine Art Loch gekrochen zu sein. Dann war fremdes Licht um mich herum, fremde Stimmen, fremde Gerüche. Und dann blickte ich deinem Vater in die Augen.«

»Du Glücklicher! Was kann es Schöneres geben.« Loisie kicherte unterdrückt, wurde aber gleich wieder ernst. »Der Übergang hat irgendetwas mit deinem Kopf angestellt. Sarma meint, dass das völlig normal ist. Was du durchgemacht hast, ist weitaus schlimmer als eine Geburt. Der Schmerz hat sich auf dein Denken ausgewirkt.«

»Wer ist Sarma?«, fragte Eldar neugierig.

»Eine Freundin. Mehr brauchst du vorerst nicht zu wissen. Na schön. Du weißt also nichts. Meine Eltern werden sich damit keinesfalls zufriedengeben. Du musst ihnen irgendetwas liefern. Zumindest einen kleinen Happen. Etwas, das glaubwürdig erscheint und dir ein wenig Zeit verschafft. Sarma vermutet, dass deine Erinnerung bald zurückkehren wird.«

»Mag ja sein. Aber ich wüsste nicht, was ich Bertol bis dahin erzählen könnte.«

»Du hast gesprochen, bevor du erwacht bist. Es war meist sinnloses Zeug. Aber du hast auch einen Namen genannt.«

»Und zwar?«

»Er klang wie Marana. Oder Manana.«

»Harana«, verbesserte Eldar, ohne lange nachzudenken, und kaum hatte er den Namen ausgesprochen, waren da weitere Erinnerungen. Sie reihten sich wie die Perlen einer Kette aneinander, die immer weiter und immer tiefer in die Vergangenheit reichten und ihm sagten, was er war.

Eldar hatte geliebt. Er hatte nach einem Weg für sich und seine Holde gesucht, um dieses schreckliche Zeitgefängnis hinter sich zu lassen.

Und er war neugierig geworden, als sich dieser Fluchtweg geöffnet hatte. War durch die Lücke gekrochen, hatte uneigennützig gehandelt. Und nun befand er sich in dieser schrecklichen Welt außerhalb der Treibgierde. Ohne Harana. Er hatte sie im Stich gelassen – und würde sie niemals mehr wiedersehen.

Fliehen. Er musste weg von hier. Sich irgendwo verkriechen, zu Atem kommen, seine Gedanken ordnen. Um dann nach einem Weg zu suchen, auch Harana aus der Treibgierde zu befreien.

Innerhalb dieser von Magie beeinflussten Sphäre galten andere Regeln, andere Zeitläufe. Während hier Tage vergingen, verstrichen im Inneren der Treibgierde nur wenige Augenblicke.

Eldar versuchte, sich Haranas Aussehen in Erinnerung zu rufen. Die noble Blässe ihres Gesichts war typisch für Angehörige der centischen Mittelkaste. Sie hatte langes kräftiges Haar, eine schlanke Taille und wohlgeformte Brüste. Ein blutroter Mund, ein lustvolles Stöhnen. So hatte er sie sich eingeprägt, bevor er losmarschiert war, auf der Suche nach einer Fluchtmöglichkeit aus der Treibgierde.

»Du siehst beschissen aus, Ding«, sagte Hackfresse und stopfte sich ein Stück fettes Fleisch in den Mund. »Du verträgst wohl nicht allzu viel.«

Eldar zuckte zusammen. »So ist es«, sagte er leise. Er hatte sich wieder einmal in Tagträumereien verloren und dabei seine traurige und zugleich gefährliche Situation für einen Augenblick vergessen.

»Ich hörte, du hättest dich mit Loisie angefreundet?«

Da war dieser lauernde Unterton. Bertol wartete darauf, dass er zugab, ein Vertrauensverhältnis zu dem jungen Mädchen aufgebaut zu haben. Wie sollte er reagieren, was sollte er antworten? Eldar hob unter Anstrengungen den Kopf und starrte Loisie an. Sie gab durch nichts zu verstehen, wie er sich verhalten sollte.

»Sie hat mir geholfen, wieder auf die Beine zu kommen. Aber man merkt, dass sie nach ihrem Vater geraten ist.«

»Ach ja?«

»Ihr Griff ist hart, ihr Geist ebenso.«

»Das macht meine gute Erziehung.« Bertol lachte schallend, als hätte er einen besonders guten Witz gemacht, verstummte dann aber abrupt. Er beugte sich über den Tisch, seine Augen funkelten. »Gib mir einen Grund, dich nicht noch einmal zu verprügeln. Sag mir, dass du die Mühen wert bist, unter denen ich dich aus der Treibgierde gezogen habe.«

»Du möchtest Geld mit mir verdienen, indem du mein Wissen verkaufst. Das wird aber äußerst schlecht gehen, wenn ich halbtot bis tot bin.«

»Was für ein Wissen ist das? Bevor ich zu den Ideenhändlern und den Krämern in Arabeor gehe und von dir rede, musst du mir einige Dinge über die Treibgierde erzählen. Wie sieht sie im Inneren aus, was geht da drin vor sich?«

»Es wird noch eine Weile dauern, bis ich meine Erinnerungen vollends zurückerhalten habe«, sagte Eldar wahrheitsgemäß, »aber einige Dinge sind mir bereits jetzt klar.«

»Und zwar? Sag schon!«

»Die Treibgierde wird tatsächlich von Wicca und Magicae beherrscht. Sie führen dort drinnen einen Kampf über die Jahrhunderte oder Jahrtausende hinweg. So sieht es zumindest für dich und alle anderen Wesen des Weltenkreises aus, nicht aber für jene, die ins Innere der Treibgierde geraten und Zeuge der Auseinandersetzung sind.«

»So wie du zum Beispiel.«

»Ja. Ich war gemeinsam mit einer ... Frau auf großer Fahrt durch die Cabrische See, als wir überrascht wurden.«

»Du meinst die Cabrische See«, verbesserte ihn Bertol.

»Es ist wahrscheinlich viel Zeit vergangen, seitdem ich ...« Eldar unterbrach sich und murmelte dann: »Du hast recht. Ich habe mich versprochen.« Es hatte wenig Sinn, diesen Holzkopf über unterschiedliche Zeitläufe aufklären zu wollen und darüber, dass er einer Epoche entstammte, die mit der jetzigen kaum noch etwas gemein hatte.

»Mach weiter.« Bertol rülpste lautstark und winkte Loisie, ihm Wein nachzuschenken.

»Da gibt's nicht mehr viel zu sagen. Ich schaffte es, aus der Treibgierde zu entkommen. Ich hatte die Freude, deine Bekanntschaft zu machen, und jetzt bin ich hier, in diesem prachtvollen Palast, umgeben von aufmerksamen und freundlichen Menschen.«

»Pass bloß auf, du Wicht! Ich merke es, wenn sich jemand

über mich lustig macht.« Bertol lächelte. »Aber ich bin Schmeicheleien gegenüber höchst aufgeschlossen.«

»Red nicht so geschwollen daher, Alter!«, blaffte ihn Tinte an. Sie trat zu Bertol an den Tisch, mit einem riesigen Holzschöpfer in der Rechten, den sie wie eine Hiebwaffe schwang. Blutroter Saft, der daran klebte, spritzte weit umher. »Sieh lieber zu, dass der Kerl auch mal was sagt, das wichtig für unsere Gäste sein könnte.«

»Du hörst mein liebreizendes Weib.« Hackfresse stützte sich mit den Handflächen auf die Tischplatte und beugte sich weit über Eldar. »Erzähl uns, was du in der Treibgierde gesehen hast. Was du an Wissen besitzt. Vor allem musst du dich an Dinge erinnern, die die Schlauberger aus der Stadt interessieren könnten.«

Eldar nickte. Er betrachtete die schwieligen Pranken des Sauters. Sie waren bereits einmal über seinen Körper getanzt und hatten blutige Spuren hinterlassen. Sein geschwächter Körper würde nicht mehr viele dieser Misshandlungen überstehen. Er musste glaubwürdig lügen, wollte er nicht wieder im Ziegenstall enden, bewusstlos geprügelt, übersät mit Kratz- und Schlagwunden.

»Die Wicca vollführen merkwürdige Rituale, und sie gewinnen im Kampf gegen die Magicae allmählich die Oberhand«, behauptete er. »Ich habe sie bei ihrem Treiben beobachtet und konnte mir mehrere Sprüche merken, mit deren Hilfe sie ihren Gegnern das Leben schwer machten.«

»Zaubersprüche?« Tinte trat ganz nahe an ihn heran. Aus ihrem Mund stank es nach verwesender Ratte. »Solche, die den Tod bringen?«

»Nein.« In Eldars Kopf war auf einmal die Erinnerung an eine ganz besondere Rezeptmischung. An diesem Ort, an dem Bildung verhasst und verpönt war, würde sie gewiss niemand kennen. »Es handelt sich um Magie, die Übelkeit verursacht und den Körper schwächt.«

»Lass hören.«

»Ich brauche einige Zutaten. Kräuter und Gewürze. Sachen, die in jedem Haushalt zu finden sind.« Er sah sich in der Küche um und korrigierte sich im Stillen: *In jedem vernünftigen Haushalt.* Denn in den Haushaltstöpfen hier waren weder Zündelkräuter noch getrocknete Reibwurzen zu entdecken, geschweige denn Waldhomenora, deren Knollen er dutzendweise vor der Hütte gesehen hatte.

»Dann besorg das Zeug und spute dich!«, befahl Bertol, nachdem Eldar ihm von seinen Nöten erzählt hatte. »Schon morgen kommen die ersten Gäste. Ungeduldige Städter, die keine Zeit und erst recht keine Lust haben, einem wie dir länger als ein paar Augenblicke zuzuhören, wenn er nichts Spannendes und Aufregendes zu sagen hat. Wenn sie wieder abreisen, ohne ein paar Goldstücke hiergelassen zu haben, könnt's passieren, dass ich richtig wütend werde. Und Tinte wird mich beim Wütendwerden unterstützen, nicht wahr?«

»Worauf du einen lassen kannst.« Die Frau furzte, stieß prostend mit Bertol an und nahm einen tiefen Schluck aus ihrem Krug.

»Loisie wird dich begleiten und ein Auge auf dich haben«, sagte Bertol. Gefährlich leise fügte er hinzu: »Ich weiß, dass das Gör wie du ein weiches Herz hat und dich sympathisch findet. Wenn du auf die dumme Idee kommst, eine Flucht zu riskieren, wird sie dafür büßen. Ich werde sie windelweich prügeln und ihr ein Aussehen wie meines verpassen. Das willst du sicherlich nicht. Oder?«

»N… nein.«

»Worauf wartet ihr beiden dann noch? Verschwindet und macht schnell!«

Eldar murmelte einige Worte, nahm schmutzige Lederbeutel, ein stumpfes Messer sowie eine Sichel an sich und winkte Loisie, ihm zu folgen. Hackfresses Tochter nickte beherrscht. Sie wirkte zornig, küsste aber demütig die Hand ihres Vaters, bevor sie Eldar folgte.

Der trat aus der Tür und blinzelte gegen die Sonne, die sich während der letzten Stunden rar gemacht hatte. Sein Magen zog sich zusammen. Er war so schrecklich wütend auf den Barbaren – und fühlte andererseits eine nie gekannte Hilflosigkeit.

Ich war in meiner Vergangenheit gewiss niemand, der vor allzu vielen Leuten das Haupt beugen musste. Ich hatte eine hohe Position inne.

Doch was früher gewesen war, hatte in diesem Jetzt keinerlei Bedeutung. Er musste Kompromisse eingehen, katzbuckeln, schleimen und schmeicheln. Gegen diesen Mann kam er vorerst nicht an, zumal die Schwäche in seinen Gliedern nicht nachlassen wollte.

»Die Waldhomenora pflücken wir, wenn wir zurück sind«, sagte er zu Loisie und deutete auf die dunkelbraunen Knollen links und rechts der Veranda.

»Ich wusste gar nicht, dass man das Zeug essen kann! Es verbreitet einen widerlichen Geruch. Als ich ein kleines Balg war, hab ich einige der Dinger zu Brei verarbeitet und dem Mittelchen beigemengt, das Bertol verwendet, wenn er unten rum besser als sonst riechen wollte.« Loisie kicherte. »Tinte ist daraufhin durchs Haus getobt, hat ihn windelweich geschlagen und ihm dann wochenlang verboten, ihr nahe zu kommen.« Sie trat neben ihn und ging in die Knie, um an einem der fingerlangen Gewächse mit der hohen Krempe zu zupfen, das von unzähligen Käfern belagert wurde. Angewidert wischte sie die aus den Knollen tropfende Flüssigkeit an Blattwerk ab.

»Hat dir denn Sarma niemals etwas über die Wirkung der Waldhomenora erzählt?«, fragte Eldar.

»Nein.«

Wenn selbst die Kräuterkundigen nichts von der Wirkung des wundersamen Knollengewächses wussten, hatte er berechtigte Chancen, die hiesigen Weisen und Alchemisten mit jenen einfachen Mixturen zu beeindrucken, die in seinem Kopf herumspukten. Gut so.

Eldar nahm Loisie am Arm und zog sie mit sich. »Komm jetzt und bring mich ein Stück weg von der Küste. Zündelkräuter und Reibwurzen benötigen salzfreie Luft und salzfreien Boden.«

»Ich weiß, wo wir die Kräuter finden. Wir müssen uns aber beeilen, wollen wir vor Einbruch der Nacht zurück in der Hütte sein. Es wäre nicht gut für uns, würden wir uns verspäten.«

»Niemand weiß das besser als ich, Loisie. Diese eine Tracht Prügel hat mir gereicht, um den Standpunkt deines Vaters zu verstehen.«

Das Mädchen nickte. »Also komm!«, rief sie. Mit einem Mal legte sie ihren ernsten Gesichtsausdruck ab und wirkte nun wie ein unbeschwertes Gör, das sie in diesem Alter eigentlich auch sein sollte. Dem Mief der engen Hütte entkommen, blühte sie auf. Sie drehte sich mehrmals fröhlich im Kreis, steckte sich ein rasch gepflücktes Gänseblümchen ins Haar und eilte davon.

Eldar hatte Mühe, mit dem leichtfüßigen Mädchen Schritt zu halten. Ihre nackten Beine schienen kaum den Boden zu berühren. Sie flog dahin und verlor trotz des unebenen Terrains niemals das Gleichgewicht. Gewiss kannte sie jeden Fleck dieses Landes gut genug, um jedem Hindernis mit geschlossenen Augen ausweichen zu können. Da war ein sumpfiges Loch, das sie weitläufig umrundete, und unweit einer Wasserstelle mahnten Meldefahnen, dass man Jagdkrallen im Boden vergraben hatte; sie hüpfte geschickt über die kaum erkennbaren Schnappfallen und achtete darauf, dass Eldar in der gleichen Schrittfolge nachkam. Eine Grube, die mit Reisig und stachligem Gesträuch abgedeckt war, übersprang sie ebenfalls, während Eldar vorsichtig außen herumstakste.

Loisie bewies Kraft und Geschicklichkeit gleichermaßen. Sie lief und lief und lief, ohne müde zu werden, als wäre dieses Tempo eines Wirbelwinds das Einzige, das sie einzuschlagen vermochte.

»Komm schon, es ist nicht mehr weit!«, rief sie ihm zu, als sie endlich in Sichtweite eines kleinen Wäldchens gelangten. »Dorthin bringt mich Sarma jedes Mal, wenn wir Heilkräuter suchen.«

Eldar keuchte dem Mädchen hinterher. Ihr blonder Schopf verschwand hinter einer Bodenwelle, bevor er weit voraus auf offenem Feld wieder auftauchte. Sie winkte ihm ungeduldig zu, wartete für einen Moment und gab dann wieder ihrem unbändigen Drang nach, die ungewohnte Freiheit fern der elterlichen Kate zu genießen. Sie hüpfte, sprang und tanzte dem Wald entgegen, während er anhalten und die Beine ausschütteln musste. Seine Oberschenkel schmerzten, die Lunge brannte.

Und doch war es berauschend schön. Eldar roch und schmeckte und atmete und bewegte sich. Er ließ all seine Sinne schweifen, erfreute sich an winzigsten Kleinigkeiten. *Im Inneren der Treibgierde ist alles ganz anders gewesen. Wenn ich bloß wüsste, wie sich diese Andersartigkeit zeigte …*

Am liebsten hätte er seine Freude in die Welt hinausgeschrien. Doch er tat es nicht aus Respekt vor Familie Baum, der er immer näher kam. Sie bestand aus Ahorn- und Eichenbäumen, die so eng beisammenstanden, dass man glauben konnte, sie wären ineinander verflochten. Buschwerk und Stachelhecken umrahmten die vielarmigen Riesen, im Geäst hingen unzählige kugelrunde Mistelbüschel.

Loisie wartete auf ihn. Andachtsvoll starrte sie in Richtung des Waldes und murmelte einige Worte, womöglich Beschwörungen, die ihr diese Kräuterkundige namens Sarma gelehrt hatte.

Eldar wartete geduldig, bis sie das Ritual vollzogen und dreimal genickt hatte, bevor er sie ansprach: »Wie kommt es, dass aus einer Verbindung von Dummheit und Brutalität ein derart sensibles Geschöpf wie du hervorgegangen ist? Die Natur geht manchmal seltsame Wege …«

»Es ist, wie es ist. Es sind nicht nur die Eltern, die uns formen. Auch das Land und die See erziehen uns. Die Freunde. Der Boden, den wir unter unseren Füßen spüren.«

Sie war seltsam klug für ihr Alter – und sie hatte eine Weisheit in sich, die Eldar beunruhigte.

»Wir dürfen den Wald jetzt betreten«, unterbrach Loisie seine Gedanken.

Eldar war sich da nicht so sicher. Eichen waren stolze und unabhängige Geschöpfe, die das Land beherrschten und sich selbst genügten. Sie gingen nur selten Verbindungen mit anderen Baumarten ein. Es musste einen triftigen Grund dafür geben, dass sie gemeinsam mit schmalen Ahornmüttern das Land besetzten.

Er folgte dem Mädchen Schritt für Schritt durch den Wald, stets auf Zeichen von Unruhe achtend. Äste bewegten sich, obwohl kein Wind ging. Blätter flüsterten einander alte Geschichten zu. Das Klappern eines jungen Waldstorches war zu hören, dann die Antwort des Muttertiers. Sie klang ungeduldig und nervös. So nervös, wie Eldar sich momentan fühlte.

»Komm schon!« Loisie zog ihn an der Hand, vorbei an knorrigen Bäumen und einen Weg entlang, der kaum als solcher zu erkennen war. »Es gibt keinen besseren Platz fürs Zündelkraut als die Schatten alter Bäume.«

»Ich weiß.« Eldar verspürte Angst. Mit diesem Wald stimmte etwas nicht! Wenn bloß diese Nebel aufgeklart hätten, die sich über seine Erinnerungen gelegt hatten und die verhinderten, dass er die Welt rings um sich verstand …

Licht. Schatten. Äste, die gegen seine Brust schlugen, und Ranken, die sich um seine Beine schlangen, als wollten sie verhindern, dass er weiter ins Innere des Waldes vordrang. Eine Eiche, so breit und so beherrschend, dass es ein Dutzend Menschen bedurft hätte, ihren Stamm zu umfassen, war von Ahornbäumchen eingerahmt, die sich mit ihrer Rolle als stille Wächter des Kolosses abgefunden hatten. Ein vermodertes Bodennest, das einstmals einem Krapp gehört hatte. Lange, bleiche Knochen lagen darin, von dem gefährlichen Jäger selbst war keine Spur mehr zu sehen.

Der Lichteinfall wurde stärker, die Bodenmoose machten einem Wiesengrün Platz. Vor ihnen breitete sich eine Lichtung aus, in deren Zentrum ein riesiger Fels stand. Und auf ihm wiederum thronte eine Hütte, die über eine ausgefranste Strickleiter zu erreichen war.

»Sarma ist zu Hause«, sagte Loisie. »Das ist gut. Das ist sehr gut.«

»Du hast mich hierhergebracht, um mich einer alten Vettel vorzustellen?!«

Loisie lachte. »Was bist du bloß für ein ahnungsloser Tölpel! Kein Wunder, dass Bertol dich ohne große Mühen einfangen konnte.«

»Dieser Ort ist nicht richtig, hörst du?« Eldar sah sich alarmiert um. »Wir müssen weg von hier, so rasch wie möglich!« Er sah sich um und suchte nach dem Weg, den sie gekommen waren. Doch da war nichts. Keine Spuren, kein Pfad. Bäume standen dicht an dicht. Eichene Arme streckten sich wie verlangend nach ihm aus. In den Borken der uralten Lebewesen zeigten sich Antlitze, manche von ihnen voll Leid, manche von ihnen von boshafter Freude erfüllt.

»Unsinn! Es gibt im gesamten Weltenkreis keinen Platz, der sicherer ist für dich.« Loisie packte ihn und zog ihn mit einer Kraft, die nicht zu dieser jungen Frau passte, auf den Fels zu, der die Lichtung beherrschte.

Eldar wehrte sich. Kämpfte gegen den Einfluss an, den dieser Ort auf ihn ausübte. Der ihn lähmen wollte, aber auch mit ganz besonderer Faszination erfüllte.

Wäre er im Vollbesitz seiner Kräfte gewesen, hätte er entkommen können. Doch die Verwirrung in seinem Kopf war viel zu groß, um ausreichend Widerstand leisten zu können. Er ließ es letztlich geschehen, dass Loisie ihn hin zum Stein brachte, und kletterte die Strickleiter hoch. Der gedrehte Hanf wirkte alt und spröde, doch er trug problemlos sein Gewicht.

Eldar stieg hoch, Griff über Griff, vorbei an unzähligen, in den Fels gehauenen Symbolen und Zeichnungen, die ein unangenehmes Ziehen in seiner Leibesmitte bewirkten.

»Mach schon!«

Loisie klang nun ungeduldig und fordernd. Da war nichts mehr von dem jungen Mädchen, das sich im Kampf gegen seine schrecklichen Eltern durchzusetzen und einen eigenen Weg zu gehen versuchte. Dieses Wesen, das ihn vorwärtsdrängte, war stärker und auch gefährlicher. Eldar drehte sich um – und wünschte, er hätte es nicht getan.

Loisies jugendliches Gesicht zeigte nun Falten, die sich wie Runensymbole rings um ihren Mund zusammenschoben. Und da war diese seltsame Gier in ihrem Blick, die er schon in Ansätzen bemerkt hatte, die nun aber immer deutlicher hervortrat und die Pupillen dunkel leuchten ließ.

Eldar schwang sich über den Rand des Felsens und hielt sich an einem Geländer fest. Ein seltsamer Geruch umfing ihn. Er erinnerte ihn an Zimt und Lebkuchen. Aus der Hütte drangen in regelmäßigen Abständen rosafarbene Wölkchen, die sich auflösten, sobald sie über den Felen hinaustrieben.

»Was für ein herrlicher Ausblick! Ich bewundere ihn immer wieder.« Loisie hatte die Kletterei ebenfalls hinter sich gebracht. Die Runenzeichen in ihrem Antlitz waren verschwunden, der feurige Blick geblieben. Sie trat nahe an ihn heran. Eldar fühlte ihren Körper und ihre Hitze. Sie zeigte Erregung, die weit über die Anstrengung des Aufstiegs hinausging. Er fühlte ihre sachte Berührung. Schlanke Finger streiften über seinen Rücken, wanderten tiefer hinab, ließen dann wieder von ihm ab.

Er liebte Harana, und er würde sich keinem Mädchen hingeben, das noch keine sechzehn Frühlinge zählte.

Sie lächelte und tat eine weit ausladende Handbewegung, wie um ihm zu zeigen, dass das Land ringsum ihr gehörte. »Es ist schön hier, nicht wahr?«

Eldar sah sich um. Er blickte in den graublauen Himmel. Die Sonne gefiel sich darin, in einem Spiel von Licht und Schatten die Umgebung mal freundlich und mal düster zu zeichnen. Die Baumwipfel wirkten wie die Wellen eines wogenden Meeres. Kreisrunde und weit ausladende Kronen von Eichen beherrschten diese sonderbare See. Die Ahornbäume nahmen sich dazwischen wie unbedeutende Kräuselungen in einem Ozean aus Grün aus.

Im Süden entdeckte er die wenigen und weit verteilten Hütten Bludkaps, westlich davon eine andere Ansiedlung entlang des Küstenstreifens. Die Canubrische – oder Cabrische – See bildete einen seltsamen Kontrast zum Wäldchen.

»Das Wäldchen ist kreisrund«, sagte er leise. Eine weitere

Erinnerung stieg in Eldar hoch, und sie ließ ihn sich keinesfalls besser fühlen. »Die Lichtung ebenfalls. Alles hier folgt einem Ordnungssystem.«

»Selbstverständlich«, tönte eine Stimme aus dem Inneren der Hütte. »Gibt es denn eine perfektere Form als den Kreis? Es ist nicht nur die Unendlichkeit, die er symbolisiert. Die Schönheit, die ihm darüber hinaus innewohnt, steht für all das, was unser Geschlecht ausmacht.«

Drei letzte rosa Wölkchen lösten sich rasch auf, als eine Frau aus der Tür trat. Sie war so hübsch, dass es seine Augen schmerzte.

»Das Geschlecht der Frauen.« Eldar fehlte die Kraft, *noch mehr* Angst und *noch mehr* Verzweiflung zu verspüren. »Du bist also Sarma die Kräuterkundige?«

»Die bin ich. Manche, die mich gut kennen, nennen mich Liven.«

»Und du bist eine … eine …«

»Wenn ich Loisies Worten Glauben schenken darf, hattest du es lange genug mit meinesgleichen zu tun. Es sollte dir nicht allzu viele Probleme bereiten, das Wort *Wicca* auszusprechen.«

Sie tat eine Handbewegung, und Eldar kippte stocksteif um.

9. Pirmen Courtix

Die anderen Magicae wurden einer nach dem anderen von ihren Reitmenschen aus der Knospe geholt. Pirmen wies Ox zurück, als dieser ihn aufnehmen wollte, und hieß ihn, weiterhin vor dem Tor zu warten.

Ein unsichtbarer Mechanismus sorgte dafür, dass die Wiege des Obersten abgesenkt wurde und schließlich auf dem Tisch zu liegen kam. Der Bug passte exakt in die grob gehauene Furche.

»Du möchtest meinen Platz lieber heute als morgen einnehmen, nicht wahr?«

Pirmen schwieg und sandte stattdessen seine überhöhten Sinne in alle Richtungen aus. Sie verfingen kaum, der Oberste war zu gut geschützt.

War dies der Moment der Entscheidung? Würden sie hier und jetzt um die Vorherrschaft im Reich der Magicae kämpfen? Er war nicht vorbereitet, hatte nicht damit gerechnet und …

»Keine Sorge, lieber Freund. Ich bin nicht auf eine Auseinandersetzung aus. Ich möchte bloß offene Worte von dir hören. Die ständige Hoffärtigkeit und die Unterwürfigkeit unserer werten Kollegen treffen mich weitaus härter als ungeschminkte Wahrheiten.«

»Na schön, ich möchte dich eines Tages beerben«, gestand

Pirmen nach einer Weile. »Aber ich werde dich erst dann herausfordern, wenn ich mir sicher sein kann, der Bessere von uns beiden zu sein. Vorerst akzeptiere ich deine Überlegenheit.«

»Du sagst ein wenig die Wahrheit, und ein wenig lügst du.« Der Oberste zwinkerte ihm zu. Das Ledertuch löste sich von seinem Mund. Darunter zeigte sich rohes, schwärendes Fleisch, in dem sich winziges Getier tummelte. »Du glaubst, dass ich senil werde, weil ich dich auf die Jagd nach dem Wesen aus der Treibgierde schicke, nicht wahr?«

»J… ja.« Pirmens Herz klopfte lautstark. Er fühlte sich durchschaut, war momentan überfordert. Der Oberste trieb mit ihm Spielchen. Er hatte sich auf dieses Aufeinandertreffen vorbereitet, hatte den genauen Zeitpunkt bestimmt, ergriff die Initiative.

»Du bemühst dich, im Kreis der anderen Stimmung gegen mich zu machen und mir das Wasser abzugraben, Pirmen. Aber das ist der falsche Weg, wenn du mich eines Tages beerben willst. Es ist bedeutungslos, auf welcher Seite diese Würmer stehen. Kämpfen musst du letztlich allein. Die anderen Magicae werden sich immer auf die Seite des Siegers schlagen.«

»Ich weiß.«

»Dann konzentriere deine Kräfte gefälligst auf mich und auf niemanden sonst.«

»Warum redest du derart offen mit mir?«

»Vielleicht, weil ich endlich wieder einem ebenbürtigen Gegner gegenüberliegen möchte. Oder weil ich meine Existenz als Oberster endgültig satt habe.« Der Anführer der Magicae lachte, und es hörte sich an, als würde man ein rostiges Eisen durch eine ebenso rostige Metallöse ziehen.

»Du bist ein eitler und selbstgefälliger alter Mann«, sagte Pirmen mit neu gefasstem Mut. »Du glaubst, mich verwirren zu können …«

»Ach, halt doch den Mund, du dummer Junge!« Der Oberste ließ ein Knurren folgen und erbrach formlose magische Substanz, grün und weiß schillernd, die sich rasch im Nirgendwo verlor. »Ich sage dir, warum ich möchte, dass du diesen Auftrag erfüllst: Ich will sehen, ob du in der Lage bist, diese Krise zu meistern. Wenn du es schaffst, gebe ich dir im Zweikampf eine ehrliche Chance.«

»Das soll ich dir glauben, Gafelay?«

»Ja.« Der Oberste kotzte einen weiteren Brocken Magie aus. Er stöhnte vor Anstrengung und benötigte eine Weile, bis er weiterreden konnte. »Du hast keine Ahnung, wie es ist, tatenlos in der Furche zu sitzen, umgeben von vermeintlichen Freunden, die dir tagtäglich den Arsch lecken und dir am liebsten hineinkriechen würden und dennoch nichts anderes im Sinn haben, als dich zu hintergehen.« Gafelay stöhnte. »Du darfst niemals in deiner Wachsamkeit nachlassen. Musst stets die Kontrolle behalten. All dein Sinnen und Streben ist darauf ausgerichtet, Abwehrzauber gegen Herausforderer zu entwickeln, während du viel lieber dein in dir schlummerndes Potenzial ausschöpfen würdest, um der Sippe der Magicae auf dem Weg zu mehr Macht weiter voranzuhelfen.« Der Oberste versetzte der Wiege einen leichten magischen Stoß. Das Behältnis erhob sich eine Handbreit vom Tisch und bewegte sich sacht hin und her. »Du nimmst dir den Rest deines erbärmlichen Lebens, wenn du in der Furche landest und den Platz an der Spitze der Hierarchie einnimmst. Ist das denn erstrebenswert?«

»Du bist der mächtigste Magicus des bekannten Weltenkreises …«

»Zumindest reden wir uns das ein, Pirmen. Ich bin mir sicher, dass es Bessere gibt. Irgendwo weit weg von hier, so gut verborgen vom Leben, dass wir sie nicht wahrnehmen können.« Die Stimme des Obersten wurde leiser und leiser, bis sie nur noch ein Murmeln war. »Dort draußen warten und lauern sie allesamt auf ein Anzeichen von Schwäche. Dann kommen sie womöglich aus ihren Löchern gekrochen, eilen hierher, bedrohen dich, bekämpfen dich. Und du musst dich ihrer erwehren; all die Möglichkeiten der Furche aufbieten, um sie zurückzuschlagen … Ist das die Art von Macht, über die du gebieten möchtest, kleiner Pirmen?«

»Du sitzt in der Thronwiege und jammerst dennoch, als wäre es eine Strafe, über die Furche zu herrschen? Was bist du bloß für eine erbärmliche Gestalt!«

»Das mag schon sein. Amt und Verantwortung haben mich zu dem gemacht, was du heute vor dir siehst: einen Krüppel, der sich in einer Wiege schaukelt, umgeben von schwarzen Vorhängen in einem schwarzen Raum und von Männern mit schwarzen Herzen.«

Pirmen schwieg eine Weile und betrachtete Gafelay. Seine Schaukelbewegungen wurden heftiger. »Wie lautet also mein Auftrag?«, fragte Pirmen schließlich.

»Ich wiederhole: Finde das Wesen aus der Treibgierde. Befreie es, falls nötig, aus der Gewalt der Wicca. Befrage es. Brich seinen Widerstand. Zieh alles Wissen, das es besitzt, aus seinem Kopf. Und dann töte es, bevor es Schaden anrichten kann. Geh mit aller Härte vor. Erlaube dir keinerlei Schwäche.«

»Du möchtest den Mann nicht kennenlernen?«

»Nein. Ich bin mir sicher, dass du deinen Auftrag nach bestem Wissen und Gewissen ausführen wirst.«

Es war seltsam. Er sollte diesen Mann hassen – und doch fühlte er so etwas wie Verbundenheit mit dem Obersten. Es gab etwas – oder jemanden –, der ihrer beider Wege gekreuzt und sie zu dem gemacht hatte, was sie heute darstellten.

Pirmen nahm all seinen Mut zusammen und fragte: »Wie war es damals mit *ihr*?«

Gafelay stoppte die Wiege abrupt ab und näherte sich ihm, kam Pirmen gefährlich nahe. Speichel sammelte sich zwischen den Zähnen, blutunterlaufene Augen starrten ihn an. »Du weißt ganz genau, wer und was *sie* ist. Ich möchte nicht mehr an diese Zeit erinnert werden.«

»Sie hat über dich gesprochen, damals, als wir gemeinsam auf dem Weg zum Lager des Gottbettlers waren. Es schien mir, als hätte sie dich gemocht.«

»Terca gibt jedermann das Gefühl, gemocht zu werden. Oder gar geliebt.« Gafelays Stimme brach, er schluchzte: »Sie war … ist etwas ganz Besonderes. Ich hätte sie nicht gehen lassen sollen.«

»Aber …« Pirmen konnte es nicht glauben. Sein Gegenüber benahm sich wie ein kleines Kind, er weinte in Gedenken an ihre gemeinsame Erzfeindin, die eine der höchstrangigen Wicca war und die Magicae seit Jahr und Tag bekämpfte.

»Hat *sie* dir meinen Namen gesagt?«, fragte der Oberste.

Pirmen schwieg.

»Hat *sie* dir meinen Namen gesagt?!«, wiederholte Gafelay, lauter diesmal.

»Ja, Oberster. Ich hörte bis dahin bloß Gerüchte vom mächtigen Magicus Gafelay Handman. Doch sie machte mir begreiflich, wer und was du wirklich bist.«

»Ah.« Rotz floss wie Wasser aus der Nase des Obersten und verfing sich zwischen den Zähnen. Er schluckte, bevor er weitersprach. »Handman. Dieser Name hat einen ungewöhnlichen Klang. Ich hätte ihn beinahe vergessen, so lang ist es her, dass ihn jemand laut ausgesprochen hat. Hast du dieses Geheimnis mit anderen Magicae geteilt?«

»Nein, Gafelay. Es erschien mir nicht wichtig und auch nicht richtig.«

»Namen tragen eine besondere Form der Magie in sich, die

sich nicht jedermann offenbart. Du hättest sie jederzeit gegen mich anwenden können. Warum hast du es nicht getan?«

»Wie ich bereits sagte: Es erschien mir nicht richtig.«

»Du bist ein seltsamer Kerl, Pirmen. Du bist der beste Feind, den ich jemals hatte, und du wirst einmal mein würdiger Nachfolger in der Thronwiege sein.«

»Danke sehr.«

»Das ist weniger Kompliment, als du vielleicht ahnst.« Gafelay holte tief Luft, bevor er weiterredete. »Du musst wissen, wie das damals war mit Terca. Es mag sein, dass ihr euch rascher wiederbegegnet, als es dir lieb ist. Du solltest bestmöglich darauf vorbereitet sein.« Wieder stockte er, atmete dann tief durch. »Ich habe diese uralte Wicca verehrt und geliebt. Sie hat sich meinetwegen das Aussehen eines jugendlichen Weibes mit drallen Formen und einem zarten, lieblichen Gesicht gegeben. Ich verdanke es einzig und allein ihr, dass ich meinen Vorgänger in der Furche besiegen und seinen Platz einnehmen konnte. Es ist Wicca-Magie, die ich anwende. *Wicca-Magie!*«

Gafelay fluchte und brabbelte sinnloses Zeug, der Teil seines Gesichts, über den sich noch Haut spannte, lief rot an. Pirmen wartete geduldig, bis sich der Oberste wieder beruhigt hatte, um dann nachzuhaken: »Terca meinte, dass du sie verlassen hättest, weil du es vorgezogen hast, Karriere zu machen. Du hättest sie gezwungen, Amputationen vorzunehmen.«

»Das ist richtig.« Gafelay schüttelte den Kopf, so heftig, dass Schweißperlen in alle Richtungen spritzten. »Du weißt doch, wie es ist, Pirmen: Du glaubst, dem Verlangen nach mehr Kräften widerstehen zu können. Du meinst, du wärst in der Lage, aus dir selbst ausreichend Magie zu schöpfen. Und dann musst du dabei zusehen, wie dich Studienkollegen überholen. Solche, die dumm und inkompetent sind. Aber sie lassen sich ein Fingerchen hier und ein Zehlein dort abschneiden und gewinnen dadurch an innerer Kraft. Kraft, die dir selbst wiederum fehlt. Ach, es ist ein Jammer …« Der Oberste weinte blutige Tränen. »Eine Zeitlang ging alles gut. Ich profitierte von Tercas Nähe und konnte meine Unzulänglichkeiten dank ihr kompensieren. Doch ich war unzufrieden, wurde unleidlich, warf ihr vor, schuld an meinem Unglück zu sein. Ich beleidigte und demütigte sie so lange, bis sie sich von mir abwandte.«

»Und dann?«

»Ich versprach ihr, dass alles wieder gut werden würde. Wenn sie mir doch bloß diesen klitzekleinen Gefallen tun würde. Die kleine linke Zehe. Ein Schnitt, ein wenig Schmerz – und ich hätte, was ich benötigte.«

»O ja.« Pirmen wusste nur zu gut, was für Gefühle in solchen Augenblicken durch einen Magicus tobten. Wie sehr man litt und wie stark die Kraft war, die sich aus dem Schmerz und dem Hass neu entwickelte. Es fühlte sich an, als würde man neu geboren, immer und immer wieder, mit jeder Amputation aufs Neue.

»Terca ließ sich erweichen, und sie ließ weibliche Magie einfließen, während sie die Abtrennung vornahm. Oh, du kannst dir gar nicht vorstellen, wie sich das anfühlte …«

Pirmen blieb geduldig, während sich der Oberste mit einem zwischen die Zehen seines Klapperbeins geklemmten Tuch die Augen trocknete. Gafelay, der unbesiegbare Magicus, der leuchtende Stern ihrer Zunft, offenbarte sich ihm – und er zeigte, dass er schwach war. Am Ende dieser Nacht würde Pirmen Geheimnisse kennen, mit deren Hilfe er die anderen Mitglieder dieses Kreises und alle Abtrünnigen, die sich irgendwo sonst in der Weltgeschichte herumtrieben, unter einem Banner vereinigen konnte. Unter *seinem* Banner.

»Ich war glücklich, und es ging eine Zeitlang wieder gut mit Terca. Bis die berauschende Wirkung des Schmerzes verflog, ich neue Ziele ins Auge fasste und ich die Wicca neuerlich bat, mich dabei zu unterstützen.«

»Ich verstehe.«

»Das Spiel wiederholte sich mit immer größeren Einsätzen. Mal eine Ohrmuschel, dann ein Hode. Man hat ja eh zwei. Aber wem erzähle ich das, du kennst die Werdung eines Meister-Magicus.« Gafelay seufzte. »Irgendwann hatte Terca genug. Sie stellte mich vor die Wahl. Du kannst dir meine Antwort denken. Andernfalls würde ich nicht hier vor mich hin schaukeln.«

»Hätte es sonst eine Einigung zwischen den Wicca und den Magicae gegeben? Gab es jemals die Chance, beide Seiten miteinander zu vereinen?«

»Ja.«

»Ihr beide hättet etwas ganz Besonderes schaffen können.«

»Hättest du eine Gleichberechtigung zwischen unseren Geschlechtern denn für gut befunden, Pirmen? Glaubst du nicht auch, dass es einen Sieger und einen Unterlegenen geben muss?«

»Dieselben Worte richtete Terca an mich, als ich mich in ihrem ... Gewahrsam befand.«

»So? Hat sie ihre Meinung seit damals etwa geändert?«

»Sie sieht nicht nur alt aus, sie ist es auch in ihrem Wesen geworden. Die strahlende Hexe, von der du erzählst, gibt es schon lange nicht mehr. Die Terca, die ich kennengelernt habe, ist intrigant und bösartig. Und sie hat Sehnsucht nach dem Tod.«

Gafelay lächelte, sein Gesicht bot einen schrecklichen Anblick. »Du lässt dich selbst in deinen Erinnerungen von ihr täuschen, Pirmen. Sie gibt vor, schwach zu sein. Doch im Inneren ist sie ein Gigant, dem kaum beizukommen ist. Sie wird jedes Mittel anwenden, um ihre Ziele zu erreichen.«

»Und was ist deiner Meinung nach ihr Ziel?«

»Sie sucht den unbedingten Sieg ihres Geschlechts. Seit Jahrhunderten oder gar Jahrtausenden legt sie Fallen aus, verbündet sich mit Angehörigen seltsamer Völker, hortet uraltes Wissen, bereitet sich auf den letzten Kampf gegen uns Magicae vor.«

Pirmen hörte sein Herz laut klopfen. »Es gibt eine Frage, die ich mir immer wieder stelle, Gafelay.«

»Nur raus damit!«

»Tun wir das Richtige? Wenden wir unsere Magie ausschließlich aus Eigennutz an, oder sind wir die Bauherren einer besseren, einer glücklicheren Zukunft?«

»Ich habe mir vor langer Zeit ähnliche Gedanken gemacht, Pirmen.«

»Hast du eine Antwort gefunden?«

»Ich meine, dass wir viele gute und richtige Dinge aus den falschen Beweggründen unternehmen.« Gafelay sah Pirmen direkt in die Augen. »Du hast kluge Gedanken, junger Magicus. Ich werde dir keine weiteren Hindernisse in den Weg legen, wenn du von deinem Auftrag zurückkehrst. Dann, wenn du der Oberste bist, wirst du die restliche Zeit deines Lebens über diese eine Frage grübeln können. Vielleicht findest du eine Antwort. Und wenn nicht, wirst du dieses Problem an deinen Nachfolger weitergeben und mit dem Gedanken sterben, nichts erreicht zu haben. Das, Pirmen, ist die wahre Bürde, die wir Obersten zu tragen haben.«

Er rief Ox herbei und ließ sich aus dem Versammlungsraum tragen. Gafelay hatte seinen Platz weit oben in der Knospe eingenommen, seine Thronwiege war kaum noch auszumachen.

»Hast du erfahren, was du wissen wolltest?«, fragte der Reitmensch.

»Sogar mehr als das. Ich muss zugeben, dass ich mich in dem Obersten getäuscht habe.«

»Du überraschst mich, Kleiner Herr. *Du* gibst zu, dich geirrt zu haben?«

»Er konnte mich überzeugen. Das ist alles.«

Ox trug ihn im Transportkorb, den er geschultert hatte, und brachte ihn, von einem Geistwesen geleitet, zum Riesentor der Furche zurück. Der Reitmensch schritt munter aus, was den Transportkorb in gleichmäßige, müde machende Schwingungen versetzte.

Pirmens Kopf bewegte sich mal nach links, mal nach rechts, wobei er immer wieder Blicke am kugelförmigen Kopf Oxens vorbei nach vorn erhaschte. Ihm wurden die Lider schwer und schwerer, seine Gedanken verloren sich in diesem seltsamen Reich zwischen Wachsein und Schlaf.

Von den Wachen am Tor war nichts zu sehen. Margat, die Fellena-Drillinge und all die anderen grobschlächtigen Kerle, die nächtens Wache gestanden waren, waren verschwunden. Während des Tages drohten der Furche nur wenige Gefahren. Sie traten blinzelnd ins Freie. Die Sonne sandte bereits erste Strahlen über das flache Land und machte, dass die Feuchtigkeit verdampfte, sodass sich eine dünne Nebeldecke gebildet hatte. Einige wenige Vögel zwitscherten den neuen Tag herbei.

»Es ist mir *zu* ruhig«, sagte Ox. Er blieb stehen, drehte sich nach allen Seiten und behielt die Rechte nahe des Schwertmessers, das er in seinem Hüftgurt bei sich trug.

Ein Pfeil, dick und blutrot, durchdrang das Handgelenk des Reitmenschen und nagelte seinen Arm an das Tor.

10. Eldar

Er fühlte sich hochgehoben und als würde er getragen, ohne dass er sehen konnte, wer dies tat. War es tatsächlich diese zarte Frau, die ihn mit schierer Leichtigkeit in den Armen hielt, oder träumte er bloß?

Er fühlte Feuchtigkeit, dann den Wechsel von Licht zu Dunkelheit. Ein zartes Rosa hüllte ihn für eine Weile ein, dann der Geruch nach giftigen Zedernblüten.

Er wurde berührt und betatscht, an Stellen, die er zu seinem Intimbereich zählte. Jemand lachte, und er war sich sicher, dass es sich um Loisie handelte. Das Mädchen und die Wicca unterhielten sich, ohne dass er den Sinn ihrer Worte erfasste.

»… erwache!«

Eldar ruckte hoch wie von einer Hummel gestochen und schlug sich den Kopf an einem Balken an, der quer über seiner niedrigen Liegestätte verlief.

Loisie kicherte. »Ich sagte dir doch, dass das passieren würde.«

»Schade«, erklang die enttäuscht wirkende Antwort. »Ich hoffte, er wäre vorsichtiger. Immerhin stammt er aus einer Zeit, in der die Instinkte der Menschen feiner und besser waren. Kann es sein, dass er dich belogen hat?«

»Unmöglich! Ich habe ihm das Mittel verabreicht, das du mir mitgegeben hast. Er musste mir gegenüber die Wahrheit sagen. Ich glaube, dass er noch eine Weile benötigt, bis er wieder ganz bei sich ist.«

Eldar nahm die beiden Frauen bloß schemenhaft wahr. Sie zeigten sich als weiße Flecken inmitten eines Halbdunkels. Wie Geister schwebten sie umher, Geister mit hässlichen Fratzen, die andererseits wunderschön waren …

»Eine Wicca und ihr Lehrmädchen«, krächzte er. »Und ich hatte gehofft, dass es von euresgleichen in dieser neuen Welt keine mehr geben würde.«

Gesichter und Figuren schälten sich immer deutlicher aus dem Dämmerlicht. Loisie hatte nun wieder ihr übliches Aussehen. Von Runenzeichnungen, Falten und bösartig glitzernden Augen war nichts mehr zu bemerken. Die Wicca neben ihr gab sich ebenfalls so, als hätte sie ein lauteres, unschuldiges Wesen.

»Deine Hoffnung ist nicht gänzlich unerfüllt«, sagte die ältere Frau und entblößte makellose Zahnreihen. »Es gibt nicht mehr allzu viele von uns. Wir sind Relikte einer Welt, die einmal war und die droht, bald unterzugehen.«

»Gut so. Ich wünsche euch allen den Tod.« Woher nahm er bloß den Mut, so zu reden? Er hätte Angst empfinden müssen, Angst vor einem derartigen Geschöpf, das mit die Schuld daran trug, dass er über Ewigkeiten hinweg in der Treibgierde festgesessen hatte.

»Ihr Männer habt euch schon immer vor der weiblichen Natur gefürchtet.« Die Wicca schüttelte den Kopf. »Ihr wollt die Welt nach eurem Willen formen. Und wenn euch etwas im Weg ist, das ihr nicht versteht, dann schlagt, tötet, vernichtet und verbrennt ihr es.«

»Wir haben nicht viel Zeit«, meldete sich Loisie zu Wort, und ihre Stimme klang drängend.

»Richtig. Zu meinem Bedauern kann ich mich nicht länger über derartige Dinge mit dir unterhalten. Wir wollen ja nicht die guten Bürger von Bludkap nervös machen. Und erst recht nicht die liebreizenden Eltern dieses wunderbaren Geschöpfs.«

Die Wicca legte einen Arm über Loisies Schultern und zog sie enger an sich, um sie zu küssen. Auf eine Art, die bei Eldar Ekel hervorrief – und ihn dennoch erregte. Er hörte Schmatzgeräusche, sah Zungen, sah Speichel. Nase rieb an Nase, Hand an Hand.

»Das ist widerwärtig!«, rief er und wollte erneut aufspringen, fühlte sich aber zurückgehalten. Von einer Macht, die gegen seine Brust drückte und von einem einzigen Finger ausging, der auf ihm lastete.

Die Wicca ließ von ihrem Lehrmädchen ab und wandte sich ihm zu. »Widerwärtig ist, den Wert von Liebe und Zuneigung zu leugnen und stattdessen Hass zu predigen. So, wie es die Magicae tun.«

Eldar fühlte sich vom Druck befreit. Vorsichtig erhob er sich vom Lager, das aus zwei Strohsäcken und kratzigen Leinendecken bestand. Er stand auf und brachte so rasch wie möglich so viel Abstand wie möglich zwischen sich und die beiden Frauen.

»Du kannst nicht weg von hier«, sagte die Wicca. »Erst, wenn ich es erlaube.«

»Und wie fügt sich dieser Zwang in dein Geschwafel von Frieden und Liebe ein?«

»Keine Sorge, Mann aus der Vergangenheit. Ich behalte dich bloß so lange hier, bis du gehört hast, was ich zu sagen habe. Danach bist du entlassen und kannst wieder in das wunderbare Leben zurückkehren, das du derzeit führst. Es ist doch wunderbar, oder?«

Eldar verzichtete auf eine Erwiderung. Er war klug genug zu erkennen, dass die Wicca einige gute Argumente hatte. Er betrachtete sie stattdessen von oben bis unten. Ihr wahres Alter spiegelte sich bestenfalls in den glasig wirkenden Augen wider. Die Haut war straff, das Haar blond und lang, die Brüste fest. Ihre Finger machten ihm Angst. Sie bewegten sich wie Schlangen, unabhängig voneinander und so, als hätte jeder von ihnen ein Eigenleben.

»Und? Bist du fertig, Mann? Hast du mich eingeschätzt und abgeschätzt, hast du mir einen Wert zugemessen?«

»Noch nicht ganz. Ich möchte gern wissen, mit wem ich es zu tun habe. Du nennst dich Sarma, dann mal Liven ... Wie ist dein wahrer Name, Wicca?«

»Oho. Da ist also ein Mann, der den Wert von Namen kennt. Wie außergewöhnlich ...« Die Hexe wandte sich Loisie zu. »Du hattest recht. Er hat die Manieren und verfügt über die Kenntnisse eines Menschen aus der Vergangenheit. Es wäre allerdings wichtig zu wissen, aus welchem Teil der Vergangenheit er stammt.« Sie drehte sich wieder zu Eldar um und sagte: »Liven ist mein wahrer Name. Liven die Schlänglerin. Du kannst dir sicherlich denken, wie ich zu diesem Beinamen gekommen bin.« Sie verschränkte die Finger ineinander, ohne deren Bewegungen bändigen zu können – oder zu wollen.

»Was möchtest du mir also sagen, Liven?« Eldar nahm an, dass er bereits in der Treibgierde oder davor mit Hexen zu tun gehabt haben musste, denn die Angst, die er anfänglich empfunden hatte, verflog und machte einer Zuversicht Platz, die er im Beisein der Tintes und Bertols dieser neuen Welt bislang nicht gespürt hatte.

»Du bist plan- und ratlos, Mann. Du weißt nicht, was du hier sollst, und du suchst Hilfe, um einen Weg zurück in die Treibgierde zu finden und deine Geliebte zu dir zu holen. Richtig?«

»Richtig.« Eldar vergab sich nichts, wenn er zugab, was er Loisie bereits erzählt hatte. Jedenfalls konnte sich Liven das aus dem, was er der jungen Frau verraten und im Schlaf von sich gegeben hatte, sicherlich zusammenreimen.

»Du bist als Nichts aus diesem seltsamen Raum inmitten der Cabrischen See ausgespuckt worden. Und ein Nichts wirst du bleiben, wenn dir niemand hilft. Tinte und Hackfresse werden eine Zeitlang ihren Spaß mit dir haben, dich wie eine Kuh melken und dich, wenn sie den letzten Tropfen Wissen aus dir gepresst haben, für Sklavendienste einspannen. Um dich irgendwann, wenn deine Kräfte verbraucht sind, in den Kartoffeläckern hinter ihrem Haus zu verscharren. So, wie sie es bereits mit vier oder fünf anderen Menschen getan haben.«

»Meine Situation sieht zugegebenermaßen nicht sonderlich rosig aus. Aber ich lerne jeden Tag dazu und werde mich schon bald in dieser Welt zurechtfinden. Altes Wissen strömt langsam, aber stetig in meinen Kopf zurück. Irgendwann wird es ausreichen, um Loisies Eltern zu überlisten und von hier verschwinden zu können.«

»Du wirst dennoch Verbündete benötigen, möchtest du deine geliebte Harana aus der Treibgierde befreien.«

»Du redest um den heißen Brei herum, Liven. Ich habe das Gefühl, dass du meine Hilfe dringender benötigst als ich deine.«

»Es geht um ein Geschäft, Mann. Um eines, bei dem beide Seiten gleichermaßen gut verdienen.«

»Und das wäre?«

»Einige Tagesmärsche von hier entfernt sitzt eine Hohe Frau der Wicca in ihrer Wagenburg und wartet. Sie weiß bereits von deiner Existenz. Die Spechte haben ihr die Nachricht von deinem Auftauchen zugetragen.«

»Was kann diese Hohe Frau mir bieten?«

»Sie wird dir von den Todfeindlichen Geschwistern erzählen, die im Schlammeis wohnen.«

»Von wem?«

»Die Todfeindlichen Geschwister stehen in engem Zusammenhang mit der Treibgierde, aus der du gekommen bist. Die Hohe Frau wird dir alles Weitere darüber erzählen. Loisie und ich werden dafür sorgen, dass du so rasch wie möglich zu ihr gelangst.«

»Mir scheint, als wüsstest du selbst nicht so genau, was die Hohe Frau von mir möchte. Kann es sein, dass du in ihre Pläne nicht eingeweiht bist? Dass du bloß ihre Handlangerin bist?«

Die Bewegungen der Finger endeten mit einem Mal. Er hatte sie aus der Fassung gebracht. Gut so.

»Ich bin Liven«, stellte sie klar. »Ich bewahre diesen Küstenabschnitt vor Unfrieden, und ich bin bloß der geringste Teil eines größeren Ganzen, so wie Loisie den geringsten Teil meiner Verantwortung auf ihren Schultern trägt. Wir Wicca kennen keinen Neid. Wir leben in Harmonie mit unseren Schwestern. Wir sind so völlig anders als ihr gemeinen Menschen.«

»Selbstverständlich.« Eldar grinste. »Wie konnte ich bloß so dumm sein und glauben, dass Hexen den Mächten des Ehrgeizes, der Intrige und der Missgunst unterliegen könnten?«

Eldars Kräfte wuchsen spürbar. Es waren solche, die keinerlei körperliche Entsprechung hatten. Er war ein Geistesriese im Körper eines schwachen Geschöpfs. Er verfügte über so viel Lebenserfahrung und vor allem Redegewandtheit, doch je länger er sich mit Liven unterhielt, desto mehr weiteres Wissen lagerte sich in ihm ab.

»Du möchtest also nicht auf mein Angebot eingehen und stattdessen in Tintes Haus zurückkehren, allein auf dich selbst gestellt?«

»Ja. Ich finde mich durchaus allein zurecht.«

»Was wäre, wenn Loisie einige Dinge über dich verraten würde? Wenn sie dafür sorgen würde, dass dir ihre Eltern noch mehr als zuvor misstrauten? Du magst es vielleicht nicht glauben, aber meine Liebste trägt einige Züge in sich, die selbst mich manchmal erschrecken. Solche, die sehr deutlich an ihre Mutter erinnern.« Liven tätschelte den weit ausladenden Hintern ihres Lehrmädchens.

»Willst du mir drohen? Ich könnte andererseits Tinte verraten, dass ihre Tochter bei einer Wicca in die Lehre geht. Ob sie das gut aufnehmen würde?«

Liven lächelte, doch es wirkte eher wie das Grinsen eines Raubfischs. »Es ist deine Entscheidung, Mann. Du musst selbst wissen, was du tust und was für dich am besten ist.« Die Wicca trat einen Schritt zur Seite, und ein Lichtstrahl, dem es an Kraft fehlte, fiel in die Hütte. Es dämmerte. »Es ist an der Zeit, dass ihr geht. Reibwurzen und Zündelkraut liegen bereit.«

»Hast du auch Karamatten, Bräuholz und Grünen Wiesling?«, fragte er.

»Du kennst dich außergewöhnlich gut in einer Hexenküche aus – und du hast eine Unverschämtheit an dir, die dich schon fast wieder sympathisch macht. Für einen Mann, meine ich.« Liven wandte sich einem wurmstichigen Kasten zu, zog weitere Säckchen aus den Schubladen und legte sie vor ihm hin.

»Danke.« Eldar umrundete die Wicca in Respektabstand. Er achtete darauf, sie tunlichst nicht zu berühren … Was für ein unsinniger Gedanke! Sie hätte während seiner Bewusstlosigkeit ausreichend Gelegenheit gehabt, ihm einen willensschwächenden Trank einzuflößen oder Beschwörungen vorzunehmen.

»Das war nicht das letzte Wort, Mann aus der Treibgierde.« Liven nickte ihm zu und gab ihm den Weg aus der Hütte endgültig frei. Loisie erhielt einen weiteren feurigen Kuss und folgte ihm dann, hin zum Rand des einsam dastehenden Felsens. Letzte Lichtstrahlen tanzten über die Wipfel der Bäume, während sie zur Lichtung hinabstiegen, über die Hängeleiter, deren Seile noch rissiger und brüchiger wirkten als zuvor.

Eldar atmete tief durch, als seine Füße endlich wieder festen Erdboden berührten. Dort oben, im Reich der Wicca, hatte er ein merkwürdiges Schwebegefühl empfunden. So, als würde er nicht auf Stein oder Holz stehen, sondern auf schwammähnlichem Material.

Loisie bedeutete ihm, ihr zu folgen. Locker trabte sie vornweg, auf den Wald zu, der eine geschlossene Front bildete. Sie fand rasch eine Lücke, die er selbst bei besseren Sichtverhältnissen nicht entdeckt hätte, und lotste ihn durch das Geäst des Waldes, der mittlerweile noch bedrohlicher wirkte als zuvor.

Eldar stolperte müde hinterher. Seine Beine drohten ihm bereits jetzt den Dienst zu versagen, und es waren gewiss noch drei Laufe bis hin zu Bertols Haus.

In seinem Kopf wirbelten die Gedanken. Was hatte er getan? Warum hatte er der Wicca widersprochen, wo hatte er den Mut dazu hergenommen? Er meinte sich daran zu erinnern, dass er im Inneren der Treibgierde höchsten Respekt vor Hexen und Magicae gehabt hatte. Und nun war er einem dieser Weibswesen entgegengetreten und hatte sich geweigert, ihrem Wunsch zu entsprechen.

Sie verließen den Wald, offene Felder lagen vor ihnen. Loisie verschärfte nochmals das Tempo, und schon bald war sie nur noch ein heller, kleiner werdender Klecks, der sich durch die Dämmerung bewegte.

»Warte!«, rief er dem jungen Mädchen hinterher. »Wir müssen reden!«

Sie drehte weder den Kopf, noch wurde sie langsamer. Ihr ungebändigtes Haar wehte dahin, ihre hellen Beine wirkten wie die eines Nachtschattengeschöpfs, eines Rattan, das nun, bei einsetzender Dunkelheit, aus seinem Bau gesprungen war und auf Beutezug ging.

Erste Lichter kamen in Sicht, flackernde und weit verteilte Punkte entlang des Küstenstreifens. Sie halfen Eldar bei der Orientierung. Er musste sich weiter östlich halten und dabei auf jene Fallen achten, die sie auf dem Weg zum Hexenwald passiert hatten.

»Bitte warte!«, wiederholte er seinen Ruf, nun so laut wie möglich und mit aller Kraft, die er noch in sich hatte. »Es tut mir leid!« Loisie war kaum mehr auszumachen, ihr Körper mit dem Dunkel der angehenden Nacht nahezu verschmolzen.

Täuschte er sich, oder blieb sie tatsächlich stehen? Eldar hielt sich die schmerzenden Seiten und schleppte sich weiter, Schritt für Schritt, auf das Mädchen zu. Wenn er stehen blieb, würde er augenblicklich vor Erschöpfung umfallen und niemals mehr hochkommen. Bertol und sein Weib würden ihn suchen, ihn mit Loisies Hilfe rasch finden und ihn zu Tode prügeln. Hier, in ihrer heimatlichen Umgebung, war er trotz der Dunkelheit ein leicht zu fassendes Opfer.

Tatsächlich, die junge Wicca wartete auf ihn. Stumm und bewegungslos stand sie da. Wind, der mit der Dunkelheit aufkam und landeinwärts wehte, verfing sich in ihrem dünnen Kleidchen.

»Danke!«, keuchte er, als er endlich heran war. »Ich wollte nicht, dass es so kommt. Ich weiß nicht, was in mich gefahren ist …«

»Halt den Mund!«, fuhr sie ihn an, mit Augen, die in der Dunkelheit wie glühende Kohlenstücke leuchteten. »Es gibt keine Entschuldigung für dein Verhalten! Du hast keine Ahnung, mit wem du dich angelegt hast. Liven ist eine Frau mit viel Macht. Mit mehr, als du dir mit der kümmerlichen Nuss, die du Gehirn nennst, vorstellen kannst.«

»Das alles hier ist so fremd für mich, Loisie. Die Gerüche sind anders, die Menschen benehmen sich merkwürdig, selbst das Essen schmeckt ungewohnt.«

»Ach, red nicht so dumm daher! Du hast bloß Angst vor dem, was im Haus meines Vaters geschehen wird.«

»Stimmt«, gab Eldar zu. »Ich fürchte mich. Davor, von deinen Eltern geprügelt und verkrüppelt zu werden. Und weißt du warum, Loisie? Ich habe bloß einen einzigen Wunsch. Eine Aufgabe, die ich erfüllen muss, bevor ich sterbe.«

»Oh, wie romantisch! Ist dir diese Harana denn wirklich so viel wert, dass du alles für sie zu geben bereit bist? Ich habe schon viele Kerle wie dich gesehen, und alle haben sie mir ähnliche Lieder von Herzeleid vorgejammert. Um dann rasch wieder zu verschwinden, nachdem sie ihr Glied in meine Grotte getunkt hatten und wussten, wie ich mich tief drin anfühlte.« Ihre Stimme klang hasserfüllt. »Liebe habe ich einzig und allein bei Liven kennengelernt.«

Eldar schwieg. Mit was für einem Geschöpf hatte er es da bloß zu tun? Angesichts ihrer Eltern war sie ihm nett und rücksichtsvoll vorgekommen. Doch sie hatte sich als Lehrling einer Hexe entpuppt, der sich nebenbei von jedermann besteigen ließ, der nur lange genug darum flehte.

»Ich … verstehe dich«, log Eldar. »Aber nimm auch du ein wenig Rücksicht auf mich, auf den Fremden aus einer anderen Zeit. Hilf mir, die nächsten Tage zu überleben.«

»Ich stelle zwei Bedingungen.«

»Ja?«

»Liven möchte, dass du die Hohe Frau der Wicca aufsuchst. Wirst du das für sie tun?«

»Ja.« Eldar antwortete, ohne zu zögern. Dieser Weg erschien

ihm vorerst leichter gangbar als jener, im Hause Bertols als wundersames Objekt ausgestellt zu werden und stets damit rechnen zu müssen, zu Tode geprügelt zu werden.

»Dieses Wort geht dir verdächtig leicht über die Lippen. Warum bist du nicht gleich auf Livens Wunsch eingegangen?«

»Ich weiß es nicht«, antwortete Eldar wahrheitsgemäß. »Da ist etwas in meinem Kopf, das ich mir nicht erklären kann. Es ist so stark, dass ich ihm kaum widerstehen kann. Und es besitzt eine Stimme, die mich völlig rätselhafte Dinge machen lässt. Sie war besonders laut, als ich mich mit der Wicca unterhielt. Ich war nicht mehr ich selbst.«

»Liven erzählte mir, dass eine bestimmte Form von Verrücktheit in dir steckte und dass ich mich in Acht nehmen sollte.« Loisie wirkte mit einem Mal nachdenklich.

»Vielleicht bin ich verrückt – aber nicht so sehr, dass ich es mit deinen Eltern und den anderen Bewohnern Bludkaps aufnehmen wollte.«

»Das ist ein guter Gedanke.« Sie packte ihn fest am Handgelenk und zog ihn mit sich. »Ich sorge dafür, dass Bertol dich in Ruhe lässt.«

»Danke!«, stieß Eldar erleichtert aus. Er ließ es zu, dass sie ihn mit sich zog. »Aber du sagtest, es gäbe *zwei* Bedingungen?«

»Ganz richtig. Du wirst ein Opfer bringen müssen, um Bertols Wut zu lindern. Wir kehren viel zu spät zurück. Entschuldigungen nutzen schon längst nichts mehr.«

Weil du mich zur Wicca geführt hast!, wollte Eldar schreien, unterließ es dann aber. Die Regeln dieser Welt waren anders als jene, die er in seinem früheren Leben befolgt hatte.

»Was für ein Opfer?«

»Es ist so gut wie erbracht.« Loisie lächelte, zog energisch am Mittelfinger seiner Rechten – und riss ihn aus.

In Bertols Haus stank es nach billigem Fusel. Der Mann saß am Tisch und hielt sich an der Kante fest, als wäre sie die Reling seines Bootes und als müsste er auf hoher See gegen einen der gefürchteten Frühjahrsstürme der Cabrischen See bestehen.

»Zu spät«, murmelte er, »viel zu spät. Das wirst du büßen, Kerl ...« Er versuchte sich aufzurichten, sank aber sofort wieder auf seinen wackligen Stuhl zurück und nahm jene Position ein, die es ihm erlaubte, angesichts des rauen Seegangs in seinem Kopf aufrecht sitzen zu bleiben. »Tinte«, krächzte er, »besorg du es ihm. Mir geht es gar nicht gut.«

»Keine Sorge, Vater«, sagte Loisie, die hinter Eldar in die Hütte trat. »Er hat bekommen, was er verdient.« Sie trat an den Tisch und breitete ein schmutziges Tuch vor Bertol aus. Ein Etwas kullerte hervor und blieb unmittelbar neben dem halb leeren Krug des Mannes liegen.

Mein Finger!, dachte Eldar. *Sie hat mir den Finger ausgerissen, einfach so!*

Der Schock hatte ihn in eine Benommenheit gestürzt, wie er sie niemals zuvor gekannt hatte. Der Schmerz war zwar vorhanden, aber weit weg in seinem Hinterkopf. Dort, wo er wenig Bedeutung hatte.

»Gut gemacht!«, lobte Bertol seine Tochter. Seine Augen rollten in den Höhlen, das eine nach links, das andere nach rechts. »Bist ein braves Mädchen, hast viel von mir gelernt. Hat er versucht zu fliehen?«

»Nicht nur das. Er wollte mich überreden, ihm zu helfen.«

»Ach ja? Was für ein Idiot!«

Bertol lachte herzhaft, als hätte er einen besonders guten Witz erzählt bekommen, verschluckte sich und begann zu husten, so laut und so lange, dass Eldar schon hoffte, der Sauter würde ersticken. Doch er fing sich wieder, nachdem Loisie ihn von hinten gepackt und seinen mächtigen Oberkörper durchgestreckt hatte.

»Was für ein Idiot«, wiederholte Bertol leise. »Dachtest du wirklich, Ding, dass wir einander verraten würden? Wir sind eine gute Familie. Wir ziehen an einem Strang. Und wir sind aufeinander angewiesen.«

Er griff nach Eldars Finger, sah ihn an, dieses von Blut und Schmutz überbackene Etwas – und warf es dann achtlos über seine Schulter ins Feuer.

Es zischte, die Flammen loderten gelb auf, der Finger verfärbte sich schwarz und verschrumpelte. Loisie blickte Eldar an. Sie lächelte, der Widerschein des Feuers zeichnete seltsame Bilder in ihre hellen Augen.

»Und jetzt zeig mir endlich den Zauber, den du aus der Treibgierde mitgebracht hast!«, forderte Bertol. »Oder funktioniert das mit bloß neun Fingern nicht?«

»Ich schaffe das«, ächzte Eldar. Er breitete jene Zutaten vor sich aus, die ihm Liven mitgegeben hatte, suchte weitere Kräuter in der Küche, gab die vor dem Haus gepflückten Waldhomenora hinzu und zerrieb die Ingredienzien mit einem Bronzestößel. Die pastöse Masse verbreitete einen Geruch, an den sich Eldar vage zu erinnern meinte.

Für einen Augenblick spielte er mit dem Gedanken, die Zusammensetzung der Droge im Mörser ein klein wenig abzuändern. Doch er wusste sich beobachtet. Loisie stand ihm gegenüber und achtete auf jeden seiner Handgriffe. Ihre Blicke warnten ihn, so als könnte sie in seinem Kopf lesen und seine Pläne erahnen.

»Bitte sehr«, sagte Eldar und nahm eine Messerspitze der Masse auf, um sie Bertol zu präsentieren.

»Und was soll das sein?« Der Mann, obwohl schwer betrunken, blieb misstrauisch. »Hältst du mich für derart dumm, dass ich mich von dir vergiften lasse?«

»Natürlich nicht.« Eldar streifte das Baramchar auf seiner Zunge ab, ließ den frischen Geschmack einwirken und schluckte. Ein Brennen füllte seinen Rachen aus, seinen Hals, dann den Magen. Er öffnete neuerlich den Mund, um Bertol zu zeigen, dass nichts mehr vom Baramchar zu sehen war.

»Und was geschieht nun?«

»Wir müssen warten.«

»Aber nicht zu lange! Sonst könnte ich meine gute Laune verlieren und darüber nachdenken, ob deine anderen Körperglieder ebenso gut brennen wie dein Mittelfinger.«

»Hab bitte ein wenig Geduld!« Würde Loisie ihn schützen, sollte der Betrunkene auf ihn losgehen? *Wollte* sie ihn denn schützen?

Eldar war erschöpft. Er wollte sich irgendwo verkriechen und nicht mehr an die Ereignisse des Tages denken. Einfach vergessen, was er durchgemacht hatte, und den Schmerz ignorieren, der nun immer schlimmer wurde.

Er fühlte Druck in seinem Magen. Er breitete sich aus, dehnte sein Innerstes, wollte durch die Engstelle der Magenröhre hochströmen. Eldar widerstand dem Drang, sich zu erbrechen. Er musste Geduld haben, wollte er sein Schauspiel so eindrucksvoll wie möglich gestalten.

Die Übelkeit nahm zu, ebenso der Druck in seinem Körper. Er legte sich über Kopf und Geist und machte, dass sich selbst seine Körperglieder aufgebläht anfühlten. *Ein wenig noch durchhalten, nur noch einige Momente …*

Eldar gab dem Drang nach, öffnete weit den Mund, wandte sich dem freien Raum zwischen ihm und dem Kamin zu und ließ zu, dass das Baramchar entwich.

Es strömte aus ihm. Ein Gas aus Feuer, Kräutern und einer gehörigen Portion Wahnsinn. Es war einem Menschen nicht möglich, diesen Trick mehr als vielleicht viermal im Zeitlauf eines Jahres vorzuführen. Er konnte sich nicht erinnern, es getan zu haben. Aber was waren seine Erinnerungen schon wert?

Das Gas entwich, ging eine unheilsame Verbindung mit der abgestandenen Luft im Inneren des Kabuffs ein und entzündete sich. Die Lohe schlug bis in den Kamin, über beinahe eine Körperlänge hinweg, und verband sich mit den Flammen darin. Der Raum war in gelbes und rotes Licht getaucht, die Temperatur nahm rasant zu, der Gestank ebenfalls.

Der Spuk dauerte bloß einige Augenblicke, dann erlosch die Lohe wieder. Zurück blieben ein Geruch nach Schwefel – und das Gefühl des Triumphs. Er hatte etwas getan, das Bertol, Tinte und selbst Loisie überraschte. Allesamt starrten sie ihn an, mit einer Mischung aus Neugierde sowie Respekt. Und vielleicht fürchteten sie ihn sogar ein klein wenig.

II. Amelia Dusong

Sie erwachte von zornigem Gebrüll, so wie Polpertin es prophezeit hatte. Etwas oder jemand krachte gegen Holz. Eine Latte splitterte, dann war ein schriller Schrei zu hören. Dazu wütendes Gekläffe, das unzweifelhaft von einem übel gelaunten Nate stammte.

»Raus mit dir!«, rief Polpertin ihr zu. »Mach schon!«

Amelia raffte ihre wenigen Habseligkeiten an sich und schob sich durch die Futterklappe. Sie drehte sich nach allen Richtungen. Niemand war zu sehen, nur einige Hühner, die innerhalb ihres Geheges aufgeregt hoch- und niederflatterten. Sie lief aufs Gestrüpp zu, fand einen schmalen Trampelpfad und folgte ihm. Ein letztes Mal drehte sie sich um. Eine kleine Hand winkte ihr durch die Futterklappe hinterher.

Als sie die Weggabelung erreichte, zeigten sich erste Sonnenstrahlen zwischen den Föhrenstämmen. Das Unterholz war feucht, Dampf stieg auf.

Amelia nahm den Weg Richtung Südwesten und schritt weit aus. Hamertil und seine unfreundlichen Bewohner blieben rasch hinter ihr. Alles war so wie immer gewesen – und dennoch ganz anders. Es gab nur ganz wenige Polpertins. Freundlichkeit und Interesse waren ihr auf ihrem beschwerlichen Weg bloß zwei- oder dreimal begegnet.

Sie öffnete den Sack und starrte neugierig hinein. Träumte

sie, oder hatte sie tatsächlich ausreichend Nahrung bei sich, um sich während der nächsten Tage keine Sorgen machen zu müssen?

Tatsächlich. Brot, Wurst, Speck, Käse, sogar ein Krug Dünnbier. Wie waren die bloß da reingekommen?

Amelia summte ein Lied. Sie aß ein Stück leicht verkohlte, knusprige Brotrinde und nahm einen Schluck aus dem Krug. Einem Impuls gehorchend, wich sie vom Weg ab und folgte einem schmalen Rinnsal, das bald Gesellschaft von einem zweiten bekam und in einem kleinen Waldsee mündete.

Das Wasser war dunkelgrün, fast schwarz. Eine Entenfamilie begrüßte sie mit empörtem Geschnatter; doch als sie sich auszog und sacht in das kühle Nass vordrang, beschloss Mutter Ente, sie nicht als Gefahr zu betrachten, und ignorierte sie fortan.

Die Sonne erreichte bald ihren höchsten Stand. Sie brannte auf Amelia herab, als wäre es Hochsommer und nicht Frühherbst. Sie fühlte sich wohl wie schon lange nicht mehr. Ihre Schwimmzüge wurden länger. All die Verkrampfung in ihren Gliedern ließ nach, und wäre die Entenfamilie nicht gewesen, hätte Amelia ihre Zufriedenheit weit in die Welt hinausgeschrien.

»Wie ist das nun, Menetekel?«, fragte sie ihre innere Stimme. »Ist das Leben denn wirklich so übel, wie du es mir andauernd weismachen möchtest?«

Menetekel schwieg. Auch als Amelia den Tümpel verließ, ihr Gewand wusch und den von der Nässe schweren Stoff gegen flache Steine schlug. Schließlich machte sie ein winziges Feuer unter einem Felsdach und bereitete sich eine weitere, warme Mahlzeit zu.

Irgendwann dämmerte es Amelia: Menetekel hatte sie verlassen. Ihr mahnendes Gewissen war verschwunden, hatte ausgedient. Sie war endlich wieder frei – und dies hatte sie einem einzigen Abend voller Annehmlichkeiten zu verdanken.

Sie verlor zwar einen Tag im Wald südlich von Hamertil, doch sie holte diese Zeit rasch wieder auf. Die Schuhe hatte sie mithilfe von Schilfbast repariert und verschönert, Kleid und Mantel waren leidlich sauber. Die auffälligste Veränderungwar allerdings die an ihr selbst: Die tiefen Falten rings um den Mund machten einem breiten, freundlichen Lächeln Platz. Sie kämmte ihr Haar und entlauste es, zog einige Zöpfe und suchte entlang des Weges nach Kräutern, die ihr bei weiteren Verschönerungsarbeiten nützlich sein würden.

Amelia ließ den Wald hinter sich. Was ihr noch vor Tagen Angst eingeflößt hatte, erschien ihr nun wie ein guter alter Freund, den sie bedauerte zu verlassen.

Vor ihr lag hügeliges Land, reifes Korn wogte im sanften Wind. Hier und dort zogen Rauchfahnen kerzengerade in den Himmel. Es schien, als wäre die Halbinsel Forkan von den Eroberungszügen des Gottbettlers unberührt geblieben. Oder waren die Spuren des Heers bereits wieder überdeckt? Hatte Mutter Natur mit der ihr eigenen Eile und Gründlichkeit gearbeitet?

Amelia konnte sich nicht daran erinnern, ob sie im Gefolge des Heerestrosses je in dieser Gegend gewesen war. Sie hatte andere Sorgen gehabt, als sich über die Verwüstungen Gedanken zu machen, welche die Krieger des Gottbettlers hinter sich zurückgelassen hatten. Sie war beschäftigt gewesen, tagein und tagaus.

Amelia schob die trüben Gedanken beiseite, bevor Menetekel die Gelegenheit nutzte, sich erneut in ihrem Kopf einzunisten. Vielleicht war er noch da und suchte nach einer Möglichkeit, sich wieder ihrer zu bemächtigen?

Nein! Amelia hatte ihre Lektion gelernt. Sie würde diesem seltsamen Wesen keinen Platz mehr zugestehen. Sie fühlte sich viel wohler ohne Menetekel.

Sie hörte seltsame Geräusche. Als Verursacher erkannte sie einen Wagen, der von Ochsen eine Straße mit tiefen Rillen entlanggezogen wurde. Der Kutscher stieg ab. Er fluchte und schlug derb mit seiner Gerte auf die Zugtiere ein, ohne etwas zu bewirken.

Sollte sie sich ihm zeigen oder im Verborgenen bleiben?

Amelia hatte sich lange genug versteckt. Sie wusste, wer sie war und *was* sie war. Die Männer sollten sich ruhig die Augen nach ihr ausschauen und die Weiber ihr Fluche hinterherjagen – es scherte sie nicht. Sie würde all das Schlimme hinter sich lassen und sich nun ganz auf die Suche nach ihren Söhnen konzentrieren.

Es war ein herrlicher Tag. Das Land blühte auf, nun, da sich die Heerscharen des Gottbettlers aufgelöst hatten und dieses damals heftig umstrittene Gebiet frei von ihnen war.

Unter den fetten Ähren mochten Leichen vermodern, und vielleicht nährten die Toten das wachsende Getreide, doch wen scherte das schon? Besitz wurde nur ganz selten auf friedliche Art und Weise errungen.

Amelia nahm sich ein Herz. Sie benutzte den schmalen Weg entlang eines Rains, hin zum Bauern, der sich mittlerweile beruhigt hatte und die Ochsen abschirrte. Er würde für ein zusätzliches Paar Hände dankbar sein, die ihm halfen, den Karren aus dem Schlamm zu ziehen.

»Du kommst mir gerade recht«, sagte jemand hinter ihr, und noch bevor Amelia ihren Instinkten gehorchen und davonlaufen konnte, zwang sie der Unbekannte zu Boden und verschloss ihr den Mund mit einem Tuch. Ein spitzer Gegenstand, ein rostiges Etwas, näherte sich ihrem Hals und durchstach mehrmals ihre Haut. Der Fremde fügte ihr ohne irgendein Mitleid Verletzungen zu.

»Du bist genau das, worauf ich gewartet habe«, sagte der Mann und warf sich auf sie.

12. Eldar

Wichtiger Besuch aus der Stadt war angesagt. Im Dorf herrschte höchste Aufregung. Nachbarn sammelten sich in der Nähe der Hütte, brachten gedörrten Fisch oder Innereien, die mit bitteren Gewürzen versetzt waren, wohl eine Spezialität dieses von den Göttern verlassenen Landstrichs. Bronzearbeiten wurden mit Spucke und Tuch auf Hochglanz poliert, schwere Taue aufgetürmt, Tischlerarbeiten mit tranigem Fett beschmiert.

Eldar staunte über die Kunstfertigkeit der Bewohner Bludkaps. Diese einfach gestrickten Leute beherrschten die wichtigsten handwerklichen Fähigkeiten und legten eine Geschicklichkeit an den Tag, die er ihnen niemals zugetraut hätte.

Er rieb über den Stumpen und wunderte sich einmal mehr, dass der dazugehörige Finger nicht mehr da war. Er meinte, ihn spüren zu können. Er juckte, und er bewegte sich mit den anderen Gliedern, wenn er eine Faust ballte. »Das ist der Geisterschmerz«, hatte Loisie dazu gesagt, als sie frühmorgens die Naht kontrolliert und den Verband ausgetauscht hatte. »Deine Gedanken bleiben am Vergangenen hängen. Es wird eine Weile dauern, bis der Körper begriffen hat, was der Kopf längst weiß.«

»Warum hast du das getan? Ich hätte mich lieber von Bertol windelweich schlagen lassen, als auf den Finger zu verzichten.«

»Hättest du nicht. Mein Vater war sturzbesoffen. Er hätte dir dein bisschen Verstand aus dem Kopf geprügelt, dich verunstaltet, dir die Augen ausgestochen oder deine Eier über dem offenen Feuer gebraten. Glaube mir, ich habe dir einiges an Schmerz und Leid erspart, gegen die dieses eine Opfer nur sehr gering war.«

»Gering?«

»Derartige Kleinigkeiten lassen sich reparieren. Ich kenne Wicca, die aus Dung und Holz neue Wesen geformt und mithilfe bescheidenster Mittel Wunder vollbracht haben.«

Mit diesen Worten war Loisie in ihrem winzigen Raum unmittelbar neben dem Ziegenstall verschwunden, nicht, ohne ihm ein verführerisches Lächeln zu schenken. Sie lockte und sie lenkte, und in gewissem Maße steuerte sie auch ihre Eltern, ohne dass es diesen bewusst war.

Eldar schüttelte den Kopf und kehrte mit seinen Gedanken in die Gegenwart zurück. Mehrere Frauen halfen Tinte eben dabei, die Kate so herauszuputzen, dass sie zumindest wie das Heim von Menschen und nicht von Schweinen wirkte. Stoffe wurden gereinigt, der Boden geschrubbt, einige frische Latten am Haus befestigt. Tinte trug ein beinahe sauberes Kleid, hatte sich gewaschen und jene Familienmitglieder entlaust, bei denen es notwendig gewesen war. Loisie hatte die Bemühungen ihrer Mutter abgewehrt und war in ihrem kleinen Verschlag geblieben.

Und nun, da die Sonne am höchsten stand, tauchte sie wieder auf. Zur Mittagsstunde, in einer Aufmachung, die selbst einer Hohen Frau gut zu Gesicht gestanden hätte. Den Männern quollen die Augen schier aus den Höhlen. Jene, die die Hütte mit einer Frau teilten, würden zu Hause für ihre Blicke büßen, auf die eine oder die andere Weise.

Eldar gefiel dieser Gedanke. Er hasste die Menschen Bludkaps mit jeder Faser seines Seins, obwohl er nur die wenigsten bei ihrem Namen kannte. Doch sie standen für all das Böse, das ihm während der letzten beiden Tage widerfahren war. Ein von allen Göttern verlassener Landstrich wie dieser konnte nur Übel und Not hervorbringen.

Er betrachtete Loisie von oben bis unten. Sie trug ein eng geschnittenes und knielanges Kleid, das mit Spitzen und Brokat übersät war. Winzige, in den Stoff eingenähte Steinchen glitzerten im Licht der Sonne, die wie bestellt zwischen Wolkenbänken hervorlugte. Loisies Haar war kunstvoll hochtoupiert, die Fingernägel gereinigt, die Lippen mit dem Fruchtfleisch der Scharlachbeere blutrot gefärbt.

Sie war atemberaubend schön. Ein Mädchen an der Grenze zum Erwachsensein, das sich seiner Reize sehr wohl bewusst war.

»Gefällt dir, was du siehst, Mann aus der Vergangenheit?«, flüsterte sie Eldar zu und stellte sich nahe zu ihm. »Ach, ich vergaß – du bist ja einer anderen versprochen. Nun, das soll nicht meine Sorge sein.« Ihre Finger berührten ihn wie unabsichtlich. An seiner Hose. Dort, wo sich seine Männlichkeit augenblicklich rührte und selbst die Gedanken an Hanara nichts nutzten, die er wie ein Schutzschild rings um sich aufbaute.

»Loisie, ich …«

»Scht, mein Lieber.« Sie legte ihm einen langen, schmalen Finger an die Lippen. »Sag es bloß nicht. Ich möchte nicht jene Frau sein, die den Zauber deiner Liebe bricht. Vor allem nicht, da ich ebenfalls vergeben bin.«

Sie roch süß. Nach Begierde und Lust. Und sie tat weitere Handbewegungen. Sie berührte sein Gemächt, knetete die Wölbung, fuhr mit der Rechten hoch und nieder, stets lächelnd und darauf bedacht, von Vater wie Mutter bei ihrem

Handeln nicht entdeckt zu werden. »Aber lassen wir das Private und reden wir übers Geschäft.«

Eldar trat einen Schritt zurück. Zu seiner Erleichterung blieb Loisie stehen und verzichtete darauf, seine Qualen weiter zu steigern. »Wann flüchten wir?«

»Nicht so rasch, mein Lieber. Wir müssen erst dafür sorgen, dass der Argwohn meines Vaters nachlässt und er dir etwas mehr Spielraum gewährt. Du wirst ihm einige Tage lang als Schauobjekt dienen. Erst dann, wenn er berauscht vom Wein und von der Hoffnung auf ganz großes Geld in seiner Hütte liegt, wenn Tinte und meine lieben Geschwister ebenfalls den Träumen von einer glorreichen Zukunft erliegen, dann werden wir verschwinden.«

»Ich verstehe nicht, warum das nicht einfacher geht. Du bist eine Wicca und …«

»Ich *werde* einmal eine sein«, verbesserte ihn Loisie. »Wenn es so weit ist, ziehe ich von hier weg. Denn diese erbärmlichen Menschen könnten mir gefährlich werden. Sie wissen, wer und was ich bin.«

Sie starrte ihn an. Das liebreizende Lächeln wurde für kurze Zeit zu einer Grimasse des Zorns. »Ich rede zu viel, würde Liven jetzt sagen. Aber du kannst mit meinen Worten nichts anfangen. Kein Bludkaper würde dir glauben, wenn du ihm erzählst, dass ich eine Wicca bin. Man würde dich bei Bertol anschwärzen, und du weißt ja, wie er auf deine Worte reagiert.«

Eldar erwiderte nichts darauf. Er wusste viel zu wenig über diesen Menschenschlag. *In einer früheren Zeit warst du ein Meister darin, andere Geschöpfe zu beeinflussen!*, kam es ihm plötzlich in den Sinn. *Du warst ein bedeutender Mann. Einer, der eine glänzende Zukunft vor sich hatte, bis …*

Der Erinnerungsstrang riss. Wieder hatte er einen Zipfel jenes grauen Lakens gelüftet, das sich über seine Vergangenheit gelegt hatte. Doch auch dieser kleine Brocken Wissen nützte ihm nicht im Geringsten dabei, sich besser in der Realität zurechtzufinden. Er zeigte ihm bloß ein winziges Stückchen dessen, was er früher einmal gewesen war.

»Sie kommen!« Ein Junge kam zur Hütte gelaufen. Er stolperte mehrmals, fiel dann Bertol vor die Füße und keuchte: »Ganz viele sind es. Mindestens drei Hände voll. Sie reiten auf wohlgenährten Pferden, und zwei Kutschen sind auch mit dabei. Männer tragen glänzende, metallene Dinger an ihrem Körper. Wie die Leute des Gottbettlers, erinnerst du dich?«

Bertol kümmerte sich nicht weiter um den Jungen, sondern trat nach vorn. »Verschwindet von hier, ihr Gesindel!«, brüllte er in Richtung anderer versammelter Bludkaper. »Den Herrschaften aus der Stadt käme das Kotzen, müssten sie den Anblick von Lottergestalten wie euch ertragen.« Er öffnete die Hose und pisste unmittelbar neben der Hütte. »Ich möchte euch nicht mehr sehen, bevor die Hochwohlgeborenen abgereist sind. Habt ihr mich verstanden?«

Anders Beißwut und Matty Arschlöffel begannen lautstark zu protestieren. Sie schwangen schartige Messer, als wollten sie Bertol Hackfresse an die Gurgel, schimpften und spuckten in Richtung des Sauters. Doch ihre Frauen zeigten ihnen rasch, was sie vom Gehabe ihrer Männer hielten. Sie zogen Anders und Matty weg, scheuchten weitere Bludkaper vor sich her, hin zum Grat jenes Hügels, hinter dem die Städter bald auftauchen würden. Säcke waren dort hingelegt worden, Säcke, die mit Verkaufswaren gefüllt waren. Jedermann wollte am Geschäft teilhaben und den Städtern die Münzen aus den Taschen holen, noch bevor diese die Hütte Bertols erreichten.

»Sie machen alles kaputt!«, rief der Sauter und ließ einige lästerliche Flüche folgen. »*Ich* habe das Ding aus der Treibgierde gezogen und es hierhergebracht, und mir allein steht es zu, an ihm zu verdienen.«

Was auch immer er rief, was auch immer er für Schimpftiraden hervorstieß, die Bewohner Bludkaps scherten sich nicht um ihn. Sie packten ihre Waren aus und stellten sie vor sich hin, entlang des schmalen Weges, der zu Bertols Hütte führte. Schon waren die ersten Städter heran, in buntes Tuch gehüllt und von Wachen umgeben. Von ihren Reittieren herab begutachteten sie die Waren, die vor ihnen ausgebreitet wurden. Zahlungsanweisungen ergingen an hoffärtige Sekretäre, andere Mitglieder der Reisegruppe ließen sich mit Landesspezialitäten verköstigen.

Eldar registrierte das bunte Treiben mit einer Mischung aus Furcht und Genugtuung. Er empfand Befriedigung, dass der Plan des Sauters nicht so aufging, wie er es sich vorgestellt hatte. Aber auch Angst, weil er dafür büßen würde.

Bertol packte Loisie am Oberarm und stieß sie vorwärts. »Bring mir die Städter!«, befahl er ihr. »Zieh dich aus, zeig deinen Arsch und deine Titten, biete dich ihnen an. Mach, was auch immer du für richtig hältst. Aber sorge dafür, dass sie zur Hütte kommen und noch ausreichend Geld in ihren Säckeln haben.«

Loisie sah Bertol an. Kurz blitzte Zorn in ihren Augen, dann hatte sie sich wieder unter Kontrolle. »Ja, Vater«, sagte die angehende Wicca und ging den Weg hoch. Sie bewegte sich trotz des sumpfigen Untergrunds grazil wie eine Dame der besseren Gesellschaft. Die Füße schienen kaum den Boden zu berühren, ihre Hüften wiegten sich ausladend.

Es dauerte nicht lange, bis sie die Städter in ihren Bann gezogen hatte. Reiter umringten sie, komplimentierten sie, beugten sich zu Loisie hinab, flüsterten ihr ins Ohr. Das Mädchen lachte glockenhell, einen Finger an den gefärbten Lippen, als würde sie sich eine Süßigkeit in den Mund stecken wollen. Hier und dort streichelte sie über die Flanken müder Pferde. Galant machte sie einen Knicks vor einer edlen Dame, die in einem Sänftengestell saß und von vier schwitzenden Männern getragen wurde. Einem Bewaffneten, dessen Rüstung einige Rostflecken und noch mehr Dellen aufwies, reichte sie ein rasch gepflücktes Blümchen.

»Sie ist gut!«, sagte Bertol mit erstaunt klingender Stimme. »Wann ist das Balg denn erwachsen geworden? Und von wem hat sie gelernt, sich so zu benehmen?«

»Von mir hat sie's sicherlich nicht, alter Mann.« Tinte trat an Bertols Seite. Ihr Gesicht war von vergeblichen Versuchen verunziert, mittels Schminke ein wenig Schönheit auf die wie mit einem groben Meißel geschlagenen Züge zu bringen. »Ich bin eine ehrbare Frau und würde mich niemals so nuttenhaft aufführen.« Sie verschränkte die Arme vor den Brüsten. »Ich bin mir sicher, dass sie einige Nachtstunden mit Monlar dem Schisser verbracht hat. Aber ich konnte es ihr niemals nachweisen. Weil ich nur zwei Augen habe. Weil ich mich Tag für Tag um die anderen Bälger kümmern muss, die du mir angehängt hast. Weil du mich allein lässt, herumhurst oder es dir mit deinen vorgeblichen Freunden auf hoher See lustig machst ...«

»Schluss jetzt, Weib, und zeig dein freundlichstes Lächeln. Loisie hat es geschafft.« Er wandte sich Eldar zu. »Du weißt, was du zu tun hast. Wenn du auch nur einen Gedanken weit von unserem Plan abweichst, wirst du es bitter bereuen.«

»Natürlich.« Eldar beobachtete aufmerksam die Neuankömmlinge, die langsam und vorsichtig den Pfad herabgeritten kamen. Was, wenn er sich einem von ihnen anvertraute und um ihren Schutz bat? Er musste bloß überzeugend wirken und glaubhaft machen, dass er in der Treibgierde wundersame Dinge erlebt hatte.

Wer kam für seinen Plan am ehesten infrage? Die alte Edeldame in ihrer Sänfte oder einer der beiden alternden Reiter, deren Blicke sich einfach nicht von Loisies Hinterteil lösen wollten? Der Kriegerfürst, an dessen Lanze schreckliche Andenken an seine erfolgreich geführten Kämpfe hingen? Oder einer der drei Krämer, die sich auf Maultieren den Weg hinabbequemten?

»Meine Dame, meine Herren …« Bertol deutete einen Kniefall an, Tinte und die Kinder taten es ihm gleich. Der Sauter richtete sich wieder auf und fuhr fort: »Ich freue mich, euch in meinem bescheidenen Heim begrüßen und euch das Wunder Bludkaps präsentieren zu dürfen. Hier zeige ich euch Eldar. Das Ding, das ich höchstpersönlich aus dem Inneren der Treibgierde gezogen habe, unter Einsatz meines Lebens und das meines Begleiters, der bei seinem heldenhaften Versuch leider selbiges verloren hat …«

»Ist schon gut, Mann, wir haben verstanden«, unterbrach ihn einer der Reiter. Er stieg ab und trat auf Eldar zu. »Das soll er also sein? Er sieht normal und gewöhnlich aus. Ein Mensch, wie es sie Tausende und Zehntausende entlang der Steilküsten gibt.«

»Ich schwöre bei meiner Ehre, dass ich aus der Treibgierde stamme«, sagte Eldar.

»Habe ich dir die Erlaubnis zum Sprechen gegeben, Ding? Und was nutzt einem der Schwur auf die Ehre, wo wir doch allesamt wissen, dass eine derartige Tugend bloß in schlecht geschriebenen Büchern vorkommt, niemals aber in der Wirklichkeit?«

»In der Wirklichkeit, aus der ich stamme, gilt die Ehre sehr wohl als wertvolles Gut.«

»Offenbar genauso viel wie die Unverschämtheit, Ding! Wenn du noch einmal ungefragt das Maul aufreißt, lasse ich es dir von einem meiner Diener zunähen. Hast du mich verstanden?«

Halte dich zurück, Eldar!, mahnte er sich. *Dieser Mann ist gefährlich!* Er nickte und senkte demütig das Haupt. Es fiel ihm nicht sonderlich schwer. Sein früheres Ich war das Katzbuckeln offenbar gewohnt.

Die Edelfrau stieg aus der Sänfte und ließ sich dabei von einem ihrer Träger helfen. Sie bewegte sich langsam und benötigte einen Stock, der immer wieder im Matsch einsank. Ihr Auftritt hätte lächerlich gewirkt, wenn ihr nicht etwas Besonderes angehaftet hätte: Größe.

Ihr war anzumerken, dass sie einem alten Adelsgeschlecht entstammte. Einer Familie, die seit Generationen keine Armut mehr gefühlt hatte, sich aber dennoch jenen Leuten verpflichtet sah, die in ihrem Dienst standen.

»Lass das Ding doch reden, Schwarzsa!«, sagte sie mit einer kräftigen Stimme, die ganz und gar nicht zu ihrer hinfällig wirkenden Gestalt passte. »Es wirkt interessant und irgendwie seltsam. So, als gehörte es nicht in diese Welt. Ich für meinen Teil glaube ihm, wenn es behauptet, aus der Treibgierde zu stammen.«

»Es täte gut daran, sich so rasch wie möglich an die hiesigen Verhältnisse zu gewöhnen.« Schwarzsa winkte Bertol, und der Sauter brachte rasch einen Stuhl herbei, auf den sich der Reiter niederließ. »Alsdann, Ding: Was hast du über die Treibgierde zu erzählen? Wie viel bist du wert?«

»Ich erinnere mich nicht an alles, was im Inneren dieser seltsamen Blase aus verrückter und verschobener Zeit geschah, Herr …«

»Das ist schade. Und schlecht für dich. Siehst du Annem, Kirlek den Hausbauer und Nanama? Die drei Fleischhändler, die uns auf unserer Reise begleitet haben? Ja? Im Gegensatz zu uns sind sie nicht sonderlich interessiert an Wissen. Ihre Bestrebungen gelten in erster Linie der Mehrung ihres Vermögens. Bemerkst du die Blicke, mit denen sie dich taxieren? Für sie bist du ein Schwein, das zum Schlachter gebracht werden soll. Ein jedes Stück deines Leibs wird mit Geld aufgewogen. In unserer Heimatstadt Arabear gibt es Klienten, die glauben, das Glück erzwingen zu können, indem sie Fleisch fressen, das von einem wie dir stammt. Deine Knochen würden sie als Totem zurechtschnitzen und mit magischen Sprüchen versehen lassen, die Zähne polieren und als Anhänger verkaufen, mit den Innereien eine Suppe zubereiten. Du würdest ausgeweidet werden wie ein Tier. Und das alles, weil du keine Geschichte zu erzählen hast.« Schwarzsa drehte sich zur Seite. »Wie viel ist das Ding wert, Nanama? Was meinst du?«

»'s ist nicht viel dran an ihm«, sagte der Händler und trat näher an Eldar heran. »Ich müsst sein Gebiss untersuchen, seine Genitalien, Arme und Beine. Hm. Ihm fehlt 'n Finger. Es ist also bereits beschädigt. Das ist gar nicht gut, das gibt Abschläge.«

»Wie viel, Nanama?«

»Zehn, vielleicht zwölf Goldene.«

»Dreizehn!«, meldete sich der Händler namens Annem zu Wort. Er lachte. »Und ein Schwein würde ich auf diese Summe noch drauflegen.«

Eldar hielt den Atem an. Er hatte gewusst, dass seine Lage ernst war. Doch dass er wie ein Vieh verschachert werden sollte, erfüllte ihn mit noch mehr Angst, als er ohnedies empfand.

Schwarzsa wandte sich Bertol zu. »Du gibst vor, der Besitzer des Dings zu sein?«

»Ja, Herr. Ich habe es höchstpersönlich aus der Treibgierde gezogen und ...«

Schwarzsa winkte ab. »Das wissen wir bereits. Aber sag uns,

ob es zwischenzeitlich von Sachen erzählt hat, die im Inneren der Zeitblase vor sich gegangen sind? Ideen, die man zu einem guten Preis verkaufen könnte?«

»Nun, wie soll ich sagen, Herr? Das Ding hat gestern eine kleine Kostprobe seines Wissens und Könnens zum Besten gegeben. Es war beeindruckend.«

»Beeindruckend vielleicht für einen kleinen Mann wie dich. Aber es braucht schon ein bisschen mehr, um mir und meinen Gefolgsleuten zu gefallen. Nun, Ding – erzähl uns von der Treibgierde. Und beweise uns deine Künste.«

»Gewiss, Herr.« Eldar räusperte sich. Er hatte sich eine Geschichte zurechtgelegt, die auf vagen Erinnerungen basierte und die er gehörig ausschmückte. »Im Inneren der Blase ist man stetig von seltsamen Geschöpfen umgeben. Sie sind Hybridae, Wesen, die in den Kampf zwischen Wicca und Magicae mit einbezogen und zu lebenden Waffen umgeformt wurden. Niemand weiß, was sie einstmals waren oder woher sie kommen. Aber sie sind ein bedeutsamer Faktor in dieser seit langem tobenden Auseinandersetzung.«

»Gibt es Anzeichen dafür, wer den Krieg gewinnen und wie lange er noch andauern wird?«

Eldar ahnte, worauf Schwarzsa hinauswollte. Er war wohlhabend und hatte Macht. Sobald sich die Treibgierde öffnete, war seine Position gefährdet.

»Nein, Herr. Es scheint zwar so, als wären die Wicca derzeit im Vorteil, doch sollten sie tatsächlich die Magicae in die Knie zwingen und die Treibgierde erobern, würden die Folgen erst in einigen hundert Jahren auf diese Welt überschlagen.«

»Sehr gut.« Schwarzsa legte die Hände zusammen und lächelte. »Nun möchte ich, dass du mir Gründe gibst, dich nicht gleich zu töten und an die Fleischhändler zu verkaufen.«

»Herr, mit Verlaub, das Ding gehört mir …«

»Schweig!«, herrschte der Städter Bertol an, ohne ihn eines Blicks zu würdigen. »Bludkap sowie Umgebung sind gemäß alter Verträge der Steilstadt Arabeor verpflichtet. Als einem der Ratsherren stünde es mir zu, diese stinkenden Scheißhaufen vom Antlitz der Welt zu tilgen – und seine Bewohner gleich mit.«

Eldar betrachtete Schwarzsa genauer. Die Haut rings um die Augen des Mannes war von geschwärzten Falten durchzogen, die auf den Missbrauch schwerer Drogen hindeuteten. Seine Nase triefte beständig, die Zähne waren gelbbraun verfärbt. Dieser Mann, so beherrscht er sich auch gab, stand am Rande des Wahnsinns. Er verfügte über nahezu uneingeschränkte Macht und war bereit, sie einzusetzen.

Bertol war mit einmal tief in sich zusammengesunken, wie Eldar mit einer gewissen Befriedigung zur Kenntnis nahm. Der Sauter erhielt dieselbe Medizin, wie er sie Eldar verabreicht hatte. Für den Hohen Herrn waren sie allesamt kaum mehr als mehr oder weniger nützliches Vieh. Nicht mehr, nicht weniger. Bertol, Tinte, ihre Kinder, die gesamte Bevölkerung Bludkaps – sie waren alleinig vom Gutdünken dieses halb wahnsinnigen Mannes abhängig.

»Ich hatte in der Treibgierde eine Begegnung mit einem verwesenden Mann«, sagte Eldar in das ängstliche Schweigen. »Er lebte noch, obwohl ihm Haut und Fleisch von den Knochen fielen. Ein Magicus hatte ihn in diesen Zustand zwischen Leben und Tod gebracht, damit er in seinem Sinne die Abwehrkräfte einer feindlichen Wicca überwinden konnte. Sterbende werden von den Hexen nicht wahrgenommen ...«

»Das wissen wir«, sagte Schwarzsa zu seiner Überraschung. »Wir nennen solche Wesen Unlebende. Sie sind in gewisser Weise den Göttern nah, sind unangreifbar.«

»Das mag stimmen, Herr – doch dieses armselige Geschöpf,

mit dem ich es zu tun hatte, war das Ergebnis eines Versuchs. Eines nicht sonderlich gelungenen Versuchs. Es wollte sterben und durfte nicht. Es wollte aufhören zu denken und konnte nicht. Es wollte sich umbringen und schaffte es nicht.«

»Wie amüsant!«

»Ich vermochte die Leiden dieses Mannes zu lindern, indem ich sein Gehirn zerstörte. Daraufhin war er nicht mehr in der Lage, einen vernünftigen Gedanken zu fassen. Er war befreit von Schwermut, Zorn, Sehnsucht, Hoffnung und all den anderen Gefühlen, die uns Menschen ausmachen. Er taumelt nun durch die Gegend, ohne zu wissen, was er tut. Ohne sein Leiden bewusst zu erfassen …«

»Ja, ja, ist schon gut«, unterbrach Schwarzsa die Erzählung und machte mit seiner Rechten eine ungeduldige Geste. »Was willst du uns damit sagen?«

»Der Mann, er nannte sich Skypos, erzählte mir zuvor einige Geheimnisse aus dem Reich der Wicca.«

»Ach ja? Welche denn?« Schwarzsa beugte sich vor. Auch die anderen Anwesenden reckten die Hälse. Einzig die Fleischhauer zeigten kein Interesse an der Geschichte. Ihre Blicke blieben abschätzig und abschätzend.

»Es waren hauptsächlich Tricks, die nur wenig Magie benötigen. Aber sie machen Eindruck.«

»Beweise es, Ding!«

»Gerne, Herr.« Eldar hatte sich in den Vormittagsstunden auf das Zusammentreffen mit den Städtern vorbereitet. Die vorhandenen Mittel würden hoffentlich genügen, um die vorgeblichen Zauber authentisch wirken zu lassen.

Er griff in eine Hosentasche, zog zwei Kügelchen hervor und schleuderte sie so hoch in die Luft, wie es nur ging. Er verfolgte die Flugbahnen mit der ausgestreckten Linken, zählte seine Herzschläge – und machte im entscheidenden Augenblick eine rasche Handbewegung, woraufhin die Kugeln in einer Wolke aus Grün und Rot und Gelb explodierten. Flitter regnete auf sie herab, der Geruch nach Schwefel wurde rasch durch den böigen Wind davongetragen.

Eldar achtete genau auf die Reaktionen der Städter. Schwarzsa gab sich möglichst unbeeindruckt. Doch auch er hatte den Kopf zwischen den Schultern eingezogen, während die ältliche Frau Beschwörungen murmelte. Die Händler fielen auf die Knie und beteten zu Göttern, die anderen Reiter und Wachen zogen ihre Schwerter. Eines der Pferde scheute. Sein Besitzer hatte große Mühe, es wieder unter Kontrolle zu bekommen.

Gut so. Je mehr Chaos und Unruhe, desto eher würde man darüber hinwegsehen, dass sein kleines Programm einige Stolpersteine aufwies.

War ich in meinem früheren Leben etwa ein Gaukler, der die Leute mit Zauberkunststückchen unterhielt?, fragte sich Eldar, um sich gleich darauf selbst die Antwort zu geben: *Nein! Ich kenne zwar einige Kniffe, und ich weiß die Menschen zu täuschen. Aber meine Talente waren anderer Natur. Ich verstand mich womöglich darauf, Herrscher und deren Berater zu narren.*

»Keine Angst!«, sagte er laut. »Es kann nichts geschehen!«

Eldar entzündete einen vorbereiteten kleinen Stoß Feuerholz und zeigte denselben Trick wie am vergangenen Abend, doch seine gespuckte Lohe war diesmal bedeutend länger. Sie reichte über dreieinhalb Mannslängen, und sie fauchte über eine Hecke aus Hagebutten hinweg, die trotz der Herbstnässe augenblicklich Feuer fing. Auch sie war präpariert gewesen.

»Hör bitte auf!«, rief die Edelfrau und schwang die ineinander verschränkten Hände hoch in die Luft, als gäbe es im Himmel jemanden, der ihr Flehen erhörte.

Eldar ignorierte die Frau. Vielleicht würde ihn der Ungehorsam sein Leben kosten. Doch er musste diese Chance ergreifen, musste sich als wichtiger und gefährlicher Charakter darstellen. Es würde seine Position Bertol, Schwarzsa und auch Loisie gegenüber bedeutend verbessern.

Eldar drehte sich und schleuderte weitere Kügelchen in alle Himmelsrichtungen. Sie platzten, erzeugten weißen Nebel, der ihm half, die Geheimnisse der folgenden Kunststückchen zu verbergen.

Mit einem feurig brennenden Stück Kohle, das er in der Hand hielt, zeichnete er Bilder in die Nebelwand. Eine dicke Fettschicht schützte ihn vor Hitze und Verbrennungen.

Eine Maus, die er in den Nachtstunden gefangen hatte, schlüpfte aus der Wamstasche und eilte davon, um – anscheinend wiederum auf sein Geheiß hin – zu explodieren und blaue Blutflecken zu hinterlassen.

Und dann sein Meisterstück: Er deutete mit beiden Händen auf Loisie, murmelte einige Wörter, zwinkerte mehrmals, gab das Bild vollkommener Konzentration ab. Für eine Weile blieb er so stehen und riss dann die Augen so weit wie möglich auf.

Loisie begann zu schweben.

Sie erhob sich eine halbe Mannslänge in die Luft, ohne auch nur zu ahnen, wie ihr geschah. Sie stieß einen Schreckensschrei aus, schlug mit den Fäusten nach unsichtbaren Gegnern, drehte sich mehrmals im Kreis, geriet zwischen Pferde, Sänfte, Bewaffnete, Fußvolk. Ein Gaul ließ sich nicht länger kontrollieren. Er preschte davon, den Hügel hinab, zog seinen Reiter am Zügel hinter sich her. Eine in Seide gewandete Frau fiel in Ohnmacht und damit in eine Lache aus Morast, zwei der Leibwächter haschten vergebens nach Loisie.

Er ließ den Zauber eine Zeitlang wirken und setzte das junge Mädchen dann auf dem Dach von Bertols Haus ab, wo sie sich nicht zu rühren traute, stockstarr vor Angst. Selbst sie, die angehende Wicca, verstand nicht, was er mit ihr getan hatte.

Es dauerte eine Weile, bis Ruhe einkehrte, das Pferd beruhigt und die Frauen wieder bei sich waren. Schwarzsa hielt nun weitaus mehr Distanz zu ihm. Er hatte die Hand am Schwertgriff. An einem edelsteinbesetzten Schwertgriff einer Zierwaffe, mit der selbst ein guter Fechter in einem wirklichen Kampf nichts würde ausrichten können.

»Ich weiß nicht, was ich von dir halten soll, Ding …«

»Ich heiße Eldar!«, unterbrach er Schwarzsa. »Ich bin eine Person. Ein Wesen, das bloß durch Zufall in diese neue Zeit geraten ist. Das aber für sich selbst in Anspruch nimmt, beachtet und *ge*achtet zu werden.«

Dies war der entscheidende Moment. Entweder würde er nun durch einen Schwerthieb sterben – oder aber von den anderen als gleichberechtigt akzeptiert werden.

»Trägst du einen Beinamen?«, fragte der Ratsherr.

Eldar überlegte. War da nicht etwas gewesen? Ein Begriff, der ihn plagte, der ihm immer wieder in den Sinn kam und stets so rasch wieder verschwand, wie er auftauchte? »Eldar von Kastirn ist mein Name«, sagte er dann freiheraus. »Ich bin … ich war der Heilige Folterknecht. Eine diplomatische Zunge des Herrscherschoßes der Magnyphen. Der unrechte Wanderer, der von Ort zu Ort zog, um Probleme zu beseitigen.«

Der unrechte Wanderer …

Eldar las Respekt und Angst im Blick seines Gegenübers. Ein Teil seiner Titel sagte etwas aus, das in seiner Vergangenheit begraben lag und das ihm zutiefst zuwider war. Eldar hatte womöglich einmal die Funktion des Folterknechts ausgeübt. Doch er hatte diesem Amt abgeschworen und war später als Verhandler und Vermittler tätig gewesen. Als Wanderer mit besonderen Befugnissen.

Wenn diese Erinnerungen doch so kommen würden, dass ich sie zur Gänze begreifen und richtig einordnen könnte!

»Ich verstehe«, sagte Schwarzsa mit belegter Stimme. »Ich dachte mir gleich, dass an dir etwas Besonderes ist. Ein Edelmann erkennt den anderen am Stallgeruch, nicht wahr?« Er lachte humorlos. »Wie dem auch sei: Ich danke dir für die Ehre, dass du mich mit deinem Können verzaubert hast. Das Wissen, das dich dazu befähigte, stammt tatsächlich aus der Hexenküche einer Wicca?«

»Ich habe dir in allem die Wahrheit gesagt«, log Eldar. »Ich erhielt dieses Wissen von Skypos, dem lebenden Toten. Oder von einem Unlebenden, wie ihr diese Geschöpfe nennt.«

»Kannst du uns noch mehr über die Treibgierde verraten?«

»Selbstverständlich.« Mit jeder Lüge wurde Eldar selbstsicherer. »Ich brauche bloß einige Tage Erholung, um meine Gedanken zu sortieren. Dann bringe ich dir Wissen bei, mit dem du deine Heimatstadt aus den Angeln heben könntest.«

»Das mag für finstere Seelen ein verlockendes Angebot sein.« Schwarzsa grinste. »Aber ich bin ein treuer Diener der Steilstadt Arabeor und werde die Bevölkerung gewiss nicht ausnutzen.«

Oh, du bist so leicht zu durchschauen, mein Freund! Ich wette, dass du dich mir bereits in wenigen Stunden anbiedern wirst, wenn kein anderer zuhören kann, um mir ein sündiges Angebot zu unterbreiten. Ich erkenne es an deinen Blicken …

Die Fleischhändler, die Reiter und alle anderen Angehörigen des kleinen Trosses belauerten sich gegenseitig. Sie wollten seine Gunst erringen, ihn mit Geschmeide, Gold und der Aussicht auf allen erdenklichen Luxus locken. Eldar gab sich verschlossen und geheimnisvoll. Solange er den Nimbus einer rätselhaften und mächtigen Gestalt aus der Vergangenheit aufrechterhalten konnte, würde niemand auf die Idee kommen, ihn mittels Folter zur Herausgabe seiner Geheimnisse zu zwingen.

Die Frauen Bludkaps kredenzten in den späten Nachmittagsstunden ein einfaches, aber wohlschmeckendes Mahl aus frisch gefangenen Fischen, ausgelösten Meereskrebsen und runzligen Kartoffeln. Dazu wurde vom Sauren ausgeschenkt. Das Getränk hatte einen harzigen Beigeschmack, dass man den Alkohol kaum bemerkte, bis er seine Wirkung tat. Die Stadtbewohner, die sich anfänglich reserviert gaben, tauten immer mehr auf. Schwarzsa tanzte ausgelassen mit einer Witwe aus Bertols Nachbarschaft und offenbarte dabei seine Vorliebe für Frauen mit viel Fleisch auf den Knochen. Die rüstige Edelfrau, die sich weigerte, Namen und Alter zu verraten, zog sich in ihr rasch aufgestelltes Zelt zurück, nicht ohne zuvor zwei der jüngsten Fischer Bludkaps zu sich zu bestellen. Die beiden Halbwüchsigen kehrten mit dem Einbruch der Nacht zum Lagerfeuer zurück, mit leuchtenden Augen und mit glitzernden Goldstücken in den Händen.

»Du meinst wohl, dass du schlau wärst! Du meinst, dass du deinen Kopf aus der Schlinge ziehst, indem du einige Zauberkunststückchen aufführst!«

Eldar drehte sich um. Loisie hatte sich ihm genähert, ohne dass er sie wahrgenommen hätte. Sie reichte ihm einen halb gefüllten Becher von ihrem Tablett. Eldar nahm einen Schluck vom Sauren, bevor er die junge Frau von oben bis unten musterte. Ihre Schönheit war nur noch zu erahnen. Das Gesicht war zu einer Fratze des Hasses verzogen, ihre Haltung drückte Arroganz, Wut und verletzten Stolz aus.

»Natürlich glaube ich das, meine Liebe. Oder dachtest du

wirklich, ich würde mich auf eine Wicca und ihr Lehrmädchen verlassen?«

»Du hast Liven und mich … ausgenutzt?«

»Ich habe das Beste aus einer unangenehmen Situation gemacht. Deine Wicca hat mir ihre Mittelchen bereitwillig zur Verfügung gestellt. Offenbar ist sie nicht so souverän, wie du es annimmst. Sonst hätte sie geahnt, was ich damit alles anstellen kann.«

»Und dennoch konntest du nicht verhindern, dass ich dir einen Finger ausriss«, sagte Loisie und stampfte mit einem Bein auf wie ein trotziges Kind.

»Mir war klar, dass ich ein Opfer würde bringen müssen. Es ist vergleichsweise klein. Schon heute in der Nacht werde ich mit Angeboten überschüttet werden, und morgen ist dieses verschissene Kuhnest Vergangenheit für mich.« Eldar zuckte mit den Schultern. »Ich kenne euch Wicca besser, als ihr ahnt, und ich hatte es schon mit wesentlich intelligenteren Vertretern eures Geschlechts zu tun. Ihr seid so naiv, so berechenbar …«

»Du wirst nicht von hier verschwinden, wenn ich es nicht möchte!«

»Und wie willst du mich daran hindern? Willst du die Städter töten, ihre Leibgarden, alle Mitglieder des Trosses? Willst du die Macht der Wicca anwenden und jedermann offenbaren, wer und was du bist? O nein, kleine Loisie. Du wirst deinen Mund halten und zusehen, wie ich mich mit Schwarzsa oder einem anderen Mitglied der Gruppe Richtung Arabeor auf den Weg mache.« Er dachte nach. »Mir ist bewusst, dass mich in dieser Stadt andere Hexen erwarten und sie alles unternehmen werden, mich in ihre Gewalt zu bekommen. Aber es wäre nicht das erste Mal, dass ich mich in derartigen Situationen behaupten müsste.«

»Du erinnerst dich also wieder an deine Vergangenheit?«

»Noch längst nicht an alles«, antwortete Eldar wahrheitsgemäß. »Aber die Gedanken an mein früheres Leben ergeben allmählich einen Sinn.«

»Du kannst uns nicht entkommen, Mann. Wir sind stärker, als du annimmst.«

»Ich kann es zumindest versuchen, Loisie. Und ich habe die Genugtuung, dir und deiner Liebhaberin, Lehrmeisterin, Hexenschlampe einen Strich durch die Rechnung gemacht zu haben.«

»Du hältst dich für sehr klug, Eldar«, sagte Loisie. »Aber du überschätzt dich. Du kennst den hiesigen Menschenschlag nicht und hast keine Ahnung, wozu diese Leute imstande sind. Du wärst besser beraten gewesen, einen Pakt mit Liven und mir einzugehen.«

»Überlass das Denken mir, kleines Mädchen. Ist denn nicht längst Schlafenszeit für dich? Oder musst du erst deine liebreizende Mami fragen, ob sie Unterstützung bei der Bewirtung eurer Gäste benötigt?«

Eldar deutete in Richtung der beiden Lagerfeuer. Dort herrschte ausgelassene Stimmung. Besucher aus der Stadt und Einwohner Bludkaps verschwanden pärchenweise hinter den Büschen, kehrten bald wieder mit geröteten Wangen zurück und ließen sich nieder, um Dattelläuse in den Flammen zu braten und zu essen. Bertol hielt eine Rede auf das Wohl von Schwarzsa, schwankend und ohne zu bemerken, dass sein Kittel allmählich Feuer fing. Tinte umgarnte einen der Bewaffneten. Es gelang ihr allerdings nicht, den grimmig dreinschauenden Krieger für sich zu begeistern.

»Was für ein Spektakel!«, sagte Loisie. »Und das alles wegen einem wie dir. Wenn sie nur wüssten, was …«

»Ja?«

»Ach nichts.« Loisie presste die Lippen fest aufeinander,

bevor sie schließlich sagte: »Du freust dich zu früh, Mann. Du hast noch längst nichts erreicht, nichts gewonnen.«

»Das sehe ich anders.« Eldar nahm einen letzten Schluck vom Sauren und gab der jungen Wicca den geleerten Kelch zurück. »Gute Nacht, meine Kleine. Und auf Nimmerwiedersehen. Morgen, wenn du aufstehst, bin ich mit meinen Freunden bereits auf dem Weg nach Arabeor.«

Sie würdigte ihn keines weiteren Wortes, drehte sich um und kehrte zu den ausgelassen Feiernden zurück.

13. Pirmen Courtix

Ox grunzte. Es war mehr ein Laut der Überraschung denn ein Zeichen dafür, dass er Schmerz empfand. Er riss seine Hand mit einem Ruck frei und scherte sich nicht darum, dass der Pfeil abbrach und Holzsplitter in seinem Fleisch stecken blieben.

Ein zweites Geschoss, schlecht gezielt, schlug einen Fuß über Pirmens Kopf ins Holz des Tores. Der Magicus duckte sich. »Ich erlaube nicht, dass du mir stirbst, du dummer Kerl!«, sagte er und konnte dabei das Zittern in seiner Stimme nicht unterdrücken. »Bring mich weg von hier, rasch!«

»Ich tue mein Bestes, Kleiner Herr.«

Wo waren die Gobelias, wo die Musen? Von ihnen und der Kutsche war nichts zu sehen. Von der Anwesenheit anderer Magicae zeugten nur noch Spuren, die die Räder ihrer Gefährte im Boden hinterlassen hatten.

Pirmen zog den Kopf so weit wie möglich ein und fand im Inneren des Tragegestells Deckung. Ab und zu lugte er über den Rand hinweg, verzweifelt nach Hilfe Ausschau haltend. Die Gobelias waren auf ihn eingeschworen und würden unter keinen Umständen die Flucht ergreifen. Sie wussten nicht einmal, was der Begriff »Flucht« bedeutete.

Ox wich nach links aus, hin zu einer der Felsenwände, die den Weg zur Furche seitlich begrenzten. Er tat etwas, das Pirmen nicht verstand, das sich selbst seinen magischen Sinnen entzog: Er wich den Pfeilen aus, als würde er instinktiv ahnen, woher sie kamen und welche Richtung sie nehmen würden. Er tat einen Hechtsprung vorwärts, rollte sich ab, sodass Pirmen für Augenblicke jegliche Orientierung verlor. Er stand Kopf, überschlug sich, berührte kurz den Boden, wurde wieder hochgerissen. Ox kam auf die Beine, bewegte sich weiter, mit ihm, festgezurrt im Geschirr. Der Reitmensch lief auf den übermannshohen Fels zu. Er stieß sich vom Boden ab, sprang, landete in der völlig glatt wirkenden Wand und fand dort Halt, wo es gar keinen gab. Die Finger bogen sich durch, als sie feinste Unebenheiten im Gestein ertasteten, doch sie hielten das Gewicht des massigen Körpers und mit ihnen das Pirmens.

Ox kletterte wieselflink nach oben. Griff nach winzigen Felsnasen, wuchtete sich hoch und höher, presste sich fest gegen Stein.

Weitere Pfeile prallten gegen den Fels. Einer schlug im Tragekorb ein. Pirmen stieß einen Schreckensschrei aus, und er wollte brüllen, dass er verletzt war, dass er sterben würde, doch da war nichts. Die Spitze des Geschosses hatte sich in dem über Feuer gehärteten Bast verfangen und es bloß einen Fingerbreit tief durchdrungen.

»Weiter!«, feuerte er Ox an und blickte zur Seite. »Mach schon, du Tölpel! Sie kommen näher.«

Die drei Fellena-Brüder und Margat. Natürlich Margat. Zwei der Geschwister torkelten, wohl betäubt von Giften, die sie zu sich genommen hatten. Ihr Anführer mit dem gespaltenen Gesicht hingegen wirkte wie die Ruhe in Person.

»Tut mir leid, Ox!«, rief er. »Es ist nichts Persönliches! Du weißt ja, wie es so zugeht in dieser grausamen Welt!« Margat winkelte eine Armbrust an. »Ich hätte wirklich gern einen

Humpen vom Sauren mit dir getrunken. Warst immer ein feiner Kerl. Na ja, eigentlich warst du ein Drecksack. Aber auch Drecksäcke können feine Kerle sein.«

Er feuerte – und Ox wich aus. Der Bolzen fuhr mit einem satten Schmatzen in einen Moosklumpen und blieb dort stecken. Der Reitmensch tat einen Sprung weg von der Wand, der unmöglich erschien und allen Gesetzen der Natur trotzte. Irgendwie schaffte er es, sich gleichzeitig hoch und weg vom Stein zu wuchten und doch wieder Halt zu finden, eine Viertel Körperlänge oberhalb seines vorherigen Standorts.

Pirmen sah zu, wie Margat nachlud. Der Söldner tat dies mit der Ruhe des Jägers, der sich seines Ziels sicher war. Womöglich war er ein klein wenig irritiert, dass sein Opfer den ersten Versuch überlebt hatte. Doch er gab sich unbeeindruckt und machte weiter, während die Fellena-Brüder stehen blieben und die Köpfe zusammensteckten. Wahrscheinlich versuchten sie zu begreifen, was sie eben gesehen und erlebt hatten.

Die Oberkante der Wand befand sich zwei Mannslängen über ihnen. Sie war viel zu weit weg, um sie zu erreichen, bevor Margat einen weiteren Bolzen auf sie abfeuern konnte.

»Ich habe dich immer für deine Flinkheit und deine Geschicklichkeit bewundert, Ox«, rief Margat. »Aber das nützt dir heute nichts.« Er zog die Spannschnur zurück, legte den Bolzen ein, visierte sie an.

Pirmen besann sich seiner Fähigkeiten. Tief drin in ihm wühlte besonderer Hass, dem er nur selten erlaubte, aus ihm hervorzukommen. Doch jetzt war es so weit. Er rief die Geister, die besser hätten ruhen sollen, und ließ sie frei. Sie quollen hoch, bahnten sich einen Weg von seiner Lunge durch die Luftröhre und seinen Mund, schoben die Kiefer mit aller Gewalt auseinander, stiegen ins Freie, hoch in die Luft, wie formloses Einerlei, bevor sie sich voneinander trennten und zu winzigen Wesenheiten der Magie wurden, die hinabstürzten wie wütende Bienen, auf die vier Feinde, die noch nicht verstanden, was da auf sie zukam. Die nicht *sahen,* was auf sie zukam.

Die Fellena-Brüder nestelten an ihren primitiven Bogen herum, unschlüssig, ob sie Margat helfen sollten oder nicht. Die magischen Geschöpfe fielen über sie her. Fuhren in die Ohren, durch die Nasenlöcher, durch die Mundöffnungen und selbst durch die Ärsche der drei üblen Gesellen in deren Inneres. Sie benötigten nicht lange, um die Leiber der Fellenas in Besitz zu nehmen und sie mit all dem Hass zu fluten, den Pirmen ihnen mitgegeben hatte.

Sie platzten von innen heraus. Wie reife Tomaten, die von einem Steinschleudergeschoss getroffen worden waren.

Pirmen nahm es mit grimmiger Genugtuung zur Kenntnis. Er hatte sich rechtzeitig seiner Kräfte besonnen. Doch was war mit Margat? Warum war er noch auf den Beinen?

Pirmen verstand. Seine Zorngeister hatten sich auf die drei schwächeren Gegner konzentriert. Und nun war es zu spät für ihn und Ox. Der Bolzen sirrte auf sie zu, und Pirmen wusste ganz genau, dass er seinen Reitmenschen diesmal treffen würde. Ins Herz oder in den Hals, es spielte keinerlei Rolle.

Zeit wurde belanglos. Pirmen sah das Geschoss unendlich langsam auf sie zukommen. Ox würde sterben, nach hinten stürzen, mehr als vier Mannslängen in die Tiefe und Pirmen mit ihm. Er würde dort unten aufklatschen, vom Aufprall getötet oder von seinem Reitmenschen zerquetscht werden. Sein Körper war zu schwach, um einen derartigen Sturz zu überstehen.

Er erinnerte sich alter Sprüche aus alten Büchern. Doch es war zu spät, um sie zu denken oder gar aufzusagen. Alles war zu spät, der Bolzen war heran …

Ox tat eine Bewegung. Er nahm eine Hand vom Felsen, tat so, als würde er nach einer Fliege schnappen – und hielt mit einem Mal das Geschoss in der Hand. Er zerbrach es zwischen zwei Fingern und ließ die beiden Teile fallen. Dann kletterte er weiter, gleichmäßig atmend, ohne ein Zeichen der Anstrengung zu zeigen, ohne den verblüfft dreinschauenden Margat auch nur eines Blicks zu würdigen.

Ox schwang ein Bein über den Rand der Felswand und wuchtete sich hoch, sorgfältig darauf bedacht, Pirmens Korb nicht zu beschädigen oder auch nur schief zu stellen. Er kam auf die Füße, tat ein paar Schritte vom Felsrand weg, wieder in seiner federnden und ruhigen Art.

Bolzen und Pfeile kamen über den Grat geflogen, stiegen hoch in den Himmel, bevor sie den Wendepunkt ihrer Flugkurve erreichten und irgendwo harmlos im Gebüsch landeten. Pirmen atmete tief durch, Ox wischte ihm Schweiß von der Stirn.

»Es ist alles in Ordnung, Kleiner Herr«, sagte er und rümpfte die Nase. »Deine Windel wechsle ich, sobald ich zurückkehre.«

»Zurückkehre? Was hast du vor?«

Ox stellte ihn sacht gegen ein krüppeliges Baumgewächs und stützte den Tragekorb so ab, dass er nicht umkippen konnte. »Ich habe etwas mit Margat zu besprechen.«

»Du darfst mich nicht allein zurücklassen! Ich befehle dir, mich zu beschützen und mich so schnell wie möglich in Sicherheit zu bringen!«

»Du *bist* in Sicherheit. Es gibt nur einen Weg, der hierher führt. Ich sorge dafür, dass keiner deiner Feinde ihn nehmen wird.«

»Bleib stehen, Ox! Ich schwöre, dass ich dir mit einem Zauber die Eier gegen die Schenkel klebe, wenn du nicht hierbleibst. Ox!«

Es hatte keinen Sinn. Pirmens Reitmensch hielt sein langes Messer fest gepackt und schritt davon, ohne sich noch einmal umzudrehen. Auf seinem Rücken waren die Abdrücke des Reitkorbs zu sehen, von den Fingern der Rechten troff Blut. Doch die Verletzung scherte Pirmens Träger keinen Deut.

Pirmen atmete tief durch und besann sich einiger Konzentrationsübungen. Er musste sich rasch seiner Fähigkeiten als Magicus besinnen. Einen Schutzkokon errichten, der ihn in den Mittelpunkt stellte und niemandem erlaubte, näher als zehn Schritte an ihn heranzukommen.

Nein. Das wäre vergebliche Mühe gewesen. Pirmen ging davon aus, dass Gafelay der Auftraggeber dieser Meuchler war. Trotz aller schönen Worte und trotz seines vertrauenerweckenden Verhaltens hatte er gedungene Mörder auf ihn angesetzt.

Ja, das passte zum Obersten. Er galt als Meister des Intrigenspiels, und dieser Hinterhalt zeigte seine Handschrift. Pirmen hasste Gafelay mit aller Inbrunst – und bewunderte ihn insgeheim auch ein bisschen. Er hatte ihn eingelullt und einige Schritte außerhalb des Tabubereichs der Furche umso konsequenter zugeschlagen. Wäre Ox nicht gewesen – Ox, dem scheinbar nichts und niemand etwas anhaben konnte –, wäre Pirmen ein Opfer der gedungenen Mörder geworden.

Noch war es nicht vorüber. Aufkommender Wind trug Stöhnen und schrilles Geschrei an sein Gehör. Etwas, das sich anhörte, als würde Stein zersplittern. Das Schaben einer Klinge über Knochen. Ein erbärmliches Gejammer. Jemand flehte um Gnade, doch das Gefiepse endete abrupt.

»Er hat es geschafft«, sagte Pirmen zu sich selbst. »Er hat sie einen nach dem anderen abgeschlachtet. Niemand kann Ox beikommen. Mein Reitmensch ist unbesiegbar. Ja, das ist er.«

War es denn wirklich so? Ox hatte beim Gehen gewankt,

oder? Er hatte viel Blut verloren, war geschwächt und verwundet gewesen. Womöglich nicht mehr Herr seiner Sinne und von der gewaltigen Kraftanstrengung der Kletterei über eine nahezu senkrechte Wand völlig ausgelaugt …

Schritte.

Sie klangen fest und gleichmäßig. Gar nicht so wie jene, die er von Ox gewöhnt war. Und sie wurden von etwas begleitet, das Pirmen nicht sofort identifizieren konnte. Es ähnelte einem Schleifgeräusch. So, als würde jemand die Spitze einer Waffe durch Erdreich nachschleppen.

Pirmens Herz klopfte laut und angestrengt. Laub und Astwerk schränkten den Blick auf ein kleines Stück Weg und auf ebenes Land vor jener Klippe ein, über die ihn Ox hochgezerrt hatte.

Die Schritte kamen näher. Ein Grunzen. Tierisch, widerlich. Stöhnen. Etwas scharrte über Stein. Dann Geschnaufe und Gelächter.

Pirmen versuchte, sich eines Schutzzauberspruchs zu erinnern. Doch all sein Wissen war weg, wie aus dem Kopf gelöscht. Da waren nur noch Erinnerungen an jene Tage, da er noch Beine gehabt hatte, um davonzulaufen, und Arme, um sich zu wehren.

Helft mir, ihr Götter! Lasst es nicht so enden. Gebt mir noch ein paar Jahre, damit ich die Macht über den Obersten erringen und den Bund der Magicae neu formen kann. Ich schwöre bei allem, was mir heilig ist, dass ich meine Kräfte nur noch für das Gute einsetzen und eine Wiedervereinigung von Wicca und Magicae anstreben werde …

Der Fremde war beinahe heran. Die Schritte näherten sich von links. Doch sosehr sich Pirmen auch bemühte, er konnte nicht mehr als einen Schatten ausmachen, verdeckt von Ast- und Blattwerk, von aufgehäuftem Geröll und einem riesigen

Ameisenhaufen. Tausende der Tiere eilten orientierungslos umher.

Ein Ast brach. Pirmen schloss die Augen. Vielleicht konnte er den Feind wegdenken. Wenn er lange genug über etwas Schönes sinnierte, würde er womöglich dort landen, wohin er sich wünschte. Es gab Erzählungen über Magicae, die derart dem Tod entkommen waren …

Ein weiteres Knacken, bedrohlich nahe. Und wieder dieses grässliche Schleifgeräusch. Pirmen hielt es nicht mehr länger aus. Er riss die Augen auf – und blickte Margat ins grässlich verzerrte Antlitz.

»Für dich!«, sagte Ox und ließ den Haarschopf seines Feindes los. »Und jetzt kümmere ich mich um dein kleines Missgeschick. Einverstanden?«

Margats Kopf kullerte zu Boden und blieb unmittelbar vor Pirmen liegen, sodass der Magicus die durchtrennten Nackenwirbel und Teile des zertrümmerten Schädels sehen konnte. Gehirnflüssigkeit gluckerte ins Freie.

Die Ameisen, eben noch panisch, rochen die Beute, und schon bald war eine durch winzige Blutströpfchen markierte Straße von Margats Kopf zu ihrem Bau zu sehen.

Ox weigerte sich darüber zu reden, was am Eingang zur Furche geschehen war. Fest stand, dass zwei weitere Söldner, die in Gafelays Dienst gestanden hatten, ihr Leben gelassen hatten.

»Ich hätte dem Obersten gern einen Besuch in der Knospe abgestattet«, sagte Ox und biss beherzt in ein Stück Fleisch. Er trabte durchs Unterholz, lugte mal nach links und mal nach rechts und atmete dabei gleichmäßig. »Aber das Tor war verschlossen. Es hätte einige Zeit gedauert, es aufzubrechen. Und bis dahin wäre Verstärkung herangewesen.«

Pirmen genoss die frische Luft, das Schaukeln im Reitgestell, das Grün der Umgebung. Und ebenso den Gedanken, dass er überlebt hatte und nun die Chance erhielt, seine Pläne in die Wirklichkeit umzusetzen.

»Es ist in Ordnung so, wie es gekommen ist«, sagte er. »Gafelay weiß, dass ich überlebt habe und dass er ab nun einen Gegner hat, der sich nicht mehr vor ihm in den Staub ducken wird.«

»Es wäre besser, wir würden uns in deinem Konterturm verbarrikadieren. Der Oberste wird alles daransetzen, dich so rasch wie möglich zur Strecke zu bringen.«

»Das zeigt, wie wenig du eigentlich über uns weißt. Zuallererst wird Gafelay zu den anderen Kontertürmen reisen, um sich die Unterstützung seiner Kollegen zu sichern. Wir leben in einem Dickicht, in einem Geflecht, das aus dünnen und dünnsten Beziehungsfäden besteht. Dass Gafelay es gewagt hat, mich unmittelbar außerhalb der Furche anzugreifen, beweist, dass er einigen Rückhalt unter den Magicae genießt. Doch die Niederlage gegen mich schwächt seine Position. Er wird neue Verhandlungen führen müssen.«

»Und du? Willst du dem nicht entgegenwirken? Ich hielt dich immer für einen begnadeten Intriganten. Oder für einen begnadeten Redner, wenn dir dieser Begriff lieber ist.«

»Du schmeichelst mir, Ox. Aber ich gedenke, einen anderen Weg zu gehen.«

»Und welchen?«

»Wir werden der Außenwelt einen Besuch abstatten. Wir werden uns auf die Suche nach dem Wesen aus der Treibgierde machen. So, wie es Gafelay von mir wollte.«

»Das ist nicht gut, Pirmen! Du gibst Gafelay damit die Möglichkeit, die anderen Magicae in aller Ruhe auf seine Seite zu ziehen.«

»Das werde ich zu verhindern wissen. Auch wenn der Oberste meint, die Lage im Griff zu haben, kann ich dennoch einige Leute mobilisieren. Manche von ihnen warten bloß auf ein Angebot von mir, andere werde ich unter Druck setzen.«

»Du erpresst deine Kollegen?«

»Selbstverständlich. Was dachtest du denn?«

»Ach, ich bin ein Dummkopf. Ich meinte, ihr Magicae würdet so etwas wie Ehrgefühl haben, zumindest die im inneren Zirkel.«

»Ja, du bist fürwahr ein naiver Idiot, wenn du so etwas tatsächlich geglaubt hast. Man gelangt nicht in den Kreis der Obersten, ohne hier und dort ein wenig nachzuhelfen. Urbim zum Beispiel war einer meiner treuesten Wegbegleiter während meines Aufstiegs.«

»Du hast ihn in der Hand …«

»Wie so einige andere.« Pirmen lachte. »Er wird mir gute Dienste erweisen und dafür sorgen, dass sich Gafelay seiner Sache nicht zu sicher sein kann. Der Oberste wird sich fürchten. Davor, dass ich den Mann aus der Treibgierde ausfindig mache. Davor, dass ich mit Terca zusammentreffe und ein Abkommen schließe.«

»Ziehst du das denn tatsächlich in Betracht?«

»Ja.« Pirmen nickte. »Terca und ich sind bereits einmal eine Zeitlang miteinander ausgekommen. Es stimmt, dass sie mich betrogen und mit meiner Gutmütigkeit gespielt hat. Aber das wird ihr nicht noch einmal gelingen. Wenn wir uns nun gegenübersitzen, dann als gleichberechtigte Partner.«

»Bist du dir deiner Sache denn auch sicher?«

»Ja. Und nun mach, dass du vorwärtskommst! Wir müssen Reisevorbereitungen treffen und so rasch wie möglich verschwinden.«

»Wirst du Labidana mitnehmen?«

»Wen?«

»Das Mädchen. Deine Haushälterin im Konterturm. Wenn du sie hierlässt, unterschreibst du ihr Todesurteil.«

»Ich werde darüber nachdenken.«

»Du trägst Verantwortung ihr gegenüber.«

»Ich bin niemandem etwas schuldig. Mein Gewissen ist rein.«

»Weil du keins hast.«

»Ganz richtig, Ox.«

»Deine Herzlosigkeit wird eines Tages dein Untergang sein.«

»Nicht, solange ich dich an meiner Seite weiß.«

»Das Ende meiner Dienstzeit könnte rascher kommen, als du glaubst.«

Oxens Worte waren bloß so dahergesagt, wie immer. Der Reitmensch war nicht in der Lage, ihn zu verlassen. Bei ihm versagten alle Zauber, doch das machte nichts. Er hatte sich selbst in die Pflicht genommen und war Sklave seines merkwürdigen Ehrbegriffs.

»Wie geht es deiner Hand, Ox?«

»Die Wunde verheilt«, antwortete der Reitmensch wortkarg.

»Wie kommt es, dass der Pfeil keine schlimmeren Spuren hinterlassen hat? Und wie, bei den Göttern, kommt es dazu, dass du selbst die stärksten, flinksten und hinterhältigsten Feinde zur Strecke bringst, ohne dabei auch nur einen zusätzlichen Atemzug zu machen?«

»So wie du habe auch ich meine Geheimnisse, Kleiner Herr. Und ich werde sie dir nicht verraten.«

»Ich werde sie eines Tages aus dir herauskitzeln. Wenn du schläfst und in deiner Aufmerksamkeit nachlässt.«

»Ich freue mich auf den Moment, da du es versuchst.

Du wirst einen deiner bittersten Augenblicke erleben.« Ox beschleunigte seine Schritte. Er schob seinen gewaltigen Körper durch das Dickicht, hielt die spitze Nase immer wieder in die Luft und schnüffelte. Mehrmals wechselte er die Richtung, sah sich um, nutzte Wege abseits der Wege. Bis er Pirmen auf einmal deutete, sich ruhig zu verhalten, und er einen Abhang hinabrutschte, in eine Senke, in der sich faulig riechendes Wasser gesammelt hatte.

Er glitt in den Tümpel, versank tiefer und tiefer, bis er bis zur Hüfte darin steckte. Ringsum quakten Frösche. Sie störten sich nicht an dem Eindringling. Auch für ihresgleichen war Ox ein besonderes Wesen. Eines, das außerhalb ihrer Wahrnehmung existierte.

Was wiederum bedeutet, dass diese Tiere über magische Kräfte verfügen, dachte Pirmen. Er akzeptierte den Gedanken, ohne sich darüber zu wundern. Auf dieser Welt gab es so viele unbegreifliche Dinge, dass es gar nicht lohnte, nach Logik oder Gründen zu suchen.

Ox erreichte die andere Seite des Tümpels. Wasser perlte von ihm ab, eine dünne Schlammkruste blieb auf seinem muskulösen Körper kleben. Er zog sich an einer Luftwurzel hoch zur nächsten Anhöhe. Pirmen hörte ein Schnaufen, das ihm bekannt vorkam.

»Ich nehme dich diesmal mit, Kleiner Herr«, flüsterte Ox ihm zu. »Es geht ganz schnell.«

Was ging ganz schnell? Was hatte sein Reitmensch vor?

Ox wuchtete sich über den Rand der Anhöhe, tat einige Laufschritte, kämpfte sich durch ein Gewirr von Pflanzen, zückte während des Laufs sein Messer und hielt es kampfbereit vor sich hin.

Pirmen lugte vorsichtig am Kopf seines Trägers vorbei. Äste und Ranken peitschten gegen dessen Gesicht und seine Glatze, doch Ox scherte sich nicht darum. Er wurde so schnell, dass Pirmens Augen zu tränen begannen, weil ihm der Wind ins Geschicht schlug, tat einen letzten Sprung und stand mit einem Mal auf einer kleinen Lichtung.

Da war ihre Kutsche. Die Räder waren zu einem Gutteil im schlammigen Boden eingesunken. Drei missgelaunt wirkende Menschen saßen an einem Lagerfeuer, das bloß grüne Rauchwölkchen und kraftlose Flammen hervorbrachte. Ox stürmte auf sie zu. Schrie etwas, das Pirmen nicht verstand, das aber wie der Anfang eines kriegerischen Liedes klang.

Die drei Söldner wussten nicht, wer oder was über sie kam. Sie hatten keine Gelegenheit zu reagieren. Ox tat eine Aufwärtsbewegung mit seinem Messer, und die Klinge durchdrang eine Lederrüstung und schlitzte den Bauch des Mannes von unten nach oben auf. Der zweite verlor sein linkes Ohr, dann sein Leben. Völlig verdutzt starrte er ins Leere, und das Letzte, was er womöglich noch wahrnahm, war der Tod des dritten Kumpans. Dem gelang es immerhin, zu seiner Waffe, einem mächtigen Breitschwert, zu greifen und sie hochzureißen. Doch das nützte nichts mehr. Ox stach zu, mehrmals, so sonderbar leicht und so sonderbar rasch, dass er das Messer schon wieder weggesteckt hatte, bevor der Körper seines Gegners zu bluten begann und der Söldner in sich zusammensackte.

»Und jetzt du«, sagte der Reitmensch zu Pirmen.

»Wie bitte?«

Ox umrundete den Wagen und öffnete den Verschlag. »Einen Gegner habe ich für dich gelassen.« Er zog Pirmen aus dem Gestell und setzte ihn ins Innere der Kutsche. »Ich werde draußen mal aufräumen und nach einer Weile nachsehen kommen, wer denn gewonnen hat.«

Pirmen blinzelte, sein Hintern schmerzte. Ihm gegenüber

lehnte ein Mann, ein Krüppel. Einer wie er. Jung, mit ernstem Gesicht, in dem Angst zu lesen war.

»Barabasse, nicht wahr?«, fragte Pirmen. »Eines der vielen Schoßhündchen unseres allseits geliebten Obersten Gafelay.«

»Und du bist der unsägliche Pirmen Courtix. Der Feind. Jener Magicus, der die naturgegebene Ordnung gefährdet.«

»Sagt man das? Ich fühle mich geschmeichelt.«

Im nächsten Moment spürte Pirmen den Angriff. Barabasse warf ihm magische Energie entgegen. Sie wirkte roh und wenig durchdacht, hatte einen sonderbaren Geschmack und war ganz gewiss nicht geeignet, ihn zu gefährden. Er würde leichtes Spiel haben.

Er wehrte die Attacke mit einer Bewegung beider Finger ab und leitete sie nach unten. Sie würde sich im Erdreich verfangen, dort für eine Weile ruhen und irgendwann hochquellen, gemeinsam mit wachsenden Pflanzen oder Bäumen, mitunter auch mit Tieren und denkenden Wesen aller Art, die in freier Natur geboren wurden. So war der Lauf der Dinge.

Pirmen ließ einen zweiten Angriff über sich ergehen. Er fühlte eine Komponente, die ihn beunruhigte. Etwas, das er niemals zuvor gespürt hatte. Barabasse war gewiss kein Gegner, den er fürchten musste. Doch dieses neue Etwas stärkte den anderen Magier und dessen naturgegebene Fähigkeiten.

»Was ist es?«, fragte Pirmen und startete nun seinerseits eine Attacke. Er sandte Hass und Wut in Richtung seines Gegners, schob dessen abwehrende Gestik leichterhand beiseite und bemächtigte sich Barabasses Kopf, drang sacht in den Feind ein, ohne die eigene Deckung zu vernachlässigen, denn der Großteil seines wachen Geistes blieb in der körperlichen Hülle Pirmen Courtix' zurück und sorgte dafür, dass dem Leib nichts geschehen konnte.

»Es fühlt sich ungewöhnlich an hier drinnen«, ließ er Barabasse sagen. »Oh, ich vergaß: Du hast noch beide Arme. Und dein Penis ist funktionstüchtig. Sieh an, was man damit alles machen kann …«

»Verschwinde!«, kreischte Barabasse mit demselben Mund, mit derselben Stimme. »Ich reiße dich in Stücke, ich zerquetsche deine Eingeweide zwischen meinen Fingern und …«

»Ach, komm schon! Du weißt, dass du mir nichts anhaben kannst. Unterhalten wir uns doch ein wenig und in aller Freundschaft, von Magicus zu Magicus.«

Weitere Beschimpfungen waren die Folge. Sie waren von Panik geprägt. Das bescheidene magische Potenzial, das Barabasse zu Beginn der kurzen Auseinandersetzung angedeutet hatte, schmolz dahin wie Schnee in den kurzen Sommermonaten der Norde. Bis nichts mehr übrig war. Bis nur noch ein erbärmliches Häuflein körperlichen Elends dasaß und von Schüttelfrost geplagt wurde.

»Das nützt dir nichts, Barabasse. Der Tod ist dir gewiss. Ich kann dir nun ein leichtes Ende gewähren, indem ich dich zwinge, die Luft anzuhalten. Oder aber ich widme mich dir ein wenig intensiver. Sagen wir mal: während der Zeit bis zur Abenddämmerung. Ich kannte mal eine Hexe, die wusste Methoden, einen Magicus zu quälen, von denen du dir nicht die geringste Vorstellung machst. Sie war auf Männer nicht sonderlich gut zu sprechen, und aus Gründen, die mir nicht ganz geläufig sind, zeigte sie mir einige ihrer fiesen Tricks. Die Sache mit den Darmschlingen wollte ich ohnedies schon mal ausprobieren …«

»Ich rede!«, schluchzte Barabasse. »Ich verrate dir alles, was du wissen möchtest. Aber bitte …«

»Schön, dass wir uns verstehen, mein Lieber. Also reden wir. Du hast den Wagen im Auftrag deines Herrn, Gafelay, entführt. Richtig?«

»J… ja.«

»Die beiden Gobelias und die Musen wurden beeinflusst. Wie hast du das geschafft?«

»Der Oberste hat mir gesagt, was zu tun sei. Aber bitte …«

»Wie kann ich deinen Einfluss von ihnen nehmen?«

»Ich erledige das für dich. Ich helfe dir bei allem, was notwendig ist, damit du …«

»Dafür wäre ich dir außerordentlich dankbar, Barabasse. Nun aber zu etwas anderem: Ich fühle etwas in dir, das ich bislang noch nicht kannte …«

»Ich weiß nicht, was du meinst.«

»Du hast eine Begabung, die mir völlig fremd ist. Sie ist so anders und auch so stark, dass sie unmöglich von dir selbst stammen kann.«

Barabasse zögerte. »Ich weiß es nicht. Der Oberste hat zwei weitere seiner Lehrlinge und mich dazu auserkoren, etwas Neues auszuprobieren.«

»Und wie nennt sich dieses Neue?«

»Es wurde nicht viel darüber geredet, Pirmen Courtix. Gafelay imprägnierte uns mit dieser Form der Magie.«

»Wie hat er es getan?«

»Er belegte uns. Drang in uns ein. Legte eine Art Samenkorn in uns ab, das während der letzten Tage immer mehr wuchs. Er nannte es *Geisteskorn des Bösen.*«

»Das Geisteskorn ist noch nicht … reif?«

»Nein. Gafelay meinte, dass diese besondere Form der Magie alles bisher Dagewesene in den Schatten stellt. Sie würde uns mächtiger machen als selbst ihn und uns in Wesen verwandeln, denen niemand auf dieser Welt widerstehen kann.«

»Selbst er nicht?«

»Selbst der Oberste nicht.«

»Aber er hat sich selbstverständlich geschützt, nicht wahr?«

»Ja. Er hat uns davor gewarnt, unsere Kräfte gegen ihn einzusetzen. Wir würden es bitter bereuen, meinte er.«

»Nun, vielleicht bluffte Gafelay auch nur. Aber lassen wir das. Woher stammt diese Magie? Du wirst doch bitte schön etwas darüber wissen? Tuscheleien, Gerüchte, Halbwahrheiten …«

Barabasse zögerte. »Es gibt in der Knospe einige Gegenstände, die so schrecklich sind, dass niemand auch nur daran zu denken wagt.«

»Das ist mir bekannt.«

»Man tuschelt, dass Gafelay einige von ihnen begutachtete – und es überlebt hat. Der Oberste ist ein wahrlich begnadeter Magicus.«

»Oder aber er ist völlig verzweifelt. Worum könnte es sich bei diesen Gegenständen handeln?«

»Es sind solche, die hinter den blinden Fenstern bislang verborgen geblieben sind. Sie lagern außerhalb der begrifflichen Welt, führen ein Dasein in den Schatten. Und eines davon, so sagt man, hat Gafelay zu zähmen gelernt.«

»Um es dann in deinen und den Geist zweier weiterer Lehrlinge einzupflanzen.«

»Ja.«

»Was fühlst du, wenn du an diese neue Kraft denkst?«

Barabasse dachte lange nach, bevor er antwortete: »Ich spüre Unbehagen. Dieses magische Samenkorn ist wie ein Kind, das an meinen Brüsten hängt und sich von mir ernährt. Es fühlt sich an, als würde in mir etwas heranwachsen, das mich eines Tages verzehren wird. Noch ist es zu klein, um mir zu schaden, aber …«

»Nun, ich denke, du wirst dir darüber keine weiteren Gedanken machen müssen.« Pirmen nickte dem Jüngeren zu. »Danke für deine Mitarbeit. Du hast dir einen leichten Tod verdient. Andererseits …«

»Ja?«

»Andererseits hast du deinen Herrn betrogen, hast die Ehre der Magicae mit Füßen getreten. Die Strafe dafür ist die schlimmste, die man sich vorstellen kann. Ich mag mit Gafelay in vielen Dingen nicht einer Meinung sein, aber in dieser Sache sind wir uns einig: Verrat ist eine schreckliche Sache, und sie sollte ebenso schrecklich bestraft werden.«

»Nein, Herr Pirmen Courtix! Bitte nicht! Ich kann dir helfen! Ich schwöre bei allen Göttern, dass ich dir ab nun zu Diensten sein werde. Wie ein Wurm werde ich mich zu deinen Füßen krümmen, werde dir helfen, dich unterstützen, werde an deiner Seite gegen Gafelay kämpfen.«

»Das ist ein interessantes Angebot. Aber irgendwie habe ich das Gefühl, dir nicht vertrauen zu können. Lass es uns zu Ende bringen, Barabasse.« Pirmen kroch tiefer in den Verstand des anderen Magicus, tastete nach dessen Geist, berührte ihn fast zärtlich und überlegte, was er zuerst tun wollte.

»Nein, Herr!«, schrie Barabasse voll Panik und verdrängte ihn für einige Augenblicke aus seiner eigenen Geisteswelt. »Denk doch mal nach! Wenn du mich bei dir behältst, kannst du zusehen, wie ich mich entwickle und wie das Samenkorn in mir Wurzeln schlägt, wie es sich ausbreitet, wie es sich verhält.«

»Warum sollte mich das interessieren?«

»Weil es nun mal zwei andere Adepten gibt, in denen ähnliche Kräfte heranwachsen. Nur durch mich kannst du lernen, dich gegen sie zu wappnen ...«

Barabasse redete weiter, pries seine Fähigkeiten an, machte sich selbst zur Sklavenware.

Pirmen hörte eine Weile zu und sagte dann: »Wenn wir dein erbärmliches und eitles Gewinsel beiseitelassen, bleiben immer noch einige Argumente zurück, die für dich sprechen.

Es wäre tatsächlich von Vorteil, dich für eine Weile zu behalten. Gafelay ist ein Gegner, den man niemals unterschätzen darf.«

»So ist es, Herr! Ganz sicher, Herr!«

Pirmen kehrte in seinen eigenen Körper zurück. Er betrachtete Barabasse von oben bis unten. Musterte dessen blasses, von Tränen zerfurchtes Gesicht, sah sein Zittern, die Leichenblässe.

»Ich gebe dir ein wenig Zeit, Barabasse. Überzeuge mich davon, dass du es ernst meinst. Mein Diener Ox wird sich um dich kümmern. Du solltest erst gar nicht versuchen, ihn zu vereinnahmen. Es würde dir schlecht bekommen – und ich würde es bemerken.«

»Ich weiß, Herr! Ich würde dich niemals betrügen, Herr!«

»Ich werde dich Tag für Tag aufs Neue bewerten. Ein Fehltritt von dir, ein einziger Grund, dir zu misstrauen – und du erleidest einen schrecklichen Tod.«

»Danke, Herr, danke! Oh, ich werde so gut zu dir sein, werde alles tun, was du verlangst ...«

»Ja, ja, Schluss damit.« Die Rückkehr in den eigenen Leib war ein irritierender Vorgang – und gefährlich. In den ersten Momenten der Desorientierung war Pirmen für jedermann ein leichtes Opfer. Doch auch Barabasse war verwirrt und benötigte eine Weile, um die vollständige Kontrolle über seine leibliche Hülle zurückzuerlangen.

»Ox wird dich in seinem Reitgestell mit sich nehmen, während ich in der Kutsche reise«, sagte Pirmen, nachdem er wieder bei klarem Verstand war. »Und ich rate dir nochmals: Versuch nicht, ihn zu beeinflussen.«

»Natürlich nicht, Herr. Ich bin dein Diener. Ich werde niemals etwas tun, das dir schaden könnte.«

Barabasse meinte in diesen Augenblicken, was er sagte, dessen war sich Pirmen sicher. Fast empfand er so etwas wie Mitleid für ihn. Der junge Magicus war in etwas hineingeraten, das er nicht kontrollieren konnte und das weit über seinen Horizont hinausging.

»Wie heißen übrigens die beiden Kollegen, die Gafelay mit weiteren Geisteskörnern des Bösen beglückt hat?«

»Samek und Coele.«

»Wo finde ich sie?«

»Ich weiß es nicht, Herr. Der Oberste hat sie vor wenigen Tagen auf Reisen geschickt. Gerüchteweise ist Samek auf einer Mission unterwegs, die ihn zu den Wicca bringt. Über Coeles Verbleib weiß ich gar nichts.«

»Du bist mit den beiden persönlich befreundet?«

»Was man unter Magicae so Freundschaft nennt.« Barabasse lächelte schmallippig. »Aber ich denke, dass sie mir vertrauen, wenn wir uns treffen.«

»Und du würdest sie verraten?«

»Selbstverständlich! Ich bin ausschließlich dir verpflichtet, Herr.«

»Das freut mich zu hören.« Pirmen klopfte mit den beiden Fingern gegen das Holz der Innnenverschalung und hörte gleich darauf, wie sich Ox mit seinen weit ausladenden Schritten näherte. »Wir kehren zurück zu meinem Konterturm und machen uns dort reisefertig. Bei Gelegenheit erzählst du mir mehr über Coele und Samek.«

»Gern.« Barabasse atmete tief durch, zögerte kurz und sagte dann: »Da ist noch etwas, das du über die Geisteskörner wissen solltest, Herr.«

»Und zwar?«

»Wir können uns gegenseitig fühlen. Ich reagiere, sobald ich einem der beiden anderen näher als drei Laufe komme.«

»Ihr fühlt euch voneinander angezogen?«

»Nein, Herr. Je stärker sich das Geisteskorn entwickelt, desto größer ist der Hass auf die beiden anderen. Nur einer der drei kann überleben. Und er muss die beiden anderen auffressen, möchte er seine volle Kraft entfalten.«

»Kannibalismus unter Geistern? Was für eine amüsante Vorstellung.«

»Ja, Herr.«

Der Türverschlag wurde geöffnet, und Ox schob seinen riesigen Kopf ins Innere der Kutsche. »Soll ich ihn für dich entsorgen, Kleiner Herr?«

»Noch nicht, mein Freund. Wir werden Barabasse eine Weile behalten. Nimm ihn zu dir und halte ihn unter Beobachtung. Beim geringsten Anzeichen eines Fehlverhaltens tötest du ihn. Hast du verstanden?«

»Selbstverständlich.« Ox packte den jungen Magicus und riss ihn aus dem Wagen.

»Und sorg dafür, dass er unsere beiden Gobelias so rasch wie möglich aus seinem Bann entlässt.«

»Natürlich.«

Pirmen blieb allein im Inneren der Kutsche zurück. Er atmete tief durch. Es war das erste Mal seit den Nachtstunden, dass das üble Gluckern und Drücken in seinem Magen nachließ und er so etwas wie Zufriedenheit verspürte. Dieser Tag, der so schlecht begonnen hatte, entwickelte sich zu einem der besten seiner Karriere. Dank Ox hatte er Gafelay eine empfindliche Niederlage beigebracht. Er lebte, er hatte einen Adepten seines Feindes gefangen genommen, er wusste nun über die Pläne des Obersten Bescheid.

Oder?

War Barabasse bloß ein Lockvogel? Die Figur in einem Spiel, dessen Ausmaße Pirmen noch immer nicht zur Gänze bekannt waren?

Aber Terca hatte ihn gelehrt, die Dinge nicht zu kompliziert zu sehen und stets einfache, gerade Wege zu begehen.

Terca … Er würde ihr erneut gegenübertreten müssen. War er gegen ihre Wirkung als Frau immun, oder würde er ein weiteres Mal ihrer Faszination erliegen?

»Was dauert da so lange?«, schrie er ungeduldig. »Ich habe Hunger, ich möchte nach Hause!«

14. Nerbo Falthaut

Das Unleben tobte in ihm. Es war nicht einverstanden mit dem, was er tat. Seit Tagen, Wochen, Jahren, Jahrzehnten – wer mochte schon wissen, wie lange er sich bereits gedulden musste? – saß er im Wartehäuschen, begierig darauf, einen Auftrag zu erhalten und seine knacksenden Glieder endlich wieder einmal ausstrecken zu dürfen.

Sein Verstand funktionierte träge. Die Gedanken flossen wie Wasser in einem unendlich breiten Gewässer dahin, quälend langsam, der Strom von vielen Strudeln immer wieder unterbrochen.

Er erinnerte sich manchmal an sein früheres Leben. An eine Existenz als waffenschwingender Krieger, der stets ein lustiges Lied auf den Lippen gehabt hatte, während er links und rechts in Fleisch hineinhackte, Arme, Beine, Köpfe abschlug und aus Leben totes, rotes Matschzeugs machte.

Dann hatte es ihn irgendwann selbst erwischt. In seinen Gedanken war der Verdacht haften geblieben, dass es sein Freund Anapest gewesen war, der schon immer ein oder beide Augen auf sein Weib geworfen hatte.

Der Name Anapest war geblieben, sonst nichts. Und die Erinnerung an eine Axt, die sich unendlich langsam auf ihn herabgesenkt hatte, wie ein böser Geist, der in der Zeit eingefroren war. Diese Axt hatte ihn in eine Schwärze geschickt, die eine Ewigkeit oder mehr angehalten hatte. Bis *etwas* ihn gezwungen hatte, die Augen zu öffnen, und sich ihm als Xingo vorgestellt hatte. Als Unleben. Als Geschöpf, das es nicht geben durfte und das dennoch war, weil es irgendwer in seine Existenz gezwungen hatte.

Xingo und Nerbo Falthaut waren nun eins. Und dieses Eine saß in einer dunklen Kammer, die man ein Wartehäuschen nannte. Mit angewinkelten Armen, mit angewinkelten Beinen, mit bis zur Brust abgesenktem Kopf. Sie warteten. Auf irgendetwas. Das sie beide nicht kannten.

Einmal machte Licht der Dunkelheit Platz, und sie wurden ins Freie gerufen. Jemand erteilte ihnen einen Befehl, sie führten ihn aus. Diese Anweisung hatte etwas mit einem Mord zu tun, und es war Falthaut nicht sonderlich schwergefallen, das zu tun, was von ihm verlangt wurde.

Dann kam wieder die Schwärze des Wartehäuschens. Ein zweiter Auftrag im Licht. Warten. Ein Auftrag. Warten. Ein Auftrag. So ging es dahin, sein Dasein als Unlebender, eingesperrt in einem Körper mit Xingo dem Wahnsinnigen, dessen Irrsinn darin bestand, sich immer wieder neue Gemeinheiten auszudenken, um Falthaut glauben zu machen, dass er eines Tages wieder ein richtiges und echtes Leben führen würde.

Nun zeigte sich das Licht erneut. Zuerst in Form eines schmalen Spalts, begleitet von einem quietschenden Geräusch. Dann öffnete sich die Tür zum Wartehäuschen ganz, und ihm wurde befohlen, daraus hervorzukriechen.

Jemand sagte: »Du riechst schlecht. Du siehst widerlich aus. Ich glaube, dass du es nicht mehr lange machen wirst, bis du endgültig zerfällst.«

»Ich werde Nerbo Falthaut noch lange Zeit konservieren und gebrauchsfertig halten«, ließ ihn Xingo sagen.

Die Bewegungen des Mundes schmerzten, doch dieser

Schmerz war nur noch ein matter Abklatsch dessen, was er früher einmal bedeutet hatte.

»Ah, Xingo«, sagte der Jemand. »Du warst immer ein treuer Diener. Einer meiner besten.«

»Was können wir für dich tun, Herr?«

»Ich habe einen neuen Auftrag für dich und deinen Barbaren. Kommt hervor, meine Freunde, lasst euch ansehen!«

Falthaut tat sich schwer mit dem Stehen und mit dem Gehen. Jede Bewegung musste neu eingeübt werden. Es war zu viel Zeit vergangen, seitdem er in die Schwärze verbannt worden war. Doch er lernte rasch. Das Fleisch, das ihm anhaftete, erinnerte sich an seine frühere Kraft. Es wurde von Xingo beherrscht und dank einer ganz besonderen Form der Magie für alle Ewigkeiten in Form gehalten.

Eine Ewigkeit, dachte Nerbo Falthaut müde, *kann ganz schön lange andauern.*

»Ich habe Probleme mit einem renitenten Magicus«, sagte der Jemand. »Er meint, sich meiner Macht entziehen zu können. Und nicht nur das, es besteht Gefahr, dass er sich mit meinen Feindinnen verbündet.«

»Wir töten ihn selbstverständlich. Nenne uns seinen Namen.«

»Es mag merkwürdig klingen, aber ich möchte, dass ihr ihn vorerst am Leben lasst. Die Situation ist selbst für mich sehr … verwirrend. Pirmen, so heißt der Mann, ist bloß eine Figur in einem Spiel, dessen Regeln und Ziel ich selbst noch nicht zur Gänze durchschaut habe. Es gibt andere Teilnehmer. Störende Einflüsse. Wesen, die in meinem Reich nichts verloren haben.«

»Was verlangst du also, Herr?«

Xingo ließ ihn Übungen mit den Beinen und Armen machen. Gefühl kehrte in seinen Leib zurück. Aber nicht allzu viel. Gefühle bedeutete Schmerzempfindlichkeit.

»Folge Pirmen. Überhole ihn. Suche jene Leute, die er selbst verfolgt. Freunde dich mit ihnen an. Sorge dafür, dass du mit ihnen weiterreist.«

»Selbst ins Reich deiner Feindinnen, Herr?«

»Selbst dorthin, ja.«

»Man wird entdecken, wer und was ich bin. Man wird uns töten.«

»Ich gehe davon aus, dass die Aufregung aus anderen Gründen groß sein wird, sobald ihr in den Einflussbereich der Wicca gelangt. Denn der eine, den du für mich ausfindig machen musst, ist etwas ganz Besonderes. Allein seinetwegen wird hellste Panik herrschen. Niemand wird sich um einen stinkenden Barbaren kümmern, der einen Metallhelm statt einer Schädeldecke trägt.«

»Ich verstehe, Herr. Und was soll ich tun, sobald ich die Heimstatt der Wicca erreicht habe?«

»Du wirst einen Weg finden, mir eine Botschaft zukommen zu lassen. Ich treffe dann die weiteren Entscheidungen. Ob die Hohe Frau der Wicca, ob Pirmen oder ob das seltsame Wesen getötet werden soll.«

»Oder alle drei?«, äußerte Nerbo Falthaut einen eigenen Gedanken.

»Oder alle drei«, bestätigte der Jemand, der in einer Wiege lag, hilflos wie ein Kleinkind, und der nur noch ein Bein hatte.

15. Eldar

Eldar hatte einen Traum. Einen, der so markant und intensiv war, dass er genauso gut der Wirklichkeit hätte entsprechen können.

Er sah ein Wesen mit menschenähnlichen Zügen, das in ein wallendes weißes Gewand gekleidet war. Es kam nach Bludkap marschiert mit Schwertern in beiden Händen. Ging von einer Hütte zur nächsten. Beging dort schreckliche Taten. Verschonte weder die Großmutter noch die Schwangere noch den Säugling in der Wiege. Tötete und verstümmelte, erschlug und zerhackte.

Das Wesen zeigte ein feines und fröhliches Lächeln, während sich sein Gewand rot färbte. Es betrachtete dieses Schlachtfest als notwendigen Akt. Als etwas, das unvermeidbar war und getan werden musste. Um die Dinge in Gang zu bringen und so zu steuern, wie es nötig war.

Das Geschöpf erreichte Bertols Hütte. Dösende Menschen suchten davor die Wärme eines Lagerfeuers, andere lagen abseits, durch eine innere, vom Alkohol angefachte Hitze geschützt. Auch hier verrichtete es sein Werk. Es folgte bei seinen Taten keinerlei moralischen Vorgaben. Es tat, was es tat. Wichtig war einzig die Konsequenz seines Handelns.

Das Lächeln gewann an Tiefe. Das Wesen hatte seine Aufgabe beinahe erfüllt. Es gab nur noch eines zu tun.

Es betrat Bertols Hütte, erstach wie beiläufig eines der Kinder und trennte den Kopf vom Rumpf eines anderen, bevor es in den Ziegenstall eindrang und seine Arbeit zum Abschluss brachte.

Es ließ die Messerspitze ruhig, fast zärtlich über den Hals des ruhig dalie-

genden Mannes gleiten, sagte »Du gehörst mir!« und markierte sein letztes, sein wichtigstes Opfer mit einigen raschen Bewegungen.

Der Geist verließ den Stall auf nackten, blutigen Füßen, und Eldar erwachte, mit einer tiefen Wunde am Hals, aus der Flüssigkeit sprudelte.

Eldar sprang hoch, wollte schreien, hatte aber keine Stimme.

Blut. Er stand in dicker tiefroter Flüssigkeit. Und er sah die Spuren zarter nackter Füße darin, die einer Frau. Eldar achtete nicht weiter darauf. Er torkelte in den Hauptraum von Bertols Hütte, rüttelte am Leib des Sauters, warf ihn auf den Rücken.

Augen, aus denen jegliches Leben gewichen war, starrten an ihm vorbei ins Leere. Hackfresse, wie man ihn zeitlebens genannt hatte, war so sehr verstümmelt worden, dass sein ohnehin entstelltes Antlitz nun gar nichts Menschliches mehr hatte.

Der Schock hatte bislang verhindert, dass der Schmerz zu ihm vorgedrungen war. Nun aber machte sich ein Stechen nahe bei seinem Adamsapfel bemerkbar.

»Loisie«, krächzte er.

Wo war die kleine Wicca? Er benötigte ihre Heilkünste, ihre Geschicklichkeit im Umgang mit Kräutern und Verbänden. Was war mit Tinte geschehen, was mit den anderen Bewohnern dieses Hauses?

Er tapste zum Verschlag, den Loisie für sich beanspruchte. Er war leer. Im trüben Licht der Morgendämmerung bemerkte er, dass der winzige Raum während der Nachtstunden unbenutzt geblieben war.

Eldar griff nach einem sauberen Halstuch und drückte es gegen die Wunde. Es färbte sich augenblicklich rot. Er meinte zu spüren, wie das Leben aus ihm heraussickerte, immer mehr, immer rascher. Mit jedem Pulsschlag kam er dem Tod ein kleines Stück näher.

»Loisie!«, krächzte er nochmals. Er rappelte sich hoch und stolperte aus dem Haus, wo er stehen blieb und entsetzt auf all die Toten starrte, die ihn umgaben. Manche waren gegen die Veranda gelehnt, andere saßen noch am glosenden Feuer. Sie waren hergerichtet worden, wirkten wie Zinnsoldaten, die auf den Zinngeneral – auf ihn – warteten.

Eine Katze miaute. Sie kam herbeigeeilt, rieb sich aufdringlich an seinen Beinen und schnurrte laut, bevor sie wieder auf Abstand ging. Sie schenkte ihm einen rätselhaften Blick und tauchte dann ihre kleine rosafarbene Zunge in eine Blutlache rings um ein totes Kind. Daneben saß ein feister Mann, mit einem Messer im weit geöffneten Rachen, mit dem er gegen die Wand von Bertols Hütte genagelt war.

Das ist einer der Fleischhändler!, erkannte Eldar. Er war wie betäubt. Die Augen des Toten sagten ihm, dass dessen schlimmster Albtraum wahr geworden war. Doch was wichtiger war als die Schrecken im Antlitz einer Leiche, war, dass Eldars Blutung endlich gestillt und seine Wunde versorgt wurde. Ob nun alle anderen Teilnehmer am abendlichen Fest gestorben waren, hatte keinerlei Bedeutung. Er – er – er wollte leben!

»Loisie!«, brachte er mühsam hervor, und noch einmal: »Loisie, du musst mir helfen!« Sie befand sich nicht unter den Toten ringsum. *Hoffentlich hat sie überlebt, hoffentlich konnte sie entkommen! Ich brauche sie!*

Er hörte Schritte hinter sich. Die Holzplanken der Veranda ächzten, als sich eine Gestalt aus den Schatten schob. Eldar trat instinktiv einen Schritt zurück und machte sich klein. Er wäre weggelaufen, hätte er die Kraft dazu gehabt. Doch ein jeder schneller Schritt würde die Blutung beschleunigen und ihn näher an den Abgrund bringen.

»Keine Sorge, Eldar«, sagte Loisie. Sie stand da wie ein Gespenst, mit blass gewordenem Gesicht. Sie starrte ihn an mit dem Interesse eines Forschers, der ein seltenes Insekt begutachtete. Sie hatte sich vollends unter Kontrolle. »Die Wunde ist bloß oberflächlich. Sie wird verheilen. Aber sie wird dich für immer an die heutige Nacht erinnern.«

Es tut verdammt weh! Und wenn ich meinen Hals berühre, fühle ich blutiges Fleisch, ein Loch mit zerfetztem Hautrand.

Die junge Frau trat nahe an ihn heran. Sie trug dasselbe Gewand wie gestern und schaffte es, trotz ihres bleichen Gesichts und der Ringe unter den Augen gut auszusehen. »Da hat jemand ganze Arbeit geleistet«, sagte die junge Wicca, nachdem sie ihre Begutachtung beendet hatte. »Ich werde die Wunde reinigen und nähen. Danach verschwinden wir von hier, so rasch wie möglich.«

»Warum?« Eldar war so schrecklich übel, dass er fürchtete, sich an Ort und Stelle übergeben zu müssen.

»Du bist gebrandmarkt. Von dem Wahnsinnigen, der all dies angerichtet hat. Die Leute auf der Halbinsel Forkan achten auf Zeichen und Male. Wenn sie dich so sehen, werden sie behaupten, dass du Schuld am Tod all dieser Männer, Frauen und Kinder hast. Ich vermute, dass es mehr als drei Dutzend sind. Fast das halbe Dorf, Eldar!«

Kalte Finger tasteten über Eldars Hals. Drückten hier und rieben dort, zogen etwas weg, das sich als länglicher Hautlappen entpuppte, und sorgten mit sachten, kreisenden Handbewegungen am Brustbein dafür, dass der Schmerz ein wenig nachließ.

Sollte er erleichtert sein? Was geschah hier, in was für einen Albtraum war er geraten? Welches wahnsinnige Wesen hatte all diese Taten zu verantworten, all das Blut, die Toten, das Gemetzel? Warum konnte er nicht aufhören zu weinen, warum vertraute er sein Schicksal ausgerechnet der jungen Wicca an?

Weil sie außer dir die einzige Überlebende zu sein scheint, beantwortete er sich selbst die Frage. *Und weil sie weiß, was zu tun ist.*

Eldar fühlte sich müde. Der Boden strahlte eine magische Anziehungskraft aus. Warum sollte er sich nicht ein wenig hinlegen? Ein bisschen ausruhen und warten auf ... auf ... Ja, worauf denn nur?

Loisies Gesicht kam seinem nahe. »Du wirst nicht einschlafen, du verdammtes Arschloch!«, sagte sie mit zornig verzerrtem Gesicht. »Du wirst bei mir bleiben, die ganze Zeit. Sieh mich an!«

Sie geiferte. Feuchtigkeit verteilte sich auf seinem Gesicht. Der Atem der jungen Frau roch süß und nach einem Gewürz, das er zwar kannte, dessen Namen Eldar aber vergessen hatte.

Er liebte sie. Er hasste sie. Er verachtete und bewunderte sie, er begehrte sie und fühlte sich von ihr angewidert. Sie war, was eine Wicca ausmachte. Ein Nein und ein Ja – und meist ein Vielleicht. Hexen, leichtfüßig und leichtgeistig, kümmerten sich wenig um Regeln. Sie taten, was ihnen gerade in den Sinn kam.

»Sieh mich an!«, schrie Loisie. »Halt den Kopf oben und wag es ja nicht, mich zu verlassen. Wenn du das tust, dann ... dann ...«

»Angst?«, krächzte Eldar. Er fühlte neue Kraft. »Du fürchtest dich vor dem Alleinsein? Du kannst doch zu deiner Lehrherrin flüchten und dich in ihrem Felshäuschen verstecken. Oder fürchtest du dich etwa davor, dass *sie* das alles hier getan hat? Ist dein Misstrauen größer als die Liebe?« Er lachte, und es tat schrecklich weh.

»Bitte«, sagte sie auf einmal sehr eindringlich und legte die Hände auf seine Wangen, »ich brauche dich.«

Sie war eine Wicca. Sie war ein Teil des Bösen, dem er in der Treibgierde begegnet war. Er durfte kein Mitleid mit ihr haben. Und dennoch spürte er etwas von diesem ganz natürlichen Zauber, der nichts mit den Fähigkeiten einer Hexe zu tun hatte. Hätte er die Kraft gefunden, er wäre aufgestanden und hätte sich vor sie gestellt und wäre vorangegangen, sie stets beschützend und für sie sorgend.

»Ich bleibe«, sagte Eldar müde und ließ zu, dass sie ihn dankbar küsste.

Das Rot hatte irgendwann und irgendwie seinen Weg gefunden. Wahrscheinlich waren es Funken gewesen, die der Wind hochgetragen und zu Hackfresses Haus getrieben hatte. Sie hatten sich festgesetzt und eine Weile unbeobachtet vor sich hin geglost, um dann irgendwann trockenes Moos zu entzünden und letztlich das Holz anzugreifen.

Eldar beobachtete die auflodernden Flammen aus gebührender Distanz. Sie leckten hoch in den Himmel, immer höher und so, als wollten sie nach den Sternen greifen. Ein Schuppen fiel eben in sich zusammen, weiterer Funkenflug entstand. Die hell leuchtende Wolke trieb hoch in den Äther und würde irgendwo niedergehen, vielleicht über einem anderen der einsam dastehenden Häuser oder Gehöfte Bludkaps. Doch das war einerlei.

»Sehen wir zu, dass wir von hier wegkommen«, sagte Loisie und zog ihn weiter, einen schmalen Trampelpfad entlang. »Bertol ist tot, doch von seinem Haus ging all das Töten und Morden aus. Weder du noch ich sind vor Nachstellungen sicher. Man wird uns für die Untaten des Wahnsinnigen verantwortlich machen.« Als er sie ansah, fügte sie eindringlich hinzu: »Liven war es nicht, und ich ebensowenig.«

»Wie kannst du dir so sicher sein, dass deine Lehrmeisterin nichts damit zu schaffen hat?«

»Ich kenne ihre Möglichkeiten und ihre Kräfte. Sie ist

eine ausgezeichnete Heilerin, und sie verfügt über bestimmte Gaben, die es ihr ermöglichen, schlimme Dinge anzurichten.« Sie erschauderte bei ihren eigenen Worten. »Aber nicht *so etwas.*«

»Fast vierzig Menschen. Tot. Ausgelöscht.« Eldar versuchte, die Zahl zu verarbeiten und zu begreifen. Fast vierzig Lebensläufe waren abrupt beendet worden. Durch einen Schwerthieb oder einen rasch geführten Schnitt mit dem Messer. Unzählige Gedanken blieben ungedacht, noch mehr Dinge ungetan.

»Sehen wir zu, dass es nicht zweiundvierzig werden«, sagte Loisie und zog ihn weiter. »Wie fühlst du dich?«

»Dafür, dass mir noch vor kurzem der Hals aufklaffte und mir Blut wie bei einem Schlachtschwein aus der Wunde spritzte, eigentlich recht gut. Du hast ausgezeichnete Arbeit geleistet.« Leise fügte er hinzu: »Danke.«

»Liven sorgte dafür, dass ich mich besonders auf dem Gebiet der Heilkünste gebildet habe. Ihrer Ansicht nach hat es weitaus mehr Sinn, Leben zu erhalten, als es zu nehmen.«

»So hätte ich sie, ehrlich gesagt, nicht eingeschätzt. Sie wirkte auf mich wie ein menschenverachtendes Biest.«

»Sei vorsichtig mit dem, was du sagst, Mann!«

»Willst du mich etwa töten, nachdem du mir das Leben gerettet hast?«

Loisie rang nach Worten. »Ich bitte dich um Respekt. Achte das, was sie und mich verbindet.«

»Was ist es denn? Freundschaft? Zuneigung? Liebe? Liebe, wie sie nicht sein sollte?«

»Du hast kein Recht, über uns zu urteilen, Eldar! Liven und mich verbindet etwas sehr Tiefes und Inniges, das du womöglich niemals kennenlernen wirst.«

Liebe … Eldar erinnerte sich mit unerwarteter Heftigkeit an Harana, jene Frau, die er anbetete und für die er alles tun würde.

»Dann gehen wir jetzt zu ihr?«, fragte er.

»Nein. Die Waldbewohner sind in den Nacht- und Morgenstunden keine besonders guten Freunde. Es wäre auch nicht gut, allzu lange zu warten. Die Menschen hier werden bald nach den vermeintlich Schuldigen suchen, also nach uns. Es muss immer einen Schuldigen geben, nicht wahr?« Loisie blickte ihn unverwandt an.

»Wird schon so sein. Wohin führt dieser Weg?«

»Richtung Osten. Dorthin, wo ich die Hohe Frau unseres Geschlechts weiß.«

»Ich halte das für keine gute Idee.«

»So war es ausgemacht, Wanderer. So wird es geschehen.« Loisie gab sich mit einem Mal wieder unbarmherzig. Ihr Griff schloss sich um seine Hand, um seine Linke. Sie drückte zu und machte, dass ihm der Wundschmerz des ausgerissenen Fingers wieder zu Bewusstsein kam.

»Du wirst gehorchen, Mann. Andernfalls …« Sie ließ die Drohung unausgesprochen, lächelte kalt und schob ihn vorwärts, auf dorniges Gestrüpp zu. Von einem ratsuchenden und hilflosen Mädchen war nichts mehr zu bemerken.

Ihre Augen leuchteten rot in der Dunkelheit, und Eldar war sich sicher, dass es sich um keine Reflexion der weit hinter ihnen hochlodernden Flammen handelte.

16. Amelia Dusong

Sie wurde hochgezerrt und auf die Beine gestellt. Sie erhielt Ohrfeigen und einen Hieb in den Magen, der ihr die Luft raubte.

»Von dieser Medizin gibt es noch viel mehr«, sagte der Mann, »wenn du auch nur einen Augenblick an Widerstand denkst.«

»Verstanden«, presste Amelia hervor, sobald sie wieder zu Atem gekommen war. Sie ignorierte den Schmerz mit jener Routine, die sie sich während der letzten Jahre angeeignet hatte. Was waren ein paar Schläge im Vergleich zu jener Pein, die sie gefühlt hatte, als man ihr den Arsch aufgerissen und sie tagelang Blut geschissen hatte. Oder als ihr ein Norde-Krieger eine nur kriechend voranschreitende Krankheit angehängt und sie tagelang geschrien hatte, weil ihr Unterleib in Feuer gestanden hatte.

Sie lebte immer noch. Mit dem Ziel vor Augen, eines Tages ihre beiden Söhne wieder in die Arme nehmen zu können.

»Und jetzt lächle. Wir werden von diesem Bauern beobachtet. Hättest du nicht geschrien und auf dich aufmerksam gemacht, dummes Ding, müsste ich dich nicht derart unsanft behandeln.«

Amelia fühlte die Gegenwart einer anderen Person. Einer … Frau?

Sie kam von hinten. Ihr Schritt war geschmeidig und fast nicht zu hören. Wie der einer Raubkatze, die ihr Opfer belauerte. Ihr Kopf war nun ganz nahe an ihrem. Sie strahlte eine besondere Wärme aus und machte, dass sich Amelias Nackenhaare augenblicklich aufstellten. »Die Wunden, die Eldar dir beigebracht hat, sind bloß oberflächlich. Ich werde sie bei nächster Gelegenheit versorgen. Oder weiter aufreißen, solltest du dich entschließen, etwas Unüberlegtes zu tun.«

»Was wollt ihr von mir?«, fragte Amelia. Sie winkte dem Bauern, der ihnen wiederum bedeutete, dass sie näher kommen sollten.

»Du bist unser Passierschein, alte Frau. Wenn landauf und landab nach einem Pärchen gesucht wird, haben drei Leute eine weitaus bessere Chance, als unverdächtig durchzugehen. Und jetzt komm!« Der Mann packte sie am Arm und schob sie vorwärts, auf den Bauern und seinen Ochsenkarren zu.

Amelia fühlte die Unruhe ihrer Begleiter. Die Hand, die sie hielt, zitterte. Die Bewegungen des Mannes wirkten hektisch. Und er stank nach kaltem Rauch, wie auch seine Begleiterin, die während des Marsches hinter ihnen blieb.

»Ich bin nicht alt«, sagte Amelia mit einem Rest von Trotz.

»Sag das mal deinem faltigen Gesicht. Ich bin übrigens Eldar. Ich würde lügen, würde ich behaupten, dass ich mich freue, dich kennenzulernen.«

»Ich heiße Amelia. Amelia Dusong. Du bist mir auch nicht sonderlich sympathisch, nachdem du mir die Haut geritzt hast wie ein Stück Fleisch, das du am Spieß grillen willst.«

»Davon ist kaum noch was zu sehen, Alte«, meinte Eldars Begleiterin und hakte sich wie eine gute Freundin bei ihr unter. »Ich habe die Blutungen gestoppt. Noch bevor der Tag um ist, spürst du nichts mehr.«

»Lächerlich!« Amelia ließ sich vorwärtsziehen, doch in

Gedanken suchte sie nach Auswegen aus ihrer kniffligen Lage. Sollte sie einen Fluchtversuch wagen, zum nahen Wäldchen, aus dem sie gekommen war? Was, wenn sie den Ackerbauern warnte? Würde er denn helfen? Oder sollte sie in einem Moment, da Eldar unaufmerksam war, nach ihrem eigenen, um den Oberschenkel gebundenen Messer fischen und darauf hoffen, dass sie rasch genug war, um zuerst den kleinen Mann und dann seine dralle junge Freundin zu überwältigen?

»Du denkst nach«, sagte die junge Frau. »Ich spüre, dass du etwas vorhast. Lass es besser bleiben.«

»Was glaubst du, was du bist? Eine Hexe, die die Gedanken anderer Wesen durchforstet?«

»Ja, ich bin eine Wicca, und mein Name ist Loisie. Aber es braucht keine Dusus, keine Hexenkräfte, um zu wissen, dass du dich auf eine Flucht vorbereitest. Dazu benötigt es bloß Menschenkenntnis und ein wenig Wissen um Muskeln, Sehnen und Nerven. Du bist angespannt, du blickst von links nach rechts, du achtest kaum auf den Weg vor dir.«

»Eine Wicca …«, echote Amelia Dusong und gab augenblicklich jeden Gedanken an Flucht auf. Sie hatte viel zu viele von diesen schrecklichen Wesen im Tross des Gottbettlers kennengelernt. Sie waren unbarmherzig, gemein und verfügten über Kräfte, denen ein normaler Mensch wie sie nicht beikam.

»Sie ist bloß ein Wicca-Lehrling«, verriet Eldar zu Amelias Überraschung, »und nicht einmal ein sonderlich guter.«

»Ach, halt bloß dein Maul!«, fuhr Loisie ihn an.

Schweigend gingen sie nebeneinander her, auf den schmalen und unterschwemmten Karrenweg zu. Der Bauer hatte mittlerweile einen fellumwickelten Krug ausgepackt und einen tiefen Schluck daraus genommen. Er war füllig und hatte eine Röte im Gesicht, die auf viele durchzechte Nächte in seinem Leben hindeutete. Er würde Amelia gewiss keine große Hilfe sein.

Es war besser, sie wartete ab, bis sie verstand, in was sie da eigentlich geraten war.

»Ein Scheißtag, nicht wahr?«, rief der Bauer zur Begrüßung und winkte ihnen mit seinem Krug zu. »So wie der gestrige und der davor.«

»Es ist wirklich kein guter Tag«, entgegnete Amelia, bevor einer ihrer beiden Begleiter etwas sagen konnte. »Du benötigst Hilfe, wie ich sehe?«

»Kann man sagen. 's Rad hat sich gelockert, und da dacht ich mir: Wart mal, bis diese drei seltsamen Gestalten daherkommen und dir helfen. Ist ja nicht eilig. Zu Hause wartet eh bloß noch mehr Arbeit und das Weib, dessentwegen ich das Saufen angefangen hab. Prost! Ich bin Marte. Marte vom Viert.« Der Bauer leerte den Rest des Krugs in einem Zug, rote Flüssigkeit rann in seinen grauweißen Bart und über die Brust des verschmutzten Hemds. Er warf den Krug auf die Pritsche seines mit runzligen Kartoffeln halb gefüllten Gefährts und winkte dann Amelia samt ihren Begleitern, näher zu kommen.

»Helft mir, da rauszukommen, ihr drei Hübschen, und ihr bekommt eine warme Mahlzeit in meinem Heim. Ich an eurer Stelle würde das Angebot ablehnen. Weil ich weiß, dass meine Frau, die alte Giftmischerin, kochen wird.« Der Bauer lachte dröhnend. »Aber selbst der schlechteste Fraß macht satt, nicht wahr, und so wie ihr ausseht, ernährt ihr euch seit Tagen von Wurzelwerk und Beeren.«

»Danke für die Einladung«, sagte Eldar, »aber wir kommen ganz gut allein zurecht. Wir helfen gern und …«

»Keine Widerrede, ist das klar? Macht schon, helft mir mit dem Rad! Und dann ab nach Hause, zur alten Waidra, der Zierde meines Heims, der fetten Sau.«

Marte streifte Handschuhe über und reichte ein weiteres zerschlissenes Paar an Eldar weiter. Loisie blieb unbedacht, Amelia ebenfalls. Die beiden Männer packten Hölzer unter das Rad und wuchteten das Gefährt hoch. Die Ochsen, die nach wie vor angeschirrt waren, ließen alles teilnahmslos über sich ergehen. Auch, als Amelia und Loisie das frei schwebende Rad mit Hämmern auf die Radnabe zurückklopften, blieben sie stoisch und unberührt von all dem Geschrei, dem Geächze und Gefluche.

Amelia stöhnte. Das Werkzeug war viel zu schwer. Ein jeder Schlag, den sie gegen das Rad setzte, sandte Schmerz durch ihren müden Körper. Marte, der neben ihr knöcheltief im Schlamm steckte, der heftig schwitzte vor Anstrengung, rief ihr Anweisungen zu.

Amelia verstand kaum ein Wort. Der stiernackige Bauer verfiel immer stärker in seinen heimatlichen Dialekt. Die Muskelstränge um seinen Hals und um den Nacken traten immer mehr hervor. Sie tat, was sie für richtig hielt. Loisie, die ihr gegenüberstand, jung und unverschämt hübsch, wusste wohl auch nicht so richtig, was der Dicke von ihnen wollte.

»Sganzoben diemittlereGreiße«, keuchte er. »Hoppelnund tarnieren. Tiefgut rebeln, machtschon machtschon!«

Alle vier stöhnten sie, alle vier erreichten sie die Grenzen ihrer Kräfte. Doch irgendwann war die Arbeit getan und der Bauer zufrieden. Auf sein Kommando hin setzten sie das Rad sacht auf dem Boden ab, verschwitzt und keuchend wie brünstige Otor-Hirsche.

»Sgeht doch, sag ich ja, nicht wahr?« Marte lehnte sich keuchend gegen den Holzverschlag des Wagens und prustete Speichel umher. Er schöpfte brackiges Wasser aus einer Bodenlache und verrieb es auf seine derben, vernarbten Hände, sodass sie noch schmutziger wirkten als zuvor. »Das Essen habt ihr euch redlich verdient.«

»Bist du sicher, dass das Rad nun wieder hält?«, fragte Eldar.

»Selbstverständlich!« Der Dicke klopfte gegen die Deichsel.

»Der Holzkern ist gut, da kann nichts passieren. Ich muss das Rad bloß noch mit Keilen fixieren, nicht wahr? Da, nehmt mal 'nen Schluck.« Er holte einen weiteren Krug unter den Kartoffelbergen hervor, entkorkte ihn, ließ Flüssigkeit in seine Kehle gluckern und reichte den Krug dann an Eldar weiter. »Ich mach das rasch. Noch bevor ihr dreimal das Gamanal-Heilgebet aufgesagt habt, bin ich mit der Arbeit fertig. Trinkt nur, trinkt, nicht wahr?«

»Danke.« Eldar nahm die Flasche an sich und nippte vorsichtig am Alkohol.

Amelia fühlte ein seltsames Ziehen am Hals. Ein Gefühl, das stets mit der Vorahnung von etwas Schrecklichem einherging. Sie sah das Unglück kommen, weil sie in ihrem Leben schon viel zu viel Unglück erlebt hatte und ihre Sinne entsprechend geschult waren.

Es wunderte sie ganz und gar nicht, als Eldar sein Messer zog und das Leben von Marte dem Geviert mit einem sorgfältig und ruhig geführten Stich in dessen Hals beendete.

»Warum hast du das getan?«, rief Loisie. Die junge Frau war völlig außer sich, wie Amelia mit seltsamer Genugtuung feststellte. »Es war doch alles in Ordnung! Er hatte keinerlei Verdacht geschöpft, war freundlich, wollte uns in sein Haus bitten. Du verdammter Idiot, du …« Sie warf sich auf Eldar, schlug und kratzte ihn, trat ihn, während Tränen aus ihren Augen quollen.

»Ganz ruhig, Loisie.« Eldar wehrte ihre Angriffe mit einer übernatürlichen Ruhe ab, die Amelia Angst machte. Er hatte sein Messer zu Boden fallen lassen und umklammerte nun Loisies Hände, um sie dann so nahe an sich zu ziehen, dass sie kaum mehr Bewegungsfreiheit hatte. »Schscht, es ist alles in Ordnung. Hör mir zu, nur für einen Augenblick.«

Amelia trat einen Schritt näher. Das Messer … es lag da, völlig unbeachtet. Das war ihre Chance: Solange die beiden seltsamen Gefährten miteinander stritten, nach dem Messer greifen, rasch zustechen, in die Magengegend – so hatte sie es im Tross des Gottbettlers gelernt. Dann einige Schritte zurücktun und warten, bis ihre Feinde umfielen und verbluteten.

Da war ein Blick von Eldar, der sie alle Pläne vergessen ließ und machte, dass sie sich am liebsten vor ihm in den Schlamm geworfen hätte. Sein Gesicht blieb teilnahmslos, während die Augen, diese schrecklichen Augen, von jenem kalten Zorn kündeten, den die Götter am Vorabend des Weltuntergangs zeigen würden. Derlei hatte sie in ihrem Leben nur einmal gesehen. Damals, als sie dem Heerführer des Gottbettlers, Metcairn Nife, begegnet war und er in seiner Allmacht beschlossen hatte, sie, die ehrwürdige Frau eines der reichsten Händler in Moina, zur Hure zu machen.

Dieser Mann vor ihr … er war wie der Heerführer. Stark und schwach zugleich. Von einem schrecklichen Geist besessen, der ihn wie ein wütender Dämon wirken ließ.

Amelia trat zurück. Die Wunden, die Eldar ihr beigebracht hatte, begannen plötzlich wieder zu schmerzen. Sie empfand Angst wie selten zuvor, und sie würde sich ganz gewiss keine Handbreit weiter auf das Messer zubewegen.

Der Mann wandte sich erneut Loisie zu. Er hielt sie fest, von einer Kraft beseelt, die ganz und gar nicht zu diesem schlanken, fast dürren Körper passte. »Sieh dir an, Mädchen, was Marte in seinem Wagen verborgen hielt. Dort, wo er eben hingreifen wollte.« Eldar schob Loisie vor sich her und zwang sie, über den Karrenrand zu blicken.

Die beiden kümmerten sich nicht mehr um Amelia. Sie hätte das Messer aufnehmen und davonlaufen können. Niemand wäre ihr gefolgt.

Doch sie konnte unmöglich von hier verschwinden, es war zu spät. Ohne ihr Zutun war sie in Geschehnisse hineingezogen worden, mit denen sie nichts zu schaffen hatte, die aber dennoch eine Sogwirkung auf sie ausübten, der sie sich nicht entziehen konnte. War es die – vorgebliche – Wicca, war es der unheimliche Mann? Was geschah mit ihr? Warum war das Schicksal ihrer beiden Kinder mit einem Mal nicht mehr so wichtig, warum verschwanden ihre eigenen Probleme hinter einer Nebelwolke?

Sie trat neben Loisie und Eldar. Beide starrten sie auf ein langes Messer, das mit ein wenig gutem Willen auch als Schwert durchgehen konnte. Daneben lag, von den Kartoffeln halb verdeckt, ein schartiges Schild mit einem Emblem, das Amelia nur zu gut kannte. Es zeigte eine Raubvogelkralle, das Symbol des Gottbettlers.

»Dieser vorgebliche Bauer trug viel zu viele Kampfnarben an Armen, Brust und Nacken«, sagte Eldar. »Mag sein, dass er seit zwei oder drei Jahren hier lebte und Fett angesetzt hat. Dennoch war er ein Kämpfer. Ein Schlächter. Er hat uns gemustert und abgeschätzt. Hat womöglich Gefahr gerochen. Marte nutzte uns und die Gelegenheit und ließ sich bei der Reparatur dieses verdammten Karrens helfen. Als Nächstes hätte er dieses Schwert gegen mich gerichtet. Womöglich auch gegen dich, Amelia, denn für ihn warst du eine nutzlose alte Frau, die ihm kaum Geld eingebracht hätte. Doch dich, Loisie, hätte er irgendwo verkauft. In der Stadt oder einem umherziehenden Sklavenhändler.«

»Du vergisst, wer und was ich bin«, widersprach Loisie, die nun noch blasser als zuvor wirkte.

»Ein Gör, das meint, ausreichend Dusus zu haben und gegen alle Fährnisse dieser Welt gewappnet zu sein«, antwortete er spöttisch. »Und das vergisst, dass es außerhalb des

Wirkungskreises seiner Herrin über kaum ausreichend Kräfte verfügt, um einem alten Weib die Warzen von den Zehen zu entfernen.«

»Das ist nicht wahr!«, empörte sich die angehende Wicca. »Ich werde dir beweisen …«

»Du kannst mir beweisen, was du willst«, unterbrach sie Eldar. »Aber nicht hier, nicht jetzt. Wir verschwinden so rasch wie möglich. Martes Frau wird ihn gewiss nicht gleich vermissen. Vermutlich wird sie froh sein, eine friedliche Nacht ohne ihn verbringen zu dürfen.«

»Du vergisst, dass uns auch andere Leute auf den Fersen sind.«

»Solche, die ihre Heimat wahrscheinlich niemals weiter als eine Tagesreise verlassen haben und zu Tode erschrecken, sobald sie einen schneebedeckten Berg sehen. Sie werden umkehren.«

Wieder sprach er mit derartiger Überzeugung, dass Amelia auch nicht den geringsten Zweifel an der Richtigkeit seiner Worte hatte. Und selbst Loisie, die als Wicca über geschärfte Sinne und eine besondere Widerstandskraft verfügte, nickte zögernd.

»Wir machen es so, wie du's sagst. Auch wenn ich glaube, dass uns die Überlebenden aus Bludkap folgen werden.« Die junge Hexe deutete mit dem Kopf auf Amelia. »Was willst du mit ihr anfangen? Sie zurücklassen?«

»Am vernünftigsten wäre es, sie ebenfalls zu töten. Sie hat ihren Zweck erfüllt.«

Die Kälte in Amelias Brust breitete sich weiter aus. Sie erfasste Arme und Beine, ließ die Gedanken in ihrem Kopf einfrieren.

So einfach war das also, und so sinnlos würde ihr Tod sein? Bloß, weil sie zur falschen Zeit am falschen Ort gewesen war und zufällig die Wege dieser beiden Verrückten gekreuzt hatte, würde man sie töten und irgendwo im Morast verscharren?

»Nein!«, sagte jemand, und Amelia wunderte sich wohl mehr als Loisie und Eldar, dass sie es war, die das Wort ergriff. »Ihr werdet mich nicht töten. Nicht so. Ich erlaube das nicht.«

»Du erlaubst das nicht?« Eldar schnaufte verächtlich. »Als ob du irgendwas zu sagen hättest!«

»Und ob ich das habe!« Amelias Herz schlug laut und schnell, ihre Beine wollten sie kaum noch tragen. Doch sie redete weiter, ohne nachzudenken und mit einem Gefühl, das die Angst allmählich verdrängte: mit dem Gefühl des Ärgers. »Ich weigere mich, hier zu sterben. Hast du mich verstanden, du ... du Mörder? Ich hatte Dutzende – nein, Hunderte! – von dir auf mir und in mir, und ich habe sie alle ertragen. Die Hässlichsten, die Fettesten, die Stinkendsten. Ich hab mir ihr sinnloses Gebrabbel angehört, nachdem sie mehrere Krüge vom Sauren getrunken hatten, und habe es ertragen, dass sie sich über meinem Körper erbrachen. Ich habe Leute wie dich in allen meinen Körperöffnungen stecken gehabt. Habe mich schlagen lassen, weil sie es wollten, und habe sie geschlagen, weil sie es brauchten. Sie haben mich angepisst und noch ganz andere Dinge mit mir angestellt, von denen ihr euch keine Vorstellung macht.«

Da war Wut. Ein Tuch, das sich allmählich über ihren Blick legte und alles rings um Amelia rot färbte. Eldar und Loisie waren nur noch Flecken inmitten dieser Gefühlsflut, die die Herrschaft über sie übernahm und sie zu einem Menschen machte, dem sie zuvor noch nie begegnet war.

Es fühlte sich großartig an.

»Ich habe eine Aufgabe. Ich muss meine Kinder finden. Ich muss sie noch einmal sehen und mich vergewissern, dass es ihnen gut geht. Dass sie den Wirren während des Niedergangs des Reichs des Gottbettlers lebend entkommen sind. Und wenn das erledigt ist, dann kann ich sterben.« Amelia trat an Eldar heran, so nahe, dass sie mit ihrer Nasenspitze sein Kinn hätte berühren können, und sah nach oben. Sie roch seinen Atem. Er roch nach Alter. »Ich werde weiterleben. Hast du verstanden?«

Eldar versuchte, ihrem Blick zu widerstehen. Jener Mann, vor dem sie eben noch im Schlamm hatte kriechen wollen, gab nach. Wie ein kleines Kind, das Angst um sein geschnitztes Spielzeug hatte und nun brav sein würde, um es behalten zu dürfen.

»Du wirst weiterleben«, sagte er und wandte sich ab. Er tat ein paar rasche Schritte weg vom Karren, und es wirkte wie eine Flucht.

17. Nerbo Falthaut

Pirmens Spur war nicht schwer zu verfolgen. Der Magicus hatte sich jener Söldner entledigt, die Gafelay auf ihn gehetzt hatte, und war dann in seinen Turm zurückgekehrt, um Ausrüstung zu sammeln und in Richtung Südosten zu reisen, hin zur Cabrischen See, den Küstenverlauf der Halbinsel Forkan entlang, bis zu dieser erbärmlichen Ortschaft namens Bludkap.

»Es sieht nicht gut aus hier«, meinte Xingo, der sich tief in den Leib Nerbo Falthauts zurückgezogen hatte und sich in letzter Zeit nur selten zu Wort meldete.

»Viele Tote«, stimmte der Barbar zu. »Keine Verletzte. Hier hat jemand ausgezeichnete Arbeit geleistet.«

»Meinst du, dass ein einziger Mann so etwas zustande bringt?«

»Selbstverständlich.«

»Und glaubst du, dass dieses seltsame Geschöpf aus der Treibgierde der Täter war?«

»Weiß nicht.« Nerbo Falthaut ging die Totenberge ab, einen nach dem anderen. Er hob hier einen Arm und bewegte dort einen abgetrennten Kopf. Der Wind zerrte an den Leichenteilen. Irgendwo klapperten lose Kieferhälften aufeinander. Die Toten waren auf flachen Holzgestellen aufgebahrt worden, wie es den hiesigen Sitten entsprach, damit Mutter See gemeinsam mit den Hinterbliebenen trauern konnte. Man hatte die Leichen mit einer dünnen Salzschicht überzogen. Erst in einigen Tagen würde man sie verbrennen.

»Sie haben Angst vor uns«, meinte Xingo. Er übernahm die Kontrolle über den geteilten Körper und deutete mit dem rechten Arm in die Richtung mehrerer Ruinen. In einigen glosten noch Feuer, andere waren gänzlich niedergebrannt. In zwei Hütten jedoch, die kaum besser als die zerstörten aussahen, gingen die Türen auf. Die Umrisse mehrerer Menschen waren zu sehen. Sie blieben, wo sie waren, um sich nach einer Weile wieder in ihre Heime zurückzuziehen.

»Jedermann fürchtet das Unleben«, antwortete Falthaut. »Man riecht und spürt, dass wir anders sind.«

»Dabei sind wir so viel mehr als sie …«

Sie hoben gemeinsam einen Rumpfteil auf, der schlecht verankert gewesen und vom Gestell gerutscht war. Da war fahles Fleisch unter einer Kruste, die einstmals eine Hose gewesen sein mochte. Unter der Haut rumorte es. Fette Fleischfliegen bohrten Löcher, Würmer und Käfer taten sich an der unerwarteten Beute gütlich.

Falthaut fuhr mit der Fingerkuppe die Kante einer Hackspur entlang, streifte über Fleisch und Knochen, über eine raue Salzschicht und gestocktes Blut. Der Mörder hatte diesen Menschen mit einem einzigen Hieb in zwei Hälften geteilt. »Für all diese Toten ist ein einziges Wesen verantwortlich«, sagte er. »Ein Linkshänder mit großen Kräften. Er ist schnell, arbeitet mit einer beidseitig geschliffenen, kurzen Klinge. Manchmal will er bloß Knochen brechen, manchmal amputieren.«

»Er arbeitet also ähnlich wie wir.«

»Wir schlagen zu, um Probleme zu beseitigen und zu töten. Dieser aber hat Freude am Schlachten. Er könnte ein Söldner sein.«

»Ich verstehe.« Xingo befahl dem geteilten Körper, weg vom

Totengestell zu gehen und hin zu den Kreidefelsen der Küste. Unter ihnen breitete sich der Fischerhafen aus. Im Halbdunkel der hereinbrechenden Nacht waren die in der Ebbe gestrandeten Fischerboote schemenhaft auszumachen, etwa fünfzig Schritte unter ihnen. Möwen kreisten über Molen und krächzten ihre Enttäuschung darüber hinaus, dass während der letzten Tage keines der Boote mehr ausgelaufen war, sodass auch sie leer ausgegangen waren.

»Was, wenn es Pirmen war, der diesen Überfall anordnen ließ?«, fragte Xingo.

»Das verstehe ich nicht.«

»Wir wissen, dass sich das Wesen aus der Treibgierde in Bludkap aufgehalten hat. Pirmen machte sich auf den Weg hierher, um sich über dieses Geschöpf zu erkundigen. Teils tat er dies aus Eigenantrieb, teils weil Gafelay ihm einen Wink gegeben hat. Nun kommt Pirmen mit seinem Gefolge an und versteckt sich. Es geschieht nichts. Tagelang bleibt Eldar an Ort und Stelle. Pirmen wird nervös, weil er weiß, dass Gafelay ihn nicht einfach so handeln lassen wird und er ein eigenes Interesse am Wesen aus der Treibgierde hat. Also sorgt Pirmen dafür, dass etwas geschieht. Er macht, dass Eldar von hier verschwinden muss.«

»Du bist schlau«, sagte Nerbo Falthaut. »Aber woher will Pirmen denn wissen, dass sich Eldar in Richtung einer Hexenburg absetzt?«

»Das ist die falsche Frage«, meinte Xingo. »Woher wusste *Gafelay* davon, dass sich Pirmen eine Hexenburg als Ziel aussuchen würde? Ich denke, wir müssen uns damit abfinden, eine kleine Figur in einem großen Spiel zu sein. Und wir müssen damit rechnen, dass diese kleine Figur geopfert werden soll.«

»Ja.« Falthaut spuckte aus. Es war Schleim, vermengt mit dunklen Ablagerungen, die sich während der Zeit, da er nichts getan hatte, in seinem Inneren angehäuft hatten.

Sie starrten beide lange in die Tiefe, auf Fischerboote, die niemals mehr auslaufen würden, gemeinsam in einem Körper gefangen und in eigenen, völlig unterschiedlichen Gedanken versunken. Bis sie zu dem Entschluss kamen, aufzubrechen und Pirmen zu folgen.

18. Eldar

Das Hügelland, das sie umgab, galt als die Kornkammer eines Königreichs namens Süd-Aenas. Doch die Sicht reichte kaum weiter als zehn Schritte. Handtellergroße Schrecken hupften vor und neben ihnen her, Hunderte oder gar Tausende von ihnen. Die Viecher kümmerten sich nicht um ihre menschlichen Begleiter. Die schwärmenden Insekten waren viel zu sehr damit beschäftigt, sich an den fetten Ähren des Wintergetreides sattzufressen, nur ab und zu gestört von um die Ernte bangenden Bauern, die Singkugeln an langen Bändern durch die Luft kreisen ließen. Die hölzernen sowie metallenen Werkzeuge imitierten Fressrufe von Staren, Drosseln sowie anderen beutesuchenden Vögeln.

»Das war eine gute Idee von dir«, lobte Eldar Amelia Dusong. »Die Schrecken hüllen uns ein, und niemand wagt sich weiter als dreißig Schritte an uns heran. Woher wusstest du, dass die Tiere uns nichts anhaben?«

Die Hure schnappte nach einer der Schrecken und hielt sie mit halb geöffneter Faust fest. Mit den anderen Hand deutete sie auf die weißen Streifen entlang der Mandibeln. »Daran sieht man, dass sich die Weibchen in der Ruhephase befinden. Noch vor drei Wochen wären die Streifen eher rötlich gewesen. Dann hätten wir um unser Leben rennen müssen – und dennoch kaum eine Chance gehabt.«

Amelia ließ das Tier los. Es flog weit davon und landete dann zwischen abgefressenen Ährenresten, um schreckstarr hocken zu bleiben, fast nicht zu erkennen.

Eldar betrachtete die Frau mit neu erwachtem Interesse. »Ich wiederhole meine Frage: Woher wusstest du, dass uns die Schrecken nichts antun?«

Amelia zuckte mit den Schultern. »Ich bin eine Frau, ich bin seit Jahren unterwegs, ich lebe noch – und das hat seinen Grund. Ich muss viel wissen, mehr als andere Menschen, um allein durchzukommen. Ich lerne, wo immer ich kann.«

»Wo kommst du eigentlich her?«, fragte Loisie. Die junge Wicca kickte eine verendete Schrecke beiseite, Dutzende Artgenossen stürzten sich auf das tote Tier und fraßen es auf.

»Ich stamme aus dem Land Lirballem. Die meiste Zeit verbrachte ich in Moina, der ehemaligen Stadt der Tuchhändler.«

»... die völlig abgebrannt ist, nicht wahr?«

Amelia spuckte aus. »Die Truppen der Gottbettler haben ganze Arbeit verrichtet.«

Eldar drängte sich zwischen die beiden Frauen. Der Gang ihrer neuen Begleiterin wirkte schleppend. So, als laste das Gewicht vieler schlechter Erfahrungen auf ihr. Und dennoch meinte er, an Amelias Art, einen Fuß vor den anderen zu setzen, etwas zu sehen, das nicht zu Schmerz, Demut und Angst passte.

»Du bist ungewöhnlich«, sagte er leise.

»So wie du. Wenn es denn stimmt, dass du aus der Treibgierde geflohen bist.«

Amelia war schlagfertig und war intelligent. Ihr Blick wirkte wach. Wenn sie sich unbeobachtet fühlte, tat sie Dinge, die keinesfalls zu einem Weib aus niederem Rang passten. Sie pflegte ihre Zähne morgens und abends mit einem Borstenpinsel, achtete trotz ihrer eingeschränkten Möglichkeiten auf Körperpflege und wählte ihre Worte mit Bedacht.

»Zeig mir deine Hände!«, forderte er sie auf.

Amelia hielt ihm zögernd die Linke und dann die Rechte hin. Die Handinnenseiten waren schwielig, Schmutz klebte tief in den feinen Fingerrillen. Es waren die Hände einer Frau, die ihre beste Zeit längst hinter sich hatte und nur noch wenige Jahre von Gicht sowie anderen Alterskrankheiten entfernt war. Und dennoch ...

»Das genügt mir, danke«, sagte Eldar.

»Und was sagen dir meine Hände? Kannst du aus ihnen mein Schicksal lesen? Hast du die Linien verfolgt und meine Zukunft erkannt?«

»Nein, Amelia. Es gibt richtigen Zauber, und es gibt betrügerischen Zauber. Die Astrologie gehört meiner Ansicht nach zu Letzterem.«

»Was wolltest du also sehen?«

Eldar blickte zur Seite, er wollte nicht auf Amelias Frage eingehen. Rechts von ihnen schlängelte sich ein schmales Gewässer durch die Landschaft, von niedrigem Strauchwerk umgeben. Auf dem Wasser schwammen Ährenreste und im Fressrausch gestorbene Schrecken. Nur an einer Stelle, dort, wo das Wasser über Steine mehrere Handbreit tief plätscherte, war die Oberfläche frei davon.

»Füllst du unsere Wasserflaschen?«, fragte Eldar und hielt Loisie seinen Lederbeutel hin.

»Sie sind doch noch halb voll!« Die Wicca beäugte ihn misstrauisch.

»Sollten die Schrecken auf ihrem Weg Richtung Osten vom Gewässer abweichen, müssen wir vorbereitet sein. Derzeit marschieren wir im Haupttross mit, und wir bewegen uns wie im inneren Auge eines gewaltigen Wirbelsturms. Sobald wir ihn verlassen, müssen wir gewappnet sein.«

Eldar hatte offenbar keine Lust auf weiteres Gerede, denn

er drückte der jungen Frau den Lederschlauch in die Hand und deutete streng nach rechts. Sie gehorchte seinen Anweisungen, nicht, ohne ihn zuvor mit einem bösen Blick zu bedenken.

»Und nun zu uns beiden.« Eldar wandte sich Amelia zu, kaum, dass ihre Begleiterin außer Hörweite war. »Die Wicca mag keine Ahnung haben, wer und was du warst, aber mich kannst du nicht täuschen.«

»Was … was willst du damit sagen?« Amelia tat einen Schritt zur Seite.

»Ich sehe Finger, die einmal schlank waren. Außerdem hast du an den meisten Ringe getragen, wahrscheinlich welche aus Gold, nicht wahr?«

Amelia schwieg.

»Du warst reich. Du warst hoch oben und bist umso tiefer gefallen …«

»Spielt das denn eine Rolle?«, fiel ihm die Hure ins Wort. »Ihr beide zwingt mich einen Weg zu nehmen, der mich ins Nirgendwo führt und auf alle Fälle weit weg von den Spuren, die mich zu meinen beiden Söhnen bringen könnten.«

»Hör schon auf, Amelia! Du hast keine Ahnung, wo sich deine beiden Bälger herumtreiben. Du weißt nicht einmal, ob sie noch am Leben sind. Du vergeudest deine wertvolle Lebenszeit mit der Suche nach ihnen, statt dich um dich selbst zu kümmern.«

»Mich gibt es nicht mehr, Eldar«, sagte die Frau mit monotoner Stimme. »Ich bin nur noch ein Schatten dessen, was ich früher war. Die hoch angesehene und verehrte Frau Amelia Dusong aus Moina, die einen reichen, aber impotenten Pfeffersack zum Mann, die dutzendweise Verehrer zu ihren Füßen oder in ihrem Bett liegen hatte, die ist schon vor vielen Jahren gestorben.« Sie zuckte mit den Schultern. »Ich mache nur deshalb ein Geheimnis aus meiner Herkunft, weil sie einen gewissen Menschenschlag wütend oder eifersüchtig macht. Ich brauche keine weiteren Probleme.«

»Das kann ich mir vorstellen.«

»Nein, kannst du nicht.« Wiederum war ihre Stimme frei von jeglicher Leidenschaft.

»Also schön.« Eldar empfand Ärger. Er hatte in ihr eine gebrochene Frau gesehen, die sich leicht beeinflussen ließ und ihm irgendwann einmal als Werkzeug dienen würde. Doch nun zeigte sich, dass sie weit mehr als eine einfältige Hure war, die er bedenkenlos manipulieren konnte. »Diese Sache mit deiner Herkunft bleibt unter uns.«

»Du hast Geheimnisse vor Loisie?«, spöttelte Amelia. »Und ich dachte, ihr wärt ein Herz und eine Seele.«

»Lass den Unsinn!« Die junge Wicca war bereits auf dem Rückweg. Eldar blieb nur noch die Zeit für wenige Worte. »Loisie treibt ein falsches Spiel, so viel steht fest. Sie wird mich in einer Hexenburg abliefern und mich einer ihrer mächtigsten Freundinnen überlassen. Wenn es so weit kommt, möchte ich gewappnet sein – und ich benötige eine Verbündete. Eine Frau. Eine, die sich in der Hexenburg frei bewegen kann.«

»Du erwartest Unterstützung von mir? Nach dem, wie du mich behandelt hast?«

»Ja. Und weißt du, warum? Weil du eine intelligente Frau bist. Weil du die Worte Kosten und Nutzen kennst und alles unternehmen wirst, heil aus dieser Sache herauszukommen.«

»So wie du auch.«

»Stimmt. Ich habe keinerlei Interesse daran, für den Rest meines Lebens am Gängelband einer Wicca zu hängen.«

Amelia sah Eldar prüfend an. »Ich denke darüber nach«, sagte sie.

»Worüber denkst du nach?«, fragte Loisie, die nun in Hörweite war und gleich darauf Eldar den Trinkschlauch in die Hand drückte.

»Ob ich für eine größere Essensration die Beine für deinen Freund breit mache«, log Amelia, ohne mit der Wimper zu zucken. »Hier und sofort. Wenn du möchtest, kannst du dabei zusehen. Oder bereitet es dir Freude, mit Hand anzulegen?«

»Ihr beide seid widerlich!« Loisie verzog das Gesicht. »Ihr macht aus Liebe und Zärtlichkeit etwas, vor dem mir graust.«

»Du bist noch zu jung, um zu erkennen, dass Liebe und Zärtlichkeit Krankheiten des Herzens sind«, sagte Amelia, ohne den Blick von Eldar zu lösen. »Sie machen, dass wir blind und taub und unempfänglich für die Wahrheit werden. Sie steuern uns, und meist führen sie uns in einen Abgrund, aus dem es kein Zurück mehr gibt.«

»Lassen wir das Thema«, unterbrach Eldar die Hure, »bevor ihr euch gegenseitig die Augen auskratzt. Sehen wir zu, dass wir den Schrecken hinterherkommen.«

Die beiden Frauen setzten sich in Bewegung. Doch sie behielten mindestens zwei Mannslängen Abstand zueinander. Eldar ging zwischen ihnen. Schon nach kurzer Zeit befand er, dass das Schweigen der beiden giftiger und schädlicher war als jeder Streit …

Der Schwarm fiel während der Nachtstunden in einen kollektiven Schlaf, aus dem gut ein Zehntel der Schrecken nicht mehr erwachte. Sie waren am Ende ihres Lebenszyklus angelangt. Nur die stärksten Exemplare, also jene, die am meisten gefressen hatten, würden die nächsten Tage überleben und sich mit einer Königin vereinen, um nach der Begattung von ihrer Herrscherin aufgeknackt und gefressen zu werden.

Noch war keine Königin erkoren, noch stritten sich die jungen Damen des mitreisenden Hofstaats um die verantwortungsvolle Aufgabe, über den Winter hinweg mehrere Millionen Eier legen zu dürfen. Irgendwo in einer Senke, nicht weit von hier, würde sich die Siegerin des mörderischen Intrigenkampfes ins Erdreich eingraben und weiße, kugelige Massen aus ihrem geschwollenen Körper pressen.

Königin. Hofstaat. Hierarchien. Einer frisst den anderen. Das arbeitende Volk schuftet bis zur Erschöpfung und erhält zur Belohnung einen völlig banalen Tod ...

Eldar war sich nicht mehr sicher, ob er über Schrecken oder über die Angehörigen intelligenter Völker nachdachte. Es schien keinen Unterschied zu machen. Er stand auf und legte einige dürre Äste ins schwach glosende Feuer. Loisie lag neben ihm, den Flammen zugewandt. Sie atmete tief und regelmäßig.

Wer war er? Was hatte er hier zu suchen? Selbst wenn er es schaffte, Harana zu befreien, was machte das für einen Unterschied? Diese neue Zeit bot nichts als Mord und Totschlag. Es gab Fronten zwischen den Völkern, zwischen den Königreichen, zwischen den Geschlechtern. Man beäugte einander misstrauisch und war jederzeit bereit, die Waffe blankzuziehen.

Aber war es in seiner Zeit anders gewesen? Eldar vermochte es nicht zu sagen. Doch er fühlte, dass er ein hervorragender Diplomat gewesen war, der es verstanden hatte, Einigkeit zwischen zweien oder mehr Parteien mittels geschliffener und nuanciert vorgetragener Worte herzustellen.

Er schrak hoch, als er ein leises Knacksen hörte. Amelia näherte sich ihm, auf eine Weise, die er ganz und gar nicht mochte. »Wir verschwinden besser, Wanderer«, sagte sie kurz angebunden. Sie deutete auf jenen mannshohen Schreckenhaufen, in dessen Innerem die männlichen Nomadentiere um die Gunst der Königin buhlten. »Morgen mag es schon zu spät dafür sein.«

»Gut«, sagte Eldar im Flüsterton. »Auch wenn wir uns damit unseres Schutzes berauben.«

»In zwei Tagen erreichen wir Torhauvn. Dort können wir untertauchen und sind sicher vor den Nachstellungen unserer Jäger. Sind sie denn immer noch hinter uns her?«

»Die Gefahr besteht. Ich habe ein unangenehmes Gefühl im Nacken, und Loisie meint, dass ihre Landsleute ein ausgeprägtes Ehrgefühl hätten.«

»Loisie kann für sich selbst sprechen«, mischte sich die junge Wicca ein. Sie drehte sich ihm zu und bedachte Eldar mit bösen Blicken. »In Bludkap waren Verleumdung, Schlägereien, Betrug und Ehrabschneidung lustiger Zeitvertreib. Was soll man neben dem Fischfang und der Arbeit als Sauter auch anderes tun, als sich gegenseitig eins auszuwischen? Die reiche Steilstadt Arabeor ist zu weit weg, und die Bewohner anderer Dörfer ringsum waren uns nicht gerade gut gesinnt.«

Eldar wollte etwas sagen, doch Loisie bedeutete ihm mit einer entschiedenen Handbewegung zu schweigen. »Doch ein Mord ist ein Mord«, fuhr sie fort, »und da gut drei Dutzend Mitglieder der Dorfgemeinschaft grausam umgebracht worden sind, werden selbst diese Leute zusammenfinden, um den Mörder zu jagen. Wenn's denn sein muss, bis ans Ende der Welt.«

»Wir waren es doch gar nicht!«, ärgerte sich Eldar.

»Alle Spuren deuten in unsere Richtung. Wir waren die beiden einzigen Überlebenden des Massakers. Du ein Fundstück aus der Treibgierde, ich die Außenseiterin einer Familie, die ausschließlich aus Außenseitern bestand. Das reicht allemal aus, um uns mit rostigen Eisenstangen zu vergewaltigen und uns die Gedärme rauszureißen – wenn auch nicht unbedingt in dieser Reihenfolge.«

»Tut es dir denn nicht leid, dass deine Eltern ums Leben gekommen sind?«

»Nein, ich hatte niemals etwas mit ihnen zu schaffen. Meine Heimat war dort, wo Liven war. Im Wald, am See, in ihrer Hütte … Sie allein gab mir das Gefühl der Geborgenheit.«

»Und du glaubst nicht, dass sie dich für ihre Zwecke missbraucht hat?«

Loisie sprang auf, gab ein Fauchen von sich und stand da, angriffsbereit, mit krallenartig gekrümmten Fingern, wie ein Raubtier, das auf die erste Bewegung seines Opfers wartete. »Wag es nicht noch einmal, ein schlechtes Wort über Liven zu verlieren, Mann!«, drohte sie. »Ich habe bei ihr alles gelernt, was man über Liebe, Zuneigung und Leidenschaft wissen muss! Nie hat sie mir etwas Böses angetan, nie mein Vertrauen missbraucht. Sie war immer für mich da!«

Eldar blieb ruhig, aber in Abwehrposition. Er betrachtete die von ihren Fingern tropfende Flüssigkeit, giftgrün und dickflüssig. Sie war einem Zauber geschuldet, den Loisie instinktiv anwandte. Ein Kratzer ihrer Fingernägel mochte reichen, um ihn zu lähmen oder gar zu töten.

»Eldar hat es sicherlich nicht so gemeint«, mischte sich Amelia zu seiner Überraschung ein.

»Willst du für einen Mann Partei ergreifen?«, fuhr Loisie sie an, ohne den Blick von Eldar zu nehmen. »Ausgerechnet du? Männer haben dich geschändet, aus deiner Heimat vertrieben, haben dir Stolz und Ehrgefühl und die Schönheit genommen. Dennoch stellst du dich auf seine Seite?«

»Das tue ich nicht.« Amelia ging Schritt für Schritt auf die Wicca zu. »Ich werde niemals vergessen, was man mir angetan hat.«

Eldar behielt die Rechte ganz nah am Messergriff, während er den beiden Frauen zuhörte. Er verspürte keine Angst. Da war ein Gefühl tief drin in ihm, das ihm sagte, dass die Hexe in einem Zweikampf kaum eine Gefahr für ihn darstellte. Nicht jetzt, nicht hier.

»Geh mir aus dem Weg, Amelia! Ich habe den Auftrag, den Wanderer zur Hexenburg zu schaffen.« Loisie duckte sich noch tiefer. »Aber niemand hat mir gesagt, in welchem Zustand ich ihn abliefern muss. Er ist wie alle Männer. Er ist ...«

»Er ist, was er ist«, unterbrach Amelia die Wicca. »Such die Schuld für all das Elend und all die Grausamkeiten in dieser Welt nicht nur bei einem, sondern bei den Vertretern beider Geschlechter.«

»Wie kannst du es wagen ...!«

»Ich habe zwei Kinder. Zwei *Söhne!*« Amelia schrie die Worte, und es war, als würde die Welt für kurze Zeit den Atem anhalten. Die Schrecken blieben starr hocken, wo sie waren. Der Wind ließ nach, das Summen und Rascheln im Ährenwald war kaum noch zu hören.

»Zwei Söhne«, wiederholte Amelia. »Wunderbare und gut erzogene Kinder. Intelligent, strebsam und aufrichtig. Fleisch von meinem Fleisch. Sie wurden mir weggenommen. Nicht vom Heerführer allein. Es war der Krieg, der sie mir gestohlen hat. Ein Krieg, der von Magicae und Wicca gleichermaßen unterstützt und angefacht wurde.«

Loisie sah sie erst zornig, dann verdutzt, dann ratlos an. Sie senkte die Hände. Einige Tropfen des Fingergifts platschten zu Boden. Goldene Ährenreste verfärbten sich schwarz, Rauchfahnen wurden vom aufkommenden Wind zerteilt.

Der Moment magischer Stille verging. Eldar bemerkte erst jetzt, dass er den Atem angehalten hatte. Er stieß die Luft aus und lächelte dann erleichtert. Er hätte eine Auseinandersetzung mit der Wicca zweifellos gewonnen – und hätte doch nichts damit erreicht. Er hatte längst den Entschluss gefasst, sie zur Hexenburg zu begleiten. Eldar war neugierig, trotz aller Vorbehalte den Wicca gegenüber. Er war gespannt auf die Begegnung mit der Hohen Frau. Sie war ein Hoffnungsschimmer auf seiner Suche nach einem Weg, Harana zu befreien.

»Nichts für ungut, Loisie«, sagte er. »Ich wollte dich und deine Geschlechtsgenossinnen nicht beleidigen.«

»Schon gut«, brummte die junge Frau leise, kaum verständlich. »Sehen wir zu, dass wir weiterkommen.«

Amelia nickte. Sie wirkte verstört, als würde sie nicht verstehen, was eben mit ihr geschehen war.

Vielleicht ist ein böser Geist in ihr? Vielleicht wird sie von jemandem beherrscht, ohne es auch nur zu ahnen?

Eldar wusste die derzeitige Situation nicht richtig einzuschätzen. Sie waren drei Schicksalsgefährten auf dem Weg ins Ungewisse. Jeder von ihnen hatte andere Ziele und Vorstellungen von dem, was sie erwartete. Loisie erfüllte ihre Pflicht als treue Wicca. Amelia begleitete sie, weil sie nicht so recht wusste, wohin sie sich wenden sollte – und weil sie sich wohl erhoffte, von der Hohen Frau Antworten auf ihre Fragen zu erhalten. Und er selbst, Eldar, suchte nach Wegen und Mitteln, um einen weiteren Spalt in der Treibgierde zu öffnen und Harana zu befreien.

Er ahnte, dass nur einem von ihnen geholfen werden konnte. Die beiden anderen würden wahrscheinlich unbelohnt bleiben.

19. Nerbo Falthaut

Er blieb immer wieder stehen und besah sich die Spuren, die Pirmens kleiner Begleittross hinterließ. Da war Staub, der nach Alter und Firnis roch. Sein Opfer hatte also Gobelias bei sich, mindestens zwei. Dazu kamen Musen, Hundewesen, die kaum unter Kontrolle zu halten waren. Sie zerbissen und fraßen alles, das sich links oder rechts des Weges bewegte.

Pirmen ritt auf einem riesigen Mann, sechseinhalb Fuß groß und zweieinhalb Zentner schwer, fast so groß wie er selbst, aber alles andere als behäbig. Er eilte mit einem leichten und federnden Schritt dahin, der seinen Körpermaßen Hohn sprach.

Nerbo Falthaut versuchte sich zu erinnern. Er hatte einst einen mächtigen Krieger gekannt, damals, in den Anfängen der Eroberungsfeldzüge des Gottbettlers. Er war ein Außenseiter gewesen, der gern sein eigenes Süppchen gekocht und dennoch in den Überlegungen des Heerführers eine gewichtige Rolle eingenommen hatte. Hammerkopf hatte man ihn genannt, Hammerkopf von den Inseln.

Falthaut achtete darauf, einen ausreichend großen Abstand zwischen sich und Pirmen einzuhalten. Je weiter südlich er kam, desto sorgfältiger überlegte er sich seine Route, stets unterstützt von Xingo, der sich wie immer als guter Ratgeber erwies.

»Du erinnerst dich also an diesen Reitmenschen?«, hakte

Xingo nach, während sie ihre Ausrüstung überprüften, in einem Ritual, das täglich gleich war, bevor sie sich auf die Nachtruhe vorbereiteten, um dem alten und geschundenen Körper eine kurze Erholungsphase zu gewähren.

»Mag sein«, gab Falthaut zur Antwort, mit dem gleichen Mund, aber mit einer etwas tieferen Stimme.

»Was weißt du über ihn?«

»Fast alles ist vergessen und wurde mir aus meinem Kopf geräumt, als ich starb.«

»Dann erzähl mir von dem Wenigen, an das du dich noch erinnerst.«

Falthaut dachte nach. Dieser Akt besonderer Anstrengung schmerzte weit mehr als eine schwärende Wunde. Zudem musste er geistig in eine Zeit zurückkehren, da er anders und allein gewesen war. Seither war er nicht mehr in der Lage, Gefühle zu empfinden, andernfalls hätte er seinen Tod betrauert und bejammert. Unlebende, die sich ihres früheren Lebens wieder bewusst wurden, suchten meist den Freitod oder flüchteten sich in einen Wahnsinn, aus dem es kein Zurück mehr gab.

»Hammerkopf war stets geheimnisumwittert gewesen«, sagte er nach einer Weile. »Weder die Kräfte der Wicca noch die der Magicae konnten ihm etwas anhaben. Er war stark und auch klug. Niemand wusste, was er im Heer des Gottbettlers eigentlich verloren hatte, denn er kämpfte nur mit, wenn es ihm in den Kram passte.«

»Er ist stärker als wir beide?«

»Er war es damals. Aber wir sind nun Unlebende. Uns kann nichts verletzen, nichts besiegen.«

»Auch wir haben unsere Schwächen.« Xingo schwieg eine Weile und fuhr dann fort: »Unser Herr Gafelay hat uns keine genauen Anweisungen gegeben, wie wir uns verhalten sollen. Er hat lediglich verlangt, dass wir unerkannt bleiben.«

»Ja.«

»Andererseits wäre es gut, einen Wissensvorsprung herauszuholen. Lass uns überlegen, wie wir das anstellen sollen.«

»Ich bin nicht fürs Nachdenken geschaffen. Mach du das für uns.«

Es war ein Ritual, das sie gern und regelmäßig durchspielten. Xingo war der Denker und Lenker des geteilten Körpers, während Nerbo Falthauts Geist zum Einsatz kam, wenn es um praktische Dinge ging. Der Barbar suchte Wasserlöcher und ging auf die Jagd nach Nahrung. Ebenso wusste er besser, die Gesundheit ihres Leibes zu erhalten, wann er eine Frau benötigte und wann einen Mediker. Am liebsten, so musste sich Falthaut eingestehen, hätte er eine Frau gefickt, die Medikerin war. Doch es gab wenige Wesen, die diese beiden Kriterien in sich vereinten – und darüber hinaus von den steinkalten Händen eines Unlebenden berührt werden wollten.

»Wir kennen die Richtung, die Pirmen einschlägt«, sagte Xingo nach einer Weile. »Er marschiert nach Osten. Aller Voraussicht nach wird das Wesen aus der Treibgierde Torhauvn aufsuchen.«

»Warum sollte es das?«

»Weil es menschlich oder menschenähnlich ist. Es benötigt anders als wir Ansprache, ein warmes Essen. Es friert und hungert. Torhauvn ist darüber hinaus eine besondere Stadt.«

»Ich weiß«, sagte Nerbo Falthaut. Er kramte in seinen Erinnerungen und versuchte herauszufinden, was den Gottbettler und seinen Heerführer an dieser Ansammlung von Baumhäusern gereizt hatte, doch es wollte und wollte ihm nicht einfallen.

»Wir marschieren ab nun Tag und Nacht. Wir sind stark. *Du* bist stark. Wir überholen Pirmen, wir überholen das Wesen aus der Treibgierde. Wir legen uns in Torhauvn auf die Lauer und warten.«

»Worauf?«

»Wir machen auf uns aufmerksam und schließen uns den Feinden an. Sie werden froh darüber sein, einen weiteren starken Beschützer bei sich zu haben.«

»Eine Wicca gehört der Gruppe an. Wir haben ihr Wirken gesehen.«

»Eine Wicca, der der Feind gewiss eine gehörige Portion Misstrauen entgegenbringt. Wir wissen, wie sich Hexen benehmen, nicht wahr?«

O ja, das wusste Nerbo Falthaut nur zu gut. Diese Weiber suchten stets den Vorteil für sich und ihresgleichen. Sie gaben vor zu lieben, während sie hassten, und sie waren unberechenbar wie … wie … Frauen.

Mit einem Mal empfand er Lust. Er hatte seinen Trieben schon lange nicht mehr nachgegeben.

»Bist du bereit?«, unterbrach Xingo seine Gedanken.

»Wofür?«

»Habe ich etwa umsonst geredet? Wir machen uns jetzt gleich auf den Weg nach Torhauvn. Von nun an gibt es keine Rast mehr für dich.«

»Die Stadt. Ja. Machen wir das. Dort gibt es Frauen.«

»Ich werde die Lebenden nie verstehen«, sagte Xingo. »Selbst jetzt, da ich dich zu meinem Partner des Unlebens gemacht habe, wirst du immer noch von der Lust und vom Fortpflanzungstrieb gelenkt. Dabei ist dein Schwanz nicht mehr viel mehr als ein verrottendes Stück Fleisch, das jederzeit abbrechen könnte. Du musst ihn mit einer Schweinsblase zusammenzurren, um zu verhindern, dass er beim Ficken auseinanderfällt.«

»Das Ficken ist Teil meines Wesens.«

»Ach, ihr seid Narren, ihr Lebenden … Und jetzt komm hoch, rasch! Sehen wir zu, dass wir Torhauvn erreichen.«

20. Terca

Terca betrachtete kritisch ihr Spiegelbild. Wann hatte sie das letzte Mal Wert auf ein gepflegtes Äußeres gelegt? Vor zwei Jahrhunderten? Vor drei?

Sie wusste es nicht mehr. Wahrscheinlich hatte dieser letztmalige Anfall von Eitelkeit mit Gafelay zu tun gehabt, mit dem Magicus, dem sie ihr Herz und ihr Vertrauen geschenkt hatte.

Das Glas in ihrer Hand zersplitterte. Die Erinnerungen, heftig und unerfreulich, hatten sie gepackt und sie die Kontrolle verlieren lassen. Sie betrachtete die zu Boden gefallenen Scherben und machte, dass sie in anderer Form zueinanderfanden und ein Muster ergaben, das sie einstmals auf dem Gehäuse einer Weinbergschnecke gesehen hatte.

Ja, dafür war die Magie gut, die sie beherrschte: um sinnloses Wissen aus den Tiefen ihres Geistes zu zupfen und es auf ebenso sinnlose Art und Weise einzusetzen.

Terca murmelte einen Fluch und verwischte das Bild der Glassplitter mit dem Fuß. Sie konzentrierte sich wieder auf die Nachrichten, die vor ihr lagen, die ihre Schwestern auf Blättern niedergeschrieben hatten, und zwar auf den breiten Blättern eines Gammerbaums, die noch vor der Abenddämmerung alle Farbe verlieren und zerbröseln würden. Sie gehorchten damit dem Credo der Wicca, dass Wissen ausschließlich am Tag seiner Entdeckung einen Wert hatte. Nach einer Nacht, die man geschlafen und damit in einem todesähnlichen Zustand verbracht hatte, begann das Leben einer Wicca von Neuem.

Terca seufzte. Sie hielt nicht viel vom alten Glauben und noch weniger von überlieferten Traditionen. Zumal sie einige davon selbst begründet hatte, vor vielen tausend Jahren. Womöglich aus einer Laune heraus oder auch, weil sie ihrem zukünftigen Ich über die Abgründe der Zeit hinweg etwas hatte sagen wollen.

Wenn dies so gewesen war, dann war Tercas Plan gründlich schiefgegangen. Sie konnte sich heutzutage nicht mehr erklären, welchen Sinn es hatte, Hexenburgen aus altem und morschem Holz zu errichten und auf stelzenartigen Gebilden durch das Land staksen zu lassen. So wie jetzt gerade, da die Burg, von magieimmunen Auerochsen umgeben, durch einen Wald südlich von Torhauvn ging, umsummt von Mückenschwärmen, auf das westliche Ende des Sumpfdeltas des Flusses Triba zu.

War es, weil diese Gebilde eines Tages an einem bestimmten Ort sein mussten? Verdeutlichten sie das Chaos der Welt, in dem die Wicca lebten? Oder standen sie sinnbildlich für Terca selbst, für ihre innere Unruhe?

Sie sah zu, wie die Schreibblätter des Gammerbaums verrotteten, und sie unternahm nichts dagegen. Die Wichtigkeit von schriftlich festgehaltenen Nachrichten wurde weitgehend überschätzt. Letztlich waren tägliche Neuigkeiten doch nur winzige Flecken eines Teppichs, der so groß und unübersichtlich war, dass selbst sie kaum den Überblick bewahren konnte. Jene Informationen, die *wirkliche* Dringlichkeit hatten, gelangten ausschließlich über informelle Wege an ihr Ohr.

Terca erhob sich, wischte die verdorrten Pflanzenreste vom

Tisch und verließ den Raum. Eine junge Schwester huschte durch die Gänge der nur leicht schaukelnden Burg, warf ihr einen Blick zu, murmelte eine Entschuldigung und drückte sich an ihr vorbei. Terca kannte die Anzeichen des schlechten Gewissens nur zu gut. Dieses unvernünftige junge Ding war eben erst von einem Ausflug in die wahre Welt zurückgekehrt. Nun hatte sie hochrote Wangen, ein dummes Grinsen im Gesicht, eine von kräftigen Händen durchwühlte Haarpracht. Die junge Wicca hatte ihren Trieben nachgegeben und sich besteigen lassen.

Terca lächelte. Die Triebhaftigkeit der Hexen war gleichermaßen Stärke und Schwäche. Sie machte sie verwundbar, erdete sie aber auch. Ihnen entging nichts, was die Menschen und die anderen Bewohner dieser Welt belastete oder erfreute.

Sie öffnete den Verschlag zum Balkon und starrte blinzelnd nach draußen, ins Freie. Das grelle Licht der Sonne blendete sie. Es wurde zigfach zurückgeworfen von Wassertröpfchen, die sich nach dem frühmorgendlichen Regen auf Gräsern, Blattwerk, Ästen oder gar Spinnennetzfäden hielten.

»Terca?«

»Ja, meine Liebe?« Sie musste sich nicht umdrehen, um zu wissen, wer sich da angeschlichen hatte. Sie kannte die Stimme ihrer engsten Vertrauten, Bliya, nur zu gut.

»Du siehst bezaubernd aus«, sagte die hellhäutige Wicca und streifte ihr eine Haarsträhne aus dem Gesicht. »Und jung. Deine Falten …«

»Ja. Ich verzichte derzeit auf sie. Es scheint mir nicht angemessen, heute alt auszusehen.«

»Also ist es so weit?«

»Ja, Bliya. Das Wesen aus der Treibgierde ist nahe. Ich kann es fühlen. Und es ist nicht allein.«

»Bedeuten seine Begleiter eine Gefahr für uns?«

Terca dachte nach. »Ich weiß es nicht«, gestand sie dann ein. »Die junge Wicca trägt etwas in sich, das mir ganz und gar nicht gefällt. Und die andere Frau … nun, sie macht mir regelrecht Angst.«

»*Du* fürchtest dich vor ihr?« Bliya wich einen Schritt zurück, das ohnedies blasse Gesicht verlor noch mehr an Farbe.

»Sie ist Mutter und Monster. Die Friedfertigkeit in Person und ein Ozean voll Hass. Sie hat mehr durchgemacht, als zehn normale Leben fassen könnten, und sie steht immer noch aufrecht. Selbstverständlich fürchte ich mich vor solch einer Frau.«

»Du hast mindestens so viel erlebt wie sie.«

»Ich machte meine Erfahrungen über einen Zeitraum verteilt, der Jahrtausende umspannt. Sie hatte bloß ein halbes Menschenleben zur Verfügung.«

»Sie ist nicht die Einzige, die unter den vom Gottbettler ausgelösten Kriegen leiden musste.« Bliya griff nach Tercas Haar, fasste es geschickt zu drei gleich großen Strängen zusammen und begann, ihr einen Zopf zu flechten. »Gibt es noch jemanden, vor dem wir uns in Acht nehmen müssen?«

»Die Magicae werden sich gewiss einmischen und verhindern wollen, dass wir das Wesen aus der Treibgierde in unserem Sinne manipulieren. Ich habe schon viel zu lange nichts mehr von Gafelay gehört.«

»Womöglich wurde er verdrängt?«

»Es gibt bloß einen Magicus, dem ich das zutraue. Aber der ist meiner Meinung nach noch nicht so weit.«

»Du meinst dein kleines Spielzeug, diesen Pirmen Courtix?«

»Er war mehr als ein Spielzeug. Ich hatte große Hoffnungen in ihn gesetzt. Doch er versagte. So wie alle Männer versagen.«

Bliya zog Tercas Zopf mit einem Lederband fest, musterte

sie und nickte dann zufrieden. »Du wirst sie beeindrucken. Ob Wesen aus der Treibgierde, ob Magicus, ob Mensch.«

»Ich weiß.« Terca dachte wehmütig an die Zeit zurück, da sie eine alte, schrumpelige Frau gewesen war, der kaum jemand zugetraut hatte, die heimliche Herrscherin der Steilstadt Poitrea zu sein. Die Erscheinung des Alters gebot Weisheit, und die Leute vertrauten einem mehr als einer hübschen, stolz und aufrecht dastehenden Frau.

Es würde sie einen halben Tag kosten, ihr Erscheinungsbild erneut zu verändern. Sollte sie diese Zeit investieren? War es die Schmerzen wert – und den Verlust weiteren Wissens, der unweigerlich mit einer Wandlung einherging?

Terca entschied sich dagegen. Ein jeder Spruch, eine jede Weisheit, die sie vergaß, konnte über Sieg oder Niederlage in dieser größten aller Schlachten entscheiden.

Sie beneidete die Menschen, die nichts von alledem wussten. Die erleichtert hatten aufatmen können, nachdem sich die Heerscharen des Gottbettlers aufgelöst hatten und bloß einige wenige Truppen in der Blume von Oriath zurückgeblieben waren. Die von einer Heilung jener Wunden träumen durften, die die Kriege der vergangenen beiden Dekaden gerissen hatten.

Die Hexenburg ließ den Wald hinter sich und stakste gemächlich über offenes Land. Die Auerochsen brüllten, sie hatten Durst. Karce, die Lenkhexe, behielt sie mit gut spürbaren Impulsen auf Kurs, quer durch Felder, die sich über sanftes Hügelland zogen.

Die Tiere zertrampelten auf fünf oder sechs Mannsbreiten zig Ährenbahnen. Die Ausstrahlung der Burg sorgte dafür, dass hier über die nächsten beiden Menschengenerationen hinweg außer Dornen und Unkraut nichts wachsen würde.

Terca hielt die Nase in den Wind und schnupperte. Das Jahr neigte sich dem Ende zu. Die Ernte würde gut ausfallen, die Ähren wogten dick und fett im sanften Wind. Die Natur versorgte die Feldfrüchte in verschwenderischem Ausmaß mit Kräften. In zwei oder drei Wochen würde der Boden ausgelaugt sein, ausgelaugt und müde und vom ersten Frost erobert werden. Hier, in Süd-Aenas, war das Land oft von dicken Eisschollen bedeckt, die sich von Norden kommend weit ins Landesinnere schoben und Teile des Flussdeltas in eisiger Erstarrung festhielten. Doch noch war es nicht so weit. Noch konnten sie die breiten Gewässer und die sumpfigen Marsche mit den Fähren problemlos überqueren.

»Sie sind hinter uns, nicht wahr?«, fragte Bliya.

»Ja.« Die Freundfeindin verfügte über ein ausgezeichnetes Gespür.

»Warum warten wir nicht, bis uns das Geschöpf aus der Treibgierde und seine beiden Begleiterinnen eingeholt haben?«

»Wir dürfen ihnen nichts schenken, Bliya. Sie müssen das Gefühl haben, sich die Passage in der Hexenburg verdient zu haben.«

»Du stellst manchmal sehr seltsame Regeln auf.«

Terca lächelte. »Ich stelle selten Regeln auf. Ich treffe Justamententscheidungen. Es ist unser Privileg – und unser Schicksal –, so handeln zu dürfen, wie es uns gerade gefällt. Und wie wir beide wissen, ist das eine ausgezeichnete Vorgangsweise, um ein Ziel zu erreichen. Intuition ist alles.«

Bliya blickte sie zweifelnd an. Eines Tages würde sie verstehen. Sofern sie die nächsten hundert bis zweihundert Jahre bei gesundem Verstand blieb.

Terca atmete ein letztes Mal tief ein, dann verschloss sie den Verschlag. Die Hexenburg war nun wieder ein geschlossener, durch nichts gestörter Organismus. Hier konnte sich weibliche Magie ungestört entfalten, wachsen, blühen, gedeihen. So wie draußen auf den Feldern Nahrung gedieh.

»Dich beschäftigt etwas«, sagte Terca aufs Geratewohl.

»Nein.« Die Freundfeindin zögerte und verbesserte sich dann. »Nun ja … Es ist die Frage, die wohl jede Hexe in der Burg beschäftigt.«

»Ihr möchtet wissen, warum ich zurückgekehrt bin, nachdem ich meiner Verantwortung als Hohe Frau so lange nicht nachgekommen bin.«

»Ja.« Bliya legte ihr beide Hände auf die Schultern und begann Terca zu massieren. Terca ließ es geschehen und genoss es. Eine Gänsehaut bildete sich auf ihrer Haut, und nur zu gern hätte sie sich eng an den Leib der jungen blassen Hexe gedrückt.

»Für uns alle warst du ein Mythos. Eine ferne Gestalt, von der man zwar hoffte, dass sie noch existierte, über die man aber nur so viel wusste, dass sie vor einigen hundert Jahren verschwunden war, um einen eigenen Weg zu gehen.«

»Ich kann dir leider nicht sagen, warum ich davongelaufen bin.«

»Kannst du oder willst du es nicht sagen?«

Bliya rückte näher. Ihr junger Körper war nahe, ganz nahe, ihr Verlangen deutlich spürbar. Die Freundfeindin lechzte danach, ihre Kraft zu empfangen, sich daran zu laben, ein wenig davon für sich zu behalten.

»Ich hatte gewiss einen Grund für meine Flucht, aber ich habe ihn vergessen. Die Zeit ist längst nicht so regelmäßig im Fluss, wie wir es gern hätten. Manchmal mäandert sie ruhig dahin, um dann wieder über Stromschnellen abwärtszuschießen.« Terca seufzte. »Es ist selbst für mich nicht leicht zu erkennen, ob wir nun in einem breiten und gemächlichen Mittelteil eines Flusses dahintreiben oder uns im Quellgebiet mit seinen vielen Katarakten befinden.«

»Du gibst also zu, dass du nichts weißt«, murmelte Bliya

und liebkoste ihren Hals. »Doch dann frage ich mich, was dich zu unserer Anführerin macht.«

Sie drängte noch näher, wurde fordernder. Ihr Körper strahlte eine Hitze aus, deren Wirkung sich Terca kaum mehr entziehen konnte. »Ich habe nur deshalb so lange überlebt«, keuchte sie, kaum mehr Herr ihrer Sinne, »weil ich vorsichtig war und immer rechtzeitig die Flucht ergriffen habe. – Genug jetzt!« Sie mobilisierte ihre letzten Willensreserven, packte Bliyas Handgelenke und schob die Frau weg von sich. »Du solltest wissen, dass du mich nicht beeinflussen kannst. Deine Begabungen sind beeindruckend, aber ich bin immun gegen deine Liebeszauber.«

»Bist du nicht, Terca.« Bliya leckte sich über die roten Lippen, die wie ein ungewöhnlich geformter Blutfleck im Schnee wirkten. »Du möchtest es, ebenso wie ich es will. Eines Tages wirst du mir gehören. Du wirst dich mir hingeben und mir zu Willen sein.« Ihre Augen leuchteten. »Ich gehöre einer neuen Generation der Wicca an. Du magst mächtig sein, aber du bist mir auf Dauer nicht gewachsen.«

Es stimmte. Terca fühlte ein Brennen in ihrem Leib. Ihre Sehnsucht nach dieser geheimnisvollen Freundfeindin wuchs und wuchs. Bliya war wie eine Zecke, die sich an ihrem Leib vollsog. Sie beanspruchte mehr und mehr Platz in ihrem Dasein und würde sie letztlich auslaugen.

»Warum können wir unsere Ziele nicht in aller Ruhe und frei von Intrigen verfolgen?«, fragte Terca.

»Man sagt, dass du die Kabale auf diese Welt brachtest. Du hättest sie erfunden. Und nun beschwerst du dich, dass ich dich auf diesem Gebiet zu übertreffen versuche?«

»Mag sein, dass ich früher mal ähnlich wie du gedacht habe. Aber ich weiß nun, dass ich mich geirrt habe. Was wir anstreben sollten, ist ein harmonisches Zusammensein. Oder meinetwegen eine friedliche Koexistenz. Wicca, Magicae und alle nicht magiebegabten Wesen können nebeneinander existieren.«

»Es stimmt, wir *könnten* es. Aber wir wollen nicht. Wozu haben wir unsere Kräfte, wenn wir sie nicht nützen? – Wir sehen uns später.« Bliya zwinkerte ihr noch einmal neckisch zu und ging dann davon, den Gang entlang. Sie schwang die Hüften und damit ihren hellen Po, der vom Gazematerial eines raffiniert um den Körper gewundenen Tuchs nur dürftig bedeckt war.

Terca blieb zurück. Nachdenklich und damit beschäftigt, den Aufruhr in ihrem Leib unter Kontrolle zu bekommen. Sie hatte selten einmal Verlangen nach anderen Frauen gehabt. Doch Bliya sprach etwas in ihr an, dem sie sich kaum zu entziehen vermochte. War es die vorgespiegelte Unschuld, die Naivität?

Terca riss sich aus diesen Gedanken. Sie hatte Vorbereitungen zu treffen. Sie musste hoch konzentriert an die Begegnung mit dem Ding aus der Treibgierde herangehen. Sie versuchte, sich des Weges zu ihrem Arbeitszimmer zu erinnern. Ihre besonderen Sinne halfen ihr dabei. Es ging aufwärts und abwärts, eine Wendeltreppe hinab und anschließend in einem Paternoster wieder hoch. Die sich stetig verändernde Architektur im Inneren der Hexenburg stellte selbst für sie eine Herausforderung dar.

Endlich war ihr Ziel erreicht. Eine greise Wicca saß vor der Pforte, aus deren Holz nach Flieder duftende Blüten sprießten. Die Alte war von Blumen umgeben und konnte sich kaum mehr rühren.

»Wie geht es dir, Alme?«, fragte Terca.

»Ich bin müde«, murmelte die Wächterin. »Ich hoffe, es dauert nicht mehr allzu lange …«

»Keine Sorge, dein Wunsch wird in Erfüllung gehen. In zwei

oder drei Monden bist du mit Holz und Blumen verwachsen. Du wirst vergessen, was du einmal warst, und wirst für alle Ewigkeiten ein Teil der Hexenburg sein.«

»Sind die Hexenburgen denn für die Ewigkeit gebaut?« Almes Stimme war so leise wie ein im Wind raschelndes Blatt.

»Das weiß ich nicht«, gestand Terca. »Aber es ist dein Geist, der übrig bleiben wird, wenn das letzte Stück Holz längst verrottet ist. Du wirst eins sein mit der Natur, wirst einen kleinen Teil des Wicca-Erbes an das Land zurückgeben, das uns einstmals hervorgebracht hat.«

»Das ist ein schöner Gedanke«, sagte Alme und gähnte. Auf ihrer Zunge klebten weiße, blaue und rote Knospen. »Wenn du mich nun bitte entschuldigen würdest? Ich möchte schlafen und träumen. Davon, wie es bald sein wird …«

»Selbstverständlich, Alme. Aber sag mir zuerst, ob etwas geschehen ist, seitdem ich dich gestern verlassen habe.«

»Ach, das …« Die Alte schüttelte den Kopf. Knarrende Geräusche bewiesen, dass die Verholzung ihres Leibs bereits weit fortgeschritten war. »Jemand hat versucht, sich Zutritt zu verschaffen. Ich habe ihn vertrieben.«

»Wer war es?«

»Eine junge, kaum ausgebildete Wicca. Es handelte sich wohl um eine Mutprobe. Ich habe einen ihrer Oberschenkelknochen verholzt und dazu gebracht auszutreiben. Die Äste werden das Fleisch von innen sprengen. Sie hat einige sehr schlechte Nächte vor sich. Es dauert bis zu zehn Tage, bevor dieser Zauber nachlässt.« Alme lachte. Es hörte sich an, als würde jemand eine Eisenkette durch einen hohlen Baumstumpf ziehen.

»Das war alles?«

»Ich glaube schon. – Halt! Eine Unabhängige hat durch einen Reisespecht ihr Kommen angekündigt. Sie bat, das

Tempo der Burg zu verringern. Wenn ich mich nur an ihren Namen erinnern könnte ...«

»Hieß sie etwa Loisie?«

»Mag sein, mag sein. – Glaubst du, dass ich träumen werde, sobald ich Teil des Holzes und der Burg bin? Die Maserungen, der Saft, die Triebe – das alles fühlt sich so gut und so lebendig an. Ich schwinge mit, schwinge mit ...«

»Gewiss, Alme. Um nochmals auf die Unabhängige zurückzukommen ...«

»Sie ist nicht allein. Sie könnte in zwei bis drei Tagen eintreffen, sofern nichts Unvorhergesehenes dazwischenkommt.«

»Etwas Unvorhergesehenes?« Terca zuckte zusammen. »Hat sie das so gesagt?«

»Sie meinte, dass sie verfolgt werde. Von einem der anderen. Du weißt schon. Von einem Dingsbums. Das Holz ist so kernig, die Blüten so duftig, die Äste so triebig.«

»Du meinst, dass sich ein Magicus an ihre Fersen gesetzt hat?«

»Ja, ja, natürlich! Das habe ich dir doch gesagt! Hörst du etwa nicht zu, Terca? Und jetzt lass mich träumen, Hohe Herrin, lass mich das Holz fühlen. Es ist so unangenehm luftig hier draußen, so unborkig und blattlos ...«

Sie lehnte sich gegen die Wand und öffnete den Mund. Es knarrte laut. So als würde sich eine Tür in hölzernen Angeln öffnen. Eine honiggelbe Spinne seilte sich aus einem ihrer Nasenlöcher ab und berührte sacht die heraushängende, fein gemaserte Zunge.

Terca fand das Schauspiel einer derartigen Umwandlung immer wieder faszinierend. Es spiegelte den Kreislauf des Lebens wider, dem die Wicca im Gegensatz zu den Magicae nach wie vor angehörten. Doch an diesem Tag blieb keine Zeit für Muße und Kontemplation. Loisie, die junge Wicca, die ihr von Liven der Schlänglerin als Kontaktperson anempfohlen worden war, steckte also in Schwierigkeiten. Würde das junge Mädchen denn mit einem ausgebildeten Magicus fertigwerden?

Terca betrat ihr Arbeitszimmer. Es war nach den Regeln des Chaos ausgerichtet, was, wie sie nur zu gut wusste, ein Widerspruch in sich war und dennoch dem Wesen der Wicca entsprach. Erst gestern hatte sie aus einem inneren Drang heraus den Vorderteil des Raums umgestaltet und die Arbeit irgendwann unterbrochen. Staubige Folianten stapelten sich entlang der Wand zu ihrer Rechten, Nippes und wertvolle mit Magie geladene Gegenstände hatte sie in wildem Durcheinander links von der Dirigentenfläche angehäuft. Tücher, Kleider, Schuhe – sehr viele Schuhe und von jedem Modell nur ein Exemplar – lagen ebenso weitverstreut umher wie Wandgobelins, kurios anmutende Waffen, Folterinstrumente, Totems, magische Gefäße, vergilbte Karten, Spielsachen aus Holz und getriebenem Blech, im Geheimen in Nord-Aenas gefertigte erotische Kunstmalereien, Gebetsketten und vieles mehr, an dessen Zweck sich Terca kaum noch erinnern konnte.

Und da war dann noch der Keuschheitsgürtel, den sie einstmals getragen und hier zurückgelassen hatte, als sie Gafelays Werben erlegen war.

Wie er sich wohl anfühlte? Würde sich das von einer Vorfahrin geschmiedete Eisen kühl um ihre Schenkel schmiegen und sie umfassen, sie einfassen, all der Hitze ihres Unterleibs berauben?

Terca war versucht, den Gürtel unter ihren Rock zu schieben. Doch dafür war später Zeit. Jetzt hatte sie andere Dinge zu erledigen.

Sie nahm die zwei ausgetretenen Stufen hoch zur Dirigentenfläche und öffnete den Fensterverschlag vor sich. Augenblicklich wurde sie von einer Staubwolke umhüllt. Es kostete sie einige Kraft, den ganzen Staub aus dem Raum zu bannen und fernzuhalten. Vor sich erblickte sie einen Gutteil der Auerochsenherde. Die Tiere stapften dröge vor sich hin. Die Stelzhölzer der Hexenburg schoben sich langsam und zögerlich zwischen die Auerochsen, tunlichst darauf bedacht, keinem von ihnen ein Leid zuzufügen. Die Burg wurde von Magie gelenkt, die die Wicca unwillentlich und unwissentlich von sich gaben. Ihre Gesamtheit, ihre Kraft und ihr Wille bestimmten das Marschtempo. Derzeit lebten vierzehn Hexen innerhalb der Burgwände, doch wenn es nach Terca ging, würde sich diese Zahl so rasch wie möglich weiter erhöhen. Es gab ausreichend Platz im Inneren, und sollte es einmal zu eng werden, würden sich problemlos neue Nischen anpfropfen lassen.

»Wohin führst du mich heute?«, fragte Terca und schloss die Augen. Sie umfasste das Pult vor sich und dachte sich in das Holz. Alme hatte damals hier gestanden. Gemeinsam mit drei anderen Wicca hatte sie das Gefährt auf Kurs gehalten, nimmermüde und stets darauf bedacht, diese älteste aller Burgen schonend zu behandeln. Den vier Alten war es zu verdanken, dass dieses Relikt, das womöglich älter als die Treibgierde war, noch immer zu ihrer Verfügung stand.

»Torhauvn also«, murmelte Terca, als sie das Bild einer der bedeutendsten Händlerstädte in Süd-Aenas aus der Erinnerung des Holzes empfing. »Es ist nicht mehr weit bis dorthin, nicht wahr? Du sehnst dich danach. Möchtest die Kräfte einer Ansiedlung spüren und dich womöglich an den Wesen dort nähren. Aber ich muss dich leider enttäuschen.«

Das Holz zwischen ihren Fingern fühlte sich mit einem Mal spröde und saftlos an. Es wand und verzog sich, die Spannung ließ nach. Es waren dies winzigste und kaum zu spürende Veränderungen. Doch Terca hatte sich längst wieder an die Steuerarbeit gewöhnt und wusste, wie die Hexenburg auf Andeutungen, Befehle und auf Zwänge reagierte.

»Wir müssen Torhauvn großräumig umwandern«, fuhr sie mit ruhiger Stimme und geordneten Gedanken fort. »Die Stadt wächst, und sie wird von neuen Machthabern beherrscht. Von solchen, die mit Wicca nichts zu tun haben wollen. Es gibt nur noch wenige Orte, in denen wir gern gesehen werden.«

Die Burg zeigte sich weiterhin widerspenstig. Doch sie beugte sich letztlich ihren Argumenten und veränderte die Marschrichtung nach Süden, um auf die Karmenaren-Furt zuzustapfen. Dort, im beginnenden Sumpfgebiet, gab es Möglichkeiten, das Delta des Flusses Triba zu queren, ohne allzu viel Aufmerksamkeit zu erregen.

Terca nahm die Hände vom Dirigentenpult. Die Innenflächen brannten, winzige Bläschen nahmen die Form von eitrigen Mitessern an. Die Burg hatte sich stärker als sonst gewehrt.

Oder war sie es, deren Kräfte sich allmählich erschöpften? Was, wenn sie eines Tages nicht mehr dazu in der Lage sein würde, ihr Refugium mit dem notwendigen Einsatz zu führen? Sie würde sich auf das Gutdünken anderer Wicca verlassen müssen und damit in Abhängigkeit geraten.

Doch noch war es nicht so weit. Und es stellte sich die Frage, ob dieser Moment jemals kommen würde, angesichts der Krise, auf die sie unweigerlich zusteuerten.

Sie nahm den Keuschheitsgürtel auf, ließ sich auf ihren ledergepolsterten Stuhl fallen und betrachtete sinnend das Instrument. Es lockte. Sie legte es beiseite, behielt es aber in Griffweite.

Nun, da sie in ihrer Konzentration nachließ, drangen wieder Staubwolken in ihr Arbeitszimmer. Sie hustete und klappte die Sichtluke zu.

»Jetzt zu dir, Loisie«, sprach sie ins Leere, in Gedanken bei der jungen Wicca. »Wie kann ich dir helfen?«

21. Nerbo Falthaut

Torhauvn war interessant. Doch weder Xingo noch Nerbo hätten sagen können, was sie an der Stadt denn tatsächlich anziehend fanden. Vielleicht waren es die Baumkulturen, vielleicht die umhertreibenden Sporen, vielleicht die Bewohner der oberen Baumschichten, womöglich das Land, auf dem die Siedlung errichtet worden war. Ganz sicherlich nicht waren es die Bewohner, denn die benahmen sich außergewöhnlich dumm. So wie die Bewohner aller Städte.

»Warten wir hier beim Tor auf sie?«, fragte Falthaut. Seine Beine taten weh, und er benötigte dringend Nahrung.

»Nein«, antwortete Xingo. »Das würde Eldar und die Wicca misstrauisch machen. Wir müssen einen Weg finden, sie auf uns aufmerksam zu machen.«

»Wie möchtest du das bewerkstelligen?«

»Wir werden uns zeigen. Du wirst deine Kräfte unter Beweis stellen. Und damit sie keinen Verdacht schöpfen, wirst du dich daran erinnern müssen, wie du dich früher mal gefühlt hast. Du wirst wieder zum Lebenden werden. Du wirst lachen und saufen, raufen und den Frauen auf den Straßen hinterherpfeifen.«

»Ich weiß längst nicht mehr, wie das funktioniert.«

»Wir werden es üben. Es kann nicht allzu schwer sein. Schließlich hast du es bereits einmal ausgezeichnet gekonnt.«

»Wenn du meinst …«

Xingo übernahm die Kontrolle über den Körper. Er hielt den nächstbesten Passanten an den Schultern fest und drehte ihn zu sich: »Wo ist hier etwas los, Mann?«

Der andere trug einen Käfig mit Hühnern auf dem Rücken. Die Viecher gackerten so laut und so aufgeregt, dass die Antwort des Mannes kaum zu verstehen war: »Was bist denn du für einer? Und wieso bist du so … blass …«

Seine Stimme wurde leiser, seine Gesichtszüge gefroren. Wahrscheinlich ahnte er, wen oder vielmehr *was* er vor sich hatte.

»Keine Sorge«, sagte Xingo, bevor sich der Verdacht im Kopf des Händlers verfestigen konnte. »Ich weiß, dass ich schrecklich aussehe. Aber ich habe eine schwere Reise hinter mir. Ich komme aus Parastapa, aus Nord-Aenas.«

»Ah.« Der Händler nickte. »Aus der Bergwelt im Nebel, in der, wie man sagt, nur einmal im Leben jedes Bewohners die Sonne scheint.«

»Das ist natürlich eine Lüge. Ich habe die Sonne in Parastapa bereits dreimal zwischen den Wolkenbänken hervorlugen sehen, und ich bin erst dreiundvierzig Frühlinge alt.«

»Na, dann …« Der Mann grinste. »Also gut, wenn du wissen willst, wo die Sonne in Torhauvn am kräftigsten scheint, würde ich dir die *Lotternde Laus*, das *Ganz Tiefe Loch* und den *Feuchten Eber* vorschlagen. Die Guardia lässt sich in allen drei Häusern nicht öfter als zwei- oder dreimal die Nacht blicken, der Fraß schmeckt nicht nur nach Scheiße, und mindestens jede zweite Frau, der du begegnest, ist nicht ernsthaft krank.«

»Gibt es in diesen Läden viele Fremde? Ich unterhalte mich gern mit Menschen, die wie ich von weither kommen. Das Reden wärmt die Seele.«

»Aber klar doch! Ich würde sagen, dass fast alle Wanderer

einem der drei Häuser irgendwann einen Besuch abstatten. Zumindest die männlichen.«

»Vielen Dank.« Xingo verbeugte sich. »Du hast mir sehr geholfen.«

Der Händler murmelte einen Abschiedsgruß und ging weiter, müde einen Fuß vor den anderen setzend, ohne sich noch einmal umzudrehen.

»Das war doch ganz leicht«, sagte Xingo.

»Wir können also hoffen, dass unsere Gegner eines von drei Häusern aufsuchen, sobald sie Torhauvn erreichen. Aber wie wissen wir, welches es sein wird?«

»Wir werden es erfahren. Überlass solche Dinge mir.«

22. Eldar

Warum gehen wir nach Torhauvn?«, fragte Eldar. »Ich dachte, wir wollten der Hexenburg hinterher? Befinden sich die Wicca etwa innerhalb der Stadtmauern?«

»Nein.« Loisie drehte sich nicht um. »Wir sind hier nicht gern gesehen. Die Wiccaburg ist weiter südlich unterwegs. Aber es schadet nichts, mal wieder unter Leute zu kommen und Erkundigungen über mögliche Passagen durch das Triba-Delta einzuholen.«

»Warum wartet man denn nicht auf uns? Ich dachte, ich hätte eine gewisse Bedeutung für deine Freundinnen?«

»Der Kurs der Hexenburg ist vorgegeben und vorherbestimmt. *Das Holz sucht sich seinen Weg,* sagt man. Das Gebäude nimmt keinerlei Rücksicht auf uns.«

»Und das soll ich dir glauben, Loisie? Das würde bedeuten, dass selbst die mächtigsten der Wicca ihr magisches Werkzeug nicht beherrschen. Das Geschlecht der Frauen wäre also den Geistern untertan, die sie einstmals riefen.«

»Es ist anders«, sagte Loisie. »Aber ich bin nicht bereit, darüber mit einem Mann zu reden. Sehen wir zu, dass wir eine Übernachtungsmöglichkeit innerhalb der Stadt finden.«

Torhauvn war eine Stadt, die während der letzten Jahre einen ungebrochenen Zuzug an Menschen, Zwergen, Malekuften und Angehörigen vieler anderer Völker erfahren hatte.

Sumpflandschaft, eben noch einzig von Moskitos, Schlangen und Eidechsen bevölkert, hatte Wegen und Häusern weichen müssen. Bäume waren geschlagen, Gewässer umgeleitet worden.

»Was den Truppen des Gottbettlers nicht gelungen ist«, sagte Loisie, »erledigen nun die eigenen Bewohner. Sie zerstören die Stadt, sie zerstören das Land.«

»Warum redest du über Dinge, von denen du nichts verstehst?«, fuhr Amelia sie an. »Der Heerführer sah seine Pflicht darin, diesen einen Krieg zu führen, um alle anderen zu beenden. Er hätte alles unternommen, um Torhauvn vor dem Untergang zu bewahren. Er hätte Statthalter eingesetzt und neue Strukturen geschaffen, in denen Korruption und Freundeswirtschaft keinen Platz gehabt hätten.«

»Und schon wieder verteidigst du den Gottbettler«, meinte Loisie. »Hat er denn deine Heimatstadt Moina verschont?«

»Nein. Er hat getan, was getan werden musste.«

Eldar versuchte, die alternde Hure zu verstehen. Sie war so lange im Heerestross mitgezogen und hatte so viel Unglück erlebt, und nun tat sie alles, um dieser verlorenen Zeit im Nachhinein Sinn und Wert zu geben. Nachdem die schönen Pläne des Gottbettlers nur noch verblassende Erinnerungen waren, benötigte sie zudem einen neuen Anreiz, um sich selbst am Leben zu erhalten. Die Erinnerung an ihre Söhne, die aller Voraussicht nach längst tot waren, hielten sie aufrecht – und machten sie zu einer erstaunlich vielseitigen Persönlichkeit.

Sie bewegten sich in einer Schar von Wanderern auf eine Furt zu, die, wenn man sich Torhauvn vom Westen her näherte, eine unangenehme Engstelle darstellte. Am Ufer des Flusses Simmek sammelten sich Hunderte Wesen.

Die Wassermassen wälzten sich träge dahin. Die Simmek war eine Erinnerung an das, was hier gewesen war: ein fast undurchdringliches Sumpfdelta, das als Rückzugsgebiet für wilde Stämme gegolten hatte. So hatte Amelia es erzählt.

Hatten Stadt und Land bereits in seinem früheren Leben existiert? Er glaubte nicht. Auch kannte Eldar keine Entsprechungen für die beiden Reiche Süd-Aenas und Lirballem, die sich das Delta des Flusses Triba teilten, von dem die Simmek wiederum bloß ein unbedeutender Nebenast war. Zwischen den beiden Ländern waren niemals genaue Grenzlinien gezogen worden. Womöglich hatte sich dieser Teil der Welt durch Umwelteinflüsse über die Jahrhunderte neu entwickelt. Ein Vulkanausbruch hoch oben im Norden mochte ein schmales Gewässer in einen reißenden Fluss verwandelt, ein Sturm der Cabrischen See neues Land entrissen haben.

»Macht Platz!«, rief ein Händler, der sein Ochsengespann näher zum Fluss heranbringen wollte.

»Vorfahrt den Konkubinen des Stadtpopen!«, rief ein alter Soldat, dessen Rüstung matt glänzte und von unzähligen Dellen verunziert war.

»Und wir zuvorderst!«, rief ein reichlich besoffen wirkender Bergarbeiter, dem der Kohlestaub die Gesichtsfalten verklebte, sodass es aussah, als hätte sich ein Spinnennetz über sein Antlitz gelegt. »Wenn man bloß alle paar Wochen aus dem Gestein nach oben kriechen darf, hat man gewisse Bedürfnisse.« Er hustete. »Und wenn diese Bedürfnisse nicht gestillt werden, sieht's schlecht aus mit Heizmaterial für euch liebe Städter. Also lasst uns vor!«

Der Mann und seine Kumpane ernteten wütende Proteste, wie auch alle anderen, die sich in der Reihe vordrängeln wollten. Die Stimmung war gereizt, zumal leichter Nieselregen einsetzte und die ohnedies trübselig machende Landschaft in ein noch müder wirkendes Grau tauchte.

»Das schaffen wir niemals bis heute Abend«, sagte Eldar.

Er kniff die Augen zusammen und versuchte, zwischen Wagen, Karren, Pilgern, Bewaffneten, Betrunkenen und Verzweifelten einen Blick auf die Furt zu erheischen. »Es gibt bloß einen Fährmann, und der verrichtet seine Arbeit mit einer Lustlosigkeit, dass ich bereits beim Zusehen Selbstmordgedanken hege.«

»Selbstmord ist eine Sünde, die die Götter schwer bestrafen«, sagte Amelia, ohne ihn anzublicken. »Du solltest darüber nicht einmal im Spaß reden.« Sie presste die Lippen so fest aufeinander, dass sie zwei dünne, weiße Striche in ihrem blassen Gesicht bildeten.

»Ist schon gut.« Eldar war auf keinen weiteren Streit aus. Er war ohnedies nervös genug. Diese gewaltige Menschenmenge, die sich vorwärtswälzte, die rutschte und stapfte, einen schlammigen Weg zum Ufer hinab, machte ihn unruhig. Jeder von ihnen mochte ein Meuchelmörder sein. Einer der Bewohner von Bludkap, der sich die Krempe seines Hutes tief ins Gesicht gezogen hatte, ein gedungener Assassine oder auch nur ein Dieb, wie es gewiss viele hier gab.

»Haben wir Geld?«, fragte er Loisie und deutete auf einen Händler, der rechts von ihnen seinen Karren in den Dreck gesetzt hatte und Fleisch über einem winzigen Kohlenrost briet. »Ich habe seit Tagen nichts Warmes mehr in den Bauch bekommen.«

Der Händler tuschelte mit einem anderen, geduckt dastehenden Mann. Geld wechselte den Besitzer. Zwei in dicke Tücher gehüllte Frauen wurden herbeigewinkt. Die Mitglieder der kleinen Gruppe erhielten einige hastig gemurmelte Anweisungen und machten sich dann auf den Weg nach unten, im Rücken jener Soldaten, die eigentlich die Ordnung aufrechterhalten sollten, sich aber nicht um das Ausscheren der drei Menschen kümmerten.

»Wir sind wohl alle hungrig.« Loisie zuckte mit den Schultern. »Ich habe Geld, aber nicht viel. Es reicht für die Passage und hoffentlich für ein bescheidenes Quartier in Torhauvn.«

»Und das Gold der Händler? Willst du mir etwa sagen, dass du es nicht an dich genommen hast?«

»Pst, nicht so laut!« Loisie stieß ihm mit dem Ellenbogen in die Seite, ihre Augen funkelten wütend. »Hier gibt es mehr aufmerksame Augen und Ohren, als es uns lieb sein könnte.«

»Rückst du nun ein wenig Geld raus oder nicht?«

»Meinetwegen.« Loisie fingerte widerstrebend einige abgegriffene Kupfermünzen aus einem schmalen Beutel und zählte sie einzeln in Eldars Hand. Sie hielt ihren Mantel dabei so vor sich, dass keines der Wesen ringsum erkennen konnte, was sie tat. »Bring für Amelia und mich auch ein paar Fleischstücke mit. Und Brot.«

»Warum verrätst du mir nicht, wo du die Münzen versteckt hältst?«

»Vielleicht befinden sie sich ja an einem Ort, an den ich dich ganz gewiss nicht ranlassen möchte?« Loisie schüttelte den Kopf. »Ich traue dir keine Nasenlänge weit über den Weg.«

»Und wenn ich sage, dass ich uns mit zwei der größten deiner glänzenden Prachtstücke eine rasche Passage über die Simmek beschaffen könnte?«

»Dann würde ich behaupten, dass du ein verdammter Angeber wärst – oder ein Dummkopf, der nichts von der Welt versteht, durch die er sich bewegt.«

»Lass mir den Spaß, es zumindest zu versuchen.« Eldar grinste. »Könnte denn jemand einem derart freundlichen Lächeln wie dem meinen widerstehen?«

»Ich könnte. Aber meinetwegen. Warum sollte ich dir nicht die Chance geben, dich zu blamieren, Wanderer?« Loisie hob einen Teil ihres Beinkleids an, ließ mehrere Schichten ihres dreckigen Gewands aufwallen und hielt mit einem Mal drei Goldmünzen in ihrer Rechten. »Wenn du die verlierst oder den falschen Leuten gibst, wirst du's büßen. Verstanden?«

Eldar gab keine Antwort. Er nahm die Münzen an sich, nickte seinen Begleiterinnen zu und drückte sich an weiteren Wartenden vorbei hin zu dem Händler.

Zwei Soldaten, die wohl nicht zufällig in der unmittelbaren Nähe des Standes Dienst taten, musterten ihn, schauten aber gleich wieder weg. Eldar war kein Krieger, also stellte er keine Gefahr für sie dar.

»Ein Scheißwetter«, sagte er, stellte sich neben den Rost des Händlers und rieb sich die steifen Finger über der Glut der Kohlen.

»Das hier nennen wir einen *leichten Regen mit Hoffnung auf Besserung in drei oder vier Wochen*«, sagte der andere, ohne aufzublicken. »Ein Scheißwetter ist es dann, wenn der Matsch so hoch steht, dass die Gäule bis zum Hals drinstecken, und wenn man zum Atmen den Kopf nach vorn beugt, um nicht zu ertrinken.«

»Torhauvn muss wirklich eine reizende Stadt sein.«

»Natürlich ist sie das. Sonst würdest du sie ja nicht besuchen wollen, oder? Und jetzt sag, was du von mir möchtest. Ratte? Biber? Maus? Und als besonderen Leckerbissen hab ich im Wagen hinter mir das fette Stück Lende eines jungen Otor-Hirsches. Wenn du dir das denn leisten möchtest«, der Händler musterte ihn von oben bis unten, »oder es dir leisten kannst.«

»Für meine beiden Frauen muss Ratte reichen.« Er deutete auf ein längliches Stück Fleisch auf dem Grill. »Was ist das?«

»Der Arsch eines Krapps. Das ist ein verdammt mistiges Vieh, wie du sicherlich weißt, und ein wenig zäh zum Beißen, aber von unverwechselbarem Geschmack.«

»Dann nehm ich es. Und gib uns Brot. Sofern du einige Kanten hast, die dir noch nicht davongeschwommen sind.«

Der Händler kniff die Augen zusammen. Oder eher das eine Auge. Das Lid über dem anderen war von einem Schnitt zerteilt worden. »Kannst du denn bezahlen? Zeig mir, was du hast.«

Eldar legte die Kupfermünzen neben den Grill.

»Das reicht gerade noch. Wenn du einige Gewürzgurken haben möchtest, wären wir quitt.«

»Wie sieht's mit sauberem Wasser aus?«

»Dreh den Kopf nach oben und mach's Maul auf.«

»Ich meinte Wasser in vollen Ledersäcken, gern auch parfümiert.«

»Oho, ein Feinschmecker.« Wieder blinzelte der Händler. »Da müsstest du aber schon mehr Münzen auf den Tisch legen, und sie sollten silbern glänzen. Andernfalls macht Odo Warms keine Wassergeschäfte.«

»Silber hab ich nicht. Aber vielleicht interessiert dich Metall mit dunklerem Glanz?« Eldar schnippte eine der Goldmünzen in die Luft, fing sie geschickt wieder auf und verbarg sie vor den Augen seines Gegenübers. »Würde dir die zum Beispiel gefallen?«

Odo Warms bemühte sich, seine Gier nicht zu offen zu zeigen. Doch seine mit einem Mal zittrigen Finger verrieten ihn. »Ich verkaufe wenige Sachen, die sich damit bezahlen ließen. Ich bin bloß ein armer Straßenhändler.«

»Natürlich bist du das, Odo Warms. Vielleicht kommen wir dennoch ins Geschäft?«

»Sag mir, was du möchtest.«

»Eine Passage nach Torhauvn.«

»Stell dich in der Schlange an und warte. In zwei, drei Tagen hast du's geschafft – und in der Zwischenzeit hoffentlich einige Einkäufe bei mir getätigt.«

»Wenn ich's nun aber eilig hätte, heute noch die Stadttore

erreichen möchte und das Bedürfnis hätte, dich jetzt gleich um ein oder zwei Goldmünzen reicher zu machen ... Was würdest du dazu sagen?«

»Ich würde dann sagen, dass du verrückt bist! Die letzte Fähre wird in Kürze anlegen und ihre Gäste aufnehmen.«

»Und du weißt nicht zufällig eine kleine Abkürzung hinab zum Ufer?«

»Bist du verrückt geworden? Die Stadtguardia achtet streng auf Ordnung und Disziplin. Jedermann, der ausschert, hat mit schwersten Strafen zu rechnen.«

»So wie die drei Leutchen, die du vor kurzem vorbeigewunken hast?«

»Verwandte von mir«, wiegelte Odo Warms ab. »Der Mann ist ein trauriger Fall. Er leidet an einem schleichenden Tod und musste so rasch wie möglich nach Torhauvn geschafft werden, damit er noch einmal seine Allerliebsten zu Gesicht bekommt. In solchen Fällen drücken selbst die strengsten Stadthüter ein Auge zu.« Er zwinkerte wieder, es war ein grässlicher Anblick.

»Mir ist auch schon ganz übel«, behauptete Eldar. »Es könnte sein, dass ich eine weitere Nacht im Freien nicht mehr überstehe. Und ich bin mir sicher, dass wir beide, wenn wir weit genug in die Vergangenheit zurückgehen, einen gemeinsamen Vorfahren finden, der uns zu Vettern macht.« Eldar schnippte neuerlich die Goldmünze in die Luft, höher diesmal, und er ließ es geschehen, dass Odo Warms sie auffing, sie betrachtete, daran herumschnüffelte und sie schließlich zwischen die Zähne legte, um sie leicht zu verbiegen.

»Das ist Gold aus Mirce«, sagte er. »Rein und sauber. Wahrscheinlich in einer der Steilstädte geprägt.«

»Kann schon sein. Wenn du Gold aus einem anderen Land nicht haben möchtest, dann solltest du mir die Münze wieder aushändigen.«

»Nicht so schnell, lieber Freund. Nein, lieber Cousin! Wir haben uns schon lange nicht mehr gesehen!« Odo Warms umarmte ihn mit gekünstelter Herzlichkeit, klopfte ihm auf die Schultern, presste Eldar fest an sich und flüsterte dann: »Vier Goldmünzen, und ihr habt jetzt gleich eine Passage.«

»Drei, mein Teurer«, antwortete Eldar ebenso leise. »Und du legst noch einige Stück Fleisch deines gepökelten Hirschen drauf.«

»Das ist unverschämt! Ich muss ein halbes Dutzend Soldaten für ihre zeitweilige Erblindung bezahlen, einigen Leuten klarmachen, dass sie erst morgen nach Torhauvn gelangen werden, und mir den Pöbel vom Hals halten. Wenn diese Meute draufkommt, was ich tue, können selbst unsere hochgelobten Wachen sie nicht mehr im Zaum halten.«

»Ich bin mir sicher, dass sich das alles mit drei Goldmünzen erledigen lässt, guter Freund.« Eldar schob Odo Warms von sich. »Du stehst gut im Futter. Deine Geschäfte scheinen gut zu gehen.«

»Ja, das tun sie. Trotz herzloser Gesellen wie dir, die wollen, dass ich am Hungertuch nage.«

»Bevor ich in Gefahr gerate, vor Mitleid zu zerfließen, möchte ich dich bitten, unser kleines Geschäft zum Abschluss zu bringen. Wie ich sehe, legt die Fähre eben an.«

Odo Warms blickte gierig auf die beiden anderen Münzen, die ihm Eldar nun offen auf der Handfläche zeigte. »Ach, was soll's«, sagte er mit breitem Grinsen. »Ich war schon immer für engere Familienbande und hab ein schrecklich weiches Herz. Bring deine beiden bezaubernden Damen her. Ihr werdet heute noch trockenen Boden in Torhauvn betreten.«

Eldar nickte. Er drehte sich um und winkte Amelia sowie Loisie herbei. Das säuerliche Gesicht, das die junge Wicca machte, entschädigte ihn mehr als ausreichend für den Widerwillen, den er angesichts des Händlers empfand. »Heute übernachten wir dank meines Verhandlungsgeschicks unter einem gedeckten Dach und neben einem wärmenden Ofen«, sagte er, und mit einem Blick auf Loisie ergänzte er: »Ich kenne jemanden, der sich dafür sehr, sehr erkenntlich zeigen muss.«

Das Fährboot wurde von kräftigen Malekuften an zwei schweren Tauen entlang über die Simmek ans andere Ufer gezogen. Die kuhgesichtigen Wesen stöhnten und keuchten und ließen ihre kräftigen Armmuskeln arbeiten. Sie kämpften gegen die schäumenden Fluten an und zeigten dabei einen Langmut, der nur ihnen gegeben war. Trotz aller Mühen beschwerten sie sich nicht und verrichteten ihr Werk, bis das andere Ufer erreicht war. Dort ließen sie sich auf die nassen Bretter fallen, atmeten kräftig durch und nahmen reichlich vom Panschwasser, das ihnen der Fährmeister vor die rosaroten Nüstern hielt.

Eldar nahm seinen schmalen Ranzen auf und deutete seinen Begleiterinnen, ihm zu folgen. Er reihte sich in die Kolonne jener ein, die entlang eines langen Halteseils am Floßrand entlangstolperten und sich über schlammbedecktes Holz hoch zur Anlegestelle schleppten. Die Reisenden in den Kutschen indes wurden bevorzugt behandelt. Männer in durchnässten Livrées liefen vor den Reisegefährten her und bahnten ihnen den Weg durch die Massen der Neuankömmlinge sowie jener, die den umgekehrten Weg nahmen und die Stadt verließen. Karrenführer, die frische Feldfrüchte oder Fleisch geladen hatten, wurden von Bewaffneten beschützt, während Berittene entlang des Weges hoch zu den Stadttoren dafür sorgten, dass der Straßenverkehr im Fluss blieb und reibungslos verlief.

»Schmutz, Dreck und Unrat«, sagte Loisie. Sie rümpfte die Nase und deutete auf mannshohe Müllberge zu ihrer Rechten.

»Das ist alles, was eine Stadt hervorbringt. Ich frage mich, was die Menschen hierherzieht?«

»Dasselbe wie dich«, beantwortete Amelia die Frage. »Die Aussicht auf ein warmes und womöglich sogar wanzenfreies Bett, ein Dach über dem Kopf, angenehme Gesellschaft.« Sie brach ab, starrte versonnen in die Ferne und ergänzte dann: »Die Jungen kommen hierher, weil sie von Liebe und Abenteuer träumen. Jene, die in der Blüte ihres Lebens stehen, meinen, die Stadt kraft ihres Geistes oder ihres Armes erobern zu können. Die Alten erhoffen sich Erbarmen, Pflege und ein Ende in Frieden.«

Eldar nahm die letzte, gefährlich schwankende Planke hin zum Land. Sie war ungesichert und wirkte morsch. Unter ihm, zwei Mannslängen tiefer, trieben buntschillernde Farbpatzen auf brackigem Wasser. Einige Fische durchstießen mit ihren Mäulern die Oberfläche, um nach Luft zu schnappen, andere glitten bäuchlings und halb tot dahin, um bald Opfer von irgendwelchen Jägern zu werden und in die Tiefe gezogen zu werden.

»Das also ist Torhauvn«, sagte Eldar. »Allmählich tut es mir um die drei schönen Goldstücke leid.«

»Mit noch mehr Münzen kannst du innerhalb der Tore ein sorgenloses Leben verbringen.« Amelia schritt hinter ihm. Sie schwankte nicht, zeigte keinerlei Furcht. »Mit dem besten Essen aus den fernsten Ländern, mit Lustknaben oder den schönsten Frauen an deiner Seite. Du kannst es so einrichten, dass du dein Lebtag lang keinen anderen Menschen siehst. Aber eben nur so lange, wie das Geld reicht.«

Eine steinerne Treppe schloss an das nasse Holzwerk an. Breit, moosbewachsen, die Stufen in der Mitte von Millionen von Schritten ab- und rundgetreten, führte sie entlang des Kutschwegs Richtung Stadt. Sie war breit genug, um das

Durcheinander, das während des Aus- und Einladens bei der Fähre geherrscht hatte, zu entwirren, sodass die Ankömmlinge nach all dem Drücken, Schieben und Quetschen ein wenig durchatmen konnten.

»Torhauvn«, sagte Amelia mit andachtsvoller, aber auch bitter klingender Stimme. »Ich war zwei Mal hier. Vor Jahren als Begleitung meines Mannes, der Geschäfte zu tätigen hatte und mir jedweden Luxus gönnte, während er sich in den hiesigen Hurenhäusern herumtrieb.« Sie zuckte mit den Achseln. »Bei meinem zweiten Besuch war ich diejenige, die in den einschlägigen Lokalen verkehrte, wo man mich herumreichte wie ein Ding.«

»Du findest dich also in Torhauvn zurecht?«, fragte Loisie ungerührt. »Warum hast du das nicht gleich gesagt?«

»Ich weiß über alle Städte nördlich der Cabrischen See Bescheid. Kennst du eine, kennst du alle.«

»Dann besorg uns gefälligst ein Quartier, das diese Bezeichnung auch verdient.«

Amelia blieb stehen und ignorierte die Proteste der Nachkommenden. Sie packte Loisie an den Armen, drehte sie zu sich herum und starrte ihr unvermittelt ins Gesicht, während Eldar weitergeschoben wurde, weg von den beiden Frauen, die Treppe hoch. Er hörte nicht, was die beiden redeten. Sah bloß die Augen der jungen Wicca, wie sie immer größer wurden. Wie sie sich gegen die Tirade Amelias zur Wehr zu setzen versuchte und dann doch wieder den Mund zuklappen musste, weil sie nicht zu Wort kam.

Endlich gelang es Eldar, zur Seite hin auszuweichen und stehen zu bleiben. Was ging dort unten vor sich? Warum ließ Loisie ihr Gegenüber gewähren, ohne ihre Wicca-Kräfte anzuwenden und Amelia einen Denkzettel zu verpassen?

Weil Amelia hier geschützt ist, gab sich Eldar selbst die Antwort.

Weil Loisie ihr Leben riskiert, wenn sie sich hier als Hexe zu erkennen gibt. Sie würde von den Menschen, den Zwergen, den Malekuften und allen anderen Stadtbewohnern in der Luft zerrissen werden.

Die beiden Frauen setzten sich wieder in Bewegung und stiegen nebeneinander die Stufen hoch. Eldar gesellte sich zu ihnen, sobald sie ihn passierten, doch sie ignorierten ihn. Sprachen kein Wort, blickten stur geradeaus. So, wie es nur Frauen konnten, die einander aus tiefstem Herzen verabscheuten.

Die Holzräder eines Karrens ratterten neben ihnen die Straße hoch. Der Fahrer peitschte die beiden Ochsen und trieb sie zusätzlich mit wüsten Flüchen an. Ihre Nacken waren blutüberstromt, ihre Beine zitterten vor Anstrengung. »Macht schon, ihr Dunghaufen! Ich schwör euch, sobald ich meine Waren abgeliefert hab, geht's zum nächsten Metzger, wo ich euch den Garaus machen lasse, wenn ihr nicht augenblicklich einen Schritt zulegt.«

Kinder liefen hinter dem Wagen her. Das mutigste, ein Halbwüchsiger von vielleicht zwölf Jahren, schwang sich über die Holzverkleidung, ließ sich ins Innere plumpsen und kam wenige Augenblicke später wieder zum Vorschein. Er hielt triumphierend eine Rolle feinen Tuchs hoch, warf sie einem Kumpan zu und nahm dann selbst Reißaus, während der Kutscher erneut die Peitsche schwang, sie aber diesmal nach hinten klatschen ließ.

Die jungen Burschen verschwanden in der Menge, die johlenden Erwachsenen machten ihnen die Mauer. »Geschieht dir recht, Tierschinder!«, rief ihm einer der Passanten zu. »Bist wohl zu Hause selbst unter der Knute, dass du hier dieses elende Werkzeug auspacken musst? Sieh doch nur, was du mit deinen Tieren anstellst!«

»Möchtest du selbst den Ziemer spüren?«, schrie der Kutscher und schwang die Peitsche in Richtung des Mannes. »Komm näher, Freund, und ich geb dir was von meiner Medizin!«

»Oh, er macht einen großen, großen Fehler«, sagte Amelia.

»Wie meinst du das?« Eldar beobachtete interessiert das Schauspiel. Wie er blieben immer mehr Wanderer stehen, auch der Wegeverkehr geriet ins Stocken.

»Der Händler muss fremd sein. Er weiß nicht, wie sehr Trage- und Lasttiere in Torhauvn geschätzt werden. Sie haben bei der Urbarmachung des Landes großartige Arbeit verrichtet. Die Erinnerung daran ist in den Köpfen der Einwohner noch immer fest verankert. Ein Stierkopf wird im Stadtwappen geführt, einmal pro Woche werden Dankgebete an die unzähligen im Sumpf verendeten Tiere gesprochen, und es gilt als Frevel, jene zu verwursten, die zu Lebzeiten in den Straßen Torhauvns und in der Umgebung der Stadt gearbeitet haben.«

Der Kutscher erhob sich. Mit hochrotem Kopf ließ er die Peitsche durch die Luft schnalzen, nach allen Richtungen, während sich der Kreis der Frauen und Männer immer enger um ihn schloss.

»Verschwindet, ihr Ärsche!«, brüllte der Mann. »Ich bin im Auftrag der Landfrau Amethyst unterwegs. Wer sich mit ihr anlegt, bekommt es mit ihrer Leibwache zu tun.« Und als sich die Leute nicht um sein Geschrei kümmerten und ihm immer näher rückten, die Ochsen ausschirrten, am Karren zu rütteln und zu schütteln begannen, kreischte er: »Stadtguardia! Helft mir! Haltet mir den Pöbel vom Hals!«

Ein Berittener fühlte sich angesprochen. Er drehte sich zum Karren um – und zuckte zu Eldars Erstaunen bloß mit den Schultern, bevor er seinen Gaul mit einem Schnalzen antrieb und weiterritt.

»Die Torhauvner sind ein eigenartiges Volk«, sagte Amelia. »Sie schätzen ihre Tiere mitunter mehr als ihre Angehörigen.«

Der Kreis schloss sich, der Wagen des Händlers war kaum noch zu sehen. Er selbst unternahm einen letzten Versuch, sich Respekt zu verschaffen, wohl aus seiner Heimat gewohnt, sich mit der Peitsche durchzusetzen. Einen Hieb brachte er an, dann einen zweiten, doch als er zum nächsten ausholte, fiel er zwischen die Menschen, von irgendwem gestürzt, und kam nicht mehr zum Vorschein.

Ein Schrei erklang, schrill und schmerzerfüllt. Es dauerte lange, bis er endete. Menschen hasteten umher und zwischen ihnen einige Malekuften, die sie um Haupteslänge überragten. Sie bewegten sich wie Bienen um ihren Stock, wild durcheinander und dennoch einem System gehorchend. Bis es ruhiger wurde, bis die Unruhe abebbte und der Blick auf den Karren freigegeben wurde.

Das Gefährt war in seine Bestandteile zerlegt worden. Außer einigen Stück Holz und rostigen Beschlägen war nichts mehr davon übrig. Rote Flecke zeichneten seltsame Bilder auf die Steine des Katzenpflasters, und mehrere Schritte entfernt lag ein unförmiges Etwas unter schmutzigem Tuch.

Die Leute gingen weiter. Sie unterhielten sich, als wäre nichts geschehen. Kutschen fuhren an, Kinder liefen zwischen den Rädern umher, Männer fluchten über die Lasten, die sie trugen, Frauen schimpften über den Wortschatz ihrer Männer.

»Kommt weiter«, sagte Amelia und setzte nun ebenfalls den Aufstieg fort. »Hier gibt's nichts mehr zu sehen.«

Eldar folgte der Frau. Er war wie betäubt. Einmal mehr hatte er vorgeführt bekommen, wie wenig ein Leben in dieser Welt wert war. Er war nicht am richtigen Ort – und schon gar nicht zur richtigen Zeit – aus der Treibgierde gestiegen.

Er tastete nach seinem Messer. Die Berührung beruhigte ihn. Das Gefühl, gegen seinen Willen in dieser schrecklichen

Welt ein neues Zuhause finden zu müssen, schreckte ihn noch mehr als alles andere.

Die trutzige Wehrmauer, die sich rings um das Stadtgebiet hügelaufwärts und hügelabwärts wand, hatte nicht erkennen lassen, was sich dahinter verbarg. Eldar glaubte zu träumen, als sie durchs Tor traten, begleitet von anderen Wanderern, und der Abendnebel die ersten Gebäude Torhauvns freigab: Sie entpuppten sich als uralte, gewaltig große Baumgeflechte, deren Äste sich ineinander verschlangen und die kaum einen Blick aufs Firmament zuließen. Knorrige Stämme stachen wie Korkenzieher in die Höhe, um sich irgendwo zwischen dem Blattwerk zu verlieren. Es gab Äste, die sich umarmten, und solche, die miteinander kämpften und um die Vorherrschaft inmitten eines scheinbar undurchdringlichen Holzdschungels rangen.

»Das ist unglaublich!«, stieß Eldar aus. Er bekam ein Wunder der Natur vor Augen geführt, das so groß, so beeindruckend war, dass er nicht verstehen konnte, warum es die anderen Wesen ringsum nicht ebenso wie er würdigten. Er blieb stehen, um sich in aller Ruhe umzusehen. Doch er wurde rasch weitergeschoben von müden Wanderern, die ihren Zielen entgegenstrebten oder sich danach sehnten, nach einem langen arbeitsamen Tag eine Mütze Schlaf zu erhaschen. Für sie war dies hier Alltag und keinen Moment des Innehaltens wert.

»Was haben die riesigen weißen Blüten an den Astspitzen für eine Bedeutung?«, fragte er Amelia, »und was hat es mit den vielen seltsamen Schnitzereien auf sich? Bricht die Stadt in sich zusammen, sobald eines der Häuser morsch wird und umfällt?«

»Geh mir aus dem Weg!«, fuhr ihn eine Frau an, die einen Sack, fast so groß wie sie selbst, auf dem Rücken trug und einen müden Schritt vor den anderen setzte.

Eldar wich ihr aus, seine beiden Begleiterinnen und er ließen sich nach rechts abdrängen. Eine Wache in Uniform stand dort, auf eine übermannsgroße Hellebarde mit rostigem Waffenblatt gestützt. Er brummelte ein paar Schimpfwörter in seinen Bart, wies sie an, einige Schritte weg vom Zugang zum Torturm zu tun, kümmerte sich aber dann nicht weiter um sie.

»Torhauvn ist eine Stadt wie jede andere«, sagte Amelia schulterzuckend. »Der Menschenschlag ist derselbe, die Gemeinheiten, die man erfährt, ebenfalls. In den Latrinen stinkt es wie überall auf der Welt, und wenn ein Kind aus seiner Mutter herausgepresst wird, protestiert es laut schreiend, weil es erahnt, dass sein Leben beschissen sein wird. Wenn du nun den Mund wieder zubekommst, sollten wir zusehen, dass wir weiterkommen. Die Dunkelheit birgt allerlei Gefahren.«

Eldar atmete tief durch – und bereute es noch im selben Moment. Es stank nach fauligem Holz. Zudem war die Luft durchdrungen von winzigen Schwebestoffen, die im Licht der wenigen Fackeln entlang der Gehwege wie tanzende Geisterchen wirkten. Manche von ihnen zogen unterarmlange Fäden hinter sich her.

»Das sind Treibsporen, solltest du auf die Idee kommen, danach zu fragen.« Amelia zog eines der seltsamen Dinger näher zu sich heran. »Sie tanzen in den Dämmerstunden durch die Straßen und suchen nach anderen ihrer Art. Wenn sie verklumpen – was, den Göttern sei's gedankt, nur selten vorkommt –, dann sinken sie zu Boden, bohren sich ins lockere Erdreich und werden über Nacht zu riesigen buntschillernden Pilzen.«

Amelia deutete auf einen Vorsprung im groben Mauerwerk. Ein fahl leuchtendes Gewächs hatte sich dort festgesetzt. Die filigranen Blätter fielen kraftlos nach unten, an den Spitzen hingen Fäden ... Nein, es waren keine Blätter. Es handelte sich um länglich geformte und sterbende Pilze.

»Diese da sind giftig und bereiten einem Schmerzen im Kopf, sobald man sie berührt. Andere machen, dass man Dinge sieht, die es gar nicht gibt. Wiederum andere werden von den Medikern als Heilmittel verwendet. Es gibt nur wenige Weise in der Stadt, die diese verfluchten Dinger voneinander zu unterscheiden vermögen, und selbst diese haben schon mal eine falsche Wahl getroffen.«

»Ich kenne das Zeug«, sagte Loisie. Ihre Finger zitterten, als sie auf den Pilz deutete. »Liven mengt es einigen ihrer Rezepte bei. Es dient als Abführmittel, aber auch, wenn eine Frau von ihrem Mann für eine Weile nicht belästigt werden möchte.«

»Torhauvn beliefert die ganze bekannte Welt mit getrockneten, wurmstichigen, nassen oder in seltsamen Substanzen eingelegten Pilzen.« Amelia lächelte. »Die Stadtkämmerer sind stolz darauf, unabhängig von Wicca und Magicae zu sein. Sie haben es zudem geschafft, sich aus den Kriegswirren freizukaufen.«

»Das ist ihnen dank ihrer Waren gelungen?«

»Ja«, antwortete Amelia knapp und fügte nach längerem Zögern hinzu: »Und weil sie noch mehr hergaben. Frauen und Kinder, die als Sklaven oder – wie man es so schön nannte – als *Fleisch* für die Kämpfe an vorderster Front im Heer des Gottbettlers herhalten mussten.«

»Aber nun ist das alles vorbei«, meinte Eldar. Es fielen ihm keine anderen, keine besseren Worte ein, um seine Betroffenheit zu überspielen.

»Ja. Jetzt ist alles wieder nett und schön. Jedermann ist fröhlich, uns geht es gut.« Amelia stierte an ihm vorbei ins Leere.

»Lasst uns weitergehen«, schlug Loisie vor. Sie schob Eldar vor sich her, hinein in den immer stärker werdenden Nebel.

Die Torwache grunzte und machte ihnen widerwillig Platz. Sie nahmen den breiteren der beiden Wege, die vom Tor weg tiefer in die Stadt führten. Die Mauern verschwanden rechts von ihnen im Abenddunst. Ein alter Mann lugte hinter seiner in einen Baumstamm gehauenen Tür hervor, ein wuscheliger Kopf und ein magerer Körper im Schein einer Kerze, der aus seiner Wohnung hervordrang. Er schloss die Pforte, bevor Eldar und seine Begleiterinnen näher als zehn Schritte an dem auf Luftwurzeln ruhenden Gebilde heran waren. Ein Riegel schob sich quietschend in seine Führung, ein Schlüssel rasselte.

»Viele Torhauvner sind misstrauisch, weil sie satt und reich sind«, meinte Amelia. »Sie wissen, dass es in der Welt dort draußen unzählige Wesen gibt, denen es weitaus schlechter als den Städtern geht. Aber das schert sie nicht sonderlich. Sie verschließen ihre Augen – und ihre Türen – vor dem Außen.«

Da waren weitere Luftwurzeln, die quer über den Weg lagen und ein Durcheinander anrichteten, das jeden Marsch zum Mühsal machte. Eldar stieg über mehr als kniehohes Wurzelwerk hinweg und half seinen beiden Begleiterinnen, es ebenfalls zu bewältigen. Er betrachtete das wie ein Strick geflochtene Stück Holz näher. Unzählige Kupfermünzen waren mit Nägeln tief in die verdrehten Astarme getrieben worden. Manche von ihnen glitzerten im Fackellicht; sie waren ein paar Wochen oder ein paar Monate alt. Andere hatten die Farbe des Holzes angenommen und waren kaum noch von der Borke zu unterscheiden.

Einige Schritte entfernt stand ein seltsam gekleideter Junge am äußersten Ausläufer der Wurzel, dort, wo sie mit der eines Nachbarhauses eine Verbindung einging und sie umarmte wie die Hand eines Liebenden. Der Jüngling tat es wie unzählige seiner Vorgänger: Er schwang einen schweren Hammer und schlug mit aller Kraft auf einen Nagelstift ein. Sein Daumen war geschwollen und blutig, doch er mühte sich weiter ab und würde wohl erst aufhören, wenn er seine Markierung gesetzt hatte.

»Ein wandernder Geselle«, klärte Amelia sie über das Offensichtliche auf. »Die Lupinwurzel wird seit Generationen von angehenden Schmiedemeistern beschlagen, die Torhauvn betreten und sich bei einem der Hölzerer der Stadt ausbilden lassen. Die Lupinwurzel ist eines der Wahrzeichen der Stadt …«

»Was sind Hölzerer?«, unterbrach sie Eldar.

»Sieh dich doch um! Die Häuser und Unterkünfte sind allesamt aus diesem einen Material gefertigt. Man könnte glauben, dass es sich dabei um natürlich gewachsene Bäume handelt, doch in Wirklichkeit wurden sie von den berühmtesten Meistern dieser Zunft in Formen gezwungen. Es dauert meist ein Leben lang, um ein einziges Haus so zu formen, wie es der Besitzer haben möchte«

»Die Hölzerer nutzen keinerlei Magie?«, hakte Loisie nach.

»Nein.« Amelia ging nun voran. Von den Bewohnern war kaum noch einer zu sehen. Die Passanten verteilten sich zwischen den Gebäuden oder nutzten Seitenwege, die in ein unentwirrbar scheinendes Labyrinth aus Wurzeln und Baumstämmen führten. Die wenigen Fackeln in regengeschützten Ecken warfen Schlaglichter, alle anderen waren längst erloschen. Immer wieder tauchten Schatten innerhalb der beleuchteten Felder auf und verschwanden rasch wieder, wie Gespenster, die sich einen Spaß daraus machten, die Stadtbewohner zu erschrecken.

»Wohin bringst du uns?«, fragte Eldar.

»Zum Feuchten Eber«, antwortete Amelia. Sie blickte um die Ecke, an einem Haus vorbei, dessen geteilte Äste wie die Arme einer Schwinggabel steil in die Höhe ragten. Beide waren so dick, dass zehn Leute nicht gereicht hätten, um einen von ihnen zu umarmen.

»Ein Wirtshaus?«

»Auch.« Amelia gab sich wortkarg. »Kommt schon, beeilt euch! Ich weiß schon gar nicht mehr, ob ich einfach nur nass bin oder ob ich mich angepisst habe.«

Schweigend stolperten sie weiter. Die Wurzel- und Baumhäuser wurden höher, größer, furchterregender. Eldar fragte sich nicht zum ersten Mal, was er hier eigentlich suchte. Wo sein Ziel lag. Was er zu tun hatte und wie er die Befreiung Haranas herbeiführen wollte. Noch immer herrschte in seinem Kopf ein wildes Durcheinander.

Und die Erinnerungen an seine Liebe verloren immer mehr an Schärfe, je weiter weg er von der Treibgierde gelangte. War er etwa dabei, sich selbst zu verlieren?

»Da ist er«, unterbrach Amelia seine Gedanken und deutete geradeaus. »Der Feuchte Eber. Eines der am wenigsten widerlichen Freudenhäuser der Stadt.«

»Ein Hurenhaus?« Loisie blieb stehen, die beiden Hände zu Fäusten geballt, so als wollte sie im nächsten Moment auf Amelia losgehen. »Das würde dir so passen! Lauern uns Kumpane von dir auf? Willst du uns verkaufen? Aber das wird dir nicht gelingen! Ich werde …«

»Beruhige dich, Loisie.« Amelia schüttelte den Kopf. »Der Feuchte Eber bietet müden Reisenden auch warme und nicht gar zu teure Schlafgelegenheiten. Hier werden keine Fragen gestellt und auch keine beantwortet, sollten sich Verfolger nach uns erkundigen.« Sie lächelte müde. »Wobei dein Vorschlag gar nicht mal so schlecht wäre. Du bist jung, siehst halbwegs brauchbar aus … Ich würde einen guten Preis für dich herausschlagen können. Allerdings nur, solange du den Mund hältst.«

Eldar betrachtete das von einer Fackel gut beleuchtete Schild des Hauses. Es schwankte im leichten Wind. »Und ich dachte, dass sich das *Feucht* im Namen dieses Hauses auf das hiesige Wetter bezieht …«

»Und beim *Eber* hast du tatsächlich an das Tier gedacht?« Amelia lachte. »Wie kann man bloß so dumm sein und dennoch so lange überleben?«

»Wie dumm muss dann diejenige sein, die sich von uns beiden überrumpeln und gefangen nehmen ließ?« Eldar steuerte auf den Eingang des Hurenhauses zu. Zwei muskelbepackte Männer standen enggedrängt unter einem Vordach, das aus abgeschälter und vom Stamm abstehender Rinde bestand. Sie ließen ihre Hände lässig über ihre Jacken wandern und öffneten sie ein wenig, sodass Eldar die darunter steckenden Säbel erkennen konnte.

»Bist fremd hier, was?«, fragte der eine, etwas größere.

»Hast dich verirrt mit deinen beiden Hühnern, wie?«, der andere, dessen Zähne einem Ruinenfeld glichen.

»Ich such einen Platz zum Schlafen.« Eldar mochte die beiden Kerle nicht. Nicht ihre Gesichter, nicht ihr Grinsen, nicht ihre Anzüglichkeiten.

»Ist ziemlich voll da drin. Ist wohl besser, ihr zieht weiter«, sagte der Großgewachsene. »Wobei Blondlöckchen durchaus noch einen Platz finden würde. Hier, zum Beispiel.« Er griff mit der Hand an sein Gemächt und massierte es.

»Blondlöckchen mag bloß Spielzeug für Erwachsene und keine Miniaturen«, hörte sich Eldar sagen. In ihm brodelte Wut. Der Zorn kochte hoch und höher, breitete sich immer weiter in seinem Inneren aus.

»Der Typ kennt dich gut!«, gluckste Schwarzzahn. »Und er ist lustig.«

»Aber er kennt mich nicht gut genug!« Die Kiefer des großgewachsenen Mannes klapperten gut hörbar aufeinander, sein Gesicht färbte sich rot. »Komm doch näher, Großmaul!« Er schob die eine Seite seines zerschlissenen Rocks beiseite und griff mit der Rechten nach der Waffe. Die Klinge war schartig und von dunklen Flecken verziert, die einerseits davon kündeten, dass der Mann den Säbel in der Vergangenheit schon öfter mal benutzt hatte – und dass er andererseits nicht viel von Sauberkeit hielt.

»Hast nichts von deinem Temperament verloren, Gingel«, sagte Amelia. Sie trat zwischen Eldar und die beiden Türsteher. »Und du, Moostopf, solltest endlich lernen, deinen Kumpel im Zaum zu halten.«

Gingel hielt in seiner Bewegung inne, als wäre er eingefroren, den Säbel halb gezogen und halb in der Scheide steckend. »Da soll mich doch ... Amelia?« Er tat einen Schritt zurück und stolperte beinahe über seinen Kumpan Moostopf. »Ich dachte, du hättest es hinter dir? Irgendwo verscharrt, hinten bei den Totwurzeln ...«

»Wie du siehst, weile ich noch unter den Lebenden. Und es geht mir gut, danke der Nachfrage. Würdet ihr jetzt bitte meinen beiden Freunden und mir den Weg freimachen? Die Luft ist recht feucht hier draußen, und wir haben einen langen Marsch hinter uns.«

»Ich weiß nicht so recht, Amelia.« Gingel zögerte. »Drinnen ist dicke Luft. Die Fette Bertel hat heut wieder prächtige Laune. Es wäre besser, du kämst ihr nicht unter die Augen. Sie hat, nachdem du verschwunden bist, wochenlang herumkrakeelt, dass du einen Haufen Schulden hinterlassen hättest.«

»Dieses Problem überlass gefälligst mir, großer Mann. Und jetzt mach Platz!«

Amelia nahm Eldar sowie Loisie beim Arm und führte sie an den beiden Schlägern vorbei zur Tür des Lokals. Der Feuchte Eber bestand aus drei parallel zueinander gesetzten Baumstämmen, deren Wurzeln rings um den Eingang in wundersame Schlingen gezwungen worden waren. Sie formten Schriftbilder; Eldar vermochte sie nicht zu entziffern, doch sie erzeugten schon beim Betrachten ein unangenehmes Gefühl in seinem Magen.

»Du hast Gingel auf dem falschen Fuß erwischt«, flüsterte Amelia ihm zu. »Er ist normalerweise nicht so aufbrausend, aber sein Schwengel ist, nun ja …« Sie deutete mit Daumen und Zeigefinger etwas an, das wirklich, wirklich klein war.

»Dafür ist sein Maul umso größer.« Die Wut, die Eldar gepackt hatte, ließ nur ganz langsam wieder nach. Er folgte Amelia widerstrebend. Viel lieber wäre er draußen geblieben und hätte den beiden Kerlen eine Lektion erteilt.

»Komm jetzt, Wanderer!« Die ältere Frau zog ihn weiter, hin zu einer Wand aus Teppichen, die wenige Schritte hinter der Tür eine zweite Barriere zum Inneren des Feuchten Eber bildeten. Sie teilte die schweren Stoffe, und schummriges Licht umfing sie, dazu ein Stimmgeschwirr, das Gebrabbel Betrunkener und das hysterische Kreischen von Huren, die um die Aufmerksamkeit von Kunden buhlten. Da war der Geruch nach ranzigem Fett, nach Schweiß, nach Fäkalien, nach verdorbenem Fleisch.

Eldar schob sich an Amelia vorbei. Er fühlte sich als Anführer ihrer kleinen Gruppe, und es widerstrebte ihm, der alternden Hure das Kommando zu überlassen. Er ging auf den kreisrunden Tresen inmitten des kreisrunden Raums zu und drängte einen Besoffenen zur Seite, der umkippte wie ein gefällter Baum. Neues Gelächter vermengte sich mit altem. Der Klangteppich kündete von traurigen Wesen, die sich mit Alkohol und mit Sex Freude erkaufen wollten und in den Morgenstunden irgendwo in der Gosse aufwachten, um festzustellen, dass sie nichts gewonnen, aber viel verloren hatten.

Links von ihm erklang Gejohle, als ein blasser und mit Narben übersäter riesiger Mann in ein Geviert geschubst wurde. Ihm gegenüber stand ein bärbeißiger Kerl, der einen hysterisch kläffenden Kampfhund kurz an der Leine hielt. Der muskulöse Riese erhielt ein Rundschild aus Holz und ein Übungsschwert, dann wurde das Vieh auf ihn losgelassen, unter weiterem Geschrei und Anfeuerungsrufen einer blutgierigen Menschenmenge. Sie warfen Kupfermünzen in die provisorische Arena, feuerten ihren Favoriten an oder schmähten den Gegner. Immer mehr Leute umringten das Geviert. Eldar wurde der Blick darauf genommen, und er war nicht unglücklich darüber.

»Du bist der Wirt?«, fragte er einen bulligen, glatzköpfigen Mann hinter dem Tresen, der mit der stoischen Ruhe langjähriger Routine Gläser mit Spucke reinigte, aber ab und zu auch mal vorbeizielte und einen unverschämt werdenden Gast traf.

»Nein. Ich bin bloß dafür zuständig, dass die Gläser stets feucht bleiben.«

»Und dein Name ist ...?«

»Mein Name bleibt bei mir, Kleiner. Würd ich ihn dir nennen, würd ich dich an einem Geheimnis teilhaben lassen, das niemanden etwas angeht. Du kannst mich gern *Herr Glas* nennen.«

»Also schön, Glas ...«

»*Herr* Glas, sag ich!« Der Mann legte sein Spültuch auf den Tresen, stützte die Hände auf und beugte sich weit nach vorn, hin zu Eldar. »Du möchtest ein Bier? Oder einen Sauren? Wenn ja, dann sag's rasch und sag's freundlich. Alles andere endet mit Blut und Zahnsplittern, die irgendwo im Holz stecken bleiben.«

»Wir suchen Zimmer, Herr Glas.«

»Zimmer mit Damen oder bloß eine Schlafgelegenheit?«

»Wir brauchen trockene Betten und sauberes Wasser. Weibliche Begleitung hab ich mir selbst mitgebracht.«

Herr Glas starrte erst Amelia an, dann Loisie, die er von oben bis unten musterte, und dann wieder Amelia.

»Dich kenn ich doch«, knurrte er.

»Und ich kenn dich, Herr Glas«, erwiderte Amelia. »Es ist verwunderlich, dass dich die Fette Bertel immer noch nicht rausgeschmissen hat. Oder ist sie so blind geworden, dass sie deine Betrügereien nicht mehr bemerkt?«

Das Gesicht von Herrn Glas lief rot und röter an, die Oberarmmuskeln pumpten sich auf. »Noch eine Lüge aus deinem Schandmaul, und du bist die Nächste, die mit den Hunden im Geviert Bekanntschaft macht, das schwör ich dir.«

»Ach, du warst schon immer einer, der laut gekläfft und nur selten gebissen hat«, gab sich Amelia kühl und frei von Angst. »Wo ist denn dein Frauchen, Herr Glas? Meine beiden Begleiter und ich würden gern mit jemandem reden, der *wirklich* was zu sagen hat.«

»Ich bin schon da, Schätzchen«, tönte eine Bassstimme. »Es gibt keinen Grund, unwirsch zu werden.«

Eldar drehte sich um und zuckte zusammen, und auch Loisie und Amelia vermochten ihre Nervosität nicht zu verbergen.

Die Fette Bertel – um keine andere als sie musste es sich handeln – hatte sich nahe an sie herangeschlichen, trotz ihres Gewichts, das sicherlich mehr als das zweier kräftiger Männer ausmachte. Eldar betrachtete das monströse Weib von oben bis unten. Auf kleine Füße und zarte Fesseln folgten übereinanderliegende Fettwülste, die von einem Hauch von Stoff kaum verborgen wurden. Er fragte sich, wo der Hüftspeck aufhörte und die Zitzen der Frau anfingen, auf wie vielen Röllchen das Kinn auflag, wo es dieses grauenhafte Blond, mit dem sie ihre fettigen Haare abgedeckt hatte, zu erwerben gab und wie sich die Fette Bertel überhaupt fortbewegen konnte.

»Warum gaffst du mich so an, Amelia?«, fragte sie. »Gefalle ich dir so sehr?«

»Für einen Augenblick dachte ich, du hättest zwei bis drei Steine abgenommen. Aber ich hab mich wohl geirrt.«

»Ich halte nichts von Diät, wie du weißt. Der einzige Sport, dem ich mich hingebe, ist der, mich über meine Liebhaber zu wälzen und ihnen meine Liebeskünste zu beweisen.«

»Ja, Bertel, dafür bist du hinlänglich bekannt. Vor allem, da schon einige deiner Opfer dieses Vergnügen nicht überlebt haben.«

»Torhauvn ist voll von Gerüchten und böswilligen Verleumdungen, wie wir wissen. So hörte ich auch, meine Hure Amelia läge längst unter der Erde. Nun aber steht sie leibhaftig vor mir, ein wenig älter geworden, ein wenig hässlicher, aber ganz eindeutig meine Hure Amelia. Und jetzt verstehe ich auch, warum mir zeitgleich mit deinem Verschwinden einige Geldstücke abhandengekommen sind.«

»Ich würde sagen, dass es sich dabei um den Lohn handelte, den du mir vorenthalten hattest.«

Amelia gab sich unbeeindruckt vom Auftreten der fetten Puffmutter. Sie scherte sich keinen Deut um die Totschläger, die links und rechts von ihr Aufstellung nahmen und nach ihren Messern kramten, die Ärmel hochkrempelten und dümmlich grinsten. Vor allem in Loisies Richtung, die offenbar dem Geschmack der meisten Männer hier herinnen entsprach. Ein übermütiger junger Bursche tastete nach ihrem Hintern. Die Wicca schlug ihm unter dem Gelächter seiner Kumpane auf die Finger und zog sich ein Stück zurück, näher hin zu Amelia.

»Da bin ich anderer Meinung, Amelia«, entgegnete die Fette Bertel nach einer Pause. »Ich würde sagen, dass du mir noch einige Geldstücke schuldig bist. Und solltest du sie nicht zufällig bei dir haben, möchte ich dich gern meinen treuesten Stammkunden zur Benutzung überlassen, angefangen bei Deinkrust. Kommst du mal her, Deinkrust?«

»Hum? Deinkrust hier. Deinkrust gutes Mann.« Aus dem Schatten rechts vom Tresen erhob sich ein Geschöpf, das kaum noch etwas Menschenähnliches an sich hatte. Die Gewandfetzen, die es am Körper trug, waren damit verwachsen. An beiden Oberarmen fehlte Haut, wie mit dem Schüreisen abgebrannt. »Deinkrust kriegt Sauren?« Er verdrehte die Augen und entblößte ein Gebiss, das einer mit schleimigem Moos überwachsenen Ruine ähnelte.

»Du bekommst vielleicht noch viel mehr, mein Lieber. Wenn du brav bist, darfst du deine Zunge in eine leidlich gut erhaltene Möse tunken.« An Amelia gewandt, fuhr die Fette Bertel fort: »Wie sieht es nun aus, meine Teure? Wirst du deine Schulden abbezahlen oder abarbeiten?«

»Zieh deine Leute ab.« Amelia blieb ruhig, auch wenn ihr Gesicht wächsern und ihr Körper angespannt wirkten. »Ich bin hier, weil ich deine Hilfe brauche. Und weil ich dich dafür entlohnen möchte. Großzügig entlohnen.«

»Das klingt doch interessant. Aber nette Worte allein reichen nicht, um mich zu überzeugen. Bevor ich auch nur daran denke, einen Finger für dich zu rühren, möchte ich einen Vorschuss sehen. Für meine Geduld, für mein großes, großes Herz, für all die hungrigen Mäuler, die ich zu füttern habe.«

»Gern, Bertel. Aber nicht hier. Gehen wir in dein Arbeitszimmer. Damit ich dir ungestört erzählen kann, worum es geht.«

Die dicke Frau blickte zuerst Eldar, dann die beiden Frauen an. »Also schön«, sagte sie nach einer Weile, »die Fette Bertel hatte schon immer ein offenes Ohr für gute Geschichten.« Sie trippelte mit lächerlich kleinen Schritten an ihnen vorbei, umrundete den Tresen und watschelte am Geviert vorbei in den hinteren Bereich des Feuchten Eber.

Amelia bedeutete Eldar und Loisie, der Puffmutter zu folgen, während rings um sie die Gespräche wieder aufgenommen wurden und die Totschläger der Fetten Bertel irgendwo in der Menge verschwanden.

»Deinkrust nicht Möse lecken?«, hörte Eldar eine enttäuscht klingende Stimme. »Deinkrust traurig. Deinkrust guter Mösenlecker.«

Links von ihnen kämpfte der blasse Riese nach wie vor gegen den zur Weißglut gebrachten Bluthund. Der Schild des Mannes lag zerbissen im Sand, er selbst wies unzählige Wunden am Oberkörper und den Schenkeln auf. Noch wehrte er sich, noch konnte er den blitzschnell vorgetragenen Angriffen des Tiers mit reflexartigen Abwehrbewegungen seines Übungsschwerts beikommen.

Eldar bewunderte den Mann. Auch wenn er keine Chance hatte, wehrte er sich bis zum Allerletzten. Zwei Dutzend Menschen, vielleicht etwas mehr, verfolgten den Kampf, schrien und wetteten auf seinen Ausgang. Nun ging es allerdings nicht mehr darum, wer gewinnen würde, sondern wie lange der Mann noch durchhielt.

Eine Wurzel, grau und warzig, markierte den Eingang zu Bertels Reich. Die dicke Frau schob sie ohne Anstrengung beiseite, und dahinter kam ein hell beleuchteter Raum zum Vorschein. Sie traten ein, die Wurzel bewegte sich wieder zurück in Position.

»Die Dantenwurzel gehorcht nur mir, wie du dich gewiss erinnerst, Amelia. Ich rate euch also, nur ja keinen Unsinn zu versuchen. Ihr würdet diesen Raum niemals lebend verlassen.«

»Zumal zwei Männer mit vergifteten Pfeilen, die in Blasrohren stecken, in der Zwischenrinde auf ein Kommando von dir warten. Ich weiß, Bertel, und ich kenne auch all die anderen Fallstricke im Raum. Selbst den Fluchtweg hinter deinem Schreibtisch.«

Die Fette Bertel ließ sich hinter einem mit Papierwerk und Geldstößen angehäuften Baumstumpf in einen Korbsessel fallen. Das Material ächzte, hielt aber dem Gewicht stand.

»Ich hätte dich niemals ins Vertrauen ziehen sollen, Amelia.«

»Das hast du auch nicht. Ich bin lediglich eine gute Beobachterin und weiß um deine Vorsicht.«

»Kommen wir zum Geschäft.« Die Fette Bertel beugte sich vor. »Was habt ihr anzubieten, und was wollt ihr von mir?«

»Gold gegen einige belanglose Informationen, warme Betten und Schutz. So einfach ist das.«

»Wie viel Gold?«

Amelia streckte drei Finger in die Höhe, ihr Gegenüber lachte heiser.

»Leg noch einmal zehn drauf, dann kommen wir ins Geschäft, und ich vergesse, was du mir angetan hast.«

»Sechs.«

»Acht, und das ist mein letztes Wort. Vorausgesetzt, ich soll euch nicht vor der Stadtguardia beschützen, und die Informationen sind über die üblichen Kanäle zu erhalten.«

»Dann sind wir im Geschäft, Bertel.«

»Und ich fühle mich wieder mal übervorteilt. Ich habe ein viel zu weiches Herz.« Der Sessel ächzte, als sich die Fette Bertel noch weiter über den Tisch lehnte. »Ich bekomm die Hälfte jetzt gleich, und ihr habt den Schutz der ehrlichsten Puffmutter Torhauvns.«

»Was nicht viel zu bedeuten hat«, meinte Amelia schulterzuckend. »Aber ich wär nicht zu dir gekommen, wäre ich nicht derselben Meinung.« Sie deutete Loisie, vier Goldmünzen aus ihrem Beutel zu holen und der dicken Frau in die Hand zu zählen.

Eldar, der die ganze Zeit schweigend zugehört hatte und

sich völlig fehl am Platze vorkam, sagte nun: »Zeig uns bitte unsere Zimmer. Ich möchte endlich aus meinem nassen Zeug raus, ein Bad nehmen und schlafen.«

»Wo hast du denn *den* aufgegabelt?« Bertel sah nur Amelia an und würdigte Eldar keines Blicks.

»Das ist eine komplizierte Geschichte. Vielleicht erzähle ich sie dir morgen.«

»Badewasser …« Bertel schüttelte den Kopf, zwischen den Fettwülsten am Hals zeigten sich dunkle Schweißränder. »Diese modernen Sitten reißen immer weiter ein. Gibt's denn keinen Mann mehr, der schwitzende und ungewaschene Leiber schätzt? Das ist doch bloß natürlich – und gesund.«

Schmutzige Tücher trennten die Wohn- und Schlafbereiche des runden Raums in einem der gewaltigen Äste des Feuchten Eber. Das Zimmer hatte einen Durchmesser von etwa zwanzig Schritten. Die Wendeltreppe, die in noch höhere Bereiche des kerzengerade nach oben ragenden Astes führte, verlief durch den Kern des Zimmers.

Eldar hörte Keuchen, Stöhnen und Gelächter aus den unteren Stockwerken. Ein Mann röhrte laut, als wäre er der Namensgeber des Hurenhauses. Eine Frau ließ die Peitsche knallen und sagte Dinge, für die Eldar jegliches Verständnis fehlte. Doch ihr Opfer hatte offenbar seinen Spaß an diesem besonderen Spielchen.

Ein Diener, vierschrötig, bucklig und mit weit vorgeschobenen Knochenwülsten über den Augen, leerte Eimer mit heißem Wasser in eine bronzene Sitzwanne, die nahe der Tücherreihe und damit in der Mitte des Raums platziert war. Einzelne Spritzer schwappten über, heiße Dampfschwaden breiteten sich aus. Der verführerische Duft nach Honigseife lag in der Luft und auch der nach Pfefferminze.

Wie lange hatte Eldar nicht mehr gebadet? Seit Jahrhunderten?

Er schnipste dem Diener ein Kupferstück zu, der Mann fing die Münze geschickt aus der Luft und verabschiedete sich mit einem Grunzen, das ebenso eine Beleidigung wie auch ein Dankeschön sein konnte. Eldar achtete nicht weiter auf den Mann, während der das Zimmer verließ, sondern öffnete eines der winzigen schießschartenähnlichen Fenster. Von hier oben genoss er einen Blick über den Großteil Torhauvns. Es hatte aufgehört zu regnen. Das Licht der Fackeln vermochte den Nebel unten kaum zu durchdringen. Sie blieben diffuse Punkte inmitten eines Schattenmeers.

Doch hier oben waren Sterne zu sehen, Sterne und irrlichternde Geschöpfe, die sich zwischen den feiner und filigraner werdenden Ästen bewegten. Sie waren etwa handgroß und tanzten den Tanz ihres Lebens. Die kleinen Geschöpfe, Schmetterlingen nicht unähnlich, berührten einander, kämpften gegeneinander oder vollführten heftige Akte der Liebe, die mit dem Erlöschen eines der beiden Partner endeten.

»Das sind Hamamiten«, erklärte Amelia, die still und leise zu ihm getreten war und aus einem benachbarten Fenster ins Freie sah. »Sie sind die Herrscher dieses Teils der Baumsphären. Unten regieren die Zweibeiner, hier werden sie von den Hamamiten ersetzt, und ganz oben, in den Wipfeln, leben seltsame Fledermausarten, die sich während des Tages in Nistbereiche in den Borken zurückziehen.«

Eldar sah fasziniert zu, wie einer der Hamamiten zu Tode gevögelt wurde. Das Wesen erlosch und fiel haltlos dem Boden entgegen, wurde aber von einem schemenhaften Etwas abgefangen und in lichte Höhen entführt, um dort ein lautes Flügelschlagen und Zirpen auszulösen.

»Das ist alles sehr fremd für mich«, gab Eldar zu.

»Man gewöhnt sich daran.« Amelia trat näher. Sie hatte einen Teil ihrer Oberbekleidung ausgezogen. Die Brüste, handgroß und bemerkenswert gut geformt, lagen unter dünnem Tuch, die Nippel traten deutlich hervor. »Als ich nach längerer Wanderung auf der Suche nach meinen Kindern hierherkam, war ich ebenso verwundert wie du. Aber schon nach kurzer Zeit gewöhnt man sich an die Leuchttiere, und man weiß, dass man ihnen in den Nachtstunden tunlichst ausweicht. Hilf mir bitte.«

Sie drehte sich um und neigte den Kopf. Ein ledernes Band kam unter den nassen und fettigen Haarbüscheln zum Vorschein. Eldar nestelte so lange am Knopf herum, bis er es geöffnet hatte und sie es abnehmen konnte.

Zwei einfache, mit ungeschickter Hand geschnitzte Holzfiguren hingen an den Lederriemen. Die Gesichter wirkten dämonisch verzerrt, hatten aber auch etwas Unschuldiges an sich.

»Sie gehörten meinen Söhnen«, sagte Amelia leise, ballte die Rechte zur Faust und versteckte die Schnitzereien darin.

»Du wirst sie niemals wiedersehen«, machte sich Loisie hinter einer der Tuchbahnen bemerkbar, die den Schlafbereich der Frauen von dem Eldars trennte. Die Silhouette der Hexe war gegen den Schein eines Kerzenlichts gut auszumachen. Sie zog sich eben die Hose vom Leib. »Ich rate dir, dich keinen weiteren Hoffnungen hinzugeben.«

Eldar konnte die Veränderung wahrnehmen, die mit Amelia vor sich ging. Sie verkrampfte, Sehnen und Muskeln im Nackenbereich traten deutlich hervor. Ihre Hände zitterten so stark und so unkontrolliert, dass er meinte, eine Trinkerin vor sich zu haben, die seit Tagen kein Glas vom Sauren mehr gehabt hatte.

Amelia hielt sich fest, um ihr Gleichgewicht halten zu können. Und zwar hielt sie sich an ihm, Eldar, fest. Umklammerte seinen Oberarm, krallte die Fingernägel in sein Fleisch. Er hätte aufgeschrien, hätte er nicht befürchtet, die Frau noch weiter in Rage zu bringen.

»Sie leben«, sagte sie, »und ich werde sie finden. Und wenn du noch einmal Zweifel in mir zu wecken versuchst, Loisie, werde ich dich in Stücke reißen.«

»Deine Drohungen sind müßig. Du vergisst, wen und was du vor dir hast.« Loisie stieg auf die Zehenspitzen, ihr Blondschopf und die Augen wurden oberhalb der Tuchreihe sichtbar. »Ein paar böse Gedanken von mir, Amelia, und dein Innerstes kehrt sich nach außen. Du würdest platzen wie eine überreife Tomate.«

»Und du vergisst, wo du dich befindest, Wicca. Horche in dich hinein. Versuch, deine Dusus zu erfassen, und du wirst merken, dass sie hier keine Bedeutung hat. Torhauvn ist gut geschützt und gegen die Kräfte deines Geschlechts wie auch die der Magicae immunisiert.« Amelia lächelte. Nein, es war kein Lächeln, es war ein bösartiges Grinsen, das Zähnefletschen eines Raubtiers. »Du bist ohnedies geschwächt, seit du deine Heimat verlassen hast, und hier ist deine Hexenkraft nicht mal so viel wert wie ein Furz im Wirbelwind. Jetzt denk darüber nach, was eine Frau wie ich mit dir anstellen könnte. Hast du denn eine Ahnung, welche Kräfte aus dem Gefühl der Verzweiflung heraus entstehen?«

Haarschopf und Augen verschwanden, der Schatten Loisies wich zurück. Bald darauf war ein erstickter Laut zu hören, dann ein Schluchzen. »Ich bin … bin …«

»In Torhauvn besitzt du ausschließlich die Gaben einer Frau«, unterbrach Amelia das Gejammer ihrer Begleiterin. »Nicht mehr und nicht weniger. So wie ich. Allerdings bin ich mir meines Wesens, meiner Stärken und meiner Schwächen bewusst. Ich bin kein kleines, dummes Ding, das sich ausschließlich um die Weiterentwicklung seiner seltsamen Begabung kümmerte und dabei sein eigentliches Wesen vernachlässigte.« In ihrer Rechten hatte sie mit einem Mal einen Stift, eine Wurfwaffe. Eine rasche Bewegung – und das Geschoss raste davon, durchschnitt die trennende Stoffbahn und fand sein Ziel mit einem satten, schmatzenden Geräusch im gegenüberliegenden Bereich des Raums.

Eldar erschrak. Der Schatten, Loisie, bewegte sich nicht mehr. Sie stand da, stocksteif, wie eingefroren.

War sie getroffen? Warum kippte sie nicht um? Woher hatte Amelia den Wurfbolzen? War er Eldar ihr nächstes Ziel? So viele Gedanken schossen ihm durch den Kopf, sie lähmten ihn und machten, dass er nicht wusste, was er tun sollte, was er tun *konnte*.

Amelia ging zum Vorhang und schob die Tücher beiseite. Loisie stand da, bloß noch in ihr Hemd gehüllt, und starrte sie mit schreckensweiten Augen an. Der Wurfnagel hatte sich in einen der Ärmel gebohrt und den Arm gegen die hölzerne Rückwand gepinnt. Ein Blutfaden trat unter dem Stoff hervor, Tropfen platschten zu Boden.

»Meine Hand ist nicht mehr so ruhig wie früher«, sagte Amelia gelassen. »Ich wollte dein Handgelenk aufspießen und nicht nur die Haut anritzen. Wie bedauerlich …« Sie ging zu Loisie und zog mit einem Ruck den Wurfnagel aus der Wand. »Ich benötige wohl mehr Übung.«

»Wo-woher hast du dieses Ding?«, stotterte Eldar. Er begriff nicht, wie ihm die Führung über die Gruppe so leicht hatte entgleiten können. Oder täuschte er sich? Hatte er diese Position womöglich niemals innegehabt?

»Die Fette Bertel achtet nicht sonderlich auf ihr Eigentum«, gab Amelia zur Antwort. »Der Wurfnagel lag in ihrem

Büro herum. Oder hing er etwa an der Wand, zwischen anderen Waffen? Oder hab ich ihn in einem ihrer verborgenen Kästchen gefunden?« Amelia zog aus einer der Taschen ihres Rocks Schmucksteine, drei Ringe, mehrere Münzen, zwei Lederbeutel und eine schmale Stichklinge hervor und legte alles auf einen Tisch.

»Du bist verrückt! Wenn Bertel den Verlust bemerkt, hetzt sie uns ihre Leute auf den Hals!«

»Keine Sorge, Eldar. Die Puffmutter mag eine angsteinflößende Erscheinung sein, aber sie wird alt, ihr Gedächtnis lässt nach, ihr einstmals so scharfsinniger Verstand ist stumpf geworden. Wäre dem nicht so, hätte ich damals nicht entkommen können.« Amelia legte den Wurfnagel zu den anderen Sachen. »Herr Glas und einige weitere ihrer Untergebenen ahnen es gewiss. Aber noch regiert Bertel mit eiserner Hand, noch trauen sich die Aasgeier nicht, mit den Flügeln zu schlagen. Ein, zwei gute Jahre bleiben ihr jedenfalls. Und dann wird man sie eines Tages in einer Ecke des Feuchten Eber entdecken, aufgeschlitzt oder mit gespaltenem Schädel, von einem zweifellos großen Stück Tuch bedeckt. Herr Glas und seine Kumpane werden versuchen, den Laden zu übernehmen. Sie werden sich zerstreiten, weitere Meuchelmörder werden gedungen und Kleinkriege stattfinden. Der Stärkste – besser gesagt: der Geschickteste – wird die Siegesbeute erhalten und die Unruhen beenden.«

»Warum glaubst du, dies alles so genau vorhersagen zu können?« Eldar trat zu Loisie, die stockstarr und mit leichenblassem Gesicht dastand.

»Weil mir die Fette Bertel in einer schwachen Stunde erzählt hat, dass sie einstmals den Feuchten Eber genau auf diese Weise bekommen hat.«

Eldar überprüfte die Wunde, die Loisie davongetragen

hatte. Sie war tief, und er würde sie nähen müssen. Doch weder der Gelenkknochen war verletzt, noch war eine der Sehnen durchtrennt. Etwas sauberes Wasser, eine anständige Naht, Heilcreme und ein Verband, und die Verwundung würde binnen zwei Wochen kaum noch sichtbar vernarbt sein.

»Bleib ganz ruhig«, sagte er zu Loisie und drückte sie auf einen Stuhl mit breiter und bequemer Polsterung, dann durchsuchte er die Schränke und Kästen, bis er das Nähzeug, hochprozentigen Alkohol und alle anderen Hilfsmittel gefunden hatte, die er benötigte. Seine Finger bewegten sich wie von selbst, als er sich auf die Operation vorbereitete, alles Wissen dazu war in seinem Kopf, und er machte die Stiche sauber, präzise und rasch, so als hätte er sein Lebtag nichts anderes getan. Er tat der Wicca denselben Gefallen wie sie ihm, als sie sich um seinen Hals gekümmert hatte.

Loisie atmete schwer, und sie schwitzte. Von ihrer Schönheit war nur wenig geblieben. Auf den Wangen zeigten sich Schmutzflecken, die, Jahresringen gleich, von dunkel bis ganz dunkel verliefen. Rotz war unter der Nase getrocknet, die einstmals strahlenden Augen wirkten müde.

Hinter ihm platschten Füße ins Wasser. Amelia setzte sich also in die Badewanne, ohne sich weiter um ihn und die Verwundete zu scheren oder gar Angst zu empfinden. Hatte sie ihre neuen Waffen mit in die Wanne genommen? Oder schäumte ihr Selbstbewusstsein derart über, dass sie weder die Wicca noch ihn als ernst zu nehmende Gegner erachtete? War es Wahn, war es Überheblichkeit, die sie so sorglos handeln ließ?

»Fertig«, sagte Eldar und legte eine Kompresse auf Loisies nur noch schwach blutende Wunde. Auch den Verband legte er rasch und geschickt wie ein Mediker an. Er überprüfte den Halt der Tücher und nickte der jungen Wicca dann zu. »Das kommt bald wieder in Ordnung«, sagte er und stand auf, müde und mit einer Leere im Kopf, die jeden vernünftigen Gedanken sofort verschluckte.

»Sie kann nach mir in die Wanne steigen«, sagte Amelia, ohne ihn eines Blicks zu würdigen. Sie hob eben ein Bein und reinigte es von Kratzrändern, von Schmutzkrusten und von vielen anderen Dingen, die sich im Laufe der letzten Tage und Wochen dort angesammelt hatten. »Und jetzt schrubb mir gefälligst den Rücken, Wanderer!«

Eldar trat auf sie zu. Er nahm den Schwamm, den sie ihm reichte, quetschte weißen Schaum daraus hervor und ließ die seifige Flüssigkeit über ihren Nacken rinnen.

Amelia beugte sich vor. Er sah die Nippel ihrer Brüste hinter den angewinkelten Ellenbogen hervorlugen. Sie waren spitz, sie glänzten rosa.

»Du brauchst nicht so zu tun, als würdest du wegsehen«, sagte sie. »Meine Titten sind mithin die bekanntesten in dieser Stadt, und ich habe keinen Grund, mich für sie zu schämen.«

»Du interessierst mich nicht«, behauptete Eldar, peinlich berührt. Er dachte an Harana. Er *wollte* an Harana denken. Doch irgendetwas hinderte ihn daran. Vielleicht das muntere Stück Fleisch da unten, das sich einen Spaß daraus machte, gerade jetzt anzuschwellen.

»Natürlich nicht, Eldar. Du bist die große Ausnahme unter allen Männern, die ich jemals kennenlernen durfte. Aber ich würde dich bitten, daran zu denken, dass erstens deine Augen aus den Höhlen fallen könnten, und dass zweitens mein Rücken anständiger Pflege bedarf.«

Er legte die Hände um Amelias Hals, begann zu massieren und langsam den Druck zu erhöhen.

»Denkst du darüber nach, wie es wäre, mir den Garaus zu

machen?« Sie summte eine Melodie und blieb ganz ruhig, ganz gefasst.

»Nein. Ich bin kein Mörder.«

»Aber ein Lügner. Ich fühle es an deinen Fingern, an ihrem Zittern. Ich habe mehr Hände an meinem Körper gespürt, als du zu zählen vermagst, und ich war stets in der Lage zu sagen, was ihr Besitzer *wirklich* von mir wollte. Du, mein Freund, überlegst, ob du bei dieser günstigen Gelegenheit ein Problem loswerden könntest. Die Frau, die ihr bloß mitgenommen habt, weil sie gerade in euren Fluchtplan passte, ist auf einmal weit mehr als die minderwertige Hure aus der Gosse.«

»Ich habe dich niemals als billige Nutte gesehen«, widersprach Eldar. Er fuhr mit dem Schwamm ihr Rückgrat entlang nach unten und dann wieder hoch, sacht und mit ausreichendem Druck. Amelias Haut fühlte sich unerwartet weich an. Unzählige Narben, die quer zu den deutlich hervorstechenden Wirbeln lagen, kündeten von Auspeitschungen.

»Aber auch niemals als gleichberechtigten Partner«, sagte sie. »Ich war ein Werkzeug. Ein Mittel zum Zweck.« Amelia drehte ihren Kopf und blickte ihn über die Schulter an. Ihre Augen – blau? Blaugrau? – leuchteten.

Sie kam ihm mit einem Mal viel größer und viel mächtiger vor. Eine Titanin, die die Lage fest im Griff hatte. Amelia hatte gewusst, dass sie in Torhauvn geschützt war, hatte während ihrer Reise womöglich auf diesen Augenblick des persönlichen Triumphs hingearbeitet.

»Was möchtest du von mir hören, Amelia?«

»Wir schließen jetzt einen Pakt, Eldar, und du sprichst mir einen Schwur. Du warst es doch, der eine Abmachung wollte, nicht wahr?«

»Ja, aber …«

»Na also. Dann sind wir uns einig.«

»Ich verspreche nur das, was ich auch halten kann.«

Amelia kicherte, ihre Rippenbögen traten dabei deutlich hervor. »Ach, ihr Männer mit all eurem Pathos, dem Glauben an die eigene Stärke und an Ehre. Dabei seid ihr so schwach, so leicht zu manipulieren …« Sie wurde gleich wieder ernst. »Ich bin eine Verlorene. Ich wandle durch eine Welt, die die Schergen des Gottbettlers zerstört und in Schutt und Asche liegend zurückgelassen haben. Aber im Gegensatz zu vielen anderen habe ich ein Ziel. Eines, das wirklich ehrenhaft ist.«

»Das weiß ich, Amelia …«

»Unterbrich mich nicht!« Sie platschte mit einer Hand auf die Wasseroberfläche, und die nun nicht mehr so saubere Flüssigkeit spritzte über den Holzboden. »Du wirst mir folgendes Versprechen geben: Sobald du herausgefunden hast, was notwendig ist, um deine geliebte Harana aus der Treibgierde zu befreien, wirst du gemeinsam mit mir Manvin und Golvin suchen. Und du wirst mir helfen, wann und wo immer ich deine Unterstützung brauche.«

»Dein Teil dieses Abkommens wäre …?«

»Ich beschütze dich. Ich habe dir heute gezeigt, wozu ich fähig bin und was in mir steckt. Mit *dieser dort*«, sie deutete in die ungefähre Richtung des Stuhls, auf dem Loisie nach wie vor in sich versunken saß, »wirst du nicht weit kommen.«

»Ich erhalte Unterstützung von anderen und besser ausgebildeten Wicca, also brauche ich deine Hilfe nicht«, lehnte Eldar ab.

»Wenn du das tust, wirst du dich in eine Abhängigkeit begeben, aus der du dich niemals wieder befreien kannst. Sag bloß, die Hexen in der Treibgierde hätten andere Wesenszüge gezeigt.«

Eldar zögerte. »Ich kann mich kaum daran erinnern. Aber ich vermute, dass du recht hast«, gestand er schließlich ein.

»Du willst unsere Vereinbarung brechen, Wanderer?«, meldete sich Loisie nun doch zu Wort.

»Welche Vereinbarung?«, fragte Eldar leichthin. »Meinst du etwa all die Versprechen, die du mir abgepresst hast?«

»Macht diese Hure denn etwas anderes, als dich zu etwas zu zwingen?«

»Sie ist immerhin eine Frau, deren Beweggründe ich verstehe. Sie verfolgt keine düsteren Pläne, möchte mich nicht als ihr Werkzeug missbrauchen. Ganz im Gegensatz zu deinesgleichen.«

Es änderte sich mit einem Mal alles. Täuschte sich Eldar, oder wurde es dunkler und kälter im Raum? War Loisie doch fähig, einen Teil ihrer Kräfte anzuwenden und ihn damit einzuspinnen, einen Zauber über ihn wirken zu lassen? Oder empfand er es bloß so, weil sich das Kräftegleichgewicht verändert hatte und er nun eine neue, stärker wirkende Verbündete gefunden hatte?

»Ich bin einverstanden, Amelia«, sagte er.

»Schwöre es.«

»Ich schwöre es. Wir finden gemeinsam deine Kinder.«

Amelia rutschte in der Sitzwanne umher, bis sie sich gedreht hatte und ihm direkt in die Augen blicken konnte. »Dann ist es gut«, sagte sie und nickte. Ohne zu lächeln, ohne eine andere Gemütsregung außer tief empfundenem Ernst zu zeigen. »Und jetzt kümmer dich endlich um meinen Rücken.«

Das tat Eldar, und als Amelia später, als sie allesamt gewaschen und gereinigt waren, in sein Bettlager schlüpfte, kümmerte er sich noch viel gründlicher um ihren Körper.

23. Pirmen Courtix

Es gab Abkommen. Solche, die zwischen den Stadtobersten Torhauvns und den Magicae getroffen waren, vor der Zeit des Gottbettlers und danach. Die Formalismen dieser komplexen Vertragswerke interessierten Pirmen nicht, sondern nur, dass er nach mehreren Nächten in freier Natur endlich wieder ein Plätzchen in der Nähe eines im Kamin prasselnden Feuers bekam.

»Ist alles zu deiner Zufriedenheit, Herr?«, fragte einer der dienstbaren Geister, die sich um sein Wohlergehen kümmerten.

»Ja, du darfst gehen.« Pirmen bedeutete Ox, die Schlafwiege näher an das Feuer heranzurücken, bevor der Reitmensch ihn weiter füttern sollte.

Ox verrichtete seine Arbeit ruhig und ohne ein Anzeichen von Erschöpfung, was man nach einem derartigen Gewaltmarsch hätte erwarten dürfen.

»Warum weiß ich so wenig über dich, Ox?«, fragte Pirmen den Riesen schließlich.

»Du hast dich niemals für meine Vergangenheit interessiert, Kleiner Herr.«

»Aber jetzt tue ich's. Du warst Söldner, so viel ist mir bekannt, und du hast im Heer des Gottbettlers gedient. Aber was war davor? Wo kommst du her? Was möchtest du in deinem Leben noch erreichen?«

Ox holte ihn sacht aus der Wiege, reinigte seinen Mund, wusch sein Gesicht und zog ihm Kleidung an, die der eines Edelmanns aus dem Land Lirballem entsprach. Sie war schwarz und mit Lederflickchen verstärkt. Bunte Steine glitzerten statt Knöpfen, die grob wirkende Vernähung war mit rotem Faden erfolgt.

»Ich stamme aus dem Süden der Welt«, sagte Ox leise, während er sorgfältig Maß nahm und die Kleidung mit Nadeln an den Arm- und Beinstümpfen Pirmens absteckte. »Ich bin unterwegs, um Sühne zu tun.«

»Geht es um eine Frau?« Pirmen kicherte. »Sühne hat immer mit Frauen zu tun, nicht wahr?«

»Du wirst auf diese Frage keine Antwort erhalten, Kleiner Herr.« Ox zog ihm das Wams aus, hielt das Kleidungsstück auf Armeslänge von sich, betrachtete es prüfend und mit zusammengekniffenem linken Auge. »Selbst du wirst die Beweggründe für meinen Bußgang niemals erfahren. Es muss dir reichen, dass ich hier bin, um dich zu unterstützen.« Mit unerwartetem Geschick schob er den Zwirn durchs Öhr einer feinen Nadel und begann mit den Umänderungsarbeiten. Flink und geschickt, wie einer, der in seinem Leben nichts anderes getan hatte.

»Ich frage mich, warum ich dir auch nur bis zum Ende meiner Nase vertrauen sollte. Tumbe Helfer wie die Gobelias und die Musen würden mich nicht so schlecht behandeln wie du, und sie würden mich rascher ans Ziel bringen, als du es jemals schafftest.«

»Du wärst längst tot ohne mich, Kleiner Herr.«

Pirmen sagte darauf nichts. Er würde Ox nicht recht geben. Niemals.

Andererseits – empfand der Reitmensch denn so etwas wie Zufriedenheit? Er hatte Gefühle, gewiss. Er war schrecklich in seinem Zorn und seiner Rachsucht. Wenn ihm etwas gegen den Strich ging, konnte er stur werden wie ein Felsen. Doch Ox war weit davon entfernt, dass man in ihm ein menschenähnliches Wesen sehen konnte, denn er reagierte und handelte oft völlig unerwartet. Er war und blieb ein Mysterium.

»Also schön.« Pirmen seufzte. »Sobald du mich versorgt hast, schreibst du Briefe in meinem Namen. Ich wünsche, dass man sich in Torhauvn nach der Wicca, dem Ding aus der Treibgierde und ihrer Begleiterin umsieht. Die Stadtherren sind feist und selbstgefällig. Sie benötigen Beschäftigung.«

»Wir gehen besser davon aus, dass sie die drei nicht finden werden.«

»Die Krämer und ihre politischen Büttel werden doch wohl die Stadt und ihre Verstecke kennen!«

»Man merkt, dass du nur selten rauskommst, Kleiner Herr. Eine Stadt wie Torhauvn ist ein lebender Organismus. Er ist wie eine Wiese, auf der die schönsten Blumen blühen, aber auch Unkraut gedeiht.« Ox begutachtete die Näharbeit und legte den Ausgehrock beiseite, bevor er sich Pirmens Hose widmete. »Das giftigste Unkraut wächst oft im Verborgenen, verdeckt von anderen Pflanzen. Es ist klein, ist gut angepasst und kaum an der Wurzel zu packen, wenn man es denn endlich entdeckt. Man kann es nie zur Gänze entfernen.«

»Du hast schon mal bessere Vergleiche gezogen, Ox.«

»Ein guter Gärtner weiß um diese Probleme«, fuhr der Reitmensch unbeeindruckt fort und setzte weitere Nähstiche. »Er weiß auch, dass er diesen Kampf niemals gewinnen kann, zumal Nutzen und Zweck einer Pflanze nur schwer zu bemessen sind. Er wird also stets darauf bedacht sein, das Unkraut niedrig zu halten und die Blumenvielfalt alles überdecken zu lassen.«

»Und was willst du mit diesem *blumigen* Vergleich sagen?«

»Es gibt Leute, die kennen sich mit städtischem Unkraut weitaus besser aus als die offiziellen Gärtner, und ich werde mich auf die Suche nach einem dieser Menschen begeben.«

»Du willst mich allein lassen?« Pirmen hasste es, wenn der Barbar eigene Entscheidungen traf und ihn in seine Planungen nicht einbezog. *Er* hatte das Kommando, nicht sein Reitmensch!

Ox biss den Faden ab, machte einen Knoten und betrachtete kritisch seine Arbeit, bevor er Pirmens Rumpfkörper in die feste Leinenhose steckte. »Barabasse wird ein Auge auf dich haben. Ich werde ihn dir gegenübersetzen, und ihr könnt euch unterhalten. Ich bin mir sicher, dass ihr ausreichend Gesprächsstoff findet. Außerdem sind die beiden Gobelias nicht weit, und die Musen schlafen unten im Stall. Du weißt, dass sie jeden Feind auf die Entfernung einer Laufe riechen können.«

»Barabasse ist ein hinterhältiger Feigling, der bloß auf einen Moment der Unachtsamkeit lauert …«

»Ich dachte, dass du wesentlich stärker als ein einfacher Lehrling Gafelays wärst?«

»Natürlich bin ich das, aber …« Pirmen brach ab. Er wollte Ox nicht um seine Anwesenheit bitten oder gar darum betteln. In Wirklichkeit gab es im gesamten Weltenrund kein anderes Wesen, in dessen Nähe er so viel Zuversicht und Sicherheit empfand.

»Labidana und ich werden einen kleinen Ausflug unternehmen und uns in der Stadt umhören.«

»Labidana?«

»Dein Hausmädchen. Es begleitet uns und ist während der Reise auf dem Kutschendach gesessen. Du erinnerst dich?«

»Ach ja …«

»Sie und ich werden als Pärchen auftreten. Mit ein wenig

Glück finden wir das Wesen aus der Treibgierde noch heute. Selbst in einer Stadt wie Torhauvn gibt es nicht mehr als vier Punkte, auf die wir unsere Suche konzentrieren müssen.«

»Und das wären?«

»Die Häuser der Reichen und Mächtigen, also die des Stadtobersten sowie die des Geldadels. Doch diese Möglichkeit können wir ausschließen. Ich hätte diese Wichser längst durchschaut, wüssten sie etwas über die Gesuchten. Als Zweites kommen die Priester infrage. Die Bethäuser sind derzeit nicht sonderlich gut besucht. Keiner der Götter legte Wert darauf, die Feldzüge des Gottbettlers zu unterbinden. Drittens wären da die Soldatenlager beziehungsweise die Zelte unzufriedener Generäle, die in Kriegszeiten um ihr Leben fürchten und in den wenigen Tagen des Friedens lautstark die Langeweile ihres Daseins beklagen. Die intrigieren und ihre bezahlten Spione überall sitzen haben. Diese Goldfasane sind umso leichter zu beeindrucken, je mehr Gold und Glitter sie auf ihren Uniformen glänzen haben. Pikse ihnen ein oder zwei Augen aus, und sie tun alles, um ihre Eier behalten zu dürfen.« Ox zuckte mit den Schultern. »Torhauvns Generäle sind feist, verfressen und versoffen, und sie sind längst mit dem Adel verwachsen.«

»Und viertens?«

Der Reitmensch schüttelte den Kopf. »Es ist, als hättest du völlig vergessen, wie es da draußen zugeht, Pirmen.« Ox beugte sich zu ihm herab, legte ihn in der Schlafwiege sacht zurecht und sagte: »Viertens gibt es jene Orte, in denen selbst Adelige, Generäle und Priester ihre Geheimnisse bereitwillig verraten. Wenn du noch immer nicht verstanden hast, dass ich von den Hurenhäusern rede, bist du tatsächlich der dümmste Magicus, dem ich jemals begegnet bin.«

Pirmen hatte Gaben, von denen kein anderer etwas ahnte, auch sein Reitmensch nicht. Er würde ein Opfer bringen müssen, um sie anwenden zu können, gewiss. Doch ein Magicus, der etwas erreichen wollte, musste das Grundprinzip des Handels verinnerlicht haben, und das lautete: Wenn der Nutzen größer war als der Einsatz, war der Preis egal. Pirmen lächelte. Sein Einsatz war gering, der mögliche Erfolg riesig.

Er winkte Labidana zu sich, während Ox letzte Vorbereitungen für seinen Ausflug traf und nicht auf ihn achtete. Ein Blick auf die junge Frau reichte, ein paar winzige Gesten mit seinen beiden Fingern, und schon war sie in seinem Zauber gefangen. Sie beugte sich zu ihm herab. Sie atmete unruhig, auf ihrer Stirn bildeten sich feinste Schweißtröpfchen. Sie roch nach Kot und nach Ammoniak, nach den Ausdünstungen der beiden Musen, die die Kutsche während ihrer Reise gezogen hatten.

»Du gehörst mir«, flüsterte Pirmen ihr ins Ohr.

»Ich … gehöre dir«, antwortete Labidana stockend und ebenso leise.

»Komm noch näher. Ich möchte dich berühren.«

»Ich …« Die Frau stockte. Es war ihr deutlich anzumerken, dass sie einen inneren Kampf ausfocht. Sie fügte sich schließlich. Kein Wunder, sie entstammte wie viele andere Menschen, die im Reich der Magicae groß geworden waren, einer schier endlos langen Reihe von Sklaven, denen man den Gehorsam wie ein Brandzeichen ins Gehirn gedrückt hatte.

Pirmen ließ seine Zunge über ihre Wange streichen. Er fühlte junge, straffe Haut. Labidana war noch wenig berührt. Zwei, vielleicht drei Männer hatten sie besprungen, und sie wusste noch kaum etwas von der Verdorbenheit, die in ihr steckte und die erst in einigen Jahren zur Reife gelangen würde. Hatte Ox denn nicht erzählt, dass Labidana jemandem versprochen war?

Pirmen kicherte innerlich. Derjenige würde große Freude an diesem Geschöpf haben.

Ich könnte ihr Dinge beibringen, die sie niemals vergessen würde, dachte Pirmen. *Hier und jetzt. Sachen, die sie bis in das nächste Frühjahr zur beliebtesten Hilfsamme im Reich der Magicae machen würde. Sie wäre ein weiteres Werkzeug, mit dem ich meine Kollegen kontrollieren könnte.*

Pirmen besann sich. Er hatte das Land der Kontertürme verlassen, und wer wusste schon, ob er jemals wieder zurückkehren würde? Er hatte andere, kurzfristig zu erreichende Ziele vor Augen.

Er konzentrierte sich auf die Bewegungen seiner Zunge. Er tastete die Backenzähne in einer bestimmten Reihenfolge ab, erinnerte sich eines magischen Mantras und rotzte Schleim hoch, den er über Labidanas Wange verteilte.

Sie erschauderte, ließ es aber geschehen. Mit der Zungenspitze tippte er Punkte entlang der Linie ihrer Wangenknochen an, immer wieder, viermal hintereinander. Er massierte das Gift, das in seinem Speichel abgelagert war, langsam ein, während er seinen Spruch mehrmals wiederholte. Sie und er, sie gingen eine Verbindung ein, deren Reiz er sich selbst kaum zu entziehen vermochte. Sie waren einander so nahe, waren fast eins, waren Haut an Haut …

»Kann man dich denn keinen Augenblick aus den Augen lassen, Kleiner Herr?«

Oxens tiefe Stimme zerbrach den Zauber. Labidana schreckte hoch und tat einen raschen Schritt zurück. In ihren Augen standen Angst und Verwirrung.

»Keine Sorge, Ox«, sagte Pirmen und grinste. »Ich habe ihr bloß einige gute Ratschläge für die bevorstehende Hochzeitsnacht gegeben.«

»Du weißt so gut wie ich, dass sie nicht zu ihrem Liebsten zurückkehren kann. Diese Hochzeit wird niemals stattfinden.« Ox zog die junge Frau weiter von ihm weg. »Wir sind Flüchtlinge und Vogelfreie. Das Reich der Magicae bleibt uns womöglich für immer verschlossen.«

»Mach dir um unsere Rückkehr keine Sorgen, mein treuer Freund. Sie wird triumphal ausfallen. Sofern wir das Geheimnis dieses Mannes aus der Treibgierde ergründen können.«

»Ist dir denn jemals der Gedanke gekommen, dass wir einem Gespenst hinterherjagen? Was, wenn das Wesen gar nichts über die Vorgänge innerhalb dieses in sich geschlossenen Zeitbereichs weiß, wenn es völlig nutzlos für Wicca wie Magicae ist?«

»Das ist höchst unwahrscheinlich. Die Treibgierde ist von Magie erfüllt, die sich auf die darin befindlichen Lebewesen überträgt, sich in ihnen ablagern muss. Und selbst wenn dies nicht der Fall sein sollte, dann besitzt der Mann doch Wissen aus einer längst vergangenen Epoche. Aus einer Zeit, da die Menschen ganz anders lebten, ganz anders handelten.«

»Es ist nicht immer gut, an Geschehnissen der Vergangenheit festzuhalten.« Ox atmete schwer, so als bereitete ihm dieses Gespräch Schmerzen.

»Es birgt Risiken – und es verspricht Profit weit jenseits deines und selbst meines Vorstellungsvermögens. Aber was ist nun, treuer Freund? Wolltest du nicht auf Erkundung gehen?«

Der Reitmensch nickte zögernd. Er wirkte seltsam unkonzentriert. »Stimmt. Labidana und ich brechen auf. Damit ist sie zumindest für einige Stunden von deiner Gegenwart befreit.«

»Du sagst immer so böse Sachen über mich, Ox.« Pirmen kicherte. »Ich bin bei weitem nicht so schlecht, wie du mich machen möchtest.«

»Natürlich nicht.« Der Reitmensch zeigte so etwas wie ein Lächeln, verließ den Raum und kehrte bald mit Barabasse zurück, den er ihm gegenüber in eine weitere Ruhewiege setzte. »Ich bin mir sicher, ihr beiden habt euch viel zu sagen.«

Ox zog Labidana hinter sich her. Das Holz des Fußbodens knarrte unter den schweren Schritten des Mannes. Er stieg die Treppen des Hauses hinab, eine Tür öffnete sich quietschend, dann kehrte Ruhe ein, bloß unterbrochen vom gelegentlichen Knacksen und Knistern des gut gefütterten Kaminfeuers.

»Wir müssen reden, Barabasse«, sagte Pirmen und richtete seinen Blick auf Gafelays Lehrling. »Ich befürchte, es wird dir nicht gefallen, was ich zu sagen habe …«

Ox trat selbstsicher wie immer auf. Er bewegte sich durch Torhauvn, als wäre dies seine Heimatstadt. Blicke, die ihn trafen und die misstrauisch über seinen von unzähligen Narben gezierten Glatzkopf wanderten, ignorierte er mit dem Gleichmut eines Mannes, der seit Jahrzehnten daran gewöhnt war.

»Was soll ich tun, Ox?«, fragte Labidana. »Warum hast du mich auf diesen Ausflug mitgenommen?«

»Pirmen ist ein schwieriger Herr, und ich wollte, dass du eine Zeitlang von ihm wegkommst.«

»Ich finde ihn gar nicht so schlimm. Er ist ein wenig seltsam, wie alle Magicae. Aber er fügt mir nur selten Schmerz zu.«

»Ein Herr ist erst dann ein wahrer Herr, wenn er seine Untergebenen mit dem notwendigen Respekt behandelt.«

»Ich verstehe dich nicht, Ox. Du sagst manchmal so komplizierte Sachen.«

»Ist schon gut, Kleine.«

Der Reitmensch nahm Labidanas Hand und drückte sie sanft. Die Berührung fühlte sich gut an, sie vermittelte Sicherheit. Sie mochte die Wärme und die Zuversicht, die Ox ausstrahlte. Sie war besser als das, was sie von Juno kannte, von ihrem zukünftigen Mann. Aber Juno bot eine Zukunft. Er würde ihr viele Kinder machen und auf sie aufpassen. Nicht so wie Ox, der die gefährlichsten Dinge tat und stets drauf aus war, seinen Herrn zu ärgern. Zu prozo… zu prozovieren, oder wie das hieß.

»Hör genau zu, Labidana«, sagte der Söldner. »Du bleibst stets in meiner Nähe und redest so wenig wie möglich. Wenn dich jemand anspricht und Fragen stellt, ignorierst du ihn.«

»Ikno-was?«

»Du tust, als wär er nicht da.«

»Aber …«

»Ich weiß, dass dir das schwerfällt. Du bist zu Demut und Gehorsam erzogen. Aber du musst deine Rolle spielen, verstanden?«

Labidanas Verwirrung steigerte sich immer weiter. Warum sollte sie eine Rolle spielen?

Ox legte ihr die rechte Pranke auf die Schulter. Sie roch ihn, diesen ungemein kräftigen und Geborgenheit verheißenden Mann. Er war so stark, so selbstsicher, so … so angenehm.

Sie überquerten eine Straße. Wurzeln wucherten kreuz und quer über dem Boden. Die Bewohner Torhauvns kümmerten sich kaum um die Schwernisse ihres Alltags. Quallen, die vor ihnen herschwebten, trugen die Lasten des Einkaufs oder des täglichen Bedarfs in ihren Nesselarmen. Diener trieben die Tier mit Stöcken an. Es war ein seltsames und ungewohntes Bild. Es erschreckte Labidana noch mehr und ließ sie noch innigere Zuflucht bei Ox suchen.

»Schon gut, Kleines«, brummte der starke Mann. Er zog sie mit, vorbei an einem laut krakeelenden Händler, der winzige Leuchtkörperchen in kleinen Laternen anbot, vorbei an Fleisch- und Gemüsehändlern, an Lumpensammlern, honorigen Kaufleuten mit feisten Wampen, alten Weibern, die giftfarbene Blümchen in zittrigen Händen zum Verkauf anboten, an Wanderhandwerkern mit mobilen Werkständen und an gelangweilt wirkenden Männern, die sich mit knappen Zeichen verständigten.

Alles wirkte erschreckend. Es waren viel zu viele Menschen hier. Sogar knollige Zwerge zeigten sich im Tageslicht. Sie wuselten überall umher, blieben dann überraschend in der Nähe von Wurzelwerk stehen und legten ihre Körper drauf, ganz so, als würden sie deren Beschwerden lauschen.

Ox führte sie weiter, von Baumhaus zu Baumhaus. Er wirkte entspannt. Doch sie kannte ihn gut genug, um zu wissen, dass er aufmerksam auf seine Umgebung achtete und etwas – oder jemanden – suchte.

So trieben sie durch die inneren Bezirke Torhauvns, vorbei am Rathaus, das aus drei eng miteinander verwachsenen Riesenbäumen bestand und einer in den Boden gegrabenen Schüssel mit mehr als dreißig Mannslängen Durchmesser, in der sich Söldner auf Turnierkämpfe oder andere Aufgaben vorbereiteten.

Es dauerte eine Weile, bis Labidana ihre Angst vor den vielen Wesen rings um sie ablegte. Die Beschaulichkeit im Reich der Magicae war ganz anders als das, was sie hier zu bewältigen hatte.

»Wusste ich's doch!«, sagte Ox und zog sie mit sich, hin zu zwei Männern, die neben einem abgestorbenen und verlassenen Baumgebäude standen, sich immer wieder verstohlen umblickten und dann Dinge austauschten, die sie unter weiten Mänteln verborgen hielten. Hier hielten sich nur wenige Leute auf der Straße auf. Niemand scherte sich um die beiden dunklen Gestalten.

»Warte hier!« Ox ließ Labidana in einer Entfernung von etwa zehn Schritten zu den Männern zurück.

Er trat auf die beiden zu, die längst die Hände an kaum verborgene Waffen gelegt hatten, redete sie freundlich an, erntete Schweigen, wiederholte seine Frage nun etwas lebhafter und erhielt eine unflätige Antwort, die Labidana zum Erröten brachte. Ox hörte sich die Beleidigung in aller Ruhe an, kratzte sich am narbigen Hinterkopf, als wüsste er mit den Worten nichts anzufangen – und tat dann mit beiden Händen blitzschnelle Bewegungen. Die Leiber der Männer krachten gegeneinander, mit den Gesichtern voran. Etwas knackte, etwas splitterte, etwas brach. Ox schleuderte den einen der Halunken achtlos beiseite und ohrfeigte den anderen, noch bevor der das Messer aus seinem Hosengürtel ziehen konnte.

»Fällt dir nun wieder ein, was du mir sagen wolltest?«, hörte Labidana Ox etwas lauter fragen.

»Jajaja!«, jammerte der arme Kerl. »Ich sag's dir, ich sag's dir!« Er konnte sich kaum noch auf den Beinen halten und hielt sich die Nase, die rasch hagebuttenfarben anlief.

Er sagte etwas, leiser nun, und Ox nickte dazu. Der Riese stellte eine weitere Frage. Offenbar benötigte er eine Wegeauskunft. Dann ließ er sein benommenes Opfer achtlos fallen. Der Mann plumpste zu Boden und blieb dort liegen.

»Na, das ging aber schnell! Ein paar freundliche Fragen, einige sanfte Ermunterungen – und schon beginnen die hiesigen Vögelchen zu singen. Diese netten Herrschaften haben mir bereitwillig erklärt, wo wir die Gesuchten finden.«

Ox lächelte Labidana an. Das Grinsen rückte Pirmens sonst so humorlosen Reitmenschen in ein neues, ungewohntes Licht.

»Und jetzt?«, fragte sie.

»Es ist viel zu früh, um bereits in die miefige Gaststätte zurückzukehren, findest du nicht auch, Labidana?« Ox wartete keine Antwort ab. »Pirmen unterhält sich zweifellos ausgezeichnet mit Barabasse und wird kaum Wert auf unsere Gesellschaft legen. Sehen wir uns weiter um in dieser großartigen Stadt. Und wenn uns unser Weg zufällig in diese Schänke namens Feuchter Eber führt, dann werden wir ebenso zufällig reinschauen und uns ein wenig umhören. Komm!«

Pirmen betrachtete Barabasse. Der Lehrling hatte das Maul weit geöffnet und atmete schwer. Rauchwölkchen drangen aus seinen Nüstern und seinen Ohren, die Haare waren angekokelt und stanken.

»Du machst deine Arbeit ausgezeichnet, lieber Freund«, sagte Pirmen. »Ich wusste doch, dass es einen Sinn haben würde, dich mitzunehmen.«

Barabasse ächzte. Er gab Laute wie ein Tier von sich, und als er dabei den Mund öffnete, wurden die Reste seiner Zunge sichtbar: verbranntes Fleisch, das an wenigen Sehnenresten hing.

»Es ist schwer, diesen Zauber zu vollführen«, plapperte Pirmen ungerührt weiter. »Es erfordert ein Opfer und verlangt auch mir viel ab. Wenn du wüsstest, wie ich leide, junger Freund! Die Pein, einen lieb gewonnenen Reisekameraden opfern zu müssen, treibt mir beinahe die Tränen in die Augen. Ach, ich wünschte, ich hätte meine Tränensäcke noch …«

Barabasse röchelte nun. Die Augen rollten wie wild im dunkler werdenden Weiß, Iris und Pupillen schrumpften zu runzligen Rosinen.

»Du musst mich verstehen, mein Bester: Es ist wichtig für mich, Ox unter Kontrolle zu behalten. Er handelt zu selbstständig und tut Dinge, die sich meinem Einfluss entziehen. Könnte ich ihn nicht mit den Augen seiner Begleiterin beobachten, könnte ich nicht sehen, was mein Reitmensch so treibt. Ich wäre ein Magicus, dem seine Kreaturen auf den offenen Nähten herumtrampeln.«

Pirmen holte tief Luft. Die Anstrengungen machten sich allmählich bemerkbar. Auch wenn Barabasse die Hauptlast seines Zaubers zu tragen hatte, so fühlte er doch auch, dass er die Verpflanzung seines Geistes in den dieses tumben Weibes nicht mehr lange durchhalten würde.

»Oha, es tut sich etwas! Ich kann spüren, wie Labidanas Herz schneller schlägt. Ox und sie sind am Ort ihrer Bestimmung angelangt. Wenn ich dich nun bitten dürfte, dich etwas mehr anzustrengen, Barabasse?«

Ein Zahn bröckelte aus dem Mund von Gafelays Lehrling. Sein Hemd platzte auf, Gallenflüssigkeit blubberte aus einer schwärenden, offenen Wunde.

»Klammer dich an mich, als warst du mein Liebchen«, befahl Ox und zog sie eng an seinen Leib.

Labidana gehorchte. In einer Welt, die sie immer weniger verstand, war der Söldner der einzige Anhaltspunkt, an dem sie noch Halt fand.

Wollte Ox etwas von ihr? Nutzte er die Gelegenheit aus? Er hatte etwas an sich, das sie erschreckte und gleichermaßen erregte. Die wässrigen Augen. Dieser Zug von Brutalität, den Labidana manchmal in seiner Miene zu entdecken glaubte. Und dann die Narben und Verbrennungen, die ihn verunzierten. Manche waren frisch und kaum verkrustet, andere alt und beinahe nicht mehr zu sehen. Sie wirkten wie von Holzarbeitern in den Stamm geschlagene Kerben – Probeschläge, mit deren Hilfe man die Lebendigkeit des Baums überprüfte, um ihn dann, wenn sich unter der Rinde kein Saft und kein Grün mehr zeigte, zu fällen, ihn zu töten.

»Keine Angst«, brummte Ox. »Dir wird nichts geschehen.«

Eng umschlungen gingen sie auf ein hell erleuchtetes Baumhaus zu, dessen Zweck Labidana sofort verstand. Dies war ein Ort der Sünde. Hier trieben Männer und manchmal auch Frauen Dinge, über die sie später hinter vorgehaltener

Hand kicherten oder von denen sie dann nichts mehr wissen wollen.

Zwei vierschrötige Kerle stellten sich ihnen in den Weg. Ox schnippte jedem von ihnen eine Münze zu und sagte etwas, worauf sie ihm Platz machten, nicht ohne zuvor einige Anzüglichkeiten über Labidana zu verlieren. Sie fühlte die Schamesröte in ihr Gesicht steigen. Sie war schlechte Behandlung durch den Magicus gewohnt. Doch Pirmen war Pirmen. Er war ihr Herr, er war ein mächtiger Mann, und niemand erwartete von einem wie ihm gute Manieren.

Es war nicht zu übersehen, dass im Haus vor kurzem ein heftiger Kampf getobt hatte. Einige Bodenbretter waren lose, andere zerbrochen. Die Wände waren von roten Spritzern übersät, ein Teil des Mobiliars zerstört und achtlos in einen hinteren Bereich des Bauminneren geräumt worden.

»Ganz ruhig«, sagte Ox. »Niemand hier wird dir etwas zuleide tun.«

Labidana fand diese ungewohnte Welt der Sünde beunruhigend, aber auch irgendwie erregend. Es stank, es war laut, zig Menschen torkelten betrunken umher. Frauen stießen Schreie aus, die viel zu schrill klangen, um echt zu sein. In einer Ecke wurde um ein Kartenblatt gestritten, in einer anderen wurden zwei Kämpfer, die sich mit stumpfen Schwertern in den Händen umkreisten, lauthals angefeuert.

Wiederum schien Ox ganz genau zu wissen, was zu tun war: Zielstrebig steuerte er auf einen Tresen zu, drängte einige Männer beiseite und bestellte zwei Humpen vom Sauren, einen großen und einen kleinen. Labidana griff gierig nach ihrem Krug. Sie mochte für gewöhnlich keinen Alkohol, aber es tat gut, den Magen mit ein wenig Wärme zu füllen.

Der Saure schmeckte abscheulich. Er war gepanscht und mit etwas versetzt, das einen Nachgeschmack von Metall auf ihrer

Zunge hinterließ. Und doch dämpfte er ihre Nervosität und machte, dass sie sich ein wenig entspannen konnte.

»Drei Leute«, sagte Ox eben zu dem Mann, der den größeren Krug vor ihm abstellte. »Ein Mann, eine junge und eine alte Frau. Sie sind gestern angekommen. Wo finde ich sie?«

Labidana fühlte einen Stich in ihrem Kopf. Sie zuckte zusammen. Wurde sie etwa krank, oder war der Schmerz ihrer Nervosität zuzuschreiben?

»Kenn ich nicht«, brummte der Schankwirt. »Außerdem gebe ich keine Auskünfte an Fremde.« Er warf immer wieder nervöse Blicke in Richtung des Eingangs.

»Warst du gesprächiger, wenn ich dir ein paar Münzen zuschiebe?«, fragte Ox wie nebenbei.

»Im Feuchten Eber geht es anständig zu, und unsere Gäste werden mit Respekt behandelt.« Der Wirt wischte mit einem schmutzigen Tuch über den Tresen. »Aber interessehalber: Von welcher Art von Münzen redest du?«

»Solche, die golden schimmern, wenn man sie ins Licht hält.« Ox legte einen schmalen Lederbeutel vor sich und nahm einen tiefen Zug aus seinem Humpen. »Aber lassen wir das. Du hast gewiss Besseres zu tun, als mit einem Kerl zu plaudern, der zu viele Münzen in seiner Geldkatze klimpern hat«, sagte er, nachdem er sich eine dünne Schaumschicht von der Oberlippe gewischt hatte.

»Unter normalen Umständen würde ich dich mit dem Besen aus diesem vornehmen Haus fegen, Großer. Leider sind die Umstände alles andere als normal.«

»Was willst du damit sagen?«

»Das Geschäft geht schlecht, und gestern ist es leider zu Unannehmlichkeiten gekommen, die weit über die üblichen hinausreichen. Mag sein, dass der Feuchte Eber schon bald schließen muss und niemals mehr geöffnet wird.«

»Was ist geschehen?« Ox ließ eine kleine Goldmünze über den Tresen tanzen, und hast du nicht gesehen, verschwand sie unter einem Schmutztuch des Schankwirts.

»Die Fette Bertel, unsere geliebte Herrin, ist gestern eines natürlichen Todes gestorben.«

Ox nahm einen weiteren Zug und rülpste unterdrückt. »Das mag ja traurig sein, aber es wird sich doch sicherlich rasch ein Nachfolger finden?«

Der Schankwirt schüttelte den Kopf. »Du verstehst nicht, Großer: Ein natürlicher Tod im Feuchten Eber ist der, wenn einen eine Klinge durchbohrt. Und da es nicht nur sie, sondern auch einen Großteil meiner Kollegen erwischt hat, herrscht derzeit Unruhe. Die Gäste bleiben aus, und die Stadtobersten werden schon bald auf die Geschehnisse reagieren. Sie dulden dunkle Geschäfte, solange sie ruhig und in einem geziemlichen Rahmen ablaufen. Wenn aber ein Dutzend oder mehr Tote zu beklagen sind, dann sind Grenzen überschritten.«

»Und was ist genau geschehen?«

Der Wirt sah auf, sein Blick war voller nur noch schwer gebändigtem Zorn. »Nun, ich dachte, dass *du* mir diese Frage beantworten könntest. Die Leute, nach denen du eben gefragt hast, waren nicht ganz unbeteiligt am Tod der Fetten Bertel.«

Er schnippte mit den Fingern. Zehn Männer oder mehr, die sich eben noch scheinbar dem Trunk hingegeben hatten, lösten sich von ihren Plätzen und näherten sich Ox, die Hände an den Waffen.

»Tut mir leid, Labidana«, sagte Ox, bevor er sein Kurzschwert zog. »Ich habe mich geirrt. Bei Pirmen wäre es womöglich ruhiger zugegangen.«

Labidana fühlte einen weiteren Stich in ihrem Kopf. Ihr war, als würde ihn ein irres Lachen begleiten.

Pirmen labte sich an dem Entsetzen, das Labidana empfand, als Ox zu wüten begann. Der Feuchte Eber würde endgültig zerstört werden, denn wo der Glatzkopf zuschlug, blieb selten etwas stehen.

»Dir geht es aber gar nicht gut, Barabasse«, sagte er und zog sich endgültig aus dem verfallenden Geist des anderen Magicus zurück. »Siehst auch seltsam aus. Wie ein Kohlehäuflein, das noch ein wenig glimmt und in das man ein paar Knochen gesteckt hat.« Pirmen kicherte. »Was meinst du, kehrt Ox unversehrt zurück, oder findet er in einem der hiesigen Haudraufs seinen Meister? Wird man ihm weitere Narben beibringen, wird ihm jemand den polierten Schädel spalten? Nun, sollte ich mich nach einem neuen Reitmenschen umsehen müssen, ist das Angebot in Torhauvn ja nicht gering. Dennoch, es würde mir leidtun um den groben Klotz.« Er griff nach einem Glöckchen und läutete. »Aber ich sehe, du bist nicht ganz bei der Sache. Außerdem beginnst du zu müffeln. Es ist an der Zeit, dass du an die frische Luft kommst.«

Ein Diener betrat das Zimmer. Pirmen gab dem entsetzten Mann Anweisungen, was mit Barabasses Resten zu tun war. Dann lehnte er sich zurück, trank ein Glas Wein und wartete.

24. Eldar

Er erwachte und wusste, dass etwas nicht in Ordnung war. Durch das geöffnete Fenster fiel fahles Morgenlicht in den Raum, Staubflanken tanzten umher. Es knarrte, irgendwo bissen sich Holzwürmer gut hörbar durch den Baum. Doch das war es nicht, das Eldar irritierte. Auch nicht die leise schnarchende Amelia Dusong, die sich eng an ihn gekuschelt hatte.

Es war die Stille, die ihn alarmierte. Die Vorsicht, mit der jemand die Wendeltreppe emporstieg, Fuß vor Fuß setzend und tunlichst darauf achtend, nur ja nicht zu laut aufzutreten.

Eldar umfasste Amelias Arm und drückte fest zu. Als sie die Augen öffnete und etwas sagen wollte, hielt er ihr die Hand vor den Mund. Sie brauchte bemerkenswert wenig Zeit, um die Situation zu begreifen. Sie war wie ein wildes Tier, das instinktiv auf Gefahren reagierte und sich auf ausgezeichnete Reflexe verlassen konnte.

Amelia entwand sich seinem Griff, huschte auf nackten Füßen davon, hin zur anderen Seite des Raums, schnappte ihre Sachen, weckte Loisie und hatte, als die Wicca die Augen aufschlug, bereits ihr Messer und die Wurfdornen in den Händen.

Eldars Herz schlug unnatürlich schnell. Ihm war übel, und er empfand schreckliche Angst. Er war kein Kämpfer. Keiner, der mit solchen Situationen umzugehen wusste.

Oder? Hatte er nicht bereits öfters bewiesen, dass er sich in Gefahrensituationen zu behaupten wusste?

Loisie war nun ebenfalls auf den Beinen. Der Busen der jungen Wicca hob und senkte sich. Sie hielt die Beine weit gespreizt, ihre buschige Vulva war unter dem dünnen Nachthemd gut auszumachen. Sie bewegte die Lippen, ohne auch nur einen Ton hervorzubringen, rieb sich über die Haut, beschwor irgendwelche Geister. Sie versuchte, zumindest einen Teil ihrer Magie, ihrer Dusus heraufzubeschwören.

Eldar konnte und durfte sich nicht auf die Kräfte der Hexe verlassen. Die Gefahr war real, und sie beruhte auf fußlangem Stahl, wie er hören konnte. Waffen wurden aus ihren Scheiden geholt, Waffenröcke enger gezogen. Er schätzte die Zahl der Angreifer auf zehn oder mehr.

Ein Blick nach links, ein Blick nach rechts. Die Fenster waren allesamt zu schmal, um durch sie ins Freie zu gelangen und über die langen, ineinander verschlungenen Äste eine Flucht zu wagen. Außerdem wartete dort draußen das Unbekannte auf sie. Tiere, die sie womöglich mehr fürchten mussten als die Männer, die eben hochgeschlichen kamen.

Er schlüpfte leise in die Stiefel, gürtete seine Waffe um, schnappte den Rest seiner Ausrüstung und stopfte sie in den Tragebeutel, und er tat es, ohne lange darüber nachzudenken. Irgendetwas in ihm bahnte sich seinen Weg und übernahm die Kontrolle. Er wusste ganz genau, was zu tun war, wie er vorzugehen hatte.

Amelia trat neben ihn, einen Dorn wurfbereit in der Hand. Ihre Haut warf Falten. In den Morgenstunden wirkte sie nun wieder alt und verbraucht. Nicht mehr wie jene erfahrene und dennoch ungestüme Frau, die ihm während der Nachtstunden eine große Portion Glückseligkeit beschert hatte.

»Ihr Nachteil ist die enge Wendeltreppe«, flüsterte Amelia.

»Sie können bestenfalls zu zweit nebeneinander hochsteigen und hier hereinstürmen.«

Die Männer waren nicht mehr weit. Sie trampelten, und ihre Rüstungen schlugen gegeneinander. Ein Mann fluchte unterdrückt, ein anderer sagte mit noch lauterer Stimme, dass er gefälligst ruhig sein solle. Wahrlich, dies waren keine besonderen Prachtstücke der Zunft der Meuchelmörder und Diebe …

Die Tür öffnete sich langsam und knarrend. Amelia und Loisie standen bereit. Eldars Herzschlag wurde langsamer, tiefe innere Ruhe machte sich in ihm breit. Die Angst machte einer unbestimmten Vorfreude Platz. Er spürte die Gewissheit, diesem menschlichen Abschaum endlos überlegen zu sein. Er würde ihnen zeigen, wozu er imstande war, was in ihm steckte …

Amelia stieß einen Schrei aus. Sie stürzte nach vorn, riss die Tür auf, stemmte sich den Eindringlingen entgegen. Sie rammte einem der Männer ihren Dorn in den Hals, zog ihn aus der Wunde, bedrängte den nächsten Feind damit. Immer wieder blitzte diese seltsame Waffe auf, immer wieder fand sie ihr Ziel.

Der erste Meuchler tastete nach seiner Verletzung, nach dem fingergroßen Loch unterhalb seines Kiefers. Er schien keinen Schmerz zu verspüren und bloß erstaunt zu sein, dass da so viel Blut herausspritzte. Seine Augen wurden groß und größer. Er begann zu begreifen, dass sein Leben vorbei war. Dass seine Träume, seine Hoffnungen hier und jetzt ein Ende fanden.

Amelia, die wie wild kämpfende Furie, hatte bereits einen dritten und einen vierten Gegner erlegt. Die Sterbenden kippten gegeneinander und versperrten den Nachdrängenden den Weg.

Endlich erwachte Eldar aus seiner Starre. Er stürmte vor und trat die Männer die Treppe hinab. Sie rissen zwei weitere

Schurken holterdiepolter mit sich in die Tiefe. Andere blieben auf den Beinen und drückten sich eng gegen die Außenwand der Wendeltreppe.

»Wir könnten sie eine Weile hier aufhalten«, keuchte Amelia, »aber irgendwann werden sie uns erledigen, uns mit Pfeilen spicken, ausräuchern oder aushungern.«

»Was schlägst du vor?« Eldar wehrte einen halbherzig geführten Schlag des nächsten Gegners ab, führte eine Riposte und hieb dem untersetzten Mann seitlich in die Hüfte, dorthin, wo das Rüstungsoberteil zum Beinkleid hin eine kleine Lücke ließ.

»Wir bringen das jetzt gleich hinter uns. Wir drängen sie zurück, schlagen sie in die Flucht, flüchten selbst aus dem Puff und aus der Stadt.« Amelia sprang mit katzenhafter Gewandtheit vor und stach dem Mann einen Dorn ins rechte Auge. Sie fluchte, als der Gegner in seinem wahnsinnigen Schmerz danach griff, rückwärts stolperte und die Waffe bei sich behielt.

»Einverstanden.« Jeder Plan war besser als das, was in Eldars Kopf umhertrieb. Er dachte ans Töten, ans Abschlachten. Daran, diesen Kampf bedingungslos bis zum Ende zu führen, immer weiterzumachen, bis jedermann in seiner Umgebung tot war. »Dann los!« Er winkte Loisie, ihnen zu folgen.

Der Blick der Wicca war kalt, ihr Mund bewegte sich wie von selbst. Sie sagte Worte, die keinen Sinn ergaben und dennoch dafür sorgten, dass sich Eldar die Haare sträubten. Loisie schnappte sich die Ranzen und ihre wenigen persönlichen Gegenstände, bevor sie ihnen hinterherkam, nimmermüde murmelnd und gestikulierend.

Amelia stürmte vornweg. Sie hieb um sich, trat, kratzte, führte das Schwert wie eine Meisterin und bewegte sich dabei so leichtfüßig wie eine Raubkatze.

Eldar ahnte, was hier geschah: Loisie hatten einen Weg gefunden, einen Teil ihrer Kräfte einzusetzen. Die junge Frau entwuchs allmählich dem Lehrlingsalter, ihre Dusus wurde stärker.

Loisie lenkte die Hure und verstärkte ihre Kräfte. Jede Fingerbewegung der Wicca hatte eine Auswirkung auf Amelias körperliche Fähigkeiten, jedes gesprochene Wort stärkte ihr Körperbewusstsein, ihre Reaktionszeiten, ihre Willenskraft.

Eldar hackte den Waffenarm eines Mannes ab, der von weiter unten gegen die Beine Amelias schlagen wollte. Sein Kurzschwert klirrte gegen Stein, Funken sprühten, eine Blutfontäne spritzte.

»Das sind Bertels Schergen«, keuchte Amelia. »Ich hätte nie gedacht, dass mich die Fette hintergehen würde.« Sie tänzelte weitere Stufen hinab und wirbelte wie eine Furie umher, trieb die Angreifer nun wie Kaninchen vor sich her, die angesichts des Fuchses vor Angst nicht mehr ein noch aus wussten.

Eldars Wut verdrängte alle Vernunft. Er benötigte keine Wicca, die ihn lenkte. Im Kampf, der nun folgen würde, war er sich selbst genug. Er schob Amelia beiseite und übernahm die Angriffsspitze. Die Länge seiner Klinge kam ihm nun zugute. Während die Gegner mit ihren schweren Einhändern keinen Platz zum Ausholen hatten, konnte er seine Schwertarbeit verrichten, und wo Messer viel zu kurz waren, um ihm nahe zu kommen, nutzte er die Reichweite seiner Klinge aus.

Und Eldar war wütend. Er dampfte vor Zorn, kannte kein Erbarmen. Zehn Gegner lagen bereits tot auf den Stufen, die vier restlichen trieb er vor sich her, immer weiter nach unten. Er schrie. Er brüllte den Feinden Sinnloses hinterher und steigerte damit noch ihre Angst.

Er erreichte den Einstieg in die Wendeltreppe mit gehörigem Vorsprung vor Amelia und Loisie. Einer der Angreifer, eine Frau mit angespitzten Zähnen und einem Gesicht, in das die Züge eines Ziegenbocks tätowiert waren, blieb mit ihrem

Waffenrock am vorstehenden Metallriegel der Einstiegstür hängen. Sie wollte sich losreißen, tat einige unkoordinierte Armbewegungen, wie eine Figur, die am Gängelband eines besoffenen Puppenspielers hing.

Eldar lächelte. Er wusste genau, was zu tun war. Ein Hieb hier, ein Stich dort. Er ließ seine Waffe tanzen, bewegte sie hingebungsvoll und zärtlich. Ritzte der Frau ein neues Muster ins Gesicht, das das des Ziegenbocks auslöschte und etwas ganz anderes draus machte.

Haut löste sich von Fleisch, Fleisch wurde zu einer blutigen Masse. Eldar dachte an ein leckeres Ragout, das er irgendwann gegessen hatte, wahrscheinlich in jener Zeit, da er noch nicht in der Treibgierde gesteckt war. An einen Suppentopf, in dem ausgelöste und würfelig geschnittene Teile eines Rinds getrieben hatten …

Schließlich brach die tätowierte Frau blutüberströmt zusammen. Amelia stieß hinter Eldar ein entsetztes Stöhnen aus, er selbst fühlte sich leicht, wie schwebend. Er vollbrachte Kunst. Er war ein Meister des Schlachtens. Jemand, der dieses Handwerk ausgezeichnet beherrschte.

Er verließ das Rund der Wendeltreppe, wandte sich nach links, dann nach rechts. Da war der Zugang zum Arbeitszimmer der Fetten Bertel. Er würde ihr beizeiten einen Besuch abstatten. Doch zuerst galt es, ihre Büttel zur Strecke zu bringen. All dieses Kleinvieh, das es gewagt hatte, seine Begleiter und ihn zu belästigen.

Er betrat den Schankraum. Säuerlicher Geruch wehte ihm entgegen. Männer und Frauen standen da. Eine Menge von ihnen, die selbst Eldar mit seinem erhitzten Gemüt Sorge bereiteten. Konnte er es wagen, gegen diese Bande von Halsabschneidern, Dieben und Mördern anzutreten, bloß unterstützt von seinen beiden Begleiterinnen?

»Schlitzt mir den Kerl auf!«, schrillte die Fette Bertel, hinter gleich drei Männern verborgen und dennoch gut zu sehen. »Fünf Goldstücke für denjenigen, der mir seine Eier vor die Füße legt!«

Herr Glas, der in der vordersten Reihe der Halunken stand, machte auf sich aufmerksam, indem er seine Hand hob und eine schartige Axt in die Höhe reckte. »Ihr habt unsere Herrin gehört, also macht schon! Hackt ihn in Stücke!«

Eldar betrachtete sein Kurzschwert. Es hatte ihm gute Dienste geleistet. Aber würde es ihm hier, im freien Raum des Lokals, weiterhelfen?

Amelia trat neben ihn. Sie wirkte müde. Loisie, die sich an seine andere Seite stellte, ebenfalls. Die Kräfte der beiden waren aufgezehrt, sie würden ihm in der folgenden Auseinandersetzung bloß im Weg sein. »Ich halte sie auf«, sagte Eldar. »Amelia, du kennst sicherlich einen zweiten Ausgang. Verschwindet von hier und dreht euch nicht mehr um.«

»Wir bleiben«, widersprach Amelia mit unverrückbarer Entschiedenheit. Sie hielt zwei Dornen halbhoch, die Spitzen in Richtung der näher rückenden Menge gedreht. »Komme, was wolle.«

Ein Halunke fing zu brüllen an, ein zweiter fiel ein. Schließlich brüllten die Kerle wie ein Mann, und nachdem sie sich lange genug Mut gemacht hatten, rückten sie vor.

Eldar machte sich bereit. *Es tut mir leid, Harana,* dachte er und warf sich den Leuten der Fetten Bertel entgegen.

Eine Gestalt, baumlang und sehnig, tauchte neben ihm auf. Er war wie ein Geist – groß, wachsbleich, in eine Art Nachthemd gehüllt, das mehrere dunkelrote Blutflecken aufwies. Und er stellte sich an Eldars Seite. In der linken Hand hielt er ein kurzes und in der rechten ein langes Schwert. Als er mit der Präzision eines erfahrenen Feldschers erste Hiebe tat und Glieder von Körpern trennte, wusste Eldar, dass der Sieg ihnen gehörte.

Als Eldar wieder einigermaßen klar denken konnte, hatten sie den Feuchten Eber bereits weit hinter sich gelassen. Sie eilten durch Straßen, die so gut wie menschenleer waren. In den frühen Morgenstunden waren lediglich Händler unterwegs, die ihre beladenen Karren zu einem der vielen kleinen Märkte Torhauvns zogen und dabei über jede einzelne Wurzel fluchten, die sie queren mussten.

»Danke, Mann!«, keuchte Eldar und lief Amelia hinterher, die ihre Ortskundigkeit zu ihrem Vorteil nutzte und sie auf schmalen, kaum mannsbreiten Wegen weg vom Ort des Geschehens lotste. »Sag mir deinen Namen. Und warum du uns geholfen hast.« Das allgegenwärtige Misstrauen, das in ihm steckte, meldete sich wieder zu Wort. Es warnte Eldar, dem baumlangen Bewaffneten weiter als bis zur nächsten Straßenecke zu trauen. Trotz dessen tatkräftiger Unterstützung im Kampf gegen die Handlanger der Fetten Bertel.

»Ich bin Nerbo. Nerbo Falthaut.« Der Mann eilte mit langen Schritten weiter, an Eldar vorbei.

In Momenten wie diesen wirkte er ungelenk und keinesfalls wie ein Söldner, der auch nur einen Kampf würde lebend überstehen können. Dann wieder strahlte er völlige, unverrückbare Selbstsicherheit aus, als schlüge ein zweites Herz in seiner Brust – oder als besäße er einen zweiten Kopf, der ganz genau wusste, was zu tun war.

Eldar hatte den Mann bereits einmal gesehen, erst vor kurzer Zeit. Wenn er sich doch bloß daran erinnern könnte …

Er blickte sich nach Loisie um. Die Wicca bildete das Schlusslicht ihrer kleinen Gruppe. Sie wirkte erschöpft und geistesabwesend. Manchmal blieb sie stehen und starrte hoch, als gäbe es in den grünen Wipfeln der Baumhäuser etwas besonders Interessantes zu sehen.

»Macht schon!«, rief Amelia ihnen zu und winkte.

Eldar zog Loisie mit sich, hin zu der Hure, die nahe eines verfallenen und morsch wirkenden Hauses auf sie wartete.

»Die Guardia ist uns sicherlich schon auf den Fersen«, sagte Amelia leise. »Die Stadtobersten dulden Kämpfe in einem gewissen Rahmen, und sie lassen ihre Bewaffneten auch bei Mord nicht einschreiten, sofern man sie mit einigen Goldstücken besänftigt. Aber das … das war einfach zu viel.«

Sie zog den Kopf zwischen die Schultern. Ihre Blicke pendelten zwischen Nerbo Falthaut und ihm, Eldar, hin und her. Sie fürchtete sich.

Das Moment des Handelns, der Anspruch auf die Führerschaft über die kleine Gruppe, wechselte ein weiteres Mal. Sie ging reihum und blieb bei demjenigen hängen, der sich als noch erbarmungs- und als noch skrupelloser als sein Vorgänger erwies. Soeben hatte sich Eldar diesen Titel umgehängt. Er wusste nicht, ob er sich darüber freuen oder Angst vor sich selbst haben sollte. Was war da bloß in ihn gefahren, dass er ein gutes Dutzend Söldner getötet und zum Schluss auch noch die Fette Bertel von oben bis unten aufgeschlitzt hatte?

Herr Glas, der auf den Knien um Erbarmen gefleht hatte, war seiner Herrin in den Tod gefolgt, wie auch viele andere Gäste, die am Abend zuvor im Feuchten Eber herumgelungert hatten. Allesamt waren sie ihm und seiner schrecklichen Wut zum Opfer gefallen, während Nerbo Falthaut mit Bedacht zugeschlagen und keines seiner Opfer hatte leiden lassen.

Irgendetwas hinter ihnen klirrte. Waffen, die gegen Rüstungen schlugen? Waren da Schritte von schweren Stiefeln, die über teilweise gepflasterte Wege klapperten? Und dann die Rufe, die lauter wurden und hektisch klangen …

»Rasch, da hinein!«, befahl Amelia und deutete auf ein kaum hüfthohes Türchen in einer riesigen Wurzel, die sich an der Seite des moosüberzogenen und tot wirkenden Baums hochstülpte.

Eldar duckte sich und zwängte sich als Erster ins Innere des Verschlags. Etwas kam daraus hervorgeschossen und streifte ihn. Er zuckte zusammen und tastete nach seiner Waffe, beruhigte sich aber gleich wieder. Der dunkle Schatten, der aus dem Baumhaus geflattert kam, war eine Fledermaus, gefolgt von einem Dutzend oder mehr ihrer Art. Die Tiere, fast handgroß, hatten im Inneren des unbewohnten Gebäudes Zuflucht gefunden. Sie stiegen nun hoch in den Himmel, verschreckt und desorientiert, vom Tageslicht irritiert.

»Du hättest mich warnen können, Amelia!« Eldar schüttelte den Kopf und ging auf die Knie.

»Hätte ich gewusst, dass die Viecher da drin heimisch geworden sind, hätte ich es dir gesagt.« Leiser fügte sie hinzu: »Oder auch nicht.«

Er kroch in die Dunkelheit, tapste in eine weiche, batzige Masse, die erbärmlich stank. Guano. Fledermausscheiße, vermengt mit Vogelkot.

»Du musst weiterkriechen!«, drängte ihn Amelia. »Es geht einige Schritte abwärts und geradeaus, dann nach links. Dort wirst du einen schwachen Lichtschimmer entdecken. Folge ihm.«

Eldar setzte sich in Bewegung, Loisie kam ihm hinterher. Die Wicca wirkte keinesfalls irritiert, als sie wie er in die Fledermausablagerungen griff. Sie drängte und schob ihn vorwärts, so als gehörte es zu ihrer täglichen Routine, in Scheiße herumzupatschen.

Er stieß mit den Händen gegen Stein. Der Weg war hier zu Ende. Eldar wandte sich nach links und folgte einem sanften Luftzug. Der Boden fiel vor ihm ab, manchmal steil und manchmal kaum bemerkbar. Sie bewegten sich im Inneren einer Wurzel, die sich immer tiefer in den Boden bohrte und weit vorn ein Ende nahm. Dort, wo ein stecknadelgroßer Fleck an Helligkeit immer größer wurde und dann zu einem offenen Durchlass, der Eldar wie magisch anzog. Er krabbelte rascher, und als er endlich die Umrisse seiner Umgebung ausmachen konnte, kam er wieder auf die Beine. Er half Loisie hoch, dann Falthaut. Gemeinsam stolperten sie auf den Durchlass zu, während Amelia auf sich warten ließ.

Es dauerte mindestens dreißig Herzschläge, bis auch die Hure aus der Dunkelheit auftauchte. Sie war schweißgebadet, die Haare hingen ihr wirr ins Gesicht. Von der Schönheit, die Eldar in der letzten Nacht gemeint hatte zu erkennen, war nichts mehr zu bemerken. Sie wirkte steinalt.

»Worauf wartet ihr?«, fragte Amelia und schlüpfte an ihm vorbei. Sie krochen aus dem aufgebrochenen Ende der Hohlwurzel und standen in einem niedrigen Raum, dessen Ausmaße sich bestenfalls abschätzen ließen. Die Wände links und rechts wichen weit zurück. Im Halbschatten erkannte Eldar Wege, die zwischen mannshohen und mit allerlei Zeugs beladenen Regalen tiefer in die Dunkelheit führten.

Amelias Bekleidung war wie die von ihnen allen von grauschwarzem Schlick überzogen. »Das ist ein alter, kaum bekannter Schmuggelweg«, sagte sie erklärend, »den die Stadtguardia niemals entdeckt hat. Ich hoffte, dass er noch existieren würde. Ich bin einstmals hier entlang aus Torhauvn geflüchtet.«

Eldar trat weiter in den Raum. Neugierig begutachtete er Güter, die früher einmal Wert gehabt haben mochten, nun aber verfielen und niemanden mehr interessierten. Da waren Tische und Stühle aus Holz, Truhen und Kästen, darin Blätter mit beinahe vergilbten erotischen Zeichnungen. verschrumpelte

Nahrungsmittel in Strohkörben, verrottender Tabak, Kräuter, Gewürze. Kleine Tonnen, die unbeschriftet waren und nichts über ihren Inhalt verrieten.

»Da! Bedient euch.« Durch das viergeteilte Fenster fiel ausreichend Licht. Sie wühlten in einigen Kisten, in denen verfaulende und schimmlige Kleidungsstücke lagerten. Käfer krabbelten zwischen ihren Fingern umher, eine Ratte protestierte fiepsend gegen die Eindringlinge in ihr so beschauliches Reich, und weitere Fledermäuse flatterten hoch. »Wo sind wir hier?«, fragte Eldar.

»Am südlichen Stadtrand von Torhauvn«, antwortete Amelia, die eines der alten Kleider ausschüttelte und es sich prüfend an den Körper legte. »Von hier aus gelangen wir in die Sümpfe des Deltas der Triba.«

»Dorthin, wo sich Terca derzeit aufhält«, meldete sich Loisie zu Wort. »Sehr gut, sehr gut.«

»Woher willst du mit einem Mal wissen, wo sich deine Hohe Frau befindet?«, fragte Eldar mit neu erwachendem Misstrauen.

»Die Tiere reden mit mir«, antwortete die Wicca. »Das muss dir als Auskunft genügen.«

»Welche Hohe Frau? Und wohin wollt ihr flüchten? Was seid ihr überhaupt für seltsame Leute?«, mischte sich Nerbo Falthaut in die Unterhaltung ein. Er stand recht ratlos da und sah sich nach allen Richtungen um, so als hätte er keine Ahnung, wie er hierhergelangt war und warum er ihnen denn beigestanden war.

»Hättest du dir diese Fragen nicht stellen müssen, bevor du uns im Kampf gegen die Fette Bertel unterstützt hast?«, fragte Eldar verwundert.

»Ist das der Dank für meine Hilfe?«

»Nein, aber …«

»Hör gut zu, Mann: Ich schlief nach einem Kampf, der mir alles abverlangte, in meinem Raum, der nicht viel mehr als ein Verschlag seitlich des Tresens war. Ich wachte auf und sah, dass diese widerliche fette Frau und ihre Kumpane gegen euch vorgehen wollten. Ich mochte Bertel nicht. Also hab ich eine Wahl getroffen und mich auf eure Seite gestellt.«

»Jetzt weiß ich, wer du bist!«, rief Amelia. Sie trat an den großen Mann heran und nahm ihn aus nächster Nähe in Augenschein. »Du hast gestern im Geviert gekämpft. Gegen den Hund!«

»Gegen *mehrere Hunde.* Ja.« Nerbo Falthaut nickte.

»Du bist ein Kampfsklave?«, hakte Eldar nach.

»Nein. Ich bin ein freier Mann. Einer, dessen Taschen leer sind. Ich hab vor einigen Tagen eine Wette gegen die Fette angenommen und bin gegen eines ihrer Tiere angetreten. Ich hab das Vieh getötet, sie zahlte mir gutes Geld dafür. Mehr, als ich während der letzten Jahre als Söldner verdient hatte. Also machte ich weiter.« Falthaut zog eine Geldkatze aus seinem Hosenbund. Münzen klimperten gegeneinander.

Amelia hatte ihr mit Fledermausscheiße besudeltes Kleid ausgezogen und stattdessen eines der Beutestücke angelegt. Sie musterte ihn. »Woher kommst du? Du hast die Blässe eines Kriegers aus der eisigen Norde, aber die knochige Statur eines Mannes aus den Ländern südlich der Cabrischen See.«

»Tut das etwas zur Sache?« Falthaut bewegte beim Reden kaum die Lippen. Er wirkte krank und gar nicht so wie der wie entfesselt kämpfende Mann, der ihnen das Leben gerettet hatte.

»Nein«, sagte Eldar. »Aber ich weiß immer gern über meine Reisebegleiter Bescheid.«

»Wer sagt, dass ich mit euch komme?«

Amelia blickte Eldar an, suchte Blickkontakt. Er gab ihr mit einem Nicken sein Einverständnis, und sie antwortete an ihrer aller statt. »Die Stadtguardia wird nicht so rasch vergessen, was im Feuchten Eber vorgefallen ist. Man wird auf uns Jagd machen und uns durch die Sumpflande hetzen. Kennst du dich in den Marschen der Triba aus? Weißt du, welchen Weg du einschlagen musst, um den Jägern zu entkommen?«

»Nein, aber ich habe mich stets allein zurechtgefunden.« Falthaut verschränkte die Arme demonstrativ vor der Brust.

»Mit uns wärst du besser dran. Zumal wir deine Geldbörse weiter anwachsen lassen.«

»Ihr möchtet mich beschäftigen? Als Söldner?«

»Wir schulden dir ohnehin Geld für deine Hilfe. Allein hätten wir es kaum geschafft, der Fetten Bertel zu entkommen.«

Loisie ergänzte: »Das Sumpfland ist gefährlich. Seltsame Tiere und Wesen bewohnen es, und wir haben so rasch wie möglich eine Aufgabe zu erfüllen.«

»Was ist das für eine Aufgabe?«

»Wir haben uns mit einer alten Frau verabredet«, meldete sich Loisie wieder zu Wort.

Nerbo Falthaut schüttelte den Kopf. Wenige lange und dünne Haare verteilten sich über einem schrumpeligen, fast totenkopfähnlichen Schädel. Eine Schönheit war der Söldner nicht.

»Ich mag es nicht, angelogen zu werden«, sagte er. »Ich sehe und spüre, was du bist, Hexe.«

Loisie zuckte zusammen. »Woher weißt du …?«

»Ich bin weit herumgekommen. Ich kenne die Magicae, ich kenne die Wicca. Von Vertretern beider Geschlechter habe ich keine sonderlich hohe Meinung.«

»Aber das da würde dich überzeugen?« Loisie zog ein Goldstück hervor. Die Münze glänzte im Licht der morgendlichen Sonne, das eben durch das einzige Fenster des Raums fiel.

»Ich verlange eine Goldmünze *pro Tag*«, sagte Falthaut. »Dafür begleite ich euch meinetwegen in die Welt der Götter und bringe euch heil wieder zurück.«

»Du hast eine sehr hohe Meinung von dir, Söldner«, meinte Loisie. »Aber achte auf deine Worte. Die Götter mögen es nicht, wenn man sich über sie lustig macht.«

»Sehe ich so aus, als würde ich das spaßig meinen?« Falthaut blickte sie einen nach dem anderen an und sagte dann: »Ich habe den Göttern bereits ins Antlitz geblickt. Und ich bin immer noch da.«

25. Nerbo Falthaut

Diese Menschen sind dumm, befand Xingo. *Sie befinden sich in einer Notlage und nehmen deshalb jegliche Hilfe an, die sie kriegen können.*

Falthaut wollte dem Unleben in ihm widersprechen, ließ es dann aber bleiben. Sie hatten einen klugen Plan eingefädelt, und er hatte funktioniert. Ein paar beiläufig fallen gelassene Worte über den möglichen Reichtum der drei Neuankömmlinge hatten gereicht, um die Fette Bertel dazu zu bringen, ihren Gästen einige Meuchelmörder auf den Hals zu hetzen.

Sein Leben nach dem Tod war langweilig gewesen und hatte kaum jemals herausragende Momente geboten. Doch das Spiel, das Xingo in Gang gebracht hatte, gefiel ihm. Sie hatten sich in die Gruppe jener eingeschlichen, die sie gesucht hatten. Gafelay würde stolz auf sie sein.

Nerbo Falthaut beobachtete das Wesen aus der Treibgierde. Es sah aus wie ein Mensch und benahm sich wie ein Mensch, und doch haftete ihm eine Andersartigkeit an, die zu spüren war, wenn man sich darauf konzentrierte. Eldar war von einer Art Schleier umgeben, die Nerbo an ihn selbst erinnerte. Der Mann war gewiss kein Unlebender. Aber er lebte … anders. Er war nicht von dieser Welt.

Eldar ging zum einzigen Fenster im Raum und blinzelte der Sonne entgegen. Nerbo mochte das Tageslicht nicht sonderlich. Es ließ seine Haut noch heller, noch brüchiger wirken.

Xingo, der seinen Körperhaushalt bis zu einem gewissen Grad steuern konnte, unternahm alles, um ihn so menschenähnlich wie möglich erscheinen zu lassen, und gemeinsam unterzogen sie sich mehrmals pro Tag Behandlungen mit einer Crememixtur. Das Licht der Sonne ließ die Wirkung dieser magischen Schutzschicht rascher vergehen.

»Was ist das für ein Scheiß?« Eldar torkelte vom Fenster zurück und schüttelte den Kopf, als wollte er nicht glauben, was er eben gesehen hatte. »Wohin hast du uns geführt, Amelia? Es gibt keinen Weg nach draußen. Zumindest keinen, den ich nehmen würde.«

»Beruhige dich, Eldar. Es ist weniger schlimm, als es aussieht.«

Nerbo Falthaut, neugierig geworden, trat ebenfalls ans Fenster. Er blickte in einen diesigen Himmel, der von gewaltigen Vogelschwärmen beherrscht wurde. Sie flogen kreuz und quer, meist in Zugformation, doch jeder Schwarm hatte ein anderes Ziel, und so zeichneten die zig Tiere ein undurchschaubares Bild ins morgendliche Firmament.

»Aber hallo!«, sagte Falthaut, als er begriff, woran sich Eldar so gestört hatte. Denn der Urwald des Triba-Deltas lag tief unter ihnen. Mindestens fünfzig Mannslängen trennten sie von den Wipfeln der Baumriesen. Das Fenster befand sich in einer Felswand, die senkrecht in die Tiefe fiel.

»Ich bin keine Gämse, und ich werde da nicht hinabklettern«, flüsterte Falthaut. Er ignorierte Xingos Gelächter. Das Unleben in ihm amüsierte sich zweifellos über ihn, den Mann aus der Ebene, der, als er noch gelebt hatte, nichts so sehr wie Wanderungen über Berg und Tal gehasst hatte.

»Es sieht schlimmer aus, als es ist.« Amelia schlug sich Staub vom Kleid und zog es dann mit Lederriemen hoch, sodass es wie eine zu kurz geratene Hose wirkte. »Man kann die Steighilfen von hier aus nicht sehen, aber sie sind da.« Leiser fügte sie hinzu: »Zumindest waren sie vor einigen Monaten noch da.«

»Was, wenn wir hier einige Tage warten und dann, wenn sich die Aufregung gelegt hat, durch eines der Tore nach draußen spazieren?«, fragte Falthaut.

»Nein!« Loisie, angesichts der Aufgabe, der sie sich stellen mussten, ebenfalls blass geworden, widersprach vehement. »Die Hohe Frau in ihrer Burg entfernt sich jeden Tag ein Stückchen weiter von hier. Im Delta der Triba kommt sie nur langsam voran, und wir haben eine Chance, sie einzuholen. Doch sobald die Burg freies Land erreicht, bräuchten wir rasche und ausdauernde Reittiere, um sie noch zu erreichen. Pferde sind allerdings rar in Süd-Aenas, und noch weniger von ihnen gibt es im Land Lirballem.«

»Wir steigen ab«, bestimmte Eldar, dem das Blut aus den Wangen gewichen war. »Ich muss so rasch wie möglich mit der Hohen Frau reden. Jeder Tag, den ich hier vergeude, könnte das Ende meiner Träume und Hoffnungen bedeuten.«

Es geht ihm also um eine Frau, erkannte Xingo. *Eigentlich geht es immer um eine Frau. Zumindest bei euch Lebenden.*

Und was ist dein Antrieb?, fragte ihn Nerbo. *Was lässt dich hoffen, träumen, weitermachen?*

Nichts, das du verstehen würdest, toter Mann. In meinen Träumen sehe ich eine Einheit zwischen Leben und Unleben. Mutter Tod gibt es für mich nicht mehr, und ihre Zwillingsvettern, Meister Schlaf und Meister Traum, haben nur noch eine untergeordnete Bedeutung. In dieser schönen, neuen Welt ist alles gleichmäßig.

Allerdings unter eurer Herrschaft, nicht wahr?

Es steht außer Frage, dass das Unleben mächtiger ist als das, was ihr als Existenz bezeichnet. Uns gibt es immer. Wir reisen durch die Unendlichkeit. Während euch nur eine lächerlich kurze Zeitspanne vergönnt ist, kaum genug, um einen einzigen vernünftigen Gedanken zu spinnen.

Nerbo ließ es dabei bewenden. Xingo verwendete Begriffe, deren Bedeutung ihm nicht ganz klar war. Außerdem hatte er andere, viel wichtigere Sachen zu erledigen. Er musste in Eldars Nähe bleiben, ihn studieren, ihn womöglich auch beschützen. Irgendwann würde ihm Xingo sagen, was zu tun war.

»Na schön«, sagte Eldar eben. »Dann machen wir uns auf den Weg.« Auch er hatte sich umgezogen. Sein kurzes Schwert baumelte an einem Ledergurt. Er band die Waffe gegen seinen Oberschenkel, damit sie ihn nicht beim Klettern behinderte.

»Wie kommen wir nach draußen?«, fragte Nerbo.

»Das Fensterkreuz lässt sich an drei Seiten abnehmen. Und hier, an der unteren Sprieße, haltet ihr euch fest, wenn ihr die Beine nach draußen schiebt.« Amelia beseitigte mit raschen Handgriffen das Kreuz, so als hätte sie diese Bewegungen bereits Hunderte Male durchgeführt. Einzig der untere Beschlag, schmiedeeisern und stark verrostet, blieb in der Öffnung. Eldar würde sorgfältig darauf achten müssen, nicht daran hängen zu bleiben, wenn er ins Freie stieg.

»Gibt es sonst noch etwas, auf das wir achten sollten?«, wollte er wissen und nahm seinen Wanderranzen an sich. Loisie tat es dem Mann aus der Treibgierde nach.

»Passt auf die Vögel auf, insbesondere auf die Wachskorifen. Manche von ihnen nisten in Felsvorsprüngen. Die meisten Plätze werden schon verwaist sein, aber es mag sein, dass Nachzügler noch immer mit ihrem Nachwuchs beschäftigt sind. So klein manche Viecher auch sein mögen, wenn sie das Gefühl haben, angegriffen zu werden, wehren sie sich mit allem, was ihnen zur Verfügung steht.«

Wachskorifen. Nerbo Falthaut erinnerte sich. Ihr Fleisch war zart, und die Eier, etwa so groß wie die von Wachteln, galten als Delikatessen, die von Händlern in Gold aufgewogen wurden.

»Los geht's!«, sagte Amelia und schwang sich mit ihren schlanken, fast dürren Beinen ins Freie, und als wäre dieser Aufruf ein Signal, durchbrach die Sonne endgültig die frühmorgendlichen Nebelbänke.

Amelia Dusong, die sie Hure nannten, bewegte sich mit katzenhafter Gewandtheit. Sie hangelte sich von einem in den Fels geschlagenen Griff zum anderen. Es kümmerte sie nicht, wenn sie mal den Halt unter ihren Füßen verlor. Sie trug ihr Körpergewicht problemlos mit der Kraft ihrer Arme, und sie zeigte auch angesichts der Höhe keinerlei Angst.

Eldar wirkte anfangs unsicher, doch je länger er sich durch die senkrechte Wand bewegte, desto besser fand er sich mit den Verhältnissen zurecht. Loisie, die Wicca, tat sich schwer. Ihr Gesicht war hochrot angelaufen, und sie musste immer wieder Pausen einlegen. Doch sie behalf sich mit ihrer Dusus und sorgte dafür, dass ihre Beine niemals abrutschten, dass ihre Hände niemals den Griff verloren.

Du bist der schwächste Kletterer der Gruppe, stichelte Xingo. *Du bewegst dich ungelenk, du bist desorientiert, du verlierst rasch die Übersicht und versteigst dich ein ums andere Mal.*

Nerbo ignorierte die Stimme. Auch wenn er tot und dem Körper viel Wasser – und damit Gewicht – entzogen worden war, so wog er doch mehr als seine Begleiter. Er nahm eine der in den Fels gehauenen Metallsprossen näher in Augenschein. Es handelte sich um ein Rundeisen, innen hohl, das jemand mit bedeutendem Krafteinsatz in die Wand getrieben hatte. Bei jedem Griff, mit dem er sich abwärtshangelte, blätterte Flugrost ab. Doch das Eisen der Sprossen war von bester Qualität. Sie würden gewiss weitere fünfzig Jahre halten, bevor man sie erneuern musste.

Die Wipfel der Bäume kamen langsam näher. Amelia hatte

sie schon beinahe erreicht. Sie gelangte in jenen Bereich der Wand, der allmählich in eine Schräge überging und dann sanft an einem schotterübersäten Fuß ausklang. Hier und dort spritzte das Wasser kleiner Wasserfälle in die Tiefe.

Hinter den Baumwipfeln, in einer Entfernung von etwa einer Laufe, breitete sich das Braun eines Flussarms aus, der Schlamm und Sand der Cabrischen See entgegenspülte. Der Ozean war im Südwesten lediglich zu erahnen. Ab und zu wehte der Wind etwas heran, das Salz und Tang und Algen erahnen ließ.

Geradeaus und rechts von Nerbo Falthaut breitete sich ein anderes Meer aus, ein grünes und endlos wirkendes. Die Wipfel der Bäume wogten manchmal wie Korn im Wind. Die Bewegungen zeugten von ungewöhnlichen Stürmen, die im Delta der Triba immer wieder vorkamen und ihr Vorwärtskommen weiter erschweren würden.

Er stieg weiter abwärts. Mehrere Schatten glitten über ihn hinweg. Vögel, die er nicht kannte und deren Flügelspannweite beinahe die seiner Arme erreichte. Sie näherten sich in atemberaubendem Tempo der Wand, berührten sie beinahe und taten eine Kehrtwendung, die unmöglich erschien. Sicherlich half ihnen die Thermik in der Nähe des Felsens. Hier trafen kältere auf wärmere Luftmassen. Wind zog manchmal schwach, manchmal stärker nach oben und ließ seine Hose mitunter heftig flattern.

Nerbo rutschte von der nächsten Steigsprosse ab. Für einen Augenblick meinte er, den Halt ganz zu verlieren. Doch dann griff Xingo ein, Xingo, der blitzschnell reagierte und ihn die richtigen Sicherungsbewegungen tun ließ. Er presste sich so eng es ging gegen den Stein, mit der einen Hand an einer Felsnase, mit der anderen an einem der metallenen Griffe. Der rechte Fuß fand rasch Kontakt mit der Wand, mit dem anderen musste er eine Weile suchen, bevor auch dieser wieder Stein berührte.

»Gut gemacht!«, rief ihm Amelia von unten zu. Sie bewegte sich, als hätte sie ihr Leben lang nichts anderes getan, als diese Felswand herauf- und hinunterzuklettern.

Nerbo Falthaut fühlte Erschöpfung. Dies war eine sehr seltsame, abstrakte Wahrnehmung. Tote waren niemals erschöpft. Doch das unlebende Leben, das in ihm und anderen seiner Art steckte, verlor manchmal an Spannkraft. Er benötigte Ruhe, bloß für eine Weile.

»Achtung!«, rief Eldar und deutete an Falthaut vorbei, auf Büsche, die sich einige Mannslängen über ihm gegen den Fels drückten.

Nerbo verstand nicht, was sein Reisegefährte meinte. Bis er das Vieh sah, dass sich zwischen dem Blattwerk nach unten fallen ließ und auf ihn herabstürzte, gefolgt von drei weiteren seiner Art.

Wachskorifen. Die Weibchen mit charakteristischem Buntstrich entlang des Rückens, die Männchen in einem langweiligen Dunkelgrau. Zwei von jedem Geschlecht waren vertreten. Im Inneren der Büsche erhob sich ein empörtes Gezeter. Dort mussten sich zwei oder mehr Nester befinden.

Nerbo Falthaut hatte keine Zeit, länger darüber nachzudenken. Die unterarmlangen Wachskorifen waren heran, hackten mit langen, harten Schnäbeln nach seinem Kopf, seinen Armen, seinen Beinen. Sie bewegten sich so schnell, dass er kaum Gelegenheit fand, die gefiederten Dämonen abzuwehren, geschweige denn, sie mit den Händen zu erwischen. Nach wie vor drückte er seinen Leib fest gegen den Fels, darauf bedacht, nur ja nicht das Gleichgewicht zu verlieren.

Etwas traf ihn mit großer Wucht am Hinterkopf. Nerbo meinte zu fühlen, wie etwas knackste, wie etwas zerbrach. Es tat nicht weh, aber es irritierte ihn.

Ein weiterer Angriff galt seinem Rücken. Ein dünner, messerscharfer Schnabel bohrte sich in sein Fleisch. Nerbo vertrieb das Tier, indem er seinen Körper durchschüttelte, ungeachtet der Gefahr, aus der Wand zu stürzen.

Die Wachskorifen ließen jedoch in ihrer Angriffswut nicht nach. Immer wieder pickten sie auf ihn ein, schlugen ihm die Flügel ins Gesicht, ließen die Krallen über seinen Leib tanzen, durchbohrten Kleidung und Haut.

»Mach, dass du runterkommst!«, rief ihm jemand zu, vermutlich Amelia. »Da kommen ... mehr ... dieser Viecher.«

Nerbo Falthaut verstand kaum ein Wort. Die Wachskorifen krächzten ihren Zorn über ihn, den Störenfried, weit in die Welt hinaus. Er ahnte, dass weitere Vögel im Anflug waren, angelockt durch das empörte Geschrei ihrer Artgenossen.

Vorsichtig löste er den rechten Fuß von der Steigsprosse und tastete nach der nächstunteren. Wiederum wurde er angegriffen, wiederum fühlte er Schnabelhorn, das sein Fleisch zerfetzte.

Da! Er fand Halt. Nun nachgreifen. Die Vögel ignorieren. Die linke Hand lösen, nach unten tasten. Ja. Er kam dem Erdboden ein kleines Stück näher, und nun, durch die veränderte Position, erfasste er auch den Weg, den Rest des Abstiegs, den er vor sich hatte. Es waren etwa dreißig Sprossen, die er noch zu bewältigen hatte.

Nerbo tastete nach seinem Messer, ungeachtet der Gefahr, in die er sich durch das Loslassen der Sprosse brachte. Xingo, der sich seit dem Angriff ruhig verhalten hatte, machte ihm nun Mut. Sie beide überblickten die Situation, und sie hatten ein Ziel vor Augen. Das Unwohlsein, das Nerbo angesichts des Abstiegs gefühlt hatte, war wie weggeblasen.

Er beobachtete die Angreifer. Mittlerweile hatte er es mit sechs Wachskorifen zu tun. Sie fügten sich bei ihren Attacken in ein bestimmtes System ein, das er zwar nicht durchschaute, aber dennoch als wellenförmig begriff. Die Vögel brandeten gegen ihn an, mal heftiger, mal weniger stark. Stets darauf bedacht, sich nicht gegenseitig im Weg zu sein.

Nerbo holte tief Luft. Er versuchte, die Absichten der Tiere zu begreifen. Da war eine Wachskorife, die schwächer und langsamer als ihre Artgenossen wirkte. Sie pickte stets gegen seine linke Hüfte und hatte bereits einige Wunden verursacht. Und sie wurde immer wagemutiger, scherte sich kaum noch um ihre eigene Sicherheit.

Einer der Vögel schlug mit dem Schnabel gegen seine Schläfe, biss sich in die Haut fest und zog sie stückchenweise ab. Nerbo Falthaut ignorierte das Vieh. Der Schmerz war weit weg, kaum wahrnehmbar. Stattdessen achtete er auf den nächsten Angriff der schwächsten Wachskorife. Sie schlug die Krallen in seinen Hintern und wollte mit dem handlangen Schnabel zuhacken.

Falthaut kam ihr zuvor. Er ließ das Messer hinabsausen, wie die Axt eines Henkers, legte alle Wucht und alle Schnelligkeit in diese eine Bewegung. Der Vogel wollte ausweichen, legte den Kopf schräg. Doch er war zu langsam. Die Klinge traf ihn in der Brust, schlitzte das Federvieh auf, verletzte es tödlich.

Die Wachskorife schrie. Es war ein Laut, den Falthaut niemals zuvor gehört hatte. Er ähnelte dem eines jammernden, panisch gewordenen Kleinkinds. Der Flügelschlag wirkte nun unkoordiniert, das Tier drehte sich um die eigene Achse, schlug und kratzte und wollte sich an seinem Gewand festkrallen. Er stach ein zweites Mal zu und erwischte den rechten Flügel, trennte ihn vom Leib ab.

Die Wachskorife stürzte in die Tiefe, und Falthaut bekam sie gerade noch am Federkleid zu fassen. Er zog den sterbenden Vogel zu sich, wühlte mit den Fingern in dessen aufgerissenem Leib, fühlte die Eingeweide, zerquetschte sie, bescherte dem Tier einen raschen Tod.

Falthaut streifte Haut und Federn ab. Was in seiner Hand zurückblieb, zeigte er her, sodass die Artgenossen der Wachskorife sehen konnten, was er da hielt und was er getan hatte. Mit ihren kleinen Köpfen waren sie ganz gewiss nicht dazu in der Lage, es genauer zu begreifen, doch sie würden womöglich die Gefahr erkennen, die ihnen drohte, wenn sie ihre Angriffe fortsetzten.

Und tatsächlich, sie ließen von ihm ab. Ihr Gekrächze klang nun anders, bei Weitem nicht mehr so aggressiv.

Nerbo Falthaut nutzte die Gelegenheit. Er wischte Blut und Fleischmasse an der Hose ab, steckte das Messer weg und setzte seinen Abstieg so schnell es ging fort. Die Höhe irritierte ihn nicht mehr, seine Beine bewegten sich wie von selbst. Auch eine Querpassage, deren Bewältigung einiges Geschick erforderte, ließ ihn kaum zaudern.

Er entdeckte seine Begleiter, nur noch zehn Mannslängen unter ihm. Alle hatten sie die Wand hinter sich gebracht. Sie starrten wie gebannt zu ihm hoch. Loisie, die Wicca, tat merkwürdige Handbewegungen. Sie galten einem Schwarm von Wachskorifen, die sich nun wieder sammelten und einen letzten Angriff gegen ihn wagen wollten. Nerbo Falthaut scherte sich nicht weiter um die Vögel. Er wusste, dass er schneller und stärker war. Dass ihm diese Tiere nicht beikommen konnten.

Die letzten Sprossen. Sein rechtes Bein berührte losen Fels. Geröll, das unter ihm nachgab und zu einer kleinen Lawine wurde. Seine Gefährten standen seitlich versetzt, dank einer kleinen Gruppe Bäume vor den Vögeln geschützt. Sie waren nicht in Gefahr, von den Steinmassen getroffen oder über den steilen Abhang mitgerissen zu werden.

Die wagemutigsten Wachskorifen waren heran. Sie hieben mit den Schnäbeln auf ihn ein, andere Tiere krächzten. Nerbo hielt sich mit der Linken an der letzten Steigsprosse fest, zog erneut sein Messer und stach mit der Waffenhand wahllos auf die Vögel ein. Manchmal traf er, manchmal verfehlte er sie. Es spielte keine Rolle. Nerbo erzeugte Chaos, die Verständigungsrufe der Vögel wurden hektischer, und die verletzten, hilflos zu Boden flatternden Tiere störten das Gefüge.

Für einen Moment kehrte Ruhe ein. Die Wachskorifen zogen sich zurück, so als wollten sie die Situation neu beurteilen. Nerbo nutzte die Gelegenheit und rutschte in einer weiteren Geröllawine abwärts. Es war ihm einerlei, was er damit auslöste und ob er im Wald darunter Schäden anrichtete. Immer schneller wurde er, immer mehr Material riss er mit sich in die Tiefe.

Die Vögel folgten Falthaut und hingen über seinem Kopf wie eine dunkle Wolke, doch kaum erreichte er die Ausläufer des Waldes, blieben viele von ihnen zurück, laut und empört krächzend. Nur einige wenige folgten ihm, verloren sich aber rasch zwischen den Wipfeln.

Murmelgroße bis faustgroße Steine ließen ihn dahinrasen, immer tiefer in den Forst hinein, so als würde er auf einer Morastschicht dahingleiten, die allmählich ausdünnte und schließlich nur noch aus vereinzelten Brocken bestand. Er versuchte, sein Tempo zu bremsen, indem er die Beine in den feuchten Boden stemmte. Er wurde ausgehebelt, durch die Luft geschleudert, überschlug sich mehrmals, raste über einen umgestürzten Baumriesen hinweg, hinein in schlickiges Moos, und schlitterte weiter den Abhang hinab. Niedrig hängende Äste peitschten gegen sein Gesicht und gegen seinen Körper. Er prallte schwer auf dem Boden auf, die Wucht presste ihm alle Luft aus der Lunge. Er drehte sich, immer und immer wieder, schlug hier an und zerriss dort seine Kleidung. Ein Stück Holz bohrte sich in seinen Unterschenkel, es tat weh, mehr als sonst.

Nerbo breitete die Arme aus, wollte sich irgendwo festhalten und bemühte sich, seine Sturzrichtung so zu verändern, dass er mit den Beinen voran abwärtsglitt.

Ein junger Baum stand ihm im Weg, an der stärksten Stelle kaum dicker als Nerbos Oberschenkel. Im letzten Augenblick gelang es ihm, dem Stamm durch eine geringe Gewichtsverlagerung auszuweichen, während er mit beiden Händen nach dem Baum griff. Er umfasste ihn, und obwohl er glaubte, ihm würden beide Arme ausgerissen, hielt er sich fest und beendete damit diese schreckliche Rutschpartie in die Tiefe des Waldes.

Stille. Allumfassende Ruhe. Von den Wachskorifen war nichts mehr zu sehen oder zu hören. Weit entfernt klackerten einige Steine und prallten gegen Fels. Ein Waldtier erhob seine Stimme, womöglich ein Krapp, der aus seiner Beschaulichkeit gerissen worden war. Andere Geschöpfe antworteten, ein Waldstorch klapperte, ein Specht hämmerte, irgendein Tier brummte leise und irritiert.

Nerbo Falthaut holte tief Atem und ließ ganz vorsichtig den Baumstamm los. Er drehte sich nach oben und betrachtete die Spur, die er gezogen hatte. Das Gefälle würde es nur unter großen Mühen erlauben, wieder nach oben zu klettern, hin zu seinen Weggefährten.

Konnte er sich denn überhaupt bewegen? Nerbo nahm sich die Zeit, jedes einzelne seiner Glieder auf seine Funktionstüchtigkeit zu prüfen. Das eingeschränkte Gefühl in seinen Nervenenden behinderte ihn dabei. Er war kaum in der Lage, sagen zu können, ob hier oder dort etwas nur betäubt oder doch gebrochen war. Er erhielt nicht ausreichend Signale aus seinem Körper, und Xingo, der ihm womöglich hätte weiterhelfen können, zog es vor zu schweigen.

Nerbo richtete den Oberkörper langsam und vorsichtig auf. Es ging, und auch der Hals ließ sich bewegen. Im linken Unterschenkel steckten unter den Fetzen seines Beinkleids zwei fingerlange Splitter, und wo er auch hinblickte, sah er aufgescheuerte und aufgerissene Haut.

Er hatte solche Situationen bereits mehr als einmal durchgemacht. Sein Blut war das einer frischen Leiche. Stockend, schwarz und oftmals verklumpt. Von beiden Ellenbogen und vom rechten Knie tropfte Flüssigkeit äußerst zäh aus wundem Fleisch.

Das haben wir gleich, meldete sich Xingo endlich wieder zu Wort. *Leg dich wieder hin und entspann dich.*

Xingo, der Geist des Unlebens. Der Garant seiner Existenz. Er vermochte seinen Körper wieder instand zu setzen, und das in kürzester Zeit. Er war wie lebendig machende Medizin und wie ein erfahrener Feldscher zugleich. Wunden verheilten, während Nerbo dabei zusehen konnte, verschlossen mithilfe eines Geistes, der nicht tot und nicht lebendig war.

Er hörte seine Gefährten nach ihm rufen. Sie stolperten durch den Wald, weit über ihm, und suchten die Schneise ab, die er geschlagen hatte. Nicht lange, dann würden sie ihn finden. Bis dahin musste er sein altes Aussehen wieder zurückhaben. Andernfalls würde Loisie wissen, wer und was er war.

Auf Xingos Geheiß atmete er langsam ein und aus. Er spannte die Muskeln in seinem Leib an, abwechselnd und so, wie es ihm der Unlebende riet. Jede Sehne, jeder Knochen, jedes Stück Fleisch wurde einer genauen Untersuchung unterzogen. Wo etwas gebrochen war, verbanden sich die Bruchstellen wieder miteinander, offene Wunden schlossen sich und vernarbten innerhalb von Augenblicken.

»Nerbo! Nerbo Falthaut!«

Eldars Stimme. Der Mann aus der Treibgierde würde ihn als Erster entdecken. Er rutschte und sprang durch den Wald, nur wenige Mannslängen oberhalb, und zeigte dabei ein bewundernswertes Klettergeschick.

Ich bin fertig, ließ ihn Xingo wissen. *Ich habe einige offene Wunden übrig gelassen. Unser Aussehen wäre sonst angesichts des Kampfes gegen die Wachskorifen und des Sturzes unglaubwürdig. Du musst Schmerz vortäuschen. Verstanden?*

Natürlich. Er hatte lange genug *wirklich* gelebt, um zu wissen, wie er sich nun zu verhalten hatte.

»Ich bin hier!«, krächzte Nerbo Falthaut und hob den rechten Arm.

»Bei den Göttern!«, kam Eldars Antwort. »Und ich befürchtete schon das Schlimmste.«

Die Schritte des Wesens kamen näher, Falthaut richtete sich auf. Er tat so, als wäre er benommen und könnte sich kaum auf den Beinen halten.

Eldar packte und stützte ihn. Er tat es mit jener Vorsicht, die Mediker anwandten. Seine Hände tasteten über Nerbos Körper, drückten hier und rieben dort.

»Es geht mir gut«, sagte Nerbo.

»Das kann ich nicht glauben, Mann! Du bist durch die Luft geflogen, hast dich überschlagen, bist mehrmals gegen Fels geprallt … Wir konnten deinen Sturz von oben beobachten. Du müsstest tot und Teile von dir im ganzen Wald verstreut sein.«

Nerbo verzog das Gesicht wie im Schmerz. »Es drückt hier und dort, und womöglich sind einige Rippen angeknackst. Aber ich lebe. Ich hab Glück gehabt.«

Eldar schüttelte den Kopf, während er Falthaut umrundete. »Du hast nichts, außer einigen oberflächlichen Kratzern. Das ist ein Wunder.«

»Wunder sind eben selten in dieser Welt«, sagte die Hure namens Amelia Dusong, die nun ebenfalls herangestolpert und -gerutscht kam. Sie betrachtete ihn nachdenklich und mit viel Misstrauen.

Nimm dich vor ihr in Acht!, warnte Xingo. *Diese Frau kann uns gefährlich werden. Sie besitzt mehr Gespür als die kleine Hexe – und deutlich mehr Lebenserfahrung.*

Nerbo Falthaut dachte über diese Bemerkung nach. Wovor hatte Xingo Angst? Es war bekannt, dass Wicca ein feines Gespür hatten und andere Menschen mit ihren Kräften durchschauten. Und dennoch schätzte er Amelia als größere Gefahr ein?

»Wir können weitergehen«, sagte er und klopfte sich Laub von seinem zerrissenen Gewand. »Schlimmer wird es ja wohl nicht mehr werden.«

»Ach ja?« Amelia Dusong legte ihm ein Stück zerrissenes Tuch über eine Schürfwunde am rechten Oberarm. »Zumindest wissen wir jetzt, dass du eher eine Belastung für uns bist denn eine Hilfe. Wie kann man bloß so ungeschickt sein und die Wachskorifen derart reizen?«

»Ich habe sie nicht bemerkt.«

»Das spricht nicht unbedingt für den Söldner, auf dessen Instinkt wir uns verlassen und der gutes Geld von uns erhält.«

»Wenn ihr dieser Meinung seid, setze ich meinen Weg gern allein fort.« Nerbo Falthaut sah die drei Begleiter an, einen nach dem anderen. Er riskierte einiges mit diesem Angebot. Womöglich würde man es annehmen, dann hätte er sein Spiel verloren. Doch er erinnerte sich daran, dass das Risiko schon immer ein Teil seiner Natur gewesen war.

»Ist schon gut«, sagte Eldar und deutete mit einer Hand vage in Richtung des Abhangs. »Sehen wir zu, dass wir weiterkommen. Ich habe das dumpfe Gefühl, dass wir deine Schwerthand schon bald wieder brauchen können.«

26. Terca

Bliya küsste und liebkoste sie. Sie tat es mit ungewöhnlicher Hingabe. Da war so viel Sehnsucht und Gier in ihren Bewegungen, dass man meinen könnte, die Jüngere wollte sie fressen.

Terca gab sich der Leidenschaft der jüngeren Wicca hin. Fühlte die langen, schlanken Finger zwischen ihren Beinen. Genoss die Berührungen und das Geschick, mit dem sie ihre sensibelsten Körperteile berührte, streichelte, knetete.

Dann ihre Zunge. Sie war wie ein Bogen, der über die Saiten einer Geige strich und das schönste Stück Musik hervorbrachte. Töne häuften sich zu einem immer gewaltiger und pompöser klingenden Lied an. Zu einem mehrstimmigen Schrei, der noch lange in Tercas Ohren nachklang und sie all die Vorbehalte, die sie Bliya gegenüber hegte, für eine Weile vergessen ließ.

Danach kehrte Ruhe ein. Sie lagen Kopf an Kopf, die Beine ineinander verschlungen. Die Freundfeindin schmeckte nach Süße, mit einer Beimengung von Unschuld.

Terca wusste nur zu gut, dass diese Sinnesempfindungen auf Bliyas Hexenkräften beruhten. Die Jüngere wusste ebenfalls, wie man jemanden verzaubern und in seinen Bann ziehen konnte.

Hätte Bliya sie ebenso leidenschaftlich geliebt und verwöhnt, wenn Terca noch diesen hinfälligen Körper wie vor wenigen Jahren gehabt hätte? Hätte sie auch das Alter zu schätzen gewusst? Die Falten und Runzeln, das schlaffe Fleisch, die Hängebrüste, die grauen Haare und die Warzen, das Zittern und das Gesabbere?

»Du bist wunderschön, und deshalb liebe ich dich«, flüsterte Bliya. Sie wickelte eine von Tercas Locken um ihren Zeigefinger und begann damit zu spielen. »Ich weiß nicht, was ich ohne dich machen würde.«

»Du würdest die Herrschaft über die Burg übernehmen. Was denn sonst, meine Liebe?«

Bliya küsste sie mit Nachdruck. »Ja, das würde ich vielleicht«, sagte sie und presste nochmals ihre Lippen auf die von Terca. »Aber mir würde deine Erfahrung fehlen. Deine weisen Worte. Dein Sinn für das, was vor uns, und die Erinnerungen daran, was hinter uns liegt.«

Terca schob die Decken beiseite und erhob sich vom Lager. Die Lustgefühle, die sie eben noch gehegt hatte, machten Abscheu Platz. Immer wieder fiel sie auf die Verführungskünste ihrer Freundfeindin herein. Die Abstände, in denen sie das tat, wurden kürzer. Irgendwann einmal würde sie Bliyas Verlockungen nicht mehr entsagen können und sich in eine Abhängigkeit begeben, aus der es kein Entkommen gab.

Sie hatte in den letzten Jahrhunderten gehörig an Willenskraft verloren. Wollte sie ihre Position als Hohe Frau behalten, bedurfte es eines besonderen Akts der Stärke. Sie musste etwas tun, das sie ein für alle Mal zur Lenkerin und Denkerin dieser Wiccaburg machte.

Aber wollte sie das denn überhaupt?

»Wohin gehst du, Herrin?«, fragte Bliya. Sie stemmte den Oberkörper auf und räkelte sich. »Du arbeitest zu viel. Du kümmerst dich um Dinge, die weit entfernt geschehen und die für uns keinerlei Bedeutung haben. Hier in der Burg sind wir sicher und frei von allen Sorgen. Wenn wir wollten, könnten wir bis ans Ende aller Tage über das Weltenrund reisen. Uns dem Müßiggang hingeben. Genießen. Auf das andere, einfache Leben hinabblicken und darüber lachen.«

»Wir lachen niemals über das einfache Leben«, wies Terca die Freundfeindin zurecht. »Wir respektieren es und bemühen uns, es in halbwegs vernünftige Bahnen zu lenken.«

»Jetzt fängst du schon wieder mit diesem Firlefanz aus alten Zeiten an.« Bliya machte einen Schmollmund, süß und verlockend gleichermaßen, umd streckte verlangend ihre Arme aus. »Bleib bei mir. Gib mir etwas von dir. Ich brauche dich, brauche deine Berührungen so sehr …«

Bliyas Stimme wirkte einschläfernd, und ohne ihr Zutun setzten sich Tercas Beine in Bewegung, führten sie zurück zum Bett. Sie beugte sich über die junge Frau, küsste ihre Brüste, küsste ihren Mund. Sah zu, wie eine Gänsehaut diesen so begehrenswerten Körper überzog und wie er sich ihr entgegenreckte.

»Ich habe zu tun«, sagte Terca unter Aufbietung aller Willenskraft und löste sich aus dem Bann ihrer Liebhaberin. »Wenn ich meine Aufgabe erledigt habe, kehre ich zurück.«

»Wer weiß, ob ich dann noch da bin«, meinte Bliya schnippisch, und für einen Moment blitzte in ihren Augen jene Wut auf, die sie für Terca von der besten Freundin zu ihrer schlimmsten Feindin machte. »Ich werde nicht immer auf dich warten. Denk daran.«

»Ich weiß, meine Kleine, ich weiß.« Terca küsste sie ein weiteres Mal auf die Lippen und ging dann davon, ohne sich noch einmal umzudrehen.

Die Hexenburg watete durch Wasser. Sie überwand Furten und stieg durch brackigen Morast, bevor sie in sicheren Gefilden das lebende Holz ihrer Gehbeine an die Stämme der Sumpfzypressen lehnte und sich für eine Weile erholte. Derart gewann sie an Kraft zurück, bevor sie ihren Weg fortsetzte und den Willen der Wicca erfüllte.

Nein, die Burg befolgt ausschließlich meine *Befehle,* korrigierte sich Terca in Gedanken. *Mein Wille ist alles, was zählt. So ist es nicht nur in unserer Heimat, sondern auch in großen Teilen des Weltenrunds. Und ich werde mir diese Herrschaft nicht von einem dahergelaufenen Wesen entreißen lassen, das aus der alten Zeit stammt! Bloß weil es durch einen dummen Zufall der Treibgierde entkommen ist.*

Terca studierte Karten, die vor ihr ausgebreitet lagen. Im Wiccarium, das sich im First der Burg befand, hatte sie Zeit und Muße, sich über ihre nächsten Schritte klar zu werden. Das Sumpfdelta der Triba stellte eine gehörige Herausforderung für die Burg dar. Namenlose Arme des riesigen Flusses mussten durchquert, feuchte Inseln durchstakst, einige Hügel überwunden, dem Terrain des Schlammeises ausgewichen werden. Die meisten Völker, die hier versteckt lebten, stellten zwar keine Gefahr für die Hexenburg dar. Aber sie mochten für Unruhe sorgen, und wer wusste schon, ob nicht eine ihrer Untergebenen über Nacht verschwand, um die Gunst eines Sumpfbewohners zu gewinnen?

Eine derartige Schandtat musste sie unter allen Umständen verhindern. Sie war damit einverstanden, dass sich die Wicca der Burg mit Menschen entlang der Reiseroute vergnügten. Doch manche Geschöpfe, die nahe der Triba ihr Unwesen trieben, waren halb Tier und halb intelligenzbehaftet. Ihre Schutzbefohlenen durften mit ihnen unter keinen Umständen in Berührung kommen. Eine Liebschaft oder Vereinigung mochte Wesen hervorbringen, die irgendwann einmal eine neue Sippe begründeten und eine Gefahr für die Wicca darstellten.

Darüber hinaus musste sie sich weitere Gedanken über die Todfeindlichen Geschwister machen.

Die Dachbalken des Wiccariums ächzten und stöhnten. Die Burg setzte sich nach längerer Ruhepause wieder in Bewegung. Terca hatte ein Ziel vorgegeben, sie musste sich nicht um den Kurs kümmern. Der vorläufige Endpunkt ihrer Reise war bald erreicht.

Sie schloss die Augen und überlegte. Wenn alle Informationen stimmten, die sie während der letzten Stunden erhalten hatte, stand die Burg im Zentrum des allgemeinen Interesses. Mehrere Reisespechte hatten ihr Wissen in das Holz gehackt, andere Nachrichten waren mit dem Wind gereist. Manchmal reichten wenige Worte aus, die von der richtigen Bö gepackt und davongewirbelt wurden. Sie trieben in den Himmel, zerteilten sich in den dort oben tobenden Stürmen und fielen wieder zusammen, sobald sie von den Verlockungen der Hexenburg gepackt und nach unten gerissen wurden.

Terca tätschelte den Knauf ihrer rechten Armlehne. Er war haarig und bestand großteils aus dem Kopf eines Mannes, der es vor Jahrzehnten gewagt hatte, heimlich in die Burg einzudringen. Der linke Knauf war weitaus älter. Terca wusste nicht mehr, woraus er bestand. Sie und andere Wicca hatten zu oft darübergegriffen, zu oft darübergestreichelt, um seinen Ursprung und sein früheres Aussehen erkennen zu lassen.

Nun, der Hexensessel war noch längst nicht fertig. Es fehlten Beschläge, Leisten sowie Schmuckteile. Auch die Tapezierung war noch längst nicht so, wie Terca sie gern gehabt hätte. Es dauerte meist eine Weile, um ein Möbel für das Wiccarium fertigzustellen, denn es suchte sich seine Bestandteile stets selbst aus.

Es klopfte gegen das Dach. Terca öffnete eine Luke per Seilzug. Ein Specht flatterte ins Innere und streckte seine Krallen gegen einen dürren Ast aus, der waagerecht von einem dicken Baumstumpf abstand. Das Tier wirkte erschöpft. Es war lange – oder rasch? – gereist.

Terca erhob sich und stellte dem Specht eine Holzschale mit Wasser vor den Schnabel. Außerdem fütterte sie ihn mit Würmern, die wie immer vorrätig waren.

»Was hast du mir zu sagen, Meister Specht?«, fragte sie und streichelte dem Boten über das grüngelbe Gefieder.

Das Tier steckte den Schnabel ins Wasser, nahm Flüssigkeit auf, beutelte den Kopf und trank. Mehrmals wiederholte es das Ritual, bis es endlich bereit war, sich mitzuteilen. Es klopfte gegen das Holz des Baumstamms. Langsam erst, dann in einem drängenden Rhythmus, der, wenn man genauer hinhörte, eine Art Sprache ergab. Eine alte Sprache, an die sich außer geschulten Wicca nur noch wenige Wesen erinnerten und die von noch wenigeren verstanden wurde.

»In zwei Tagen haben sie uns erreicht, meinst du?« Terca zog einen Wurm aus der wimmelnden Masse hervor und ließ ihn zwischen Zeigefinger und Daumen vor dem Spechtschnabel hinabhängen. Der Vogel schnappte danach und verschlang seine Beute. Dann klopfte er weiter an seiner Nachricht.

»Diese Loisie verhält sich geschickt und tut genau das, was ich mir von ihr erhoffte. Liven die Schlänglerin war ihr eine gute Lehrmeisterin. Aber ich frage mich, was dieser vierte Begleiter für eine Bedeutung hat. Er ist ein unbekannter Faktor. Einer, den ich noch nicht einordnen kann. Was meinst du, Meister Specht?«

Der Specht enthielt sich jeglichen Kommentars. Er trank und aß und putzte sein Gefieder, bevor er den Körper eng an den Stamm kuschelte und in einen Halbschlaf fiel. Terca streichelte den Specht zur Belohnung ein weiteres Mal über das Köpfchen. Die Berührung würde ihm Ruhe bescheren und seinen überanstrengten Körper entspannen helfen. Er hatte eine anstrengende Rückreise in die heimatlichen Wälder nahe der Stadt Torhauvn vor sich, womöglich gejagt von Vertretern der hiesigen Vogelwelt. Doch Terca machte sich um ihren tierischen Spion keine Sorgen. Er war geschickt, und er war gut geschult.

Sie ließ sich in ihren Hexensessel fallen. Eine Vielzahl von Noppen massierte ihren Rücken. Die Erhebungen bestanden aus Fingerknöcheln, die von einer Meisterin ihres Fachs mit Drahtschnüren zusammengehängt und ordentlich gespannt worden waren. Sie bewegten sich sacht, denn es steckte noch ein wenig Leben in ihnen. So wie in allem, das im Hexensessel verarbeitet war.

Der Mund des menschlichen Lehnenknaufs hatte sich mittlerweile geöffnet. Der Mann wollte schreien, wollte sein Entsetzen herausbrüllen. Doch er würde niemals mehr wieder einen Laut hervorbringen.

»Was meinst du, mein Lieber? Du glaubst, dass eine Entscheidung naht? Nun, du magst recht haben. Aber ich befürchte, dass sie nicht zu jedermanns Freude ausfallen wird.«

Terca presste die Kiefer des Kopfknaufs fest zusammen. Sie war müde und musste Schlaf finden. Die nächsten Tage würden ihr alles abverlangen. Das Kerzenlicht im Wiccarium erlosch auf ihren Wunsch hin. Einige Worte, eben eingefangen, rauschten zwischen den Balken hin und her und setzten sich irgendwo als Gespinst ab. Irgendwann würden sie sich mit anderen verbinden und einen Sinn ergeben.

Terca hatte Zeit. Sie hatte immer schon Zeit gehabt.

Es klopfte. Maule, eine Wicca unbestimmbaren Alters, die schon mehrere Jahrzehnte im Inneren der Burg reiste, trat ein. Sie beugte ehrerbietig das Haupt und machte einen Knicks. »Wir bekommen ungewöhnlichen Besuch«, sagte sie. »Ein

Mann begehrt Einlass. Ein Magicus. Wir wollten ihn töten, noch bevor er sich der Burg auf Sichtweise genähert hatte. Doch er ist ungewöhnlich stark – und er behauptet, dich gut zu kennen. Er meinte, du und er wärt … Freunde.« Maule spuckte das letzte Wort aus, als wäre es eine verfaulte und von Würmern befallene Frucht.

»Pirmen ist also gekommen.« Terca nickte. »Er versteht es, sich abzuschirmen. Ich hätte seine Anwesenheit längst spüren müssen.« Sie sammelte ihre Gedanken und sagte dann: »Lass ihn ein.«

»Aber …«

»Keine Widerrede! Ich weiß, dass wir für gewöhnlich niemals Männer in der Burg empfangen, und erst recht keine Magicae. Aber wir leben in einer Zeit der Veränderungen und Umwälzungen. Es mag sein, dass ich Pirmens Hilfe benötige.«

»Wir haben niemals die Unterstützung eines Mannes in Anspruch genommen!«

Terca lächelte. »Aber wir haben sie ausgenutzt und für unsere Zwecke eingespannt, nicht wahr? Genau das habe ich jetzt wieder vor.«

Maules Gesicht hellte sich auf. Sie zeigte ein breites, zufriedenes Lächeln. Ohne ein weiteres Wort verbeugte sie sich und verließ den Raum.

»Na schön, Pirmen«, sagte Terca leise, als sie wieder allein war, »dann wollen wir sehen, wie viel du während der letzten Jahre gelernt hast und ob es mir noch immer so leichtfällt, dich übers Ohr zu hauen.«

27. Eldars Vergangenheit, Teil I

Da war der Traum. Die wunderschöne Vorstellung eines ruhigen und glücklichen Lebens, das er gemeinsam mit seiner großen Liebe Harana verbrachte.

Eldar dachte an eine kleine, aber gemütliche Kate. An ein Haus voller Kinder, an fett gefressene Tiere und gelbgoldene Weizenfelder, die bis zum Horizont und darüber hinaus reichten. An ein Zuhause. Von Land, das die Familie nährte und ihr Wohlstand bescherte.

Das Bild zerbröselte rasch wieder, als Eldar zurück in die Wirklichkeit gezogen wurde. In dieses ganz besondere Gefängnis, das aus Luft bestand, die einem das Atmen beinahe unmöglich machte – und in dem die seltsamsten Dinge möglich, das Normale aber unmöglich erschien.

Unheimliche Symbole zeigten sich am Himmel. Sie strahlten gelb und rot. Weiber schwebten umher. Sie erbrachen Magie und schwitzten sie aus. Die Kraft der Wicca schwappte über das merkwürdige Land, das Eldar durchwanderte, stets darauf bedacht, nicht bemerkt zu werden.

Alte Krüppel, Meister-Magicae allesamt, verteidigten sich gegen die Weiber, indem sie ihnen Hass und Verachtung in ihrer reinsten Form entgegenschleuderten.

Eldar senkte den Kopf. Man durfte seinen Blick nicht zu lange auf die Kämpfenden richten. Das Schlachtengeschehen verwirrte die Sinne, und weder Wicca noch Magicae mochten es, beobachtet zu werden.

Er konzentrierte sich auf die fein ziselierten Linien unter seinen Füßen. Sie gaben dem Boden das Aussehen eines umgesägten Baums, an dessen Stumpf man das Alter ablesen konnte. Und vielleicht war es ja auch so. Womöglich zeigten diese Spuren im Bodenfirnis an, wie alt die Treibgierde schon war.

Derlei Gedanken waren müßig. Eldar ging weiter. Er quälte sich Schritt für Schritt durch Jahresringe, besser gesagt: durch Tagesringe.

Es hellte auf. Die Lichtstrahlen erzeugten ein wellenförmiges Wabern, das sich über die Ebene der Treibgierde legte. Die Sonne wanderte über den Horizont, doch noch bevor Eldar ihre wärmende Wirkung verspüren konnte, ging sie auch schon wieder unter, auf der Flucht vor einer weiteren Nacht.

»Harana …«, flüsterte er. »Warum bist du nicht mit mir gekommen?«

Niemand hörte ihn, niemand wandte sich ihm zu. Dabei waren ringsum Dutzende Wesen zugange. Neben den Wicca und den Magicae sah er einen Erystophen, ein Skorpionwesen aus dem Süden der Welt, das mit dem Mut der Verzweiflung ein Loch in die Tagesrinden zu bohren versuchte. Der Erystophe würde scheitern, wie so viele vor ihm. Eldar hatte den schrecklichen Tod, den die Treibgierde verursachte, mehr als einmal miterlebt.

Drei Zwerge kamen die Anhöhe rechts von ihm herabgerollt. Sie waren ineinander verbissen, auf Leben und Tod. Die knollenartigen Geschöpfe, von denen behauptet wurde, dass sie weder fleischlicher hoch pflanzlicher Herkunft waren, fraßen sich ins Innere ihrer Gegner, höhlten sie immer mehr aus, um letztlich in deren Hüllen Deckung vor dem Licht zu finden, das sie so sehr hassten.

Eldar achtete nicht weiter auf die Nachtgeschöpfe. Er stolperte weiter, hin zur Hülle, die sie umgab. Die Sonne ging auf, die Sonne ging unter. Die Wicca und die Magicae scherte es nicht. Sie kämpften und kämpften und kämpften. Was Menschen und andere Wesen im Inneren der Treibgierde trieben, erachteten sie nur dann als interessant, wenn sie sich selbst beobachtet fühlten.

Er war der Hülle nahe wie schon lange nicht mehr. Eldars Herz schlug laut und kräftig. Er flehte die Götter an, ihn kein weiteres Mal scheitern zu lassen. Drei Mal bereits war die Hülle, die das Leben innerhalb der Treibgierde wie eine gewaltige Schweinsblase umgab, im letzten Augenblick vor ihm zurückgewichen. So, als wollte sie nicht, dass Eldar sie durchdrang und nach außen gelangte.

Die Sonne ging auf, die Sonne ging unter. Die Hälfte eines Fischs lag mit einem Mal vor ihm auf dem Boden. Die Treibgierde hatte das Tier zerteilt, hatte den Rückenteil samt Schwanzflosse für ihn freigegeben, während der Kopfteil vermutlich irgendwo anders aufgetaucht war.

Gierig stopfte sich Eldar das Fleisch in den Mund, bevor es wieder verschwinden konnte. Wenn man zu lange auf einem Fleck verharrte, mochte es geschehen, dass man versteinerte, wie auch die Treibgierde versteinerte Zeit war. Es hatte Ewigkeiten gedauert, bis er akzeptiert hatte, was rings um ihn geschah. Er hatte es akzeptiert – aber niemals verstanden.

Der Fisch schmeckte nach Abfall. Womöglich war er Hunderte Jahre alt. Eldar würgte das weiche, pastöse Innere dennoch hinab, kaute eine Zeitlang an der Schwanzflosse herum und lutschte die bittere Flüssigkeit aus der winzigen Gallenblase. Er hielt dabei stets die Hand vor den Mund, um die lebensnotwendige Nahrung nicht gleich wieder zu erbrechen. Er wartete einige Sonnenauf- und -untergänge ab, bis sich sein Magen beruhigt hatte und er in der Lage war, seinen Weg fortzusetzen.

Die Hülle verschwand. War weg. Einfach so.

Noch bevor Eldar vor Wut schreien und sein Schicksal verfluchen konnte, verfestigte sie sich unmittelbar vor ihm, keine zwei Schritte entfernt.

Ich hab's geschafft!, sagte er sich, völlig überrascht. *Ich brauche bloß die Hand auszustrecken und die Hülle zu berühren, sie zu durchdringen …*

Eldar zögerte. Er kannte die Gerüchte nur zu gut. Andere innerhalb der Treibgierde umherirrende Wesen hatten ihn gewarnt, nur ja nicht den Weg nach draußen zu suchen. Die wenigsten Wagemutigen hätten einen derartigen Schritt überlebt.

Aber woher wollten sie das wissen? Wer konnte schon sagen, was auf der anderen Seite geschah? Die Wesen dort draußen bewegten sich derart rasch, dass man sie bloß als Schemen und Schatten wahrnahm.

»Harana«, flüsterte Eldar, während er unschlüssig von einem Bein aufs andere trat. Diese verfluchten Selbstzweifel! Es war ihm schon immer schwergefallen, wichtige Entscheidungen zu treffen.

Die Sonne ging auf, die Sonne ging unter. Sieben Mal. Eldar stand da und überlegte.

Was, wenn es eine andere, eine bessere Möglichkeit gab, dieses schreckliche Gefängnis zu verlassen? Wie lange blieb die Hülle hier bestehen? Wie viel Zeit hatte Eldar, bevor er etwas unternehmen *musste*?

Er erschrak. Das Material der Hülle, das biegsamem Glas ähnelte und sich je nach Blickwinkel gelb oder rot verfärbte, begann zu flimmern! So, als würde es dünner werden und verschwinden. Eldar musste etwas unternehmen, durfte nicht länger grübeln!

Er hob den Arm und berührte die Hülle sacht mit den Fingerspitzen. Es tat gar nicht weh.

Also stürzte er mit aller Kraft nach vorn. Für Harana.

28. Amelia Dusong

Sie tat einen letzten Blick zurück, bevor sie den Gefährten bergabwärts folgte. Sie starrte zu Torhauvn hoch, der Stadt, die sich an den Rand des Sumpflands schmiegte und dennoch durch den südlichen Felsabbruch davon getrennt war. Bäume durchdrangen Teile des granitenen Tafelbergs. Überall ragten Wurzeln ins Freie. Sie wirkten schwach und so, als würden sie dem Gestein keinesfalls beikommen. Doch in Wirklichkeit hatten sie es längst durchdrungen, und nur dank dieses Wurzelwerks war der Fels noch nicht abgerutscht.

Amelia wandte sich wieder ihren Gefährten zu. Sie war heilfroh, Torhauvn und seinen Bewohnern entkommen zu sein. Diese selbstgefälligen Menschen hatten stets auf sie hinabgeblickt, hatten sie ausgenutzt, geschlagen, geschändet. Die Männer, die sich in der Stadt über sie gewälzt und ihre Samenspuren auf ihrem Leib hinterlassen hatten, hatten ihr noch mehr als alle anderen auf ihrer langen Reise das Gefühl gegeben, ein Vieh zu sein. Ein Vieh, das keinerlei Rechte hatte.

»Wohin jetzt?«, fragte Eldar.

»Hinab zum Fluss«, antwortete die Wicca, ohne zu zögern. »Wir müssen ihn durchqueren und dann in diese Richtung weiterwandern.« Sie deutete nach Südosten.

»Du bist dir sicher?«, hakte Eldar nach.

»Das ist so sicher, wie Holz zum Bauen und Getreidefrüchte

zum Essen da sind.« Loisie bedachte den Mann aus der Treibgierde mit einem bösen Blick. »Ich kann die Hexenburg immer deutlicher spüren, je näher wir ihr kommen.«

Amelia glaubte ihr. Auch sie meinte etwas zu spüren. Eine Art Sehnsucht, die ihr ein seltsames Gefühl von Wärme im Bauch bescherte. »Und wie sollen wir den Totargan überqueren, Hexe?«

»Totargan?«

»Ich rede von diesem so harmlos wirkenden Flussarm der Triba vor uns. Er ist mindestens eine halbe Laufe breit und ist nicht so ungefährlich und träge, wie es von hier oben wirkt. Ganz im Gegenteil.«

»Es gibt sicherlich Fähren, die uns ans andere Ufer bringen«, meinte Nerbo Falthaut, der riesige, unheimliche Söldner mit dem schnellen Schwertarm.

»Natürlich gibt es die.« Amelia deutete hinter sich. »Wenn du genau hinsiehst, wirst du Lichtblitze erkennen. Die Stadtguardia verständigt sich vermittels Spiegelnachrichten mit den Flößern. Dort unten weiß man bereits über unsere Flucht Bescheid.«

»Und wie sollen wir unbemerkt über den Totargan gelangen?«, fragte Eldar.

»Wir müssen mindestens einen halben Tagesmarsch stromaufwärts wandern und dann nach einer geeigneten Furt suchen. Und darauf hoffen, auf keinen Jäger oder Fischer zu treffen, der die Signale ebenfalls bemerkt hat.«

»Um die würde ich mich im Zweifelsfalle kümmern«, sagte Nerbo Falthaut grimmig.

Amelia verstand, was der einfältige Kerl damit meinte. Sollte sie versuchen, ihm beizubringen, was Gnade war? Oder die Verhältnismäßigkeit der Mittel?

Amelia stolperte weiter durch den Wald und übernahm

dabei die Rolle der Führenden. Sie hatte einen sicheren Tritt und war es gewohnt, abseits der Wege zu marschieren. Allmählich änderte sich ihre Umgebung. Nadelbäume, die manchmal zu sehen gewesen waren, verschwanden völlig aus dem Landschaftsbild. Stattdessen beherrschten nun niedrige Gewächse mit breitgefächerten Ästen das Land. Es wurde wärmer, sie schwitzte heftig, und auch Eldar und Loisie litten unter der Luftfeuchtigkeit. Nerbo Falthaut hingegen gab durch nichts zu erkennen, dass er sich unwohl fühlte.

Ein Grollen wurde lauter, während das Grüngeflecht ihr Vorwärtskommen weiter erschwerte. Amelia bat Falthaut voranzugehen und ihnen mit seinem Schwert einen Weg durch das dichte Unterholz zu bahnen. Der Söldner verrichtete seine Arbeit, ohne ein Wort zu sagen. Er hieb nach links und rechts. Weder atmete er schneller, noch verlangte er nach einer Ruhepause. In seinem Nacken bildeten sich einige wenige Schweißperlen. Sonst ließ sich nicht erkennen, dass er sich bei seiner Arbeit anstrengte.

»Der Fluss ist nahe«, sagte Amelia. »Was ihr hört, ist seine Stimme. Der Totargan ist ein ungewöhnliches Gewässer. Er hat selbst hier, nahe der Küste, ein großes Gefälle, und er ist relativ seicht. Sein Bett ist mit Schlamm und Kiesel gefüllt, während das Wasser riesige Felsblöcke mit sich schiebt, die der Fluss in seinem Oberlauf dem Land abgerungen hat.«

»Wir hören also, wie Stein über den Boden des Totargan rollt?«

»Ja. Aber es gibt auch Zeiten, da schweigt der Fluss. Da treiben die Wassermassen ruhig vor sich hin, und der Zorn des Totargan lässt nach. In diesen Perioden würde es uns leichtfallen, den Fluss zu überqueren.«

»Na schön.« Eldar wandte sich Loisie zu. »Kennst du dich mit Wassermagie aus?«

»Woher weißt du, dass es so etwas gibt?«, entfuhr es der Wicca erstaunt. Gleich darauf schlug sie die Hände vor den Mund, als könnte sie die verräterischen Worte zurückstopfen.

Amelia musste lächeln. Die junge Frau war schrecklich naiv. Sie beging Fehler, einen nach dem anderen. Sie hatte längst die Kontrolle über Eldar verloren, und sie wirkte manchmal regelrecht hilflos. Einzig das Wissen, wo sich die Hexenburg derzeit befand, machte sie für die Gruppe wertvoll.

»Die Wicca in der Treibgierde nutzen Wassermagie, um die Magicae auf Distanz zu halten«, erklärte Eldar, und mit geschlossenen Augen fügte er hinzu: »Ich erinnere mich ...«

»Du erinnerst dich?«, hakte Loisie nach.

»Es kommen immer größere Teile meines Wissens zurück.« Eldar sprach die Worte wie in Trance, an keinen von ihnen gerichtet. Er starrte geradeaus. Seine Schultern zuckten, die Hände öffneten und schlossen sich, bis er wieder ganz bei ihnen war. »Sehen wir zu, dass wir weiterkommen. Amelia?«

»Wir folgen dem Grollen. Bis wir den Totargan erreicht haben. Er kann nicht mehr weit sein. Dann wandern wir an seinem Ufer entlang, bis wir eine geeignete Furt finden. Aber wir müssen uns in Acht nehmen. Es gibt gefährliche Tier- und Pflanzenarten hier.«

»Wie sieht es mit Menschen aus?«

»Es leben vereinzelt Waldläufer und Eremiten in Hütten entlang des Flusses. Menschen, die es in der Zivilisation nicht aushalten. Doch um die brauchen wir uns nicht zu kümmern. Sie wollen gewiss nichts mit uns zu tun haben.« Amelia zögerte. »Weiter nordöstlich existieren angeblich Wesen, die grausam und gefährlich sind. Manche von ihnen ähneln Menschen, andere sind mit nichts vergleichbar, das wir kennen. Aber ich wüsste nicht, dass diese Wesen aus dem Schlammeis jemals bis hierher vorgedrungen wären.«

»Schlammeis?«

»Keiner weiß, was hinter dieser Bezeichnung steckt.« Amelia zog die Schultern hoch. Sie fühlte sich unbehaglich. Die Geschichten, die man ihr über diese Gegend erzählt hatte, hatten niemals gut geendet.

Eldar zuckte mit den Achseln. »Na schön. Falthaut?«

»Ich mache weiter.« Der Söldner setzte seine Arbeit fort und kämpfte sich Schritt für Schritt vorwärts. Manchmal räumte er den Weg von Tieren, die sich im Unterholz versteckt hielten. Er zerhackte Schlangen, meist grün oder braun gemustert, und skorpionähnliche Wesen mit glänzenden Giftstacheln und ebenso einen Säuger, der seinen langen Rüssel wie eine Schlingfalle ausgelegt hatte. Er erschlug auch einen Waldstorch, dem sie ins Gehege gekommen waren und der seine Brut zu verteidigen versuchte, die spitzen Schnabelhälften weit auseinandergerissen. Eidechsen. Und noch mehr Schlangen, Spinnen, handflächengroße Insekten tötete Falthaut, dann hatten sie das Wasser vor sich, eine braune Masse, die sich träge dahinwälzte.

Amelia, die sich danach sehnte, Schmutz und Schweiß so rasch wie möglich vom Körper zu waschen, hätte sich für kein Gold der Welt freiwillig in diese trübe Brühe begeben. Sie sah sich um und vermutete, dass der Fluss eine halbe Laufe breit war. Flussabwärts wichen die Bäume der gegenüberliegenden Seite noch weiter zurück, ein Nebenarm mündete in den Totargan und speiste ihn mit etwas hellerem Wasser.

»Flussaufwärts«, sagte sie und deutete nach links, Richtung Nordwesten. Dort machte der Totargan einen Knick. Amelia meinte sich daran zu erinnern, an diesem Teil des Flusses bereits einmal entlanggelaufen zu sein, damals, als sie das erste Mal aus Torhauvn geflohen war.

Ein Waldläufer hatte ihr beim Entkommen geholfen, ein schmutzstarrender Drecksack, dem Sabber und Essensreste im

Bart geklebt hatten und dem sie sich dennoch mit Freuden hingegeben hatte, an zwei aufeinanderfolgenden Tagen. Denn er hatte Wort gehalten, und er hatte sie niemals über seine Absichten angelogen. Er hatte ihr mehr Gutes getan, als sie während der Monate zuvor in der Stadt bekommen hatte.

Sie wanderten am schmalen Uferstreifen entlang. Wiederum ging Nerbo Falthaut vornweg, hinter ihm Amelia. Der Boden war zum Totargan hin steil abschüssig, also gab sie sich alle Mühe, in die matschigen Fußstapfen des Söldners zu treten, um ein wenig mehr Halt zu bekommen. Seine Spuren waren viel zu weit auseinander, und sie musste jedes Mal Sprungschritte tun, um von einem der Riesenlöcher zum nächsten zu gelangen.

Es war anstrengend, es zehrte an ihren Kraftreserven. Das Blubbern und Grollen des Flusses, das stete Vorbeirauschen unfassbarer Wassermengen taten ihr Übriges, um sie alle zu verwirren und zu schwächen. Ein Blick zur Seite reichte, um Schwindel zu fühlen und andererseits von den gurgelnden Massen angezogen zu werden wie von einem Liebhaber, der sehnsuchtsvoll beide Arme ausstreckte.

Amelia konnte dem Drang kaum widerstehen. Der Totargan war bekannt dafür, jedes Jahr einigen Dutzend Menschen den Tod zu bringen. Die wenigen Geretteten erzählten von Stimmen, die sie gehört hatten und denen sie ins Wasser gefolgt waren. Oder von jungen Frauen, die auf Steinen in der Mitte des Flusses gestanden und um Hilfe gefleht hatten. Von Gesang, von Verlockungen, von Versprechungen …

Amelia schüttelte den Kopf, um diese trüben, aber auch gefährlichen Gedanken loszuwerden. Sie musste sich auf das Kommende konzentrieren. Auf die Überquerung des Flusses. Auf den weiteren Verlauf ihres Marsches. Auf die Begegnung mit einer Wicca, die weit mehr Kräfte als Loisie hatte und sie womöglich als jemanden betrachtete, der in einer Hexenburg nichts zu suchen hatte. Amelia musste sich gegen alle möglichen Unbilden wappnen, so wie sie es während der letzten Jahre gelernt hatte.

Ein Baum knarrte, ein lauter Knall ertönte, Blätter bewegten sich heftig. Amelia zuckte zusammen. Sie wich so weit wie möglich Richtung Wasser zurück, dann stand sie bis zu den Knöcheln in der Brühe und fühlte, wie die Strömung an ihr sog. Sie fand gerade noch festen Halt. Nerbo Falthaut stellte sich breitbeinig auf, die Blicke auf das Dickicht gerichtet.

Etwas kam zwischen dem Astwerk hervorgeschossen. Es war bullig, fellig, halbmannsgroß, kaum in seiner Gestalt erkennbar. Es stieß gegen Nerbo Falthaut, rammte ihn, drängte ihn in den Totargan, sosehr sich der Söldner auch wehrte und obwohl er die Beine fest in den Untergrund stemmte.

Ein Wildschwein! Riesig für seine Art und so zornig, dass nichts und niemand ihm widerstehen konnte, auch nicht der groß gewachsene Krieger. Falthaut platschte rücklings ins Wasser. Er hielt sich an den Zoteln des Monstrums fest, riss es mit sich, rang mit ihm, während Mann und Tier abgetrieben wurden und drohten weiter Richtung Flussmitte gerissen und damit einer stärkeren Strömung ausgesetzt zu werden.

Die beiden drehten sich übereinander, tauchten mal unter Wasser und kamen dann wieder hoch, eine ineinander verschlungene Masse, braun und weiß, laut quiekend und stumm. Ums Überleben ringend, inmitten eines schlammigen Gewässers, das in seiner Gesamtheit fast noch mehr Angst einflößte als das Bild der Kämpfenden. Der Totargan kümmerte sich nicht um seine beiden Opfer. Er tat das, was er seit Äonen tat: Er bewegte Schlamm, Stein, Holz und Wasser der Cabrischen See entgegen, und wenn sich ab und zu etwas Lebendes dazugesellte, dann war es dem Fluss einerlei.

»Wir müssen ihm helfen!«, sagte Amelia und drängte sich an ihren beiden anderen Begleitern vorbei, um sich entgegen ihrer bisherigen Marschrichtung zu bewegen. Eldar blieb ungerührt stehen, als ginge ihn Nerbo Falthauts Todeskampf nichts an, Loisie folgte ihr nach einigem Zögern.

Amelia lief, so rasch sie konnte. Platschte in tiefe Schlammlöcher, wich quer liegenden und ins Wasser reichenden Baumstämmen aus, übersprang Wurzeln, fiel nieder, rappelte sich wieder hoch.

Irgendwann ging ihr die Luft aus, laut keuchend fiel sie vornüber auf die Knie. Falthaut und sein Gegner waren kaum mehr zu sehen. Bloß eine Schaumkrone ließ erahnen, dass sie etwa hundert Mannslängen flussabwärts noch immer miteinander rangen, dass sie wie ein untrennbares Pärchen ihrem Untergang entgegentrieben.

Weg waren sie mit einem Mal. Der Totargan hatte sie verschluckt wie so viele vor ihnen.

Amelia fühlte eine Hand auf ihrer Schulter, kalt und voller Matsch.

»Es ist vorbei«, sagte Loisie leise, »aber nicht für uns. Wir müssen weitergehen.«

»Ach ja, müssen wir das?« Amelia kam müde auf die Beine. Das Gewicht des Schlamms zog und zerrte an ihr. Am liebsten hätte sie die paar Schritte getan, hinein ins Wasser, um sich von dem Zeug zu befreien und sich abtreiben zu lassen, ganz leicht und frei von allen Sorgen.

»Falthaut hat uns nicht viel gebracht«, fuhr Loisie fort. »Er war ein unnötiger Begleiter und Wächter.«

»Wäre er nicht gewesen, hätte das Vieh einen von uns überrannt. Wärst du gern an Falthauts Stelle?«

»Nein, aber …«

»Rede niemals wieder darüber, ob jemand wenig oder viel

Wert hat, Wicca! Es mag sein, dass du mehr über die Magie der Welt weißt als ich und dass Eldar von größerer Bedeutung ist. Aber es ist nicht euch allein zu verdanken, dass wir so weit gekommen sind.«

»Das Ziel ist alle Mühen wert.«

»Du meinst Eldars Unterhaltung mit der Hohen Frau der Wicca? Sind einige Worte denn so wichtig für dich und dein Geschlecht?«

»Womöglich verändern sie alles.«

Amelia schüttelte den Kopf. »Ach ja? Ist also das Heil der Bewohner des Weltenkreises davon abhängig, ob dieses Treffen zustande kommt? Du redest von großen Dingen, von Revolution, von einer neuen Ordnung. Weißt du, wann ich solche Sprüche das letzte Mal gehört habe?« Sie wartete die Antwort der Wicca nicht ab und fuhr fort: »Als der Gottbettler von kommenden friedlichen Zeiten redete, als seine Soldaten wie Schrecken über die Länder nördlich der Cabrischen See herfielen und statt Frieden tausendfachen Tod brachten.« Amelia spuckte aus, Schlamm und Speichel, unmittelbar vor die Füße der jungen Frau.

»Es wird alles besser werden«, sagte Loisie, blass geworden. »Hab Vertrauen.«

»Natürlich. Vertrauen. Ich wurde ja noch nie enttäuscht.« Amelia schüttelte den Kopf und lachte. »Also schön. Sehen wir zu, dass wir Eldar in die Hexenburg schaffen. Ich wüsste ohnedies nicht, wohin ich sonst gehen sollte.«

Deinen Kindern hinterher, sagte eine Stimme in ihrem Kopf, die während der letzten Tage immer leiser geworden war.

Amelia ignorierte sie, wischte den Schlamm, so gut es ging, von ihrer Kleidung und aus ihrem Haar. Dann folgte sie Loisie.

Der Weg bis zum Flussknie verlief frei von weiteren Schwierigkeiten. Es schien, als hätte die Natur ein Einsehen und wollte ihnen keine weiteren Hindernisse in den Weg legen.

Amelia blieb stehen und blickte über den Totargan hinweg. Er war hier schmaler, die Fließgeschwindigkeit bedeutend größer, die Geräuschkulisse ohrenbetäubend. Steine, rund oder eckig, groß und klein, stauten sich nahe der Engstelle. Sie rieben gegeneinander, manche gut sichtbar im Wasser, andere nur zu erahnen. Hätte sie die Muße gehabt, einen Tag lang hier sitzen zu bleiben und die Natur zu bewundern, hätte sie womöglich fünf oder sechs der Felsen bei ihrer Abwärtsbewegung zusehen können.

»Wir machen es wie besprochen«, sagte Eldar.

»Und was, wenn es nicht funktioniert?«, fragte Amelia, die ihre Angst kaum zu zügeln vermochte.

»Dann folgen wir Nerbo auf seinem Weg Richtung Cabrische See.« Eldar zuckte mit den Schultern. »Aber ich mache mir keine Sorgen. Loisie versteht ihr Handwerk. Nicht wahr?«

»Gewiss.« Die junge Wicca war schweißgebadet, ihr Blick fahrig. »Aber seid jetzt ruhig. Ich muss mich konzentrieren.«

Sie wehrte sich nicht, als Eldar sie packte und auf seine Schultern hob. Er sackte in den Knien ein, fing sich aber rasch und tat einen ersten vorsichtigen Schritt auf das Wasser zu.

Amelia folgte ihm. Sie wagte es nicht, nach vorn zu blicken. Sie ließ den Kopf gesenkt und starrte auf Eldars Füße, die vorsichtig über den Schlick tasteten. Mit dem rechten trat er ins Wasser. Rutschte aus. Schwankte. Und schaffte es dann doch, das Gleichgewicht zu halten.

Der nächste Schritt, ebenso zögerlich getan. Es ging bergab. Algenpflanzen verfingen sich an ihm, Eldar ignorierte es und ging weiter. Loisie auf seinen Schultern sagte etwas. Sprach Worte, die Amelia nicht verstand, die dennoch etwas in ihr rührten und dieses Etwas in Schwingung versetzten. Es waren Sprüche, die Loisie mit … mit weiblichem Geschick formulierte und ihnen dabei eine besondere Unternote gab. Geschichten waren in den Untertönen verpackt. Ein Flehen, ein Fordern, ein Drohen. Dies alles war Teil der Unterhaltung mit alten Göttern oder mit Wesen, die sich als Wächter des Flusses Totargan verstanden.

Und sie hörten.

Sie machten, dass sich das Wasser zurückzog, dort, wo Eldar mit seinen Füßen auftrat. Dass rings um sie ein Ort der Ruhe war und sie gefahrlos das Flussbett durchqueren konnten, vorbei an mannshohen Steinbrocken, die im Kieselbett eingesunken waren, die ineinander verkeilt waren, die in Löchern steckten, übereinander lagen und eine Steinwüste inmitten reißenden Wassers bildeten. Einer der Riesen, der sich eben über andere gewälzt hatte, stürzte nun meterweise zurück, nachdem ihn die Massen des Totargan nicht mehr vorwärtsdrängten, und erzeugte jenen Krach, der charakteristisch für dieses Gewässer war.

»Weiter!«, rief Amelia, die immer enger an Eldar und Loisie heranrückte. Täuschte sie sich, oder wurde der freie Platz rings um sie bereits wieder weniger? Erlahmten Loisies Kräfte, oder riss der Bund zwischen ihr und den Flussgöttern?

Links und rechts von ihnen befand sich eine hüfthohe Wassermauer. Sie wirkte instabil. Tiere lauerten in ihrem Inneren, mit bösartigen kleinen Augen, reptilienförmigen Schnauzen sowie Finnen, die scharf wie Sägeblätter wirkten.

Die Hälfte des Weges war geschafft. Eldar, völlig außer Atem, überkletterte einen flachen Stein. Beinahe rutschte er auf dem nassen Fels aus, konnte sich aber dank Amelias Hilfe noch einmal fangen und den weiteren Weg in Angriff nehmen. Sein Gesicht war puterrot, er blies die Wangen in immer kürzeren Abständen auf. Wie die eines dieser fetten Männer, die sich in Erinnerung an ihre Jugend auf Amelia gelegt und den wilden, ungestümen Hengst hatten geben wollen.

Weitere Schritte. Amelia irrte sich nicht. Der freie Raum rings um sie wurde kleiner. Schon fühlte sie Wasserspritzer in ihrem Gesicht. Loisies Worte kamen stockend. Und noch war der Weg so weit …

Sie sprach, einer Eingebung folgend, die immergleichen Worte der Wicca nach. Imitierte sie, ohne deren Sinn zu verstehen. Tat so, als wäre sie selbst eine Hexe. Sie vollführte Gesten, die ihr in den Sinn kamen, und räkelte ihren Körper, als müsse sie für Geld einen Tanz aufführen.

Es half. Amelia konnte es sich nicht erklären, warum, aber die freie Fläche rings um sie verbreiterte sich wieder etwas. Das Wasser wich zurück, das Rauschen und Grollen wurde geringer.

»Weiter!«, feuerte sie Eldar an. »Du schaffst es!«

Der schlanke Mann torkelte mehr, als dass er ging. Er umrundete einen weiteren riesigen Stein, rund wie eine Murmel, und wich einigen umherirrenden Krebsen aus. Es ging über Stein und Sand und durch Matsch und über schlickige Algen. Ihr Blick reichte bloß eine Körperlänge weit, dann wurde er von einer Mauer aus Braun und Grau verwehrt, die durch unbegreifbare Kräfte im Zaum gehalten wurde.

Amelia fühlte nun selbst eine merkwürdige Schwäche. Ein Schwall aus Hitze durchdrang ihren Kopf und breitete sich immer weiter aus, durchfuhr Arme und Beine, füllte ihren Oberkörper aus. Eine Stimme flüsterte ihr zu, sie solle jeglichen Widerstand aufgeben und sich dem Totargan überlassen. Und dann kam die Müdigkeit. In kleinsten Dosen, als würde ein hinterlistiger Feind sie ihr sacht ins Gehirn träufeln.

Gib auf. Lass nach. Ergib dich mir …

Es war der Fluss selbst, der ihr das zuflüsterte. Der Kiesel gegen Kiesel rollen und der Tropfen gegen Tropfen prallen ließ, so sacht und unendlich leise, dass Amelia die Wirkung kaum wahrnahm.

»Weiter«, ächzte sie, »weiterweiterweiter …«

Eldar vor ihr vermochte sich kaum mehr auf den Beinen zu halten. Loisies stotternde Worte verloren an Kraft und erst recht an Wirkung. Und Amelia fühlte, wie sie zu Strömung und zu Wirbeln wurde, wie sie dahintrieb, ruhig und selbstverloren, ein Tropfen unter vielen wurde.

Eldar stolperte, sie stolperte. Zeitgleich fielen sie nieder. Loisie stürzte von den Schultern des Mannes aus der Treibgierde, prallte auf kühlen und nassen Grund.

Amelia gab auf. Sie hatten Zeit und Raum betrogen. Doch ihre Kräfte reichten nicht aus, um ihr Gaunerstück zu vollenden. Die aufgestauten Wassermassen wuchsen zusammen, so langsam, dass sie meinte, dabei zusehen zu können. Sie bildeten über ihnen dreien ein Dach, das anfänglich noch Sonnenlicht durchließ und dann immer mehr eintrübte, bis es beinahe völlig dunkel war.

Luft anhalten!, sagte sich Amelia, in einem verzweifelten Versuch, das Unabänderliche für ein paar weitere Atemzüge aufzuhalten und ihr erbärmliches Leben weiterzuführen. O ja, die letzten Jahre waren beschissen gewesen, und doch kämpfte sie nun mit aller Kraft, die ihr noch verblieben war, um jeden weiteren Moment. Noch einmal die Augen öffnen. Noch einmal die Berührung eines anderen spüren. Noch einmal frische Luft atmen. Noch einmal die Wärme der Sonne auf der Haut fühlen …

Etwas traf Amelia wie ein Peitschenschlag. Es war hart und biegsam zugleich. Instinktiv griff sie danach, während die Wasser des Totargan über ihr zusammenschlugen und sie weggerissen wurde, flussabwärts, der See entgegen.

Nässe. Keine Luft. Ein Tritt wie von einem Pferd. Ein Stein, gegen den sie prallte. Raus aus dem Wasser, dann hochgebeutelt und wieder untergehen. Von Strömungen und Wirbeln mal hier-, mal dorthin gerissen.

Schmerz. Angst. Verzweiflung!

Amelia hielt sich an diesem harten und biegsamen Zeug fest. Es war ihre einzige Verbindung zu einer sonst verloren gegangenen Wirklichkeit. Es war ihr Anker zum Jetzt und Hier.

Ein Ruck. Amelia meinte, der rechte Arm würde ihr ausgerissen werden. Wo war unten und wo oben? Atmete sie Luft oder Wasser? Lebte sie noch, oder war sie gestorben?

Noch ein Ruck. Schwere Kräfte zerrten an ihr, schaumiges Wasser umschmeichelte sie. Sie bot dem Fluss Widerstand, ohne zu wissen, warum.

Etwas brüllte, und dieses Etwas war noch lauter als der Totargan. Es hing mit dem Ding zusammen, an dem sie sich festklammerte.

Öffne die Augen und sieh hin! Wenn dir irgendetwas an deiner erbärmlichen Existenz liegt, dann kämpfe!

Amelia gehorchte ihren eigenen Befehlen. Sie riss die Augen auf, sortierte ihre Sinnesempfindungen und versuchte zu begreifen, was vor sich ging.

Da war ein Wesen. Ein Titan, der am Ufer stand, beide Beine gegen den Boden gestemmt und gegen die Gewalt der Fluten ankämpfend. Er hielt zwei Bastseile, die Muskeln seiner Oberarme und der Brust waren bis zum Zerreißen gespannt. Am Ende eines Seils hing sie, am anderen der Mann, dessen Namen sie vergessen hatte.

Amelia lebte also. Und sie hatte eine Chance, dass sie diesen Tag überlebte. Sie musste sich bloß am Bastseil entlang zu dem Riesen hangeln. Einen Arm über den anderen setzen und sich auf das Ufer zu ziehen.

Doch wie sollte sie das schaffen, wenn ihr alles wehtat und sie kaum noch wusste, wie Hände und Arme zu bewegen waren?

Amelia tat es einfach, ohne nachzudenken. Alle Angst, alle Schwernis, die sie bislang belastet hatten, waren mit einem Mal verschwunden. Sie fühlte sich von einer Kraft durchflutet, für deren Existenz sie keine Erklärung fand, außer die, dass sie nicht bereit war aufzugeben, noch lange nicht.

Sie hielt sich am Bastseil fest und legte Hand über Hand. Immer wieder, trotz der wütenden Proteste des Totargan. Trotz aller Schmerzen. Sie kam dem schmutzigen Stiefelpaar jenes Mannes immer näher, der sie am Leben hielt. Dieses Schuhwerk war alles, was sie interessierte, denn es bedeutete Sicherheit. Weiterleben.

Eine Ewigkeit verging, dann eine zweite. War es hier so ähnlich wie in der Treibgierde?

Die Stiefel waren heran. Der Druck, der an ihrem Körper gezerrt hatte, ließ abrupt nach. Amelia konnte wieder atmen. Wieder sehen.

Wieder leben.

Sie wälzte sich durch den Schlamm auf die Stiefel zu. Lachte und weinte und zitterte und bedauerte gleichermaßen, dass dieser Kampf gegen die Elemente und die Götter des Flusses ein Ende genommen hatte. Sie küsste das Schuhwerk und sagte Dinge, die sie vergaß, kaum dass sie sie ausgesprochen hatte.

Kälte packte sie, und sie war dankbar, als sie jemand auf die Beine stellte. Dieser Jemand rubbelte ihre Arme und ihre Schenkel, bevor er sie weiter weg vom Fluss zog, hinein in den diesseitigen Urwald, der sich durch nichts von dem auf der anderen Seite des Gewässers unterschied.

Amelia torkelte dem anderen hinterher, wie auch Eldar, wie auch Loisie, die sich wundersamerweise in ihrer Gesellschaft befanden. Irgendwie hatte ihr Erretter es geschafft, sie alle drei aus den Fluten zu ziehen.

Er führte sie durch das Dickicht zu einer kleinen Lichtung, sammelte modriges, aber fast trockenes Holz und schaffte es nach einer Weile, ein stark rauchendes Feuer zu entzünden, an das sie sich drängten, alle drei, um die nackten Körper aneinanderzureiben und darauf zu hoffen, dass sie irgendwann die Hitze der Flammen spürten.

Amelia versuchte, ein Wort zu formen, doch es wollte ihr nicht gelingen. Jeder Muskel in ihrem Gesicht fühlte sich fremd an, und es dauerte eine Weile, bis sie die Gewalt über ihren Körper zurückerlangte.

Mit klappernden Zähnen sagte sie: »Danke, Nerbo Falthaut.«

29. Pirmen Courtix

Ox blieb von der Wirkung der Wiccaburg unberührt. Pirmen hingegen hatte mit Gleichgewichtsproblemen, mit Übelkeit und mit Kopfschmerzen zu kämpfen, sobald sie sich dem eiförmigen Gebäude auf Sichtweite genähert hatten. Er empfand mit einem Mal Abneigung gegen seine Bewohner und glühenden Hass auf jene, die das Gebäude errichtet hatten. Die Burg war ein Monument der Obszönität. Es war nicht richtig, dass es existierte!

Pirmen hieß Ox, gemeinsam mit ihm in Respektabstand zu warten, bis die hässliche Wicca seine Nachricht an Terca weitergegeben hatte. Er musste sich wappnen. Diesen schrecklichen Weibern war mit den üblichen Tücken und Schlichen nicht beizukommen. Er musste sich die richtigen Worte einfallen lassen, wollte er in den bevorstehenden Verhandlungen gegen Terca bestehen.

»Sie ist dir in allen Belangen überlegen«, sagte Ox. Er kaute auf einem Stück Dörrfleisch herum. Die kräftigen weißen Zähne bewegten sich wie Mühlsteine.

»Woher willst du das wissen?«

»Man hört so dies und das, wenn man auf Reisen ist. Terca ist nur einer von vielen Namen, den diese Frau trägt. Ich habe in den Ländern des Südens von der Hohen Frau gehört, auch in den entlegensten Gebieten der Norde und selbst in der Blume von Mayeur, wo seit Jahrzehnten kein Name eines höheren Wesens neben dem des Gottbettlers genannt werden darf.«

»Terca ist eine Frau, nicht mehr. Du weißt, dass ich eine Zeitlang bei und mit ihr verbracht habe.«

»Als ihr Sklave, ich weiß.«

»Als ihr Freund und Begleiter!« Warum erlaubte er Ox bloß, derart mit ihm sprechen? Jedem anderen hätte er längst die Haut abziehen, ihn ausweiden und die Innereien an die Schweine verfüttern lassen. »Terca hat mich Dinge gelehrt, von denen andere Magicae nicht mal träumen, weil sie davon nicht die geringste Ahnung haben. Und sie hat mich in die Welt der Wicca eingewiesen.«

»Als dein Freund und Beschützer warne ich dich«, sagte Ox, »der Hexe auch nur ein Wort zu glauben. Sie schmeißt dir kleine Happen hin, und du meinst, das üppigste Mahl deines Lebens zu genießen.«

»Zerbrich dir nicht meinen Kopf, Ox. Und jetzt ruhig! Dort drüben tut sich was!«

Eine Frau trat aus dem Schatten der Burg. Mit wiegenden Schritten kam sie auf Pirmen zu, ruhig und ohne Angst vor ihm, dem mächtigen Magicus. »Terca ist bereit, euch zu empfangen!«, rief sie, sobald sie in Hörweite war. »Folgt mir!«

Ox setzte ihn im Tragegestell zurecht, griff nach dem Ranzen und folgte der Frau. Je näher sie der Burg kamen, desto schlimmer wurden Pirmens Schmerzen und die Übelkeit. Die Brust wurde ihm eng, und nur zu gern hätte er dem Reitmenschen den Befehl erteilt, das Weite zu suchen. Doch er durfte keine Schwäche zeigen. Er musste dieser Frau entgegentreten, die er so sehr hasste – und zu der er sich dennoch hingezogen fühlte wie zu keinem anderen Wesen.

»Du bist jünger geworden«, sagte er anstelle eines Grußes, als er der Hohen Frau endlich gegenüberlag und sein Herz nicht mehr wie verrückt schlug.

Ox blieb in Sichtweite. Er hatte die Arme vor der Brust verschränkt, und auch wenn ihm die Waffen abgenommen worden waren, so bot er doch das Bild des unerschrockenen Kriegers, das die Wicca auf Abstand hielt.

»Ich dachte schon, dass ich dir gefallen würde.« Terca tänzelte umher, drehte sich einmal im Kreis und zog seine provisorisch errichtete Wiege dann näher zu dem Stuhl, auf dem sie sich niederließ. »Die Umwandlung war recht schmerzhaft«, fuhr sie fort, um mit ernster Stimme hinzuzufügen: »Beide Geschlechter benötigen ganz besondere Reize, um magische Kräfte stärken und anwenden zu können. Bei mir haben sich die Investitionen längst bezahlt gemacht. Du ahnst nicht, was ein sanfter Augenaufschlag oder ein freundliches Lächeln bewirken. Grimmige Soldaten fallen auf die Knie, Edelleute wollen mir Preziosen schenken, und Könige sehnen sich nach meiner Gesellschaft. Selbst Frauen fühlen sich von mir angezogen. Aber so war es immer schon, Äußerlichkeiten sind alles, was zählt. Nicht wahr?« Sie betrachtete ihn von oben bis unten. »Du siehst auch gut aus, Pirmen. Zumindest das, was von dir noch übrig ist.«

»Danke.«

»Haben die Amputationen zu den Ergebnissen geführt, die du dir erhofft hast?«

»Ja. Es ist immer wieder ein Erlebnis, wenn man die sprunghafte Steigerung der eigenen Kräfte verspürt. Es lässt mich alle Entbehrungen und Schmerzen vergessen.«

»Gafelay erzählte mir einstmals das Gleiche, und schon ihm wollte ich nicht so richtig glauben.« Terca schüttelte leicht den Kopf. »Du tust mir leid, Pirmen.«

»Ich denke, wir haben genug Nettigkeiten ausgetauscht, Hexe. Fragst du dich denn gar nicht, warum ich dich besuche? Dich, die Feindin aller Magicae?«

»Dann ist dies kein Höflichkeitsbesuch eines alten Freundes?« Terca lachte. »Wie enttäuschend.« Sie erhob sich, trat ganz nahe an die Wiege heran und beugte sich zu ihm herab. »Lass dich nicht von mir necken, Kleiner Herr. Ich hörte es im Rauschen der Blätter und spürte es im Fließen des Wassers, die Vögel zwitscherten es mir zu, und auch am Knacken der hölzernen Verschalungen der Burg erkannte ich schon vor einigen Tagen, dass sich wichtige Dinge tun.« Sie kniff die Augen zusammen, als müsste sie sich konzentrieren. »Die Treibgierde hat ein Wesen ausgespuckt. Es wandert durch den Weltenkreis. Es verändert alles und jeden, mit dem es in Berührung kommt.«

Pirmen fühlte Zorn. Zorn auf sich selbst. Er hatte Oxens Warnungen in den Wind geschlagen und war nicht gut genug vorbereitet in dieses sich anbahnende Wortgefecht gegangen. Terca machte sich einen Spaß daraus, ihn zu überraschen und ihm seine Unwissenheit vor Augen zu reiben.

»Du weißt also davon«, sagte er leise.

»Ach, du Dummerchen! Natürlich habe ich überall meine Spione sitzen, tierische und menschliche. Sie halten mich auf dem Laufenden. Nachrichten reisen heutzutage schnell. Zumal ich einen besonders wichtigen Zuträger hatte, der mich von Anfang an über alles informierte, was diesen besonderen Menschen betrifft.«

Pirmen verstand nicht. Worauf wollte die Hexe hinaus?

Sie lachte erneut, als sie sein Unverständnis bemerkte. »Du weißt es wirklich nicht? Oh, wie süß! Konntest du dir nicht denken, dass mich Gafelay kontaktieren und mir vom Wesen aus der Treibgierde erzählen würde?«

Pirmen saß still. Er benötigte eine Weile, um den Schock zu verarbeiten. Gafelay und Terca. Terca und Gafelay. Die beiden mächtigsten Geschöpfe, die einander in unerschütterlichem Hass zugetan waren, tauschten im Geheimen Nachrichten aus?

Was ging hier vor sich? Warum hatte er diese Entwicklung nicht kommen sehen?

»Du wirkst verwirrt, mein Lieber. Ist es denn so schwer zu begreifen, dass Gafelay und ich einander noch immer auf eine ganz besondere Art und Weise verbunden sind, so wie wir beide auch? Eine gemeinsam verbrachte und erlebte Vergangenheit lässt sich nicht einfach so beiseiteschieben.«

»Dann … dann weißt du wohl auch, dass Gafelay und ich eine … kleine Meinungsverschiedenheit hatten?«

»Selbstverständlich, Pirmen. Der Oberste beherrscht das Intrigenspiel besser als die meisten anderen eurer Zunft. Er wollte die Verwirrung nutzen, die mit dem Auftauchen des Wesens aus der Treibgierde um sich griff, und sich eines unliebsamen Konkurrenten entledigen.« Terca lächelte. »Du hast einen Anschlag dank deines besonders begabten Reitmenschen überlebt, und dir gelang die Flucht aus dem Reich der Magicae. Seitdem streifst du in Begleitung der wenigen umher, die dir treu ergeben sind. Du hoffst, dieses Mannes namens Eldar habhaft zu werden und mit seiner Hilfe Wissen aus der Treibgierde zu erlangen, die du benötigst, um Gafelay aus seiner Wiege zu stoßen.«

»Mag sein …« Pirmen winkte Ox so unauffällig wie möglich, näher zu kommen. Der Reitmensch musste ihn in Sicherheit bringen, rasch! Wenn Terca mit Gafelay gemeinsame Sache machte, würde sie ihn gewiss an den Obersten ausliefern, um einen Vorteil für sich selbst daraus zu schlagen.

Was für eine Vorstellung: Magicae und Wicca bekämpften sich bis aufs Blut, und die bedeutendsten Führer des jeweiligen Geschlechts waren insgeheim Verbündete!

»Dein Reitmensch kann bleiben, wo er gerade ist«, sagte Terca. »Du brauchst keine Angst zu haben, ich möchte dir nichts Böses. Aber du solltest endlich lernen, deine Fingersprache besser zu verstecken. Selbst die unerfahrensten meiner Wicca hätten deine Bewegungen bemerkt.«

Es war wie früher: Terca manipulierte ihn, ließ ihn ihre ganze Überlegenheit spüren und drängte ihn in die Defensive. Ohne darüber nachzudenken, befolgte er ihre Anweisung und deutete Ox, an Ort und Stelle zu bleiben.

»Brav, mein Lieber. Du bist vernünftiger, als Gafelay es je war. Ach, was hätte ich aus euch beiden machen können …« Sie seufzte. »Aber kommen wir zurück zum Thema. Du wolltest mich eben fragen, warum ich dich nicht an Gafelay ausliefern werde, stimmt's?«

»J… ja.«

»Dein Oberster ist ein schlauer und umsichtiger Mann. Aber leider auch viel zu engstirnig. Er ist bloß auf den eigenen Vorteil bedacht. Damit möchte ich nicht sagen, dass du nicht ähnliche Eigenschaften besitzt. Aber es ist wohl deiner Jugend zu verdanken, dass du noch nicht völlig verknöchert und daher Argumenten zugänglich bist, selbst wenn sie von einer Wicca stammen.« Diesmal ließ sie ihr Jungmädchenkichern hören. »Wobei du derzeit gar nicht anders kannst, als mir dein Ohr zu leihen.«

»Dann sag es, Hexe!«

»Ich bedaure, dass dir der Sinn für Humor in den letzten Jahren abhandengekommen ist. Nun ja …« Terca streichelte Pirmen über die Stirn. Er hasste es, von ihr angefasst zu werden – und genoss es andererseits so sehr, dass seine Augen tränenfeucht wurden. »Gafelays Machtbesessenheit nimmt immer mehr die Ausmaße eines Wahnsinns an. Er meint, dass er sich mittels der Magie, auf die er durch Eldar Zugriff zu bekommen hofft, den gesamten Weltenkreis untertan machen kann. Er glaubt an eine weitere Verstärkung seiner eigenen Kräfte durch Magicae und Wicca aus der Vergangenheit. Er weiß nicht, dass diese Alten ihr eigenes Süppchen kochen, sobald sie den Weg in die Freiheit entdecken. Er hat mir angeboten, Partner bei seinem Spiel zu werden, und ich habe, um ihn in Sicherheit zu wiegen, zugesagt. Aber ich denke gar nicht daran, ein derart hohes Risiko einzugehen.«

»Was habe ich mit den Spielchen zwischen dir und Gafelay zu tun?«

»Es gibt einen Weg, die Treibgierde für alle Zeiten zu verschließen oder den Kokon gar zu zerstören. Um das zu schaffen, benötige ich die Unterstützung eines begabten Magicus. Einer, der Chancen erkennt, sobald sie ihm geboten werden.«

Terca schmeichelte ihm einmal mehr – und Pirmen fühlte ein angenehm warmes Gefühl im Bauch. Sie wusste ganz genau, wie sie ihn packen und für ihre Pläne begeistern konnte. »Du möchtest einen Pakt schließen?«

»So ist es.«

»Der uns zu Partnern macht?«

»In dem *ich* das Sagen habe.« Sie lächelte weiterhin zuckersüß. »Vergessen wir nicht, dass ich über eine Vielzahl von Wicca gebiete. Wenn ich verlange, dass die Sonne eine Stunde später aufgeht, dann geschieht es so. Du hingegen bist bloß ein Magicus auf der Flucht. Einer, der nach jedem Strohhalm greifen muss, den er gereicht bekommt.«

»Und dennoch brauchst du mich.«

»Ich könnte einen jeden umherstreunenden Magicus zu meinem Partner machen. Aber ich hege eine gewisse Sympathie für dich, und uns verbindet eine gemeinsame Zeit.«

»Wir beide wissen ganz genau, dass es so nicht stimmt. Weder findest du binnen Wochenfrist einen meiner Brüder, noch wird sich irgendeiner von ihnen bereit erklären, mit dir zusammenzuarbeiten.« Pirmens wusste, dass Terca ihn ausnutzen und zur Marionette machen wollte. So wie sie es immer getan hatte. Doch er war älter und reifer geworden. Die Intrige war ihm zu einer Kunst geworden, die er leidenschaftlich bewunderte. Er fühlte sich imstande, die Hexe in ihren eigenen Fallstricken zu verwickeln. »Was springt für mich dabei heraus?«, fragte er.

»Ich gebe dir die Mittel in die Hand, Gafelay vom Thron zu stoßen.« Die Hexe nahm eine Haarlocke zwischen zwei Finger und begann damit zu spielen.

»Ich soll darauf vertrauen, dass du über diese Werkzeuge verfügst?«

»Denk mal nach, Pirmen: Ich verbrachte viel Zeit mit Gafelay, und auch wenn das bereits Jahrzehnte her ist, so kenne ich doch seine Schwächen und seine Stärken.«

»So wie du meine kennst.«

»So ist es.« Terca schob sich die Haarlocke in den Mund. Mit der Zungenspitze leckte sie darüber, mit Zähnen und Lippen hielt sie die Strähne fest. »Gafelay ist angreifbar. Ich sage dir, wie und wo.«

»Du möchtest ihn also tot sehen?«

»Nein. Ich möchte, dass ein anderer über die Magicae gebietet. Und ich erhoffe mir einen Schulterschluss von Wicca und Magicae.«

Pirmen schwieg überrascht. Er hatte den Eindruck, als würde Terca ihre Worte ernst meinen. »Woher kommt dieser plötzliche Wunsch nach Harmonie, Frieden und Glückseligkeit?«

»Die Welt ist in Aufruhr, auch wenn es die wenigsten Wesen bislang bemerkt haben. Das Auftauchen des Gottbettlers war bloß ein erstes alarmierendes Signal. Noch ist niemand in der

Lage, diese Gefahr zu bestimmen und zu sagen, aus welcher Richtung sie kommt. Aber sie kommt, schleichend und beinahe unmerklich. Menschen und andere Wesen sind gereizter als früher. Andererseits akzeptieren sie die Änderungen schulterzuckend. So als wären sie unausweichlich. Womöglich ist ein Spiel höherer Mächte im Gang, das ich noch nicht durchschaue.« Sie spuckte die Haare aus und fügte mit fester Stimme hinzu: »Aber ich bin mir sicher, dass die Gefahr da ist.«

»Und deshalb möchtest du, dass sich Magicae und Wicca verbünden?«

»Ich will, dass sie nicht gegeneinander ausgespielt werden und gemeinsam nach diesem neuen, noch unbekannten Feind forschen. Freundschaft oder leidenschaftliche Liebe von Vertretern beider Seiten sind nicht erforderlich, um dieses Ziel zu erreichen.«

»Ein großes Ziel, das du da im Auge hast.«

»Ich bin kein Menschenfreund, das weißt du so gut wie ich. Mir geht es in erster Linie um die Erhaltung des Geschlechts der Wicca. Doch was nützt es mir, über einige hundert Frauen mit magischen Fähigkeiten zu gebieten, wenn ringsum Zerstörung, Not und Elend herrschen?«

»Du hast es schon immer ausgezeichnet verstanden, bestimmte Dinge so ins Licht zu rücken, dass sie alles andere überschatten.«

»Du behandelst mich, als wäre ich deine Feindin, Pirmen«, sagte Terca mit sanfter Stimme. »Das Gegenteil ist der Fall. Es stimmt, dass ich dich beeinflusst, manipuliert und übervorteilt habe. Aber ich habe dir auch Gutes getan …«

»Woran ich mich leider nicht mehr erinnern kann. Aber lassen wir das. Wenn du mir das Versprechen gibst, Gafelay zu stürzen und mich in die Wiege des Obersten zu legen, bin ich mit einer Partnerschaft einverstanden.«

»Ich kann dir bloß die Mittel dazu an die Hand geben, Kleiner Herr. Der Rest bleibt dir überlassen.«

Pirmen zögerte. Terca machte ihm ein Angebot, das er kaum ausschlagen konnte. Was sich vor wenigen Tagen noch wie eine schreckliche Niederlage angefühlt hatte, die Flucht aus dem Reich der Magicae und die damit verbundene Aufgabe seines geliebten Konterturms, würde mit Tercas Hilfe in einen glorreichen Sieg umgewandelt werden.

Letzte Bedenken schob er beiseite. Vergessen war der Zorn, den er Terca gegenüber so lange gehegt hatte. Die Wut war nichts im Vergleich zu dem, was er Gafelay gegenüber empfand. »Einverstanden«, sagte er. »Was soll ich tun?«

»Fein!« Terca klatschte fröhlich in die Hände. »Dann lass uns diesen Pakt schriftlich besiegeln. Und danach musst du dich auf den Weg machen, Eldar und seinen Begleitern entgegen. Du musst dafür sorgen, dass sie unter allen Umständen heil hier in der Wiccaburg ankommen.«

30. Eldar

Der Totargan bildete nicht das einzige Hindernis auf ihrer Suche nach der Hexenburg, doch gewiss das schwierigste. Sie hatten ihr Überleben einzig und allein dem Söldner zu verdanken, der kaum ein Wort darüber verlor, wie er den Kampf gegen die Wildsau gewonnen und dann den Fluss überquert hatte.

Eldar dachte an Loisie und ihre Beschwörungen. Dank ihr hatten sie einen Großteil des Flussbetts trockenen Fußes überqueren können, und als ihre Kräfte erlahmt waren, war Amelia auf eine Weise eingesprungen, die sich keiner von ihnen erklären konnte. Die Hure war keine Wicca, behauptete Loisie. Dennoch hatte sie die junge Hexe unterstützt und sie vorwärtsgetrieben, während er, Eldar, sie getragen hatte.

Sie hatten den Fluss *gemeinsam* bezwungen. Sie hatten Kräften getrotzt, die deutlich zu spüren gewesen waren, die sie in die Cabrische See hatten spülen wollen und die zu den vielen Mysterien dieses an unheimlichen Geschehnissen so reichen Landes gehörten.

Nachdem sie sich von der Kälte und der Anstrengung erholt hatten, gingen sie weiter. In den Astgabeln irgendeines Baums fanden sie ein bescheidenes Nachtquartier, das sie gegen Waldstörche und mannslange Würgeschlangen verteidigten. Dank der Geschicklichkeit Nerbo Falthauts gelang es ihnen, eine

Schlucht zu überqueren. Er wusste, wie man im Handumdrehen Seile knüpfte und so präparierte, dass sie ihrer aller Körpergewicht auf einmal trugen. In einem Sumpf, der sie zu verschlingen drohte, war es wieder Loisie, die sie mittels ihrer Hexenkräfte befreite. Der fantastische Spürsinn Amelia Dusongs ließ sie kaum einmal vom Weg abkommen und Wege dort finden, die mit Augen nicht auszumachen waren. Eldars Aufgabe war es, seinen drei Begleitern mit Vernunft und den Gesetzen der Logik zur Seite zu stehen.

Doch nun, da sie das Ziel erreicht hatten, war sein Kopf einfach nur leer. Die Hexenburg der Wicca stand inmitten einer sauren Wiese, die den Großteil einer namenlosen Insel inmitten des Sumpfdeltas der Triba bildete. Auerochsen umringten die Burg. Sie dösten vor sich hin oder zupften lustlos an Halmen. Kraniche stampften hölzern daher, wie alte Gelehrte, die etwas im Gras verloren hatten. Frösche quakten angesichts der nahenden Dunkelheit im Chor, ein junges Wildschwein ergriff vor ihnen die Flucht, und irgendwo im Dunst, der eben am Horizont aufkam, kämpfte ein echsenähnliches Tier gegen einen Riesenmarder ums Leben. Der Ausgang dieser ungleichen Auseinandersetzung stand von vornherein fest: Der Marder würde seine Beute im Kampf ermüden, sie dann von hinten packen, auf den Rücken werfen und ihr mit den spitzen Zähnen den Bauch aufschlitzen. Eldar hatte Derartiges während der letzten Tage oft genug beobachtet.

»Geschafft!«, sagte Loisie neben ihm, und ihre Stimme klang ungläubig. »Wir haben Tercas Burg erreicht.«

Nerbo Falthaut rammte seinen Beidhänder in den wässrigen Boden, als wollte er mit dieser Geste seine Zufriedenheit zeigen und zugleich darauf hinweisen, dass er nun bezahlt werden wollte. Amelia Dusong tat und sagte nichts. Sie stand einfach da, den Oberkörper leicht vornübergebeugt, und starrte auf das seltsame Bauwerk.

Eldar kramte in seinem Gedächtnis. Er versuchte sich zu erinnern, warum er hierhergewollt hatte.

Ach ja. Harana. Seine Liebe. Er erhoffte sich Auskünfte, wie er sie aus der Treibgierde befreien konnte.

Die Treibgierde ... Sie war so weit weg und so unbedeutend geworden. Sie war das Symbol einer vergangenen Zeit. Warum sollte er die Suche nach einer Frau fortsetzen, an deren Gesicht er sich nicht einmal erinnern konnte? Er durfte sich nicht länger etwas vormachen: Er war in dieser neuen und ungewöhnlichen Zeit gestrandet. Er musste sich mit den Gegebenheiten arrangieren und so rasch wie möglich wieder zu sich selbst finden.

Eldar war ein heller Kopf. Er hatte Pläne. Er wusste, wie man andere Wesen manipulierte. Er lernte rasch, er passte sich noch schneller an. Es würde nur kurze Zeit dauern, bis er die hiesigen Machtverhältnisse verstanden und ein kleines Vermögen angehäuft hatte, und dann war es nicht mehr weit zur Herrschaft über ein kleines Reich.

Ein hölzernes Bein der Hexenburg hob sich, so langsam, dass Eldar die Bewegung kaum wahrnehmen konnte. Und dennoch wusste er, dass sich das Bein letztlich auf ihn ausrichten würde. Die Hexe Terca, die als Hohe Frau tituliert wurde, wusste, dass er angekommen war. Er würde zuallererst ihr gegenübertreten müssen, bevor er sich ein Anrecht auf Besitztümer, Macht und Land verdiente.

»Also los«, sagte Eldar und folgte dem verlockenden Winken des hölzernen Transportbeins.

Amelia Dusong trat neben ihn. Sie hatte während des Marsches von Torhauvn hierher einen Gutteil der Führung übernommen und dabei Stärken gezeigt, wie er sie der Frau niemals zugetraut hätte. Doch nun wirkte sie ängstlich und eingeschüchtert.

»Wollen wir das denn wirklich machen?«, fragte sie.

»Ich habe keine Ahnung, was *du* willst. *Ich* werde da jetzt hineingehen und herausfinden, was diese Terca über die Treibgierde und mich zu sagen hat.«

»Aber du hast Angst, nicht wahr?«

»Ich bin nervös«, verbesserte Eldar und setzte sich in Bewegung.

Nerbo Falthaut glitt an seine Seite. Er behielt das Schwert in der Hand und ließ seine Blicke über das freie Land vor ihnen schweifen. Eine im Gras lauernde Kröte, so groß wie ein Fuß, spießte er mit einem blitzschnellen Stoß seiner Waffe auf und schleuderte sie beiseite. Eine Rotte junger Schweine verscheuchte er, indem er mit dem Fuß einfach gegen verrottendes Holz stieß.

Die Hexenburg wuchs immer mehr vor ihnen an. Sie warf Schatten, die nichts mit dem Lauf der Sonne zu tun hatten, und ihr Anblick machte, dass sich Eldars Magen zusammenzog.

Runenzeichen, die in die hölzernen Verschläge geritzt waren, wirkten auf eine Weise, die er nicht begriff, obszön und voller sexueller Anspielungen. Die Gehbeine, zweimannshoch und mit einer dunklen Lasur überzogen, ängstigten ihn, denn sie weckten in ihm den Gedanken, von ihnen zertreten zu werden, wenn er ihnen zu nahe kam, und da würde dann auch der Schwertarm des Söldners neben ihm nichts mehr nützen. Gegen die Kräfte der Wicca kam ein einzelner Mann nicht an.

Sie waren heran, nur noch wenige Schritte von dem monumentalen Bauwerk entfernt. Aus der Ferne hatte das Gebäude wie ein Haufen lose übereinandergeworfener Bohlen und Bretter gewirkt. Nun, da sie näher waren, ergab sich eine Art Struktur, die die Burg wie ein aufrecht stehendes Ei wirken ließ. Doch der Eindruck blieb vage. Irgendetwas hielt Eldar davon ab, das Wandergebäude in seiner Gesamtheit zu betrachten und zu begreifen, was es darstellte.

Die Beine der Wiccaburg versanken tief im Boden. Das hölzerne Unterteil, der Bauch, war von einer dicken Rußschicht überzogen. Hier und dort waren lange Späne abgehauen, so als hätte jemand in grauer Vorzeit versucht, dem Gebäude mit Äxten und Brandpfeilen beizukommen. Dieser Jemand war offenbar gescheitert, denn die Spuren des Angriffs waren bloß auf wenige kleine Flächen beschränkt; mehr als einen Hieb mit seiner Waffe schien keiner der Angreifer zustande gebracht haben, bevor er …

Eldar wollte nicht länger über diese Dinge nachdenken. Er musste sich wappnen und ganz genau überlegen, wie er sich verhalten sollte, wenn man ihn ins Innere der Hexenburg vorlassen würde.

Loisie schob sich vor ihn, hob die Arme und murmelte einige Worte. Aus dem Bauch des hölzernen Ungetüms schob sich daraufhin eine Leiter, fast schon eine Treppe, deren Handleisten verziert und mit weiteren Symbolen versehen waren. Eine Frau stieg herab, ein wunderschönes Geschöpf, jung und mit roten Wangen, das ein Tablett mit mehreren Kelchen trug.

»Willkommen«, sagte die junge Frau. »Es ist schön, euch endlich bei uns in Sicherheit zu wissen. Mein Name ist Bliya, und ich wurde von der Hohen Frau beauftragt, euch ins Innere der Burg zu bringen.«

Sie warf Eldar einen Blick zu, der ihn augenblicklich alles rings um ihn vergessen ließ. Er gehörte ihr, und er würde niemals mehr wieder eine andere Frau ansehen.

Er stieg hinter Bliya die Stufen empor. Ihre Pobacken wackelten mit jedem Schritt, sie roch nach Wiesenblumen, nach einem hellen, sommerlichen Tag, nach Lust und Laune und Freude und Verlangen. Alles an ihr war so, wie er es sich von einer Frau wünschte.

»Schmeckt dir der Saft?«, fragte sie und drehte ihm ihr bezauberndes, zart geschnittenes Gesicht zu.

»Ausgezeichnet.« Warum lief er rot an, warum wurden ihm die Ohren warm? Warum fand er nicht die passenden Worte, um Bliya zu komplimentieren?

»Der Rautensaft wird dir helfen, in der Burg alle Sinne beisammenzuhalten«, sagte sie mit zuckersüßer Stimme. »Männer sind nicht dafür geschaffen, hier zu leben. Zu *über*leben.«

»Ja. Sinne beisammenhalten«, wiederholte er verwirrt.

Sie gelangten ins Innere der Hexenburg. Die Luft schmeckte süß und schwülstig. Vögel, die sich in den Winkeln und Ecken des Treppenhauses Nester gebaut hatten, rührten sich protestierend, als wären sie der Meinung, dass Eldar hier nichts zu suchen hatte. Sie umflatterten ihn laut zwitschernd, manch einer schnappte nach seinen Händen.

»Komm weiter, komm …« Bliya winkte ihm und tänzelte einen schmalen Gang entlang. Hier und dort schenkte eine tranige Funzel Licht, doch es war zu wenig, um Eldar Details der Burg erkennen zu lassen.

Hinter ihm wurden andere Stimmen laut. Nur widerwillig löste Eldar den Blick von der jungen Hexe und drehte sich um.

Da waren zwei weitere Frauen. Große und stämmige Exemplare, die sich der Treppe zugewandt hatten. Wie waren sie bloß hierhergekommen, und warum wirkten sie so wütend?

»Dieser Mann hat hier nichts zu suchen!«, schrie das größere der beiden Weibsbilder. »Er wird seine dreckigen Pfoten nicht auf das Holz der Wiccaburg setzen!« Sie deutete auf

Nerbo Falthaut, der eben die Treppe hochgestapft kam. Er blieb stehen mit kalter Miene wie immer und tat so, als ginge ihn das Gebrüll der Hexe nichts an.

Loisie, die Nerbo begleitete, versuchte auf die Wicca einzuwirken und sie umzustimmen, doch sie war wie ein Sperling unter Falken. Ihre Meinung zählte in der Burg nichts.

Amelia Dusong, schlammbedeckt und schmutzig und müde wie sie alle, zeigte weder Respekt noch Angst vor den Hexen und bedachte die großen Frauen mit einer Flut von Schimpfwörtern.

»Ich muss dich auffordern, deinen Begleiter hier zurückzulassen«, sagte Bliya zu Eldar. Sie war nahe an ihn herangetreten, so nahe, dass er ihren Atem spüren konnte. »Er stört uns, und er verunreinigt das Gebäude. Es haftet ihm etwas an, das uns allen Schmerzen bereitet. Das verstehst du doch, oder?«

Er fühlte Amelias Blicke auf sich ruhen. An der Hure war etwas dran, etwas Drängendes, das ihn zweifeln ließ. Das mit einem Mal mehr zählte als Bliyas hübsches Gesicht. »Ich verlange, dass Nerbo mit uns kommt«, hörte er sich leise sagen.

»Bist du dir sicher?« Die Wicca war nun ganz nah. Er fühlte die Hitze ihres Körpers.

»J… ja.«

»Du enttäuschst mich, Mann«, sagte Bliya mit einem Ton, der Trauer und Wut gleichermaßen ausdrückte. »Aber lassen wir Terca entscheiden, welche Regeln für den Riesen gelten.« Sie trat an ihm vorbei und gab den anderen Hexen mit einem Wink Anweisung, Nerbo Falthaut passieren zu lassen.

»Danke.«

»Du tust dir selbst keinen Gefallen, Mann aus der Treibgierde, wenn du unsere Gastfreundschaft überstrapazierst. Bis eben hegte ich bestimmte Gedanken, die dir gewiss gefallen und den … Druck von deiner Begegnung mit Terca genommen hätten. Aber nun …«

Bliya ging davon, ohne sich weiter um ihn zu kümmern. Den Gang entlang, der nun düsterer und enger wirkte. Eine der anderen Wicca drehte mit überraschender Leichtigkeit an einer großen Kurbel, die Leiter glitt ins Innere der Burg zurück.

Sie waren angekommen. Sie waren gefangen.

31. Terca

Um eine Wicca zu sein, benötigte man gar nicht so viele außergewöhnliche Begabungen, wie Menschen gemeinhin glaubten. Es reichten ein gewisser Lerneifer, Interesse am Weltenrund und all den Wesen, die es durchwanderten, ein klein wenig Grips – und Geduld.

Am besten ist, man lässt den Dingen ihren Lauf und wartet ab, dachte Terca, während sie den Sitz ihrer Kleidung ein letztes Mal überprüfte und sich kritisch im Spiegel betrachtete. *Irgendwann fallen die Würfel so, wie man sie braucht. Das Geheimnis des Erfolgs ist, genau in diesem Augenblick zur Stelle zu sein und den passenden Einsatz auf den Tisch zu legen.*

Terca hatte diese Geduld mehr als einmal bewiesen. Einige Ideen, die sie in weit zurückliegender Vergangenheit sacht und unbemerkt von anderen Wesen angestoßen hatte, würden nun zusammenfinden und den Wicca einen glorreichen Weg in die Zukunft weisen. Wenn, ja, wenn alles so klappte, wie sie es sich vorstellte. Aber was sollte noch schiefgehen? Sie hatte sich intensiv auf diese Begegnung vorbereitet und alle Eventualitäten bedacht. Terca war umgeben von den Besten ihrer Zunft, und sie hatte dafür gesorgt, dass ihre Gäste auf der Reise hierher geschwächt worden waren. Sie würden ihr kaum Widerstand entgegenbringen können.

Bliya kündigte ihr Kommen an. Man konnte dieses Übermaß an Zuneigung und Geilheit körperlich spüren. Es durchdrang den oberen Teil der Burg und ließ Terca wissen, dass ihre Freundfeindin ganz nahe war.

Da waren Tritte. Die eines Mannes, der sich seiner völlig sicher war. Dann die einer jungen Frau, einer Hexe, die angesichts des Gebäudes verängstigt war. Der schleichende Gang einer weiteren Frau, die auf der Suche war und sich gleichermaßen treiben ließ. Sie war voller Gegensätze und Rätsel.

Letztlich hörte Terca die Schritte des Mannes – besser gesagt: des Wesens – aus der Treibgierde. Seine Füße tapsten in unregelmäßigem Rhythmus über die Planken. Er war noch immer nicht ganz in dieser Zeit angekommen.

Vier Leute, vier Schicksale, die auf verschlungenen Wegen zueinandergefunden hatten. Sie hatte bloß mit drei Besuchern gerechnet, doch das machte nichts. Dieser eine würde den heutigen Tag nicht überleben. So war es beschlossen worden. Nichts konnte sie im Inneren der Burg gefährden.

Terca betrachtete sich ein letztes Mal im Spiegel, bevor sie zum Hexensessel zurückkehrte, sich gegen die Lehne stützte und auf die Ankömmlinge wartete.

»Du wirkst reichlich nervös, Terca«, sagte einer ihrer beiden anderen Gäste und kicherte.

»Du irrst dich, mein Freund«, log sie. »Ich war niemals so entspannt wie gerade eben.«

»Es gab eine Zeit, da hätte ich dir jedes deiner Worte geglaubt, Freundin. Aber das ist lange vorbei. Du stinkst nach Angst und nach Unsicherheit. Sosehr du es dir auch einreden möchtest – du fürchtest dich vor dieser Begegnung.«

»Ach, halt bloß dein Schandmaul, sonst verpass ich dir …«

Die Tür schwang auf, Bliya betrat das Wiccarium mit andächtigen Schritten. Der Mann aus der Treibgierde folgte ihr. Ihm musste ihre ganze Aufmerksamkeit gelten. Seine drei

Begleiter waren bloß Beiwerk, nun, da das Ende des Kampfes zwischen Wicca und Magicae eingeläutet war.

»Willkommen, Eldar«, sagte sie mit tragender Stimme. »Es freut mich, dich endlich kennenzulernen.«

»Auch von mir ein herzliches Hallo!«, meldete sich ihr bereits anwesender Gast zu Wort, noch bevor sie zu ihrer lange geplanten Rede ansetzen konnte. Er richtete sich, so gut es ging, auf und schob sein Gesicht aus dem Schatten des Hexensessels. »Unsere gemeinsame Gastgeberin Terca, die Hohe Frau des Geschlechts der Hexen, war so nett, auch mich zu diesem fröhlichen Zusammentreffen einzuladen. Aber was bin ich für ein unhöflicher Mensch! Ich vergaß, mich vorzustellen: Ich bin der Magicus Pirmen Courtix.«

32. Nerbo Falthaut

Du musst gut aufpassen!, mahnte ihn Xingo. *Wenn Pirmen hier ist, kann sein Reitmensch Ox auch nicht weit sein.*

Nerbo fühlte die Unruhe, die der Unlebende vermittelte. Er hatte nicht mit dieser Entwicklung gerechnet. Pirmen würde irgendwann in der Nähe der Hexenburg auftauchen, so viel war während ihrer Reise stets klar gewesen. Doch dass er vor ihnen hier angekommen war und auch noch seelenruhig mit der Feindin der Magicae plauderte, überraschte selbst ein Wesen wie Xingo.

»Nerbo Falthaut!«, dröhnte eine Stimme aus dem Dunkel hinter dem breiten und so ungewöhnlichen Stuhl, das den Raum unterhalb des Dachfirstes der Hexenburg beherrschte. Ox kam hervorgetreten. Ox, der Hammerkopf von den Inseln.

Der Reitmensch von Pirmen Courtix war kaum kleiner als Nerbo Falthaut. Seine Visage war alt und faltiger geworden, die Peitschenstriemen auf dem kahlen Schädel ließen ihn noch hässlicher wirken. Ein sauberer Verband war ihm um die Stirn gewickelt, ein zweiter um den rechten Oberarm. Der Krieger strahlte die gleiche Ruhe aus wie ehedem. Eine Ruhe, wie sie auch dem Tod innewohnte.

»Bist du überrascht, Ox, mich hier zu sehen?« Nerbo legte beide Hände an die Waffen, die man ihm zu seiner Verblüffung gelassen hatte.

»Nicht unbedingt. Aber ich hörte, du wärst tot.«

»Dasselbe erzählte man mir von dir. Und dennoch stehen wir nun beide in diesem Raum. Im Heiligsten jener Frauen, die unser beider Feinde sein sollten.«

»Die Dinge ändern sich, wie du weißt. Was heute ein guter Freund ist, mag schon morgen ein erbitterter Gegner sein und umgekehrt.«

»Und wie stehen wir beide zueinander, Ox?«

»Es sieht nicht gut aus für dich, Nerbo. Mein Kleiner Herr Pirmen hatte ein ausführliches Gespräch mit der Hohen Frau, mit Terca, und sie sind zu einer Übereinkunft gelangt.«

»Das freut mich aber. Du hast also wieder jemanden gefunden, der dir sagt, was zu tun ist? Wischst du dem Kleinen Herrn auch brav jeden Tag den Arsch aus?«

»Ja, das tue ich, und nicht nur das.« Ox blieb ruhig und ließ sich nicht provozieren. So war dieser schreckliche Kämpfer schon immer gewesen. Ein kühler und berechnender Schweinehund, der selbst im wildesten Schlachtengetümmel nicht den Kopf verlor.

»Was soll's. Ich wollte schon immer mal die Klinge mit dir kreuzen.« Nerbo Falthaut spuckte aus und trat weiter in den Raum. Der Geruch nach gebeiztem Holz blieb vage, irritierte ihn aber dennoch. Er hatte eine Beinote, die selbst ihn, einen Toten, störte. Und was hatten die Spechte hier zu suchen? Gut ein Dutzend von ihnen saß auf einer langen Stange, die Schnäbel in Futtersäcke getaucht, doch sie blickten auch immer wieder zu ihm und Ox.

Der Glatzkopf zog sein Schwert. Es war kurz und beileibe keine Waffe, die Respekt einflößte. Auch er tat einige Schritte nach vorn. Daraufhin standen sie sich in Hieb- und Schlagweite gegenüber.

»Du hast keine Chance, Nerbo«, sagte Ox leise. »Aber es

muss nicht zu diesem Kampf kommen. Selbst wenn du mich besiegen solltest, die Wicca würden dich niemals lebend aus ihrer Burg lassen. Und unten, im Sumpf, warten Gobelias sowie zwei Musen, die ganz begierig darauf wären, dich bei lebendigem Leib zu fressen.«

»Ich habe keine Angst vor dem Ende.« Nerbo Falthaut griff nun ebenfalls nach einer seiner Waffen, nach dem langen Bihänder, und wog sie in der Rechten. »Schon lange nicht mehr.«

»Wir hatten niemals Probleme miteinander, Nerbo. Ich biete dir die Gelegenheit, lebend und mit Anstand aus dieser Situation rauszukommen. Du bekommst freies Geleit, wenn ich von dir die Zusage erhalte, dass du dich nicht weiter um die Belange der Wicca und der Magicae kümmerst.«

»Was soll der Unsinn?«, schrie jemand mit einer viel zu hellen und schrillen Stimme. Pirmen. Der mächtige Magicus, dessen verbliebener Arm so dünn wie das Bein eines Laufvogels war und in einem seltsamen Winkel von seinem Leib abstand. »Du hast weder das Recht noch die Erlaubnis, Abmachungen mit dem Feind zu treffen, Ox! Der Mann wird hingerichtet, ohne Wenn und Aber.«

Ox drehte sich nicht zu seinem Herrn um, als er widersprach: »Zwischen diesem da und mir gilt nach wie vor Waffenbrüderschaft, Kleiner Herr. Falthaut war stets ein ehrenvoller Kämpfer, soweit man in Zeiten des Kriegs ehrenvoll bleiben kann. Wenn er mir sein Wort gibt, von hier abzuziehen und die Wiccaburg Wiccaburg sein zu lassen, vertraue ich ihm.«

»Du weißt, was er ist!«

»Ja, Kleiner Herr. Er ist Gafelays Vasall. Und er ist ein Unlebender.«

»Du … weißt es?« Es war Xingo, der die Worte ausstieß und damit das allgemeine Erstaunen und Entsetzen zum

Ausdruck brachte. Nerbo fühlte sich rücksichtslos zurückgedrängt. Er war mit einem Mal weit abseits allen Denkens und Begreifens. Er war zum Zuhörer degradiert und hatte keine Möglichkeit, dem Unleben, das sich in seinem Leib eingenistet hatte, Widerstand zu leisten.

»Mein Kleiner Herr kennt Gafelays Schliche nur zu gut und ahnte, dass der oberste Magicus uns jemanden hinterherschicken würde.« Ox stellte sich so, dass er den Blick auf Pirmen verdeckte. »Auch gibt es Gerüchte über Unlebende, die in seinem Dienst stehen. Als ich nun im Feuchten Eber in Torhauvn – dir kommt der Name gewiss bekannt vor? – Nachforschungen anstellte und von einem riesigen Mann mit ungewöhnlicher Blässe erfuhr, der diesen da«, Ox wies mit einer Armbewegung auf Amelia Dusong, Loisie und Eldar, »bei einer Auseinandersetzung ganz zufällig zu Hilfe gekommen war, musste Pirmen, mein Kleiner Herr, bloß zwei und zwei zusammenzählen.«

»Du warst im Feuchten Eber?«

»Einen Tag, nachdem ihr aus Torhauvn geflohen seid. Man bereitete mir keinen sonderlich freudigen Empfang. Ich hatte einige Schwertarbeit zu verrichten, bevor man meine Sicht der Dinge verstand.« Er deutete auf seine beiden Verbände und zuckte mit den Schultern.

»Der Reitmensch des Pirmen Courtix hat also nicht nur außergewöhnliche Muskeln. Er denkt und kombiniert.«

»Es scheint, als verstünde ich mein Geschäft besser als du, Unlebender, wie immer du auch heißen magst.«

»Ich bin Xingo«, fühlte sich Nerbo Falthaut gezwungen zu sagen. »Ich habe diesem wertlosen Wesen zu einer neuen, besseren Existenz verholfen.«

»Bist du derselben Meinung, Nerbo?«

»Er hört dich, kann aber nicht antworten. Nur, wenn ich es möchte und erlaube.«

»Er ist also ein Sklave.«

»Ein Sklave, der dank mir das ewige Leben genießt.«

»Na schön.« Ox ließ das Schwert sinken und beugte sich vor, sodass die Spitze den Holzboden sacht berührte. »Was euch verbindet und wie innig ihr euch liebt, ist ganz allein euer beider Sache. Ich halte mein Angebot aufrecht: Du … *ihr* verlasst die Wiccaburg und versprecht, niemals mehr zurückzukommen. Leistet den Schwur, und ihr bleibt am Leben.«

»Ein verlockendes Angebot«, sagte Xingo und ließ Nerbo Falthaut lächeln. »Ich denke darüber nach.« Der Unlebende zog sich ein Stückchen zurück, holte ihn, den eigentlichen Besitzer des Körpers, aus der Dunkelheit nach oben, impfte ihm Hass und Kampfwut ein und ließ ihn auf Ox losgehen.

Er schlug zu, noch fremdgesteuert und völlig ungezielt. Sein Hieb traf Ox, der zwar rasch reagierte und seine eigene Waffe zur Abwehr hochriss, aber doch ein wenig zu langsam war. Nerbo Falthaut verletzte ihn an der Seite, in Hüfthöhe.

Ein zweiter Schlag zischte ins Leere. Der Reitmensch hatte sich seine bemerkenswerte Beweglichkeit bewahrt – und seine Schmerzunempfindlichkeit.

»Auf Leben und Tod«, fühlte sich Nerbo Falthaut gezwungen zu sagen und tat einen Sprung zurück.

»Auf Leben und Tod«, wiederholte Ox, der die Wunde ungerührt zur Kenntnis nahm. »Ich bedauere das, mein Freund.«

Sie umkreisten einander. Lauerten darauf, dass der jeweils andere einen Fehler machte oder angriff. Sie fintierten, zogen sich dann blitzschnell wieder zurück. Sie nutzten die ungewöhnlichen Lichtverhältnisse und Gegebenheiten des Raums – und wagten es doch nicht, eine Attacke zu starten.

Das Duell würde höchstens drei Schlagwechsel dauern, so

wie es bei den meisten Aufeinandertreffen von zwei gleich starken Schwertkämpfern war. Vielleicht würden Mut und Geschicklichkeit eine Rolle spielen, sicherlich aber der Zufall. Ein geringfügig schlecht ausbalancierter Körper, zu wenig Nachdruck beim ersten Angriff oder ein Moment der Konzentrationsschwäche waren drei von vielen Kriterien, die zur Niederlage führten.

Sie durchwanderten den Raum, behielten ihr Gegenüber stets im Auge. Nerbo fühlte, dass sich mehrere Wicca in seinem Rücken befanden. Sie griffen nicht in den Kampf ein, wie auch alle anderen Zuschauer ruhig blieben. Jedermann hier war sein Feind, selbst seine Begleiter. Besiegte er Ox, würden die Hexen über ihn herfallen.

Xingo war merkwürdig still. Fürchtete sich der Unlebende etwa? Fiel Falthaut, würde er augenblicklich versuchen, einen neuen Wirtskörper zu erlangen. Doch hier, im Wiccarium, gab es keinen, in den er schlüpfen konnte. Er brauchte einen toten oder sterbenden Leib, um sich darin breit machen zu können.

Ox stach zu. Spielerisch, fast lässig führte er die Waffe auf Kniehöhe. Er berührte Nerbo, ritzte seine Haut. Falthaut nahm die Verwundung hin und blieb stehen, schlug von oben herab zu, zielte auf Rücken und Nacken des geduckt angreifenden Glatzkopfs.

Er meinte zu treffen, nein, er war *sicher*, dass er treffen würde – und dennoch schaffte es Ox, ihm auszuweichen, indem er sich zur Seite fallen ließ und sich über die Schulter abrollte, ohne einen Kratzer abzubekommen. Der Reitmensch war sofort wieder auf den Beinen und stand da, in geduckter Haltung, so als wäre dies bloß eine leichte Aufwärmübung für den ernsten Waffengang gewesen.

»Du bist schnell«, sagte Nerbo.

»Immer gewesen.«

»Ich habe dich bewundert und mich oft gefragt, was ein Mann wie du im Lager des Gottbettlers zu suchen hat. Einer wie du hätte selbst Heere befehligen, Reichtümer gewinnen und Länder erobern können.«

»Vielleicht habe ich das in früheren Zeiten ja getan. Vielleicht hatte ich keine Lust mehr darauf, Gold und Silber anzuhäufen wie Bauern die Gülle ihrer Tiere.«

Das Belauern ging weiter. Das Warten auf einen Moment der Schwäche beim anderen. Nerbo tat einen Schritt nach links, dann zwei nach rechts. Ox folgte mit den gleichen, aber spiegelverkehrten Bewegungen. Es war wie ein hoch erotischer Tanz, wie die Balz zweier Vögel, die ganz genau wussten, dass ihre Vereinigung bald kommen würde, diese innige Umarmung, die in diesem Fall jedoch für einen von ihnen tödlich enden musste.

Ein Stützbalken geriet zwischen sie. Er war verziert und so dick wie ein kräftig gewachsener Mann.

Der zweite Waffengang musste unweigerlich folgen, und zwar jetzt! Ihrer beider Sicht war eingeschränkt. Nerbo sah nicht, was der Schwertarm Oxens tat, wie auch sein Gegenüber nicht wusste, ob er nun links oder rechts vom Balken vorgehen würde.

Stille herrschte mit einem Mal. Dünne Lichtstrahlen fielen zwischen den grob gehämmerten Balken ins Innere der Burg. Sie zeichneten seltsame Symbole auf den Boden des Wiccariums. Nerbo meinte, Schriftzeichen zu erkennen. Doch dieser Eindruck verwischte. Er machte Erinnerungen Platz. Solche, die seinen Geist während der letzten Tage verfolgt und geplagt hatten.

Er war ins Wasser des Totargan gefallen, eng verkeilt mit dem wie wild um sich beißenden Eber. Das Tier hatte gequiekt und geschnauft, hatte ihm die Hauer in den Leib rammen wollen. Nerbo Falthaut war flussabwärts getrieben. Er schluckte Wasser, hustete, keuchte, erwehrte sich der Angriffe des Tiers. Dann hatte er es irgendwann geschafft, das Kurzschwert zu ziehen und dem Wildschwein den Knauf mehrmals über den Schädel zu ziehen, um dem benommenen Tier dann die Klinge in den Leib zu rammen. Der Eber war weggetrieben, eine rote Spur hinter sich ziehend, die von seltsamen Wassertieren verfolgt wurde, deren Finnen weit ins Freie ragten.

Nerbo Falthaut hatte sich umgesehen. Die Strömung hatte ihn in die Mitte des Totargan gerissen. Weder die eine noch die andere Seite erschien in erreichbarer Nähe. Dennoch hatte er gegen die Kraft des Flusses angekämpft und versucht, mit kräftigen Kraulzügen ans Ufer zu gelangen.

Doch auch seine Reserven waren nicht unerschöpflich. Der Kräfteverschleiß während des Kampfes mit der Wildsau machte sich bemerkbar. Er war wieder vom rettenden Ufersaum weggetrieben worden, hatte an einem aus dem Gewässer ragenden Riesenstein Atem schöpfen können, hatte einen weiteren Versuch unternommen, die etwa zwanzig Mannslängen mit einigen raschen Armzügen zu überwinden.

Der Totargan spielte mit ihm. Warf ihn hin und her, von einem Wellental ins nächste. Ließ ihn glauben, dass er es jetzt geschafft hätte, um ihn dann doch wieder von seinem Ziel wegzutreiben, diesem endlos wirkenden Matschstreifen, der dahinter vom Grün des Urwalds begrenzt wurde. Wäre es nicht besser, einfach aufzugeben und sich in den endlosen Ozean treiben zu lassen?

Xingo schwieg. Der Unlebende hatte sich zurückgezogen und bereitete sich auf das Unvermeidliche vor. Er würde ihn im Stich lassen und einen neuen Wirt suchen.

Etwas traf ihn wie einen Peitschenhieb. War es der Flossenschlag eines Fischs oder der Schnabel eines Vogels, der sich fette Beute erhoffte? Nerbo wusste es nicht und kümmerte sich nicht weiter darum. Er wurde zwischen weiteren Felsen flussabwärts getragen. Seine Finger rutschten an der feuchten, glitschigen Oberfläche des Gesteins ab, weiter ging die Reise, der offenen See entgegen.

Ein weiterer Peitschenhieb. Nerbo Falthaut griff instinktiv danach, wollte sich wehren. Er ertastete algenähnliches, schlüpfriges Material. Doch es fühlte sich widerstandfähiger an als das einer Wasserpflanze.

Er hielt sich fest. Fühlte, wie sich die Spannung des Zeugs erhöhte, wie sich der Bast – ja, es war lianenähnlich! – straffte. Ein Ruck ging durch seinen Körper, und plötzlich trieb er auf der Stelle. Der Totargan wollte ihn weiterreißen, doch er widerstand, denn er war durch dieses Seil mit dem Ufer verbunden. Das andere Ende war um einen Fels gewickelt und festgezurrt. Derjenige, der ihm geholfen hatte, lief davon. Er war groß und breit gebaut. Mehr ließ sich nicht ausmachen in diesem unruhigen Durcheinander an Wellenschlägen, Auf- und Abwärtsbewegungen und dem Versuch, sich entlang des Seils ans Ufer zu ziehen.

Nerbo Falthaut tat eine Bewegung nach der anderen, so wie er es in der Felswand unterhalb Torhauvns gemacht hatte. Er griff Hand über Hand, arbeitete gegen die wütenden Bemühungen des Totargan an, ihn doch noch mit sich zu reißen. Er zog sich an Land, ließ sich in den Schlamm fallen und wartete, bis sich das Fleisch und die Organe seines Körpers von den Strapazen erholt hatten. Dann stand er auf, nahm das Seil an sich und ging am Ufer entlang flussaufwärts, hoffend, seinen Begleitern bei der Flussüberquerung von dieser Seite aus helfen zu können …

»Du hast mich gerettet«, flüsterte Nerbo. »Du hast mir das Bastseil zugeworfen.«

»Richtig.« Ox wechselte sein Schwert in die andere Hand, hinter dem Stützbalken kaum erkennbar. »Du warst der Garant dafür, dass der Mann aus der Treibgierde und seine beiden Begleiterinnen den Weg bis hierher schafften. Also musste ich für dein Überleben sorgen.«

Nerbo Falthaut fühlte … Angst. Da waren Regungen in ihm, die er lange vergessen geglaubt und die seit seinem Tod keine Rolle mehr gespielt hatten. Oder spiegelten sich darin Xingos Empfindungen, ließ ihn das Unleben an seinen eigenen Emotionen teilhaben? »Hättest du dich Eldar, Amelia und Loisie gezeigt, hätten sie den Weg zur Wiccaburg niemals fortgesetzt«, sagte Nerbo leise. »Ich war dein Werkzeug.«

»Wir alle sind Werkzeuge in diesem Spiel, Freund. Unser

aller Schicksale sind eng ineinander verwoben. Bis auf deines. Denn das ist nun verwirkt.«

Nerbo Falthaut stach zu. Rechts am Stützbalken vorbei, mit dem kürzeren Schwert. Er zielte auf die Linke seines Gegners – und verfehlte ihn. Ox bewegte sich zu rasch. Erwiderte die Attacke. Prellte ihm mit einem mächtigen Hieb, von oben herab geführt, die Waffe aus der Hand. In früheren Zeiten wäre sie nun taub und nicht mehr einsetzbar gewesen. Doch er fühlte diese Art von Schmerz nicht mehr.

Zurückweichen. Das Gleichgewicht bewahren. Das Langschwert schützend vor sich halten. Die heftig geführten und kurzen Schläge des Gegners abblocken. Sein Gegner Ox hatte die Kraft und Zeit für zwei, doch nach maximal drei Angriffszügen musste auch er erst mal zu Atem kommen. Um sich zu sammeln und um sich neu zu orientieren in dieser Auseinandersetzung zweier gleichwertiger Schwertkämpfer, die alle Kraft in ihre Hiebe legten.

Doch Nerbo gewährte Ox die Ruhepause nicht. Als der Reitmensch Atem holen wollte und wenige Fuß zurückwich, antwortete er, angefeuert von Xingo, rasch und ansatzlos. Er brachte kaum ausreichend Druck hinter den Hieb, den er von der Seite her führte, konnte aber dennoch der Schwertdeckung seines Gegners ausweichen und einen Treffer setzen, einen, der dieses Duell entscheiden würde. Die Waffe drang tief ins Fleisch des Lebenden ein, etwa auf Brusthöhe, schnitt durch Muskeln und Sehnen. Bereitete Schmerz, der selbst Ox ein Grunzen entlockte.

Der Glatzkopf ließ seine Waffe fallen. Blut spritzte fontänenartig aus der Wunde, die wie die von einem Holzfäller geschlagene Kerbe in einen Baum wirkte, der gleich fallen würde.

Ja. Ox *würde* fallen. Nerbo hatte diesen ersten Kampf gewonnen. Doch die Schlacht war noch lange nicht geschlagen. Rings um ihn waren Wicca, die die Auseinandersetzung verfolgt hatten und die Augen nun vor Erschrecken aufrissen. Sie waren geschockt, hatten nicht mit seiner brutalen Gewalt gerechnet und auch nicht damit, dass Ox tatsächlich verlieren konnte. Doch bald würden sie reagieren und ihre Kräfte einsetzen, um Nerbo endgültig den Garaus zu machen.

Xingo meldete sich. Das Unleben gab ihm jenen Hinweis, der ihm helfen würde, sich aus dieser Situation zu befreien und den Sieg davonzutragen. Ja. Ihm, Nerbo Falthaut, würde gelingen, was Generationen von Kriegern probiert und an dem sie allesamt gescheitert waren.

Schon fühlte er begieriges Tasten in seinem Kopf, das von Terca ausging. Die Hohe Frau hatte sich bereits gefangen. Sie wollte ihn beeinflussen, ihn mit Hexenkraft bezwingen. Doch ihre Kräfte griffen ins Leere. Da war kaum etwas, an dem sie sich hätte festklammern können. Er war tot. Er war bloß noch ein klein wenig Bewusstsein, dessen geistige Kräfte fast ausschließlich auf den Kampf und das Überleben ausgerichtet waren. Es bedurfte viel, viel mehr Aufwands, um Xingo und ihm beizukommen.

Er tat rasche Schritte an dem sterbenden Ox vorbei und wehrte dessen schwach geführten Hieb leicht ab. Er ging auf Pirmen zu, hin zum Kleinen Herrn. Der lag da in einer Art Wiege auf Rollen. Nerbo stieß ihn achtlos beiseite. Terca, von der er bloß noch zwei Körperlängen entfernt war, bedachte ihn mit Blicken, aus denen Hass und Angst gleichermaßen sprachen.

Zwischen ihm und ihr befand sich jenes Objekt, das den Raum beherrschte. Ein Sessel, protzig und pompös, mit Schnitzereien versehen, unfertig wirkend. Teile des hölzernen Monuments entzogen sich seiner Wahrnehmung, andere traten überdeutlich hervor. Da waren Köpfe, tierische und menschliche Körperglieder, die Innereien eines Zwerges und wie lebende Herzen pumpende Fleischklumpen, die mit miteinander verknüpften Sehnen an das Rückenteil gebunden waren. Blutrote Äste staken wie Igelstacheln in hölzernen Schnitzgesichtern. Kiefer klapperten im leichtesten Windzug. Mehrere Bezoare, schwarz und elfenbeinfarben, bildeten Einlegearbeiten an einem der Stuhlbeine. Ein Kranz, aus den dunkelsten Kräutern der Wiccaküche geflochten, lag vor dem Sessel ausgebreitet und stank penetrant …

Vernichte das verfluchte Ding!, drängte Xingo mit aller Vehemenz. *Zerhacke es und verteile all diese Gegenstände im Raum, sodass sie nicht mehr miteinander wirken können.*

Die Hexen wussten, was er vorhatte. Einige von ihnen kreischten entsetzt. Die junge Frau, die sie in das Wiccarium geführt hatte, sandte Impulse aus, die ihn schwitzen ließen und ihm die Knie weich machten. Terca murmelte Beschwörungen, ihr standen Schweißperlen auf der Stirn. Pirmen Courtix schrie um Hilfe, Eldar und Amelia Dusong machten beschwichtigende Handbewegungen, um ihn von seiner Tat abzuhalten.

Jetzt! Los, los! Lass uns das Haus dieser verfluchten Weiber vernichten.

Nerbo hörte Oxens schwere Schritte hinter sich und drehte sich um. Der Reitmensch kam heran, blutend wie ein abgestochenes Schwein und mit einem müden, erschöpft wirkenden Gesicht. »Es ist falsch, was du vorhast«, sagte Ox stockend.

»Woher willst du das wissen?«

»Falsch ist, auf die Einflüsterungen eines Unlebenden zu hören und nicht auf seinen eigenen Verstand. Richtig ist, dass Wicca und Magicae sich hier zusammensetzen und nach Gemeinsamkeiten suchen.«

Nerbo Falthaut ahnte, dass der schwer verletzte Söldner nicht die Wahrheit sagte und ihn bloß beschwichtigen wollte.

Doch er hatte in einer Sache recht: Er wurde von einem Fremdwesen beeinflusst, gesteuert und vergewaltigt, selbst über den Tod hinaus.

Er hatte es satt. Er war ein stolzer, aufrechter Krieger gewesen, dessen Familiengeschichte über zig Generationen hinweg in die granitenen Tafelfelsen gehauen worden war. Nun war er nur noch ein Schoßhündchen. Ein *totes* Schoßhündchen, das die Reste seines Verstandes in die Dienste eines sinistren Wesens gestellt hatte, das vor nichts und niemandem Achtung hatte.

Bist du verrückt geworden?, kreischte Xingo. *Gafelay ist unser Herr! Von seinem Wohlwollen hängt unsere Existenz ab. Also tu gefälligst deine Arbeit und vernichte den Hexensessel. Jetzt!*

»Nerbo Falthaut …«

Ox stand vor ihm. Mit blutunterlaufenen Augen, kurz vor dem endgültigen Zusammenbruch. Speichel tropfte von seinen Lippen, die so kräftigen Arme bebten.

»Wir waren mal Freunde, Hammerkopf von den Inseln. Nicht wahr?« Die Waffe in Nerbos Hand war mit einem Mal schrecklich schwer.

»Ja, das waren wir.«

»Du weißt, was man zu tun hat, wenn der Freund nicht mehr zu retten ist.«

»Ja, das weiß ich.«

»Dann bitte ich dich um diesen letzten Freundschaftsdienst. Und tu es rasch.«

Nerbo Falthaut senkte den Kopf und blickte zu Boden. Das Toben Xingos in seinem Inneren interessierte ihn nicht mehr. Er versuchte, die vagen Erinnerungen an eine Zeit zurückzurufen, da er noch gelebt und eigene Entscheidungen getroffen hatte.

Staubkörnchen tanzten durch die Luft, durch die wenigen

und dünnen Lichtstrahlen, die ins Wiccarium drangen, sichtbar gemacht. Sie wollten und wollten sich nicht setzen. In ihnen zeigten sich Szenen aus seinem Leben, wie sie vielleicht einmal wahr gewesen waren. Kindheit. Jugendliebe. Schwertausbildung. Die ruhelose Suche nach Erfüllung, die ihn immer weiter weg aus der Heimat in der Norde getrieben hatte. Kämpfe. Siege und Niederlagen. Frauen. Viele Frauen. Selbstsicherheit und das Gefühl einer Unbesiegbarkeit.

Dann der Tod. Danach etwas, das weder Leben noch sonst etwas war.

Und nun … Freundschaft.

Der Hieb ließ ihn für einen winzigsten Moment Schmerz empfinden. Schließlich kam die Dunkelheit, der er sich so lange entzogen hatte. Es war gut so.

33. Terca

Wie hatte das bloß passieren können?

Terca nahm das Stöhnen und Gekreische, das Entsetzen und die Angstgefühle in sich auf. Sie labte sich daran. Diese Augenblicke, da Vorhersehbarkeit umschlug, um zu etwas Außergewöhnlichem und Unerwartetem zu werden, waren wie wertvolle Preziosen, von denen es im Laufe der letzten Jahrhunderte immer weniger gegeben hatte.

Die Taten Nerbo Falthauts waren bemerkenswert gewesen. Zuerst hatte er den ausgeruhten und gut vorbereiteten Ox im Zweikampf besiegt und dann völlig überraschend einen Weg gefunden, die Wicca auf ihrem ureigensten Gebiet zu besiegen. Und zum Schluss hatte sich der kaum noch vorhandene Geist im Körper eines Toten dem Unleben erfolgreich widersetzt.

Falthauts kopfloser Leib platzte auf, ein Schwall von Blut ergoss sich über den Boden. Ein Etwas kam hervorgeschnellt. Es war unförmig und konturenlos, wurde von widerlichen Gedanken begleitet, die sich in den Köpfen aller Anwesenden manifestierten und sie zu verpesten versuchten. Güllegestank breitete sich aus, eine junge Wicca erbrach.

»Lasst das Unleben nicht entkommen!«, rief Terca und tat einige oft geübte Handbewegungen.

Das Wesen wurde langsamer. Es war, als müsste es durch zähe Masse waten, durch Leim, der sich immer enger um seinen Leib zog. Bliya griff nun ebenfalls ein, dann die anderen Wicca. Sie alle spannen ihre Magie um das Unleben und schwächten es, sodass es letztlich innehalten musste. Es bildete einen unförmigen, etwa fußlangen Klumpen.

Das Geschöpf wehrte sich, indem es seinen Geist toben ließ und ihnen allen Einblick in seine schreckliche Gedankenwelt bescherte. Da waren Bilder, die weit über Wahnsinn hinausgingen und dennoch von einer erschreckenden Klarheit waren. Der Untote, der Xingo hieß, verdiente den Tod mehr als der schlimmste Schlächter, der bösartigste Vergewaltiger, der heimtückischste Giftmischer.

»Verbrennt ihn«, befahl Terca und deutete sechs der anwesenden Wicca, sich um diese Angelegenheit zu kümmern. »Sorgt dafür, dass es lange dauert und dass er Schmerzen verspürt.«

Die Frauen erhoben trotz ihres offenkundigen Widerwillens keinen Einspruch. Sie wickelten Xingo in ein Tuch, schlugen es ein, legten das Wesen in eine Truhe, streiften sich selbst dicke Handschuhe über und hoben das Behältnis hoch, um es mit dem Gefangenen vorsichtig aus dem Wiccarium zu tragen.

»Bliya?«

»Ich kümmere mich um Ox.« Die junge Wicca erfasste ihren Wunsch, ohne dass Terca ihn laut formulieren musste.

»Sorge für seine vollständige Genesung.«

»Ich tue mein Bestes.« Bliya trat zu dem Glatzköpfigen, der sich schwer gegen einen Balken stützte, und legte ihre Rechte sacht gegen die offene, nach wie vor stark blutende Wunde in seiner Seite.

»Ich dulde in diesem Fall kein Versagen«, betonte Terca.

»Aber das würde in diesem Fall bedeuten, dass …«

»Ja. Ich will, das Ox die gleiche Behandlung wie eine von uns erfährt.«

»Bist du dir sicher, Terca?«

»Frag noch einmal, Bliya, und du musst die Burg noch in den Abendstunden verlassen.«

Das Gesicht der jungen Hexe verlor von einem Atemzug zum nächsten jegliche Farbe.

»Und nun zu uns beiden, Eldar«, sagte Terca im Befehlston und ließ sich auf dem Hexensessel nieder. »Komm zu mir, und deine Begleiter ebenfalls.«

Sie ignorierte den Toten zu ihren Füßen. Die Burg selbst würde sich um ihn kümmern, und schon morgen würde nichts mehr darauf hinweisen, dass hier ein toter Krieger namens Nerbo Falthaut seinen Kopf verloren hatte.

Eldar trat näher. Auch er war blass, auch seine Glieder zitterten. Er schwieg und starrte Terca nur an, in einem lächerlichen Versuch, ihre Geduld auszutesten.

»Du siehst nicht so aus, als wärst du etwas Außergewöhnliches. Aber es haftet dir etwas an, das ich nicht verstehe«, sagte Terca. »Loisie?«

»J... ja, Hohe Frau?«

»Was kannst du mir über ihn sagen?«

Das junge Mädchen gab sich betont ruhig. Doch es war ihr anzumerken, dass sie sich vor ihr, vor Terca, fürchtete. »Er ist ein Mann, dem die üblichen Eigenschaften seines Geschlechts anhaften«, begann Loisie, zuerst zögernd, dann mit sicherer werdender Stimme. »Er fürchtet sich vor den Elementen, er empfindet mehr Schmerz als unsereiner. Er bittet und bettelt, wenn es ihm zum Vorteil gereicht, und er ist eitel wie ein Pfau ...«

»Ich weiß, wie Männer sich fühlen und wie sie sich verhalten«, unterbrach Terca die Litanei des Mädchens.

Die Worte ließen Loisie zusammenzucken. »Verzeih, Hohe Frau.« Das Mädchen leckte sich über die Lippen, bevor es fortfuhr: »Wenn man länger mit ihm zusammen ist, fühlt man, dass er nicht hierhergehört. Er ist eine Störung in der Ordnung unserer Welt. Seine Sprache und sein Verhalten erinnern einen stets an seine Andersartigkeit.«

Terca nickte und gab zu verstehen, dass sie vorerst zufrieden mit dem Bericht war. Loisie hatte sich auf diese Begegnung gut vorbereitet und sich die Worte zuvor zurechtgelegt. »Das kann aber nicht alles sein. Oder?«

»Nein, Hohe Frau.« Die junge Frau zögerte. »In ihm steckt etwas, was ich nicht genau zu benennen vermag. Es ist eine Seite, die ein Spiegelbild seines eigentlichen Charakters ist. In dem, was er tut, ist er hart und weich gleichermaßen. Er jammert wegen geringer Schmerzen und zeigt im nächsten Moment eine Härte, die mir unverständlich ist.«

»Ich verstehe.« Terca nickte.

»Darf ich endlich auch etwas dazu sagen?« Eldar drängte sich an seiner jungen Begleiterin vorbei und lenkte damit Tercas Aufmerksamkeit ganz auf sich. »Ich bin hier, weil mir Wissen versprochen wurde. Loisie meinte, dass du mir sagen könntest, wie ich meine geliebte Harana aus der Treibgierde befreien kann.«

»Du wirst reden, wann du gefragt wirst, Mann!«, zischelte Terca. Der Hexensessel spürte ihren Unmut. Teile von ihm begannen sich zu rühren. Knöchelknochen klapperten, Zungen flüsterten, die Rasseln einer Raubschlange schlugen gegeneinander.

Es war nicht der Schreck, der Eldar zurückweichen ließ. Ein Wind fegte durch den Raum, ein Sturm, den nur er, der Mann, zu spüren vermochte. Er packte das Wesen aus der Vergangenheit und schob es schrittweise Richtung Ausgang, bis Terca sich wieder beruhigt hatte und der Hexensessel mit ihr. Pirmen, der nach wie vor in seine Liegewiege gebettet war, blies den angestauten Atem aus. Trotz seiner starken magischen Kräfte litt er unter den Bedingungen im Inneren des Wiccariums.

»Nun zu dir, Amelia Dusong. Ich hörte, du seist auf der Suche?«

»Ja, Hohe Frau.«

Terca spürte, dass die Hure Respekt, Angst und Widerwillen gleichermaßen empfand. Diese Mischung an Empfindungen war nicht ungewöhnlich und war ihr im Gegenteil oft genug in ihrem langen Leben begegnet. Doch in der vorzeitig alt gewordenen Frau steckten auch ungewöhnliche Härte und eine Leidenschaft, die nur selten anzutreffen war.

»Es geht um deine Söhne. Um Männer. Sind sie deine Liebe und Fürsorge denn wert?«

»Sie sind mein Fleisch und Blut.«

»Das ewige Dilemma also. Wir verachten die Männer und ziehen dennoch Jungen groß, um sie zu diesen unnützen Wesen zu machen.«

»Ich verachte sie nicht, Hohe Frau.«

Amelia Dusong wagte Widerspruch? Wie interessant … »Trotz all dem, was sie dir angetan haben? Du leugnest die Narben, die sie deinem Leib und deinem Geist beigebracht haben? Du fühlst keinen Hass, wenn dich ein Mann gegen deinen Willen nimmt und Sachen mit dir anstellt, die du verabscheust?«

»Ich tue das sehr wohl«, entgegnete Amelia. »Aber es sind nicht die Männer allein, die für diese schrecklichen Taten verantwortlich sind. Es sind vielmehr diejenigen, die sie umgeben und die sie prägen. Die Mütter und die Väter, die Freunde, die Liebschaften. Schwestern, Brüder, der weitere Familienkreis, die Erzieher, die Lehrherren.«

»Wir leben in einer Welt, die von Männern regiert und in

der schiere Gewalt über alles andere gestellt wird. Deshalb haben sich die Stammesmütter unserer Art absentiert und uns die Möglichkeit gegeben, eigene Wege zu beschreiten.«

»Man sagt, dass womöglich du selbst eine dieser Stammesmütter bist.«

»Sehe ich denn so alt aus, Amelia Dusong? Siehst du Spinnweben zwischen meinen Fingern oder Moos, das aus meiner Nase wächst?«

»Es gibt Mythen, die von der Ewig Wandernden erzählen. Von einer Frau, die ihr Erscheinungsbild wechselt wie andere Menschen ihre Kleidung. Mal ist sie jung, mal alt, mal dick, mal dünn. Mich wundert es, dass ein Weib mit dem Aussehen einer Fünfundwanzigjährigen als Hohe Frau dieser Burg akzeptiert wird und über eine Vielzahl von Wicca regiert.«

»Ich regiere nicht. Ich befinde darüber, was für uns Frauen das Beste ist. Meist lasse ich den Dingen ihren Lauf und sehe zu, dass wir uns aus den Wirbeln der Weltgeschichte heraushalten. Und was die alten Geschichten betrifft: Sie sind nichts anderes als Legenden, hundertfach weitererzählt und dadurch verfälscht, aufgebauscht und neu interpretiert.«

»Dann bergen sie keinen wahren Kern?«

»Denkst du, mich hier ausfragen und die Geheimnisse der Hexenburg ergründen zu können?«, fuhr Terca auf. »Du stehst vor diesem Stuhl und vor mir als Hohe Frau, weil ich über dein zukünftiges Schicksal befinden werde, Amelia Dusong! Du bist ein Teil der Geschichte des Mannes aus der Treibgierde, der mir ganz und gar nicht passt und der nicht hierhergehört. Du bringst unkalkulierbare Gefahren mit dir. Du bist jemand, mit dem ich nicht rechnen konnte.«

»Jetzt hör mal, Hohe Frau …«

»Schweig, Mann!«, fuhr sie Eldar an, der sich erlaubt hatte, näher zu treten, und nur noch einen Schritt vom Hexensessel entfernt war. Zwei der Wicca, die im Raum verblieben waren, drängten ihn zurück. »Du bist bloß ein geduldeter Gast, und du hast dich an die hiesigen Gepflogenheiten zu halten. Das bedeutet, dass du nur dann redest, wenn du dazu aufgefordert wirst.« An Amelia Dusong gerichtet, fuhr Terca fort: »Ich bin mir unschlüssig, ob ich die Gefahr, die du darstellst, beseitigen oder ob ich dich als Teil unserer gemeinsamen Geschichte akzeptieren soll.«

»Du bestimmst über mein Leben? Du nimmst, oder du gibst, Hohe Frau? Du spielst Schicksal, gerade mal so, wie es dir in den Kram passt?« Amelia schüttelte den Kopf. »Und da wagst du es, über die Verderbtheit der Männer zu schimpfen? Du bist kein bisschen besser als sie, Terca!«

Jedermann im Raum hielt den Atem an. Eine Wolke verdunkelte den Himmel, sodass die Lichtstrahlen, die durch die Spalten fielen, zu einem fahlen, unbedeutenden Etwas wurden. Jegliche Bewegung im Hexensessel endete, das Holz der Burg verlor selbst den geringsten magischen Schimmer.

Terca spürte ihr Herz heftig schlagen, laut und lauter. Das Klopfen kam regelmäßig, wurde aber immer schneller, klang schließlich wie der Schlag zweier Schmiede, die an der Esse ein erkaltendes Schwert bearbeiteten, und der Ton schien das Wiccarium gleich dem einer Glocke auszufüllen und es in seinen Rhythmus zu zwingen. In *ihren* Rhythmus. Den ihres Lebens.

»Du wirst den Raum jetzt verlassen«, befahl Terca Amelia Dusong, als sie den Klang ihres eigenen Herzschlags nicht länger ertrug. »Du wartest vor der Tür auf meinen Urteilsspruch. Und du tätest gut daran, dich auf den Tod vorzubereiten. Sprich zu deinen Göttern, so du welche anbetest.«

Amelia Dusong wehrte die Hand einer Wicca ab, die sie packen und zwingen wollte, sich zur Tür zu bewegen. Sie drehte sich ohne ein Wort des Grußes um und verließ das

Wiccarium. Wieder brach sie alle Regeln der Etikette, wieder legte sie eine Unverschämtheit an den Tag, die die schärfste Bestrafung nach sich ziehen musste.

Die Tür fiel krachend hinter ihr zu, spürbare Erleichterung machte sich breit. Nur selten zuvor hatte Terca gespürt, wie sie und die Hexenburg im Einklang waren und wie nahe ihr die Emotionen gingen, die hier zum Tragen kamen. Mit einem Teil ihres Wesens fühlte sie stets, wie zufrieden oder unzufrieden die Frauen waren. Ob sie Liebe machten, Schmerz hinnahmen, Neid, Missgunst, Eifersucht, Zufriedenheit oder innere Ausgeglichenheit in ihnen herrschte. Doch nun schwammen all die Empfindungen obenauf. Sie und die Burg, sie bildeten eine Einheit.

»Geht jetzt!«, befahl sie jenen Wicca, die im Raum verblieben waren. »Lasst mich mit Pirmen und Eldar allein.«

Die Frauen gehorchten. Allesamt waren sie sichtlich froh, den Raum verlassen zu dürfen. Hier gingen Dinge vor sich, die sie mit ihrem Verstand nicht erfassen konnten. Sie verfügten weder über Tercas Kräfte noch über ihre Erfahrung.

Es wurde ruhig im Wiccarium. Der Hexensessel machte sich wieder bemerkbar, und in der Ferne war ein Donnergrollen zu hören, das sie bald zwingen würde, die Burg unangreifbar für Witterungseinflüsse zu machen.

Sie bedeutete Eldar, sich einen Stuhl zu nehmen und sich in gebührendem Abstand vor ihr hinzusetzen. Pirmen, der eingeschüchtert wirkte, wälzte sich in seiner provisorischen Wiege unruhig hin und her.

»Amelia Dusong hat recht, wenn sie andeutet, dass in alten Legenden stets ein wahrer Kern steckt«, begann sie mit leiser Stimme. »Aber es geht in diesem Fall nur am Rande um den Gründungsmythos der Wicca. Vielmehr möchte ich euch von den Todfeindlichen Geschwistern erzählen.«

Pirmen neben ihr zuckte zusammen. Wusste er, worauf sie hinauswollte? Kannte er diese Erzählungen, die aus einer Zeit vor der Zeit kündeten?

Eldar hingegegen blieb gefasst. »Liven hat Andeutungen über die Todfeindlichen Geschwister gemacht und mir gesagt, dass sie mit der Treibgierde in Verbindung stünden. Dass diese beiden mir helfen könnten, Harana aus ihrem Zeitgefängnis zu befreien.«

Terca nickte. »Das war es, was ich Loisies Lehrwicca auftrug, dir mitzuteilen. Und was man dir sagte, entspricht der Wahrheit. Zumindest ... ein wenig.«

Sie tat eine herrische Handbewegung, um Eldars Aufbegehren bereits im Keim zu ersticken. »Lass mich erzählen und beurteile danach, ob ich dich reingelegt habe.«

Der Mann aus der Treibgierde nickte zögernd.

»Die Geschichte von den Todfeindlichen Geschwistern ist nur noch wenigen Wesen bekannt. Ich bin eines davon. Andere leben versteckt und unerkannt in weit entfernten Gegenden des Weltenkreises. Entweder interessiert es sie nicht mehr, oder sie wollen mit diesem Teil ihrer Geschichte nichts mehr zu tun haben. Ich jedoch bin zu dem Entschluss gekommen, dass es an der Zeit ist, etwas zu beseitigen, was wider die Natur ist und was es niemals hätte geben dürfen.«

»Die Treibgierde.«

»Ja, Eldar. Sie ist ein Fehler. Ein Furunkel der Schöpfung, das aufgestochen gehört.«

»Und dabei möchtest du mir helfen?«

»Du, Pirmen und ich werden dazu beitragen.«

»Ich wurde noch nicht mal um meine Meinung gebeten!«, meldete sich Pirmen zu Wort.

»Wir beide sind uns doch längst einig, oder?«

»Wir haben einen Nichtangriffspakt geschlossen, Terca. Ich

bin dir dankbar, dass du mich in der Wiccaburg empfangen und mir Unterstützung angeboten hast. Doch ich bin längst nicht damit einverstanden, die Treibgierde zu vernichten.«

»Wir werden sie nicht vernichten, Pirmen. Wir werden diese Schutzblase lediglich aufstechen und dafür sorgen, dass sich die Zeitläufe innen und außen anpassen. Sodass möglichst wenige Wesen zu Schaden kommen.«

»Du verstehst es, große Aufgaben kleinzureden, Terca. Ich verstehe nach wie vor die Zusammenhänge nicht. Was hat die Treibgierde mit diesen Todfeindlichen Geschwistern zu tun? Und wenn du mir bitte schön sagen könntest, wie uns eine uralte Geschichte bei der Öffnung der Treibgierde helfen soll?«

»Dazu wollte ich eben kommen.« Terca blickte zuerst Pirmen, dann Eldar an. »Ich erzähle euch dieses … Märchen. So, wie ich es in meiner persönlichen Erinnerung habe. Danach sollt ihr selbst entscheiden, was ihr mit diesem Wissen anfangt.«

Terca sammelte ihre Gedanken und Worte, die sie sich während der letzten Tage zurechtgelegt hatte, räusperte sich und begann dann zu erzählen. Sie starrte die gegenüberliegende Wand des Wiccariums an und kehrte innerlich zurück in eine Zeit, da sie selbst jung und unerfahren gewesen war. Da sie noch lange nicht gewusst hatte, wie sie den Lauf der Welt bestimmen und kraft ihrer Wiccagaben beeinflussen konnte.

Es war die Zeit schlimmster Auseinandersetzungen. Wicca und Magicae stritten in aller Heftigkeit um die Vorherrschaft. Die beiden Parteien standen einander in unerbittlichem Hass gegenüber. Niemand wollte auch nur einen Fußbreit nachgeben. Die Menschen waren in die Rolle hilfloser Zuschauer gedrängt. Sie waren Fußvolk, das mal von der einen, dann von der anderen

Seite eingesetzt wurde, um in einer letzten, dann in einer allerletzten und dann in der finalen Schlacht gegen die Heerscharen der anderen Seite anzutreten.

So erbittert diese Kämpfe auch geführt wurden – es gab keinen Sieger und keinen Verlierer. Es war, als hätte eine noch höhere Macht beschlossen, dass die Kräfte der Wicca und die der Magicae für alle Zeiten gleich stark bleiben müssten.

Ich erlebte mit, wie einer der damaligen Menschenführer namens Gamanal – er wird heute in manchen Teilen der Nordländer als Gott verehrt – die Führer der beiden magischen Geschlechter bat, ihre Händel alleinig unter sich auszumachen. Große Ländereien waren verwaist, die Überlebenden der Schlachten erschöpft und nicht mehr in der Lage, ihren Verpflichtungen als Bauern, Handwerker, Bürger einer Stadt oder Beamte eines Landstrichs nachzukommen. Die Strukturen würden zusammenbrechen, die Völker in die Barbarei zurückfallen.

Gamanal sprach gut, soweit ich mich erinnern kann. Er wies darauf hin, dass es niemals im Sinne der Wicca und der Magicae sein könnte, den gesamten Weltenkreis zu zerstören. Kaum noch jemand würde die Scholle beackern, und noch weniger fanden die Kraft, das Wissen um Schrift und Sprache weiterzugeben. Doch würde es niemanden mehr geben, der sich um diese elementaren Dinge kümmerte, hätten auch die beiden magischen Geschlechter niemanden mehr, den sie in ihre Schulen aufnehmen könnten.

Wie ich bereits erwähnte: Er hatte eine geschickte Zunge, dieser Gamanal. Und er schaffte das schier Unmögliche: Er überzeugte Hexen wie Magicae. Die beiden Seiten einigten sich darauf, an einem zentralen Ort des Weltenkreises, und zwar dort, wo beider Kräfte gleich stark waren, den Kampf der Kämpfe auszutragen. Ausschließlich die Besten ihres Geschlechts würden dort antreten, auf einem Ponton in der Cabrischen See, der gemeinsam geschaffen wurde und der es erlaubte, abgeschirmt von allem anderen diese letzte Schlacht zu schlagen.

Ich habe wenige Erinnerungen an die weiteren Bedingungen und Formalitäten, die diesem Abkommen folgten. Es dauerte eine Menschengeneration, bis sich beide Seiten einig waren, und noch länger, bis die Treibgierde errichtet wurde.

Ich war zu jung, um bei diesem Wahnsinn mitzumachen, und wenn ich ehrlich sein soll, wollte ich es auch nicht. Ich folgte meinem Instinkt und zog mich so weit wie möglich von diesem Ort zurück, wo man die Treibgierde geschaffen hatte. Ich durchwanderte die Südlichen Länder und lernte mehr über die dortigen Künste, bevor ich nach hundert Jahren – oder waren es hundertfünfzig? – in den Norden zurückkehrte.

Der Kampf tobte nach wie vor, doch er wurde mit abnehmender Aufmerksamkeit beobachtet. Es gab Tore, durch die man die Treibgierde betreten und den Gang der Dinge dort verfolgen konnte, doch diese Durchgänge wurden immer weniger genutzt.

Damals war die Kampfzone lediglich räumlich von unserem Weltenkreis getrennt, die Zeitläufe verliefen parallel. Mal gewannen die Wicca und mal die Magicae die Oberhand. Eine Entscheidung war nicht abzusehen. Doch für die Menschen waren diese Jahre eine ungeheure Entlastung, da sie sich um ihre eigenen Belange kümmern und neues Land urbar machen konnten. Unter der Führung weiser und vorausblickender Herrscher wurde diese Epoche zu dem, was in den Geschichtsbüchern heutzutage das Silberne Zeitalter genannt wird.

Das Silberne Zeitalter … Ich besann mich meiner Wurzeln. Lernte aus Büchern, freundete mich mit den Wissenschaftlern dieser Zeit an, suchte nach Wissen und fand es an den Höfen bedeutender Königreiche.

Eine Wicca ist nichts anderes als eine Menschenfrau, die sich ihrer Weiblichkeit und ihrer besonderen Gaben bewusst geworden ist und das notwendige Rüstzeug vermittelt bekommen hat, um ihre Fähigkeiten zu verstärken, zu verfeinern. Ich war mir im Gegensatz zu vielen meiner Schwestern nicht zu schade, auf das Wissen normaler Menschen zurückzugreifen und von ihnen zu lernen. Ich bekam eine Sicht der Dinge vermittelt, die ich längst vergessen hatte – und ich entfernte mich von den anderen Wicca. Nicht zum ersten und auch nicht zum letzten Male.

Doch zurück zu den Geschehnissen in der Treibgierde: Etwa zehn Jahre nach meiner Rückkehr aus dem Süden wurde von ungewöhnlichen Vorgängen im Inneren dieser seltsamen Zwischenwelt berichtet. Da ich mir einen gewissen Namen gemacht hatte, wurde ich beauftragt herauszufinden, was in der Treibgierde vor sich ging. Die Magicae und die Wicca, die in der Welt, wie wir sie kennen, verblieben waren, verloren allmählich vollends ihr Interesse an den Geschehnissen. Sie waren zufrieden mit dem, was hier draußen vor sich ging. Sie hatten sich mit den Menschenvölkern arrangiert und waren einander längst nicht mehr in einer derartigen Feindschaft verbunden wie die Generationen zuvor. Sie hatten begriffen, dass das friedliche Miteinander mehr Sinn ergab als die dauernden Auseinandersetzungen.

Ich betrat die Treibgierde durch eines der wenigen noch gepflegten Tore. Ich kann mich leider nicht mehr daran erinnern, was dort im Inneren vor sich ging. Ich war allerdings schockiert von der Vehemenz, mit der die darin verbliebenen Wicca und Magicae gegeneinander vorgingen. Wie erbittert sie sich bekämpften. Wie viel Vernichtung sie anstellten.

Und ich traf erstmals auf die Todfeindlichen Geschwister.

O ja, sie waren in der Tat Geschwister. Bruder und Schwester. Und sie waren das Produkt von Hass und Liebe gleichermaßen. Die Kinder einer Wicca und eines Magicae, die sich tagelang bekriegt und dann, als ihre Kräfte erlahmt waren, tagelang geliebt hatten.

Die Todfeindlichen Geschwister waren etwas, das es nicht geben durfte. Die Namen ihrer Eltern waren in Vergessenheit geraten; vielleicht habe auch nur ich sie vergessen, ich weiß es nicht mehr.

Vater und Mutter hatten sich bald nach diesen wenigen gemeinsamen Tagen und dem Akt der Zeugung getrennt, sie sollten sich niemals mehr wiedersehen. Ihre Mutter, eine der begabtesten Wicca ihrer Zeit, kam neun Monate nach diesem unerhörten Geschehnis mit den beiden Kindern nieder. Es war vom ersten Augenblick an klar, dass die Zwillinge etwas Besonderes waren. Sie waren so voller Begabung, so voll von Magie … Jedermann im Inneren der Treibgierde fürchtete sie, und dennoch wagte es niemand, ihnen ein Leid anzutun. Sie waren tabu.

Als ich die Treibgierde betrat und nach dem Rechten sehen sollte, wurden sich die Todfeindlichen Geschwister erstmals ihrer Besonderheit bewusst. Es benötigte nur weniger Worte, um sie davon zu überzeugen, dass sie etwas unternehmen mussten. Die Treibgierde war ein stetiger Hort der Gefahr. Die darin verbliebenen magiebegabten Lebewesen erzeugten eine Atmosphäre, die, wäre sie ins Äußere entwichen, den Weltenkreis zumindest verändert, wenn nicht gar vernichtet hätte.

Die beiden taten schließlich, worum ich sie ersuchte: Sie emigrierten aus der Treibgierde, änderten kraft ihrer Magie die Bedingungen im Inneren und versiegelten sie dann, sodass man sie nunmehr nur noch unter erschwerten Bedingungen betreten oder verlassen konnte. Sie schufen einen Kokon, der sich dann wieder öffnen sollte, wenn sich die Wicca und Magicae im Inneren gegenseitig ausgerottet hatten oder sie zu einer Einigung gekommen waren. Und sie veränderten den Zeitlauf im Inneren dieses ganz besonderen Kokons.

Die Todfeindlichen Geschwister taten sich eine Weile im Weltenkreis um. Sie versuchten, die Menschen und anderen Wesen zu verstehen. Ich begleitete sie jahrelang bei ihren Reisen. Lernte von ihnen und lehrte sie das Verständnis für die Bedürfnisse ihnen unbekannter Geschöpfe.

Irgendwann einmal hatten sie die Reisen satt. Sie zeigten sich angewidert von rasch wieder aufflackernden Auseinandersetzungen, Unruhen und Kriegen. Sie hatten sich erhofft, in einer friedlicheren Welt zu landen, und mussten sich nun eingestehen, dass ihre Wünsche nicht in Erfüllung gingen. Sie verstanden die menschliche Natur nicht, die sich stets dann besonders kriegerisch zeigt, wenn es den Leuten zu gut geht, wenn Neid und Missgunst aufflackern und einen Flächenbrand entfachen.

Sie zogen sich in ein Refugium zurück und beschlossen, dort den Rest ihres Lebens zu verbringen, umgeben von dienstbaren Geistern und einigen wenigen Geschöpfen, denen sie noch so etwas wie Interesse entgegenbrachten. Dieses Refugium ist ein Landstrich, den wir heute Schlammeis *nennen. Und das, liebe Freunde, ist das Ende meiner Geschichte.*

Terca achtete auf Pirmens und Eldars Reaktionen. Der verkrüpppelte Magicus kannte womöglich Teile dieser Geschichte. Sie war gewiss auch in den versteckten Ländern der Magicae in Erinnerung behalten worden. Doch keiner der dort Lebenden, auch nicht Gafelay, wusste, wie es wirklich zur Erschaffung und zur Versiegelung der Treibgierde gekommen war.

Und Eldar ... Nun, wenn er im Inneren des Kokons etwas über die Todfeindlichen Geschwister gehört hatte, dann war dieses Wissen offenbar irgendwo in seinem Gedächtnis verloren. Er zeigte keinerlei Verständnis für Tercas Geschichte und wirkte völlig ratlos.

»Du meinst also, ich sollte die Todfeindlichen Geschwister aufsuchen und sie darum bitten, die Treibgierde für mich zu öffnen«, sagte er nach einer Weile.

»Ja.«

»Wie könnte ich sie von meinem Wunsch überzeugen? Was könnte ich ihnen für ihr Entgegenkommen anbieten? Sie sind Wicca und Magicae! Sie verfügen über Kräfte, denen wohl niemand etwas entgegensetzen kann und mit deren Hilfe sie sich jeden Wunsch erfüllen können.«

»Ja, das ist die entscheidende Frage: Wonach dürstet es Wesen, die schon alles haben? Was suchen sie, womit kann man sie, sagen wir mal, bestechen?« Terca erhob sich. Sie versiegelte mit wenigen Handbewegungen den Hexensessel und trat auf Eldar zu. Das magische Zentrum des Wiccariums würde niemand anders als sie in seiner Nähe dulden. »Ich kann mich kaum noch an die Todfeindlichen Geschwister erinnern. Es ist zu lange her, dass ich mit ihnen gereist bin. Ich weiß noch, dass sie von großer Melancholie und Sehnsucht geprägt waren. Sie suchten etwas in den Menschen und den anderen Wesen, das sie niemals fanden. Da war eine große Leere in ihnen, die sie nicht zu füllen verstanden.« Terca lächelte. »Du, Eldar, kannst den Todfeindlichen Geschwistern etwas anbieten. Reize, die sie womöglich schon lange nicht mehr erlebt haben. Neue, ungewöhnliche Gefühle. Unsicherheiten.«

»Ich verstehe nicht …«

»Du wirst diese Reise in Begleitung Pirmens und seines Reitmenschen antreten.«

»Darüber willst du über meinen Kopf hinweg entscheiden, Wicca?«, krächzte der verkrüppelte Magicus. »Ich allein bestimme über mein Schicksal.«

»Wir haben vor Eldars Ankunft einen Pakt geschlossen. Du erinnerst dich?«

»Ja, aber …«

»Es ist ausgeschlossen, dass ich Eldar auf seiner Mission begleite. Ich habe mich hier um meine Schutzbefohlenen zu kümmern. Du hingegen bist vogelfrei, und du allein kannst die gemeinsam geschmiedeten Pläne in die Wirklichkeit umsetzen. Deine magischen Fähigkeiten sind den meinen gleichzusetzen. Du bist geschickt und lebenserfahren, während ich die Wiccaburg seit mehr als einem Jahr nicht mehr verlassen habe. Darüber hinaus bekommst du genaue Anweisungen, was du zu tun hast.« Drängend fügte Terca hinzu: »Ich vertraue dir, Pirmen! Mehr als irgendjemandem sonst innerhalb dieser Wände.«

Pirmen betrachtete sie von oben bis unten. Bewundernd. Gierig. Geblendet von ihrer Schönheit. Er wusste, dass sie ihm schmeichelte und mit ihm spielte. Und dennoch würde er auf ihren Vorschlag eingehen. Weil er ein Mann und schwach war.

»Ich durchschaue dich, Terca«, sagte er. »Aber es wird dir nicht gelingen, mich diesmal reinzulegen.«

»Ich habe mehr als du zu verlieren, Kleiner Herr. Ich muss hier zurückbleiben, und du hast nun das Heft des Handelns in der Hand. Was auch immer geschieht, ich werde keinen Einfluss mehr darauf nehmen können. Solltest du mich hintergehen wollen, hätte ich keine Möglichkeit, dich daran zu hindern.« Terca behielt ihr Lächeln bei. »Ich lege mein Schicksal in deine Hand, Pirmen.«

Der Krüppel nickte zögernd. »Also schön, alte junge Frau. Ich mache es. Vorausgesetzt, Ox ist bald wieder auf den Beinen und trägt mich.«

»Darum mach dir keine Sorgen. Meine gelehrige Schülerin Bliya ist eine ausgezeichnete Heilerin. Sie hat noch jeden Mann rasch wieder genesen lassen.« Sie nickte Pirmen zu und tat so, als würde sie erleichtert durchatmen, bevor sie weitersprach: »Ich möchte euch dringend empfehlen, Amelia Dusong mitzunehmen. Meiner Meinung nach ist sie genau das, wonach die Todfeindlichen Geschwister suchen. Sie verfügt über außergewöhnlichen Widerstandsgeist, ist gescheit und vernünftig. Selbst in den übelsten Situationen bleibt sie bei klarem Verstand. Amelia ist eine rar gewordene Vertreterin unseres Geschlechts. Die Todfeindlichen Geschwister werden sie lieben und gern als Spielzeug behalten.«

»Wir sollen sie an diese Zwillingsgeschöpfe ... verkaufen?«, fragte Eldar irritiert.

»Ich würde es Amelia gegenüber nicht so formulieren«, entgegnete Terca leichthin, »aber im Grunde kommt es darauf hinaus.«

Pirmen lachte. »Einen Augenblick lang dachte ich, du hättest dich gebessert, Terca, und wärst nicht mehr diese skrupellose und widerliche alte Frau, die mich vor Jahren ausgenützt und ausgebeutet hat. Danke, dass du mich eines Besseren belehrt hast.«

»Manchmal muss man das Kleine opfern, um das Große zu gewinnen.«

»Womit wir zu der Frage kommen, die mich am meisten beschäftigt«, meldete sich Eldar zu Wort. »Du hast mich sicherlich nicht hierherbringen lassen, um mir völlig uneigennützig deine Hilfe anzubieten. Sag mir, was du von mir als Gegenleistung erwartest.«

Terca lächelte auch ihn an. »Bloß eine Kleinigkeit angesichts dessen, was du von mir erhältst.«

»Und zwar?«

»Auch wenn ich mich nicht mehr sonderlich gut an die Todfeindlichen Geschwister erinnere, so weiß ich doch, dass sie mir Schmerz zugefügt haben. Und sie weigerten sich, mich in eine Vielzahl ihrer Geheimnisse einzuweihen. Mein Wunsch ist also: Sobald du bekommen hast, wonach du suchst, sollst du die beiden töten.«

34. Pirmen

Er bewunderte seine ehemalige Gespielin und Lehrmeisterin. Sie drehte sich wie ein Fähnchen im Wind, spann ihre Intrigen, spielte diesen gegen jenen aus, und auch wenn sie sich hin und wieder selbst in ihre verworrenen Kabalen verstrickte, nahm sie doch niemals Schaden daran.

Ox hob ihn in das Tragegestell. Der Söldner ächzte. Es war ihm anzumerken, dass er sich noch nicht vollends von dem Duell mit seinem ehemaligen Kampfgefährten erholt hatte.

»Wie geht es dir?«, fragte Pirmen der Höflichkeit halber.

»Gut«, antwortete Ox. »Wenn ich die Salben, die mir Bliya mitgegeben hat, ihren Anweisungen gemäß auftrage, wird die Narbe an der Brust in zwei bis drei Tagen vollständig verheilt sein.«

»Du kannst mich also beschützen? Andernfalls wärst du nutzlos für mich.«

Ox keuchte, als er die Haltegurte festzog. War dies ein Ausdruck weiterer Schwäche oder bloß ein Moment der Unbeherrschtheit, ein Laut, mit dem sich der Reitmensch über ihn, seinen Herrn, beschwerte?

Pirmen blickte sich nach seinen Begleitern um. Die Expedition ins Schlammeis würde fünf Personen umfassen: Ox, Amelia Dusong, Eldar, die Wicca namens Bliya und ihn selbst. Allesamt hatten sie Gründe, ins Reich der Todfeindlichen

Geschwister zu reisen – nur wussten die anderen nicht, was Terca und er gestern besprochen hatten. Pirmens Begleiter waren Opferlämmer, die bereitwillig zur Schlachtbank trabten, getrieben von bedeutungslosen Versprechungen der Hohen Frau.

Amelia Dusong erhoffte sich als Belohnung für ihre Hilfeleistung einen Namen und einen Ort genannt zu bekommen. Terca hatte Andeutungen darüber gemacht zu wissen, wo sich eine Vielzahl von Kriegswaisen seit dem Zusammenbruch des Heers des Gottbettlers aufhielt.

Ox, der taub für die Zauber der Todfeindlichen Geschwister war, würde von Nutzen sein, wenn der Spürsinn Amelias versagte. Er würde ihnen den Weg freischlagen, wenn es denn notwendig war – und am Ende der Reise so wie die Hure den Geschwistern als Präsent angeboten werden. Beide waren aufgrund ihrer Eigenheiten gewiss von höchstem Interesse für die magisch begabten Wesen.

Bliya würde Zauber wirken und ihre weibliche Magie mit der seinen verknüpfen, wenn es denn notwendig war. Sie verstand sich auf Heilkünste und verfügte auch sonst über Begabungen, die den Zusammenhalt der Gruppe verbessern würden. Allerdings war die junge Hexe Terca lästig geworden. Pirmen hatte die Anweisung, sie entweder ebenfalls an die Todfeindlichen Geschwister zu verkaufen oder sie am Ende der Reise gänzlich zu beseitigen.

Eldar war der Einzige, der diese Abenteuer überleben musste. Wenn das Wesen aus der Treibgierde bekam, wonach es sich so sehr sehnte, und wenn es, wie von Terca verlangt, die Todfeindlichen Geschwister tötete, dann musste Pirmen dafür sorgen, dass Eldar noch einmal in die Wiccaburg gelangte. Dann würde der Pakt zwischen ihm, dem Magicus, und der Hohen Frau der Wicca in Kraft treten.

Etwas abseits warteten die Gobelias Berst und Spreng sowie die Musen darauf, dass er das Zeichen zum Aufbruch gab. Die einen standen stocksteif da, die anderen drehten sich unruhig im Kreis. Die magischen Geschöpfe gehorchten ausschließlich Pirmen. Die Gobelias würden einen Großteil der Ausrüstung tragen. Mögliche Angreifer würden es sich zweimal überlegen, ob sie sich mit den Gobelias und den Musen anlegen wollten.

Pirmen hob den verbliebenen Arm, um ihre Aufmerksamkeit zu gewinnen. Er deutete ihnen, ruhig zu bleiben und auf seinen Befehl zum Aufbruch zu warten. Noch war es nicht so weit, noch mussten letzte Vorbereitungen getroffen werden.

Ox drehte sich um, und die Wiccaburg geriet in Pirmens Blickfeld. Weit oben, dort, wo die Holzplanken lose wirkten und Ausleger, an denen magische Totems hingen, wie Stacheln aus der Verkleidung ragten, meinte er, eine Bewegung auszumachen. Terca ließ sich nicht blicken, aber sie würde sich diesen Moment des Abschieds gewiss nicht entgehen lassen.

Pirmen kniff die Augen zusammen. Trotz seiner Begabungen fiel es ihm unendlich schwer, die Konzentration zu bewahren und angesichts der Hexenmagie ruhig zu bleiben.

Meinte es die Hohe Frau der Wicca mit ihrem Vorschlag zur Versöhnung denn ernst, oder trieb sie wieder einmal ein böses Spiel? Hatte sie ihn gar beeinflusst dort oben, in diesem grässlichen Raum, den sie Wiccarium nannte?

Nein, er wollte und konnte das nicht glauben. Er war immun gegen die Schmeicheleien der uralten Wicca. Pirmen hatte Schutzzauber entwickelt und wusste, wie er der Hohen Frau beikommen konnte. Immerhin hatte er Jahre gehabt, um sich auf die Begegnung mit ihr vorzubereiten. Er hatte ihren Schmeicheleien bravourös widerstanden.

Amelia rollte eine pergamentene Karte aus und blickte in jene Richtung, die sie nehmen würden. »Hinter den Wiesen beginnen unbewohnte Marsche, in denen uns kaum Gefahr droht«, sagte sie. »Dann werden wir in schwierig zu begehendes Hügelland gelangen. Anschließend wartet eine Ebene auf uns, über die wir kaum etwas wissen. Das Schädelland ist für die Bewohner Torhauvns ebenso tabu wie für alle Waldläufer und die Einwohner der wenigen Ortschaften im Grenzland zwischen Süd-Aenas und Lirballem. Das hat, wenn man den Gerüchten glaubt, durchaus seine Gründe. An seinen Grenzen finden sich immer wieder blanke Menschenschädel, die merkwürdige Verletzungen zeigen. Man sagt, dass jene, die so unvernünftig waren, sich in die Ebene zu wagen, von den Bewohnern des Landes gefangen und aufgefressen wurden. Wilde hätten ihnen bei lebendigem Leib die Gesichter zerstochen und das Fleisch mit stumpfen Zähnen von den Knochen gerissen und die Gehirnmasse mit breiten Rohren aus den Schädeln gesaugt.«

Pirmen musste einen Brechreiz unterdrücken. Er selbst hatte schon schlimmere Experimente betrieben, gewiss. Doch er war kein Wilder. Er hatte Forschungen im Namen der magischen Wissenschaften betrieben. Sie waren unumgänglich gewesen, um mehr über das menschliche Wesen und das anderer Geschöpfe des Weltenkreises herauszufinden, und nicht, um sich den Magen vollzuschlagen oder irgendwelche barbarischen Riten zu vollziehen.

»Hinter dem Schädelland beginnt das Schlammeis. Jenes nebelverhangene Land, in dem die Todfeindlichen Geschwister hausen. Terca meinte, wir würden es als das erkennen, was es ist, wenn wir nahe genug herankommen.«

»Ich beschütze euch«, meldete sich Bliya erstmals zu Wort. Sie hielt einen winzigen Spiegel vor ihr Gesicht und ordnete ihr fülliges Haar. »Ob es diese Barbaren nun gibt oder nicht – das Schädelland stellt für uns keinerlei Gefahr dar.«

»Ach ja?«, fragte Ox zweifelnd. »Warst du schon einmal

dort? Weißt du mehr darüber? Oder bist du nur so sehr von dir eingenommen?«

»Ich würde an deiner Stelle den Mund nicht so weit aufreißen, Mann!« Bliya schob den Spiegel in eine Tasche ihres neckischen Rüschenhemdchens, streckte die schlanken Finger in Oxens Richtung aus, tat einige Bewegungen – und hielt dann verärgert inne.

»Du bist tatsächlich immun«, sagte sie leise und zog sich einen Schritt zurück.

»Aber du bist nicht immun gegen meine ganz besondere Magie.« Ox klopfte gegen den Griff seines Kurzschwerts. »Ich habe nichts gegen dich, Mädchen. Und wir sind auf dieser Reise aufeinander angewiesen. Darum solltest du deinen Dünkel so rasch wie möglich ablegen und dich als Mitglied der Gruppe beweisen. Verstanden?«

Bliya gab keine Antwort. Sie drehte sich demonstrativ zur Seite und starrte in Richtung der Wiccaburg, ihres Zuhauses.

»Na schön«, sagte Amelia Dusong. »Nachdem wir uns gegenseitig beschnüffelt haben und einander ausreichend sympathisch finden, sollten wir uns auf den Weg machen.« Sie winkte Eldar zu sich und reichte ihm einen schweren Ranzen, den sich der Mann aus der Treibgierde ohne ein weiteres Wort über die Schultern legte.

Amelia übernahm wie selbstverständlich die Führungsposition innerhalb der kleinen Gruppe. Sie verteilte die Traglasten, machte auf mögliche Gefahren aufmerksam, riet zur Vorsicht und gab Regeln aus, die Pirmen nicht kümmerten. Er würde das Tragegestell Oxens kaum verlassen und sich während der Reise gedanklich auf die Begegnung mit den Todfeindlichen Geschwistern vorbereiten. Terca hatte ihn bestmöglich instruiert. Dennoch blieben genug Unwägbarkeiten, über die er sich Gedanken machen musste.

Letzte Ausrüstungsgegenstände wurden aus der Hexenburg ins Freie gebracht. Amelia und Ox probierten Waffen aus, nahmen einige an sich und legten andere zurück. Eine der Waffen, eine kleine Armbrust, fixierte er an Pirmens Reitgestell. Sie war gespannt und ein Bolzen eingelegt, doch Ox achtete darauf, dass sie nicht durch ein Versehen ausgelöst werden konnte. Von dieser Art Armbrust gab es nur wenige. Sie verfügte über ein Magazin, das nach dem Abschuss immer wieder einen neuen Bolzen in die Führung schob, wobei sich die Armbrust mechanisch spannte und dann wieder schussbereit war.

»Seid ihr fertig?«, fragte Amelia und betrachtete Pirmen misstrauisch. Sie hatte offensichtlich etwas dagegen, dass auch er bewaffnet war.

Er nickte. Er scherte sich schon seit langem nicht mehr darum, ob jemand ihn mochte oder nicht. Er war Pirmen der Magicus. Er stellte die Regeln auf, die andere gefälligst zu befolgen hatten. Beliebtheit war kein Maßstab für die Macht, über die er verfügte.

Pirmen atmete tief durch. Er genoss die frische Luft wie selten zuvor. Er hatte sich in diesem merkwürdigen und unergründlichen Bau der Wicca eingeengt gefühlt, dass er meinte, nicht genug Luft zu bekommen. Kaum eine seiner Kräfte hatte gegriffen, das hölzerne Gebäude hatte ihm bloß Hass entgegengebracht. Und dann erst das Wiccarium mit seinem seltsamen Thron …

»Los geht's!«, sagte Amelia Dusong und wies mit einem Arm Richtung Norden. Ox gehorchte widerspruchslos und folgte der Hure mit seinem wiegenden, so einschläfernd wirkenden Schritt. Bliya bildete den Abschluss ihrer Gruppe.

Die Todfeindlichen Geschwister warteten.

Ox übernahm die Spitze der Gruppe, sobald sie tiefer ins Hügelland vordrangen. Er hieb nach links und rechts, bahnte ihnen einen Pfad durch eine fremde und fremdartig wirkende Landschaft.

Die Luft war dick und schwer. Sie fühlte sich an, als könnte man sie trinken. Eine jede seiner Armbewegungen trieb Pirmen Schweiß auf die Stirn. Die Halteriemen fühlten sich verklebt an. Er stank, sein Atem roch nach Fäulnis.

»Wir sollten eine Pause einlegen«, sagte er zu Ox. »Ich benötige eine frische Windel, und ich möchte endlich mal wieder raus aus diesem Korb.«

»Hab noch Geduld, Kleiner Herr. Wir rasten, sobald es dunkelt.« Der Reitmensch schritt unermüdlich vorwärts, watete durch eine Schlammlache und durch brackiges Wasser, das ihm bis zu den Oberschenkeln reichte. Nachdem er den Pfuhl durchquert hatte, musste er den gegenüberliegenden Anstieg in Angriff nehmen, einen Hügel, der mit Dornensträuchern und Nesselgewächsen übersät war. Er zog sich mit aller Kraft einen matschigen, kaum erkennbaren Weg hoch, schlug giftig glänzende Pfanzen nieder und blieb so wachsam, dass er eine um eine Liane gewickelte Mamba mit seinem Messer erwischte, bevor sie ihm gefährlich werden konnte.

Er erreichte die Kuppe des Hügels. Pirmen hörte ihn rascher atmen. Er war also doch noch geschwächt. Derartige Anstrengungen hatten ihm sonst nie etwas ausgemacht.

Ox drehte sich und beugte den Rücken leicht nach vorn, sodass Pirmen über seine Schultern hinweg auf das Land vor ihnen blicken konnte.

»Das Schlammeis«, sagte Pirmen, »es ist näher, als ich es mir gedacht hätte.« Er sah eine weiße, schaumig wirkende Fläche. Sie ähnelte einem dünnen Wolkenband, wie es in den Abendstunden manchmal am Himmel stand. Doch diese

Masse begrenzte den Horizont, kräuselte sich hier und dort und warf auch merkwürdige Blasen, die eingedenk der Entfernung, aus der sie das Phänomen beobachteten, fünfzig oder mehr Mannslängen hoch sein mussten.

»Lass dich bloß nicht täuschen, Kleiner Herr.« Ox hielt sich die Handfläche schützend über die Augen. »Das Land dazwischen ist unwegsam. Hier endet der schmale Trampelpfad. Von nun an müssen wir uns jeden Schritt teuer erarbeiten, und wir haben keine Ahnung, was für Gefahren uns in der Ebene erwarten.«

Ein Vogel krächzte, zig andere antworteten. Aus niedrig wachsenden Bäumen flatterten schwarze, rabenähnliche Geschöpfe empor, deren lange Schwanzfedern puterrot waren. Sie nahmen eine V-Formation ein und flatterten Richtung Nordosten, so als wollten sie Pirmen und seinen Begleitern zeigen, wohin sie sich zu wenden hatten.

Amelia trat neben Ox. Sie zupfte sich mehrere Blutegel von den Armen, zermanschte sie und schleuderte die Reste achtlos ins Gebüsch. Ihre Haare waren von Schlamm verklebt, sie hatte einen frischen Kratzer an der Stirn.

Eldar und Bliya halfen sich gegenseitig den Hügel hoch. Beide schnauften sie, beider Gewänder waren durchnässt von Schlamm und Schweiß. Von der einstmals strahlenden Schönheit der Wicca war kaum noch etwas zu bemerken, wie Pirmen zu seiner großen Genugtuung feststellte.

»Ich sehe einige Fließgewässer«, sagte Amelia und deutete nach links. »Wir sollten uns an sie halten.«

»Einverstanden«, meinte Ox. »Wir halten dort unten nahe dieser markanten Baumgruppe Nachtruhe.«

Amelia nickte, schloss die Augen und öffnete sie rasch wieder. »Ich denke, ich kann mir den Weg bis dahin und darüber hinaus merken.«

Pirmen ließ sich nichts anmerken, doch er empfand Bewunderung für die Hure. Sie verfügte über einen ebenso guten Orientierungssinn wie Ox, der erfahrene Krieger, und darüber hinaus über einen beeindruckenden Instinkt.

Pirmen kannte mittlerweile ihre Leidensgeschichte. Er wusste um ihren Verlust und der bereits Jahre währenden Suche nach ihren Söhnen. War es auf eine seltsame Art und Weise ein Glück für Amelia Dusong, dass sie ihre Liebsten verloren hatte? Waren erst durch das erduldete Leid all ihre Stärken durchgebrochen und hatten sie zu dieser außergewöhnlichen Person gemacht, die nun gemeinsam mit Ox die Gruppe führte?

»Ich bin schrecklich müde«, klagte Bliya, »und meine Füße schmerzen. Ich brauche eine Pause!«

»Wir haben noch ausreichend Tageslicht«, widersprach Amelia Dusong. »Je rascher wir dieses verfluchte Sumpfland hinter uns bringen, desto besser für uns.«

Bliya wollte einen weiteren Einwand vorbringen, überlegte es sich dann aber anders und gesellte sich zu Eldar, der abseits stand und versonnen in die Ferne blickte.

»Also dann los!« Ox nahm einen Schluck Wasser aus seiner Flasche und setzte sich wieder in Bewegung. Sein Schwertarm verrichtete wieder seine Arbeit. Äste und Blattwerk flogen zur Seite, links wie rechts, während sich Pirmens Reitmensch ins immer dichter werdende Gestrüpp vorkämpfte.

»Achte bitte auf die Umgebung, Kleiner Herr«, verlangte Ox von ihm. »Für den Fall, dass mir eine Gefahr entgeht.«

»Ich habe dich eingestellt, dass du mich beschützt. Und nun soll ich deine Arbeit erledigen?«

»Möchtest du etwa mit mir über Vereinbarungen streiten, während irgendwelches Viehzeugs aus den Bäumen in dein Tragegestell fällt?«

Pirmen antwortete dem Reitmenschen nicht. Es war unter

seiner Würde, sich mit dem Barbaren zu streiten. Und es konnte ja auch nicht schaden, die Augen offen zu halten. Seine magischen Kräfte ließen ihn seit einiger Zeit Gefahr spüren. Das Gefühl blieb vage und unbestimmbar. Aber vor ihnen lauerte etwas, das ihn wünschen ließ, er hätte sich in der Wiccaburg die Zähne ziehen lassen, um seine Kräfte weiter zu steigern.

Berst und Spreng streiften östlich der kleinen Gruppe durch den Sumpf. Die beiden Wesen benahmen sich dabei tollpatschig wie selten zuvor. Wasser war das Element, das Pirmens steinerne Leibwächter am meisten verabscheuten. Wann auch immer es ging, blieben sie auf trockenem Boden, versteiften hier und dort ihre Beine und tasteten tief in die Erde, um mit dem Land, mit dem Untergrund dieses Landes, in Berührung zu kommen.

»Wo sind die Musen?«, fragte Ox. Er flüsterte, während er sacht einen Fuß vor den anderen setzte und durchs Wasser watete.

»Sie jagen«, antwortete Pirmen einsilbig. Er fühlte die zäh fließenden Gedanken der mörderischen Bestien. Sie befanden sich am Rande seines Wahrnehmungsbereichs, etwa eine Laufe von der Gruppe entfernt. Ihre Herzen bebten im Jagdfieber, während sie einem Schlangenwesen hinterherhetzten, das durch einen der Wasserkanäle pflügte. Sie würden es einholen, packen, mit den Krallen den Magen aufschlitzen und dem Tier bei lebendigem Leibe die Eingeweide wegfressen.

Es war nicht die Nahrung, die sie benötigten. Es war die Gier und die Lust am Töten, die diese Monstren, die nur unter schwierigsten Bedingungen gebändigt werden konnten, so gefährlich machte.

»Ruf sie her«, verlangte Ox. »Sie bekommen zu tun.«

»Was meinst du dam...« Pirmen brach mitten im Wort ab.

Er fühlte es nun ebenfalls. Das vage Gefühl des Unbehagens wurde schlagartig übermächtig. Rings um sie geriet die Natur in Aufruhr. *Gefahr! Angst! Tod!*

Bliya glitt neben ihn und den Reitmenschen. Ihre Augen waren weit aufgerissen, sie konnte es ebenfalls spüren – und sie fürchtete sich. Die Wicca bewegte ihre Finger in einer Art, wie es nur sie und ihre Artgenossen konnten. Die Gestik verstärkte ihre Kräfte und half ihr, die Konzentration hochzuhalten.

»Amelia? Eldar?« Ox rief die Kameraden herbei. Sie gehorchten, beide hielten sie ihre Waffen in der Hand. Die vier Gefährten stellten sich im Quadrat auf. Pirmen, an das Tragegestell im Rücken seines Reitmenschen gefesselt, fühlte die Nähe der Hexe. Sie war keinesfalls unangenehm, ganz im Gegenteil.

Bliya blickte ihn an. Auch sie wirkte überrascht. Ihrer beider Kräfte verbanden sich in diesen Momenten und bildeten eine Einheit, die sie beide stärkte, was ihnen Zuversicht gab.

Im Sumpf rings um sie gurgelte es. Blasen stiegen hoch, ein Gestank nach Schwefel und Kloake breitete sich aus. *Etwas* stieg aus dem Wasser empor. Mehrere *Etwasse.* Wesen, wie sie Pirmen niemals zuvor zu Gesicht bekommen hatte und über die ihn auch die Almanache in seinem Konterturm nichts gelehrt hatten.

Sie bewegten sich langsam und überlegt. Dabei bestanden sie fast nur aus Tentakeln und blutunterlaufenen runden Augen. Sie krochen näher. Ruhig, ihrer Beute völlig sicher.

Sie gaben Zischlaute von sich, die sich zu einer Art Singsang verbanden. Zu einer Sprache, die Übelkeit erregte und sich wie Blei auf ihre Gemüter legte. Pirmen sah, wie die Schultern seiner Begleiter nach vorn fielen, wie sie Kraft und Lebensenergie verloren und den Kampf aufgaben, noch bevor er begonnen hatte. Nur Ox blieb aufrecht stehen, unberührt von all den Gefühlswellen, die ihre Gegner aussandten.

»Das sind Alte«, sagte Bliya schluchzend. Ihr Gesicht war wachsbleich geworden, Tränen kullerten ihr über die Wangen. »Terca hat von ihnen erzählt. Lebewesen, die den Weltenkreis bevölkerten, bevor sich das Menschengeschlecht seinen Platz eroberte.« Sie schlug die Hände vors Gesicht und begann hemmungslos zu weinen.

Pirmen hörte jemanden greinen, und es wunderte ihn nicht sonderlich, als er seine eigene Stimme erkannte. Seine magischen Begabungen ließen ihn die Situation von weit oben herab betrachten; sein Menschsein jedoch, dieser erbärmliche Geist in einem verkrüppelten Körper, machte ihn für die Ausstrahlung der Alten empfänglich.

»Nimm meine Hand, Bliya«, krächzte er zwischen weiteren Heulanfällen. »Hilf mir, und ich helfe dir. Wir helfen uns …« Pirmen brabbelte sinnloses Zeug vor sich hin, während die Krakenwesen näher kamen. Sie taten es mit ruckelnden Bewegungen und schleppten sackähnliche, graugemaserte Körper durch den Matsch. Ihre Tentakel tasteten sich voran. An ihren Spitzen schimmerte fettig glänzender Eiter. Gift womöglich – oder Schlimmeres.

»Hat die allwissende Terca auch gesagt, wie wir diesen Biestern beikommen können?« Ox hieb nach einem der vordersten Tentakel.

Der zuckte spielerisch und schnell zurück, ohne Schaden zu nehmen.

»Nein.« Bliya streckte die Rechte zögerlich in Richtung eines Alten aus. Vor seinem Körpersack begann es zu brodeln. Heißer Dampf entwich aus dem Erdinneren, fauchte hoch, benetzte einen Tentakelansatz – und richtete nichts aus, das Ding schleppte sich weiter auf sie zu.

»Gib mir die Hand!«, drängte Pirmen erneut. »Versuchen wir es gemeinsam.«

»Mit einem Magicus?« Bliya schüttelte entschieden den Kopf. »Niemals!«

»Wo sind die Gobelias, wo die Musen?«, fragte Ox.

Er tat einen Ausfallschritt und ließ die Klinge seines Schwerts durch die Luft pfeifen. Die Alten reagierten atemberaubend schnell und zogen sich wieder zurück, um Augenblicke später erneut vorzurücken. Einer der Greifarme schlang sich um ein Bein des Reitmenschen. Ox tat einen kräftigen Sprung. Pirmen fühlte sich in seinem Tragegestell hin und her gebeutelt, und für einen Moment befürchtete er, dass die Lederriemen reißen könnten.

»Sie kommen ... gleich«, ächzte Pirmen. Ihm war übel, und er hatte Angst. Beschissene, alles andere überdeckende Angst vor Geschöpfen, wie er sie niemals zuvor gesehen hatte.

Einer der Alten bäumte sich auf. Er schob seinen Leib aus dem Wasser, stieß sich mit den Tentakeln ab, gab irrwitzige Laute von sich, flog hoch bis in die Wipfel eines Baums, klammerte sich dort fest und ließ sich dann auf sie herabfallen, kam von oben auf sie zu, um sie unter sich zu begraben, seinen widerlichen Körper über sie zu wälzen und sie in den Schlamm zu drücken, bis sie erstickten.

Pirmen sah zu, stockstarr, mit leerem Geist. Der Alte war *in ihm drin!* Er beherrschte ihn und sagte ihm, dass er ein ausgezeichnetes Mahl abgeben würde. Er beschrieb ihm, wie er verschluckt und verdaut werden würde, wie er in der geleeartigen Masse in seinem Fressmagen Schicht für Schicht auseinandergeätzt und zerlegt werden würde. Pirmens Gehirn würde der Alte verschonen bis zum Schluss, sorgfältig darauf achtend, dass sein Geist jede schreckliche Einzelheit miterlebte und seine Gier nach Furcht und Schrecken, nach Gefühlen der Angst sättigte ...

Noch immer fiel der Alte auf sie herab. Er schaffte es,

Pirmens Zeitgefühl zu strecken, um ihm einen Vorgeschmack darauf zu geben, was er empfinden würde, sobald ihn dieser Feind verdaute.

Die zappelnde Masse aus glitschigem Körper und kräftigen Tentakeln verdeckte das Tageslicht. Gleich würde der Alte landen, auf Ox und auf ihm und auf allen anderen. Es gab nichts, das sie dem Monster entgegenzusetzen hatten. Die Schwerter, deren Klingen Ox, Amelia Dusong und Eldar abwehrend erhoben hatten, wirkten nutzlos angesichts der zappelnden Masse Fleisch, die auf sie zugeflogen kam. Wie Zahnstocher, die man im Kampf gegen einen wilden Bären einsetzt.

Jetzt musste die Berührung erfolgen. Alles rings um ihn war schwarz. Gleich würde er spüren, wie es war, von einem Alten berührt zu werden. Gleich würde er …

Plötzlich verlief die Zeit wieder so, wie Pirmen es gewohnt war. Und er sah Licht. Denn der Alte war wuchtig zur Seite gedrückt worden, von zwei grauen und steinernen Wesen. Die Gobelias, Berst und Spreng, hatten den Feind angesprungen, ihn mit sich gerissen und wälzten sich nun mit ihm im Schlamm, schlugen wie wild auf ihn ein, rissen und zerrten an dem grässlichen Wesen.

Tastarme peitschten durch die Luft. Einer traf Ox am Bein, ließ ihn das Gleichgewicht verlieren und mehrere Schritte weg von seinen Gefährten stolpern, hin zu anderen lauernden Alten. Pirmen wurde durchgerüttelt und durchgeschüttelt. Seine Welt stand Kopf, und es dauerte eine Weile, bis sich sein Magen wieder beruhigt und bis Ox wieder festen Stand hatte.

Pirmen wagte es kaum, über den Rand des Tragegestells zu blicken. Rings um ihn wurde gekämpft. Der Gestank war unerträglich, Wasserfontänen zischten hoch, Dampf pfiff aus Erdlöchern, Teile von Tentakeln flogen durch die Luft, jemand schrie.

Eine der Musen sauste zusammengekrümmt heran, um sich kurz vor dem Aufprall auf dem Leib eines Alten zu entfalten und zu einem Wesen zu werden, das ausschließlich aus Haaren und Klauen und einem schrecklichen Gebiss zu bestehen schien. Es krallte sich an dem Sackwesen fest und riss es entzwei, rasend schnell. Die Muse geriet dabei in Blutrausch, aus dem sie niemand mehr zurückholen konnte, weder Freund noch Feind. Sie würde so lange kämpfen, bis alles rings um sie zerfetzt oder sie selbst tot war.

»Pirmen!«

Er sah sich um. Da war Bliya. Sie stand ruhig inmitten des Chaos, blond und wunderschön, ein heller Klecks inmitten des eintönigen Graus. Sie winkte ihm verzweifelt, sie forderte seine Hilfe.

»Ox, ich …«

»Ich hab's gesehen.« Der Reitmensch teilte Hiebe aus. Er erwischte einen Tentakelarm und hackte ein etwa unterarmlanges Stück ab. Es flog hoch durch die Luft und platschte ins aufgewühlte Wasser. Der Alte schrie schrill und durchdringend. Die Laute kamen aus Atemschlitzen, die über den ganzen Körpersack verteilt waren.

Ox sprang, landete breitbeinig, duckte sich, wich einem weiteren Angriff aus. Kurz fand er Deckung hinter einer halbmannstarken Baumruine, bevor er mit weiten, raumgreifenden Schritten die Distanz zu Bliya überbrückte. Noch während des Laufens begann er, das Tragegestell zu lösen, und kaum hatte er die junge Wicca erreicht, übergab er Pirmen an sie, um gleich wieder loszuhetzen, hin zu Eldar, der sich gegen zwei Alte verteidigte.

Pirmen ging das alles viel zu schnell. Ihm war übel, er nässte sich ein. Bliya starrte ihn verdutzt an, ihn, der plötzlich in ihren Armen ruhte.

»Wir beide«, sagte Pirmen, ohne lange nachzudenken. »Lass es uns versuchen.«

Sie legte sein Gestell auf den Boden und kniete sich neben ihn, ungeachtet des Chaos, was ringsum herrschte. Ox war nicht weit weg, und er sorgte so gut es ging dafür, dass sie nicht gestört wurden bei dem, was sie vorhatten, bei dieser Ungeheuerlichkeit.

Bliya reichte ihm die Rechte, umfasste widerstrebend seine beiden Finger. Er fühlte Ekel vor der Berührung. Dann die Körperwärme der Wicca. Und ihre Kraft und ihr Wissen. Die Magie, Dusus genannt, die sie anwandte, war so ganz anders als jene, die er benutzte. Sie beruhte auf Dingen, die ihm stets wertlos erschienen waren. Wer brauchte schon Liebe, wenn es doch Leidenschaft gab? Wer kümmerte sich um Hingabe und legte wert auf Erdung, wenn er mit immer mehr Wissen immer weiter in unbekannte Bereiche vorstoßen konnte?

Lass es geschehen!, sagte er sich. *Du hast es bereits mit Terca ausprobiert, du kennst die Besonderheiten der Wicca-Kräfte ...*

Bliyas Wärme übertrug sich auf ihn. Sie verband sich mit dem Zorn, den er über Jahre hinweg kultiviert hatte. Die Hitze besänftigte ihn, schuf aber gleichzeitig etwas ganz Neues, eine selten zuvor gekannte Zuversicht. Sie machte, dass die Kräfte, die er sonst so schwer aus sich herauskitzeln konnte, plötzlich wie selbstverständlich durch ihn und aus ihm strömten. Ein Blick auf Bliya verriet ihm, dass sie ähnlich überrascht war. Die fest aufeinandergepressten Lippen entspannten sich zu einem Lächeln.

Sie waren eins. Sie bildeten zwei Seiten derselben Münze.

»Jetzt«, sagte Pirmen.

»Jetzt«, sagte Bliya.

Rings um sie bildete sich ein Sog, der das Wasser in die Höhe riss. Eine Wand aus Flüssigkeit entstand, höher noch als Ox, der wie alle seine Begleiter im Inneren des Wasserrings stand, plötzlich getrennt von ihren Feinden.

Das feuchte Element war das Mächtigste, auf das sie beide in aller Schnelle hatten zugreifen können, und es würde seinen Zweck erfüllen. Kurz stritten er und Bliya auf einer Ebene miteinander, für die es kein Begreifen und kein Verstehen gab. Sie steckte in ihren Köpfen, in ihren Gefühlswelten. Ganz kurz kam die gegenseitige Abneigung wieder hoch, doch dann fühlten sie, wie sie ihrer beider Kräfte bündelte und eine gemeinsame Magie formte.

Es war so … schön. Was sie taten, war richtig und gut und erfüllend. Diese niemals gekannte Harmonie …

Das Wasser kristallisierte. Aus einem großen Ganzen wurden winzige Teilchen, die sich unter heftigem Knacken der gefrorenen Fläche voneinander trennten und dann doch wieder zueinanderfanden, zu Pfählen oder Geschossen mit unendlich vielen Widerhaken. Hunderte, Tausende davon gab es mit einem Mal. Gletscherblau waren sie, während getrockneter Schlamm ringsum zu Boden rieselte.

Die Geschosse suchten ihre Ziele und fanden sie, mit nie gekannter Leichtheit in Richtung der Feinde abgefeuert. Sie bohrten sich in Leiber und in Tentakel, durchdrangen Haut und Fleisch, zerfetzten die so unbezwingbar erschienenen Geschöpfe aus einer anderen Zeit.

Blut spritzte, Gedärme platzten. Die Alten wurden durchstochen, perforiert, in kleine und kleinste Bestandteile zerlegt, und dies alles begleitet von einem Schreikonzert, wie es das Schädelland niemals zuvor gehört hatte.

Aus. Ruhe. Es war vorbei.

Pirmen ließ Bliyas Hand los. Bedauernd, aber auch erleichtert. Was sie beide eben erlebt hatten, war zu intensiv, zu tief gewesen. Es hätte sie womöglich verschlungen, wenn sie die

Verbindung zwischen den Kräften der Magicae und der Wicca beibehalten hätten. Pirmen fühlte, wie sich seiner eine nie gekannte Schwäche bemächtigte. Er hatte viel zu viel von sich selbst hergegeben – und viel zu viel von der Hexe bekommen.

Weiße Pünktchen flirrten vor seinen Augen, und sie verbanden sich rasch zu einer hellen Fläche, die alles andere ringsum auslöschte. Pirmen hörte schwere Schritte und eine Stimme, die irgendetwas sagte. Doch er verstand den Sinn der Worte nicht mehr. Alles entglitt. Seine Welt teilte sich in Fragmente, die sein Verstand nicht mehr verarbeiten konnte. Dann schlief er ein.

Pirmen erwachte durch das Knacksen feuchten Holzes und die ungewohnte Wärme eines hochlodernden Feuers. Es herrschte tiefe Nacht.

»Wird auch Zeit, dass du zu dir kommst«, sagte Ox. »Hast du Hunger? Ich habe ein Tier gebraten und das Fleisch mundgerecht für dich zugeschnitten.«

»Ein Tier?«, fragte Pirmen schläfrig. Er hatte einen schrecklichen Geschmack im Mund, und ihm war übel.

»Es wurde von einem eurer Kristallpfähle erwischt und in Stücke zerrissen. Ich kann leider nicht mehr sagen, was es gewesen ist.«

»Vielleicht einer der Alten?«

»Nein. Ich habe es mir angesehen. Der Teil, den ich zubereitet habe, hatte keine Augen. Und es schmeckt auch nicht nach Alter und ist nicht zäh.«

Ox stützte Pirmen hoch. Der blickte sich um. Da waren sie, alle seine Gefährten. Eldar, der einige Kratzer im Gesicht davongetragen hatte. Amelia Dusong, deren rechter Arm einbandagiert war und die mit der Linken in einem Topf rührte. Und Bliya, die auf der anderen Seite des Feuers gegen einen

Baumstumpf gelehnt dasaß und deren glühende Augen auf ihn gerichtet waren. Sie wirkte ebenso erschöpft wie er.

»Wo sind Berst und Spreng, wo die Musen?«, fragte Pirmen.

»Die Gobelias streunen umher und sorgen für unsere Sicherheit. Die Musen ...« Ox räusperte sich. »Eure magischen Geschosse haben sie ebenso wie die Alten zerrissen, während sie an den Steinkörpern von Berst und Spreng zerbarsten.«

Pirmen verspürte Ärger. Er hatte die Musen über lange Zeit hinweg geschult und auf sich eingeschworen. Seine Magie war tief in ihnen verwurzelt gewesen, hatte sie durchdrungen wie Blut, das durch den Leib eines Menschen rann. Und nun war seine Arbeit zunichtegemacht, waren seine Werkzeuge kaputt.

»Es wird für uns dadurch nicht leichter.« Eldar legte Holz nach und schöpfte sich von der verflixt gut duftenden Fleischbrühe in eine Schüssel.

»Die Gobelias sind zwar etwas behäbiger im Denken und haben nicht die Wildheit der Musen, aber sie sind mir stets eine große Hilfe gewesen«, erklärte Pirmen. »Und wie man sieht, sind sie um einiges zäher als meine nun leider toten Tierchen.«

Er winkte Ox. Der Reitmensch schob ihm eine bereitgestellte Schüssel unter den Mund und begann ihn zu füttern. Sein Magen füllte sich, und bald machte sich erneut Müdigkeit in ihm breit. Er hatte viel Kraft verloren. Es würde noch eine Weile dauern, bis er sich vollständig erholt hatte.

Bliya indes wirkte hellwach. Offenbar hatte sie eine Möglichkeit gefunden, sich zu waschen, und war wieder zu jener hübschen Frau geworden, die sie zu Beginn ihrer Reise gewesen war. Oder wandte sie einen Zauber an, um sich dieses Aussehen zu geben?

Sie aßen in aller Stille, unterhielten sich über Nebensächlichkeiten und vermieden es dabei tunlichst, die Geschehnisse des Tages anzusprechen. Amelia Dusong ging anschließend reihum und sah nach den Verbänden, die sie angelegt hatte. Sie pflegte Kratzer und Abschürfungen mit Mitteln, die sie in winzigen Tiegeln bei sich trug, während Bliya leise Lieder sang, in Sprachen, die Pirmen unbekannt waren. Es war jedoch nicht nötig, die Worte zu verstehen. Die Melodien klangen allesamt nach Sehnsucht und nach Hoffnung. Und nach Angst.

35. Eldar

Er musste zugeben, dass Terca, die alte Hexe, die Mitglieder der Gruppe sorgfältig ausgesucht und ihre Stärken gut aufeinander abgestimmt hatte, um ihre jeweiligen Schwächen auszugleichen. Über Amelias Qualitäten wusste er hinlänglich Bescheid, und dass Ox ein erbarmungsloser Kämpe war, hatte sich im Wiccarium gezeigt. Doch auch Bliya erfüllte ihre Aufgaben zur Zufriedenheit aller. Trotz ihres blasierten Auftretens verstand sie es immer wieder, sie auf ihr Ziel einzuschwören. Sie war der Mörtel, der die einzelnen Steine zusammenhielt. Nach anfänglichem Misstrauen hatte sie es sogar über sich gebracht, Frieden mit Pirmen zu schließen, mit dem Magicus, den Eldar von seinen Kameraden am wenigsten einzuschätzen wusste.

Er paktierte mit Terca, so viel war klar. Es hatten geheime Absprachen stattgefunden, Pläne waren geschmiedet worden, in denen er womöglich nur Mittel zum Zweck war. Doch das scherte Eldar nicht. Jeder von ihnen hatte seine Geheimnisse, keiner von ihnen sagte die volle Wahrheit.

Er betastete sacht die Wunde, die ihm einer der Alten am Unterarm beigebracht hatte. Sie war tief, doch Amelia hatte sie sorgfältig gereinigt und dann Pflanzensud, vermengt mit ihrem Speichel, in sein Fleisch einmassiert. Schon jetzt, bloß einen halben Tag nach dem Kampf, meinte er zu spüren, wie sich die Wunde schloss.

Die Morgenkälte steckte ihm in den Gliedern. Sie waren mit den ersten Sonnenstrahlen aufgestanden, hatten ein karges Frühstück zu sich genommen und waren dann losmarschiert, schweigend, begleitet von den Gobelias, die links und rechts von ihnen dahinstampften.

Ox führte sie, Pirmen in seinem Tragegestell unterhielt sich leise mit ihm und hieb dem Riesen dann und wann mit viel Routine auf den Glatzkopf. Die beiden wirkten wie ein Pärchen, das die längste Zeit seines Lebens miteinander verbracht hatte.

Während es wärmer und schwüler und die Flussarme, die sie überqueren mussten, immer breiter wurden, dachte Eldar über die Rolle nach, die Terca ihm zugedacht hatte. Wollte sie wirklich, dass er den Todfeindlichen Geschwistern begegnete, oder hatte sie die Gruppe bloß zu ihrer Belustigung auf die Reise geschickt? Gab es eine realistische Chance, Harana aus der Treibgierde zu befreien? Worin bestand *seine* Rolle in diesem bitterbösen Spiel?

Nicht nur sein Arm schmerzte. Auch am Kopf, an beiden Hüften und an den Beinen hatte er Wunden davongetragen. Er konnte sich kaum noch an den Kampf gegen die Alten erinnern. Alles war so schnell gegangen, es war keine Zeit zum Nachdenken geblieben. Er hatte auf irgendetwas eingehackt, war hin und her gesprungen, hatte routiniert die Waffe eingesetzt, hatte seinen Kameraden beigestanden.

Doch da war auch eine vage Erinnerung an etwas, das nicht hätte sein sollen. Eldar war abgedrängt und von seinen Kameraden getrennt worden. Seltsame Wut hatte ihn befallen, als sich die Tentakelarme eines Alten um seine Knöchel geschlungen und ihn von den Beinen gerissen hatten. Er wusste nicht mehr, wie es ihm gelungen war, doch er hatte das Wesen getötet. Ganz ohne Hilfe.

Oder? Hatte er geträumt?

Er war weiter durch den Sumpf gestapft, auf einen der größten Feinde zu. Wieder war etwas mit ihm geschehen, das er nicht verstand, und wieder hatte er den Sieg davongetragen. Doch er hatte nicht nur den Alten getötet, sondern auch etwas anderes.

Was war es gewesen? Was bedrückte ihn bloß?

Eldar ließ Bliya passieren und übernahm die Rolle als letzter Mann ihrer kleinen Gruppe. Er spähte durchs Unterholz, das manchmal auf festem Untergrund wuchs, manchmal aber auch in großen Büscheln durchs Wasser trieb und seltsamen Tieren Unterschlupf bot. Derzeit blieb alles ruhig. Womöglich hatten sie das Schlimmste bereits überstanden, womöglich würden sie nun ungefährdet bis an ihr Ziel gelangen.

Die Schwertscheide schlug gegen Eldars Knie, nicht zum ersten Mal an diesem Tag. Er unterdrückte einen Fluch und band den Halteriemen fester um seinen Oberschenkel.

Das Schwert … Er hatte es gestern nur oberflächlich gereinigt und nicht auf Beschädigungen untersucht. Womöglich musste er die Klinge nachschleifen, den Griff neu mit Lederriemen umwickeln oder gar kleine Schäden mit dem Werkzeug ausbessern, das Terca ihnen mitgegeben hatte.

Er zog die Waffe aus der Scheide, hielt sie hoch und betrachtete sie prüfend. Die Klinge wies einige kleine Scharten auf, nichts, was ihn beunruhigen musste. Mit einem Stück Tuch rieb er Reste von Blut vom Waffenblatt – und stutzte. An einer der frisch geschlagenen Scharten hing ein Haarbüschel. Schwarz bis dunkelbraun waren sie, lang und fest, fast Stacheln ähnelnd.

Eldar erinnerte sich mit einem Mal. Er schluckte. Stolperte. Hatte Mühe, auf den Beinen zu bleiben.

»Ist alles in Ordnung?«, fragte Bliya. Sie drehte sich zu ihm um und betrachtete ihn prüfend mit ihren unergründlich tiefen Augen.

»Ja. Alles in Ordnung.« Eldar fühlte, wie ihm der Magen hochkam, und nur unter großen Mühen gelang es ihm, das, was sich in seinem Mund sammelte, wieder hinabzuschlucken. »Mach dir keine Sorgen. Ich hab mich nur daran erinnert, was gestern geschehen ist.« *Nun, immerhin ist das nicht gelogen …*

»Du solltest nach vorn blicken und nicht zurück. Und steck deine Waffe weg, bevor du sie dir in den Bauch rammst.«

»Ja. Natürlich. Du hast recht.«

Eldar steckte das Schwert zurück in die Scheide. Er war froh, als Bliya das Interesse an ihm verlor, sich abwandte und den Gefährten mit raschen Schritten folgte.

Ahnt sie etwas, durchschaut sie mich gar? Ihre Stimme klang seltsam. Und sie betonte die Worte auf eine Weise, die mir gar nicht behagt.

Eldar stolperte hinterher. Es wollte ihm beinahe nicht gelingen, zu den Gefährten aufzuschließen. Zu tief saß der Schock, zu intensiv waren die Erinnerungen an den vergangenen Tag.

Denn als er den einen großen Alten in wahrer Raserei in Stücke gehackt hatte, hatte er auch eine von Pirmens Musen zerstückelt.

Sie mussten weitere Scharmützel gegen Vertreter des alten Volkes überstehen, jedoch griffen die Tentakelwesen nur noch halbherzig an. Es wurde immer offensichtlicher, dass sie nicht ihr Terrain verteidigten, sondern im Auftrag eines anderen handelten.

Bliya und Pirmen wehrten die neuerlichen Attacken problemlos ab. Die Wicca blieb nun stets in Oxens Nähe und achtete darauf, jederzeit und rasch körperliche Verbindung zu dem verkrüppelten Magicus aufnehmen zu können.

»Du bist schweigsam geworden.«

Eldar zuckte zusammen. Amelia überraschte ihn ein ums andere Mal. Sie verstand es ausgezeichnet, sich an ihn heranzuschleichen und ihn aus seinen Gedanken zu reißen, stets dann, wenn er am wenigsten damit rechnete.

»Die Gegend lädt keinesfalls dazu ein, sich über die schönen Dinge des Lebens zu unterhalten. Und über die hässlichen möchte ich wirklich nicht reden.«

»Wir haben viele üble Sachen gemeinsam erlebt, nicht wahr?« Amelia passte sich seinem Schritttempo an. Sie folgten Ox, hinter ihnen stakste einer der Gobelias durchs Moorwasser.

»Ja, das haben wir.«

»Und? Glaubst du tatsächlich, dass die Todfeindlichen Geschwister deine Geliebte aus der Treibgierde befreien werden?«

»Wäre ich sonst hier?«

»Machen wir uns nichts vor. Wir sind hier, weil Terca es so wollte.« Amelia lächelte traurig. »Sie hat Macht über uns alle. Auch über Pirmen. Mehr, als sich jeder von uns eingestehen will.«

»Warum bist du mitgekommen, wenn du dir da so sicher bist?«

»Weil sie es ausgezeichnet versteht, einem Hoffnung zu machen. Selbst dort, wo es keine mehr gibt.« Ihre Stimme wurde leise und leiser »Meine Söhne sind tot. Sie sind in den Kriegswirren ums Leben gekommen oder bei der Flucht vor Rachsüchtigen, die den versprengten Truppen des Gottbettlers folgten. Oder sie wurden von den eigenen Leuten gemeuchelt. Es gibt Hunderte Gründe dafür, dass sie nicht mehr am Leben sein können. Ich fühle diese schreckliche Leere in mir, die mir sagt, dass ich sie nie wiedersehen werde.«

»Und dennoch begleitest du uns.«

»Irgendetwas in mir weigert sich, meinen Gefühlen zu vertrauen. Und ich erhoffe mir Gewissheit.« Amelia lachte, doch es klang bitter. »Manchmal glaube ich, dass diese Magicae und die Wicca über keinerlei außergewöhnliche Kräfte verfügen. Sie verstehen es bloß, uns daran glauben zu lassen. Womöglich ist alles, was sie tun, eine Illusion. Und Terca ist die beste dieser Illusionisten.«

»Du weißt, dass es Magie gibt. Sie umgibt uns. Manche Wesen spüren sie, andere nicht.«

Sie seufzte. »Ja. Aber manchmal träume ich mir eine Welt herbei, in der jedermann gleich ist.«

Ein Geräusch ließ sie alle zusammenzucken. Sie griffen nach ihren Waffen, sahen sich um und atmeten erleichtert auf, als sie einen rabenähnlichen Vogel sahen, der aus dem Geäst eines Baums aufgeflattert war. Er flog davon, krächzte noch einmal und überließ sie dann wieder der Stille des Sumpflands.

»Wir haben nie darüber geredet, was im Feuchten Eber geschehen ist«, sagte Amelia nach einer Weile und stapfte weiter.

»Was meinst du damit?«

»Stell dich nicht blöd, Mann! Wir sind übereinander hergefallen. Du hast mich gefickt, und wenn ich mich nicht täusche, hat es dir mächtig Spaß gemacht.«

»Ja, das ...« Eldar dachte an diese von einer seltsamen Stimmung beseelte Nacht in Torhauvn zurück. Es kam ihm vor, als wären seitdem Jahre vergangen.

»War es denn so unbedeutend, dass dir nichts einfällt, was du dazu sagen könntest?«

»Nein, Amelia, aber ...« Eldar schüttelte den Kopf. »Es war ein Moment der Lust, vielleicht auch der Verzweiflung. Wir beide haben uns aneinandergeklammert und uns gegeben, wonach wir uns sehnten.«

»Das mag schon sein, Eldar, auch wenn du dann eine seltsame Art hast, mit deiner Verzweiflung umzugehen. Ich war völlig wund, als hätte ich die ganze Nacht über Kunden bedient.« Sie hielt ihn am Arm fest und blieb stehen. Zwang ihn, sie anzusehen. Lockerte für kurze Zeit die Maske, die sie sich übergestülpt hatte, und zeigte ihm, wie sie wirklich empfand. Besser gesagt: *für wen* sie empfand. Für ihn.

»Ich habe eine Aufgabe zu erfüllen«, sagte er matt und fügte wie zu seiner Verteidigung hinzu: »Ich muss meine Liebste befreien. Das ist alles, was zählt.«

»Hast du denn an deine Liebste gedacht, als du dich über mich gewälzt hast? War sie in deinem Kopf? Hast du mich gefickt, weil ich gerade zufällig in der Nähe und willig war und weil du deine Lust irgendwie abreagieren musstest?«

»Ich muss Harana befreien«, wiederholte Eldar. »Das zwischen uns war schön, aber …«

Sie stieß ihn heftig von sich, sodass er mehrere Schritte nach hinten taumelte, bevor er sein Gleichgewicht wiederfand. »Du hast mich doch verführt!«, behauptete er und schüttelte den Kopf. »Und jetzt machst du *mir* deswegen Vorwürfe?«

»Es fiel mir nicht sonderlich schwer, guter Freund, dich in mein Bettlager zu bekommen. Ein Mann, der davon faselt, an nichts anderes als an seine große Liebe zu denken, hätte nicht die erstbeste Hure bestiegen. Darüber würde ich mir an deiner Stelle mal Gedanken machen, Eldar.« Sie bedachte ihn mit einem Blick, der voll Hass und Unverständnis war, um dann erneut ihre Maske aufzusetzen. Sie wirkte nun wieder kühl und distanziert. »Du schuldest mir noch Geld für diese Stunden. Für eine ganze Nacht. Aber keine Sorge, ich mach dir einen Freundschaftspreis.« Amelia drehte sich um und stapfte davon, den anderen Gefährten hinterher.

Es war schrecklich still im Herzen dieses schrecklichen Sumpfes.

Pirmen schrie. Er ließ sich kaum beruhigen, auch nicht von Ox, der ihn wie ein Baby in den Armen hielt und ihn wiegte.

Den Krüppel so zu sehen, mit Stümpfen, die sich wie wild bewegten, und mit einem dünnen Ärmchen, das haltlos hin und her schlenkerte, hätte Eldar zu jeder anderen Gelegenheit zum Lachen gereizt. Doch nicht hier, nicht jetzt, denn Pirmen beklagte greinend und verzweifelt Bliyas Tod.

Eldar drehte sich noch einmal im Kreise. Er war so erschöpft, dass er sich kaum noch auf den Beinen halten konnte. Rings um ihn stapelten sich die Leichen riesiger Spinnen. Manche der behaarten Beine zuckten noch, hier und dort klackerten Mandibeln gegeneinander. Selbst im Tod wirkten die Tiere furchterregend – und doch waren sie nicht der Grund dafür, dass Bliya entseelt am Boden lag, mit weit aufgerissenen Augen und Schwellungen am ganzen Körper, die aus der einstmals so hübschen Frau ein plumpes, kaum mehr als Mensch erkennbares Geschöpf machten.

Ox trug Pirmen weg vom Ort des Todes, summte dabei ein Kinderlied und wiegte den Krüppel weiterhin in seinen Armen. Irgendwann, so hoffte Eldar, würde der Magicus vor Erschöpfung einschlafen. Er konnte das Greinen des Mannes nicht mehr viel länger ertragen.

Amelia hielt ein zappelndes Etwas zwischen zwei Fingern. Es war etwa münzgroß und knallrot. Der Käfer oder was auch immer es war, gab ein bedrohliches Summen von sich.

»Das ist der Mörder«, sagte die Hure mit leidenschaftsloser Stimme. »Er ist klein und gemein. Er und ein paar seiner Artgenossen ritten auf einer der Torfspinnen. Sie haben dieses Vieh gesteuert und dazu gebracht, Bliya mit möglichst vielen seiner acht Beine zu berühren, damit sie abspringen und auf ihr Opfer gelangen konnten.«

»Hast du alle erwischt?«, fragte Eldar bang. »Oder ist es

möglich, dass uns noch weitere der Käfer im Schlamm auflauern?«

Amelia wischte sich mit der Waffenhand müde über die Stirn. Sie achtete nicht darauf, dass sie damit Matsch auf ihrer Haut verteilte. »Nur eine der Torfspinnen war von ihnen besetzt, diese da.« Sie deutete auf ein kleineres Exemplar. Es war etwa so groß wie Eldar und lag auf dem Rücken. Einer der Gobelias hatte seine Faust in den eiförmigen Kopf des Tiers geschlagen und es damit getötet.

»Ja, sie sind alle tot. Acht Arme, acht Käfer. Mehr Platz gab es nicht für diese Schmarotzer. Sie saßen hier, an den Beinen. Siehst du, wie porös sie an den Knickstellen ihrer Gelenke sind? Sie lebten hier, wohl ihr ganzes Leben lang.« Amelia holte tief Luft. »Vermutlich war diese Spinne die Anführerin und zeigte den anderen ihrer Art, wie sie sich verhalten sollten.«

»Sie haben uns aufgelauert.« Eldar schüttelte den Kopf. »Im Wasser. Sie müssen sich tief eingegraben und so lange gewartet haben, bis wir kamen. Nur die Götter wissen, wie sie geatmet haben. Die Spinnen hatten einen Plan. Ihr Handeln folgte den Gesetzen der Logik ...«

»Sie machten das, was ihre Art seit jeher tut, hier, in den Sümpfen. Sie jagen in Gruppen und fallen über ganze Herden von Fleischtieren her, die auf alten Wegen entlangwandern. Die Rotkäfer halfen den Riesenspinnen, sich noch ein wenig geschickter anzustellen, sodass selbst wir die Gefahr nicht bemerkten.«

»Und jetzt?« Eldar war ratlos. Es fiel ihm schwer, auch nur einen vernünftigen Gedanken zu fassen.

»Wir verbrennen Bliya«, sagte Amelia Dusong entschlossen. »Wir sorgen dafür, dass keines dieser verdammten Sumpftiere seine Arme, Krallen, Mandibeln, Sporen oder Tentakeln in ihr Fleisch bohren und sie fressen kann. Und dann marschieren wir weiter. Was hätten wir denn sonst für eine Wahl?« Sie zerquetschte den Rotkäfer und ließ die Körperreste achtlos fallen.

Ja. Was hatten sie für eine Wahl? Seit mittlerweile vier Tagen torkelten sie durch diese stinkenden Marschen. Sie kämpften und töteten. Das Essen war zu Nahrungsaufnahme verkommen. Nichts schmeckte mehr, nichts hatte Bedeutung. Niemand scherzte. Keiner von ihnen brachte die Kraft auf, ein Lied zu singen oder eine Zote zum Besten zu geben. Alles, was noch wichtig erschien, war, dieses schreckliche Land hinter sich zu bringen.

Pirmens Geschrei ging in ein leises Schluchzen über. Ox platzierte sein Gestell auf trockenem Erdboden. Er betreute den Kleinen Herrn mit einer Hingabe, die Eldar erstaunte. Es war fast so, als hegte der Reitmensch ihm gegenüber väterliche Gefühle.

»Wie sollen wir das jemals schaffen, Amelia? Bliya und Pirmen waren der Garant dafür, dass wir überlebten. Ihrer beider Kräfte hielten uns die Sumpfgeschöpfe vom Hals. Und nun haben wir nur noch einen greinenden, halb verrückten Magicus.«

»Denk doch an deine geliebte Harana!« Amelia lächelte freudlos. »Das sollte dir die Kraft geben weiterzumachen.«

»Sei nicht ungerecht …«

»Du jammerst und klagst, Wanderer! Du verlierst immer wieder das Ziel aus den Augen, musst neu angestachelt werden, musst von mir geschoben und geschubst werden.« Sie schüttelte den Kopf. »Du bist einfach nur schwach, Mann! Hätte ich bei all dem, was ich während der letzten Jahre durchgemacht habe, den Kopf je hängen lassen, wäre ich niemals bis hierher gelangt.«

»Ist es denn all die Plagerei wert? Bist du froh, es in dieses beschissene Sumpfland geschafft zu haben?«

»Offenbar mehr als du. Aber lassen wir das. Kümmern wir uns um die tote Wicca.«

»Ja. Tun wir das. Arme Bliya.«

Amelia stapfte davon und achtete sorgfältig darauf, keinem der Spinnnenkadaver zu nahe zu kommen. Sie suchte auf den weit verteilten Trockeninseln nach Feuerholz und war schon bald im Bodennebel verschwunden.

Eldar starrte ihr lange hinterher, um nur ja nicht den Blick auf die toten Viecher zu richten. Manche von ihnen waren schrecklich zugerichtet. Sie waren flink, aber nicht sonderlich stark gewesen, und die Gobelias hatten sie alle erledigen können.

Die Gobelias … und er, Eldar!

Er hatte wieder getobt. Hatte wie im Rausch auf die Tiere eindroschen, Leiber gespalten, sich in ihrem Blut gebadet. Unbemerkt von seinen Kameraden, die getrennt von ihm um ihr Leben gekämpft hatten.

Keiner von ihnen wusste, was in ihm steckte und wie stark ihn die Wut manchmal im Griff hatte. Was, wenn sich sein Zorn irgendwann gegen sie richtete?

Seltsame Wolkentürme ragten vor ihnen auf, zwischen Gestrüpp und mangrovenähnlichen Bäumen immer wieder auszumachen. Sie waren wie Mauern, die sich stetig gegeneinander verschoben, manchmal aneinander rieben und ein Grollen verursachten, das tief in ihren Leibern Angst und Panik erzeugte. Die Wolken quollen so hoch in den Himmel, dass sie die Vormittagssonne verdeckten und Eldar glauben ließen, bald erstickt zu werden.

Ox, der furchtlose Krieger, wurde angesichts dieser Wolkenwände noch wortkarger. Pirmen Courtix, wie immer an seinen Rücken gebunden, ließ endlich das Greinen, starrte nach vorn, mit bibberndem Körper, und schüttelte dann und wann den Kopf, als wollte er nicht glauben, was er sah.

»Das Schlammeis«, sagte Amelia Dusong im andächtig klingenden Tonfall. »Wir haben es geschafft.«

»Mag sein. Aber wir wissen noch nicht, was es ist und wie wir ins Innere vordringen können.« Eldars Herz schlug rasch und so heftig, dass er meinte, seine Begleiter müssten es hören.

»Wir schicken einen der Gobelias hinein«, schlug die Hure vor.

»Ein guter Vorschlag. Aber sieh dir unseren allmächtigen Magicus an. Er bringt seit zwei Tagen kein anständiges Wort hervor, und wenn er seinen steinernen Lieblingen nicht genaue Anweisungen gibt, werden sie weiterhin nichts tun, als neben uns herzustapfen und uns gegebenenfalls zu verteidigen.«

»Vielleicht dringt Ox beim nächsten Windelwechsel zu ihm durch. Eine saubere Hose wirkt oftmals Wunder.«

»Sprichst du etwa aus Erfahrung, Wanderer?«

Eldar würdigte sie keiner Antwort. Die Frau ließ keine Gelegenheit aus, ihn zu sticheln. Er hatte ihre Gemeinheiten allmählich leid. Zumal sie ungerecht war. Was bildete sich Amelia denn ein? Sie war eine Hure, und sie hatte ihre Arbeit getan. In eine wie sie würde er sich ganz gewiss nicht verlieben.

Ox vor ihnen teilte wie gewohnt das Gestrüpp mit seinem stumpf gewordenen Schwert, doch dann blieb er wie erstarrt stehen. Eldar packte sein Schwert fester. Lauerte eine weitere Gefahr auf sie?

Er trat neben den Glatzkopf, und Amelia ebenso. Sie starrten allesamt geradeaus, über plötzlich offenes Land, auf dem Getreide wuchs. Nein, es wuchs nicht, es wucherte! Halb mannshohe Ähren wiegten sich in sanftem Wind. Sie waren goldgelb und fett, manche so schwer, dass die Halme vornüberhingen. Ein Teil der Felder war bereits abgeerntet, dicke

Garbenbündel standen aufrecht, mit Schnüren zusammengebunden. Sie warteten darauf, mit Karren abtransportiert und gedroschen zu werden. Doch es war weit und breit kein Mensch zu sehen.

Hinter den Feldern, etwa eine Viertellaufe entfernt, begann das Reich des Schlammeises. Die Mauer des weißen Wolkenschaums erstreckte sich nach links und rechts, scheinbar bis in die Unendlichkeit. Einzelne herausragende Beulen verschoben sich, wanderten nach oben oder sanken in die Tiefe, wie Blasen, die auf einer Wasseroberfläche fröhlich vor sich hin blubberten. Eine jede Bewegung erzeugte ein Reibegeräusch. Die Summe dieser unheimlichen Töne machte, dass sich Eldar die Nackenhaare aufstellten und er sich Wachs für seine Ohren herbeisehnte.

»Und jetzt?«, fragte er.

»Wir sind gut erzogene Reisende«, meinte Amelia, »also klopfen wir an. Vielleicht ist jemand zu Hause.«

»Das Schlammeis sieht nicht sonderlich vertrauenerweckend aus.« Eldar meinte, winzige schwarze Flecken im Weiß des Wolkengebildes auszumachen. Sie kamen und verschwanden wieder, waren wie Käfer, die sich im Schwarm über eine besonders süße Mahlzeit hermachten und dann weiterzogen.

Der Gedanke an Käfer ließ ihn schaudern, denn er erinnerte ihn an den grausamen Tod der jungen Wicca ...

»Willst du umkehren, ohne den Todfeindlichen Geschwistern zumindest *Guten Tag, wie geht es euch?* zu sagen?«, stichelte die Hure wieder.

»Nein. Ich meinte, dass wir vorsichtig sein müssen. Noch vorsichtiger als bisher. Ox, würdest du dich bitte um Pirmen kümmern? Würge ihn meinetwegen so lange, bis er wieder zu sich kommt.«

»Ich würde nichts lieber als das machen, Eldar. Aber ich befürchte, dass ich damit nichts erreiche. Man mag es kaum glauben, aber der Kleine Herr reagiert am ehesten auf Sanftmut und Güte.«

»Ja, das kann ich wirklich nicht glauben.« Pirmen war ein Ausbund an Widerlichkeit. Er hatte sie während der Reise mit seinen Launen gequält und war nur dank seiner seltsamen Zuneigung zu Bliya ein wenig erträglich geblieben.

Ox nahm seinen Herrn aus dem Reitgestell, tat einige Schritte zur Seite und sprach leise auf ihn ein. Die Gobelias rückten in die Felder vor und blieben dann stehen, wie steinerne Mahnmale, die aus einer lange vergangenen Zeit übrig geblieben waren.

»Sieh sie dir an«, flüsterte Amelia. »Sie kümmern sich nicht um Pirmen. Ihre Blicke sind aufs Schlammeis gerichtet.«

Die Hure hatte recht. Sie hatten sich von Pirmen abgewandt, der bisher das Zentrum ihrer Aufmerksamkeit gewesen war. Nun aber starrten sie mit wechselnden Gesichtern geradeaus, die drei granitenen Mäuler weit aufgerissen, wie Fische, als wollten sie in den Schaum beißen, als hätten sie unerträgliche Sehnsucht nach der weißen Masse.

Ox kehrte zurück. Er trug einen verschwitzten Pirmen in den Armen, der mit staunenden Augen um sich blickte. »Ich bin mir sicher, dass er bald wieder völlig bei sich ist«, sagte der Reitmensch. »Er reagiert aufs Schlammeis. Es ist wohl die Magie, die darin gefangen ist.«

»Dann los!« Eldar übernahm die Führung der Gruppe. Es war das erste Mal seit ihrem Aufbruch, dass er sich an die Spitze des Zuges gesellte und Verantwortung übernahm. Ox und Amelia nahmen es widerspruchslos hin.

Er bewegte sich vorsichtig zwischen den Ährenreihen und achtete darauf, nur nicht zu viele der Halme niederzutreten. Sie wirkten wie ein Sinnbild für die Kraft der Natur, und es wäre ihm als Sünde erschienen, sie mutwillig zu zerstören.

Seine Hände glitten sacht über die feinen und feinsten Härchen an den Ährenspitzen. Mit halb geschlossenen Augen schritt er dahin. Mit einem Mal war Freude in ihm. Zuversicht, Mut, seinen Leib ausfüllende Wärme. Eldar konnte es kaum glauben. Nach all den Entbehrungen, nach Gefahr und Leid durfte er nun Momente des Glücks erleben. Sie entschädigten für alles, alles, alles …

Wie in Trance bewegte er sich auf das Schlammeis zu. Ohne auf die Gefährten zu achten, ohne an mögliche Gefahren zu denken. Erst als er unmittelbar vor dieser merkwürdigen Anhäufung weißen Schaums stand, kam er wieder zu sich.

»Deine Augen«, sagte Amelia, die neben ihm marschiert war.

»Ich habe geweint. So wie ihr alle.« Eldar betastete sein tränennasses Gesicht. Er brauchte sich für seine tief empfundene Freude nicht zu schämen.

»Und jetzt?«, fragte Amelia ratlos.

»Wir gehen wie geplant vor. Zuerst die Gobelias …«

»Sie gehorchen mir nicht mehr«, sagte Pirmen mit klarer Stimme. »Keine Sorge, ich bin wieder ganz bei mir. Aber ich habe die Kontrolle über die beiden Steinwesen verloren.«

»Aber wie …?«

»Es gibt da drinnen jemanden, der weitaus mächtiger ist als ich. Er hat uns berührt, während wir durchs Feld gewandert sind. Was wir gespürt haben, war die Kraft dieses Wesens.«

»Oder die Kraft zweier Wesen«, verbesserte Eldar.

»Ich habe bloß eines gefühlt, Wanderer«, widersprach der Magicus. »Aber ich bin ihm unendlich dankbar. Es hat all den Schmerz von mir genommen. Ich bin … frei.«

Sie schwiegen und starrten die weiße Masse an, die sie selbst jetzt, da sie unmittelbar davorstanden, nicht greifen und erst recht nicht *be*greifen konnten. Sie entzog sich ihrem Verstand.

Die Gobelias drehten immer wieder die Köpfe. Die sonst so ausdruckslosen Gesichter zeigten gleichermaßen Sehnsucht und Begierde, und trotz Pirmens Protesten ließen sie sich in das Schlammeis fallen, verschmolzen mit ihm oder wurden von der Masse aufgenommen. Dann waren sie verschwunden.

»Also los«, murmelte Eldar nach langer, langer Zeit. »Folgen wir ihnen.«

Amelia stimmte zu, dann Ox, dann Pirmen. Allesamt wirkten sie erleichtert, dass Eldar mit seinen Worten diese unheimliche Stille gebrochen und sie aus einer Trance gerissen hatte, die womöglich für den Rest ihres Lebens angehalten hätte.

Eldar schob die Hände vor. Er fühlte … nichts. Das Schlammeis war weder fest noch flüssig. Es roch auch nicht. Und es verschwand, sobald sie den ersten Schritt darauf zutaten – um den engen, verwinkelten Gassen einer Stadt Platz zu machen.

36. Amelia Dusong

Sie standen im Zentrum eines Platzes, von dem aus Gassen in alle Himmelsrichtungen abgingen und sich noch in Sichtweite in schmalere Wege verästelten. Der Himmel war blau, doch es war keine Sonne zu sehen, anhand derer sie sich hätten orientieren können.

Das Plätschern eines Brunnens in ihren Rücken bildete die einzige Geräuschquelle, und es erinnerte Amelia daran, wie groß ihre Sehnsucht nach klarem und kaltem Wasser war. Seit ihrem Aufbruch hatten sie bloß eine abgekochte Brühe zu sich genommen, und sie hatte schal und faulig geschmeckt.

Von den beiden Gobelias war nichts zu sehen. Alles hier wirkte öd und leer und unbelebt. Und irreal.

Sie tauchte die Hände in das steinerne Becken. Wasser ergoss sich aus weit geöffneten Fischmäulern, spritzte über ihre Arme, ihren Oberkörper, ihr Gesicht. Das Nass war sauber und klar, nicht die geringste Spur von Algen und sonstiger Verschmutzung. Auch hatten keine Tiere das kühle Nass als Lebensraum in Besitz genommen. Sie schöpfte das Wasser mit den Händen und wusch sich das Gesicht, bevor sie einige kräftige Schlucke nahm, sehr zum Entsetzen ihrer Begleiter.

»Das Zeug könnte vergiftet sein!«, warnte Eldar mit eindringlicher Stimme.

»Du kannst warten, ob ich daran sterbe.« Amelia nahm

einen weiteren Schluck, dann noch einen und noch mehr, bis ihr Bauch voll und sie zufrieden war.

Ox tat es ihr zögernd nach, dann Pirmen. Es dauerte lange, bis auch Eldar seinen Argwohn überwand und mit langen, tiefen Zügen trank.

»Und jetzt?«, fragte der Reitmensch. »Hat Terca gesagt, wie wir weiter vorgehen sollen?«

»Nein.« Pirmen schnäuzte mit seinen zwei Fingern umständlich in das Hemd, das er trug. »Die alte Hexe wusste genauso wenig wie wir, was uns hier erwartet. Wir sind auf uns allein gestellt.«

»Hast du denn eine Ahnung, wie wir hier hineingelangt sind – und wo sich dieses *hier* befindet?«

»Es steckt Magie dahinter, keine Frage. Aber ich verstehe sie nicht. Sie ähnelt der meinen, ist aber viel stärker und hat eine besondere Note. Sie schmeckt nach … nach Frau.«

Eldar sah sich um und deutete dann in jene Richtung, die Amelia instinktiv als Norden verstand. »Dorthin«, sagte er unsicher.

»Und warum, Wanderer?« Amelia wies nach Süden. »Unser Ziel könnte genauso gut dort liegen.« Sie empfand Freude dabei, Eldar zu piesacken. Seit ihrem letzten Gespräch brodelte tief empfundene Wut in ihr. Sie war so oft enttäuscht worden. Doch die Worte des Mannes aus der Treibgierde hatten sie zutiefst getroffen. Wie hatte er nur die Erinnerung an eine wunderschöne Nacht voll Zärtlichkeiten, voll Gier und Lust und Freude, voll Verständnis füreinander mit seinen Worten zertrümmern können? Warum hatte er nicht mal den Anstand gehabt, ihr etwas vorzulügen oder sie wenigstens zu komplimentieren? Eldar hatte ihr die Wahrheit so direkt und brutal vor die Füße gekotzt, dass sie gemeint hatte, die dreckigste und gemeinste Vergewaltigung durchzumachen.

»Es ist letztlich einerlei«, beschwichtigte Pirmen die beiden. »Ich vermute, dass jeder Weg zum Ziel führt.« Leise fügte er hinzu: »Oder auch keiner von ihnen.«

Amelia legte es nicht auf einen weiteren Streit an. Nicht jetzt. Sie tat die ersten Schritte in jene Richtung, die Eldar vorgegeben hatte. Er und Ox folgten ihr.

Sie verließen den Platz und traten zwischen eng stehende Häuser in eine Gasse. Die Gebäude wirkten alt, aber auch zeitlos. Sie waren allesamt viergeschossig. An manchen von ihnen hingen schmiedeeiserne Symbole, die an Zunftzeichen erinnerten, aber nichts mit denen zu tun hatten, die Amelia kannte. Statt Eisenhämmern, Zangen, gekreuzten Ahlen, Weinreben, Sägen oder Kesseln sah sie Symbole, die vage an Schriftzeichen erinnerten und dennoch ganz anders waren. Hier und dort waren es Masken, die aber nicht die Gesichter von Menschen zeigten. Links von Amelia bewegte sich ein Schild im sanften Wind, das eine Katze zeigte, der die Gedärme aus dem Bauch hingen. Weiter vorn entdeckte sie zwei weit gespreizte Beine, zwischen denen ein Babykopf klemmte. Dort ein Phallussymbol, da ein riesiger Scheißhaufen. Rechts ein aufgerolltes Stück Papier, daneben eine gespitzte Schreibfeder. Das stilisierte Gesicht eines Menschen, der breit und zufrieden grinste. Hände, die einander zärtlich umfassten …

»Das passt doch alles nicht zusammen!«, sagte Ox.

Er zuckte zusammen, als seine Stimme zwischen den Häuserfronten ein Echo fand und zurückgeworfen wurde wie die hämische Antwort jenes Unbekannten, der für die hiesigen Zustände verantwortlich war.

Rasch kehrte wieder Stille ein. Diese Stadt war tot und ausgestorben – und barg dennoch eine Art Leben, die Amelia mit jeder Faser ihres Körpers spüren konnte.

Eldar lugte in einen der finsteren Hauseingänge. Eine enge und steil nach oben führende Treppe schloss sich an den schmalen Zugang an. Er nickte Amelia und Ox zu und trat auf die unterste der ausgetreten wirkenden Stufen.

Sie folgten ihm, zögernd und leise. Der Stein unter ihren Füßen fühlte sich kalt an. Amelias Hüftgurt, an dem sie die wichtigsten Ausrüstungsgegenstände hängen hatte, scharrte über die linke Seitenwand. Ox bedeutete ihr, sich gefälligst leise zu verhalten. Noch vorsichtiger und noch bedachter stieg sie hinterher, vorbei an einem Treppenabsatz, der zu winzigen türlosen Wohneinheiten führte, höher und höher.

Licht, das von oben durch eine Lücke im Dach fiel, zeigte, dass sie ihre Tretspuren in einer dünnen Staubschicht hinterließen wie Abdrücke im Schnee. Hier war schon lange niemand mehr gewesen, das Haus verlassen. Dennoch stieg Eldar weiter empor.

Dritter Stock. Vierter Stock. Hier endete die Treppe. Rechts, links und geradeaus gab es weitere türlose Zugänge zu Wohnräumen. Eldar wählte den mittleren, Ox und Amelia folgten ihm. Amelia zögerte, bevor sie sich den Weggefährten anschloss. Sie fühlte Gefahr, ihr war vor Angst speiübel.

Der hölzerne Boden knarrte. Jemand hatte Symbole, die ihr unbekannt waren, in die Planken gebrannt, offene Mäuler und Gesichter. Mit aller Vorsicht trat Amelia neben die Zeichen, während auch ihre Begleiter instinktiv darauf achteten, nur ja keine Linie der Intarsien zu berühren. In der Wohnung reihte sich Zimmer an Zimmer. Die Türstöcke waren mit weiteren Symbolen und Einlagen verunziert, Stukkaturen umschlossen die großen Fenster.

Amelia trat an eine der Öffnungen. Es gab kein Glas und auch keine Ledertücher, die vor Wind und Kälte hätten schützen können. Sie blickte in einen Innenhof hinab, der lauschige und verträumte Ecken aufwies und in denen trotz Lichtmangels Wildrosen wie Unkraut wucherten.

Hier ist einfach alles widersprüchlich, dachte sie. *Dort, wo man Schönheit am wenigsten erwartet, tritt sie zutage, und dort, wo sie sein sollte, herrscht blanke Leere.*

Eldar deutete erneut an, dass sie ihm folgen sollten. Auch er wirkte nervös und gereizt. Hatte er im Raum rechts von ihnen etwas entdeckt? Was hatte ihn ausgerechnet in dieses Gebäude gelockt? Wurde er beeinflusst, wurde er gelenkt?

Da war ein Raum, größer als alle anderen, die sie bislang zu sehen bekommen hatten. Einige Möbel, die darin standen, unterschieden das Zimmer deutlich von allen anderen. Jemand hatte mehrere Stühle entlang der Wände aufgestellt, so als würden hier Zusammenkünfte gefeiert, bei denen die Blicke der Teilnehmer auf das Zentrum des Raums gerichtet waren. Zwei steinerne Haufen, etwa mannsgroß, wirkten deplatziert angesichts des ansonsten ausschließlich mit Holzmöbeln ausgestatteten Zimmers. Sie zeigten bizarre Formen, die bei Amelia die Erinnerung an etwas weckten, aber sie kam nicht darauf, an was.

Da waren auch zwei gepolsterte Möbelstücke, bequem und nobel wirkend. Sie standen auf einem kleinen Podest in der Raummitte, Rücken an Rücken, während sich das Podest langsam drehte. Dort saßen Menschen. Ein Mann, eine Frau, beide unbestimmbaren Alters. Eine Art Zwielicht umgab sie. Ihre Haut wirkte jung, ihre Augen wie die von Greisen. Die Leiber kräftig, die Zähne schlecht und löchrig. Die Arme muskulös, die Hände fleckig und zittrig. Das Haar kräftig, aber schneeweiß. Fettige Strähnen hingen ihnen in die Gesichter.

»Willkommen in der Einen Stadt«, sagten die beiden Menschen unisono, »willkommen in unserer Sphäre. Wir mögen euch nicht, aber wir freuen uns. Wir verachten euch, aber wir gewähren euch Audienz. Setzt euch. Beeilt euch, bevor wir euch töten!«

Amelia wusste nicht, wie sie reagieren sollte. Sie empfand Angst vor den beiden seltsamen Gestalten, die sie und ihre Begleiter nicht ansahen, sondern die Blicke in eine Ferne gerichtet hielten, die nicht zu dieser Welt gehörte.

Sie ließ sich zögernd auf jenem Stuhl nieder, der der Eingangstür am nächsten war. Eldar nahm neben ihr Platz, dann Ox, dann Pirmen, den der Reitmensch samt des Gestells auf der breiten Sitzfläche abstellte.

Sie warteten. Ox hielt die Hand nach wie vor an seiner Waffe. Offenbar fühlte er nicht die Impulse, die von dem Mann und der Frau ausgingen und die Amelia sagten, dass sie nichts zu befürchten hatte.

Es dauerte eine ganze Umdrehung, bis die beiden Menschen wieder zu sprechen begannen. Sie hielten die Köpfe aneinandergelehnt. Seitdem die Besucher den Raum betreten hatten, hatten sich der Mann und die Frau nicht gerührt, und wären nicht die Bewegungen ihrer Lippen gewesen, als sie sprachen, hätte man sie für lebensechte Statuen halten können.

Im Chor sagten sie: »Pirmen ist also gekommen. Dazu der Mann aus dem Süden, der sich selbst nicht spürt. Die Hure ohne Schicksal. Und das Wesen aus der alten Heimat, das unsere Herzen erweichen möchte.«

Eldar räusperte sich. »Ja, ich wollte …«

»Das Wesen aus der alten Heimat wird schweigen, solange wir reden«, unterbrachen ihn die beiden Geschöpfe. »Wir sprechen. Ihr hört zu. So ist es vorherbestimmt, so muss es sein.«

Alle verstummten, auch die beiden Menschen auf den Stühlen, während sich das Podest weiterdrehte, Runde um Runde, und sich ansonsten nichts tat. Amelia wagte es kaum zu atmen.

Dies waren also die Todfeindlichen Geschwister, daran hatte sie keinerlei Zweifel. Sie saßen bloß da, sahen einander nicht an. Auch wenn sie sich nicht bewegten und nicht den geringsten Einblick in ihr Innenleben gewährten, meinte Amelia aber zu spüren, dass sie sich abgrundtief hassten. Irgendwie waren sie aneinandergekettet, der Mann und die Frau, und konnten aber nicht voneinander lassen. Sie rangen um gemeinsame Worte und sandten dann Signale aus, wie sie unterschiedlicher nicht sein konnten.

»Wir sind die Todfeindlichen Geschwister«, bestätigten die beiden Amelias Annahme. »Wir regieren über dieses Land. Über einen Bereich, den ihr das Schlammeis nennt. Wir leben in Hass und Liebe, weit weg von den Herrschaftsbereichen anderer Wesen.«

Wieder trat Stille ein, als würden die Todfeindlichen Geschwister Kräfte sammeln müssen, um in ihrer Ansprache fortzufahren.

Die beiden waren verrückt! Sie strahlten etwas aus, das Amelia niemals zuvor gespürt hatte. Es hing mit falschen Sinneswahrnehmungen zusammen. Mit Feuer, das Helligkeit fraß. Mit Sprache, die gespürt, aber nicht mitgeteilt werden konnte. Mit Stimmen, die wie gesalzener Zucker schmeckten. Mit Wahnsinn, der sich richtig anfühlte ... Dies alles meinte Amelia zu spüren, und auch, dass die Todfeindlichen Geschwister lediglich durch immense Anstrengung überhaupt Kontakt zu ihnen aufzunehmen vermochten.

Nun, da Stille herrschte, während die beiden Geschöpfe einen neuen Anlauf nahmen, um sich mitzuteilen, konnte sich auch Amelia ein wenig erholen. Sie blickte nach links und nahm sich die Zeit, ihre drei überlebenden Begleiter prüfend zu mustern.

Eldar saß aufrecht und steif da, wie ein Schüler, der in der ersten Unterrichtsstunde angesichts eines ehrfurchtgebietenden Lehrers jegliche Hoffnung auf eine angenehme Zukunft hatte fahren lassen. Seine Unterlippe zitterte. Worte, die bald fallen würden, entschieden über sein Schicksal und das seiner geliebten Harana.

Pirmen war zu einem Häuflein Elend zusammengeschrumpft. Das eigene Vertrauen in seine Magie war während der letzten Reisetage immer geringer geworden, und nun war offenbar nichts mehr davon übrig. Er sah aus wie ein Wurm, der sich krümmte, und er *war* ein Wurm, *der* sich vor diesen Wesen krümmte.

Ox wirkte gefasst. Die Wirkung kraftvoller Magie, der auch Amelia sich kaum entziehen konnte, prallte an ihm ab. Seine Taubheit schien die Todfeindlichen Geschwister aber nicht zu stören. Sie kümmerten sich nicht weiter um ihn.

Ox war ihre einzige Hoffnung. Er konnte sich diesen beiden Wesen widersetzen und würde sie von hier wegschaffen, sollte es den Geschwistern einfallen, sie töten zu wollen.

Oder? Amelia glaubte zu wissen, dass die beiden sie bereits zu mehreren Gelegenheiten hätten vernichten können. Dies war ihre Stadt, ihr Lebensraum. Sie bestimmten darüber, so wie sie alles hier gestaltet und geformt hatten.

Die Stille endete mit einem zweistimmigen Seufzer. Bruder und Schwester sagten: »Die alte Hexe hat euch geschickt. Wir wissen davon. Wir wissen alles. Seit unserem Auszug aus der Treibgierde versucht sie, unser habhaft zu werden. Euch fürchten wir, denn euch kann es gelingen.«

Eldar neben ihr zog scharf die Luft ein, und auch Amelia staunte. Was waren dies für seltsame Geschöpfe, dass sie offenherzig eingestanden, angreifbar zu sein?

»Derartige Intrigen sind eine Sache der Frauen. Männer verabscheuen sie. Wir beide hassen und lieben sie, weil wir

Mann und Frau sind. Aber wir werden nicht dulden, dass sie bei uns angewandt werden. Deshalb denken wir darüber nach, euch zu töten. Hier. Sofort.«

Amelia wollte aufbegehren und ihre Meinung kundtun, doch sie konnte nicht. Denn rings um sie war auf einmal der Schaum des Schlammeises. Weißes blubberndes Zeug, das sie einfasste, sich an ihre Kleidung heftete, die Körper berührte und sie durchdrang. Amelia fühlte, wie es ihr zu eng in ihrem Leib wurde und etwas sie in Besitz nahm, das sie nicht begriff. Ihr Geist wurde zersetzt und sollte aufgelöst werden, vom Schlammeis, von einer Masse, die gleichermaßen ungreifbar und un*be*greifbar war und die sie binnen kurzem töten würde, wenn nicht … wenn nicht …

Sie hörte einen Schrei und sah jemanden, der sich aufrichtete. Ox. Er hielt das Schwert in der Hand und hieb wie wild um sich. Blasen des Schlammeises zerplatzten, andere zogen sich zurück. Doch er war kaum in der Lage, sich des Zeugs zu erwehren.

Was würde es in seinem Inneren anrichten? Konnte es ihn vernichten, ihn so, wie Amelia eben geglaubt hatte, in kleinste Bestandteile auflösen?

Sie löste den Blick von Ox und konzentrierte sich ganz auf sich selbst. Auf die Reste dessen, was sie ausmachte und was immer weiter zurückgedrängt wurde, in die hintersten Bereiche ihres Seins, während sich ihr Leib selbstständig machte und die Aufnahme weiterer Blasen hinnahm, sich *irgendwie* öffnete, den nahenden Tod mit freudiger Erwartung hinnahm …

Sie hörte Pirmens Kreischen. Er wehrte sich mit all seinen magischen Kräften gegen das, was ihm die Todfeindlichen Geschwister antun wollten. Der Krüppelmagier schrie seinen Zorn und seine Verzweiflung laut hinaus, und mit jedem Ton, der aus seinem hinfälligen Körper drang, fühlte sich Amelia ein wenig besser. Die Blasen wichen tatsächlich zurück, auch in ihrem eigenen Körper.

Der Magicus würde nicht lange durchhalten, das hörte und spürte sie. Aber er gab sein Bestes. Er hielt den Raum rings um sie frei vom Schlammeis, während Ox in bewährter Manier auf seine körperlichen Kräfte vertraute. Er schlug eine Schneise in das Weiß, dorthin, wo die Todfeindlichen Geschwister saßen, ein Krieger, der unbesiegt gewesen war, bis er durch die Niederlage gegen Nerbo Falthaut den Geschmack von Demut kennengelernt hatte.

Hatte Terca nur deshalb den Kampf im Wiccarium zugelassen? Damit Ox sich selbst besser kennenlernte? War die alte Wicca so vorausschauend gewesen? Hatte sie geahnt, worauf es in der Auseinandersetzung mit den Todfeindlichen Geschwistern ankam?

Amelia überlegte fieberhaft, während das Vorrücken der Blasen zum Stillstand kam. Warum hatte Terca die Reisegruppe so zusammengesetzt? Welche Gedanken hatte sie bei jedem Einzelnen von ihnen gehegt? *Denk nach, Mädchen, denk nach … Pirmen hält das sicherlich nicht mehr viel länger durch.*

Ox als Unberührbarer vermochte die Todfeindlichen Geschwister zu töten. Eldar kam zweifelsohne die Rolle des Lockvogels zu. Er hatte das Interesse von Bruder und Schwester geweckt, ihm galt die Aufmerksamkeit der beiden im Besonderen. Pirmen war ein fähiger Magicus, der Ox in der Auseinandersetzung mit den Todfeindlichen Geschwistern beistehen sollte, gemeinsam mit Bliya, mit der Hexe, die jedoch tot war …

Warum aber war sie mit dabei? Weil sie die Gruppe zusammenhielt, Wunden vernähen und den Weg finden konnte?

Nein. So vordergründig dachte eine Wicca nicht. Sie hatte Amelia gewiss in einer ganz bestimmten Rolle gesehen. War sie etwa …

Jemand schrie, laut und durchdringend. Ox. Was war mit ihm geschehen? Wo war er? Hatte er es geschafft, durch das Schlammeis zu den Geschwistern vorzudringen? Rangen sie mit ihm, oder war er nun doch im Wahnsinn gefangen, den der Schaum ausstrahlte?

Amelia unterdrückte all diese Gedanken, so gut es ging. Sie handelte, ohne zu überlegen, ohne Pläne zu schmieden, geführt von ihrem Instinkt, der ihr schon so oft gute Dienste geleistet hatte. Sie stand auf, blieb wacklig auf den Beinen. Beinahe stolperte sie über die Füße des in einer katatonischen Starre verhangenen Eldar, als sie die paar Schritte hin zu Pirmen tat, umgeben von Grau und eingehüllt vom Wahnsinn, der sie mit sich reißen und vom Boden dieser Welt spülen wollte, hin in einen Bereich, der voll Vergessen war und aus dem es keine Rückkehr gab.

Amelia ließ einige Blasen platzen, schuf sich ein wenig Freiraum und fiel dann schwer auf den freien Stuhl neben dem Magicus, auf dem Ox gesessen hatte. Sie meinte seine Silhouette vor sich auszumachen. Inmitten weißen Blubberschnees hieb der Söldner wie wild um sich, tobte und schrie und bekämpfte dabei einen Gegner, den es wohl nur in seiner Vorstellung gab.

»Pirmen!«, ächzte sie und tastete nach seinen Fingern. Der Magicus stank, und er sah grässlich aus. Sein Gesicht, das einmal das eines Jünglings mit feinen Zügen gewesen war, war nun das eines Greises. Die Falten sahen aus wie Sprünge in Glas, und während sie zusah, verästelten sie sich, wanderten tiefer und tiefer, über den Hals hinab zur Brust.

Amelia hielt die Reste seiner Hand fest. Diese schlaffe Masse, in der kaum Kraft steckte und die Widerwillen in ihr erzeugte. Und dennoch tat sie, was ihr Gefühl ihr sagte. »Pirmen, komm zu dir …«

Sie fühlte ihn. Sein gequältes, hasserfülltes, von Selbstzweifeln und Ängsten geplagtes Ich. Sie war nun in der Lage, direkt und unmittelbar auf ihn zuzugreifen, als wäre sie mit seinem Geist verbunden.

Pirmen langte nach ihr, wie jemand, der in der Cabrischen See trieb und verzweifelt nach einer Holzplanke griff. Um Halt zu finden in einem Ozean, in dem es sonst nichts gab außer Gefahren, die so vielfältig waren wie die Pickel im Gesicht eines Halbwüchsigen.

Amelia meinte, Pirmens Stimme zu hören. In sich drin, in ihrem Kopf. Er berührte sie, gierig und vorsichtig gleichermaßen. Er zeigte Angst, wollte sie nicht gleich wieder vergraulen. Andererseits wusste der Magicus offensichtlich, dass er sich beeilen musste, wollte er den Kampf gegen das Schlammeis nicht verlieren.

Sie ließ es zu. Leistete keinen Widerstand. Gewährte Pirmen Zugang zu Bereichen, die sie normalerweise niemandem öffnete und die sogar für sie selbst bislang tabu gewesen waren. All ihre Ängste waren darin verborgen, ihr Leid, ihre Wut. Pirmen griff auf Empfindungen zu, die bisher von ihrem Verstand aufgestaut und zurückgehalten worden waren.

Dies alles war rohe Masse für Pirmen. Etwas, das er wie Teig verarbeiten und formen konnte, um sich zu rüsten gegen das neuerliche Vorrücken des Schlammeises. Amelia fühlte, dass sich die weiße Masse auf einen letzten, alles entscheidenden Angriff vorbereitete. Das Zeug, von den Todfeindlichen Geschwistern kontrolliert, wollte sie *jetzt* töten.

Pirmen wühlte in Amelias Verstand. Er griff nach allem, dessen er habhaft werden konnte. Da war viel Böses, das er befreite, aber auch gute Gedanken. Alles, alles, alles sog er auf, stopfte sich voll damit, während in ihrem Kopf die Leere größer wurde und sie zu vergessen begann. Sie verstand schon längst nicht mehr, was vor sich ging. Wo sie war. Was sie für eine Rolle in diesem bitterbösen Spiel einnahm.

Sie war eine Wicca und hatte es nie gewusst, hatte dieses Wissen einfach nicht zugelassen. Ihr ganzes Leben lang hatte sie sich selbst verleugnet, war durchs Leben geirrt und hatte ihre Gabe vor allen anderen Menschen und sich selbst verborgen. Auf einer Suche, die eigentlich ihren Kindern gelten sollte, fand sie nun ihre eigene Bestimmung. *Womöglich zu spät, du dumme, dumme Frau!*

Amelia sah das Ende des Weges – und verstand mit einem Mal, was Terca über sie gewusst und nicht gesagt hatte. Die alte Hexe hatte gesehen, dass in ihr das notwendige Rohmaterial schlummerte, um den Kampf gegen die Todfeindlichen Geschwister aufnehmen und ihn siegreich bestehen zu können. Sie war ein Reservoir, angefüllt mit Kräften, die sich im Laufe eines langen Lebens angesammelt hatten, und Pirmen war derjenige, der den Damm nun zum Bersten brachte, um alles an sich zu reißen.

Sie hörte Ox. Er kreuzte die Klinge mit einem Gegner, nein, mit zweien! Sie waren vage Schatten inmitten eines sich allmählich lichtenden grauen Nebels, der Reitmensch war ein sich rasend schnell fortbewegender Wirbelsturm, der von einem Gegner zum nächsten huschte, auf ihn eindrosch und dann wieder verschwand. Der nie stehen blieb, der Hiebe austeilte, die jeden normalen Feind binnen wenigen Augenblicken zu Fall gebracht hätten. Kämpfte er dort gegen die Todfeindlichen Geschwister? Oder hatten die beiden weitere Figuren in ihr Spiel eingebracht?

Pirmen sagte etwas, das Amelia nicht verstand. Ihre Ohren waren taub, ihre ganzen Sinne kaum mehr nützlich. Aber sie fühlte seinen Triumph. Er drängte das Schlammeis zurück. Nicht nur das: Er hatte Blut geleckt und griff nun die Geschwister an!

Pirmen spürte die beiden Wesen, und was er fühlte, nahm auch Amelia wahr: Ihre Feinde waren bar jeglichen Schutzes. Sie hatten alles aufgebracht, was sie hatten. Es gab nichts mehr, das sie in die Schlacht werfen konnten, und je deutlicher ihnen wurde, dass sie verloren, desto rascher wuchs ihre Verzweiflung.

Noch musste Ox kämpfen, noch schlug er sich mit den beiden schemenhaften Gestalten herum. Doch Amelia war zuversichtlich, dass er die beiden besiegen würde.

Aber spielte das noch eine Rolle? Sie fühlte schreckliche Müdigkeit. Ihr Leib verdorrte, ihr Geist ebenfalls. Sie war bloß noch eine Hülle, die langsam, aber sicher aushärtete und irgendwann zerbrechen würde. »Pirmen …«, flüsterte sie. Mehr brachte sie nicht hervor. Die Lippen zerfaserten, ihr Gaumen trocknete aus. Nach der geistigen Leere folgte der körperliche Niedergang.

»Gleich!«, hörte sie die Stimme des Magicus wie aus weiter Ferne. »Halt durch! Ich habe … sie gleich. Ich werde sie besiegen!«

Wie sollte sie durchhalten? Was sollte sie halten? Worte verloren an Bedeutung. Sie wurden zu Symbolen ohne Sinn, ohne Halt in dieser schrecklich komplizierten Welt. Allesallesalles wurde weniger, schränkte sich ein, verlor, rann ab, verdampfte …

Aus. Stille.

37. Terca

Strengt euch an, meine Lieben«, murmelte sie und verließ ihren Arbeitsraum. Sie hörte das Stöhnen der Wicca, die auf der Dirigentenfläche nebeinander standen, stocksteif und mit ineinander verschränkten Händen. Drei von ihnen steuerten die Wiccaburg, während die Unwürdige Frau namens Labidana Handlangerdienste verrichtete, die Hexen fütterte, ihre Stirnflächen mit kühlem Wasser benetzte und sie umhegte, wie es eben notwendig war.

Labidana ... Die Dienerin würde nur für die Dauer des Ausflugs ins Land der Magicae Gast in der Burg sein, dann würde man sie dem Malekuften für eine Weile zur Verfügung stellen und anschließend entsorgen.

»Es tut so weh«, jammerte die alte Alme, als Terca die Tür zu ihrem Arbeitszimmer von außen schloss. »Wir sind falsch hier, Hohe Frau, wir gehören nicht in dieses Land ...«

»Keine Sorge. Die Bedingungen werden sich bald ändern. Dann wirst du dich besser fühlen als je zuvor. Das Holz der Burg wird dich endgültig aufnehmen. Du wirst Ast und Maserung sein, du wirst Span und Borke und Kern und Frische sein. Durch deine Adern wird neue Kraft fließen.«

»Wann, Hohe Frau, wann? Ich halte es nicht länger durch.« Alme schob den Oberkörper aus der Holzmasse, mit der sie schon so sehr verwachsen war. Blumen vertrockneten augenblicklich an ihrem Rücken, Blüten verloren die Farbe, eine harzähnliche Flüssigkeit tropfte zu Boden. »Die Burg leidet, und ich leide mit ihr.«

»Der Weg ist nicht mehr weit, alte Wicca. Lehn dich wieder zurück und hilf ihr, so gut du kannst.« Almes Wehklagen war so allgegenwärtig wie das Ächzen und Knacken des Holzes. Terca legte der greisen Hexe eine Hand auf die Stirn und schenkte ihr ein wenig ihrer eigenen Dusus. Alme seufzte erleichtert und ließ sich zurückfallen. Sie fügte sich wieder in jenen Hohlraum ein, der sich über die Jahre hinweg um sie gebildet hatte. Wurzelgeflecht verband Alme rasch mit dem Holz.

Terca ließ sich den Ärger über die Schwäche der Alten nicht anmerken. Ihr Tod war einkalkuliert, doch sie hatte gehofft, dass Almes Kräfte länger reichen würden.

Sie kehrte ins Wiccarium zurück und ließ sich auf den Hexensessel fallen. Er jammerte und bemitleidete sich selbst, er sperrte sich so wie der Rest der Burg gegen den Weg, den sie nahmen.

»Loisie?«

»Ja, Hohe Frau?« Die junge Wicca kam zähneklappernd zu ihr.

»Du fürchtest dich vor mir, nicht wahr?«

»Ja, Hohe Frau.« Die junge Wicca senkte verschämt das Haupt.

»Es gibt keinen Grund dazu. Ich bin in der Burg als überaus großzügig bekannt. Hör dich bei deinen Mitreisenden um, sie werden dir meine Worte bestätigen.«

»Ja, Hohe Frau.«

Terca betrachtete Loisie von oben bis unten. »Du bist hübsch. Liven die Schlänglerin hat mir von deinen besonderen … Begabungen erzählt.« Sie lächelte. »Du hast dich gut bewährt und Eldar den Wanderer bis hierher geführt. Ich möchte mich bei dir bedanken.«

»Ich verstehe nicht, Hohe Frau …«

Wie naiv sie doch war! Es würde Terca große Freude bereiten, dieses unschuldige Geschöpf zu verderben und dem Mädchen eine Form der Leidenschaft zu zeigen, die es auch in Livens Armen noch nicht kennengelernt hatte. »Meine liebste Freundin Bliya ist verschollen. Leider. Sie war mir sehr, sehr nahe. Ich brauche Trost. Verstehst du nun?«

»Ich … ich glaube schon.«

»Wenn dieser Tag zu Ende geht, werden wir unsere Verluste betrauern und einen großen Sieg feiern.« Terca fasste Loisie unterm Kinn. »Ich möchte dies in trauter Zweisamkeit tun. Ich möchte, dass du in meinen Schlafräumlichkeiten auf mich wartest. Einverstanden?«

»Ja, Hohe Frau.«

»Dann geh jetzt und mach dich hübsch.« Sie küsste die junge Wicca auf die Wange und gab ihr einen Vorgeschmack auf das, was sie erwartete. Eine winzige Dosis Dusus, richtig eingesetzt, war besser als jedes bekannte Aphrodisiakum.

Loisie hob den Kopf, sah sie mit strahlenden Augen an. Eine Gänsehaut überzog ihre Oberarme. Die hellen, feinen Härchen standen wie Borsten von ihrem zarten Fleisch ab. »Gern, Hohe Frau«, flüsterte sie und verließ rücklings das Wiccarium, ohne den Blick von ihr zu lösen.

Terca seufzte. Sie hatte großen Appetit. Die Vorfreude auf ihren Triumph war groß und nährte ihre Lust. Lust in dieser Form war ein Vorrecht der Frauen und insbesondere der Wicca. Sie schöpften daraus eine Kraft, die den Männern niemals zur Verfügung stehen würde.

Noch musste Terca Geduld haben, noch war die Ernte ihrer monate- und jahrelangen Bemühungen nicht eingefahren.

Doch sie hatte den Geruch des Sieges bereits in der Nase. Die Wiccaburg stakste durch das Schädelland, den Spuren ihrer Kundschafter hinterher. Eldar, der Wanderer aus der Treibgierde, und seine Begleiter räumten ihnen alle Hindernisse aus dem Weg. Tercas Plan ging auf.

38. Eldars Vergangenheit, Teil 2

Er ließ Harana hinter sich. Er flüchtete, um sie ja nicht noch einmal ansehen zu müssen, sonst würde er bei ihr bleiben, bei seiner Liebe, bei seinem Ein und Alles.

Wie lange waren sie nun schon in der Treibgierde gefangen? Was hatte sich außerhalb mittlerweile getan? Waren Jahrzehnte oder gar Jahrhunderte vergangen? War das Geschlecht der Magnyphen noch an der Macht und regierte die Länder rings um die Cabrische See? Nur die Offenen Städte des Altmabischen Reichs hatten noch Widerstand geleistet. Hatte Eingarst der Prächtige mittlerweile das Juwel von Diramonte erobert, um dann die anderen Städte zu überfallen?

Derlei Gedanken waren müßig. Er musste raus hier, raus, bevor er gänzlich den Verstand verlor! Schon jetzt vermochte er seine Selbstbeherrschung nur noch mühsam aufrechterhalten. Er liebte Harana, aber sie konnte einen an den Rande des Wahnsinns bringen mit ihrer fordernden Art. Es war gut, wenn er ein wenig Abstand zu ihr bekam, von diesem überaus zarten Geschöpf, das so gut duftete und das ihn stetig herausforderte, ihn reizte und lockte …

Er duckte sich und verbarg sich hinter einem der Staubhaufen, einem Berg magischen Abfalls, der allmählich versteinerte und kristallisierte. Ein Malekufte galoppierte unweit von ihm über die Ebene. Seine Hufbeine klapperten gut hörbar über den Boden. Er verfolgte einen Menschen. Einen Mann, der sich kaum noch auf den Beinen halten konnte. Womöglich hatte der Malekufte Hunger, vielleicht agierte er aber auch im Dienste einer der beiden Mächte im Inneren der Treibgierde.

Eldar presste sich die Hände auf die Ohren. Er wollte den Schrei des Menschen nicht hören, diesen schrillen Entsetzenslaut, der mit einem dumpfen Geräusch abriss.

Er wartete eine Weile. Zwei weitere Malekuften waren ihrem Landsmann gefolgt. Sie beugten sich eben über den Menschen und taten etwas, über das Eldar nicht länger nachdenken wollte. Diese Wesen, Grasfresser und von sanftem Gemüt, drehten im Inneren der Treibgierde völlig durch. Sie taten Dinge, die ganz und gar gegen ihre Natur waren, wie auch die Angehörigen anderer Völker ihre Charaktereigenschaften völlig änderten. Einige Menschen, denen er begegnet war, hatten sich an Mord, an Vergewaltigung, an Folter und Verstümmelungen beteiligt. Alle zivilisatorische Tünche war von ihnen abgefallen. Es war gut gewesen, dass Harana und er sich von den anderen Mitgliedern der Besatzung absentiert hatten, damals, nachdem ihr Schiff der Wand der entstehenden Treibgierde zu nahe gekommen und von ihr verschluckt worden war.

Haranas Neugierde war schuld daran gewesen, dass sie nun festsaßen. Sie war dem Rausch der Gefahr ergeben und hatte dem Kapitän eine Prämie versprochen, wenn er das Schiff ganz nahe an die Treibgierde lenkte. Und dann war es geschehen. Der Großteil ihres Schiffs verfing sich im Inneren. Der Bug saß fest, das Holz des Kiels zersplitterte. Zwei der unglücklichen Matrosen wurden entzweigeteilt, ein Maat verlor seinen rechten Arm. Sie waren gestrandet wie ein Expeditionsschiff im ewigen Eis des Winterozeans …

Eldar drehte sich nicht mehr um, während er weiterhetzte. Er hatte genug vom Wahnsinn, von Not und Elend, die sein

Leben während der letzten Tage bestimmt hatten. Die Vorräte gingen zu Ende. Harana würde in der kleinen Höhle, die sie sich in eine kristalline Düne gegraben und so gut wie möglich getarnt hatten, über kurz oder lang verhungern. Er musste einen Weg nach draußen finden. Er musste Harana in Sicherheit bringen. Er durfte es nicht geschehen lassen, dass seine Geliebte Opfer eines der Menschenfresser oder der Verrückten wurde, die im Auftrag der Wicca und der Magicae die Treibgierde durchwanderten.

39. Pirmen Courtix

Bliya hatte ihm etwas geboten, das er niemals zuvor gefühlt und geschmeckt hatte. Doch im Vergleich zu Amelia Dusong war die junge Hexe ein Muster ohne Wert gewesen, ein Nichts. In der Frau, die er während ihres Marsches durch das Schädelland kaum beachtet hatte, hatte Kraft ohnegleichen gesteckt. Sie war ein Gefäß gewesen, aus dem er Unmengen hatte schöpfen können, um diesen scheinbar ungleichen Kampf doch zu seinen Gunsten zu entscheiden.

Schade, dass sie nun tot am Boden lag.

Der Nebel des Schlammeises verzog sich und machte der Wirklichkeit Platz. Einer Wirklichkeit, die nichts mehr mit dem zu tun hatte, was ihnen ursprünglich vorgegaukelt worden war.

Da saßen die Todfeindlichen Geschwister. Die verrotteten Möbel im Raum mochten jederzeit auseinanderbrechen, so wie auch die Bodendielen, die Wände, das Dach und alle Gegenstände der kargen Einrichtung in der verwitterten Hütte. Durch winzige Fenster wuchsen Schlingpflanzen ins Innere. Ein Abortloch, das in den Boden gesägt worden war, zog Schwärme von Fliegen an, und im offenen Kamin stand ein rostiger Kessel. Sie hatten das Sein einer schäbigen, kleinen Behausung vom Schein einer prächtigen Stadt befreit.

Pirmen betrachtete Ox, der eben den Kampf beendet hatte

und seinen Schwertarm sinken ließ. Hatte er die Trugbilder durchschaut, oder war auch er von den Bildern geblendet gewesen, die die Todfeindlichen Geschwister erzeugt hatten?

Seine beiden Gegner hatten sich wieder in das verwandelt, was sie waren – in Steinklumpen, in Pirmens Gobelias. In diese treuesten aller treuen Geschöpfe, die die Todfeindlichen Geschwister für ihre Zwecke eingesetzt hatten. Nun, da ihre Gegner jegliche Magie verließ, starben die Steinwesen. Sie wurden weniger und zerrannen. Tropfen für Tropfen ihrer basaltenen und granitenen Existenz klatschte zu Boden, glitt zwischen die vielen und breiten Ritzen und versickerte im Erdreich, um sich vielleicht irgendwo und irgendwann wieder mit anderem Felsgestein zu verbinden. Ihre bescheidene Intelligenz war dahin, wie alles, das Berst und Spreng einstmals ausgemacht hatte.

Pirmen seufzte. Wie hatte es bloß so weit kommen können?

»Wir sind traurig, und wir sind zufrieden«, sagten die Todfeindlichen Geschwister. »Es ist schön und schlecht, dass es zu Ende ist.«

»Steht auf!«, forderte Eldar, der während des Kampfes zu keiner Regung fähig gewesen war und nun wieder zu sich kam. »Ich möchte euch in die Augen schauen, wenn ich mit euch rede.«

Pirmen sah zu, wie die Reste von Berst und Spreng endgültig versickerten. Ihm blieb nur noch Ox, dieser arrogante Reitmensch, der niemals den notwendigen Respekt zeigte, den er – Pirmen – verdiente.

»Steht auf!«, forderte Eldar ein weiteres Mal, diesmal mit lauter und forscher Stimme. »Ich werde euch leiden lassen, wenn ihr mir nicht gehorcht!«

Bruder und Schwester zuckten zusammen. Die Köpfe, nach wie vor aneinandergelehnt, bewegten sich unisono, und als sie zu reden begannen, konnte Pirmen sehen, wie die beiden miteinander verschmolzen. »Wir können nicht, und wir werden nicht«, sagten sie. »Du musst verstehen, Mann. Wir haben Grenzen.«

Ox kehrte zu Pirmen zurück. Er bot einen schrecklichen Anblick. Aus vielen größeren und kleinen Wunden floss Blut, er hatte eine kreuzförmige Narbe über dem rechten Auge, Steinsplitter staken in seiner Haut …

»Heb mich auf«, forderte Pirmen, »und schnall mich fest! Ich möchte mir die Geschwister aus der Nähe ansehen.«

Ox ignorierte ihn. Er bedachte ihn lediglich mit einem verächtlichen Blick und kniete sich dann nieder, neben Amelia Dusong, um ihr Handgelenk und ihren Hals zu betasten.

»Es geht um mich, Reitmensch«, fuhr Pirmen leise fort. »Um uns. Um die Treibgierde. Um Kräfte, die so stark sind wie nichts anderes, dem ich jemals begegnet bin. All diese Illusionen, das Schlammeis, die Magie, mit der sie meine Gobelias unter Kontrolle brachten … Verstehst du nicht, Ox? Wenn wir die Todfeindlichen Geschwister beherrschen, beherrschen wir alles, was wir wollen.«

Der Reitmensch schwieg immer noch. Er drehte die Hure sacht auf den Rücken und drückte mehrmals mit einer Hand gegen ihre füllige Brust, um dann seine Lippen auf ihre zu legen und der Frau Luft in die Lunge zu blasen. Er wandte Methoden an, wie sie die Wicca lehrten und wie sie von Magicae strengstens abgelehnt wurden. Der Odem eines Menschen durfte niemals durch einen anderen ergänzt oder gar ersetzt werden.

»Bring mich zu ihnen, Ox«, beschwor ihn Pirmen, »und töte Eldar! Ich verspreche dir alles, was du willst. Ich entbinde dich von deinem Versprechen, mir zu dienen, wenn du mir diesen klitzekleinen Gefallen tust. Ein Schwertstich ist alles, was ich von dir verlange.« Pirmen zögerte und ergänzte dann: »Bitte.«

Der Reitmensch kümmerte sich weiterhin um Amelia Dusong und tat Dinge, die nutzlos waren. Die Hure war tot. Sie hatte ihren Zweck erfüllt.

Pirmen musste zusehen, wie sich Eldar Schritt für Schritt den Todfeindlichen Geschwistern näherte. Wenn er doch nur genug Kraft gehabt hätte, um dem Mann aus der Treibgierde einen Gegenstand in den Rücken zu schleudern oder ihn kraft seines Geistes davonzujagen! Doch er war völlig leer. Er hatte das letzte Quäntchen Kraft aufgewandt, um das Schlammeis zu verhindern.

Das Gefühl der Hilflosigkeit wuchs und wuchs. Es stärkte ihn, so wie der Zorn, den er empfand, ihm nach und nach seine magische Kraft zurückbrachte. Er fühlte, wie er sich erholte, wie er die Grenzen des Körpers hinter sich ließ und die Kontrolle über die Situation zurückgewann. Er brauchte Ox nicht! Er war auch so stark genug, um das zu tun, worüber er und Terca lange gesprochen hatten …

Pirmen entzog den Holzbohlen unter Eldars Füßen Kraft, sodass sie morsch und faulig wurden. Der Mann aus der Treibgierde brach ein, verlor das Gleichgewicht, stolperte und fiel nach vorn. Sein Kopf schlug schwer auf, und benommen blieb er liegen.

Über ihm hing eine geschmiedete Lampe. Die Kettenglieder der Aufhängung waren rostig, und es bereitete Pirmen nur geringe Mühe, sie zu lösen, damit das Ding nach unten fiel. Mit einem gedanklichen Impuls sorgte er jedoch dafür, dass die Lampe Eldars Schädel nur an der Schläfe streifte, um ihm das Bewusstsein zu nehmen, statt ihn zu töten.

Sehr gut. Pirmen lächelte. Er hatte die Lage wieder völlig unter Kontrolle.

»Habt ihr Eldars Befehl nicht gehört?«, rief er den Todfeindlichen Geschwistern zu. »Steht auf und zeigt euch mir! Oder muss ich beginnen, euch wehzutun? Ich meine: *richtig* weh!«

Es bedurfte nicht viel, nach den Leibern der Todfeindlichen Geschwister zu greifen. Ihre Magie war noch da, sie brannten geradezu davon. Doch sie hatten jeglichen Gedanken an Gegenwehr aufgegeben. Weil sie schwach waren. Weil sie seiner Disziplin, seinem Hass und seinem Willen nichts entgegenzusetzen hatten. Pirmen tastete nach ihren Beinen und verdrehte sie, bis die Kniescheiben zueinander schauten. Er hörte das Knacksen und fühlte, wie sich Bänder und Sehnen in den Leibern dehnten. Noch ein wenig mehr Druck, und sie würden reißen. Die Todfeindlichen Geschwister würden niemals mehr wieder gehen können.

Sie reagierten nicht. Sie schnauften vielleicht ein wenig lauter, gaben aber sonst durch nichts zu erkennen, dass sie Schmerzen verspürten.

Pirmen ließ nach. »Steht auf!«, brüllte er, so laut er konnte. »Ich zermansche euch, wenn ihr mir nicht gehorcht!«

Ox, dessen Anwesenheit er völlig beiseitegedrängt hatte, richtete sich neben ihm auf. Hoch und höher wuchs der Riese, bis er Pirmens gesamtes Gesichtsfeld einnahm. Er hielt Amelia Dusong in den Armen, ihr Kopf hing haltlos nach hinten. Das Gesicht des Reitmenschen war tränennass. »Hast du noch immer nicht verstanden, dass die beiden nicht aufstehen können?«

Ox legte Amelia sacht ab, dann packte er den Griff des Tragegestells und zog Pirmen hoch, ohne viel Rücksicht auf ihn zu nehmen. Der Korb schwankte hin und her, während Pirmen zu den Todfeindlichen Geschwistern getragen wurde, und ihm wurde übel.

Der Reitmensch richtete das Tragegestell so aus, dass Pirmen die beiden Wesen erstmals aus nächster Nähe betrachten konnte.

Und er verstand. Die Todfeindlichen Geschwister waren sich näher als alle Menschen, denen er jemals begegnet war. Denn sie waren an ihren Hinterköpfen miteinander verwachsen.

Es dauerte eine Weile, bis Pirmen begriff. Mann und Frau, Bruder und Schwester, teilten sich das Gehirn und bildeten dennoch zwei Wesen. Was sie dachten, blieb wahrscheinlich niemals vor dem anderen verborgen. Sie führten ein gemeinsames Leben in geteilten Körpern.

War es wirklich so, wie ihr Rufname es vermuten ließ? Hassten sie einander? Hätten sie den anderen lieber heute als morgen tot gesehen?

Sie waren die Kinder eines Magicus und einer Wicca. Die Fähigkeiten beider Elternteile steckten in ihnen, waren womöglich auf eine nicht begreifbare Art und Weise miteinander verwoben. Die Todfeindlichen Geschwister waren trotz ihrer Kräfte das ärmste und das armseligste Geschöpf, das man sich vorstellen konnte.

Terca hatte davon gewusst. Sie hatte ihn ins Schlammeis geschickt, ohne ihn zu warnen. Was wiederum bedeutete, dass sie nach wie vor ihre Intrigen spann und keinesfalls die Partnerschaft mit ihm suchte. Sie würde wohl bald anrücken, gemeinsam mit ihren Hexenhorden, nun, da das Land nicht mehr verborgen war und leicht erobert werden konnte. Womöglich stand sie bereits unmittelbar vor den nunmehr unbewachten und ungeschützten Grenzen. Er meinte, ihre Präsenz und die der anderen Wicca zu spüren. Die Burg war nicht mehr fern. Sie stapfte durch das Sumpfwasser und folgte jenen Spuren, die sie gezogen hatten, wobei sie die größten Hindernisse beseitigt hatten.

Pirmens Gedanken rasten. Er durfte es niemals zulassen,

dass Terca die Todfeindlichen Geschwister in ihre Hände bekam! Sie war ein durchtriebenes Weib und frei von jeglicher Hemmung. Sie würde die beiden einsetzen, um der Welt eine neue Ordnung aufzuzwingen, eine Wiccaordnung.

»Es … es tut mir leid«, sagte Pirmen, und er fühlte etwas, das er schon lange nicht mehr gespürt hatte: Schuldbewusstsein. »Ich wollte nicht …« Die Stimme versagte ihm. Ox zeigte ihm die Geschwister und ließ ihn sehen, was er niemals zuvor in dieser Intensität erblickt hatte: Schmerz.

Pirmen senkte den Blick. Er konnte es nicht länger ertragen, wollte nicht länger in der Nähe dieser unglücklichen Geschöpfe bleiben. Er musste auf andere Gedanken kommen. Musste seinen Geist reinigen und überlegen, was er gegen Terca unternehmen konnte. »Setz mich ab, Ox«, bat er den Reitmenschen. »Und leg Amelia neben mich.«

Ox gab einen grunzenden Ton von sich. Er wirkte überrascht, tat aber, was Pirmen verlangte.

Pirmen ließ sich so drehen, dass er Amelia ansehen konnte. Sie wirkte in diesen Augenblicken nach ihrem Tod ruhig, ausgeglichen und würdevoll. Die verhärmten Züge rings um ihren Mund hatten einem Ausdruck der Erleichterung Platz gemacht, und fast konnte man meinen, sie wäre froh über ihr Ende gewesen, auch wenn sie ihr Ziel nicht erreicht hatte.

Pirmen schloss die Augen. Es war noch einiges da von dieser neuen Kraft, und er würde sie gezielt einsetzen können, sofern noch ein klein wenig Leben in Amelia steckte. Ein winziger Funken mochte zu einer Flamme werden und die Flamme eine Feuersbrunst auslösen.

Es war seltsam und ungewohnt für Pirmen. Er war bislang stets damit beschäftigt gewesen, Leben zu nehmen. Nun musste er den umgekehrten Weg gehen. War er denn bereit dazu? Würde er die Wirkung dieser Magie verkraften?

Er musste es versuchen. Er brauchte Amelia dringender als alle anderen. Sie war eine Frau. Sie konnte ihm sagen, wie er mit Terca zu verfahren hatte. Sie …

Da! Pirmen ertastete ihre allmählich verdorrende Lebensknospe. Sie war kaum noch wahrnehmbar, und je intensiver er sich um sie kümmerte, desto rascher drohte sie zu verschwinden.

»Was empfindest du, wenn du an Amelia Dusong denkst?«, fragte er Ox, ohne den Reitmenschen wahrzunehmen. Er war weit weg von ihm, in einem Bereich, den bloß Magicae und Wicca wahrnehmen konnten.

»Zuneigung«, sagte Ox. »Achtung und Bewunderung. Sie hat so viel Böses ertragen müssen und hat dennoch so viel Gutes in sich bewahrt. Sie ist … wunderbar.«

»Danke.« Pirmen versuchte, den Sinn des Wortes »wunderbar« zu ergründen. Es gab so vieles schon lange nicht mehr Gesagtes und noch länger nicht mehr Empfundenes. Pirmen musste einen Grund haben, warum er diese Frau wiederbeleben sollte. Nur dann konnte er sich mit völliger Hingabe konzentrieren und seinen Zauber wirken.

Er hörte die beiden Geschwister greinen, zeitgleich wie immer. Sie litten. Sie fühlten die Gefahr, wie auch er Tercas Nahen spürte. Bruder und Schwester empfanden Angst, und sie waren hilflos, gefangen in einem geteilten Schicksal. Es musste schrecklich sein, ein Leben lang in diesem Zustand zu verharren.

Mitleid. Zuneigung. Liebe. Diese Gefühle ergaben mehr und mehr Sinn. Sie schenkten ihm Halt und eröffneten ihm lange nicht mehr erblickte Welten.

Magicae benutzten ihre Magie wie den Stahl eines Schwerts. Sie wandten sie unbarmherzig an und taten alles, um ihre Ziele zu erreichen, ohne die Konsequenzen ihres Tuns für andere zu bedenken. Wann war er so geworden, wie er war? Wann hatte er seine moralischen Werte verloren? War es damals gewesen, als er in Tercas Bann gewesen war? Hatte sie ihn zu einem der mächtigsten Magicae des Weltenkreises geformt, weil sie gewusst hatte, dass sie eines Tages auf seine Begabungen würde zurückgreifen müssen?

Er umfasste das winzige Flämmchen, das Amelia Dusong auf dieser Seite des Daseins hielt, fachte es mit seiner magischen Begabung an und ließ es wachsen. Es fiel ihm mit einem Mal leicht. Er hatte seinen Weg gefunden, hatte *Selbsterkenntnis* gefunden.

Das Flämmchen loderte auf, und mit Pirmens Hilfe wurde es zum heiß brennenden Lebenslicht, das Amelias Körper ausfüllte. Es ließ das Herz wieder schlagen, es erweckte den Geist aus seinem kurzen dunklen Schlaf. Die Frau wurde wiedergeboren.

»Sie … sie atmet!«, hörte er Ox sagen. »Bei den Göttern – Pirmen, wie hast du das gemacht?«

Er öffnete die Augen und starrte den Reitmenschen an. Es fiel ihm keine Antwort ein. Denn alles, was er hätte sagen können, hätte ihn beschämt. Er war ein schlechter Mensch gewesen. Eine gute Tat war viel zu wenig, um all das wiedergutzumachen, was er während der letzten Jahre getan hatte.

Amelia stand wacklig auf den Beinen. Sie wirkte desorientiert, doch Pirmen sah ihr an, wie sie nach und nach zu verstehen begann. Ox klopfte ihr sacht auf die Schulter, umarmte sie, küsste sie auf die Wangen und zeigte dabei Emotionen, die Pirmen niemals zuvor bei ihm wahrgenommen hatte.

Pirmen räusperte sich, und als die beiden Menschen nicht auf ihn achteten, tat er es noch einmal.

»Ja, Kleiner Herr?«, fragte Ox und beugte sich zu ihm hinab.

»Terca folgt uns. Sie hat uns benutzt, um der Todfeindlichen Geschwister habhaft zu werden. Das darf niemals geschehen!«

»Warum?«, fragte der Reitmensch mit neu erwachtem Misstrauen. »Weil du über die beiden verfügen willst?«

»Weil *niemand* über die beiden verfügen darf! Verstehst du nicht? Sie sind eine viel zu starke Kraft, um in die Hände einer Wicca oder eines Magicus zu fallen.«

»Ist das dein Ernst?«, fragte Amelia erstaunt. »Ist das wirklich der Pirmen, den ich kenne, der diese Worte spricht, oder hast du den Verstand verloren?«

»Ich schwöre euch bei meinen beiden Fingern, dass ich nicht an mich und meinesgleichen denke. Ich möchte den beiden Geschwistern helfen.« Leiser fügte er hinzu: »Aber ich kann nicht. Nicht ohne die Hilfe der beiden.«

»Wie soll diese Hilfe aussehen?«

»Sie müssen ihr Selbstvertrauen zurückgewinnen und auch mir vertrauen. Sie müssen einsehen, dass sie mich brauchen, um die Barrieren des Schlammeises wieder aufbauen und Terca abwehren zu können. Nur wenn wir drei unsere Kräfte bündeln, wird uns das gelingen. Und wenn du selbst dich an dieser Allianz beteiligst.«

»Ich bin keine ausgebildete Wicca, Pirmen. Ich …«

»Schon vergessen? Ich habe dich berührt. Ich habe deine Gedanken gesehen und deine Welt kennengelernt, Amelia. Ich weiß, was du bist und was du kannst. Im Übrigen wäre es gut, wenn du dich rasch entscheidest. Terca ist verdammt nahe. Sie steht am Rande des Sumpfes und wird bald in Sichtweite sein.«

Was würde die alte Wicca wahrnehmen? Eine Stadt, die hinter einer Nebelbank verborgen war? Oder eine trostlose Gegend mit verwahrlosten Hütten, Ruinen und eingebrochenen Scheunen, wie Pirmen sie durch eines der winzigen Schartenlöcher erblickt hatte?

»Du möchtest, dass ich die Geschwister überzeuge?«, fragte Amelia.

»Du bist die Einzige, die das kann.«

»Wie kommst du darauf?«

»Du brauchst sie bloß zu berühren. Sie werden dich fühlen. Das, was dich ausmacht. Diese unverbrüchliche Liebe, die du für deine beiden verlorenen Kinder hegst, auch wenn du gar nicht wissen kannst, ob sie noch leben. Du bist … rein. Du trägst keine Schuld in dir wie Ox, Eldar oder ich.«

»Eldar? Ich wüsste nicht, dass er etwas Böses getan hätte. Warum nimmst du nicht ihn?«

»Vertrau mir, Amelia. Bitte.«

Tercas Hexenburg stapfte durch Weizengras, behäbig wirkend, aber dennoch mit viel Tempo. Gleich würde sie die Grenzen zum Bereich der Todfeindlichen Geschwister überschreiten. Konnten die anderen das Nahen dieses grässlichen Weibes denn nicht spüren? Das Verlangen, das Terca ausstrahlte, erzeugte bei Pirmen Brechreiz.

Amelia tat einen vorsichtigen Schritt auf die Todfeindlichen Geschwister zu. Sie leckte sich über die Lippen, blickte Pirmen zweifelnd an, streckte dann die Rechte aus, legte die Handinnenfläche auf die zusammengewachsenen Häupter der Geschwister. Dann berührte sie auch ihn, Pirmen.

Eine Weile geschah nichts, und schon befürchtete er, sich geirrt zu haben. Dass ihm sein vom Kampf erschöpftes Hirn eine Hoffnung vorgespiegelt hatte, die es nicht gab, und er einem Fehlschluss erlegen war.

Doch dann machte sich diese ganz besondere Wärme in seinem Leib breit, die stets dann entstand, wenn die Magie in ihm erwachte. Sie zeigte ihm ungewöhnliche Emotionen und ihm völlig fremde Bilder. Es war ungemein anstrengend, sich in diesem Chaos an Wahrnehmungen zurechtzufinden, an denen ihn die Geschwister teilnehmen ließen. Sie spiegelten ihr eigenes Befinden wider. Ihre Ängste, ihre Kraft, ihr kindliches Gemüt. Ihre Hoffnung, eines Tages Erlösung zu finden …

Amelia stöhnte. Ihr untrainiertes Wesen war nicht in der Lage, die magischen Strömungen zu kanalisieren und sich selbst der Wirkung dieser unendlich starken Kraft zu entziehen, über die nach wie vor kaum etwas bekannt war, obwohl sie seit jeher von manchen Frauen und Männern des Menschengeschlechts genutzt werden konnte. Amelia war wie ein löchriges Gefäß, das nun endgültig zu zerbröckeln drohte.

Sie wird ein zweites Mal sterben, wenn ich nicht auf sie achte!, dachte Pirmen. *Ich darf sie und die Geschwister nicht nur benutzen. Ich muss sie auch beschützen!*

Terca verlangte nach ihm, fordernd und aufdringlich. Sie war ihm bereits so nahe, dass er meinte, bloß den Arm ausstrecken zu müssen, um sie fühlen zu können. Die alte Wicca war voll Gier und Niedertracht. Sie sah sich am Ende ihres langen Weges. Sie würde diese Schlacht zwischen Mann und Frau entscheiden, nach all den Jahren, nach all den Jahrhunderten …

»Gebt mir mehr!«, verlangte er von den Geschwistern. »Vertraut mir. Ich werde euch schützen!«

Sie gehorchten, anfangs zögernd, doch ihre Ängst schwanden. Sie riefen das ab, was tief in ihnen schlummerte. Neue Kanäle wurden geöffnet, neue Kräfte strömten auf ihn über. Sie waren feurig und dampfend. Sie schmeckten frisch, als stammten sie vom Anbeginn aller Zeiten, und womöglich waren sie das auch. Diese beiden armen, unschuldigen Geschöpfe waren hierher geflohen und hatten sich verborgen, um niemals mehr mit einem wie Terca oder ihm zu tun haben zu müssen.

Die Frau vermittelte ihm, was das Schlammeis war, und der Mann erzählte, wie es geformt werden konnte. Es war so einfach, so banal, dass Pirmen lachen musste. Warum war niemals einer der Wicca oder Magicae darauf gekommen, eine derartige Masse zu erzeugen?

Er begann mit der Produktion. Er zog die ihn umgebende Masse an sich. Sie steckte im Boden, in den Lebewesen, war in allen toten und lebenden Dingen rings um ihn vorhanden. Er brauchte sie bloß mithilfe des Geistes zu schöpfen und in Umlauf zu bringen.

Terca war da. Die Wiccaburg überschritt soeben die Grenzen, und der Geist der Hexe schob sich in seinen. Sie ließ ihn ihren Triumph spüren. Ihre Gier. Ihr Gefühl trunkener Macht.

Verzweifelt kämpfte Pirmen dagegen an. Noch war das Schlammeis nicht in ausreichender Menge vorhanden, noch konnte er die einstmals bestehende Barriere nicht errichten. Alles geschah viel zu langsam! »Schneller!«, forderte er von den Todfeindlichen Geschwistern. »Helft mir, oder ihr werdet … werdet …«

Pirmen brach ab. Drohungen waren der falsche Weg. Er musste den beiden Wesen Hoffnung und ein Ziel geben. »Helft mir, und ihr werdet von nun an glücklich sein.«

Er warf Amelia einen Blick zu. Sie sah ihn an, versuchte zu begreifen und nickte dann. »Ja«, sagte sie leise zu den Geschwistern.

Es war bloß ein Wort, ernst und aufrichtig gesagt, aus dem Mund einer unglücklichen Frau, die alle Bitternis in diesen Augenblicken hinter sich ließ.

»Ja«, wiederholte sie und streichelte Mann und Frau über die Haare.

Die zusammengewachsenen Zwillinge lächelten und wandten sich Pirmen zu. Erstmals, so meinte er, nahmen sie ihn wirklich wahr.

Ihre Kraft, ihre Magie schwappte auf ihn über, kaum noch

durch Amelia kanalisiert. Es war auch nicht mehr notwendig. Das, was sie beherrschten, war plötzlich wieder da, und es wurde durch Freude und mit einer Leichtigkeit beherrscht, die Pirmen niemals zuvor kennengelernt hatte. Die Barriere des Schlammeises entstand erneut. Aus nichts entstand alles. Böse und bittere Gedanken wurden weggespült und mit ihnen auch die schreiende und tobende und fluchende Terca. Die weiße Masse packte die Burg, trotz der Beharrungskräfte, die die Hexen an Bord ausübten, und schwemmte sie fort.

Pirmen hätte nur zu gern einen Blick nach draußen gewagt, um zu sehen, ob das, was er vor seinem inneren Auge miterlebte, tatsächlich geschah. War da tatsächlich eine Flutwelle, die die Wiccaburg vor sich her ins Schädelland schob?

Er forderte die Geschwister auf, weiteres Schlammeis zu produzieren. Mehr und mehr und mehr, bis letztlich wieder so viel Land geschützt wurde wie zuvor. All der giftige gedankliche Dreck, den Terca zurückgelassen hatte, sollte vernichtet werden. Nichts durfte mehr an die Anwesenheit dieser bösesten aller Wicca erinnern, nichts …

Mit einem Mal herrschte Stille. Die rohe Magie, die er so lange in seinem Kopf und in seinem Körper gespürt hatte, verschwand. Die Geschwister waren der Meinung, dass es nun genug war, und sie hatten recht. Sie hatten Tercas Angriff zurückgeschlagen. Dank seiner Hilfe.

Es fühlte sich reichlich seltsam an, etwas Gutes getan zu haben, und Pirmen wusste nicht, wie er mit diesem so lange vermissten Gefühl umgehen sollte.

40. Eldar

Als er zu sich kam, lag er in einem sauberen Bett, das inmitten eines riesigen, weiß getünchten Raums stand. Es herrschte Stille. Durch zwei große Fenster sandte die vormittägliche Sonne ihre Strahlen ins Innere. Vögel zwitscherten fröhlich um die Wette, und von irgendwoher drang munterer Gesang an sein Ohr.

Eldar stützte sich auf und schob die Beine mühsam aus dem Bett, setzte die Füße auf den Boden. Die ersten Schritte fielen ihm schwer, er vermochte kaum das Gleichgewicht zu halten. Doch es dauerte nicht lange, bis seine Selbstsicherheit zurückkehrte. Er hatte Kopfschmerzen, seine Sicht war ein klein wenig verschwommen, und sein Magen revoltierte, doch das waren vernachlässigbare Nachwirkungen dessen, was er durchgemacht hatte.

Eldar erinnerte sich an das Schlammeis. An die Begegnung mit den Todfeindlichen Geschwistern. An den Kampf um und mit den beiden Wesen, die sich niemals würden trennen können. Und daran, dass ihn jemand niedergeschlagen hatte. Wahrscheinlich Ox.

Er ging auf die einzige Tür im Raum zu, und bereits beim zweiten Versuch gelang es ihm, den Griff mit seiner Rechten zu erhaschen. Er öffnete sie und trat in den Raum dahinter. Auch hier war alles sauber und hell und freundlich. Ox, der

Barbar, stand an einem hölzernen Gestell. Mit ruhigen und gleichmäßigen Bewegungen fuhr er mit einem Hobel über ein Vierkantholz, das einigen anderen ähnelte, die bereits fertig bearbeitet waren.

Eldar räusperte sich, der Reitmensch wandte sich ihm mit minderem Interesse zu. »Auch schon wach?«, fragte er. »Du hast zwei Tage durchgeschlafen.«

»Was ist passiert?« Eldar griff sich an den Kopf, denn die Schmerzen wurden auf einmal stärker.

»Es ist alles in Ordnung«, wich Ox seiner Frage aus. Er legte das Werkzeug beiseite und wischte sich Schweiß von der Stirn. »Ich hole Amelia. Sie wird dir alles erklären.«

»Ich bitte darum! Und vor allem möchte ich mit den Todfeindlichen Geschwistern sprechen. Leben sie überhaupt noch?«

»Nur die Ruhe. Du bekommst deine Antworten.« Ox, dieser Koloss von Mann, dessen nackter Oberkörper von unzähligen Narben verunziert war, drehte sich um.

»Ox?«

»Hm?«

»Hast *du* mich niedergeschlagen?«

»Und wenn es so wäre?« Ox wandte sich ihm wieder zu.

»Wir beide hätten dann ein Problem miteinander.«

»Du drohst mir, Eldar?« Der Reitmensch lachte. »Da musst du dich in einer langen Reihe ganz hinten anstellen, wenn du mir Böses willst.«

Er verließ den Raum durch eine weitere Tür, Eldar blieb allein zurück. Vorsichtig setzte er sich auf einen Stuhl, der so breit wie hoch war. Späne standen an den Seiten ab, noch war er nicht mit Fett oder einer Lasur eingelassen worden. Doch das war Eldar egal. Der kurze Weg vom Bett hierher hatte einen Großteil seiner Kraftreserven aufgebraucht. Er war längst noch nicht wieder so gut beisammen, wie er es gern gehabt hätte.

Es dauerte nicht lange, bis Ox zurückkehrte. In einem Korbgeflecht, das er sich um die Brust gebunden hatte, trug er Pirmen wie einen Säugling. Amelia folgte hinter den beiden. Ihr Gesicht war blass und hohlwangig, die Augen wirkten dafür umso strahlender. Irgendetwas hatte sich geändert, während er geruht hatte, und er hätte nur zu gern gewusst, was es war.

Sie trug einen Teller mit Früchten und einem Kanten Brot und einem Wasserkrug. Sacht stellte sie beides vor ihm auf dem Boden ab. »Mehr kann ich dir derzeit nicht anbieten. Kau und iss langsam, und sollte dir übel werden, hör sofort auf.«

»Ja, Mama«, spottete er und fügte ein kleinlautes: »Verzeih mir« hinzu, als er den bösen Blick der Hure bemerkte.

Sein Magen grummelte, Eldar griff zu. Er tat, was Amelia ihm empfohlen hatte, und hielt inne, als sein Körper Warnsignale aussandte. Der Schlag auf den Kopf war weitaus heftiger gewesen, als er gedacht hatte.

Ox holte weitere Stühle aus dem hinteren Bereich des Raums. Er legte Pirmen in seiner Wiege zurecht und setzte sich dann neben Amelia. Alle starrten sie ihn an, als wäre er ein ekelerregendes Geschwür.

»Wo sind die Todfeindlichen Geschwister?«, wiederholte Eldar seine Frage. »Sind sie etwa ...?«

»Nein«, antwortete Amelia rasch. »Es geht ihnen gut. Ich halte es bloß nicht für gut, wenn du ihnen begegnest.«

»Wie bitte?« Eldar sprang auf und bereute es im selben Moment. Er ließ sich wieder niedersinken und sah weiße Punkte vor seinen Augen, als er weiterredete. »Du hast mir nichts zu sagen, Amelia! Es ist mein Recht, die beiden zu sehen und endlich zu erfahren, wie ich Harana aus der Treibgierde befreien kann. Dies war der Grund meiner Reise, meine Mission. Ich habe diese Wanderschaft und alle Gefahren auf mich genommen, nur mit dem einen Ziel, den Geschwistern zu begegnen und mir ihr Wissen anzueignen. Ich werde ...«

»Du wirst gar nichts, Eldar! Du wirst zuhören, und solltest du nicht dazu bereit sein, lasse ich dich von hier entfernen.«

»Ach, hast du einen neuen Hurentreiber gefunden? Beschützt dich Ox und lässt du dich im Gegenzug von ihm bespringen?«

Amelia runzelte die Stirn. Tiefe Falten zeigten sich rings um die Nasenwurzel. Sie machten die alternde Frau noch hässlicher, noch hinfälliger. Wie hatte er ihrem Drängen jemals nachgeben können? War das überhaupt er selbst gewesen, oder hatte ihn irgendein Dämon geritten, damals, in Torhauvn?

»Ich würde an deiner Stelle ganz schnell den Mund halten«, drohte sie ihm. »Ich benötige Oxens Hilfe nicht. Ich wäre jederzeit in der Lage, dir den Hals umzudrehen, ohne dich auch nur anzugreifen.«

»Lachhaft! Aber red nur weiter.« Eldar war speiübel. Er wusste, dass er gegen den Barbar keine Chance hatte, nicht in seinem geschwächten Zustand. Momentan mochte sogar Amelia ein Gegner sein, den er ernst zu nehmen hatte. Also würde er zuhören, und während er das tat, würde er seine Kräfte sammeln.

»Pirmen hatte deinen Geist berührt, vor zwei Tagen, als wir gegen die Geschwister kämpften. Er erfuhr deine Geschichte und fand die Lücken in deiner Erinnerung. In Wirklichkeit sind diese Erinnerungen nicht verschollen, sondern verdrängt worden. Es ist etwas, was du vergessen wolltest, womit du nichts mehr zu schaffen haben willst.« Amelia seufzte tief. »Du würdest mir niemals glauben. Du musst es selbst spüren und erfahren.«

Amelia fasste ihn bei der Schulter, und der Griff war hart und unbarmherzig, ihre Finger kalt. Dennoch meinte Eldar, bei ihr abgrundtiefen Widerwillen zu verspüren. Was hatte er ihr bloß angetan, dass sie ihm gegenüber so empfand?

»Erinnere dich«, sagte sie mit monoton klingender Stimme, »erinnere dich an die Treibgierde …«

Eldar schloss die Augen. Eine Weile geschah nichts. Die Situation war lächerlich! Was wollten seine ehemaligen Weggefährten von ihm? Was wollten sie ihm mitteilen?

Dann kamen die Bilder und die Erinnerungen. Sie waren wie ein Platzregen in den Wüsten der südlichen Lande. Sie erschwerten ihm das Atmen, dass er meinte, ersticken zu müssen. All diese Eindrücke, all diese seltsamen, verqueren Splitter, die seine Vergangenheit bildeten und kein einheitliches Bild ergaben …

Es dauerte eine Weile, bis die Teile wie von selbst zusammenfanden und ihm zeigten, was er war und *wie* er war.

Er sah … Harana. Die Frau, die er liebte, kurze Zeit vor seinem Abschied.

41. Eldars Vergangenheit, Teil 3

Bitte verlass mich nicht!«, bettelte sie. »Du weißt ganz genau, dass ich ohne dich hilflos bin. Wenn auch nur eines dieser schrecklichen Wesen kommt und mich entdeckt, bin ich ihm ausgeliefert. Was, wenn mich ein Magicus findet? Oder gar eine Hexe? Diese unmöglichen Weiber sind schuld an alledem, und sie werden mich zu einer der ihren machen, ganz gewiss. Bleib bei mir, Eldar, ich flehe dich an!«

Tag um Tag musste er sich diese Litanei anhören. Argumente wiederholen. Harana begreifbar machen, dass sie keine Chance hatten, in dieser Einöde zu überleben. Er musste sie verlassen, die Treibgierde irgendwie öffnen und von draußen Hilfe holen. Er war geschickt und verfügte über viele Kenntnisse. Er wusste andere Leute zu überzeugen. Es war sein Beruf, Menschen das denken zu lassen, was ihm genehm war. Er stand im Dienste zweier mächtiger Mitglieder des Herrscherschoßes der Magnyphen. Dort, wo Krieger versagten, kam er zum Einsatz, um mit viel Überredungskraft Lösungen herbeizuführen. Solche, die seinen Herren zum Vorteil gereichten.

»Ich komme bald wieder«, wiederholte er zum x-ten Male. »Du weißt, dass ich stets einen Weg finde, um …«

»Ach, du willst nur nicht mehr mit mir zusammen sein! Ich weiß genau, dass du dich nicht mehr nach mir umdrehen wirst, sobald du dreißig Schritte getan hast. Du bist ein schrecklicher Mann, Eldar! Du verdienst die Liebe nicht, die ich dir schenke.«

»Dann komm doch mit, verflixt! Ich habe dir angeboten, mich zu begleiten. Ich könnte dich beschützen, du wärst stets in meiner Nähe.«

»Meine Füße, Eldar, meine Beine! Ich bin doch bloß eine schwache Frau und darf mich nicht anstrengen.« Sie stieß mit dem Zeigefinger gegen seine Brust. »Das ist wieder mal einer deiner Kniffe, lieber Freund. Du möchtest mich manipulieren, obwohl du ganz genau weißt, dass ich das nicht mit mir machen lasse.«

Eldar rückte näher. »Hör mir gut zu, Harana: Du bist schuld, dass wir hier gestrandet sind. Deiner Unvernunft und deiner Sturheit ist es zu verdanken, dass der Kapitän unser Schiff viel zu nahe an diese verfluchte Barriere hat steuern lassen. Er hat dich gewarnt und flehte dich an, einen anderen Kurs zu nehmen.«

»Er war ein unverschämter Kerl, Eldar ...«

»Du stammst aus dem Herrscherschoß der Magnyphen, Widerspruch bist du nicht gewohnt. Du entscheidest über Leben und Tod, und wenn du einem Matrosen befiehlst, dass er sich über die Reling in die Cabrische See zu stürzen hat, so muss er deiner Anweisung Folge leisten.«

»Selbstverständlich. Und dieser Kapitän, er hat meine Anweisungen infrage gestellt. Es war nur recht und billig, ihn auspeitschen zu lassen.«

»Er hätte uns in Sicherheit gebracht, du dummes Weib!«, brüllte Eldar, um sich gleich wieder zurückzunehmen. Es war zwar weit und breit niemand zu sehen, doch die Wicca hatten ein feines Gespür. Selbst aus einer Entfernung von mehreren Laufen konnten sie seine Erregung spüren. So ruhig wie möglich fuhr er fort: »Ich habe dich nie gemocht, Harana.

Ich war geschmeichelt, dass eine Hochwohlgeborene wie du ein Auge auf mich, einen Wanderer der Magnyphen, geworfen hatte. Mir brachte diese Mesalliance zugegebenermaßen Vorteile. Mein Ruf am Hofe stieg, ich war bald den Wicca und den Magicae gleichgestellt, auch dank meines diplomatischen Geschicks. Also nahm ich all deine Launen, deine Wutausbrüche, deine Dekadenz, dein unmögliches Benehmen hin und hielt den Mund. Aber nun ist es genug, Frau!«

»Ach, du redest schon wieder dummes Zeug, Liebster. Komm zurück in unsere Höhle und lass uns ein wenig Spaß haben. Du vernachlässigst mich schon so lange … Vergiss deine Sorgen und genieße den Augenblick.«

Sie berührte ihn an der Brust und schmiegte sich eng an ihn. Diese klein gewachsene und viel zu fette Frau, deren Atem stets nach Aas stank. Sie wandte sich ab, klappte ein Döschen auf und zog Sternenstaub in ihre Nasenlöcher hoch.

Harana hatte darauf bestanden, das Zeug mitzunehmen, als sie das in der Treibgierde festgeklemmte Schiff verlassen hatten. Das Döschen, Kleider und einige Kosmetika waren die einzigen Dinge gewesen, die sie auf ihrer Flucht selbst getragen hatte. Ausrüstungsgegenstände, Nahrung und Wasser hatte Eldar schleppen müssen, als sie von wutentbrannten Matrosen verjagt worden waren.

»Nimm nicht zu viel davon«, mahnte er, mühsam beherrscht. »Du weißt, welche Wirkung es auf dich hat.«

»Ach Dummerchen!« Harana kicherte. »Der Sternenstaub bereitet mir Spaß. Er hilft mir zu vergessen, dass ich mit einem griesgrämigen Geliebten zusammen bin. Und er macht Lust. Laune. Er macht mich geil, so geil …« Sie stöhnte, drängte ihr Becken heftig an seines.

»Lass mich in Ruhe!« Eldar stieß sie weg von sich, Harana stolperte und fiel zu Boden. »Ich werde mich nicht länger von dir gängeln lassen. Es ist vorbei, hörst du? Ich verschwinde jetzt, und du bleibst allein zurück. Sollen dich doch die Malekuften fressen oder die Magicae für irgendwelche Experimente missbrauchen, es ist mir einerlei!«

»Du möchtest spielen?« Harana lachte erneut. Ihre Augen zeigten jenen irren Glanz, der stets dann zu sehen war, wenn der Sternenstaub zu wirken begann. »Der kleine Eldar, der ohne mich gar nichts wäre, glaubt, mich mit seinen Sprüchen beeindrucken zu können. Du Nichts, du traurige Figur! Ich habe stets gewusst, dass du nichts wert bist. Aber ich dachte mir, dass du ein nettes Spielzeug wärst. Eines, das man für einige Jahre benutzt und dann wegwirft, um sich neues zu kaufen. Solche wie dich gibt es überall ganz billig zu haben.«

»Ich würde an deiner Stelle den Mund halten, Harana, sonst …«

»Sonst *was,* Dummerchen? Glaubst du, du könntest mir den Mund verbieten? Ich bin eine Prinzessin und den Sternen nahe, während du bloß ein einfacher, ordinärer Mensch ohne jegliche Abstammung bist.«

»Ich warne dich.« Hitze stieg in Eldar auf. Sie war angenehm und machte, dass er ruhig wurde, ganz ruhig.

»Über mir stehen bloß noch die Götter!« Haranas Pupillen erweiterten sich. Helle Pünktchen zeigten sich darin. Sie tanzten umher, waren wie Teilchen eines Flitterregens. Der Sternenstaub bemächtigte sich ihrer immer mehr. »Du bist ein Wurm, den ich zertreten werde, Eldar. Ja, das werde ich tun, sobald wir die Treibgierde verlassen haben! Verdammt, ich brauche mehr davon, das Zeug ist so unglaublich gut …!« Mit zittrigen Fingern tastete sie nach der Dose.

»Ich helfe dir.« Eldar trat zu ihr heran. Er öffnete die Dose, nahm eine Prise und hielt sie ihr unter die Nase.

Harana blickte ihn überrascht an, sagte aber nichts und zog hoch.

»Noch ein wenig«, sagte er ihr. »Es wird dir guttun.«

Eine weitere Dosis. Noch mehr Sternenstaub.

»Nimm noch eine Prise. Dann fühlst du dich gut … unendlich gut …«

Harana wusste schon längst nicht mehr, was sie tat, und erst als sie das fünfte Mal geschnupft hatte, zeigten sich erste Reaktionen des Unwohlseins.

»Deine Ärzte haben dich ermahnt, nicht zu viel von dem Sternenstaub zu nehmen, nicht wahr?«, sagte er. »Aber du hörst auf niemanden. Schließlich bist du eine Magnyphe und nicht auf die Ratschläge minderer Menschen angewiesen.«

Eldar nahm selbst eine Prise. Die Wirkung setzte augenblicklich ein. Alles rings um ihn war mit einem Mal bunt, und eine ganz besondere Leichtigkeit bemächtigte sich seiner. »Wusstest du, dass selbst Wesen wie du sterben können? Dass es bloß zwei gar nicht mal so kräftiger Hände bedarf, um dir die Luft abzudrücken? So, wie ich's gerade mache? Spürst du, was ich meine?«

»Eldar, ich …«

»Schscht, Liebste, du musst nicht reden. Du musst niemals mehr wieder ein Wort sagen. Ich erlöse dich von all dem Leid, das du durchmachen musstest. Ich erlöse dich von meiner Gegenwart. Ich erlöse dich von all der Angst, die dich plagt. Es wird alles gut, alles gut.«

Eldar drückte zu, fester und fester. Er sah an den Augen seiner Geliebten, dass sie nun endlich die Gefahr erfasste, in der sie sich befand. Doch sie hatte zu viel vom Sternenstaub genommen, um sich wehren zu können. Alles, was sie noch tun konnte, war, wie ein Hampelmännchen zu zappeln und blöde zu grinsen.

Dieses dumme, sinnlose Grinsen! Es hatte ihn stets angewidert, und nun würde er es ihr austreiben, ein für alle Mal. Seine Finger fühlten, wie die Muskeln in ihrem Hals erschlafften, wie das Pochen ihres Blutes nachließ. Schaumiger Speichel drang aus Haranas Mund, dann ein dünner Blutfaden. Er färbte ihr blasses, scheißvornehmes Kinn rot.

Eldar ließ von seiner Liebsten ab, und ihr fetter, vom unmäßigen Drogengenuss aufgedunsener Leib sackte zu Boden und blieb dort in eigenartiger Verrenkung liegen. Das eine Bein lag quer über dem anderen, die rechte Hand war hinter dem Kopf eingeklemmt. Sie sah aus wie eine ihrer Puppen, mit denen sie in den Privaträumlichkeiten des väterlichen Palastes trotz ihres Alters Abend für Abend gespielt hatte, um sie dann achtlos in eine Kiste zu werfen und sich verlangend auf ihn zu stürzen. Stinkend, schwitzend, ungewaschen, haarig, fett und voller Ekzeme.

Eldar machte einen Schritt zurück, holte aus und trat der Toten in den Unterleib. Gegen den Kopf. Stieg ihr auf die Beine, trampelte auf ihren Armen herum. So lange, bis von dem Menschen, der ihm während der letzten Monate das Leben zur Qual gemacht hatte, nur noch ein blutiger Klumpen übrig war.

Er hielt inne und ließ sich erschöpft zu Boden fallen. Die Wirkung des Sternenstaubs ließ allmählich nach. Er hatte bloß eine winzige Dosis davon geschnupft. Eldar wusste aus Erfahrung, dass nach einer Zeit der Euphorie und der Gefühlsaufwallungen eine Phase der Entspannung folgte. In ihm breiteten sich Müdigkeit und Mattheit aus. Er würde sich einen Platz zum Ausruhen suchen müssen, denn hier konnte er nicht länger bleiben.

Hatte er getobt und geschrien? Wie kam es, dass sich so viele Geschöpfe unbemerkt rings um ihn versammelt hatten?

Es waren Menschen, allesamt. Einige von ihnen erkannte er als Besatzungsmitglieder ihres Schiffs wieder. Sie waren abgemagert, die Hosen schlackerten um dürre Beine. Doch sie lächelten, und sie drängten näher, hin zu Harana, als würde ihr blutiger Leib dieselbe Wirkung auf sie ausüben wie Scheiße auf Fliegen.

»Hab lange nichts mehr zu essen gehabt«, sagte ein Mann, einer der ehemaligen Maate. »Ich könnte einen ganzen Ochsen verschlingen.« Er kniete sich neben Harana nieder, tauchte den rechten Zeigefinger in stockendes Blut und zeichnete damit seltsame Symbole auf seine Wangen, wie ein Krieger aus den südlichen Landen, der in den Kampf zog.

»Muss ja kein Ochse sein«, meinte ein anderer. Er stieß mit den Zehen seines linken Fußes, die aus einem kaputten und vorn offenen Lederschuh hervorlugten, gegen den Leichnam der Prinzessin. »Ich bin mir sicher, dass das gute Stück da auch einen Magen füllt.« Er blickte hoch und starrte Eldar an. »Oder hat jemand was dagegen?«

Er stand auf. Trat zurück, Schritt für Schritt, weg von diesen Verrückten. Abwehrend hob er die Hände. »Macht, was ihr wollt.«

»Verschwinde, Wanderer!« Der Seemann kniete nieder und näherte sich der Fleisch- und Fettmasse, die einstmals Harana gewesen war. Er leckte ihr über das aufgedunsene, zertretene Gesicht und zeigte einen gequälten und gleichermaßen sehnsuchtsvollen Blick. Dann biss er genüsslich in die blutige Wangenhaut, zerrte und riss sie vom Knochen und begann, auf dem Stück herumzukauen.

Haranas Leib zuckte. Sie stieß einen wimmernden, erbarmungswürdigen Ton aus. Sie hatte all die Torturen überlebt, war immer noch bei Bewusstsein.

Weitere Menschen gesellten sich zu den beiden Knieenden.

Niemand sprach ein Wort, niemand blickte den anderen an. Sie setzten sich zur gemeinsamen Mahlzeit und begannen andächtig zu essen, als vollführten sie eine religiöse Handlung, während Harana immer mehr, immer stärker zuckte und ihr Wimmern lauter wurde, bis ein sirenenhafter Ton über die weite Ebene hallte, dass Eldar meinte, ihm würden die Trommelfelle platzen.

Irgendwann verstummte sie, die letzten Bewegungen endeten. Die folgende Stille war allerdings noch schlimmer als Haranas Totenwimmern.

Die Menschen hatte Eldar völlig vergessen. Diese Meute Verrücktgewordener folgte niedrigsten und widerlichsten Instinkten. Nichts unterschied sie mehr von Tieren.

Er musste zusehen, dass er von hier wegkam, so rasch wie möglich! Er trug wertvolle Ausrüstung bei sich, die für diese Wesen Rechtfertigung genug für einen weiteren Mord war. Eldar meinte den Verstand zu verlieren angesichts dessen, was eben geschehen war. Drückende Kopfschmerzen plagten ihn, als würde jemand gegen seinen Schädel hämmern, um darin einzudringen und ihm seine Gedanken, seine Existenz, sein Ich zu stehlen.

Was war bloß geschehen, dass er diese Schmerzen verdiente? Wie war er in eine derartige Situation geraten? Er war anders! Er würde niemals in einen solchen Zustand der Raserei verfallen, nicht Eldar, der Berater der Magnyphen, ein Wanderer und ehemaliger Heiliger Folterknecht. Er, Eldar von … von …

Warum konnte er sich nicht mehr an seinen Titel erinnern?

Ein Mann knurrte wie ein Löwe, dem man die frisch geschlagene Beute streitig machen wollte. Eldar sah einen Knochen fahl zwischen Fleisch hervorschimmern. Schmatzende Geräusche. Gerülpse. Weiterer Streit. Laute, die nichts mehr mit Sprache zu tun hatten.

Er nahm die Beine in die Hand. Fort von hier! Raus aus der Treibgierde, diesem Wahnsinn entkommen und dann zurückkehren, um seine Harana zu retten, Harana, die Wunderbare, Harana, seine große Liebe, Harana, das prächtigste Geschöpf auf Erden.

Eldar lief und lief und lief, und er vergaß.

42. Amelia

Du weißt nun alles wieder, nicht wahr?«, fragte sie und vermochte ihren Abscheu kaum zu unterdrücken. »Du erinnerst dich, wie Harana ums Leben kam und warum du nicht mehr wusstest, was in der Treibgierde geschehen ist. Weil du es nicht wissen *wolltest*. Weil dein Kopf dir verbot, über diese Dinge nachzudenken.«

»Das ist alles nicht wahr!«, brachte Eldar mühsam hervor. »Du pflanzt mir diese falschen Erinnerungen mit deiner verfluchten Hexenkraft ein. Du willst mich in den Wahnsinn treiben, du verfickte kleine Hure!«

»Oho!« Ox stand mit einem Mal zwischen Amelia und dem Mann aus der Treibgierde. »Sei vorsichtig mit dem, was du sagst, und noch mehr bei dem, was du tust.« Die Rückenmuskulatur des Mannes war beeindruckend. Narben überlagerten einander. Sie waren wie Kohlestriche, die ein unbedarfter Künstler aufs Pergament gezogen hatte. Sie waren mal kurz, mal lang, mal dick, mal dünn.

»Ist schon gut, Ox«, sagte Amelia, legte eine Hand sacht auf die Schulter des Söldners und schob ihn zur Seite, so leicht, als würde sie eine Hühnerfeder fortblasen. Täuschte sich Eldar, oder bildete sich auf Oxens Körper eine Gänsehaut, dort, wo sie ihn berührt hatte?

»Du lügst!«, wiederholte Eldar trotzig.

»Warum sollte ich?« Sie schüttelte den Kopf. »Ich habe in den letzten Tagen selbst erst begreifen müssen, dass man sich der Wahrheit stellen muss. Es ist eigentlich ganz einfach.«

»Das heißt?«

»Meine Suche war umsonst, und deine ist es ebenso. Meine Kinder sind sicherlich tot. Die Suche fortzusetzen wäre vergebens. Zu viel ist in den letzten Jahren passiert. Ich habe mich mit unzähligen Menschen unterhalten, bin herumvagabundiert, stets auf der Suche nach einem Hinweis auf die beiden. Ich habe mich an die geringsten Hoffnungen geklammert. Ich ließ mich erniedrigen und demütigen und habe alles auf mich genommen, was eine Mutter nur tun kann. Doch jetzt ist es vorbei. Ich muss mein Schicksal akzeptieren.« Leise fügte sie hinzu: »Und ich kann endlich anfangen zu trauern.«

»Das mag für dich gelten, Hure, aber ich …«

»Ich bin keine Hure mehr. Der letzte Kunde, den ich hatte, warst du.« Sie hätte Wut auf den Mann aus der Treibgierde empfinden müssen, doch da war nichts, nicht die geringste Gefühlsregung.

»Lenk nicht ab, Amelia!« Eldars Augen wurden wässrig. »Was sollte dieser Traum bedeuten, den du mir gezeigt hast? Warum tust du mir das an?«

»Es war kein Traum. Du selbst hast Harana auf dem Gewissen. Du bist durchgedreht, damals in der Treibgierde. Wer weiß, ob es die Angst war, die Wirkung des Rauschgifts oder der Zorn auf deine … hm … Geliebte. Vielleicht war es aber auch eine Mischung, von alledem etwas.«

»Ich hätte ihr niemals auch nur ein Haar krümmen können …«

»Ach, du bist noch zu so viel mehr fähig!«

»Was soll das nun wieder heißen?«

»Wir begegneten uns, während du und Loisie auf der Flucht

wart. Ihr seid davongelaufen, weil ein Unbekannter einen Gutteil der Bewohner Bludkaps getötet hatte.«

»Und?«

»Du wusstest nicht, wer so etwas Schreckliches hätte tun können. Aber ich bin mir sicher, dass es dir bald wieder einfällt. Dein Gedächtnis, lieber Freund, gesundet nach und nach. Die Geschwister haben dazu beigetragen, dass du dir bald schon wieder all deiner Verfehlungen bewusst sein wirst.«

Eldar lachte, brach aber rasch wieder ab. »Du redest Unsinn, Amelia! Du behauptest, dass ich verrückt wäre. Andererseits behandelst du mich wie einen völlig normalen Menschen. Du machst mir nicht die geringsten Vorhaltungen. Jemand, der so starke moralische Empfindungen hat wie du, wäre wütend und würde mich zur Verantwortung ziehen.«

Amelia zuckte mit den Schultern. »Warum sollte ich das tun? Du bist doch selbst dein schlimmster Feind. Dir wird über kurz oder lang einfallen, was du alles getan und was du unterlassen hast. Du wirst niemals mehr wieder vergessen, wie die sterbende Harana gefressen wurde und du dabei zugesehen hast. Was du mit den Bewohnern Bludkaps gemacht hast. Wozu du fähig bist, wenn dich dieser Wahnsinn überkommt.« Leiser fügte sie hinzu: »Es gibt keine schlimmere Strafe als die, mit der Erinnerung an seine Untaten leben zu müssen.«

Eldars Gesicht wurde blass. Noch glaubte er ihr nicht, noch hielt er ihre Worte für Unsinn. Doch die Erkenntnis, dass sie recht hatte, würde durchsickern und Stück für Stück diese Maske aus Ignoranz und Selbstverleugnung zerstören.

»Und jetzt?«, fragte er. »Ich möchte mit den Todfeindlichen Geschwistern sprechen. Ich habe ein Anrecht darauf. Schließlich habe ich dich und alle anderen hierhergebracht und …«

»Was geschehen ist, spielt keine Rolle. Die Geschwister lehnen es ab, dich zu sehen.«

»Wir haben sie besiegt! Sie werden mit mir reden müssen! Also bring mich zu ihnen.«

»Du hast noch immer nicht verstanden, Eldar. Wir haben sie nicht besiegt. Wir sind eine Allianz mit ihnen eingegangen, und ich habe die Verantwortung für die beiden übernommen.«

Eldar starrte sie ungläubig an. »Was redest du da für einen Unsinn?«

»Sie sind einstmals aus der Treibgierde geflüchtet. Hierher, in die einsamste und unzugänglichste Gegend des Weltenkreises. Weil sie sich fürchteten und weil sie die Gesellschaft der Menschen, der Wicca und der Magicae meiden. Sie haben einen Schutzwall geschaffen, um niemals mehr wieder in die Machenschaften magiebegabter Wesen verwickelt zu werden.« Amelia deutete in Richtung eines der Fenster. Eine Art Krabbenhand war dort zu sehen und ein facettiertes Augenpaar. Sobald ihre Blicke bemerkt wurden, verschwanden Hand und Augen. »Im Laufe der Jahrzehnte haben sie andere bei sich aufgenommen und ihnen Asyl geboten. Menschen, die mit Makeln geboren wurden, und Geschöpfe, die von Wicca oder Magicae gezüchtet und dann sich selbst oder dem baldigen Tod überlassen wurden, weil sie nicht ihren Vorstellungen entsprachen.«

»Wo stecken denn diese Fabelwesen?«

»Sie verbergen sich. Sie haben Angst. Es wird ihnen womöglich niemals gelingen, ihre Furcht vor mir zu überwinden. Aber ich werde alles daransetzen, ihr Vertrauen zu gewinnen.«

»Willst du damit sagen, dass du hierbleiben willst, wo auch immer sich dieses *Hier* befindet?«

»Ja. Ich werde mich um die Geschwister kümmern und um alle anderen, die im Schlammeis leben.« Amelia verschränkte die Arme vor der Brust. Bei den Göttern, sie hatte so schreckliche Angst vor der Last, die sie sich aufbürdete! Und dennoch würde sie tun, was sie sich vorgenommen hatte. Denn hier, so fühlte sie, konnte sie Frieden finden. Endlich.

»Du bist eine widerliche Weibsperson«, sagte Eldar leise. »Intrigant, verlogen, verräterisch. Du wechselst deine Ansichten öfter als die Unterwäsche. Und jetzt, da du fühlst, dass bei den Todfeindlichen Geschwistern etwas zu holen ist, biederst du dich an, in der Hoffnung, von diesen Kretins zu profitieren.«

Amelia spürte die Anzeichen des Wahnsinns, der sich des Mannes aus der Treibgierde allmählich wieder bemächtigte. Eldar war überfordert. Sein Herz schlug schneller, Schweißtropfen perlten von seiner Stirn, die Hände öffneten und schlossen sich, rasch und rascher.

Sie nickte Ox zu, der kräftige Mann schob sich hinter Eldar, bereit, jederzeit zuzupacken.

»Ich bleibe hier«, sagte Amelia so ruhig wie möglich, »wie auch Pirmen und Ox im Schlammeis ihre Ruhe finden wollen. Wir werden uns dem Treiben um die Macht im Weltenkreis ab nun entziehen. Das wirst du bitte schön Terca mitteilen.«

»Warum sollte ich?«

»Weil sie unweit von hier wartet und ihre Wunden leckt. Sobald du das Schlammeis verlässt, wird sie dich bemerken und einfangen. Sie wird wissen wollen, was hier im Inneren geschehen ist, und du wirst es ihr erzählen.«

»Ich denke gar nicht dran!«

»Pirmen erzählte mir, dass Terca einige sehr effektive Methoden der Befragung kennt. Du wirst ihr alles sagen, was sie hören will, davon bin ich überzeugt.«

»Das … das könnt ihr mir nicht antun! Ich bin euer Freund, euer Begleiter! Ich liebe Harana. Ich habe eine Aufgabe. Ich muss … muss …«

Eldar verstummte und ließ den Kopf hängen. Womöglich

erkannte er, dass die Bilder, die er eben gesehen hatte, der Wirklichkeit entsprachen, oder aber er sah die Aussichtslosigkeit seiner Situation ein. Er hatte alle gegen sich: Ox, dem er selbst in schlimmster Raserei kaum beikommen konnte; Pirmen, der sich ruhig verhielt, dessen Präsenz er aber deutlich spürte; die Geschwister, die sich in einen dunklen Raum zurückgezogen hatten, die aber sehr wohl bereit waren, ihr Terrain zu verteidigen; und letztlich Amelia, die offenbar ihren Frieden gefunden hatte und eine Aufgabe. Die vielleicht irgendwann etwas wiederentdecken würde, was man allgemeinhin als Glück bezeichnete.

»Du gehst jetzt, Eldar«, sagte sie. »Und du wirst niemals mehr zurückkehren. Ich bin nicht dein Richter, und ich verurteile nicht, was du getan hast. Vielleicht endet dein Wahnsinn irgendwann, vielleicht nimmt er eines Tages überhand.«

Ox packte Eldar an der Schulter, stieß ihm einen mit allerlei Ausrüstungsgegenständen gefüllten Ranzen vor die Brust und führte ihn vor sich her, raus aus ihrem Gemeinschaftsraum, raus aus dem neu errichteten Gebäude, das eines Tages der Mittelpunkt allen Lebens im Inneren des Schlammeises werden würde.

Amelia seufzte. Sie wusste, dass die Aussichten auf Erfolg gering waren. Wie sollte sie den Geschwistern beibringen, dass sie das Attribut *todfeindlich* nicht benötigten und es so etwas wie Glück und Zufriedenheit gab, obwohl sie doch ihr ganzes Leben lang in Furcht und auf der Flucht verbracht hatten? Wie sollte sie Pirmens Selbstsucht kurieren, wie sollte sie die anderen Bewohner des Schlammeises Vertrauen lehren?

Wie sollte sie Ox helfen, seinen Frieden zu finden? Was für Dämonen hatten ihn quer durch die Welt getrieben, welcher Fluch lastete auf ihm?

Und würde sie dieser ungehobelte, hässliche Kerl, der kaum einmal ein Wort zu viel sagte, jemals lieben lernen?

Nun, diese letzte Frage war wohl jene, die sich am einfachsten beantworten ließ. Schließlich war sie eine Frau. Man musste keine Wicca sein, um eines dieser leicht trotteligen Geschöpfe namens Mann für sich zu begeistern.

Sie trat ins Freie. Das Schlammeis umgab den Bereich wie eine Mauer, der Himmel über ihnen aber war frei. Die weiße Masse war pure magische Energie, die dank der Kräfte der Geschwister Form angenommen hatte und sie vor den Unbilden der Welt schützte. Es roch nach Spätherbst, die Sonne warf nur noch schwache Strahlen auf sie herab. Die Ernte musste dringend eingebracht werden.

Nächstes Frühjahr würde sie zwei Bäume pflanzen. Hier, links und rechts neben dem Eingang des Gebäudes.

Sie nahm einen tiefen Atemzug von der würzigen und reinen Luft und machte dann kehrt, zurück ins Haus. Die Arbeit wartete.

43. Terca

Die Schäden an der Wiccaburg waren beträchtlich. Terca kochte vor Wut. Wie hatte das bloß passieren können? Wie war ihr die bereits so sicher geglaubte Beute doch noch entkommen?

Die Todfeindlichen Geschwister ... Ihre Kräfte hätten den Kampf gegen die Magicae endgültig entschieden. Terca hatte so viel Energie in ihren Plan gesteckt, hatte Intrigen gesponnen, Bündnisse geschlossen und gebrochen, manipuliert, eine Vielzahl ihrer Helfer in Bewegung gesetzt, einige auch geopfert und andere wie Figuren eines Brettspiels hin und her geschoben – und sie war dennoch gescheitert.

Jemand klopfte an die Tür des Wiccariums, um sie gleich darauf zu öffnen. Die Pforte quietschte, die Zarge war verzogen, wie fast alles beim Angriff der Burg auf das Schlammeis beschädigt worden war.

Loisie, die junge Wicca, betrat zögerlich das Wiccarium. Sie war in Tüll und Seide gehüllt. Die Knie waren blutig, unter dem rechten Auge hatte sie eine Schnittwunde. Nichts an ihr wirkte mehr verführerisch oder aufreizend.

»Was gibt es?«, fragte Terca unwirsch.

»Wir haben einen Gefangenen, einen Mann.«

»So?« Warum hatte sie nichts davon bemerkt? Ihre Dusus hätte sie längst auf die Anwesenheit eines Mannes aufmerksam machen müssen. War sie so sehr durch ihren Ärger abgelenkt? »Befragt ihn, was er hier zu suchen hat, und tötet ihn dann.«

»Er kam aus dem Schlammeis gestolpert und versuchte uns zu entkommen.«

Oha! Das war etwas anderes. »Kennen wir ihn?«

»Es ist dieser Eldar. Das Wesen aus der Treibgierde.«

»Bringt ihn her, so rasch wie möglich.«

Loisie verließ das Wiccarium, um bald darauf zurückzukehren, diesmal in Begleitung zweier weiterer Hexen und des seltsamen Mannes, dessen Ausstrahlung Terca stets irritiert hatte.

»Wie schön, dich lebend wiederzusehen«, sagte sie freundlich und erhob sich von ihrem Stuhl. Terca veränderte ihr Aussehen ein wenig, sodass sie jünger und strahlender wirkte. Wie eine begehrenswerte und willige Frau, die sich liebend gern dem nächstbesten Mann hingeben wollte.

»Ja.« Eldar duckte sich, als befürchtete er, geschlagen zu werden. »Ich lebe«, fügte er leise hinzu.

»Wie geht es dir? Was ist geschehen?« Terca klatschte in die Hände. »Bringt Wein, bringt etwas zu essen. Rasch, rasch!«

Sie wies ihm einen Stuhl unmittelbar vor ihrem Thron zu und ließ sich dann selbst wieder auf ihrem Platz nieder. Sie plapperte fröhlich vor sich hin und gab sich als gute Gastgeberin, bis Loisie einige Spezereien und einen Weinkrug brachte.

Der Mann griff zu. Anfänglich zögernd, dann immer gieriger. Offenbar hatte er seit längerem nichts mehr zu essen bekommen. Mit ihren Sinnen fühlte sie eine schwere Wunde an seinem Kopf und mehrere kleine, die allerdings keine Bedeutung hatten.

»Hast du Angst vor mir?«, fragte sie, während sich der Mann den Bauch vollstopfte.

»Ich … weiß nicht.«

»Sag mir doch, was im Schlammeis vorgefallen ist.« Sie ließ ihre Stimme tremolieren und erzeugte damit in dem Mann eine ungeheure Sehnsucht nach Zuneigung und Liebe. Er konnte gar nicht anders, als sich ihr zu öffnen und ihr zu erzählen, warum ihr Plan schiefgegangen war. Dennoch wehrte er sich, und ein Teil von ihm durchaus mit Erfolg. Diese verrückte Seite in ihm war kaum zu bändigen. Terca hatte sie bereits bei ihrer letzten Begegnung gespürt und festgestellt, dass sie dann und wann die Oberhand gewann.

Sie verstärkte ihre Anstrengungen, während sie weiter unverbindlich mit Eldar plauderte. Es dauerte eine Weile, bis sie den Mann aus der Treibgierde unter Kontrolle hatte. Er würde ihr alles sagen, was er wusste, und er würde ihr den Weg ins Schlammeis weisen.

Niemand besiegte Terca. Sie hatte noch immer einen Weg gefunden, eine vermeintliche Niederlage in einen Triumph zu verwandeln.

»Rede!«, forderte sie. »Erzähl mir, was du erlebt hast.«

Und das tat er.

Eldar berichtete von den Todfeindlichen Geschwistern. Vom Kampf gegen die beiden Geschöpfe, den er zu Tercas Bedauern nicht vollends miterlebt hatte. Von Amelia, die Tercas Trumpfkarte hätte sein sollen, sich im letzten Augenblick aber völlig falsch entschieden hatte.

Die Hure hatte sie hintergangen! Sie war dem so präzise ausgeklügelten Plan nicht gefolgt. Sie hatte mehr freien Willen gezeigt, als einer Frau wie ihr zustand …

»Genug!«, fuhr Terca Eldar über den Mund. Sie stand auf und begann, im Wiccarium auf und ab zu marschieren. Die Bodenplanken knarrten. Einer der Balken des Dachstuhls war angeknackst, Staub rieselte zu Boden.

Sie blieb stehen – und ließ ihren Gefühlen freien Lauf. Stampfte mit einem Bein auf. Schrie. Hieb gegen Holz. Stieß Verwünschungen aus und sorgte dafür, dass in weitem Umkreis der Burg alles verdorrte, Tier starben und Wasser verfaulte. Die Wicca an Bord fühlten gewiss Schmerzen, doch das scherte sie nicht. Auch nicht, dass Eldar vor ihr auf dem Boden lag, röchelte und verzweifelt um sein Leben rang.

Sie hatte verloren! Wegen Amelia! Wegen der Hure, die sie auf ihrem Weg abgefangen und mithilfe ihres willfährigen Helfers Polpertin in die richtige Richtung getrieben und von da an unter Kontrolle gehalten hatte!

Wie hatte das bloß geschehen können?

Es dauerte eine Weile, bis Terca sich wieder beruhigte und klare Gedanken fassen konnte. Sie betrachtete den Mann, den Wurm, der sich vor ihr wand und der die ganze Macht ihrer Dusus zu spüren bekommen hatte.

»Steh auf«, sagte sie und half ihm mit einem Fingerwink wieder auf die Beine. Er war wie eine Gliederpuppe, die sich kraft ihres Willens zu bewegen vermochte. »Was auch immer mit dieser Harana geschehen ist und was auch immer deinen Geist plagt, du wirst diese Frau niemals mehr wiedersehen. Du wirst mir alles sagen, was du über das Schlammeis weißt, und wenn ich mit der Befragung fertig bin, werde ich von vorn beginnen. Und noch mal und noch mal und noch mal. Ich will die unbedeutendste Kleinigkeit über die Todfeindlichen Geschwister wissen und wie es dazu kommen konnte, dass ich … verloren habe.«

Dieses Wort *verloren* löste Brechreiz in Terca aus. Es gehörte nicht zu ihr, es war in ihrem Leben nicht vorgesehen.

»Ich schwöre, dass ich das Schlammeis erobern werde, und wenn es fünfhundert Jahre dauern sollte. Es gehört mir, mir ganz allein.« Sie warf sich auf den Thronsitz. Er würde vorerst unvollständig bleiben. Hier hätte Pirmens Kopf Platz finden sollen wie auch Teile der Körper der Todfeindlichen Geschwister.

Teile ihrer beiden Kinder.

Besuchen Sie den Autor unter:
mmthurner.at

Das große Science-Fiction-Abenteuer:
Perry Rhodan
NEO
Nr. 84
Perry Rhodan
NEO
Rainer Schorm
Der Geist des Mars
Nr. 85
Perry Rhodan
NEO
ALLE 14 TAGE NEU AM KIOSK!
Neue Staffel: Jetzt einsteigen!
Oliver Plaschka
Das Licht von Terrania
PERRY RHODAN NEO
Als Taschenbuch am Kiosk, als Hörbuch im Download und als E-Book auf allen digitalen Endgeräten.
AUCH ALS E-BOOK
Weitere Informationen unter:
www.perry-rhodan.net
www.perry-rhodan.net/facebook

**Magielos, verachtet –
er ist die einzige Hoffnung
auf Rettung!**

608 Seiten. ISBN 978-3-442-26937-2

Alera ist das größte Reich, das die Menschen je errichtet haben. Durch die Macht seiner Elementare und der Ritter, die diese beherrschen, regieren Wohlstand und Stabilität. Doch in der Hauptstadt schmieden die Fürsten ihre Intrigen, und ein Bürgerkrieg steht kurz bevor. Da fallen die brutalen Marat mit ihren riesigen Bestien in Alera ein, und die Aufmerksamkeit aller richtet sich auf das Calderon-Tal – und auf Tavi, der dort nicht nur um sein Leben kämpft, sondern um die Sicherheit Aleras!